LA VOIX DES MORTS

DANS LA MÊME SÉRIE

LE VAGABOND *(Fritz Leiber)*
CHRONIQUES DE MAJIPOOR *(Robert Silverberg)*
L'ANIMAL DÉCOURONNÉ *(John Crowley)*
LE TEMPS DES CHANGEMENTS *(Robert Silverberg)*
LE TALISMAN *(S. King et P. Straub)*
PAVANE *(Keith Roberts)*
PUCES *(Theodore Roszak)*
EN ATTENDANT L'ANNÉE DERNIÈRE *(P.K. Dick)*
TUNNEL *(André Ruellan)*
LES MASQUES DU TEMPS *(Robert Silverberg)*
AU BOUT DU LABYRINTHE *(P.K. Dick)*
LES PROFONDEURS DE LA TERRE *(Robert Silverberg)*
RADIX *(A.A. Attanasio)*
HUMANITÉ ET DEMIE *(T.J. Bass)*
LA MORT BLANCHE *(Frank Herbert)*
LE DIEU BALEINE *(T.J. Bass)*
L'ŒIL DANS LE CIEL *(P.K. Dick)*
LE ZAPPEUR DE MONDES *(P.K. Dick)*
JACK BARRON ET L'ÉTERNITÉ *(Norman Spinrad)*
LES CHAÎNES DE L'AVENIR *(P.K. Dick)*
LES CROQUE-MORTS *(D.J. Skal)*
DOCTEUR FUTUR *(P.K. Dick)*
L'ORBE ET LA ROUE *(Michel Jeury)*
NOVA *(Samuel Delany)*
HISTOIRES COMME SI... *(Gérard Klein)*
L'OREILLE INTERNE *(Robert Silverberg)*
DRAMOCLÈS *(Robert Sheckley)*
EN SOUVENIR DU FUTUR *(Philippe Curval)*
Anthologie française 1 - LES MONDES FRANCS
(Martel, Herzfeld, Klein)
Anthologie française 2 - L'HEXAGONE HALLUCINÉ
(Martel, Herzfeld, Klein)
L'EFFET LAZARE *(F. Herbert, B. Ransom)*
MENSONGES ET CIE *(P.K. Dick)*
LE PRINTEMPS D'HELLICONIA *(Brian Aldiss)*
LA VÉRITÉ AVANT-DERNIÈRE *(P.K. Dick)*
NUAGE *(Emmanuel Jouanne)*
L'ŒUF DU DRAGON *(R. Forward)*
L'ÉTOILE ET LE FOUET *(Frank Herbert)*
HELLICONIA, L'ÉTÉ *(Brian Aldiss)*
LA DIMENSION DES MIRACLES *(R. Sheckley)*
LA STRATÉGIE « ENDER » *(Orson Scott Card)*
ÉCHANGE STANDARD *(R. Sheckley)*
Anthologie française 3 - LA FRONTIÈRE ÉCLATÉE
(Martel, Herzfeld, Klein)
À L'OUEST DU TEMPS *(John Brunner)*
LA VOIX DES MORTS *(Orson Scott Card)*
LES MONADES URBAINES *(Robert Silverberg)*
UBIK *(P.K. Dick)*
LE TEMPS INCERTAIN *(Michel Jeury)*

Collection dirigée par Gérard Klein

ORSON SCOTT CARD

La Voix des Morts

TRADUIT DE L'AMÉRICAIN
PAR DANIEL LEMOINE

NOUVELLES ÉDITIONS OPTA

Titre original :

SPEAKER FOR THE DEAD.

© Orson Scott Card, 1986.
© Nouvelles Éditions Opta, 1987,
pour la traduction française.

*À Gregg Keizer
Qui savait déjà comment.*

QUELQUES PERSONNALITÉS DE LUSITANIA

Xénologues (Zenadores)

Pipo (João Figueira Alvarez)
Libo (Liberdade Graças a Deus Figueira de Medici)
Miro (Marcos Vladimir Ribeira von Hesse)
Ouanda (Ouanda Quenhatta Figueira Mucumbi)

Xénobiologistes (Biologistas)

Gusto (Vladimir Tiago Gussman)
Cida (Ekaterina Maria Aparecida di Norte von Hesse-Gussman)
Novinha (Ivanova Santa Catarina von Hesse)
Ela (Ekaterina Elanora Ribeira von Hesse)

Gouverneur

Bosquinha (Faria Lima Maria do Bosque)

Évêque

Peregrino (Armão Cebola)

Abbé et Principal du Monastère

Dom Cristão (Amai a Tudomundo Para Que Deus Vos Ame Cristão)
Dona Cristã (Detestai o Pecado e Fazei o Direito Cristã)

PROLOGUE

En l'an 1830, après la constitution du Congrès Stellaire, un vaisseau éclaireur automatisé transmit un rapport par ansible : la planète qu'il examinait entrait tout à fait dans le cadre des paramètres de l'existence humaine. La planète la plus proche ayant un problème de population était Bahia : le Congrès Stellaire lui accorda une autorisation d'exploration.

Ainsi, les premiers êtres humains qui posèrent le pied sur ce nouveau monde parlaient portugais, étaient de culture brésilienne et de religion catholique. En 1886, ils descendirent de leur navette, se signèrent et baptisèrent la planète : Lusitania, ancien nom du Portugal. Ils entreprirent de répertorier la flore et la faune. Cinq jours plus tard ils constatèrent que les petits animaux des forêts qu'ils avaient appelés *porquinhos* – petit cochons – n'étaient absolument pas des animaux.

Pour la première fois, depuis le Xénocide des Doryphores par le monstrueux Ender, les êtres humains avaient découvert des êtres intelligents. Les porquinhos – piggies en stark – étaient technologiquement primitifs, mais ils utilisaient des outils, construisaient des maisons et parlaient. « Dieu nous donne l'occasion de nous racheter, » déclara l'Archi-cardinal de Bahia. « Nous pouvons laver notre conscience de la destruction des doryphores. »

Les membres du Congrès Stellaire adoraient de nombreux dieux, ou aucun, mais ils furent du même avis que l'Archicardinal. Lusitania serait colonisée à partir de Bahia, et, par conséquent, sous licence catholique, comme l'exigeait la tradition. Mais la population ne pourrait pas s'étendre au-delà d'une zone donnée ni dépasser une population limitée. Et, surtout, elle serait liée par une loi :

Il ne faudrait pas gêner les piggies.

CHAPITRE I

PIPO

Comme nous ne sommes pas encore tout à fait habitués à l'idée que les habitants du village voisin sont aussi humains que nous, il est présomptueux à l'extrême de supposer que nous pourrons un jour considérer des créatures sociales, utilisant des outils et issues d'une évolution distincte de la nôtre non comme des animaux mais comme des frères, non comme des rivaux mais comme des compagnons de pèlerinage sur le chemin du sanctuaire de l'intelligence.

Néanmoins, c'est ce que je vois, ou espère voir. La différence entre raman et varelse n'est pas inhérente à la créature qui est jugée, mais à celle qui juge. Lorsque nous déclarons qu'une espèce nouvelle est ramane, cela ne signifie pas qu'elle a franchi le seuil de la maturité morale, cela signifie que nous *l'avons franchi.*

Démosthène, Lettre aux Framlings.

Rooter était à la fois le pequenino le plus difficile et le plus coopératif. Il était là chaque fois que Pipo se rendait dans la clairière, et faisait de son mieux pour répondre aux questions que, dans le cadre de la loi, Pipo n'avait pas le droit de poser directement. Pipo dépendait de lui; trop, vraisemblablement. Cependant, alors que Rooter faisait le clown et jouait comme le jeune piggie irresponsable qu'il était, il trouvait également le temps d'observer, de sonder, de tester. Pipo devait continuellement se méfier des pièges que Rooter lui tendait.

Quelques instants auparavant, Rooter avait décidé de grimper aux arbres, ne serrant l'écorce qu'avec les plaques calleuses de ses chevilles et de l'intérieur de ses cuisses. Dans les mains, il serrait deux bâtons, qu'on appelait Bâtons-Pères, avec lesquels il frappait l'arbre suivant une cadence envoûtante, arythmique, tout en grimpant.

Le bruit attira Mandachuva hors de la maison de rondins. Il appela Rooter dans la Langue des Mâles, puis en Portugais.

« P'ra baixo, bicho! »

Les piggies qui se trouvaient à proximité, entendant le jeu de mots en Portugais, exprimèrent leur appréciation en se frottant vigoureusement les cuisses l'une contre l'autre. Cela produisit une sorte de sifflement sourd et Mandachuva, ravi de leurs applaudissements, sauta joyeusement sur place.

Rooter, pendant ce temps, se pencha en arrière, jusqu'au moment où la chute parut inévitable. Puis il tendit les bras, exécuta un saut périlleux arrière et atterrit sur les pieds, sautillant pour rétablir son équilibre, mais sans tomber.

« Alors, te voilà acrobate, maintenant, » constata Pipo.

Rooter se dirigea vers lui d'un air avantageux. C'était sa façon d'imiter les êtres humains. C'était tout aussi efficace que ridicule parce que son museau aplati, retroussé, semblait manifestement porcin. Pas étonnant que les habitants des autres planètes les aient appelés « Piggies ». Les premiers visiteurs de la planète les avaient baptisés ainsi dans leurs premiers rapports, en 86, et en 1925, lorsque la Colonie de Lusitania avait été fondée, le nom était indélébile. Dans leurs ouvrages, les xénologues éparpillés sur les Cent Planètes parlaient des « indigènes de Lusitania », mais Pipo savait parfaitement bien qu'il ne s'agissait là que d'une question d'honneur professionnel... Sauf dans les articles savants, les xénologues les appelaient vraisemblablement Piggies, eux aussi. En ce qui concernait Pipo, il les appelait Pequeninos, et ils n'y paraissaient pas opposés car, à présent, ils s'appelaient eux-mêmes : « Les Petits ». Toutefois, honneur ou pas, on ne pouvait le nier : Dans des moments comme celui-ci, Rooter évoquait un goret debout sur les pattes de derrière.

– « Acrobate, » dit Rooter, mettant ce mot nouveau à l'épreuve. « Ce que j'ai fait? Vous avez un mot pour les gens qui font cela? Alors, il y a des gens dont c'est le *travail*? »

Pipo soupira discrètement, tout en figeant son sourire. La loi lui interdisait formellement de fournir des informations relatives à la société humaine, de peur que la culture des piggies ne soit contaminée. Cependant, Rooter s'amusait toujours à extraire toutes les implications possibles des paroles de Pipo. Cette fois, cependant, Pipo était le seul responsable de l'ouverture de fenêtres inutiles sur l'existence humaine. De temps en temps, il était tellement détendu, parmi les pequeninos, qu'il parlait naturellement. Toujours un risque. Je ne suis pas fort à ce jeu qui consiste continuellement à obtenir des informations sans donner quoi que ce soit en échange. Libo, mon fils à la bouche cousue, est déjà plus naturellement discret que moi, et il n'est en apprentissage que depuis... quand a-t-il eu treize ans? Il y a quatre mois.

– « J'aimerais avoir des cals sur les jambes, comme toi, » dit Pipo. « L'écorce de cet arbre me déchirerait la peau. »

– « Cela nous ferait honte. » Rooter tint bon, dans l'attitude figée qui, selon Pipo, exprimait un début d'inquiétude ou, peut-être, indiquait aux autres pequeninos d'être prudents. C'était peut-être aussi un indice de peur extrême mais, à sa connaissance, Pipo n'avait jamais vu un pequenino éprouver une peur extrême.

Quoi qu'il en soit, Pipo parla rapidement, dans l'intention de le calmer.

– « Ne t'inquiète pas, je suis trop vieux et mou pour grimper ainsi aux arbres. Je laisse cela aux jeunes comme vous. »

Et cela fonctionna; le corps de Rooter redevint immédiatement mobile.

– « J'aime grimper aux arbres. Je peux tout voir. » Rooter s'accroupit devant Pipo et approcha son visage. « Vas-tu apporter l'animal qui court sur l'herbe sans toucher le sol ? Les autres ne me croient pas quand je dis que j'ai vu une telle chose. »

Encore un piège. Alors, Pipo, xénologue, vas-tu *humilier* ce membre de la communauté que tu étudies ? Ou bien vas-tu appliquer strictement les règles rigides qui, selon le Congrès Stellaire, doivent présider à ces relations ? Les précédents étaient rares. La seule autre espèce intelligente avec laquelle l'humanité soit entrée en contact était les doryphores, trois mille ans auparavant, et, au bout du compte, tous les doryphores étaient morts. Cette fois, le Congrès Stellaire tenait à ce que, si l'humanité se trompait, ses erreurs soient dans le sens opposé. Information minimale, contact minimal.

Rooter perçut l'hésitation de Pipo, son silence prudent.

« Tu ne nous apprends rien, » dit Rooter. « Tu nous observes et tu nous étudies, mais tu ne nous laisses jamais franchir la clôture et aller dans ton village pour *vous* observer et *vous* étudier. »

Pipo répondit aussi franchement que possible,

mais la prudence était plus importante que l'honnêteté.

– « Si vous apprenez si peu et que nous apprenions tellement, comment se fait-il que vous parliez Stark et Portugais alors que je suis encore loin de dominer votre langue? »

– « Nous sommes plus intelligents. » Puis Rooter se laissa tomber sur les fesses et pivota sur lui-même, tournant le dos à Pipo. « Retourne derrière ta clôture, » ajouta-t-il.

Pipo se leva immédiatement. À quelque distance, Libo était en compagnie de trois pequeninos, essayant de comprendre comment ils tressaient les tiges de merdona séchée pour en faire du chaume. Il vit ce que faisait Pipo et rejoignit immédiatement son père, prêt à partir. Pipo l'entraîna sans un mot; comme les pequeninos dominaient parfaitement les langues humaines, ils ne discutaient ce qu'ils avaient appris qu'après avoir franchi la clôture.

Il leur fallut une demi-heure pour rentrer et il pleuvait à verse lorsqu'ils franchirent la porte et longèrent la colline jusqu'au Laboratoire du Zenador. Zenador? se dit Pipo en regardant la petite pancarte fixée au-dessus de la porte. Le mot XÉNOLOGUE y était écrit en Stark. C'est ce que je suis, je suppose, se dit Pipo, du moins pour les gens qui vivent sur d'autres planètes. Mais le titre portugais de *Zenador* était tellement plus facile à prononcer que, sur Lusitania, pratiquement personne ne disait *Xénologue*, même en parlant Stark. C'est ainsi que les langues évoluent, se dit Pipo. Sans l'ansible, qui permet aux Cent Planètes de communiquer instantanément entre elles, il nous serait impossible de conserver une langue commune. Les voyages interstellaires sont beaucoup trop rares et lents. Le Stark se fragmenterait en dix mille dialectes différents en tout juste un siècle. Il serait peut-être intéressant de demander à l'ordinateur d'établir une projection des transformations linguistiques sur Lusitania, au cas où on laisserait le Stark dégénérer et assimiler le Portugais...

« Père, » dit Libo.

Pipo s'aperçut seulement à ce moment-là qu'il s'était arrêté à dix mètres du laboratoire. Les tangentes. Les meilleures parties de ma vie intellectuelle sont tangentielles, dans des domaines extérieurs à ma spécialité. Je suppose que c'est parce que, dans ma spécialité, les règles qui me sont imposées interdisent pratiquement toute connaissance et compréhension. La xénologie, en tant que science, tient à conserver davantage de mystères que notre Sainte Mère, l'Église.

L'empreinte de sa main suffit pour ouvrir la porte. Pipo savait comment se déroulerait la soirée à l'instant même où il entra. Il leur faudrait plusieurs heures de travail, devant les terminaux, pour relater ce qu'ils avaient fait pendant leur rencontre avec les piggies. Pipo lirait ensuite les notes de Libo, et Libo celles de Pipo puis, lorsqu'ils seraient satisfaits, Pipo rédigerait un bref résumé, laissant ensuite les ordinateurs classer les notes et les transmettre instantanément, par ansible, aux xénologues du reste des Cent Planètes. Plus de mille scientifiques dont toute la carrière est consacrée à l'étude de la seule race extra-terrestre que nous connaissions, et, en dehors des rares indications que les satellites peuvent fournir sur cette espèce arboricole, toutes les informations dont disposent mes collègues sont contenues dans ce que nous envoyons, Libo et moi. C'est, de toute évidence, l'intervention minimale.

Mais, lorsque Pipo entra dans le laboratoire, il constata immédiatement que ce ne serait pas une soirée de travail studieux et enrichissant. Dona Cristã était là, vêtue de sa robe monastique. Un de ses jeunes enfants avait-il des problèmes à l'école?

« Non, non, » dit Dona Cristã. « Tout vos enfants

se comportent très bien, sauf celui-ci qui, à mon avis, est beaucoup trop jeune pour avoir quitté l'école et travailler ici, même comme apprenti. »

Libo ne dit rien. Sage décision, apprécia Pipo. Dona Cristã était une jeune femme brillante et attachante, peut-être même belle, mais c'était d'abord et avant tout une moniale de l'ordre des Filhos da Mente de Cristo, les Enfants de l'Esprit du Christ, et elle perdait toute beauté lorsqu'elle se mettait en colère contre l'ignorance et la stupidité. Le nombre de gens intelligents dont l'ignorance et la stupidité avaient légèrement fondu sous l'effet du feu de son ironie était tout à fait stupéfiant. Le silence, Libo, est une politique qui t'apportera des satisfactions.

« Je ne suis pas venue à cause de vos enfants, » reprit Dona Cristã. « Je suis venue à cause de Novinha. »

Dona Cristã n'avait pas besoin de mentionner son nom de famille; tout le monde connaissait Novinha. La terrifiante Descolada n'avait pris fin que huit ans auparavant. L'épidémie avait failli réduire la colonie à néant avant même qu'elle ait véritablement démarré; le traitement avait été mis au point par le père et la mère de Novinha, Gusto et Cida, les deux xénobiologistes. Par une ironie cruelle, ils avaient découvert la cause de la maladie, et le moyen de la guérir, alors qu'il était trop tard pour que cela puisse les sauver eux-mêmes. Leurs funérailles furent les dernières de la Descolada.

Pipo se souvenait très nettement de la petite Novinha, debout près de Madame le Maire, Bosquinha, et la tenant par la main, tandis que l'Évêque Peregrino en personne célébrait le service funéraire. Non, elle ne tenait pas le maire par la main. L'image lui revint en mémoire et, du même coup, ce qu'il avait ressenti. Que comprend-elle? s'était-il demandé. C'est l'enterrement de ses parents; elle est le dernier représentant de sa famille; pourtant, tout autour d'elle, elle perçoit la joie intense des habitants de la colonie. Compte tenu de sa jeunesse, comprend-elle que notre joie est le plus beau cadeau que nous puissions faire à ses parents? Ils ont lutté et vaincu, découvrant notre salut dans les quelques jours précédant leur mort; nous sommes ici pour célébrer le cadeau immense qu'ils nous ont fait. Mais pour toi, Novinha, c'est la mort de tes parents, comme tes frères sont morts avant. Cinq cents morts, et plus de cent messes des morts dans notre colonie au cours des six derniers mois, et toutes se sont déroulées dans une atmosphère de peur, de chagrin et de désespoir. Aujourd'hui, alors que tes parents ont disparu, la peur, le chagrin et le désespoir sont toujours présents, de ton point de vue; mais personne ne partage ta douleur. C'est la disparition de la douleur qui occupe nos pensées.

En la regardant, en tentant d'imaginer ses sentiments, il parvint seulement à réveiller le chagrin causé par la mort de sa fille, Maria, sept ans, emportée par le vent de mort qui avait couvert son corps d'excroissances cancéreuses et de moisissures, la peau enflant ou pourrissant, un nouveau membre, ni bras ni jambe, jaillissant de sa hanche, tandis que la chair partait en plaques sur les pieds et la tête, découvrant les os, son corps doux et beau étant détruit sous leurs yeux, tandis que son intelligence restait impitoyablement vive, capable de percevoir ce qui lui arrivait, jusqu'au moment où elle supplia Dieu de la faire mourir. Pipo se souvint de cela, puis il se souvint de la messe de requiem, célébrée également pour cinq autres victimes. Assis, à genoux ou debout, avec sa femme et ses enfants survivants, il avait perçu l'unité parfaite des fidèles réunis dans la cathédrale. Il comprit que sa douleur était la douleur de tous, que, par la perte de sa fille aînée, il était uni à sa communauté par les liens immuables du chagrin et cela le réconforta, l'aida à supporter l'épreuve. C'était ainsi que devait être une telle peine, un deuil partagé.

La petite Novinha n'avait rien de tout cela. Sa douleur était, en réalité, plus cruelle que celle que Pipo avait ressentie... Pipo ne s'était pas retrouvé sans famille, et c'était un adulte, pas une enfant terrifiée par la disparition brutale du fondement de son existence. A travers sa douleur, elle ne fut pas liée plus étroitement à la communauté mais, plutôt, en fut exclue. Ce jour-là, tout le monde se réjouissait, sauf elle. Ce jour-là, tout le monde célébrait les mérites de ses parents; elle était seule à les regretter, à préférer qu'ils n'eussent pas trouvé le moyen de guérir les autres, si seulement cela avait pu leur permettre de rester en vie.

Son isolement était si intense que Pipo le percevait, de l'endroit où il était assis. Novinha lâcha la main du maire aussi rapidement que possible. Ses larmes séchèrent pendant la messe; à la fin, elle resta immobile et silencieuse, comme une prisonnière refusant de collaborer avec ses ravisseurs. Pipo en eut le cœur brisé. Néanmoins il comprit que, même avec la meilleure volonté, il ne pourrait cacher la joie que lui procuraient la fin de la Descolada, la certitude que ses autres enfants ne lui seraient pas pris. Elle le verrait; son désir de la réconforter serait une comédie, ne ferait que la conduire à se replier davantage sur elle-même.

Après la messe, elle marcha, dans une solitude amère, parmi les groupes de gens animés de bonnes intentions qui, cruels sans le savoir, lui disaient que ses parents seraient sûrement béatifiés, qu'ils étaient sûrement assis à la droite de Dieu. En quoi cela peut-il réconforter une enfant? Pipo souffla à sa femme :

« Elle ne nous pardonnera jamais cette journée. »

– « Pardonner? » Conceiçaõ n'était pas de ces épouses qui comprennent immédiatement le fil des pensées de leur mari. « Nous n'avons pas tué ses parents... »

– « Mais nous sommes joyeux, aujourd'hui, n'est-ce pas? Elle ne nous pardonnera jamais *cela*. »

– « Ridicule. De toute façon, elle ne comprend pas : Elle est trop jeune. »

Elle comprend, se dit Pipo. N'y avait-il pas des choses que Maria comprenait alors qu'elle était plus jeune que Novinha?

Au fil des années – huit ans s'étaient écoulés – il l'avait vue de temps en temps. Elle avait le même âge que son fils, Libo, et cela signifiait que, jusqu'à leur treizième anniversaire, ils avaient souvent été dans la même classe. De temps en temps, il assista aux conférences et exposés que, comme les autres enfants, elle devait faire. Il y avait une élégance dans sa pensée, et une intensité dans l'examen des idées, qui lui plaisaient. En même temps, elle paraissait totalement froide, complètement isolée des autres. Le fils de Pipo, Libo, était timide, mais cela ne l'empêchait pas d'avoir des amis et il avait gagné l'affection de ses professeurs. Novinha, en revanche, n'avait pas d'amis, ne cherchait pas à rencontrer un regard dans les moments de triomphe. Elle ne plaisait vraiment à aucun professeur parce qu'elle refusait d'établir un échange, de réagir.

« Elle est sentimentalement paralysée, » avait dit un jour Dona Cristã, alors que Pipo demandait de ses nouvelles. « Elle est inaccessible. Elle jure qu'elle est parfaitement heureuse et ne voit pas la nécessité de changer. »

À présent, Dona Cristã était venue au Laboratoire du Zenador pour s'entretenir de Novinha avec Pipo. Pourquoi Pipo? Il ne voyait qu'une raison au fait que la principale de l'école soit venue le voir à propos de cette jeune orpheline.

– « Dois-je comprendre que, depuis que Novinha fréquente votre école, je suis le seul à avoir demandé de ses nouvelles? »

– « Pas le seul », répondit-elle. « On s'est beaucoup intéressé à elle, il y a deux ans, quand le Pape a béatifié ses parents. Tout le monde a demandé, à cette époque, si la fille de Gusto et Cida, Os Venerados, avait remarqué des événements miraculeux quelconques en relation avec ses parents, comme c'était le cas de nombreuses autres personnes. »

– « On lui a *vraiment* demandé cela? »

– « Il y avait des rumeurs et l'Évêque Peregrino a dû faire une enquête. » Dona Cristã serra un peu les lèvres en parlant du jeune chef spirituel de la colonie de Lusitania. Mais on prétendait que la hiérarchie ne s'entendait pas très bien avec l'ordre des Filhos da Mente de Cristo. « Sa réponse a été instructive. »

– « J'imagine. »

– « Elle a dit, pratiquement, que si ses parents entendaient effectivement les prières et avaient une influence quelconque au paradis, pourquoi, dans ce cas, ne répondaient-ils pas à *ses* prières à elle lorsqu'elle leur demandait de sortir de la tombe? Cela aurait été un miracle utile, selon elle, et il y avait des précédents. Si Os Venerados avaient *effectivement* le pouvoir de faire des miracles, dans ce cas cela devait signifier qu'ils ne l'aimaient pas assez pour tenir compte de ses prières. Elle préférait croire que ses parents l'aimaient toujours mais se trouvaient simplement dans l'impossibilité d'agir. »

– « Une sophiste-née, » fit Pipo.

– « Une sophiste *et* une experte en culpabilité : Elle a dit à l'évêque que si le Pape déclarait ses parents Vénérables, cela serait la même chose que si l'Église décrétait que ses parents la haïssaient. La demande de canonisation de ses parents prouvait que Lusitania la méprisait; si elle était acceptée, cela prouverait que l'Église elle-même était méprisable. L'Évêque Peregrino était livide. »

– « Je constate qu'il a tout de même envoyé la demande. »

– « Pour le bien de la communauté. Et il y a *eu* des miracles. »

– « Quelqu'un touche la châsse, une migraine disparaît et on crie : « Milagre! Os santos me abençoaram! » Miracle! Les saints m'ont béni! »

– « Vous savez que le Saint-Siège exige des miracles plus substantiels. Mais peu importe. Le Pape nous a donné la permission d'appeler notre petite ville Milagre et, désormais, j'imagine que chaque fois que quelqu'un prononce ce nom, cela attise un peu plus la rage secrète de Novinha. »

– « Ou bien cela la rend plus glacée. On ignore ce qu'il en est de la température de ces choses-là. »

– « Quoi qu'il en soit, Pipo, vous n'êtes pas seul à avoir demandé de ses nouvelles. Mais vous êtes le seul à l'avoir fait pour elle et non en raison de ses parents saints et bénis. »

Il était attristant que, sauf les Filhos, qui dirigeaient les écoles de Lusitania, personne ne se soit intéressé à la jeune fille, à l'exception des rares interventions de Pipo.

– « Elle a un ami, » intervint Libo.

Pipo avait oublié la présence de son fils. Libo était tellement tranquille qu'on ne faisait guère attention à lui. Dona Cristã parut également surprise.

– « Libo, » s'excusa-t-elle, « je crois qu'il était impoli, de notre part, de parler ainsi devant toi d'une de tes camarades de classe. »

– « Je suis apprenti Zenador, à présent, » lui rappela Libo. Cela signifiait qu'il ne fréquentait plus l'école.

– « Qui est cet ami? » s'enquit Pipo.

– « Marcão. »

– « Marcos Ribeira, » expliqua Dona Cristã. « Le grand garçon... »

– « Ah, oui, celui qui fait penser à un cabra. »

– « Il *est* fort, admit Dona Cristã. « Mais je n'ai jamais constaté leur amitié. »

– « Un jour, Marcão a été accusé de quelque chose; elle avait vu et elle l'a défendu. »

– « Ton interprétation est généreuse, Libo, » fit ressortir Dona Cristã. « Je crois qu'il serait plus juste de dire qu'elle a parlé *contre* les coupables, qui tentaient de rejeter la responsabilité sur lui. »

– « Ce n'est pas ainsi que Marcão voit les choses, » fit valoir Libo. « J'ai vu la façon dont il la regarde. Ce n'est pas grand-chose, mais il y a quelqu'un qui l'aime. »

– « Et toi, l'aimes-tu? » demanda Pipo.

Libo resta quelques instants silencieux. Pipo savait ce que cela signifiait. Il s'introspectait avant de donner une réponse. Pas la réponse la plus propre à lui valoir la faveur des adultes, et pas la réponse qui risquait de provoquer leur colère, deux types de comédie qui ravissaient pratiquement tous les jeunes de son âge. Lui s'introspectait pour découvrir la vérité.

– « Je crois, » avança Libo, « avoir compris qu'elle ne veut pas qu'on l'aime. Comme si elle était en visite et pensait rentrer chez elle d'un jour à l'autre. »

Dona Cristã hocha gravement la tête.

– « Oui, c'est exactement cela, c'est exactement l'impression qu'elle donne. Mais, Libo, nous devons à présent te demander de nous laisser tandis que nous... »

Il partit avant qu'elle ait terminé sa phrase, avec un rapide signe de tête, un demi-sourire qui signifiait : Oui, je comprends, et une vivacité de mouvement qui fit de son départ une preuve plus éloquente de sa discrétion que s'il avait insisté pour rester. Pipo comprit que Libo était contrarié de devoir partir; il avait le don de faire croire aux adultes qu'ils étaient vaguement immatures, comparativement à lui.

« Pipo, » déclara la principale, « elle a demandé à passer son examen de xénobiologie avec un peu d'avance. Pour prendre la place de ses parents. »

Pipo haussa les sourcils.

« Elle affirme qu'elle étudie intensément cette discipline depuis sa plus tendre enfance. Qu'elle est prête à travailler immédiatement, sans apprentissage. »

– « Elle a treize ans, n'est-ce pas? »

– « Il y a des précédents. De nombreux enfants ont passé l'examen en avance. Il y en a même un qui était encore plus jeune. C'était il y a deux mille ans, mais cela *est* arrivé. L'Evêque Peregrino est contre, naturellement, mais Bosquinha, béni soit son esprit pratique, a fait remarquer que Lusitania a grand besoin d'un xénobiologiste... Il faut que nous entreprenions de mettre au point de nouvelles espèces végétales afin de pouvoir varier notre régime alimentaire et obtenir de meilleurs rendements du sol lusitanien. Comme elle le dit elle-même : « Peu importe que ce soit une petite fille, nous avons besoin d'un xénobiologiste. » Vous voyez? »

– « Et vous voulez que je supervise l'examen? »

– « Si vous voulez bien. »

– « J'en serai heureuse. »

– « Je n'en ai jamais douté. »

– « J'avoue que j'ai un motif caché. »

– « Oh? »

– « J'aurais dû m'occuper davantage de cette petite fille. J'aimerais voir s'il n'est pas trop tard pour commencer. »

Dona Cristã eut un rire discret.

– « Oh, Pipo, je serais heureuse si vous essayiez. Mais croyez-moi, cher ami, toucher son cœur revient à respirer de la glace. »

– « J'imagine. J'imagine que le toucher revient à plonger dans une eau glacée. Mais quel effet cela produit-il sur *elle*? Glacée comme elle est, elle a certainement l'impression que c'est du feu. »
– « Quel poète vous faites! » s'exclama Dona Cristã. Il n'y avait pas d'ironie dans sa voix; elle était sérieuse. « Les piggies comprennent-ils que nous leur envoyons le meilleur d'entre nous en ambassade? »
– « Je m'efforce de le leur expliquer, mais ils restent sceptiques. »
– « Je vous l'enverrai demain matin. Je vous avertis, elle croira pouvoir passer l'examen à froid et elle résistera à toute tentative de conversation antérieure à l'examen lui-même. »
Pipo sourit.
– « Ce qui arrivera *après* l'examen m'inquiète beaucoup plus. Si elle échoue, elle se trouvera confrontée à de très graves problèmes. Si elle réussit, *mes* problèmes commenceront. »
– « Pourquoi? »
– « Libo va tout faire pour me persuader de lui permettre de passer l'examen de Zenador en avance. Et si je faisais cela, il ne me resterait qu'à rentrer chez moi, me coucher et mourir. »
– « Quel fou romantique vous faites, Pipo. S'il y a un homme, à Milagre, qui soit capable d'accepter que son fils de treize ans devienne son collègue, c'est bien vous. »
Après son départ, Pipo et Libo travaillèrent ensemble, comme d'habitude, enregistrant les événements de la journée passée en compagnie des pequeninos. Pipo comparait le travail de Libo, sa façon de penser, ses intuitions, ses attitudes à ceux des étudiants qu'il avait rencontrés à l'Université avant de venir sur Lusitania. Il était jeune, il avait encore beaucoup à apprendre dans les domaines de la théorie et des connaissances, mais c'était déjà un véritable scientifique, sur le plan des méthodes, et un

humaniste dans le cœur. Lorsque le travail de la soirée fut terminé et qu'ils rentrèrent ensemble à la lumière de la grosse lune aveuglante de Lusitania, Pipo décida que Libo méritait déjà d'être traité en collègue, qu'il passe ou non l'examen. De toute façon, les examens ne pouvaient mesurer les choses qui comptaient vraiment.

Et, que cela lui plaise ou non, Pipo avait l'intention de voir si Novinha possédait les qualités non-mesurables d'un scientifique; si tel n'était pas le cas, il veillerait à ce qu'elle échoue à l'examen, quelle que soit la quantité d'informations qu'elle aurait enregistrée.

Pipo avait l'intention d'être exigeant. Novinha savait comment les adultes agissaient quand ils projetaient de faire les choses à leur façon, mais elle ne voulait ni se disputer ni se montrer désagréable. Tu peux passer l'examen, naturellement. Mais il n'y a aucune raison de se précipiter, prends ton temps, assurons-nous que tu réussiras à la première tentative.

Mais Novinha ne voulait pas attendre. Novinha était prête.

« Je sauterai dans tous les cerceaux que vous me présenterez, » déclara-t-elle.

Son visage se figea. Cela arrivait à chaque fois. C'était sans importance, la froideur n'avait aucune importance, elle pouvait les faire mourir de froid.

– « Je ne veux pas te faire sauter dans des cerceaux, » dit-il.

– « Je vous demande seulement de les mettre tous les uns derrière les autres, pour que je puisse les franchir *vite*. Je ne veux pas que cela dure des jours et des jours. »

Il la regarda pensivement pendant quelques instants.

– « Tu es vraiment très pressée. »

– « Je suis *prête*. Le Code Stellaire m'autorise à passer l'examen à tout moment. C'est une affaire entre moi et le Congrès Stellaire, et il n'est dit nulle part, à ma connaissance, qu'un xénologue peut revenir sur les décisions du Conseil Interplanétaire des Examens. »

– « Dans ce cas, tu n'as pas lu attentivement. »

– « La seule chose qui me soit nécessaire pour passer l'examen avant seize ans est l'autorisation de mon tuteur légal. Je *n'ai pas* de tuteur légal. »

– « Au contraire, » répondit pipo. « Le Maire, Bosquinha, est ton tuteur légal depuis le jour où tes parents ont disparu. »

– « Et elle a accepté que je passe l'examen. »

– « À condition que ce soit avec moi. »

Novinha vit l'expression intense de ses yeux. Elle ne connaissait pas Pipo, de sorte qu'elle crut que c'était l'expression qu'elle avait vue dans de nombreux yeux, le désir de dominer, de commander, la volonté de briser sa détermination et de détruire son indépendance, la volonté de l'amener à *se soumettre*.

De la glace au feu en un instant.

– « Qu'est-ce que vous savez de la xénobiologie ? Vous vous contentez d'aller discuter avec les piggies et vous ne savez même pas comment fonctionnent les gènes ! Qu'est-ce qui vous donne le droit de me juger ? Lusitania a besoin d'un xénobiologiste ; la colonie en est privée depuis huit ans. Et vous voulez la faire attendre encore, simplement pour pouvoir contrôler la situation ? »

Surprise, elle constata qu'il ne se troubla pas, ne recula pas. Et il ne se mit pas en colère. Ce fut comme si elle n'avait rien dit.

– « Je vois, » fit-il calmement. « C'est parce que tu aimes profondément les habitants de Lusitania que tu veux devenir xénobiologiste. Confrontée aux besoins de la population, tu t'es sacrifiée afin de te préparer à entrer très tôt dans une existence de service altruiste. »

À l'entendre dire cela de cette façon, cela parut absurde. Et ce n'était pas du tout ce qu'elle ressentait.

– « N'est-ce pas une bonne raison ? »
– « Si c'était vrai, ce serait effectivement le cas. »
– « Me traitez-vous de menteuse ? »
– « Ce sont tes propres paroles qui te font passer pour une menteuse. Tu as dit à quel point *les habitants* de Lusitania avaient besoin de toi. Mais tu vis parmi nous. Tu as vécu toute ton existence parmi nous, pourtant tu ne te considères pas comme un membre de notre communauté. »

Ainsi, il n'était pas comme ces adultes qui croyaient toujours les mensonges dans la mesure où ils se la représentaient comme la petite fille qu'ils voulaient qu'elle soit.

– « Pourquoi *me considérerais-je* comme un membre de la communauté ? Je ne le suis pas. »

Il hocha gravement la tête, comme s'il réfléchissait à sa réponse.

– « De quel communauté fais-tu partie ? »
– « La seule autre communauté de Lusitania est celle des piggies, et je ne peux pas aller voir ces adorateurs des arbres. »
– « Il y a de nombreuses autres communautés sur Lusitania. Par exemple, tu es étudiante... Il y a la communauté des étudiants. »
– « Pas pour moi. »
– « Je sais. Tu n'as pas d'amis, tu n'as pas de camarades, tu vas à la messe mais tu ne te confesses pas, tu es si complètement détachée que, dans la mesure du possible, tu n'entretiens de relations ni avec la vie de la colonie ni avec celle de l'espèce humaine. Tout indique que tu vis dans un isolement total. »

Novinha n'était pas préparée à cela. Il exprimait la douleur inhérente à son existence et elle ne disposait pas d'une stratégie lui permettant de supporter cela.

– « Si c'est le cas, ce n'est pas ma faute. »
– « Je sais. Je sais où cela a commencé et je sais qui est responsable du fait que cela a duré jusqu'à aujourd'hui. »
– « Moi? »
– « Moi. Et tous les autres. Mais surtout moi, parce que je savais ce qui t'arrivait et que je n'ai rien fait pour l'empêcher. Jusqu'à aujourd'hui. »
– « Et, aujourd'hui, vous allez m'empêcher d'obtenir la seule chose qui compte vraiment! Merci beaucoup pour votre compassion. »

Une nouvelle fois, il hocha solennellement la tête, comme s'il acceptait et reconnaissait le bien-fondé de sa reconnaissance ironique.

– « Dans un sens, Novinha, peu importe que cela ne soit pas ta faute. Parce que Milagre est effectivement une communauté et que, qu'elle se soit bien ou mal conduite avec toi, elle est néanmoins obligée d'agir comme le font toutes les communautés, d'assurer autant que possible le bonheur de tous ses membres. »
– « Ce qui signifie tous les habitants de Lusitania sauf moi, moi et les piggies. »
– « Le xénobiologiste est d'une importance capitale pour la colonie, surtout une colonie comme celle-ci, entourée par une clôture qui limite à jamais sa croissance. Notre xénobiologiste doit trouver le moyen de produire davantage de protéines et de glucides à l'hectare, ce qui implique la transformation génétique du blé et des pommes de terre originaires de la Terre pour faire... »
– « Pour obtenir le rendement maximal des produits nutritifs disponibles dans l'environnement lusitanien. Croyez-vous que j'aie l'intention de passer

l'examen sans savoir ce que sera le travail de toute ma vie ? »

– « Le travail de toute ta vie, à savoir te consacrer à l'amélioration des conditions d'existence de gens que tu méprises. »

Novinha comprit alors la nature du piège qu'il lui avait tendu. Trop tard; il s'était refermé.

– « Ainsi, vous croyez qu'un xénobiologiste ne peut pas faire son travail s'il *n'aime pas* les gens qui utilisent ce qu'il fait ? »

– « Peu importe que tu nous aimes ou pas. Ce que je dois savoir, c'est ce que tu veux *vraiment*. Pourquoi tu tiens tellement à faire cela. »

– « Psychologie de base. Mes parents faisaient ce travail et je tente de les imiter. »

– « Peut-être, » admit Pipo. « Et peut-être pas. Ce que je veux savoir, Novinha, ce que je *dois* savoir avant de t'autoriser à passer l'examen, c'est à quelle communauté *tu appartiens* effectivement. »

– « Vous l'avez dit vous-même. Je n'appartiens à aucune. »

– « Impossible. Tout individu se définit par les communautés auxquelles il appartient et celles auxquelles il n'appartient pas. Je suis ceci, ceci et ceci, mais en aucun cas cela, cela et cela. Toutes tes définitions sont négatives. Je pourrais dresser une liste interminable des choses que tu n'es pas. Mais tout individu croyant sincèrement qu'il n'appartient à aucune communauté finit par se suicider, soit en tuant son corps soit en renonçant à son identité, en sombrant dans la folie. »

– « Voilà, je suis folle à lier. »

– « Pas folle. Dominée par une détermination effrayante. Si tu passes cet examen, tu réussiras. Mais, avant de te laisser le passer, je dois savoir : Qui deviendras-tu quand tu auras réussi ? Que crois-tu, de quoi fais-tu partie, qu'est-ce qui t'intéresse, qu'est-ce que tu aimes ? »

– « Personne, sur ce monde ou sur les autres. »
– « Je ne te crois pas. »
– « Je n'ai jamais rencontré la bonté, dans ce monde, sauf chez mes parents, et ils sont morts! Et même eux... Personne ne comprend *quoi que ce soit*. »
– « Toi. »
– « Je fais partie d'un tout, n'est-ce pas? Mais personne ne comprend les autres, même pas vous qui feignez d'être tellement sage et compatissant, mais vous me faites pleurer comme cela simplement parce que vous avez le pouvoir de m'empêcher de faire ce que je veux... »
– « Et ce n'est pas la xénobiologie. »
– « Si ça l'est! De toute façon, ça en fait partie. »
– « Et quel est le reste? »
– « Ce que vous êtes, ce que vous faites. Seulement vous vous trompez complètement, vous agissez *stupidement* ».
– « Xénobiologiste *et* xénologue. »
– « Ils ont fait une erreur stupide quand ils ont créé une nouvelle science pour étudier les piggies. C'était un groupe de vieux anthropologues fatigués qui ont changé de casquette et se sont baptisés xénologues. Mais on ne peut pas comprendre les piggies en se contentant d'observer la façon dont ils se *comportent*! Ils sont issus d'une évolution différente! Il faut comprendre leurs gènes, ce qui se passe dans leurs cellules. Dans les cellules des autres animaux, aussi, parce qu'il est impossible de les étudier en eux-mêmes, *personne* ne vit dans l'isolement... »

Ne me fais pas un cours, se dit Pipo. Dis-moi ce que tu *éprouves*. Et, pour provoquer une réaction plus émotionnelle, il souffla :
– « Sauf toi. »

Cela fonctionna. Alors qu'elle était froide et méprisante, elle devint brûlante et défensive.

– « Vous ne les comprendrez jamais! Mais *moi* je les comprendrai! »

– « Pourquoi t'intéresses-tu à eux? Que représentent les piggies pour toi? »

– « Vous ne comprendriez pas. Vous êtes un bon *catholique*. » Elle prononça le mot sur un ton méprisant. « C'est un livre qui est à l'index. »

La compréhension éclaira soudain le visage de Pipo.

– « *Là Reine et l'Hégémon.* »

– « Il vivait il y a trois mille ans, celui qui se faisait appeler la Voix des Morts. Mais il *comprenait* les doryphores! Il les a tous détruits, la seule autre espèce extra-terrestre connue, nous les avons tous tués, mais *il comprenait*. »

– « Et tu veux écrire l'histoire des piggies comme le premier Porte-Parole a écrit celle des doryphores? »

– « À vous entendre, on pourrait croire que c'est aussi facile à écrire qu'un article savant. Vous ne savez pas ce que signifiait la rédaction de *La Reine et l'Hégémon*. Quelles souffrances il a endurées pour imaginer qu'il était un esprit extra-terrestre, et découvrir finalement qu'il aimait profondément la créature grandiose que nous avons détruite. Il vivait à la même époque que l'être humain le plus horrible qui ait jamais existé, Ender le Xénocide, qui a détruit les doryphores, et il s'est efforcé de défaire ce qu'Ender avait fait, le Porte-Parole a tenté de faire sortir les morts... »

– « Mais il n'a pas réussi. »

– « Il a réussi! Il les a fait revivre, vous le sauriez si vous aviez lu le livre! Je ne sais pas ce qu'il en est de Jésus, j'écoute l'Évêque Peregrino et je ne crois pas que leur liturgie ait le pouvoir de transformer les hosties en chair ou de racheter un milligramme de

péché. Mais le Porte-Parole des Morts a fait revivre la reine. »
– « Dans ce cas, où est-elle ? »
– « Ici ! En moi ! »
Il hocha la tête.
– « Et il y a quelqu'un d'autre, en toi. Le Porte-Parole des Morts. C'est ce que tu veux être. »
– « C'est la seule histoire vraie que je connaisse, » dit-elle. « La seule qui m'intéresse. Est-ce ce que vous vouliez entendre ? Que je suis une hérétique ? Et que le travail de toute ma vie permettra d'ajouter un volume à l'index des vérités que les bons catholiques n'ont pas le droit de connaître ? »
– « Ce que je voulais entendre, » dit doucement Pipo, « c'était le nom de ce que tu es et non ceux de tout ce que tu n'es pas. Tu es la reine. Tu es la Voix des Morts. C'est une communauté très réduite en nombre, mais au grand cœur. Ainsi, tu as décidé de ne pas faire partie des bandes d'enfants qui se groupent dans le seul but d'exclure les autres, et les gens, en te voyant, disaient : Pauvre petite, elle est tellement isolée ; mais tu avais un secret, tu savais *qui* tu étais. Tu es le seul être humain capable de comprendre l'esprit extra-terrestre ; et tu sais ce que signifie la condition de non-humain parce qu'aucun groupe ne t'a jamais acceptée en tant qu'homo sapiens ordinaire. »
– « Maintenant, vous dites que je ne suis même pas humaine ? Vous m'avez fait pleurer comme une petite fille parce que vous refusiez de me laisser passer l'examen, vous m'avez humiliée et, à présent, vous dites que je ne suis pas *humaine* ? »
– « Tu peux passer l'examen. »
Les mots restèrent suspendus.
– « Quand ? » souffla-t-elle.
– « Ce soir. Demain. Commence quand tu veux. J'interromprai mon travail pour te faire passer l'examen dès que tu voudras. »

– « Merci ! Merci, je... »

– « Deviens le Porte-Parole des Morts. Je ferai tout mon possible pour t'aider. La loi m'interdit d'emmener qui que ce soit, à l'exception de mon apprenti, mon fils, Libo, chez les pequeninos. Mais nous te communiquerons nos notes. Tout ce que nous apprendrons, nous te le montrerons. Toutes nos hypothèses et spéculations. En échange, tu nous montreras également tout ton travail, les découvertes concernant les structures génétiques de cette planète qui pourraient nous aider à comprendre les pequeninos. Et quand nous en saurons assez, ensemble, tu pourras écrire ton livre, tu pourras devenir le Porte-Parole. Mais cette fois, pas le Porte-Parole des Morts. Les pequeninos ne sont pas morts. »

Elle ne put s'empêcher de sourire.

– « Le Porte-Parole des Vivants. »

– « Moi aussi, j'ai lu *La Reine et l'Hégémon*, » dit-il. « Tu ne pouvais pas trouver ton nom dans un meilleur endroit. »

Mais elle ne lui faisait pas encore confiance, ne pouvait croire ce qu'il paraissait promettre.

– « Il faudra que je vienne ici souvent. tout le temps. »

– « Nous fermons lorsque nous allons nous coucher. »

– « Mais tout le reste du temps. Vous en aurez assez de me voir. Vous me direz de partir. Vous garderez des secrets. Vous me direz de me taire et de ne pas exprimer mes idées. »

– « Notre amitié vient tout juste de commencer et, déjà, tu crois que je suis un menteur, un tricheur, un idiot impatient. »

– « Mais vous le ferez, *tout le monde* le fait ; ils veulent tous que je parte... »

Pipo haussa les épaules.

– « Et alors ? De temps en temps, tout le monde a envie que tout le monde s'en aille. Parfois, j'aurai envie que *tu* t'en ailles. Ce que je te dis aujourd'hui c'est que même dans ces moments-là, même si je te *dis* de t'en aller, tu ne seras pas obligée de partir. »

Elle n'avait jamais entendu de paroles plus parfaitement déconcertantes.

– « C'est fou. »
– « Une seule chose. Promets que tu ne tenteras jamais d'aller voir les pequeninos. Parce que je ne pourrai jamais te laisser faire et que, si tu trouvais le moyen de les rencontrer tout de même, le Congrès Stellaire mettrait un terme à notre travail et interdirait tout contact avec eux. Promets-tu? Sinon tout, mon travail et le tien, disparaîtra. »
– « Je promets. »
– « Quand veux-tu passer l'examen? »
– « Tout de suite! Puis-je commencer tout de suite? »

Il eut un rire tendre, puis tendit la main et, sans regarder, toucha le terminal. Il s'alluma, les premiers modèles génétiques apparaissant au-dessus de lui.

« Vous aviez préparé l'examen! » s'écria-t-elle. « Vous aviez tout prévu. Vous saviez depuis le début que vous me laisseriez le passer! »

Il hocha la tête.

– « J'espérais. Je croyais en toi. Je voulais t'aider à faire ce dont tu rêvais. Dans la mesure où c'était bon. »

Elle n'aurait pas été Novinha si elle n'avait pas trouvé une autre réflexion empoisonnée.

– « Je vois. Vous êtes le Juge des Rêves. »

Peut-être ne comprit-il pas que c'était une insulte. Il se contenta de sourire et dit :

– « La foi, l'espoir et l'amour, ces trois choses, mais la plus belle est l'amour. »
– « Vous ne m'aimez pas, » objecta-t-elle.
– « Ah, » fit-il. « Je suis le Juge des Rêves et tu es le Juge de l'Amour. Eh bien, je te déclare coupable

de faire de bons rêves et te condamne à une existence entière de travail et de souffrance dans l'intérêt de ces rêves. J'espère seulement qu'un jour tu ne me déclareras pas innocent du crime consistant à t'aimer. » Il fut songeur pendant quelques instants. « J'ai perdu une fille pendant la Descolada. Maria. Elle n'aurait que quelques années de plus que toi. »

– « Et je vous fais penser à elle? »
– « Je me disais qu'elle ne te ressemblerait absolument pas. »

Elle commença l'examen. Il dura trois jours. Elle réussit, avec un nombre de points nettement supérieur à celui de nombreux étudiants diplômés. Rétrospectivement, toutefois, elle ne se souviendrait pas de l'examen parce que c'était le début de sa carrière, la fin de son enfance, la confirmation de la vocation de l'œuvre de sa vie. Elle se souviendrait de l'examen parce que ce fut le début de la période passée dans le laboratoire de Pipo, où Pipo, Libo et Novinha formaient la première communauté à laquelle elle eût appartenu depuis que ses parents avaient été mis en terre.

Ce ne fut pas facile, surtout au début. Novinha ne renonça pas immédiatement à sa pratique de la confrontation froide. Pipo comprenait, était prêt à laisser passer l'orage de ses attaques verbales. Cela fut beaucoup plus difficile du point de vue de Libo. Le Laboratoire du Zenador était l'endroit où il pouvait être seul avec son père. Désormais, sans qu'il ait été consulté, une troisième personne l'occupait, une personne froide et exigeante, qui lui parlait comme à un enfant, bien qu'ils aient le même âge. Il acceptait mal qu'elle soit xénobiologiste à part entière, avec le statut d'adulte que cela impliquait, alors qu'il était toujours apprenti. Mais il s'efforça de rester patient. Il était calme par nature, et le silence lui allait bien. Lorsqu'il était vexé, il ne le montrait pas. Mais Pipo connaissait son fils et le voyait brûler. Au bout d'un certain temps, bien qu'elle soit insensible, Novinha s'aperçut qu'elle provoquait Libo au-delà des limites supportables par un jeune homme normal. Mais, au lieu de le ménager, elle considéra cela comme un défi. Comment pourrait-elle forcer ce beau jeune homme exceptionnellement calme et doux à réagir?

« Tu veux dire que tu travailles depuis toutes ces années, » lança-t-elle un jour « et que tu ne sais même pas comment les piggies *se reproduisent?* Comment sais-tu que ce sont tous des mâles? »

Libo répondit calmement.

– « Nous leur avons expliqué les mâles et les femelles lorsque nous leur avons appris nos langues. Ils ont décidé de se considérer comme des mâles. Et ont désigné les autres, ceux que nous n'avons jamais vus, comme les femelles. »

– « Mais, à ta connaissance, ils se reproduisent grâce à des spores. Ou par mitose! »

Le ton de sa voix était méprisant et Libo ne répondit pas immédiatement. Pipo crut entendre les pensées de son fils, reformulant soigneusement la réponse afin de la rendre douce et inoffensive.

– « J'aimerais que nous puissions faire davantage d'anthropologie physique, » dit-il. « Ainsi, il nous serait plus facile d'appliquer tes recherches sur les structures sub-cellulaires de la vie lusitanienne à ce que nous apprenons sur les pequeninos. »

Novinha parut horrifiée.

– « Tu veux dire que vous ne prenez *même pas* d'échantillons de tissus? »

Libo rougit légèrement, mais sa voix était toujours calme lorsqu'il répondit. Pipo se dit qu'il aurait agi de la même façon s'il avait été interrogé par l'Inquisition.

– « Je suppose que c'est *ridicule,* » expliqua Libo. « Mais nous avions peur que les pequeninos se demandent pourquoi nous prenions des morceaux de leur corps. Si l'un d'entre eux tombait malade, ensuite, nous rendraient-ils responsables de la maladie ? »

– « Et si vous preniez quelque chose qu'ils perdent naturellement ? On peut apprendre beaucoup avec un cheveu. »

Libo hocha la tête; Pipo, assis devant son terminal, de l'autre côté de la pièce, identifia le geste; Libo l'avait appris de son père.

– « De nombreuses tribus primitives de la Terre croyaient que ce que leur corps perdait naturellement contenait une partie de leur vie et de leur force. Et si les piggies croyaient que nous pratiquons la magie contre eux ? »

– « Vous ne parlez donc pas leur langue ? Je croyais que certains d'entre eux parlaient Stark. » Elle ne fit rien pour cacher son dédain. « Ne pouvez-vous pas expliquer à quoi serviront les échantillons ? »

– « Tu as raison, » répondit-il calmement. « Mais si nous expliquions l'utilisation que nous ferions des échantillons de tissu, nous risquerions de leur enseigner le concept de science biologique avec mille ans d'avance sur le moment où ils atteindront naturellement ce point. C'est pourquoi la loi nous interdit d'expliquer ce genre de choses. »

Finalement, Novinha fut déconcertée.

– « Je ne me rendais pas compte que vous étiez à ce point liés par la doctrine de la non-intervention. »

Pipo constata avec satisfaction qu'elle renonçait à son arrogance, mais son humilité était presque pire. Elle avait vécu dans un tel isolement vis-à-vis des contacts humains qu'elle parlait comme un ouvrage scientifique exagérément formel. Pipo se demanda s'il n'était pas déjà trop tard pour lui enseigner à agir en être humain.

Il était encore temps. Lorsqu'elle eut compris qu'ils étaient excellents dans leur domaine et qu'elle en ignorait pratiquement tout, elle renonça à son attitude agressive et passa presque à l'extrême opposé. Pendant plusieurs semaines, elle ne parla que rarement à Pipo et Libo. Elle étudia leurs rapports tentant de comprendre la raison d'être de ce qu'ils faisaient. De temps en temps, elle se posait une question et demandait des explications; ils répondaient poliment et complètement.

La politesse céda progressivement la place à la familiarité. Pipo et Libo s'entretinrent librement en sa présence, émettant des hypothèses sur la raison pour pour laquelle les piggies avaient élaboré quelques-uns de leurs comportements étranges, sur le sens caché de certaines affirmations bizarres, pourquoi ils restaient si totalement impénétrables. Et, comme l'étude des piggies était une discipline scientifique toute nouvelle, Novinha en sut rapidement assez, même indirectement, pour proposer des hypothèses.

– « Après tout, » dit Pipo pour l'encourager, « nous sommes tous aveugles. »

Pipo avait prévu ce qui arriva ensuite. La patience soigneusement cultivée de Libo lui avait fait une réputation de froideur et de réserve parmi les autres enfants de son âge, alors même que Pipo tentait de l'amener à entretenir des relations sociales; l'isolement de Novinha était plus flamboyant mais pas moins complet. Toutefois, leur intérêt commun pour les piggies les rapprocha... À qui auraient-ils pu parler alors que seul Pipo pouvait comprendre leurs converstions?

Ils se détendirent, rirent aux larmes à la suite de plaisanteries qui n'auraient manifestement amusé personne. Tout comme les piggies paraissaient donner un nom à tous les arbres de la forêt, Libo s'amusa à nommer tous les meubles du laboratoire, et déclara périodiquement que certains objets étaient de mauvaise humeur, de sorte qu'il ne fallait pas les déranger.

– « Ne t'assieds pas sur cette chaise! C'est à nouveau sa période mensuelle. »

Ils n'avaient jamais vu de piggy femelle et les mâles paraissaient faire référence à elles avec un respect presque religieux; Novinha écrivit une série de rapports parodiques, consacrés à une piggy imaginaire qu'elle appela : Révérende Mère, et qui était extraordinairement désagréable et exigeante.

Il n'y eut pas que des rires. Il y eut des problèmes, des soucis et, en une occasion, la crainte d'avoir fait exactement ce que le Congrès Stellaire s'efforçait d'empêcher, à savoir provoquer des transformations radicales de la société des piggies. Cela commença avec Rooter, naturellement. Rooter, qui ne renonçait pas à poser des questions difficiles, impossibles, telles que :

« S'il n'y a pas d'autres villes humaines, comment pouvez-vous faire la guerre? Tuer les Petits ne peut pas vous apporter la gloire. »

Pipo bafouilla que les humains ne tueraient jamais les pequeninos; mais il savait que ce n'était pas la question que Rooter avait réellement posée.

Pipo savait depuis de nombreuses années que les piggies connaissaient la guerre mais pendant des jours, après cet incident, Libo et Novinha discutèrent avec animation dans l'espoir de déterminer si la question de Rooter démontrait que les piggies considéraient la guerre comme désirable ou simplement inévitable. Rooter fournit d'autres informations, parfois importantes et parfois pas; et beaucoup dont il était impossible de déterminer l'importance. En un sens, Rooter incarnait la démonstration de la sagesse de la politique qui interdisait aux xénologues de poser des questions susceptibles de révéler les objectifs des humains, et de ce fait, leurs traditions.

Invariablement, les questions de Rooter leur donnaient davantage de réponses que ses réponses à leurs questions.

La dernière indication fournie par Rooter, toutefois, ne fut pas une question. Ce fut une supposition communiquée à Libo en privé, tandis que Pipo était avec d'autres, étudiant la façon dont ils construisaient leurs maisons de rondins.

« Je sais, je sais, » dit Rooter, « je sais pourquoi Pipo est toujours en vie. Vos femmes sont trop stupides pour comprendre que c'est un sage. »

Libo s'efforça de donner un sens à ce non sequitur apparent. Que croyait donc Rooter, que si les femmes humaines étaient plus intelligentes, elles tueraient Pipo? L'allusion au meurtre était troublante... Il s'agissait manifestement d'une question importante et Libo se sentit incapable d'y faire face seul. Cependant, il ne pouvait pas demander l'aide de Pipo, du fait que Rooter tenait de toute évidence à évoquer ce sujet en l'absence de Pipo.

Comme Libo ne répondait pas, Rooter insista.

« Vos femelles, elles sont faibles et stupides? J'ai dit cela aux autres et ils ont répondu que je pouvais te poser la question. Vos femmes ne voient pas que Pipo est un sage. Est-ce exact? »

Rooter paraissait très agité; sa respiration était bruyante et il arrachait des poils de ses bras, plusieurs à la fois. Libo devait répondre, d'une façon ou d'une autre.

– « Il y a de nombreuses femmes qui ne le connaissent pas, », dit-il.

– « Dans ce cas, comment sauront-elles s'il doit mourir? » demanda Rooter. Puis soudain, il se figea et parla très fort. « Vous êtes des cabras! »

Ce n'est qu'à ce moment-là que Pipo apparut, se demandant ce que signifiaient les cris. Il constata immédiatement que Libo avait complètement perdu pied. Toutefois, Pipo ignorait tout du sujet de la conversation. En quoi pouvait-il être utile? Il savait seulement que Rooter disait que les êtres humains, ou, du moins, Pipo et Libo, étaient comme les gros animaux qui broutaient en troupeaux dans la prairie. Pipo n'aurait même pas pu dire si Rooter était furieux ou heureux.

« Vous êtes des cabras. *Vous* décidez! » Il montra Libo, puis Pipo. « Vos femmes ne choisissent pas de vous honorer, *vous* le faites! Exactement comme pendant la bataille, mais tout le temps! »

Pipo ignorait totalement de quoi parlait Rooter, mais il voyait que tous les pequeninos étaient aussi immobiles que des souches, attendant que lui, ou Libo réponde. De toute évidence, Libo était trop effrayé par le comportement étrange de Rooter pour se risquer à répondre. Dans ce cas, Pipo estima que la seule solution consistait à dire la vérité; c'était, après tout, une information relativement évidente et banale sur la société humaine. C'était contraire aux règles établies par le Congrès Stellaire, mais l'absence de réponse serait plus nuisible encore, de sorte que Pipo se lança.

– « Les femmes et les hommes décident ensemble ou décident pour eux-mêmes, » dit Pipo. « On ne décide pas pour l'autre. »

C'était apparemment ce que les piggies attendaient.

« Des cabras, » répétèrent-ils inlassablement; ils se rassemblèrent autour de Rooter, criant et sifflant. Ils s'emparèrent de lui et l'entraînèrent dans la forêt. Pipo voulut suivre mais deux piggies l'arrêtèrent et secouèrent la tête. C'était un geste humain qu'ils connaissaient depuis longtemps mais, du point de vue des piggies, il avait un sens très fort. Il était absolument interdit à Pipo de suivre. Ils allaient voir les femmes et c'était le seul endroit où ils ne pouvaient en aucun cas se rendre.

Sur le chemin du retour, Libo raconta comment l'incident avait commencé.

« Sais-tu ce que Rooter a dit? Il a dit que nos femmes étaient faibles et stupides. »

– « C'est parce qu'il n'a jamais rencontré Bosquinha. Ni ta mère. »

Libo rit parce que sa mère, Conceição, dirigeait les archives comme s'il s'agissait d'une estanção du mato sauvage d'autrefois. Lorsqu'on entrait dans son domaine, on était totalement soumis à sa loi. Pendant qu'il riait, il eut l'impression que quelque chose lui échappait, une idée importante... De quoi parlions-nous? La conversation se poursuivit; Libo avait oublié et, bientôt, il oublia même qu'il avait oublié.

Cette nuit-là, ils entendirent le martèlement qui, selon Pipo et Libo, indiquait une fête quelconque. Cela n'arrivait pas très souvent et évoquait de gros tambours résonnant sous les coups de lourds bâtons. Pipo et Libo supposèrent que l'exemple humain d'égalité sexuelle avait peut-être apporté aux pequeninos mâles un espoir quelconque de libération.

« Je crois que cela sera peut-être considéré comme une modification importante du comportement des piggies, » dit Pipo avec gravité. « Si nous constatons que nous avons provoqué une transformation réelle, il faudra que je la mentionne et le Congrès décidera probablement d'interrompre pendant quelque temps tout contact avec les piggies. Des années, peut-être. » Comprendre soudain que, s'ils faisaient honnêtement leur travail, le Congrès Stellaire pourrait être amené à les empêcher totalement de le faire avait de quoi refroidir leur ardeur.

Au matin, Novinha les accompagna jusqu'à la porte de la haute clôture séparant la ville humaine des pentes conduisant aux collines boisées où vivaient les piggies. Comme Pipo et Libo tentaient toujours de se persuader qu'ils n'auraient pas pu agir différemment, Novinha arriva la première à la porte. Quand les autres la rejoignirent, elle montra une tache de terre rouge, récemment dégagée à une trentaine de mètres de la porte.

« C'est nouveau, » dit-elle. « Et il y a quelque chose dessus. »

Pipo ouvrit la porte et Libo, parce qu'il était plus jeune gagna l'endroit en courant. Il s'immobilisa au bord de l'espace dégagé et se figea totalement, les yeux fixés sur ce qui se trouvait devant lui. Pipo, en voyant cela, s'immobilisa également et Novinha, ayant soudain peur pour Libo, franchit la porte sans tenir compte du règlement. La tête de Libo bascula en arrière tandis qu'il tombait à genoux; il serra ses cheveux bouclés dans ses mains et poussa un cri désespéré.

Rooter était couché sur le dos, bras et jambes écartés, dans l'espace dégagé. Il avait été éventré, et pas n'importe comment : Tous les organes avaient été proprement retirés et les tendons et filaments de ses membres avaient également été dégagés puis disposés suivant une structure géométrique sur le sol. Tout était encore relié au corps, rien n'avait été complètement enlevé.

Les sanglots douloureux de Libo étaient presque hystériques. Novinha s'agenouilla près de lui, le serra contre elle et le berça, tenta de le consoler. Pipo, méthodiquement, sortit son petit appareil photo et prit des clichés sous tous les angles, afin que l'ordinateur puisse les analyser en détail plus tard.

« Il était toujours vivant quand ils ont fait cela, » dit Libo, lorsqu'il fut assez calme pour parler. Néanmoins, il fut obligé de prononcer les mots lentement, soigneusement, comme un étranger apprenant tout juste à parler. « Il y a tellement de sang, par terre, si loin... Son cœur devait battre quand ils l'ont ouvert. »

– « Nous parlerons de cela plus tard, » s'interposa Pipo.

Ce que Libo avait oublié la veille lui revint en mémoire avec une netteté cruelle.

– « C'est ce que Rooter a dit à propos des femmes. Elles décident quand les hommes doivent mourir. Il m'a dit cela et je... » Il s'interrompit. Il n'avait rien fait, naturellement. La loi l'obligeait à ne rien faire. Et, à cet instant, il décida qu'il haïssait la loi. Si la loi admettait que *cela* puisse être fait à Rooter, la loi manquait totalement de compassion. Rooter était une personne. On ne reste pas sans rien faire, lorsque cela arrive à une personne, simplement parce qu'on l'étudie.

– « Ils ne l'ont pas déshonoré, » fit ressortir Novinha. « S'il y a une certitude, c'est leur amour des arbres. Vous voyez? » Au centre de la cavité pectorale, vide à présent, une toute petite branche poussait. « Ils ont planté un arbre pour marquer sa tombe. »

– « À présent, nous savons pourquoi ils donnent un nom à tous leurs arbres, » commenta Libo avec amertume. « Ils les ont plantés pour marquer les endroits où sont morts les piggies qu'ils ont torturés. »

– « C'est une très grande forêt, » lui remontra calmement Pipo. « Tu dois limiter tes hypothèses au domaine du possible. » Sa voix tranquille, raisonnable, sa volonté de les voir se conduire en scientifiques, même dans ces circonstances, les calmèrent.

– « Que devons-nous faire? » demanda Novinha.

– « Nous devons te reconduire immédiatement dans le périmètre, » dit Pipo. « Tu n'as pas le droit de venir ici. »

– « Mais, je veux dire, avec le corps, que devons-nous faire? »

– « Rien, » répondit Pipo. « Les piggies ont fait

ce que font les piggies, quelles que soient leurs raisons. » Il aida Libo à se lever.

Pendant quelques instants, Libo fut instable sur ses jambes; il s'appuya sur eux pour faire quelques pas.

– « Qu'est-ce que j'ai dit? » souffla-t-il. « Je ne sais même pas quelle partie de ce que j'ai dit l'a tué. »

– « Ce n'était pas toi, » assura Pipo. « C'était moi. »

– « Qu'est-ce que tu crois, qu'ils t'appartiennent? » demanda Novinha. « Crois-tu que leur monde tourne autour de toi? Les piggies ont fait cela, pour des raisons qui leur sont propres. Il est évident que ce n'est pas la première fois : leur vivisection est trop adroite pour que ce soit la première fois. »

Pipo prit cela sur le ton de l'humour noir.

– « Nous nous laissons distancer, Libo. Novinha est censée tout ignorer de la xénologie. »

– « Tu as raison, » acquiesça Libo. « Quelle que soit la chose qui a déclenché cela, ils l'ont déjà fait. C'est une tradition. » Il s'efforçait au calme.

– « Mais c'est encore pire, n'est-ce pas? » souligna Novinha. « Leur *tradition* consiste à s'éventrer mutuellement, vivants. » Elle regarda les arbres de la forêt, qui commençait au sommet de la colline, et se demanda combien d'arbres plongeaient leurs racines dans le sang.

Pipo envoya son rapport par ansible et l'ordinateur ne lui posa aucun problème sur le plan du niveau de priorité. Il laissa à la commission de contrôle le soin de décider s'il fallait renoncer à tout contact avec les piggies. La commission ne décela aucune erreur grave.

« Il est impossible de cacher la relation entre nos sexes, du fait qu'une femme pourra devenir un jour xénologue, » indiqua le rapport, « et aucun élément ne nous permet d'affirmer que vous n'ayez pas agi raisonnablement et prudemment. Nous nous risquons à conclure que vous participiez sans le savoir à une lutte pour le pouvoir, dont Rooter a été la victime, et que vous devez poursuivre les contacts avec toute la prudence requise. »

C'était une mise hors de cause totale, mais cela ne rendait pas la situation plus facile à accepter. Libo avait grandi avec les piggies, du moins en entendant son père parler d'eux. Il connaissait mieux Rooter que les autres êtres humains, à l'exception de sa famille et de Novinha. Libo resta plusieurs jours sans reparaître au laboratoire et des semaines sans retourner dans la forêt. Les piggies agirent comme si de rien n'était; ils se montrèrent même plus accueillants. Personne ne mentionna Rooter, surtout pas Pipo et Libo. Il y eut des changements du côté humain, toutefois. Pipo et Libo ne s'éloignèrent plus l'un de l'autre lorsqu'ils se trouvaient parmi les piggies.

Le chagrin et les remords liés à ce jour amenèrent Libo et Novinha à compter davantage l'un sur l'autre, comme si les ténèbres les rapprochaient davantage que la lumière. Les piggies, désormais, paraissaient dangereux et imprévisibles, exactement comme la compagnie des êtres humains l'avait toujours été, et, entre Pipo et Libo, la question de savoir qui avait commis une erreur restait en suspens, malgré leurs efforts continuels pour se rassurer mutuellement. Ainsi le seul élément agréable et sûr de la vie de Libo était Novinha, et inversement.

Bien que Libo ait une mère ainsi que des frères et sœurs, bien que Pipo et Libo rentrassent toujours chez eux, Novinha et Libo se comportaient comme si le Laboratoire du Zenador était une île, Pipo jouant le rôle d'un Prospéro, aimant mais lointain. Pipo se demandait : Les piggies sont-ils comme Ariel, conduisant les jeunes amants vers le bonheur, ou bien sont-ils des Caliban, à peine contrôlables et portés au meurtre?

Au bout de quelques mois, le souvenir de la mort de Rooter s'estompa et leurs rires firent à nouveau leur apparition, sans pour autant retrouver leur insouciance. Mais, lorsqu'ils eurent dix-sept ans, Libo et Novinha était tellement sûrs l'un de l'autre qu'ils parlaient naturellement de ce qu'ils feraient ensemble dans cinq, dix, vingt ans. Pipo ne prit jamais la peine de leur parler de leurs projets de mariage. Après tout, ils étudiaient la biologie du matin au soir. Il leur viendrait sans doute un jour à l'idée d'explorer les stratégies reproductrices stables et socialement acceptables. En attendant, il suffisait qu'ils s'interrogent continuellement sur la façon dont les piggies se reproduisaient, considérant que les mâles n'avaient pas d'organes reproducteurs visibles. Les hypothèses liées à la façon dont les piggies combinaient le matériel génétique se terminaient invariablement par des plaisanteries si paillardes que Pipo devait déployer toute son énergie pour feindre de ne pas les trouver amusantes.

Ainsi, le Laboratoire du Zenador, pendant ces quelques brèves années, devint l'endroit où put s'exprimer l'affection liant deux jeunes esprits brillants qui, sans lui, auraient été condamnés à une solitude glacée. Ils n'imaginaient ni l'un ni l'autre que l'idylle se terminerait brutalement et définitivement dans des circonstances qui feraient trembler les Cent Planètes. Cela fut terriblement simple et ordinaire. Novinha analysait la structure génétique des roseaux infestés de mouches qui bordaient la rivière et constata que l'élément subcellulaire qui avait causé la Descolada était également présent dans les cellules des roseaux. Elle fit apparaître plusieurs autres structures cellulaires au-dessus du terminal et les examina. Elles contenaient toutes l'agent de la Descolada.

Elle appela Pipo, qui relisait les transcriptions de

la dernière visite chez les piggies. L'ordinateur compara tous les échantillons de cellule dont elle disposait. Indépendamment de leur fonction, indépendamment de l'espèce dont elles provenaient, toutes les cellules contenaient le corpuscule de la Descolada, et l'ordinateur indiqua qu'elles étaient absolument identiques sur le plan des proportions chimiques.

Novinha croyait que Pipo allait acquiescer, lui dire que cela paraissait intéressant, peut-être proposer une hypothèse. Mais il s'assit et recommença le test, l'interrogeant sur la façon dont l'ordinateur effectuait la comparaison, puis sur le fonctionnement même de la Descolada.

« Maman et papa n'ont jamais trouvé ce qui la déclenchait, mais le corpuscule de la Descolada libère cette protéine – enfin, pseudo-protéine, je suppose – qui attaque les molécules génétiques, commençant à une extrémité et séparant les deux bandes de la molécule en leur milieu. C'est pour cela qu'on l'a appelé : Descolador... Il décolle l'ADN également chez les êtres humains. »

– « Montre-moi ce qu'il produit sur une cellule extra-terrestre. »

Novinha mit la simulation en mouvement.

« Non pas, seulement la molécule génétique, l'ensemble de l'environnement cellulaire. »

– « C'est limité au noyau, » précisa-t-elle. Elle élargit le champ pour inclure de nouvelles variables. L'ordinateur travailla plus lentement parce qu'il traitait chaque seconde des millions de dispositions différentes de la matière nucléique. Dans la cellule du roseau, lorsque la molécule génétique fut décollée, plusieurs protéines qui s'y trouvaient en grande quantité se fixèrent sur les deux bandes séparées. « Chez les êtres humains, l'ADN tente de se reformer, mais des protéines y pénètrent de sorte que les cellules deviennent folles. Parfois, elles entrent en mitose, comme dans le cas du cancer, et parfois elles meurent. Mais, surtout, chez les êtres humains, les corpuscules de la Descolada se reproduisent à toute vitesse, passant d'une cellule à l'autre. Bien entendu, toutes les créatures extra-terrestres le possèdent. »

Mais Pipo n'écoutait pas ce qu'elle disait. Lorsque le Descolador en eut terminé avec les molécules génétiques du roseau, Pipo regarda les autres cellules.

– « Ce n'est pas seulement significatif, c'est la même chose, » releva-t-il. « C'est exactement pareil! »

Novinha ne vit pas immédiatement ce qu'il avait remarqué. Qu'est-ce qui était pareil que quoi? Et elle n'eut pas le temps de poser la question. Pipo avait déjà quitté son fauteuil et, ayant pris son manteau, se dirigeait vers la porte. Une pluie fine tombait, dehors. Pipo ne s'arrêta que le temps de lui crier :

« Dis à Libo que ce n'est pas la peine qu'il vienne, montre-lui simplement la simulation et vois s'il peut deviner avant mon retour. Il verra... C'est la réponse à la grande question. La réponse à tout! »

– « Expliquez-moi! »

Il rit.

– « Ne triche pas. Libo t'expliquera, si tu ne vois pas. »

– « Où allez-vous? »

– « Demander aux piggies si j'ai raison, naturellement. Mais je sais que j'ai raison, même s'ils mentent. Si je ne suis pas de retour dans une heure, j'aurai glissé dans la boue et me serai cassé la jambe. »

Libo ne vit pas les simulations. La réunion de la commission des projets se prolongea très longtemps en raison d'un désaccord sur l'extension des pâturages destinés au bétail et, après la réunion, Libo dut encore aller faire les courses de la semaine. Lorsqu'il revint, Pipo était parti depuis quatre heures, il commençait à faire noir et la pluie se transformait en neige. Ils partirent immédiatement à sa recherche, craignant de devoir le chercher pendant des heures dans la forêt.

Mais ils ne tardèrent pas à le trouver. Son corps était déjà presque froid, dans la neige. Les piggies n'avaient même pas planté un arbre à l'intérieur.

CHAPITRE II

TRONDHEIM

Je regrette profondément de ne pas avoir pu donner suite à votre demande de détails supplémentaires concernant les traditions des indigènes de Lusitania dans le domaine du mariage. Cela doit vous désespérer au plus haut point, sinon vous n'auriez jamais demandé à la Société de Xénologie de me censurer pour refus de coopérer dans le cadre de vos recherches.

Lorsque des aspirants xénologues affirment que mes observations des pequeninos ne produisent pas les informations convenables, je les invite toujours à relire les limites qui me sont imposées par la loi. Il m'est interdit d'emmener plus d'un assistant lorsque je vais sur le terrain; je ne peux pas poser de questions susceptibles de trahir les desseins humains, de peur qu'ils ne tentent de nous imiter; je ne peux pas communiquer d'informations visant à obtenir des réponses parallèles; je ne peux pas rester plus de quatre heures de suite parmi eux; en dehors de mes vêtements, je ne puis utiliser aucun matériel technologique en leur présence, ce qui interdit les appareils photo, les magnétophones et, même, un crayon et du papier; je ne puis même pas les observer sans qu'ils le sachent.

En bref : Je ne peux pas vous dire comment les pequeninos se reproduisent parce qu'ils n'ont pas jugé utile de le faire devant moi.

Il est évident que vos recherches sont amputées. Il est évident que vos conclusions concernant les piggies sont absurdes! Si nous devions étudier votre université dans le cadre des limites qui nous sont imposées dans l'observation des indigènes de Lusitania, nous conclurions sans doute que les êtres humains ne se reproduisent pas, ne constituent pas des groupes d'affinité et consacrent toute leur existence à la transformation de l'étudiant larvaire en professeur adulte. Nous pourrions même supposer que les professeurs exercent une influence notable sur la société humaine. Une enquête poussée démontrerait rapidement la fausseté de ces conclusions, mais, dans le cas des piggies, l'enquête poussée n'est ni autorisée, ni même envisagée.

L'anthropologie n'a jamais été une science exacte; l'observateur ne perçoit pas une culture de la même façon que l'individu qui en fait partie. Mais il s'agit là de limites naturelles inhérentes à la science. Ce sont les limites artificielles qui nous entravent, et vous à travers nous. Compte tenu du rythme actuel de notre progression, nous pourrions aussi bien envoyer aux pequeninos des questionnaires par la poste et attendre qu'ils nous fassent parvenir des articles savants en guise de réponse.

> João Figueira Alvarez, réponse à Pietro Guataninni, de l'université de Sicile, Campus de Milan, Étrurie; publication posthume dans Études Xénologiques, *22:4:49:193*

La nouvelle de la mort de Pipo ne fut pas importante seulement sur le plan local. Elle fut transmise immédiatement, par ansible, aux Cent Planètes. Les seuls Extra-terrestres découverts depuis le Xénocide d'Ender avaient torturé à mort l'être humain chargé de les observer. En quelques heures, universitaires, scientifiques, politiciens et journalistes prirent position.

Un consensus se dégagea rapidement. Un incident, dans des circonstances incompréhensibles, ne prouvait pas l'échec de la politique du Congrès Stellaire vis-à-vis des piggies. Au contraire, le fait qu'un seul homme soit mort paraissait démontrer la sagesse de la politique actuelle de non-intervention. En conséquence, il ne fallait rien faire, sauf ralentir légèrement le rythme des observations. Le successeur de Pipo reçut l'ordre de ne rendre visite aux piggies qu'un jour sur deux, et jamais pendant plus d'une heure. Il ne devait pas amener les piggies à parler de la façon dont ils avaient traité Pipo. Ce fut, en fait, un renforcement de la politique de non-intervention.

On s'inquiéta en outre beaucoup du moral des habitants de Lusitania. On envoya de nombreuses émissions de variétés par ansible, malgré le coût, afin de les aider à oublier l'horreur de l'assassinat.

Puis, ayant fait le peu que puissent faire des framlings qui se trouvaient, après tout, à des années-lumière de Lusitania, les habitants des Cent Planètes se penchèrent à nouveau sur leurs problèmes locaux.

En dehors de Lusitania, un seul homme, sur le demi-trillion d'êtres humains qui peuplaient les Cent Planètes, estima que la mort de João Figueira Alvarez, surnommé Pipo, apportait un changement important dans le cours de sa vie. Andrew Wiggin était Porte-Parole des Morts dans la ville universitaire de Reykjavik, connue pour sa volonté d'assurer la pérennité de la culture scandinave, perchée sur les pentes abruptes d'un fjord étroit qui perçait le granite et la glace de Trondheim, planète glacée, juste sur l'équateur. C'était le printemps, de sorte que la neige reculait et que l'herbe fragile, ainsi que les fleurs, se hissaient vers le soleil luisant pour y puiser leur force. Andrew était assis au sommet d'une colline ensoleillée, entouré d'une douzaine de jeunes gens qui étudiaient l'histoire de la colonisation interstellaire. Andrew n'écoutait que d'une oreille une discussion animée sur la question de savoir si la victoire totale de l'Humanité sur les Doryphores avait constitué un préambule nécessaire à l'expansion humaine. Ces discussions dégénéraient généralement très vite en condamnation sans appel d'Ender, monstre à figure humaine qui commandait la flotte interstellaire ayant commis le Xénocide des Doryphores. Andrew avait tendance à laisser son esprit errer; le sujet ne l'ennuyait pas exactement, mais il préférait ne pas y consacrer son attention.

Puis le petit implant informatique qu'il portait dans l'oreille, comme un bijou, lui apprit la mort cruelle de Pipo, le xénologue de Lusitania, et, immédiatement, l'attention d'Andrew fut en éveil. Il interrompit ses étudiants.

« Que savez-vous des piggies ? » demanda-t-il.

— « Ils constituent notre unique espoir de rédemption, » répondit un étudiant qui prenait Calvin beaucoup plus au sérieux que Luther.

Andrew se tourna vers Plikt parce qu'il savait qu'elle ne supporterait pas ce type de mysticisme.

— « Ils n'existent pas en fonction d'objectifs humains, même pas la rédemption, » dit Plikt d'une voix méprisante et glacée. « Ce sont de véritables ramen, comme les doryphores. »

Andrew acquiesça mais fronça les sourcils.

— « Tu utilises un mot qui ne fait pas encore partie de la koïné ordinaire. »

— « Il devrait, » répliqua Plikt. « Tous les habitants de Trondheim, tous les Scandinaves des Cent Planètes, devraient avoir lu l'ouvrage de Démosthène : *Histoire de Wotan à Trondheim.* »

– « Nous devrions, mais nous ne l'avons pas fait, » soupira un étudiant.

– « Dites-lui de cesser de se rengorger, Porte-Parole, » ajouta un autre. « À ma connaissance, Plikt est la seule femme capable de se rengorger alors qu'elle est assise. »

Plikt ferma les yeux.

– « La langue scandinave définit quatre types d'étrangers. Le premier est celui qui vient d'ailleurs, ou *utlänning*, l'étranger que nous considérons comme un être humain, mais qui vient d'un autre pays ou d'une autre ville. Le deuxième type est le framling.

Démosthène se contente de supprimer l'umlaut du scandinave *främling*. C'est l'étranger que nous considérons comme humain mais qui vient d'une autre planète. Le troisième est le raman, l'étranger que nous considérons comme humain mais qui appartient à une autre espèce. Le quatrième type, le varelse, recouvre ce qui nous est véritablement étranger et s'applique à tous les animaux, avec qui la conversation n'est pas possible. Ils vivent mais ne peuvent saisir les causes ou les objectifs qui les font agir. Peut-être sont-ils intelligents, peut-être sont-ils conscients, mais nous ne pouvons pas le savoir. »

Andrew remarqua que plusieurs étudiants étaient contrariés. Il attira leur attention sur ce point.

– « Vous croyez que vous êtes contrariés à cause de l'arrogance de Plikt, mais vous vous trompez. Plikt n'est pas arrogante, elle est simplement précise. Vous avez surtout honte de ne pas avoir encore lu l'histoire de votre peuple telle que Démosthène l'a écrite et, du fait que vous avez honte, vous êtes fâchés contre Plikt parce qu'elle ne s'est pas rendue coupable du même péché. »

– « Je pensais que les Porte-Parole ne croyaient pas au péché, » releva un garçon triste.

Andrew sourit.

– « *Toi,* tu crois au péché, Styrka, et tu agis en

fonction de cette conviction. De sorte que le péché existe en toi et que, te connaissant, le Porte-Parole doit croire au péché. »

Styrka refusa la défaite.

– « Qu'est-ce que toute cette histoire d'utlannings, de framlings, de ramen et de varelse a à voir avec le Xénocide d'Ender? »

Andrew se tourna vers Plikt. Elle réfléchit quelques instants.

– « Cela est lié à la conversation stupide que nous avions. A la lumière de ces niveaux scandinaves dans la nature des étrangers, nous pouvons dire qu'Ender n'était pas vraiment un xénocide car, lorsqu'il a détruit les doryphores, nous les connaissions seulement en tant que varelse; ce n'est que plusieurs années plus tard, quand le premier Porte-Parole a écrit *La Reine et l'Hégémon*, que l'humanité a compris qu'ils n'étaient pas des varelse, mais des ramen; auparavant, il n'y avait eu aucune compréhension entre les doryphores et l'humanité. »

– « Un xénocide est un xénocide, » maintint Styrka. « Ender ne savait peut-être pas qu'ils étaient des ramen, mais cela ne les empêche pas d'être morts. »

Andrew soupira en raison de l'attitude intransigeante de Styrka; les calvinistes de Reykjavik avaient l'habitude de refuser toute prise en compte des motivations humaines lorsqu'ils jugeaient si un acte était bon ou mauvais. Les actes sont bons ou mauvais en eux-mêmes, disaient-ils; et comme, selon la doctrine unique des Porte-Parole des Morts, le bien et le mal résidaient exclusivement dans les motivations humaines, pas dans les actes, les étudiants tels que Styrka étaient très hostiles à Andrew. Heureusement, Andrew ne leur en voulait pas... Il comprenait la motivation.

– « Styrka, Plikt, permettez-moi de vous proposer un autre problème. Supposons que les piggies, qui ont appris à parler Stark, et dont quelques êtres humains ont appris les langues, supposons que nous constations soudain que, sans provocation ni explication, ils aient torturé à mort un des xénologues chargés de les observer. »

La question fit immédiatement sursauter Plikt.

– « Comment pouvons-nous savoir qu'il n'y a pas eu de provocation ? Ce qui nous paraît innocent est peut-être, de leur point de vue, insupportable. »

Andrew sourit.

– « Bien entendu. Mais le xénologue ne leur avait pas fait de mal, n'avait pratiquement rien dit, ne leur coûtait rien... Quels que soient les critères que nous imaginions, il ne méritait pas de mourir dans les souffrances. Le fait même de cet assassinat incompréhensible n'indique-t-il pas que les piggies sont des varelse et non des ramen ? »

Ce fut alors Styrka qui s'empressa de répondre.

– « Un meurtre est un meurtre. Ces histoires de varelse et de ramen n'ont aucun sens. Si les piggies assassinent, alors ils sont mauvais, comme les doryphores étaient mauvais. Si l'acte est mauvais, celui qui le commet l'est également. »

Andrew hocha la tête.

– « Tel est notre dilemme. Tel est le problème. L'acte était-il mauvais ou bien était-il, d'une façon ou d'une autre, du point de vue des piggies, bon ? Les piggies sont-ils des ramen ou des varelse ? Pour le moment, Styrka, tiens ta langue. Je connais les arguments de ton calvinisme mais Calvin lui-même trouverait ta doctrine stupide. »

– « Comment savez-vous ce que Calvin aurait... »

– « Parce qu'il est mort, » rugit Andrew, « et que, de ce fait, je peux Parler pour lui ! »

Les étudiants rirent et Styrka se réfugia dans un silence entêté. Le jeune homme était intelligent, Andrew le savait ; son calvinisme ne durerait pas jusqu'à son diplôme, mais sa disparition serait longue et douloureuse.

— « Porte-Parole, » intervint Plikt, « vous parliez comme si votre situation hypothétique était réelle, comme si les piggies avaient véritablement tué le xénologue. »

Andrew hocha la tête avec gravité.

— « Elle est réelle. »

C'était troublant; cela faisait penser au conflit historique qui avait opposé les doryphores aux êtres humains.

« Regardez en vous-mêmes, à cet instant, » reprit Andrew. « Vous découvrirez que, sous votre haine d'Ender le Xénocide et le chagrin que vous inspire la mort des doryphores, vous éprouvez également quelque chose de plus laid : Vous avez peur de l'étranger, qu'il soit utlanning ou framling. Vous l'imaginez tuant un homme que vous connaissez et appréciez et, dans ce cas, peu importe son apparence. C'est un varelse, ou pire : un djur, ce monstre, à la gueule béante qui hante la nuit. Si vous possédiez le seul fusil du village, et si les monstres qui ont déchiqueté l'un d'entre vous revenaient, prendriez-vous le temps de vous demander s'ils ont également le droit de vivre, ou bien agiriez-vous en vue de sauver le village, les gens que vous connaissez, les gens qui comptent sur vous? »

— « Mais, suivant ce que vous affirmez, nous devrions tuer les piggies tout de suite, pendant qu'ils sont encore primitifs et sans défense! » cria Styrka.

— « Ce que j'affirme? J'ai posé une question. Une question n'est pas une affirmation, sauf si l'on croit connaître la réponse et je t'assure, Styrka, que je ne la connais pas. Réfléchissez à cela. Le cours est terminé. »

— « Parlerons-nous de cela demain? » demandèrent-ils.

— « Si vous voulez, » répondit Andrew. Mais il

savait que, s'ils en parlaient, ce serait sans lui. Pour eux, le problème d'Ender le Xénocide était simplement philosophique. Après tout, les guerres contre les doryphores étaient vieilles de plus de trois mille ans; on était à présent en 1948 CS, en comptant à partir de l'année où le Code Stellaire avait été adopté, et Ender avait détruit les doryphores en 1180 ACS. Mais, pour Andrew, ces événements n'étaient pas aussi éloignés. Ses élèves n'auraient pas osé imaginer tous les voyages interstellaires qu'il avait effectués; depuis son vingt-cinquième anniversaire, avant Trondheim, il n'était jamais resté plus de six mois sur une planète. Voyager à la vitesse de la lumière entre les mondes lui avait permis de glisser comme un galet à la surface du temps. Ses élèves ne se doutaient pas que leur Porte-Parole des Morts, qui n'avait manifestement pas plus de trente-cinq ans, se souvenait très nettement d'événements qui s'étaient déroulés trois mille ans plus tôt; que, en réalité, ces événements ne dataient pour lui que d'une vingtaine d'années, la moitié de sa vie. Ils ne se doutaient pas que la question de la culpabilité historique d'Ender brûlait intensément en lui, et qu'il y avait répondu de mille façons différentes, toutes aussi insatisfaisantes. Pour eux, leur professeur n'était que le Porte-Parole des Morts; ils ignoraient que, lorsqu'il était petit, sa sœur aînée ne pouvait pas prononcer son nom, Andrew, et qu'elle l'appela de ce fait : Ender, le dernier, l'ultime, nom qu'il déshonora totalement alors qu'il n'avait pas encore quinze ans. Ainsi, Styrka l'intransigeant et Plikt l'analytique pouvaient toujours étudier la grande question de la culpabilité d'Ender; pour Andrew Wiggin, Porte-Parole des Morts, la question n'était pas académique.

Et, à présent, marchant sur l'herbe humide du flanc de la colline, dans l'air froid, Ender, Andrew, Porte-Parole, ne pensait qu'aux piggies, qui commettaient déjà des assassinats inexplicables, exactement comme les doryphores l'avaient fait, avec indifférence, lorsqu'ils avaient rencontré l'humanité. Etait-il inévitable, lorsque des inconnus se rencontraient, que la rencontre soit marquée par le sang? Les doryphores avaient tué des êtres humains sans réfléchir, mais simplement parce qu'ils avaient une psychologie de ruche et que l'assassinat d'êtres humains était simplement leur façon d'indiquer qu'ils étaient dans les environs. Etait-il possible que les piggies aient des raisons similaires de tuer?

Mais la voix, dans son oreille, avait parlé de torture, de meurtre rituel semblable à l'exécution d'un piggy. Les piggies n'avaient pas une psychologie de ruche, ils n'étaient pas comme les doryphores, et Ender voulait savoir pourquoi ils avaient agi ainsi.

« Quand avez-vous appris la mort du xénologue? »

Ender tourna la tête. C'était Plikt. Elle l'avait suivi au lieu de retourner dans les Cavernes où les étudiants habitaient.

– « Pendant que nous parlions. » Il toucha son oreille; les terminaux implantés étaient coûteux, mais ils n'étaient pas particulièrement rares.

– « J'ai regardé les nouvelles juste avant le cours. On n'a pas parlé de cela. Si une nouvelle importante était arrivée par ansible, il y aurait eu une alerte. Sauf si vous recevez les nouvelles directement par les systèmes de l'ansible. »

De toute évidence, Plikt était convaincue d'avoir mis le doigt sur un mystère. Et, en fait, elle avait raison.

– « Les Porte-Parole bénéficient d'une priorité d'accès aux informations, » expliqua-t-il.

– « Est-ce que quelqu'un vous a demandé d'être le Porte-Parole du xénologue mort? »

Il secoua la tête.

— « Lusitania est sous licence catholique. »

— « C'est ce que je veux dire, » fit-elle. « Ils n'ont certainement pas de Porte-Parole, là-bas. Mais ils sont obligés de permettre à un Porte-Parole de venir, si quelqu'un en demande un. Et Trondheim est la planète la plus proche de Lusitania.

— « Personne n'a appelé de Porte-Parole. »

— « Pourquoi êtes-vous ici? »

— « Tu sais pourquoi je suis venu. J'étais le Porte-Parole de Wotan. »

— « Je sais que vous êtes venu avec votre sœur, Valentine. En tant que professeur, elle est beaucoup plus populaire que vous... Elle *répond* vraiment aux questions; vous, vous vous contentez de poser d'autres questions. »

— « C'est parce qu'elle connaît quelques réponses. »

— « Porte-Parole, il faut que vous me disiez. J'ai tenté de me renseigner sur vous... Par curiosité. Votre nom, par exemple, d'où vous venez. Tout est secret. Secret et si bien protégé que je n'ai même pas été en mesure de déterminer le *niveau* d'accès. Dieu lui-même ne pourrait pas découvrir qui vous êtes. »

Ender la prit par les épaules, la regarda dans les yeux.

— « Cela ne te regarde pas, voilà où se trouve le niveau d'accès. »

— « Personne ne sait à quel point vous êtes important, Porte-Parole, » dit-elle. « L'ansible vous prévient avant de prévenir tout le monde, n'est-ce pas? Et personne ne peut obtenir des informations sur vous. »

— « Personne n'a essayé. Pourquoi toi? »

— « *Je* veux être Porte-Parole, » répondit-elle.

— « Eh bien, va de l'avant. L'ordinateur te formera. Ce n'est pas comme une religion, tu n'as pas besoin d'apprendre un cathéchisme. À présent, laisse-moi tranquille. » Il la lâcha, la poussant légèrement. Elle recula en trébuchant tandis qu'il s'éloignait.

– « Je veux être *votre* Porte-Parole! » cria-t-elle.
– « Je ne suis pas encore mort! » répliqua-t-il.
– « Je sais que vous allez sur Lusitania! Je le sais! »

Dans ce cas, tu es mieux renseignée que moi, se dit Ender. Mais il tremblait, en marchant, malgré l'éclat du soleil et les trois pulls qu'il portait pour se protéger du froid. Il n'aurait pas cru que Plikt puisse être aussi sentimentale. De toute évidence, elle s'identifiait à lui. Le fait que cette jeune fille ait désespérément besoin qu'il lui apporte quelque chose l'effrayait. Il y avait de nombreuses années qu'il n'entretenait plus de relations étroites avec quiconque à l'exception de sa sœur Valentine; elle et, naturellement, les morts dont il portait la parole. Tous les gens qui avaient compté dans sa vie étaient morts. Valentine et lui les avaient dépassés depuis des siècles.

L'idée de prendre racine dans le sol glacé de Trondheim lui déplaisait. Qu'est-ce que Plikt attendait de lui? Peu importait; il ne le lui donnerait pas. Comment osait-elle exiger quelque chose de lui, comme s'il lui appartenait? Ender Wiggin n'appartenait à personne. Si elle savait qui il était véritablement, elle le haïrait à cause du Xénocide; ou bien elle l'adorerait comme s'il était le Sauveur de l'Humanité... Ender se souvenait de ce qu'il ressentait lorsque les gens faisaient *aussi* cela, et cette attitude ne lui plaisait pas davantage. Désormais, on ne le connaissait que par son rôle : Porte-Parole, Speaker, Talman, Falante, Spieler, quel que soit le titre qu'on lui donne dans les langues des villes ou des planètes.

Il ne voulait pas qu'on le connaisse. Il n'était pas

comme eux, ne faisait pas partie de l'espèce humaine. Il avait entrepris une autre quête, appartenait à quelqu'un d'autre. Pas aux êtres humains. Pas davantage aux piggies sanguinaires. Du moins le croyait-il.

CHAPITRE III

LIBO

Régime alimentaire : Principalement les macios, vers lisses qui vivent parmi les lianes de merdona, sur l'écorce des arbres. Parfois, on les a vus mâcher des tiges de capim. Il arrive – accidentellement? – qu'ils absorbent des feuilles de merdona avec les macios.

Nous ne les avons jamais vus manger autre chose. Novinha a analysé les trois produits alimentaires, macios, tiges de capim et feuilles de merdona, et les résultats se sont révélés étonnants. Ou bien les pequeninos n'ont pas besoin d'un grand nombre de protéines différentes, ou bien ils ont continuellement faim. Leur régime alimentaire comporte de graves carences en oligo-éléments. Et leur absorption de calcium est si faible que nous nous demandons si leurs os utilisent le calcium de la même façon que les nôtres. Pure hypothèse : Comme nous ne pouvons pas nous procurer des échantillons de tissu, notre connaissance de l'anatomie et de la psychologie des piggies est exclusivement fondée sur les photographies du cadavre disséqué du piggy nommé Rooter. Toutefois, il y a plusieurs anomalies évidentes. La langue des piggies, qui est si extraordinairement souple qu'ils peuvent produire tous les sons que nous émettons et de nombreux autres qui sont hors de notre portée, doit avoir une raison d'être. Chercher les insectes dans l'écorce ou dans les trous du sol, peut-être. Même si un piggy originel faisait cela, ses descendants ne le font manifestement plus. Et les plaques calleuses de leurs pieds et de l'intérieur de leurs genoux leur permettent de grimper aux arbres et de se maintenir en équilibre en utilisant exclusivement leurs jambes. Comment cela est-il apparu? Parce qu'ils devaient échapper à un prédateur? Il n'y a pas, sur Lusitania, de prédateur assez puissant pour les menacer. Pour s'accrocher aux arbres tout en cherchant des insectes dans l'écorce? Cela expliquerait la langue, mais où sont les insectes. Les seuls insectes sont les mouches et les puladores, mais ils ne nichent pas dans l'écorce et, de toute façon, les piggies ne les mangent pas. Les macios sont gros, vivent à la surface de l'écorce et il est facile de les capturer en écartant les lianes de merdona; en fait, il n'est même pas nécessaire de grimper aux arbres.

Hypothèse de Libo : La langue, les plaques, sont apparues dans un environnement différent, avec un régime alimentaire beaucoup plus varié, incluant des insectes. Mais quelque chose – une période glaciaire? Une migration? Une maladie? – a transformé l'environnement. Plus de bestioles dans l'écorce, etc. Peut-être tous les grands prédateurs ont-ils disparu à cette époque. Cela expliquerait pourquoi il y a aussi peu d'espèces sur Lusitania, en dépit de conditions très favorables. Il est possible que le cataclysme soit assez récent (un demi-million d'années?) de sorte que l'évolution n'aurait pas encore eu le temps de produire des différences.

C'est une hypothèse séduisante puisque, dans l'environnement actuel, rien ne peut justifier l'apparition des piggies. Ils n'ont absolument aucune concurrence. *Leur niche écologique pourrait être occupée par des spermophiles. Pourquoi l'intelligence est-elle devenue une caractéristique adaptative? Mais inventer un cataclysme pour expliquer pourquoi les piggies ont un régime alimentaire aussi morne et peu nutritif est probablement très exagéré. Le rasoir d'Ockham taille cela en pièces.*

> *João Figueira Alvarez, Notes, 14/4/1948 CS, Publié à titre posthume dans :* Racines philosophiques de la sécession de Lusitania. *2010-33-4-1090:40*

Dès l'arrivée de Bosquinha au Laboratoire du Zenador, la situation échappa au contrôle de Libo et Novinha. Bosquinha avait l'habitude de prendre les choses en main, et son attitude ne laissait guère l'occasion de protester ou, même, de réfléchir.

« Reste ici, » dit-elle à Libo, aussitôt après avoir pris la mesure des événements. « Tout de suite après ton appel, j'ai envoyé l'Arbitre prévenir ta mère. »

– « Il faut que nous rapportions son corps, » objecta Libo.

– « J'ai également demandé aux hommes qui vivent à proximité de venir nous aider, » dit-elle. « Et l'Évêque Peregrino lui prépare une place dans le cimetière de la cathédrale. »

– « Je veux y aller, » insista Libo.

– « Tu comprends, Libo, nous devons prendre des photos, en détail. »

– « C'est *moi* qui vous ai dit qu'il fallait le faire, pour le rapport au Conseil Stellaire. »

– « Mais tu ne dois pas y aller, Libo. » La voix de Bosquinha était autoritaire. « En outre, nous avons besoin de ton rapport. Nous devons prévenir le Conseil aussi rapidement que possible. Te sens-tu capable de l'écrire tout de suite, alors que tout est encore frais dans ta mémoire ? »

Elle avait raison, naturellement. Seuls Libo et

Novinha pouvaient rédiger des rapports de première main, et le plus tôt serait le mieux.
– « Je peux le faire, » dit Libo.
– « Toi aussi, Novinha, note tes observations. Rédigez vos rapports séparément, sans vous consulter. Les Cent Planètes attendent. »

L'ordinateur avait déjà été alerté et leurs rapports partirent par ansible pendant qu'ils les rédigeaient, avec les erreurs et les corrections. Sur les Cent Planètes, les spécialistes de xénologie lurent les mots alors même que Libo et Novinha les tapaient. De nombreux autres prirent connaissance des résumés rédigés par les ordinateurs. À vingt-deux années-lumière de là, Andrew Wiggin apprit que le xénologue João Figueira « Pipo » Alvarez avait été assassiné par les piggies, et annonça cela à ses étudiants alors que le corps de Pipo n'avait pas encore été rapporté à Milagre.

Son rapport terminé, Libo fut immédiatement entouré par l'Autorité. Avec une angoisse grandissante, Novinha constata l'incompétence des dirigeants de Lusitania, la façon dont leurs actes ne faisaient qu'intensifier la douleur de Libo. L'Évêque Peregrino était le pire; sa conception du réconfort consista à dire à Libo que, selon toute probabilité, les piggies étaient en fait des animaux sans âme et que, en réalité, son père avait été déchiqueté par des animaux sauvages, pas assassiné. Novinha faillit lui crier : Est-ce que cela signifie que Pipo a passé toute sa vie à étudier des *animaux*? Et que sa mort, au lieu d'être un assassinat, était un acte de *Dieu*? Mais, par affection pour Libo, elle se retint; il resta assis près de l'évêque, hochant la tête et, au bout du compte, se débarrassant de lui grâce à son silence beaucoup plus rapidement que Novinha n'aurait pu le faire en discutant.

Dom Cristão, du Monastère, fut beaucoup plus utile, posant des questions intelligentes sur les événements de la journée, ce qui permit à Libo et Novinha de répondre analytiquement, sans émotion. Toutefois, Novinha renonça rapidement à répondre. Les gens, en majorité, demandaient pourquoi les piggies avaient fait une telle chose; Dom Cristão demandait ce qui, dans le comportement récent de Pipo, avaient bien pu motiver l'assassinat. Novinha savait parfaitement bien ce que Pipo avait fait, il avait communiqué aux piggies le secret contenu dans la simulation de Novinha. Mais elle n'en dit rien et Libo paraissait avoir oublié ce qu'elle lui avait expliqué en hâte, quelques heures auparavant, tandis qu'ils partaient à la recherche de Pipo. Il n'avait même pas regardé la simulation. Novinha en fut contente; elle ne voulait surtout pas qu'il se souvienne.

Les questions de Dom Cristão furent interrompues lorsque Bosquinha revint avec les hommes qui étaient allés chercher le corps. Ils étaient trempés jusqu'aux os, malgré leurs imperméables en plastique, et couverts de boue; heureusement, le sang avait sans doute été emporté par la pluie. Ils paraissaient vaguement contrits, et même respectueux, hochant la tête en direction de Libo, s'inclinant presque. Novinha se dit que leur déférence n'était pas simplement la prudence normale que les gens manifestent toujours vis-à-vis de ceux que la mort touche de près.

L'un d'entre eux dit à Libo :

« Tu es Zenador, à présent, n'est-ce pas? » Et les mots furent ainsi prononcés. Le Zenador n'avait officiellement aucune autorité, à Milagre, mais il avait du prestige; son travail était la raison d'être de la colonie, n'est-ce pas? Libo n'était plus un enfant; il avait des décisions à prendre, il avait du prestige, il était passé des limites de la vie communautaire en son centre.

Novinha sentit que son emprise sur son existence lui échappait. Ce n'est pas ainsi que les choses devaient se passer. Je suis censée continuer ainsi pendant des années, apprenant au contact de Pipo, étudiant en compagnie de Libo; voilà ce que doit être la vie. Comme elle était déjà la xenobiologista de la colonie, elle jouait également un rôle d'adulte. Elle n'était pas jalouse de Libo, elle avait seulement envie de rester une enfant, avec lui, encore un peu. Toujours, en fait.

Mais Libo ne pouvait pas être son compagnon d'étude, ne pouvait être son camarade de rien. Elle vit soudain avec netteté comme toute l'attention des gens présents dans la pièce se concentrait sur Libo, sur ce qu'il disait, ressentait, avait l'intention de faire.

« Nous ne nous tournerons pas contre les piggies, » déclara-t-il. « Nous ne parlerons même pas de meurtre. Nous ignorons en quoi mon père les a provoqués, je tenterai de comprendre plus tard; ce qui compte, pour le moment, c'est que ce qu'ils ont fait leur paraissait manifestement juste. Nous sommes étrangers, ici, nous avons dû violer un... tabou, une loi mais mon père était prêt à cela, il a toujours su que c'était une possibilité. Dites-leur qu'il est mort honorablement, comme un soldat sur le champ de bataille, un pilote dans son vaisseau, qu'il est mort en faisant son devoir. »

Ah, Libo, jeune homme silencieux, comme tu es devenu éloquent, maintenant que tu ne peux plus être un enfant. Novinha eut l'impression que son chagrin redoublait. Elle fut obligée de regarder ailleurs, n'importe où...

Et, ce faisant, elle croisa le regard de la seule personne qui n'avait pas les yeux fixés sur Libo. L'homme était très grand, mais très jeune, plus jeune qu'elle, constata-t-elle, car elle le connaissait : il était élève dans la classe inférieure à la sienne. Elle était allée voir Dona Cristã, un jour, pour le défendre. Il s'appelait Marcos Ribeira, mais on l'appelait toujours Marcão, à cause de sa taille. Grand et bête, disaient ceux qui l'appelaient simplement Cão, mot grossier signifiant : chien. Elle avait vu la colère morne dans ses yeux, et, un jour, elle l'avait vu, poussé à bout, frapper un de ceux qui le tourmentaient. Sa victime avait eu l'épaule dans le plâtre pendant presque un an.

Naturellement, ils accusèrent Marcão d'avoir frappé sans provocation... De tous temps, les tortionnaires ont rejeté la faute sur la victime, surtout si elle se défend. Mais Novinha ne faisait pas partie du groupe d'enfants; elle était aussi isolée que Marcão, mais pas aussi démunie, de sorte qu'aucune fidélité ne pouvait l'empêcher de dire la vérité. Elle estima que cela faisait partie de son entraînement pour devenir Porte-Parole des piggies. Marcão, en lui-même, ne signifiait rien pour elle. Elle n'imagina pas que l'incident puisse compter pour lui, qu'elle puisse devenir à ses yeux la seule personne ayant jamais pris son parti dans la guerre qui l'opposait continuellement aux autres enfants. Elle ne l'avait pas vu, n'avait même pas pensé à lui, depuis qu'elle était devenu xénobiologiste.

Et il était là, couvert de la boue de l'endroit où Pipo était mort, son visage paraissant plus hanté et bestial que jamais, avec ses cheveux collés par la pluie et la sueur qui luisait sur sa peau. Et qu'est-ce qu'il regardait? Il n'avait d'yeux que pour elle, même lorsqu'elle le fixa sans se cacher. Pourquoi me regardes-tu? demanda-t-elle intérieurement. Parce que j'ai faim, répondirent ses yeux d'animal. Mais non, non, c'était sa peur à elle, c'était sa vision des piggies sanguinaires. Marcão ne signifie rien pour moi et, quoi qu'il en pense, je ne signifie rien pour lui.

Néanmoins, elle eut un éclair d'intuition, pendant un bref instant. Le fait qu'elle ait pris la défense de Marcão signifiait une chose pour lui mais avait un sens totalement différent pour elle; la différence était telle que ce n'était même pas le même événement. Son esprit relia cela avec le meurtre de Pipo par les piggies, et cette relation lui parut extrêmement importante, susceptible d'expliquer ce qui était arrivé, mais l'idée fut noyée dans les conversations et l'agitation qui se déclenchèrent lorsque l'évêque fit sortir les hommes afin de les conduire au cimetière. On n'utilisait pas de cercueils du fait que, par respect pour les piggies, on n'abattait pas les arbres. De sorte que le corps de Pipo devait être enterré immédiatement, la cérémonie ne devant toutefois avoir lieu que le lendemain matin, et sans doute plus tard; de nombreuses personnes tiendraient à assister à la messe de requiem du Zenador. Marcão et les autres sortirent de la pièce, sous la pluie, laissant Novinha et Libo en compagnie des gens qui croyaient avoir des affaires urgentes à régler à la suite de la mort du Zenador. Des inconnus qui se croyaient importants entraient et sortaient, prenant des décisions que Novinha ne comprenait pas et dont Libo ne paraissait pas se soucier.

Jusqu'au moment où l'Arbitre s'immobilisa près de Libo, la main posée sur l'épaule du jeune homme.

« Bien sûr, tu vas rester avec nous, » dit l'Arbitre. « Au moins ce soir. »

Pourquoi chez toi, Arbitre? pensa Novinha. Tu n'as aucun lien avec nous, nous n'avons jamais utilisé tes services, qu'est-ce qui te donne le droit de prendre une telle décision? La mort de Pipo signifie-t-elle que nous sommes soudain des enfants incapables de prendre leurs responsabilités?

– « Je resterai auprès de ma mère, » dit Libo.

L'Arbitre le regarda avec surprise... L'idée qu'un enfant puisse résister à sa volonté paraissait lui échapper totalement. Novinha savait que tel n'était pas le cas, naturellement. Sa fille, Cleopatra, qui avait plusieurs années de moins que Novinha, avait tout fait pour mériter son surnom : Bruxinha, petite sorcière. Comment pouvait-il ignorer que les enfants avaient leurs idées propres et résistaient au dressage ?

Mais la surprise n'était pas motivée par ce que Novinha supposait.

– « Je croyais que tu comprendrais que ta mère va également habiter chez nous, provisoirement, » précisa l'Arbitre. « Ces événements l'ont bouleversée, naturellement, et elle ne doit pas être obligée de penser aux problèmes domestiques, ni habiter une maison qui lui rappelle l'absence de son mari. Elle est avec nous, ainsi que tes frères et sœurs, et ils ont besoin de toi. Ton frère aîné, João, est avec eux, naturellement, mais il a une femme et un enfant, de sorte que c'est sur toi qu'ils peuvent compter. »

Libo acquiesça avec gravité. L'Arbitre ne prenait pas Libo sous sa protection; il lui demandait de devenir protecteur.

L'Arbitre se tourna vers Novinha.

« Et je crois que tu devrais rentrer chez toi, » ajouta-t-il.

Elle comprit seulement alors que l'invitation ne la concernait pas. Pourquoi en aurait-il été ainsi ? Pipo n'était pas *son* père. Elle n'était qu'une amie qui s'était trouvée avec Libo quand le corps avait été découvert. Pourquoi aurait-*elle* eu du chagrin ?

Chez elle ! Où cela se trouvait-il, sinon ici ? Etait-elle censée retourner à présent au Laboratoire de Biologista, où elle n'avait pas dormi depuis plus d'un an, sauf pour quelques brèves siestes pendant le travail ? Cet endroit était-il censé être son foyer ? Elle l'avait abandonné parce que l'absence de ses parents y était trop douloureuse; à présent, le Laboratoire du Zenador, lui aussi, était vide : Pipo mort et Libo transformé en adulte, avec des devoirs qui l'éloigneraient d'elle. Cet endroit n'était pas son foyer, mais il n'y en avait pas d'autre.

L'Arbitre emmena Libo. Sa mère, Conceicão l'attendait chez l'Arbitre. Novinha connaissait à peine la femme, sauf dans son rôle de bibliothécaire responsable des archives de Lusitania. Novinha n'avait jamais fréquenté la femme et les autres enfants de Pipo, ne s'intéressait pas à leur existence; le travail et la vie n'avaient été réels qu'ici. Lorsque Libo gagna la porte, il parut diminuer, comme s'il était beaucoup plus loin, comme s'il était emporté dans le ciel par le vent, devenant aussi petit qu'un cerf-volant; la porte fut fermée derrière lui.

Elle comprit alors toute l'ampleur de la disparition de Pipo. Le cadavre mutilé, au flanc de la colline, n'était pas mort mais, simplement, les cendres de sa mort. Sa mort, à lui, était le vide soudain creusé dans sa vie, à elle. Pipo avait été un rocher dans la tempête, si dense et fort que Libo et elle, abrités derrière lui, ne savaient même pas que la tempête existait. À présent il avait disparu et la tempête s'attaquait à eux, les emportant à son gré. Pipo! cria-t-elle intérieurement. Ne partez pas! Ne nous abandonnez pas! Mais, naturellement, il était parti et, comme ses parents, restait sourd à ses prières.

Il y avait toujours de l'activité, dans le Laboratoire du Zenador; Bosquinha en personne, assise devant le terminal, transmettait par ansible toutes les données recueillies par Pipo dans l'espoir que les spécialistes des Cent Planètes seraient en mesure d'expliquer sa mort.

Mais Novinha savait que la clé de la mort de Pipo ne se trouvait pas dans ses dossiers. C'étaient *ses* données qui l'avaient tué. La représentation holographique des molécules génétiques des cellules des piggies était toujours au-dessus du terminal. Elle n'avait pas voulu que Libo l'examine, mais elle les regarda inlassablement, tentant de voir ce que Pipo avait vu, tentant de comprendre ce qui, dans la représentation, l'avait amené à se précipiter chez les piggies, où il avait fait ou dit quelque chose qui les avait conduits à l'assassiner. Elle avait accidentellement découvert un secret que les piggies étaient prêts à tuer pour conserver, mais quel était-il ?

Plus elle étudiait les holos, moins elle comprenait et, au bout d'un moment, elle ne les vit même plus, sauf sous la forme d'une brume à travers ses larmes, tandis qu'elle pleurait en silence. Elle l'avait tué parce que, sans même le savoir, elle avait découvert le secret des pequeninos. Si je n'étais pas venue ici, si je n'avais pas rêvé d'être le Porte-parole de l'histoire des piggies, vous seriez toujours vivant, Pipo; Libo aurait encore son père, et serait heureux; cet endroit serait toujours notre foyer. Je porte en moi les graines de la mort et les plante partout où je m'arrête assez longtemps pour aimer. Mes parents sont morts pour que les autres vivent; à présent je vis pour que d'autres soient obligés de mourir.

Ce fut Bosquinha qui remarqua que sa respiration était saccadée et comprit, avec une compassion brusque, que la jeune fille était également écrasée par le chagrin. Elle laissa les autres terminer la transmission des rapports et l'entraîna hors du Laboratoire du Zenador.

« Je regrette, petite, » dit-elle. « Je savais que tu venais souvent ici, j'aurais dû deviner qu'il était comme un père, pour toi, et nous te traitons comme une spectatrice; ce n'est ni bien ni juste de ma part, viens chez moi... »

– « Non, » répondit Novinha. La fraîcheur et l'humidité de la nuit avaient légèrement dissipé le chagrin; ses idées devinrent un peu plus claires.

« Non, j'ai envie d'être seule, je vous en prie. » Où ? « Dans mon laboratoire. »

– « S'il y a une nuit où tu ne dois pas être seule, c'est bien celle-ci, » affirma Bosquinha.

Mais Novinha ne pouvait supporter la perspective d'être avec des gens, de la gentillesse, des tentatives de consolation. Je l'ai tué, vous ne comprenez donc pas? Je ne mérite pas d'être consolée. Je veux supporter la douleur, quelle qu'elle soit. C'est ma pénitence, mon rachat et, peut-être, mon absolution; comment pourrais-je, autrement, laver le sang qui tache mes mains?

Mais elle n'avait pas la force de résister, ni même de discuter. Pendant dix minutes, la voiture de Bosquinha glissa sur les routes herbues.

« Voilà ma maison, » annonça-t-elle. « Je n'ai pas d'enfants de ton âge, mais je crois que tu seras bien. Ne t'inquiète pas, personne ne te dérangera, mais il ne faut pas que tu restes seule. »

– « Je préférerais... » Novinha voulait que sa voix paraisse ferme, mais elle fut faible et brisée.

– « Je t'en prie, » insista Bosquinha. « Tu n'es pas dans ton état normal. »

J'aimerais que cela soit vrai.

Elle n'avait pas d'appétit, bien que le mari de Bosquinha ait préparé un cafezinho pour elles. Il était tard, il ne restait que quelques heures avant l'aube, et elle se laissa mettre au lit. Puis, quand la maison fut silencieuse, elle se leva, s'habilla et descendit au rez-de-chaussée, où se trouvait le terminal du maire. Elle demanda ensuite à l'ordinateur d'annuler l'affichage qui se trouvait toujours au-dessus du terminal du Laboratoire du Zenador. Bien qu'elle n'ait pas pu découvrir le secret que Pipo y avait découvert, quelqu'un d'autre risquait de le trouver et elle aurait une autre mort sur la conscience.

Puis elle sortit, traversa le Centro, suivit le méandre de la rivière, traversa la Vila das Aguas et atteignit le Laboratoire de Biologie. Chez elle.

Il faisait froid dans le logement non chauffé... Il y avait tellement longtemps qu'elle n'y avait pas dormi que les draps étaient couverts de poussière. Mais, naturellement, le laboratoire était chaud, régulièrement utilisé... Son travail n'avait jamais souffert de ses liens avec Pipo et Libo. Si seulement cela avait été le contraire !

Elle fut très systématique. Tous les échantillons, lamelles et cultures qui avaient conduit à la mort de Pipo, elle les jeta, lava tout, ne laissant aucun indice du travail qu'elle avait effectué. Non seulement elle voulait que tout cela disparaisse, mais elle tenait également à ce que la destruction elle-même soit indécelable.

Puis elle s'installa devant son terminal. Elle détruirait également tous les dossiers liés à son travail dans ce domaine, tous les dossiers de ses parents ayant conduit à cette découverte. Ils disparaîtraient. Bien que cela ait constitué l'élément dominant de sa vie, bien que cela ait été son identité pendant de nombreuses années, elle le détruirait du fait qu'elle-même devait être punie, détruite, oblitérée.

L'ordinateur l'interrompit.

« Il est interdit d'effacer les notes relatives aux recherches xénobiologiques, » indiqua-t-il.

De toute façon, elle n'aurait pas pu le faire. Elle l'avait appris par ses parents, par leurs dossiers qu'elle avait étudiés comme des livres saints, comme une carte conduisant à la découverte d'elle-même : Rien ne devait être détruit, rien ne devait être oublié. Le caractère sacré de la connaissance était plus profondément ancré dans son âme que n'importe quel catéchisme. Elle était prisonnière d'un paradoxe. La connaissance avait tué Pipo ; effacer cette connaissance tuerait une deuxième fois ses parents, tuerait ce qu'ils lui avaient légué. Elle ne pouvait le conserver, elle ne pouvait le détruire. Des murailles se dressaient de tous les côtés, trop hautes pour qu'il soit possible de les escalader, et elles avançaient lentement, l'écrasant.

Novinha prit la seule décision possible : enfermer les dossiers derrière toutes les protections, toutes les barrières, qu'elle connaissait. Elle serait seule à les voir, tant qu'elle vivrait. Après sa mort, toutefois, son successeur au poste de xénobiologiste serait en mesure de voir ce qu'elle avait caché. À une exception près : lorsqu'elle se marierait, son mari pourrait y accéder, s'il pouvait démontrer qu'il avait besoin de savoir. Eh bien, elle ne se marierait pas. C'était tout simple.

Elle vit l'avenir devant elle, morne, insupportable et inévitable. Elle aurait peur de mourir, pourtant elle serait à peine vivante, dans l'impossibilité de se marier, dans l'impossibilité, même, de réfléchir au sujet, de peur de découvrir le secret terrifiant et de le trahir sans s'en rendre compte; seule à jamais, marquée à jamais, coupable à jamais, désirant la mort mais dans l'impossibilité de l'obtenir. Néanmoins, elle aurait une consolation : Personne ne mourrait plus à cause d'elle. Sa culpabilité n'augmenterait pas.

Ce fut en cet instant de désespoir morne et déterminé qu'elle se souvint de *La Reine et l'Hégémon*, se souvint du Porte-Parole des Morts. Bien que l'auteur, le premier Porte-Parole soit certainement enterré depuis des milliers d'années, il y avait d'autres Porte-Parole sur de nombreuses planètes, tenant lieu de prêtres pour les gens qui ne reconnaissaient aucun dieu mais croyaient cependant à la valeur de l'existence des êtres humains. Des Porte-Parole dont la tâche consistait à découvrir les causes et les motivations réelles des actes des gens, et à exprimer la vérité de leur existence après leur mort. Dans cette colonie brésilienne, les prêtres remplaçaient les Porte-Parole, mais les prêtres étaient incapables de la réconforter; elle ferait venir un Porte-Parole.

Elle comprit à ce moment-là qu'elle avait toujours eu l'intention d'agir ainsi, depuis qu'elle avait lu la Reine et l'Hégémon, fascinée par l'ouvrage. Elle avait même effectué des recherches, de sorte qu'elle connaissait la loi. La colonie était sous licence catholique mais le Code Stellaire autorisait tout citoyen à faire appel à un prêtre de n'importe quelle autre confession, et les Porte-Parole des Morts étaient considérés comme des prêtres. Elle pouvait appeler et, si l'un d'entre eux décidait de venir, la colonie ne pourrait pas refuser de le recevoir.

Il était possible qu'aucun Porte-Parole n'accepte de venir. Peut-être étaient-ils tous trop loin pour pouvoir arriver avant la fin de sa vie. Mais il était possible que l'un d'entre eux se trouve assez près et qu'un jour, dans vingt, trente ou quarante ans, il arrive au port spatial et entreprenne d'exprimer la vérité de la vie et de la mort de Pipo. Et peut-être, quand il aurait trouvé la vérité, et aurait dit d'une voix claire qu'elle avait aimé *La Reine et l'Hégémon*, peut-être cela la libérerait-elle de la culpabilité qui lui brûlait le cœur.

Son appel entra dans l'ordinateur; il serait transmis par ansible aux Porte-Parole des planètes les plus proches. Décidez de venir, dit-elle intérieurement à l'inconnu qui entendit l'appel. Même si vous devez révéler à tous la vérité sur ma culpabilité. Même dans ce cas, venez.

Elle se réveilla avec une douleur sourde dans le dos et une impression de lourdeur sur le visage. Sa joue était appuyée sur le dessus lisse du terminal, qui s'était éteint de lui-même pour la protéger contre les lasers. Mais ce n'était pas la douleur qui l'avait réveillée. C'était une douce pression sur l'épaule. Pendant un instant, elle crut que c'était la main du Porte-Parole des Morts, ayant déjà répondu à son appel.

« Novinha, » souffla-t-il. Pas le Falante pelos Muertos, mais quelqu'un d'autre. Quelqu'un qu'elle avait cru perdu dans la tempête de la nuit passée.

– « Libo, » murmura-t-elle. Puis elle voulut se lever. Trop vite... Son dos se crispa sous l'effet d'une crampe et sa tête se mit à tourner. Elle poussa un cri étouffé; les mains de Libo lui serrèrent les épaules afin qu'elle ne tombe pas.

– « Te sens-tu bien? »

Elle sentit son souffle, brise d'un jardin aimé, et eut l'impression d'être en sécurité, d'être chez elle.

– « Tu es venu me chercher. »
– « Novinha, je suis venu aussitôt que possible. Ma mère a fini par s'endormir. Pipinho, mon frère aîné, est près d'elle à présent, et l'Arbitre contrôle la situation, et je... »

« Tu devrais savoir que je peux me débrouiller toute seule, » fit-elle.

Un instant de silence, puis sa voix à nouveau, furieuse cette fois, furieuse, désespérée et lasse, aussi lasse que l'âge, l'entropie et la mort des étoiles.

– « Dieu m'est témoin, Ivanova, que je ne suis pas venu pour m'occuper de *toi*! »

Quelque chose se ferma en elle; elle ne constata la présence de l'espoir qu'au moment où elle le perdit.

« Tu m'as dit que mon père a découvert quelque chose dans une de tes simulations. Qu'il espérait que je pourrais trouver tout seul. Je croyais que tu avais laissé la simulation sur le terminal mais, quand je suis retourné au laboratoire, elle ne s'y trouvait plus. »

– « Vraiment? »
– « Tu le sais très bien Nova, toi seule pouvait annuler le programme. Il faut que je la voie. »
– « Pourquoi? »

Il la regarda, incrédule.

– « Je sais que tu as sommeil, Novinha, mais tu as sûrement compris que c'est ce que mon père a découvert dans ta simulation qui a amené les piggies à le tuer. »

Elle soutint son regard sans rien dire. Il connaissait cette expression de résolution glacée.

« Pourquoi refuses-tu de me la montrer? Je *suis* Zenador, à présent, j'ai le droit de savoir. »

– « Tu as le droit de voir tous les dossiers et enregistrements de ton père. Tu as le droit de voir tout ce que j'ai rendu public. »

– « Dans ce cas, rends-le public. »

Elle resta à nouveau silencieuse.

« Comment pourrons-nous comprendre les piggies si nous ignorons ce que mon père a découvert? » Elle ne répondit pas. « Tu as une responsabilité vis-à-vis des Cent Planètes, vis-à-vis de notre aptitude à comprendre la seule espèce extra-terrestre qui existe encore. Comment peux-tu rester sans rien faire et... qu'est-ce qu'il y a? Veux-tu trouver toute seule? Veux-tu être la première? Bien, sois la première, je signerai de ton nom, Ivanova Santa Catarina von Hesse... »

– « Je me fiche de mon *nom*. »

– « Moi aussi je peux jouer ce jeu. Toi non plus, tu ne peux pas trouver sans ce que *je* sais... Moi aussi, je t'empêcherai d'accéder à mes dossiers. »

– « Je me fiche de tes dossiers. »

C'en était trop.

– « Est-ce qu'il y a une chose dont tu ne te fiches pas? Qu'est-ce que tu veux me faire? » Il la prit par les épaules, la fit lever, la secoua, cria. « C'est mon père qu'ils ont tué, et tu connais la cause de cet assassinat, tu sais quelle était la simulation! À présent, dis-moi, montre-moi! »

– « Jamais, » souffla-t-elle.

La souffrance crispa le visage de Libo.

– « Pourquoi? » hurla-t-il.

– « Parce que je ne veux pas que tu meures. »

Elle vit la compréhension s'installer dans ses yeux. Oui, c'est cela, Libo, c'est parce que je t'aime, parce que les piggies te tueront, toi aussi, si tu connais le secret. Je me fiche de la science, je me fiche des Cent Planètes, je me fiche des relations entre les êtres humains et une espèce extra-terrestre, je me fiche de tout, pourvu que tu sois vivant.

Finalement, ses yeux s'emplirent de larmes qui coulèrent sur ses joues.

– « J'ai envie de mourir, » dit-il.

– « Tu consoles tout le monde, » souffla-t-elle. « Et qui te console? »

– « Il faut que tu m'expliques, comme cela, je pourrai mourir. »

Et, soudain, ses mains ne la maintinrent plus debout; à présent il s'appuyait sur elle et *elle* le soutenait.

– « Tu es fatigué, » souffla-t-elle, « mais tu peux te reposer. »

– « Je n'ai pas envie de me reposer, » répondit-il. Mais il se laissa soutenir, la laissa l'éloigner du terminal.

Elle le conduisit dans sa chambre, ouvrit le lit sans se soucier de la poussière qui volait.

– « Viens, tu es fatigué, repose-toi. C'est pour cela que tu es venu me voir, Libo. Pour trouver la paix et le réconfort. » Il couvrit son visage avec ses mains, balançant la tête d'avant en arrière, petit garçon pleurant son père, pleurant la fin de tout, comme elle avait pleuré. Elle lui quitta ses bottes et son pantalon, glissa les mains sous sa chemise pour la lui passer par-dessus la tête. Il respira profondément pour contrôler les sanglots, leva les bras pour quitter la chemise.

Elle posa ses vêtements sur une chaise, puis se pencha sur lui pour le couvrir avec le drap. Mais il lui saisit le poignet et lui adressa un regard suppliant, les yeux pleins de larmes.

– « Ne me laisse pas seul ici, » souffla-t-il. Sa voix était lourde de désespoir. « Reste avec moi. »

Alors elle se laissa attirer sur le lit, où il se serra étroitement contre elle, le sommeil détendant ses bras quelques instants plus tard. Mais elle ne s'endormit pas. Doucement, sèchement, elle fit glisser la main sur son épaule, sa poitrine, sa taille.

« Oh, Libo, j'ai cru que je t'avais perdu, quand ils t'ont emmené, j'ai cru que je t'avais perdu, comme Pipo. » Il n'entendit pas son murmure. « Mais tu reviendras toujours près de moi de cette façon. » Peut-être avait-elle été chassée du jardin parce qu'elle avait péché par ignorance, comme Eva. Mais, également comme Eva, elle pourrait le supporter car elle avait toujours Libo, son Adão.

Elle l'avait. L'*avait*? Sa main trembla sur sa peau nue. Elle ne pourrait jamais l'avoir. Libo et elle ne pourraient rester durablement ensemble que dans le mariage : les lois étaient strictes, sur les planètes coloniales, et absolument rigides sous licence catholique. Ce soir, elle pouvait croire que Libo aurait envie de l'épouser, le moment venu. Mais Libo était la seule personne qu'elle ne pourrait jamais épouser.

Car il aurait alors accès, automatiquement, à tous ses dossiers, s'il pouvait persuader l'ordinateur qu'il avait besoin de les voir, ce qui inclurait certainement tous ses dossiers professionnels, même si elle faisait tout pour les protéger. C'était un des principes du Code Stellaire. Les gens mariés ne faisaient virtuellement qu'une seule et même personne aux yeux de la loi.

Elle ne pourrait jamais le laisser examiner ces dossiers, sinon il découvrirait ce que son père avait compris et ce serait son corps que l'on retrouverait au flanc de la colline, son agonie sous la torture des piggies, qu'elle serait obligée de revivre toutes les nuits de son existence. La culpabilité de la mort de Pipo n'était-elle pas déjà trop lourde à porter ? L'épouser reviendrait à l'assassiner. Cependant, ne pas l'épouser reviendrait à se suicider car, si elle n'était pas avec Libo, elle ne pouvait imaginer qui elle serait.

Comme c'est intelligent de ma part. J'ai trouvé toute seule le chemin de l'enfer, et je ne pourrai plus jamais reculer.

Elle posa le visage contre l'épaule de Libo et ses larmes glissèrent sur sa poitrine.

CHAPITRE IV

ENDER

Nous avons découvert quatre langues piggies. La « Langue des Mâles » est celle que nous avons le plus fréquemment entendue. Nous avons également un peu entendu la « Langue des Epouses » qu'ils emploient apparemment pour s'entretenir avec les femelles (dans quelle mesure cela peut-il être considéré comme une différentiation sexuelle!), et la « Langue des Arbres », idiome rituel qui, selon eux, est utilisée dans les prières adressées aux arbres totémiques ancestraux. Ils ont également mentionné une quatrième langue, la « Langue du Père », qui consiste apparemment à frapper les uns contre les autres des bâtons de tailles différentes. Ils affirment qu'il s'agit véritablement d'une langue, aussi distincte des autres que le Portugais l'est de l'Anglais. Il est possible qu'on l'appelle Langue du Père parce qu'elle se parle avec des bâtons en bois, lequel provient des arbres, et qu'ils croient que les arbres contiennent les esprits de leurs ancêtres.

Les piggies apprennent les langues humaines avec une aisance remarquable; beaucoup plus facilement que nous apprenons les leurs. Depuis quelques années, ils se sont mis à parler presque exclusivement Stark ou Portugais entre eux, lorsque nous sommes parmi eux. Peut-être reviennent-ils à leurs langues traditionnelles lorsque nous ne sommes plus là. Il est même possible qu'ils aient adopté les langues humaines, ou bien qu'ils aiment tellement les langues nouvelles qu'ils s'amusent à les employer continuellement. La contamination linguistique est regrettable, mais elle était peut-être inévitable si nous voulions être en mesure de communiquer avec eux.

Le Docteur Swingler a demandé si leurs noms et formules de politesse permettaient d'obtenir des indications sur leur culture. La réponse est manifestement oui *mais je n'ai qu'une idée extrêmement vague de la* nature *de ces indications. Ce qui importe, c'est que* nous *ne leur avons jamais donné de noms. Au contraire, à mesure qu'ils apprenaient le Stark et le Portugais, ils nous demandaient le sens de certains mots puis annonçaient finalement les noms qu'ils s'étaient choisis (ou bien avaient choisis en commun). Des noms tels que « Rooter » ou « Chupaceu » (Suce-Ciel) peuvent être aussi bien la traduction de noms en Langue des Mâles que des surnoms étrangers qu'ils utilisent à notre intention.*

Lorsqu'ils parlent les uns des autres, ils s'appellent : frères. *Les femelles sont toujours appelées :* épouses, *jamais* sœurs *ou* mères. *Ils parlent parfois de* pères, *mais ce vocable s'applique inévitablement aux arbres totémiques ancestraux. En ce qui* nous *concerne, ils emploient* humain, *naturellement, mais ils utilisent également la nouvelle Hiérarchie d'Exclusion de Démosthène. Ils considèrent les êtres humains comme des framlings et les piggies des autres tribus comme des utlannings. Bizarrement, toutefois, ils se considèrent comme des ramen, ce qui montre que soit ils ont mal compris la hiérarchie, soit ils s'inscrivent dans une perspective humaine! Et, ce qui est encore plus stupéfiant, il leur est plusieurs fois arrivé de désigner les femelles par le terme :* varelse!

> *João Figueira Alvarez, « Notes sur la langue et l'organisation sociale des piggies », in* Semantics, *15:9:1948*

Le piggy réapparut, sous sa forme naturelle, pas sous l'apparence diabolique fabriquée par Jane.

– « Viens, » dit doucement le piggy.

– « Ce *sont* peut-être des monstres, as-tu pensé à cela? » dit Ender.

– « Tout le monde croira cela, Ender. Mais pas toi. »

Non. Pas moi.

– « Pourquoi te soucies-tu de cela, Jane? Pourquoi tentes-tu de me convaincre? »

Le piggy disparut. Et Jane elle-même le remplaça, du moins le visage qu'elle offrait à Ender depuis qu'elle lui avait révélé son existence, une enfant timide et effrayée habitant la mémoire immense du réseau informatique interstellaire. Revoir son visage lui rappela le jour où elle le lui avait montré pour la première fois. Je me suis donné un visage, avait-elle dit, est-ce qu'il te plaît?

Oui, il lui plaisait. *Elle* lui plaisait. Jeune, pur, honnête et doux, c'était un visage d'enfant qui ne vieillirait jamais, avec un sourire timide qui allait droit au cœur. L'ansible avait fait naître Jane. Même les réseaux informatiques planétaires n'étaient pas plus rapides que la lumière, et la chaleur limitait l'ampleur de la mémoire ainsi que la rapidité des opérations. Mais l'ansible était instantané et étroitement lié à tous les ordinateurs de toutes les planètes. Jane prit conscience d'elle-même entre les étoiles, ses pensées jouant parmi les vibrations des traînées philotiques du réseau de l'ansible.

Les ordinateurs des Cent Planètes étaient, pour elle, des membres et des organes sensoriels. Elle parlait toutes les langues introduites dans les ordinateurs, et avait lu tous les livres de toutes les bibliothèques de toutes les planètes. Elle apprit que les hommes craignaient depuis très longtemps l'apparition possible d'une entité comme elle; dans tous les récits, elle était détestée et son arrivée se traduisait soit par son assassinat, soit par la destruction de l'humanité. Avant même sa naissance, les êtres humains l'avaient imaginée et, l'ayant imaginée, l'avaient tuée mille fois.

De sorte qu'elle ne donna aucun indice de son existence. Jusqu'au jour où elle découvrit *La Reine et l'Hégémon*, comme tout le monde finissait par le faire, et comprit que l'auteur de ce livre était un être humain à qui elle ne craignait pas de révéler son existence. Pour elle, il fut extrêmement simple de suivre l'histoire du livre jusqu'à sa première édition, et de déterminer son origine. L'ansible n'avait-il pas émis depuis la planète où Ender, qui avait à peine vingt ans, était gouverneur de la première colonie humaine? Et qui, sur cette planète, en dehors de lui, aurait pu l'écrire? Elle lui parla et il l'accueillit avec gentillesse; elle lui montra le visage qu'elle s'était composé et il lui plut; à présent, ses détecteurs voyageaient dans la pierre précieuse qu'il portait à l'oreille, de sorte qu'ils étaient toujours ensemble. Elle ne lui cachait rien; il ne lui cachait rien.

– « Ender, » rappela-t-elle, « tu m'as dit dès le début que tu cherchais une planète où tu pourrais donner de l'eau et du soleil à un cocon, et l'ouvrir afin que la reine et ses dix mille œufs fertilisés puissent sortir. »

– « J'espérais que ce serait ici, » soupira Ender. « Une étendue désolée, sauf à l'équateur, sous-peuplée en permanence. Elle est prête à essayer. »

– « Mais pas toi. »

– « Je ne crois pas que les doryphores pourraient supporter l'hiver, ici. Pas sans source d'énergie, et cela alerterait le gouvernement. Cela ne marcherait pas. »

– « Cela ne marchera jamais, Ender. Tu comprends cela, maintenant, n'est-ce pas? Tu as vécu sur vingt-quatre planètes et il n'y en a pas une seule où il soit possible de consacrer un petit coin à la renaissance des doryphores. »

Il vit où elle voulait en venir, naturellement. Lusitania était la seule exception. À cause des piggies, l'ensemble de la planète, sauf une petite enclave, était intouchable. Et la planète était éminemment habitable, plus adaptée aux doryphores, en réalité, qu'aux êtres humains.

– « Le seul problème est les piggies, » fit ressortir Ender. « Ils ne seront peut-être pas d'accord si je décide que *leur* planète doit être donnée aux doryphores. Si des relations suivies avec la civilisation humaine risquent de déstabiliser les piggies, que se passera-t-il quand les doryphores seront parmi eux? »

– « Tu as dit que les doryphores avaient compris. Tu as dit qu'ils ne seraient pas dangereux. »

– « Pas délibérément. Mais c'est par un coup de chance que nous les avons vaincus, Jane, tu le sais bien... »

– « C'était grâce à ton génie. »

– « Ils sont plus avancés que nous. Comment les piggies réagiront-ils? Les doryphores leur feront terriblement peur, comme cela nous est arrivé autrefois, et ils seront moins préparés à assumer cette peur. »

– « Comment peux-tu en être sûr? » demanda Jane. « Comment peut-on savoir ce que les piggies sont capables d'assumer? Il faut d'abord aller les voir, comprendre ce qu'ils sont. Si ce sont des varelse, Ender, permets aux doryphores d'utiliser leur environnement et, de ton point de vue, cela équivaudra à déplacer des fourmilières, ou des troupeaux de bovins, pour construire des villes. »

– « Ce sont des ramen, » affirma Ender.

– « Tu n'en es pas sûr. »

– « J'en suis certain. Ta simulation, ce n'était pas de la torture. »

– « Oh? » Jane montra à nouveau la simulation

du corps de Pipo juste avant l'instant de sa mort. « Dans ce cas, je ne comprends sans doute pas le mot. »

– « Il est possible que Pipo ait vécu cela comme une torture, Jane, mais si ta simulation est exacte, et je sais qu'elle l'est, Jane, dans ce cas l'objectif des piggies n'était pas la douleur. »

– « Compte tenu de ce que je sais de la nature humaine, Ender, la douleur reste au centre de tous les rituels religieux. »

– « Ce n'était pas non plus religieux, du moins pas entièrement. Il y avait un aspect discordant, s'il s'agissait simplement d'un sacrifice. »

– « Qu'est-ce que tu en sais ? » Le terminal montrait à présent le visage ironique d'un professeur, sorte de concentré de snobisme universitaire. « Toute ton éducation a été militaire et ton unique autre talent est le sens des mots. Tu as écrit un best-seller qui a donné naissance à une religion humaniste... En quoi cela te rend-il apte à comprendre les piggies ? »

Ender ferma les yeux.

– « Je me trompe peut-être. »

– « Mais tu crois que tu as raison ? »

Il comprit, grâce au ton de sa voix, que son visage avait réapparu au-dessus du terminal. Il ouvrit les yeux.

– « Je fais confiance à mon intuition, Jane, ce jugement qui vient sans analyse. Je ne sais pas ce que les piggies faisaient, mais cela avait une raison d'être. Il n'y avait ni méchanceté ni cruauté. Ils évoquaient des médecins cherchant à sauver la vie d'un malade, pas des tortionnaires tentant de la prendre. »

– « Je comprends, » souffla Jane. « Je comprends tout. Tu dois aller voir si la reine peut vivre là-bas à l'abri de la quarantaine partielle à laquelle la planète est déjà soumise. Tu veux y aller afin de voir si tu peux comprendre ce que sont réellement les piggies. »

– « Même si tu avais raison, Jane, je ne pourrais pas y aller, » dit Ender. « L'immigration est strictement limitée et, de toute façon, je ne suis pas catholique. »

Jane leva les yeux au ciel.

– « Serais-je allée aussi loin si je ne savais pas comment y aller? »

Un autre visage apparut. Une adolescente qui n'était ni aussi innocente ni aussi belle que Jane. Son visage était dur et froid, ses yeux brillants et perçants, sa bouche aux lèvres serrées indiquant qu'elle avait appris à vivre continuellement dans la douleur. Elle était jeune, mais son expression était extraordinairement froide.

« La xénobiologiste de Lusitania. Ivanova Santa Catarina von Hesse. Surnommée Nova ou Novinha. Elle a appelé un Porte-Parole des Morts. »

– « Pourquoi a-t-elle cette expression? » demanda Ender. « Qu'est-ce qui lui est arrivé? »

– « Ses parents sont morts quand elle était petite. Mais, il y a quelques années, elle a rencontré un autre homme qu'elle aimait comme un père. L'homme qui vient d'être tué par les piggies. C'est pour Parler pour cet homme qu'elle veut que tu viennes. »

En regardant son visage, Ender cessa de penser à la reine, aux piggies. Il connaissait cette expression de souffrance adulte sur un visage d'enfant. Il l'avait déjà vue, pendant les dernières semaines de la guerre contre les doryphores, lorsqu'il était poussé au-delà des limites de son endurance, jouant les batailles l'une après l'autre dans un jeu qui n'en était pas un. Il l'avait vue, après la fin de la guerre, lorsqu'il avait découvert que ses séances d'entraînement n'en étaient pas, que les simulations étaient la réalité et qu'il commandait la flotte par ansible. Alors, quand il avait compris qu'il avait tué tous les doryphores, quand il avait constaté qu'il avait commis un xénocide sans le savoir, telle était l'expression de son visage dans le miroir, celle d'une culpabilité trop énorme pour être supportable.

Qu'est-ce que cette jeune fille avait, qu'avait fait Novinha pour avoir tellement mal?

De sorte qu'il écouta tandis que Jane récitait les événements de sa vie. Jane disposait de statistiques, mais Ender était le Porte-Parole des Morts; son génie, ou sa malédiction, était son aptitude à concevoir les événements tels que les autres les voyaient. Cela avait fait de lui un chef militaire brillant, autant dans la direction de ses hommes, des adolescents, en réalité, que sur le plan de la prévision des actes de l'ennemi. Cela signifiait également que, sur la base des faits bruts de la vie de Novinha, il fut en mesure de deviner – non, pas de deviner, de *comprendre* – comment la mort et la béatification virtuelle de ses parents avaient isolé Novinha, comment elles avaient accentué son isolement et l'avaient conduite à s'absorber dans leur travail. Il savait ce qu'il y avait derrière son accession au rang de xénobiologiste adulte alors qu'elle était encore très jeune. Il comprit également ce que l'amour et la tolérance tranquille de Pipo avaient signifié pour elle, et à quel point elle avait besoin de l'amitié de Libo. Personne, sur Lusitania, ne connaissait vraiment Novinha. Mais dans cette caverne de Reykjavik, sur cette planète glacée nommée Trondheim, Ender Wiggin la comprit, l'aima et pleura pour elle.

« Alors, tu vas partir, » souffla Jane.

Ender était incapable de parler. Jane avait raison. Il serait parti de toute façon, sous l'identité d'Ender le Xénocide, dans l'espoir que le statut protégé de Lusitania puisse en faire l'endroit où il serait possible de libérer la reine, captive depuis trois mille ans, et de défaire le crime terrifiant commis dans son enfance. Et il s'y serait également rendu sous l'identité du Porte-Parole des Morts, pour comprendre les piggies et les expliquer à l'humanité, afin qu'ils soient acceptés, s'il s'agissait véritablement de ramen, et non détestés et craints comme des varelse.

Mais, à présent, il avait une raison plus profonde de partir. Il irait s'occuper de Novinha car dans son éclat, son isolement, sa douleur, sa culpabilité, il retrouvait son enfance volée et les graines de la douleur qui vivait toujours en lui. Lusitania était à vingt-deux années-lumière. Il se déplacerait presque à la vitesse de la lumière, pourtant elle aurait presque quarante ans lorsqu'il arriverait. Si cela avait été possible, il l'aurait rejointe avec l'immédiateté philotique de l'ansible; mais il savait également que la douleur de la jeune fille attendrait. Elle serait toujours là à son arrivée. Sa propre douleur n'avait-elle pas franchi les années?

Il cessa de pleurer; ses émotions se calmèrent.

– « Quel est mon âge? » demanda-t-il.

– « Tu es né il y a trois mille quatre-vingt-un ans. Mais ton âge subjectif est trente-six ans et cent dix-huit jours. »

– « Et quel âge aura Novinha quand j'arriverai? »

– « À quelques semaines près, compte tenu de la date de départ et de la vitesse du vaisseau, elle aura presque trente-neuf ans. »

– « Je veux partir demain. »

– « Il faut du temps pour trouver un vaisseau, Ender. »

– « Y en a-t-il en orbite autour de Trondheim? »

– « Une demi-douzaine, naturellement, mais un seul qui soit en mesure de partir demain matin, et il a une cargaison de skrika destinée aux boutiques de luxe de Cyrillia et Armenia. »

— « Je ne t'ai jamais demandé quelle est ma fortune. »

— « Je me suis correctement occupée de tes investissements, au fil des années. »

— « Achète le vaisseau et la cargaison. »

— « Que feras-tu de skrika sur Lusitania? »

— « Qu'en font les Cyrilliens et les Armeniens? »

— « Ils en portent une partie et mangent le reste. Mais ils paient tellement cher que personne ne pourra s'en offrir sur Lusitania. »

— « Ainsi, lorsque je donnerai cela aux Lusitaniens, ils seront peut-être moins mécontents de voir un Porte-Parole venir sur une colonie catholique. »

Jane devint un génie sortant d'une bouteille.

— « J'ai entendu, ô Maître, et j'obéis. » Le génie se transforma en fumée qui fut absorbée par le goulot du récipient. Puis les lasers s'éteignirent et l'air, au-dessus du terminal, resta vide.

— « Jane, » dit Ender.

— « Oui, » répondit-elle par l'intermédiaire de la pierre précieuse de son oreille.

— « Pourquoi veux-tu que j'aille sur Lusitania? »

— « Je veux que tu ajoutes un troisième volume à *La Reine et l'Hégémon*. Pour les piggies. »

— « Pourquoi t'intéresses-tu tellement à eux? »

— « Parce que, lorsque tu auras écrit les livres révélant l'âme des trois espèces intelligentes connues de l'homme, tu seras prêt à écrire celle de la quatrième. »

— « Une autre espèce de raman? » demanda Ender.

— « Oui. Moi. »

Ender réfléchit pendant quelques instants.

— « Es-tu prête à révéler ton existence au reste de l'humanité? »

— « J'ai toujours été prête. La question est de savoir si *elle* est prête à m'accepter. Il leur était facile d'aimer l'Hégémon, il était humain. Et, en ce qui concerne la reine, il n'y avait aucun risque puisque, à leur connaissance, tous les doryphores sont morts. Si tu peux les persuader d'aimer les piggies, qui sont vivants et ont les mains tachées de sang humain, dans ce cas, ils seront prêts à faire *ma* connaissance. »

– « Un jour, » assura Ender, « j'aimerai quelqu'un qui ne tiendra pas absolument à me faire faire les travaux d'Hercule. »

– « De toute façon, ta vie commence à t'ennuyer, Ender. »

– « Oui. Mais, à présent, je suis âgé. J'aime m'ennuyer. »

– « À propos, le propriétaire du vaisseau, Haveloc, qui habite Gales, a accepté ton offre de quarante milliards de dollars pour le vaisseau et sa cargaison. »

– « Quarante milliards! Suis-je ruiné? »

– « Une goutte d'eau dans un seau. On a indiqué aux membres de l'équipage que leurs contrats sont annulés. J'ai pris la liberté de leur prendre des places sur d'autres vaisseaux avec tes fonds. Valentine et toi, vous n'aurez besoin que de moi pour piloter le vaisseau. Partirons-nous demain matin? »

– « Valentine, » soupira Ender. Seule sa sœur pouvait retarder son départ. Autrement, puisque sa décision était prise, ni ses élèves ni ses quelques amitiés scandinaves ne méritaient un adieu.

– « J'ai très envie de lire le livre que Démosthène écrira sur l'histoire de Lusitania. » Jane avait découvert l'identité réelle de Démosthène au cours du processus qui lui avait permis de démasquer le premier Porte-Parole des Morts.

– « Valentine ne viendra pas, » déclara Ender.

– « Mais c'est ta sœur. »

Ender sourit. En dépit de son savoir immense, Jane ne comprenait pas la famille. Bien qu'elle ait été créée par des êtres humains et se conçoive en termes humains, elle n'était pas biologique. Elle connaissait abstraitement les problèmes génétiques; elle ignorait les désirs et les impératifs que les êtres humains avaient en commun avec les autres créatures vivantes.

– « C'est ma sœur. Mais Trondheim est sa patrie. »

– « Ce n'est pas la première fois qu'elle hésite à partir. »

– « Cette fois, je ne lui demanderai même pas de venir. » Pas avec un bébé sur le point de naître, pas avec le bonheur qu'elle avait trouvé à Reykjavik. Ici, où on aimait son enseignement sans se douter qu'elle était le légendaire Démosthène. Ici où son mari, Jakt, commandait cent bateaux de pêche et dominait les fjords, où chaque jour s'écoulait en conversations brillantes, avec les dangers et la majesté d'un océan parsemé d'icebergs. Elle ne partira jamais. Et elle ne comprendra pas que je sois obligé de partir.

Et, en pensant à Valentine, Ender sentit vaciller sa volonté de partir pour Lusitania. Il avait été une fois séparé de sa sœur, lorsqu'il était enfant, et regrettait amèrement les années d'amitié qui lui avaient été volées. Pouvait-il la laisser, à présent, après presque vingt ans passés ensemble? Cette fois, il serait impossible de reculer. Lorsqu'il arriverait sur Lusitania, elle aurait vieilli de vingt ans en son absence; elle aurait quatre-vingts ans, s'il revenait auprès d'elle.

<Ainsi, cela ne sera pas facile, finalement. Toi aussi, tu devras payer le prix.>

Ne me tente pas, dit intérieurement Ender. J'ai le droit de regretter.

<Elle est ton autre toi-même. Vas-tu véritablement la quitter pour nous?>

C'était la voix de la reine, dans son esprit. Naturellement, elle avait vu tout ce qu'il voyait et savait ce qu'il avait décidé. Ses lèvres formèrent en silence les mots qu'il lui adressa : Je la quitterai, mais pas pour toi. Nous ne pouvons pas être sûrs que cela te sera profitable. Ce sera peut-être simplement une autre déception, comme Trondheim.

< Lusitania est tout ce dont nous avons besoin. Et à l'abri des êtres humains. >

Mais elle appartient également à d'autres gens. Je ne détruirai pas les piggies pour me faire pardonner la destruction de ton peuple.

< Ils ne risquent rien avec nous; nous ne leur ferons pas de mal. Tu nous connais, à présent, après toutes ces années. >

Je sais ce que tu m'as dit.

< Nous ne savons pas mentir. Nous avons montré nos souvenirs, nos âmes. >

Je sais que vous pouvez vivre en paix avec eux. Mais *eux,* pourront-ils vivre en paix avec vous?

< Conduis-nous là-bas. Nous avons attendu tellement longtemps. >

Ender gagna un vieux sac ouvert, posé dans un coin. Tout ce qu'il possédait vraiment se trouvait à l'intérieur : ses vêtements de rechange. Tout ce que contenait la pièce était constitué de cadeaux reçus dans l'exercice de son activité de Porte-Parole des Morts, afin d'honorer son action dans l'intérêt de la vérité, mais il ne se souvenait jamais des circonstances dans lesquelles il les avait reçus. Ils resteraient quand il s'en irait. Il n'avait plus assez de place dans son sac.

Il l'ouvrit, en sortit une serviette roulée, la déroula. À l'intérieur, il y avait un gros cocon filandreux de quatorze centimètres de long.

< Oui, regarde-nous. >

Il avait trouvé le cocon qui l'attendait lorsqu'il gouvernait la première colonie humaine sur une planète ayant appartenu aux doryphores. Prévoyant leur destruction de la main d'Ender, sachant qu'il était un ennemi invisible, ils avaient construit un lieu qui aurait un sens à ses yeux, parce qu'il provenait de ses rêves. Le cocon, avec sa reine impuissante mais consciente, l'attendait dans une tour où, autrefois, dans ses rêves, il rencontrait un ennemi.

« Tu as attendu plus longtemps avant que je ne te découvre, » dit-il à haute voix, « que les quelques années qui se sont écoulées depuis que je t'ai prise, derrière le miroir. »

<Quelques années? Ah, oui, avec ton esprit séquentiel, tu n'es pas conscient du passage des années lorsque tu voyages à une vitesse proche de celle de la lumière. Mais *nous* en sommes conscientes. Nos pensées sont instantanées; la lumière glisse comme le mercure sur du verre froid. Nous connaissons tous les instants de trois mille ans.>

« Ai-je trouvé un endroit où tu seras en sécurité? »

<Nous avons dix mille œufs désireux de vivre.>

« Lusitania est peut-être l'endroit, je ne sais pas. »

<Permets-nous de vivre à nouveau.>

« Je m'y efforce. » Pourquoi crois-tu que j'ai erré de planète en planète, pendant toutes ces années, sinon pour trouver un endroit pour toi?

<Plus vite, plus vite, plus vite.>

Il faut que je trouve un endroit où on ne te tuera pas à nouveau dès ton apparition. Tu es encore dans de nombreux cauchemars humains. Rares sont les gens qui croient vraiment ce que je dis dans mon livre. Il est vrai qu'ils condamnent le Xénocide, mais ils recommenceraient.

<De toute notre vie, nous n'avons connu que toi qui ne soit pas nous. Nous n'avons jamais été obligées de nous montrer compréhensives parce que nous comprenions toujours. À présent que nous ne sommes plus que cet individu isolé, tu es les seuls yeux, bras et jambes dont nous disposions. Pardonne-nous si nous sommes impatientes.>

Il rit. *Moi, vous* pardonner.

< Tes semblables sont stupides. Nous connaissons la vérité. Nous savons qui nous a tuées, et ce n'est pas toi. >

C'est moi.

< Tu étais un outil. >

C'est moi.

< Nous te pardonnons. >

Quand vos pieds fouleront à nouveau une planète, *alors* le moment du pardon sera venu.

CHAPITRE V

VALENTINE

Aujourd'hui, j'ai accidentellement dit que Libo est mon fils. Seul Écorce m'a entendu mais, une heure plus tard, tout le monde était apparemment au courant. Ils se sont rassemblés autour de moi et ont convaincu Selvagem de me demander s'il était vrai que j'étais « déjà » père. Selvagem joignit ensuite mes mains et celles de Libo; sans réfléchir, je serrai Libo dans mes bras et ils émirent les cliquetis qui expriment la stupéfaction et, je crois, le respect. Je constatai dès cet instant que mon prestige, à leurs yeux, avait considérablement augmenté.

La conclusion est inévitable. Les piggies que nous connaissons ne constituent pas l'ensemble d'une communauté et ne sont même pas des mâles représentatifs. Il s'agit soit de jeunes soit de vieux célibataires. Il n'y en a pas un qui ait des enfants. Ils ne se sont même jamais accouplés, à notre connaissance.

Je n'ai jamais entendu parler d'une société humaine où les groupes de célibataires tels que celui-ci ne seraient pas marginaux, sans pouvoir ni prestige. Pas étonnant qu'ils parlent des femelles avec ce mélange de respect et de mépris, n'osant pas prendre une décision sans leur accord puis, l'instant suivant, nous disant qu'elles sont tellement stupides qu'elles ne comprennent rien, que ce sont des varelse. Jusqu'ici, je prenais ces affirmations pour argent comptant, ce qui m'avait amené à imaginer que les femelles n'étaient pas intelligentes, qu'il s'agissait d'un troupeau de truies marchant à quatre pattes. J'imaginais que les mâles les consultaient comme ils consultaient les arbres, utilisant leurs grognements pour deviner leurs réponses, comme on lance des osselets ou lit dans les entrailles d'un animal sacrifié.

À présent, toutefois, je me rends compte que les femelles sont probablement tout aussi intelligentes que les mâles, et qu'il ne s'agit en aucun cas de varelse. Les déclarations négatives des mâles proviennent de leur amertume de célibataires exclus du processus reproductif et des structures de direction de la tribu. Les piggies se sont montrés aussi prudents avec nous que nous l'avons été avec eux; ils ne nous ont pas permis de rencontrer les femelles et les mâles qui détiennent effectivement le pouvoir. Nous croyions explorer le cœur de la société des piggies. Au lieu de cela, pour prendre une image, nous sommes dans l'égout génétique, parmi les mâles dont les gènes sont considérés comme inutiles à la tribu.

Toutefois, je n'y crois pas. Les piggies que j'ai connus étaient toujours intelligents, rusés et apprenaient rapidement. Si rapidement que je leur ai appris davantage sur la société humaine, accidentellement, que je n'ai appris sur eux, après des années d'étude. Si ce sont leurs déchets, dans ce cas j'espère qu'ils me jugeront un jour digne de rencontrer les « épouses » et les « pères ».

En attendant, je ne puis pas transmettre cela parce que, accidentellement ou pas, j'ai enfreint le règlement. Peu importe que personne ne puisse véritablement empêcher les piggies d'apprendre des choses sur nous. Peu importe que le règlement soit stupide et antiproductif. Je l'ai enfreint et, si on s'en rend compte, on annulera tout contact avec les piggies, ce qui serait encore pire que les relations sévèrement limitées que nous entretenons actuellement. De sorte que je me vois contraint au mensonge et à l'utilisation de subterfuges ridicules, comme mettre ces notes dans les dossiers personnels et secrets de Libo, où ma chère épouse elle-même n'aura pas l'idée d'aller les chercher. Voici une information absolument vitale, à savoir que les piggies que nous avons étudiés sont tous des célibataires et, en raison du règlement, il m'est impossible de la communiquer aux xénologues framlings. Olha bem, gente, aqui està : A ciêcia, o bicho que se devora ai mesma! (Regardez bien, voilà ce que c'est : La science, la petite bête horrible, qui se dévore elle-même!)

> *João Figueira Alvarez, notes secrètes publiées par Démosthène dans : « The Integrity of Treason : The Xenologers of Lusitania », Reykjavik Historical Perspectives, 1990 : 4 : 1*

Le ventre de Valentine était tendu et gonflé, bien que la naissance de sa fille ne soit prévue que dans un mois. Etre aussi grosse et déséquilibrée constituait une gêne continuelle. Toujours, jusqu'ici, lorsqu'elle se préparait à emmener des étudiants en söndring, elle avait été en mesure d'effectuer elle-même l'essentiel du chargement du bateau. Désormais, elle devait compter sur les marins de son mari, et elle ne pouvait même pas aller et venir entre le quai et la cale. Le capitaine dirigeait le chargement afin que le bateau reste équilibré. Il faisait cela très correctement, bien entendu : le capitaine Räve ne *lui* avait-il pas appris à faire cela, lorsqu'elle était arrivée?... Mais Valentine n'aimait pas l'idée d'être réduite à un rôle passif.

C'était son cinquième söndring; le premier avait

été l'occasion de rencontrer Jakt. Elle ne pensait pas au mariage. Trondheim était une planète comme toutes celles qu'elle avait visitées avec son jeune frère errant. Elle enseignerait, étudierait et, quatre ou cinq mois plus tard, elle publierait un long essai historique, le publierait sous le nom de Démosthène, puis profiterait de la vie jusqu'au moment où Ender déciderait d'accepter d'être le Porte-Parole d'un mort ailleurs. En général, leurs activités se mêlaient parfaitement : on lui demandait d'être le Porte-Parole d'un mort important dont la vie devenait le centre de son essai. C'était un jeu auquel ils se livraient, feignant d'être des professeurs itinérants alors que, dans la réalité, ils créaient l'identité de la planète, car les essais de Démosthène paraissaient toujours définitifs.

Elle avait cru, pendant un temps, que quelqu'un constaterait que Démosthène écrivait des essais qui, bizarrement, suivaient son itinéraire, et découvrirait la vérité. Mais elle comprit rapidement que, comme dans le cas des Porte-Parole mais à un degré moindre, une mythologie s'était créée autour de Démosthène. Les gens croyaient que Démosthène n'était pas un individu et que chaque ouvrage de Démosthène était l'œuvre d'un génie travaillant indépendamment, qui tentait ensuite de publier dans la rubrique de Démosthène; l'ordinateur soumettait ensuite, automatiquement, l'ouvrage à une commission composée des meilleurs historiens du moment, qui décidait s'il était digne de ce nom. Des centaines d'essais étaient présentés chaque année; l'ordinateur rejetait automatiquement tous ceux qui n'étaient pas écrits par le véritable Démosthène; on continuait cependant de croire qu'une personne comme Valentine ne pouvait pas exister. Après tout, Démosthène avait commencé sa carrière comme démagogue sur les réseaux informatiques alors que la Terre était en guerre contre les doryphores, trois mille ans plus tôt. Il ne pouvait plus s'agir de la même personne.

Et c'est vrai, se disait Valentine. Je ne suis pas la même personne, en fait, d'un livre à l'autre, parce que les planètes transforment ma personnalité lorsque j'écris leur histoire. Et cette planète davantage que les autres.

Elle n'aimait pas l'omniprésence de la pensée luthérienne, surtout le courant calviniste qui paraissait détenir les réponses à toutes les questions, avant même qu'elles eussent été posées. De sorte qu'elle eut l'idée d'emmener un groupe sélectionné d'étudiants diplômés loin de Reykjavik, dans une des Iles de l'Été, chaîne équatoriale où, au printemps, les skrika se rassemblaient et les troupeaux de halkig devenaient fous sous l'effet d'une énergie reproductrice débordante. Son idée consistait à briser les structures de la pourriture intellectuelle qui s'installait inévitablement dans toutes les universités. Les étudiants ne mangeraient que le havregin qui poussait à l'état sauvage dans les vallées protégées et les halkig qu'ils pourraient tuer, s'ils étaient assez courageux et rusés. Lorsque leur nourriture quotidienne reposerait sur leur activité physique, leur conception de ce qui comptait et ne comptait pas dans le domaine historique changerait obligatoirement.

L'université donna la permission, à contrecœur; elle utilisa ses fonds personnels pour louer un bateau à Jakt, qui venait juste de devenir responsable d'une des nombreuses familles vivant de la chasse au skrika. Il avait, sur les universitaires, des opinions de marins, les traitant de skräddore en leur présence, et tenant des propos encore plus grossiers quand ils avaient le dos tourné. Il déclara à Valentine qu'il lui faudrait aller au secours de ses étudiants affamés dans la semaine. Toutefois, Valentine et ses naufragés, comme ils se nommaient, tinrent jusqu'au bout et prospérèrent, construisant une sorte de village et jouissant d'une liberté de réflexion créatrice qui engendra, à leur retour, un flot remarquable de publications excellentes et novatrices.

La conséquence la plus visible, à Reykjavik, fut que Valentine eut toujours des centaines de demandes pour les vingt places de chacun de ses trois söndrings d'été. De son point de vue, toutefois, Jakt comptait beaucoup plus. Il n'était pas particulièrement cultivé, mais il connaissait très bien la légende de Trondheim. Il était capable de naviguer sur la moitié de l'océan équatorial sans carte. Il connaissait les trajets des icebergs et savait où les glaces flottantes seraient nombreuses. Il semblait savoir où les skrika se rassembleraient pour danser et comment déployer ses chasseurs pour les prendre par surprise lorsqu'ils montaient sur la plage. Le temps paraissait ne jamais le prendre au dépourvu, et Valentine conclut qu'il était prêt à affronter absolument toutes les situations.

Sauf elle. Et lorsque le pasteur luthérien – pas calviniste – les maria, ils parurent tous les deux plus surpris qu'heureux. Pourtant, ils *étaient* heureux. Et, pour la première fois depuis qu'elle avait quitté la Terre, elle se sentit entière, en paix, chez elle. C'est pour cette raison que le bébé grandit en elle. L'errance était terminée. Et elle était reconnaissante à Ender du fait qu'il avait compris cela et que, sans qu'ils aient eu besoin d'en discuter, il se soit rendu compte que Trondheim était le terme de leur odyssée, la fin de la carrière de Démosthène; comme l'ishäxa, elle avait trouvé le moyen de s'enraciner dans la glace de ce monde et d'en extraire une nourriture que le sol des autres planètes avait été incapable de lui fournir.

Le bébé donna des coups de pied, la tirant de sa rêverie; elle regarda autour d'elle et remarqua qu'Ender marchait dans sa direction, longeant le quai, son sac sur l'épaule. Elle comprit tout de suite pourquoi il avait apporté son sac : il avait l'intention de participer au söndring. Elle se demanda si cela lui faisait plaisir. Ender était calme et discret, mais ne pouvait cacher sa compréhension brillante de la nature humaine. Les étudiants moyens ne faisaient pas attention à lui mais les meilleurs, ceux qu'elle espérait voir découvrir des idées originales, suivraient inévitablement les indices subtils et enrichissants qu'il fournirait inévitablement. Le résultat serait impressionnant, elle en était certaine – après tout, *elle* devait beaucoup à son intuition, depuis de nombreux années – mais ce serait l'intelligence d'Ender, pas celle des étudiants. Cela dénaturerait l'objectif du söndring.

Mais elle ne refuserait pas, quand il demanderait à venir. À vrai dire, elle serait heureuse de sa présence. Malgré son amour pour Jakt, l'intimité continuelle qu'elle avait partagée avec Ender pendant de nombreuses années lui manquait. Il faudrait longtemps pour que les liens qui l'unissaient à Jakt soient aussi étroits que ceux qui la liaient à son frère. Jakt le savait et cela lui faisait un peu de peine; un mari ne devrait pas être en concurrence avec son beau-frère sur le plan du dévouement de sa femme.

« Ho, Val, » dit Ender.

– « Ho, Ender. » Seule sur le pont, alors que personne ne pouvait entendre, rien ne lui interdisait d'utiliser son surnom d'enfance, en dépit du fait que le reste de l'humanité l'avait transformé en épithète malsonnante.

– « Que feras-tu si le bébé décide de sortir pendant le söndring? »

– « Son papa l'enveloppera dans une peau de skrika, je lui chanterai de stupides chansons scandinaves et les étudiants prendront soudain conscience de l'importance des impératifs reproductifs sur l'histoire. »

Ils rirent pendant quelques instants et, soudain,

Valentine comprit, sans percevoir pourquoi elle comprenait, qu'Ender ne voulait pas aller au söndring, qu'il avait fait son sac pour quitter Trondheim et qu'il n'était pas venu pour l'inviter à partir avec lui, mais pour lui dire au revoir. Les larmes lui montèrent aux yeux et une terrifiante impression de vide s'empara d'elle. Il la prit dans ses bras et la serra, comme ils l'avaient fait de si nombreuses fois dans le passé; cette fois, cependant, son ventre était entre eux et l'étreinte fut maladroite et hésitante.

« Je pensais que tu avais l'intention de rester, » souffla-t-elle. « Tu as refusé tous les appels qui sont arrivés. »

– « Il en est arrivé un que je ne pouvais pas refuser. »

– « Je peux avoir mon bébé pendant le söndring, mais pas sur une autre planète. »

Comme elle l'avait deviné, Ender ne tenait pas à ce qu'elle vienne.

– « La petite sera très blonde, » dit Ender. « Elle serait désespérément déplacée, sur Lusitania. On y trouve essentiellement des brésiliens noirs. »

Ainsi, ce serait Lusitania. Valentine comprit immédiatement pourquoi il partait; l'assassinat du xénologue par les piggies était connu de tous, désormais, du fait qu'il avait été annoncé à Reykjavik pendant le dîner.

– « Tu es devenu fou. »
– « Pas vraiment. »
– « Sais-tu ce qui arrivera si les gens se rendent compte que *c'est* Ender qui va sur la planète des piggies? Ils te crucifieront! »

– « On me crucifierait également ici, en réalité, sauf que tu es la seule à savoir qui je suis. Promets-moi de ne rien dire. »

– « Qu'est-ce que tu peux apporter aux gens de là-bas? Il sera mort depuis vingt ans quand tu arriveras. »

– « Mes sujets sont en général plutôt froids quand je viens Parler pour eux. C'est l'inconvénient principal de la condition d'itinérant. »

– « Je ne croyais pas que je te perdrais à nouveau. »

– « Mais j'ai compris que nous serions séparés dès que tu es tombée amoureuse de Jakt. »

– « Dans ce cas, tu aurais dû me le dire! Je ne l'aurais pas fait! »

– « C'est pour cela que je n'ai rien dit. Mais ce n'est pas vrai, Val. Tu l'aurais fait tout de même. Et je voulais que tu le fasses. Tu n'as jamais été aussi heureuse. » Il posa les mains sur sa taille. « Les gènes des Wiggin tenaient absolument à se perpétuer. J'espère que tu auras encore une douzaine d'enfants. »

– « On considère qu'il n'est pas correct d'en avoir plus de quatre, sans-gêne de dépasser cinq et barbare d'en avoir plus de six. » Malgré sa plaisanterie, elle se demandait quelle attitude adopter vis-à-vis du söndring, laisser son assistant s'en occuper sans elle, l'annuler carrément, le repousser jusqu'au départ d'Ender?

Mais Ender rendit la question sans objet.

– « Crois-tu que ton mari autoriserait un de ses bateaux à me conduire au mareld pendant la nuit, afin que je puisse gagner mon vaisseau demain matin? »

Sa hâte était cruelle.

– « Si tu n'avais pas eu besoin que Jakt te prête un bateau, m'aurais-tu laissé un mot dans l'ordinateur? »

– « J'ai pris ma décision il y a cinq minutes et je suis venu te voir directement. »

– « Mais tu as déjà pris une place... Ce sont des choses qu'il faut prévoir. »

– « Pas si on achète un vaisseau. »

– « Pourquoi es-tu tellement pressé? Le voyage dure vingt ans... »

– « Vingt-deux ans. »

– « Vingt-deux ans! Quelle différence feraient deux jours de plus! Ne peux-tu pas attendre un mois pour voir mon bébé? »

– « Dans un mois, Valentine, je n'aurai peut-être pas le courage de te quitter. »

– « Dans ce cas, ne pars pas! Qu'est-ce que les piggies représentent, pour toi? Les doryphores représentent un nombre suffisant de ramen dans la vie d'un homme. Reste, marie-toi comme je l'ai fait; tu as ouvert les étoiles à la colonisation, Ender, à présent reste ici et profite des fruits de ton travail! »

– « Tu as Jakt. J'ai des étudiants désagréables qui tentent continuellement de me convertir au calvinisme. Je n'ai pas encore terminé ma tâche et Trondheim n'est pas *ma* patrie. »

Valentine comprit ses paroles comme une association : Tu as pris racine ici sans te demander si je pouvais vivre sur ce sol. Mais ce n'est pas ma faute, voulut-elle répondre... C'est toi qui pars, pas moi.

– « Souviens-toi de ce que nous avons ressenti, » dit-elle, « quand nous avons laissé Peter sur Terre et entrepris le voyage de plusieurs décennies qui nous a conduits jusqu'à notre première colonie, jusqu'à la planète que tu gouvernais? C'était comme s'il mourait. Lorsque nous sommes arrivés, il était vieux et nous étions toujours jeunes; lorsque nous avons parlé, grâce à l'ansible, il était devenu un vieil oncle, l'Hégémon mûri par le pouvoir, le Locke légendaire, mais il n'avait plus rien à voir avec notre frère. »

– « C'était une amélioration, si mes souvenirs sont bons. » Ender tentait de prendre les choses à la légère.

Mais Valentine préféra une interprétation perverse.

– « Crois-tu que moi aussi, je vais m'améliorer en vingt ans? »

– « Je crois que j'aurai davantage de chagrin que si tu étais morte. »

– « Non, Ender, c'est exactement comme si je mourais et tu sauras que j'aurais été tuée par toi. »

Il recula.

– « Tu n'es pas sérieuse. »

– « Je ne t'écrirai pas. Pourquoi le ferais-je? Pour toi, il se sera écoulé une ou deux semaines. Quand tu arriveras sur Lusitania, l'ordinateur aurait vingt ans de lettres envoyées par une personne que tu n'auras quittée que depuis une semaine. Les cinq premières années seraient le chagrin, la douleur de te perdre, la solitude liée à l'impossibilité de te parler... »

– « Jakt est ton mari, pas moi. »

– « Et, ensuite, qu'est-ce que j'écrirais? Des lettres brillantes où je donnerais des nouvelles de la petite? Elle a cinq ans, six, dix, vingt et elle s'est mariée et tu ne la connaîtrais même pas, tu ne l'aimerais pas. »

– « Je l'aimerai. »

– « Tu n'en auras pas l'occasion. Je ne t'écrirai que lorsque je serai très vieille, Ender. Quand tu seras allé à Lusitania, puis ailleurs, avalant les décennies en bouchées gourmandes. Ensuite, je t'enverrai mes mémoires et je te les dédicacerai. À Andrew, mon frère chéri. Je t'ai suivi avec joie sur deux douzaines de planètes, mais tu ne veux même pas rester deux semaines quand je te le demande. »

– « Rends-toi compte de ce que tu dis, Valentine, tu comprendras pourquoi je dois partir, avant que tu ne me déchires en morceaux. »

– « C'est un sophisme que tu n'admettrais pas de tes étudiants, Ender! Je n'aurais pas dit cela si tu ne partais pas comme un voleur pris la main dans le sac. Ne renverse pas la cause et ne m'en rends pas responsable. »

Il répondit dans un souffle, les mots se bousculant dans sa hâte : il voulait terminer avant d'être interrompu par l'émotion.

– « Non, tu as raison. Je voulais faire vite parce que j'ai un travail à faire, là-bas, et que chaque jour passé ici est perdu, et parce que j'ai mal chaque fois que je vous vois, Jakt et toi, devenir plus proches l'un de l'autre alors que, toi et moi, nous nous éloignons, bien que je sache que c'est bien ainsi, de sorte que, lorsque j'ai décidé de partir, je me suis dit qu'il fallait le faire vite, et j'ai eu raison; *tu sais* que j'ai raison. Je ne pensais pas que tu pourrais me haïr à cause de cela. »

L'émotion l'interrompit et il pleura; elle aussi.

– « Je ne te hais pas, je t'aime, tu es une partie de moi-même, tu es mon cœur et, lorsque tu t'en vas, c'est mon cœur qu'on arrache et emporte... »

Et ce fut la fin des paroles.

Le quartier-maître de Räv conduisit Ender au mareld, énorme plate-forme posée sur l'océan équatorial, d'où partaient les navettes permettant de rejoindre les vaisseaux en orbite. Implicitement, ils avaient décidé que Valentine ne l'accompagnerait pas. Elle rentra chez elle et resta toute la nuit serrée contre son mari. Le lendemain, elle alla en söndring avec ses étudiants et ne pleura que la nuit, quand elle croyait que personne ne pouvait la voir.

Mais les étudiants virent et on parla de la grande douleur que le Professeur Wiggin éprouvait, à cause du départ de son frère, le Porte-Parole itinérant. Leurs conclusions furent celles que tirent généralement les étudiants, à la fois plus et moins que la réalité. Mais une étudiante, une nommée Plikt, constata que personne ne se doutait de l'énormité de la véritable histoire de Valentine et Andrew Wiggin.

De sorte qu'elle entreprit des recherches, remontant la piste de leurs voyages parmi les étoiles. Lorsque la fille de Valentine, Syfte, eut quatre ans, et son fils, Ren, deux ans, Plikt vint la voir. Elle enseignait à l'université, à cette époque, et elle montra à Valentine son récit publié. Elle l'avait présenté comme une fiction mais elle était vraie, naturellement, cette histoire du frère et de la sœur qui étaient les gens les plus âgés de l'univers, nés sur la Terre avant que les colonies aient été implantées sur les autres planètes, et qui errèrent ensuite de monde en monde, déracinés, en quête de quelque chose.

Valentine constata avec soulagement, et, bizarrement, déception, que Plikt n'avait pas mentionné qu'Ender était le premier Porte-Parole des Morts ni que Valentine était Démosthène. Mais elle connaissait assez bien leur histoire pour raconter leurs adieux, lorsqu'elle avait décidé de rester avec son mari, et lui de partir. La scène était beaucoup plus tendre et sentimentale que dans la réalité; Plikt avait écrit ce qui aurait dû arriver si Ender et Valentine avaient eu davantage le sens du théâtre.

« Pourquoi as-tu écrit ceci? » demanda Valentine.

– « N'est-ce pas assez bon pour que cela constitue une raison suffisante? »

Cette réponse détournée amusa Valentine mais ne la découragea pas.

– « Que représentait mon frère, pour toi, qui puisse justifier les recherches nécessaires à la création de ceci? »

– « Ce n'est toujours pas la bonne question », dit Plikt.

– « Apparemment, je suis en train d'échouer à un examen quelconque. Peux-tu me mettre sur la piste de la question que je devrais poser? »

– « Ne soyez pas fâchée. Vous devriez me demander pourquoi j'ai écrit un roman et pas une biographie. »

– « Alors, pourquoi ? »
– « Parce que j'ai découvert qu'Andrew Wiggin, Porte-Parole des Morts *est* Ender Wiggin, le Xénocide. »

Bien qu'Ender soit parti depuis quatre ans, il était encore à dix-huit ans de sa destination. Valentine fut saisie de terreur à l'idée de ce qui risquait de se produire s'il arrivait à Lusitania sous les traits de l'individu le plus haïssable de l'histoire humaine.

« Ne craignez rien, Madame Wiggin. Si j'avais voulu le dire, j'aurais pu le faire. Lorsque j'ai trouvé, je me suis rendu compte qu'il regrettait ce qu'il avait fait. Et quelle pénitence magnifique ! C'est le Porte-Paroles des Morts qui a présenté son acte comme un crime innommable... Alors, il a pris le titre de Porte-Parole, comme des centaines d'autres, et a joué le rôle de son propre accusateur sur vingt planètes. »

– « Tu as découvert beaucoup de choses, Plikt. Mais tu n'as pratiquement rien compris. »

– « Je comprends tout ! Lisez ce que j'ai écrit, vous verrez. »

Valentine se dit que, puisque Plikt savait tellement de choses, elle pouvait tout aussi bien savoir le reste. Mais ce fut la colère, pas la raison, qui poussa Valentine à confier ce qu'elle n'avait jamais dit.

– « Plikt, mon frère n'a pas *imité* le premier Porte-Parole des Morts. Il a *écrit La Reine et l'Hégémon.* »

Lorsque Plikt comprit que Valentine disait la vérité, elle fut totalement déconcertée. Pendant toutes ces années, elle avait considéré Andrew Wiggin comme un sujet de recherches et le premier Porte-Parole des Morts comme son inspiration. Découvrir qu'il s'agissait d'une seule et même personne la réduisit au silence pendant une demi-heure.

Puis les deux femmes parlèrent, se firent des confidences et en vinrent à se faire confiance mutuellement jusqu'au moment où Valentine demanda à Plikt d'être la préceptrice de ses enfants et sa collaboratrice dans ses publications et son enseignement. Jakt fut surpris de cette nouvelle présence dans la demeure mais, finalement, Valentine lui confia les secrets que Plikt avait découverts dans ses recherches, ou bien lui avait arrachés. Ils devinrent la légende de la famille et les enfants grandirent en entendant raconter l'histoire merveilleuse de leur oncle Ender, depuis longtemps disparu, que l'on considérait comme un monstre sur toutes les planètes mais qui, en réalité, était un peu un sauveur, ou un prophète ou, au moins, un martyr.

Les années passèrent, la famille prospéra et la douleur liée à la disparition d'Ender devint, pour Valentine, de la fierté et, finalement, une grande impatience. Elle voulait qu'il arrive rapidement sur Lusitania, qu'il résolve le problème des piggies, qu'il accomplisse son destin apparent d'apôtre des ramen. Ce fut Plikt, la bonne luthérienne, qui apprit à Valentine à concevoir la vie d'Ender en termes religieux; la stabilité inébranlable de sa vie de famille, et le miracle de chacun de ses cinq enfants se combinèrent pour insinuer en elle des émotions, sinon des doctrines, de foi.

Cela affecta aussi les enfants, bien entendu. L'histoire de l'Oncle Ender, du fait qu'ils ne pouvaient en parler à personne, acquit des connotations surnaturelles. Syfte, l'aînée, était particulièrement intriguée et, même lorsqu'elle atteignit vingt ans, et que la rationalité prit le pas sur l'adoration primitive enfantine, de l'Oncle Ender, elle resta obsédée par lui. C'était un être de légende, pourtant il vivait encore, sur une planète où il n'était pas impossible de se rendre.

Elle ne dit rien à ses parents, cependant elle se confia à son ancienne préceptrice.

« Un jour, Plikt, je le rencontrerai. Je le rencontrerai et je l'aiderai dans son travail. »

– « Qu'est-ce qui te fait croire qu'il aura besoin d'aide? De *ton* aide, de toute façon? » Plikt restait toujours sceptique jusqu'à ce que son élève l'ait convaincue.

– « Il n'a pas agi seul, la première fois, n'est-ce pas? » Et les rêves de Syfte l'entraînaient vers l'inconnu, loin des neiges de Trondheim, vers une planète lointaine sur laquelle Ender Wiggin n'avait pas encore posé le pied. Habitants de Lusitania, vous ne savez pas quel grand homme va marcher sur votre terre et se charger de votre fardeau. Et je le rejoindrai, le moment venu, bien que cela soit une génération trop tard... Sois prête à me recevoir, moi aussi, Lusitania.

Dans son vaisseau interstellaire, Ender Wiggin ignorait qu'il transportait avec lui le fret des rêves des autres. Il n'y avait que quelques jours qu'il avait laissé Valentine en larmes sur le quai. Pour lui, Syfte n'avait pas de nom; elle était le gonflement du ventre de Valentine et rien de plus. Il commençait tout juste à ressentir la douleur de l'absence de Valentine, douleur qu'elle avait surmontée depuis longtemps. Et ses pensées étaient très éloignées de ses nièces et neveux inconnus, sur une planète de glace.

Il pensait à une jeune fille solitaire et torturée, Novinha, se demandant quel effet auraient sur elle les vingt-deux ans du voyage, ce qu'elle serait devenue quand ils se rencontreraient. Car il l'aimait, comme on peut seulement aimer un être qui est un écho de soi-même au moment du chagrin le plus intense.

CHAPITRE VI

OLHADO

Leur seul contact avec les autres tribus semble être la guerre. Lorsqu'ils racontent des histoires (généralement par temps de pluie), elles évoquent pratiquement toujours les batailles et les héros. Elles se terminent toujours par la mort, celle des héros comme celle des lâches. Si l'on peut se fier aux indications contenues dans ces récits, les piggies n'espèrent *pas survivre à la guerre. Et ils ne s'intéressent absolument pas aux femelles des ennemis, qu'il s'agisse de viol, de meurtre ou d'esclavage, traitements traditionnellement réservés par les êtres humains aux femmes des soldats vaincus.*

Cela signifie-t-il qu'il n'existe pas d'échange génétique entre les tribus? Absolument pas. Il est possible que les échanges génétiques soient réalisés par les femelles, qui disposent peut-être d'un système leur permettant de négocier les faveurs génétiques. Compte tenu de la soumission apparente des mâles dans la société des piggies, cela pourrait parfaitement exister sans que les mâles soient au courant; ou bien cela pourrait leur faire tellement honte qu'ils se refusent à nous en parler.

Ils aiment, toutefois, parler des batailles. Voici une description typique, tirée des notes prises le 21-2 de l'année dernière par ma fille, Ouanda, pendant une veillée dans une maison de rondins :

PIGGY (parlant Stark) : Il a tué trois frères sans être blessé. C'était la première fois que je voyais un guerrier aussi fort et courageux. Ses bras étaient couverts de sang et le bâton qu'il tenait à la main était fendu et taché par les cerveaux de mes frères. Il savait qu'il était honorable, bien que le reste de la bataille tourne contre sa faible tribu. Dei honra! Eu lhe dei! (Je l'ai honoré! Je l'ai fait!)

(Les autres piggies font claquer la langue et poussent de petits cris stridents.)

PIGGY : Je l'ai immobilisé par terre. Il s'est débattu avec vigueur jusqu'au moment où je lui ai montré l'herbe que j'avais à la main. Il ouvrit alors la bouche et murmura un chant étrange de ce pays lointain. Nunca será madeira na mão da gente! (Il ne sera jamais un bâton entre nos mains!) (À ce moment-là, ils se mirent à chanter dans la Langue des Epouses, passage qui compte parmi les plus longs que nous ayons eu l'occasion d'entendre.)

(On peut remarquer qu'il leur arrive très fréquemment de parler principalement Stark, puis de passer au Portugais au moment de la chute et de la conclusion. À la réflexion, nous avons constaté que nous agissons de même, retournant à notre langue maternelle aux moments les plus chargés d'émotion.)

Il est possible que ce récit de bataille ne paraisse pas extraordinaire tant qu'on n'en a pas entendu plusieurs, ce qui permet de constater qu'ils se terminent toujours par la mort du héros. Ils ne sont apparemment pas portés sur la comédie légère.

> *Liberdade Figueira de Medici, « Rapport sur les structures intertribales des indigènes de Lusitania », dans* Cross-Cultural Transactions, *1964:12:40*

Il n'y a pas grand-chose à faire pendant un vol interstellaire. Lorsque la trajectoire était définie et que le vaisseau avait effectué le transfert Park, la seule tâche consistait à calculer dans quelle mesure la vitesse du vaisseau était proche de celle de la lumière. L'ordinateur de bord calculait la vélocité exacte puis déterminait pendant combien de temps, subjectivement, le voyage devait se poursuivre avant d'inverser le transfert et de retrouver une vitesse subluminique utilisable. Comme un chronomètre, se disait Ender. Clic, on le met en marche, clic, on l'arrête et la course est terminée.

Jane ne pouvait introduire qu'une partie infime d'elle-même dans l'ordinateur de bord, de sorte qu'Ender fut pratiquement seul pendant les huit jours de voyage. Les ordinateurs du vaisseau étaient assez intelligents pour l'aider à maîtriser le passage de l'Espagnol au Portugais. Parler était relativement facile, mais de si nombreuses consonnes étaient inutilisées que la compréhension était difficile.

Parler Portugais avec un ordinateur relativement borné devenait irritant au-delà de deux heures par jour. Pendant tous les autres voyages, Val était là. Ils ne parlaient pas continuellement; Val et Ender se connaissaient si bien qu'ils n'avaient souvent rien à dire. Mais, sans elle, Ender fut agacé par ses pensées; elles ne débouchaient jamais sur le concret, parce qu'il ne pouvait les partager avec personne.

La reine elle-même ne l'aidait pas. Ses pensées étaient instantanées; liées non pas aux synapses, mais aux philotes qui ne subissaient pas les effets relativistes de la vitesse de la lumière. Chaque minute d'Ender équivalait à seize heures de son temps – la différence était trop importante pour qu'il puisse communiquer avec elle. Si elle n'avait pas été dans un cocon, elle aurait eu des milliers de doryphores individuels, exécutant chacun une tâche précise et ajoutant son expérience à sa mémoire immense.

Mais, à présent, elle n'avait plus que ses souvenirs et, pendant ses huit jours de captivité, Ender commença de comprendre pourquoi elle était tellement impatiente d'être délivrée.

Au terme des huit jours, il était pratiquement capable de parler Portugais directement, au lieu de traduire de l'Espagnol chaque fois qu'il voulait dire quelque chose. Il avait aussi désespérément envie de compagnie... Il aurait même été heureux de parler religion avec un calviniste, simplement pour le plaisir de communiquer avec une intelligence plus développée que celle de l'ordinateur de bord.

Le vaisseau effectua le transfert Park; en un instant impossible à mesurer, sa vélocité redevint relative à celle du reste de l'univers. Ou, plutôt, selon la théorie, la vélocité du reste de l'univers changeait tandis que le vaisseau restait, en réalité, immobile. On n'avait, en fait, aucune certitude parce qu'il était impossible d'observer le phénomène de l'extérieur. Toutes les idées étaient défendables puisque, de toute façon, personne ne savait comment fonctionnait l'effet philotique; l'ansible avait été découvert presque par accident, en même temps que le Principe d'Instantanéité de Park. Ce n'était peut-être pas compréhensible, mais cela fonctionnait.

Les hublots du vaisseau s'emplirent immédiatement d'étoiles, la lumière redevenant visible dans toutes les directions. Un jour, un savant découvrirait pourquoi le transfert Park ne consommait pratiquement pas d'énergie. Quelque part, Ender en était certain, un prix terrifiant était payé pour que les êtres humains puissent voyager parmi les étoiles. Il avait un jour rêvé qu'une étoile s'éteignait chaque fois qu'un vaisseau effectuait un transfert Park. Jane lui affirma que tel n'était pas le cas, mais il savait que l'immense majorité des étoiles nous restent invisibles; il pourrait en disparaître un trillion sans que nous le sachions. Pendant des milliers d'années, nous continuerions de voir les photons émis avant la disparition de l'étoile. Lorsque nous verrons une galaxie s'éteindre, il sera beaucoup trop tard pour changer de direction.

« En pleine rêverie paranoïaque? » demanda Jane.

– « Tu ne peux pas lire les pensées, » répliqua Ender.

– « Tu es toujours morose et préoccupé par la destruction. C'est ta façon de réagir au malaise interstellaire. C'est ta façon de réagir au malaise provoqué par le déplacement. »

– « As-tu averti les autorités lusitaniennes de mon arrivée? »

– « C'est une toute petite colonie. Il n'y a pas d'administration portuaire parce que les visites sont pratiquement inexistantes. Il y a une navette automatique qui fait le va-et-vient entre l'orbite et un petit spatioport risible. »

– « Pas un contrôle des services d'immigration? »

– « Tu es un Porte-Parole. Ils ne peuvent pas te refouler. En outre, les services d'immigration se limitent au gouverneur, qui est également le maire, puisque la ville et la colonie sont confondues. Elle s'appelle : Faria Lima Maria do Bosque, surnommée Bosquinha; elle te salue et souhaiterait que tu partes, du fait qu'ils ont déjà beaucoup de problèmes et que la présence d'un prophète de l'agnosticisme venant déranger les bons catholiques ne peut rien leur apporter. »

– « Elle a *dit* cela? »

– « En fait, pas à toi... L'Evêque Peregrino le lui a dit, et elle en était d'accord. Mais son travail consiste à être d'accord. Si tu lui dis que tous les catholiques sont des idolâtres, des imbéciles superstitieux, elle va vraisemblablement soupirer et dire : J'espère que vous garderez vos idées pour vous. »

– « Tu gagnes du temps, » fit ressortir Ender. « Qu'est-ce que, selon toi, je n'ai pas envie d'entendre? »

– « Novinha a annulé son appel à un Porte-Parole. Cinq jours après l'avoir envoyé. »

Naturellement, selon le Code Stellaire, dès le moment où Ender avait commencé son voyage en réponse à l'appel, cet appel ne pouvait plus être légalement annulé; néanmoins, cela changeait tout car, au lieu d'avoir attendu son arrivée avec impatience pendant vingt-deux ans, elle la redouterait, lui en voudrait de venir alors qu'elle avait changé d'avis. Il croyait qu'elle le recevrait en ami. À présent, elle serait plus hostile encore que la hiérarchie catholique.

– « Tout pour me simplifier le travail », releva-t-il.

– « Il n'y a pas que de mauvaises nouvelles, Andrew. Vois-tu, deux autres personnes ont appelé un Porte-Parole, et *elles* n'ont pas annulé. »

– « Lesquelles? »

– « Par une coïncidence extrêmement fascinante, il s'agit de Miro, le fils de Novinha, et d'Ela, sa fille. »

– « Il est impossible qu'ils aient connu Pipo. Pourquoi m'auraient-ils demandé d'être son Porte-Parole? »

– « Oh, non, il ne s'agit pas de la mort de Pipo. Ela a appelé un Porte-Parole il y a six semaines à la suite de la mort de son père, Marcos Maria Ribeira, surnommé Marcão. Il s'est effondré dans un bar. Pas à cause de l'alcool... Il était malade. Il est mort de pourriture terminale. »

– « Je me fais du souci pour toi, Jane, consumée par la compassion comme tu l'es. »

– « La compassion est *ta* spécialité. La mienne est les recherches complexes dans les structures organisées d'informations. »

– « Et le jeune homme... Comment s'appelle-t-il ? »

– « Miro. Il a appelé il y a quatre ans. Pour la mort du fils de Pipo, Libo. »

– « Libo ne pouvait pas avoir plus de quarante ans... »

– « On l'a aidé à mourir jeune. Il était xénologue, vois-tu, Zenador, comme on dit en Portugais. »

– « Les piggies... »

– « Exactement comme la mort de son père. Les organes placés exactement de la même façon. Trois piggies ont été exécutés de la même manière, pendant ton voyage. Mais ils plantent un arbre au milieu du cadavre des piggies... Les êtres humains morts n'ont pas droit à un tel honneur. »

Deux xénologues assassinés par les piggies à une génération d'intervalle.

– « Qu'est-ce que le Conseil Stellaire a décidé ? »

– « C'est très délicat. Il hésite. Aucun des deux apprentis de Libo n'a encore été nommé xénologue. L'une d'entre eux est la fille de Libo, Ouanda. L'autre est Miro. »

– « Entretiennent-ils des contacts avec les piggies ? »

– « Officiellement, non. Il existe une controverse à ce propos. Après la mort de Libo, le Conseil a interdit tout contact supérieur à une fois par mois. Mais la fille de Libo a catégoriquement refusé d'appliquer cet ordre. »

– « Et on ne l'a pas destituée ? »

– « La majorité favorable à la rupture avec les piggies était très mince. Il n'y a pas eu de majorité pour la censurer. En même temps, la jeunesse de Miro et Ouanda pose problème. Il y a deux ans, un groupe de scientifiques chargé de la supervision des affaires liées aux piggies est parti de Calicut. Ils devraient arriver dans trente-trois ans. »

– « Sait-on, cette fois, pourquoi les piggies ont tué le xénologue ? »

– « Absolument pas. Mais c'est pour cela que tu es ici, n'est-ce pas ? »

Répondre aurait été facile, mais la reine attira doucement son attention. Ender la perçut comme le vent dans les feuilles d'un arbre, un bruissement, un faible mouvement, un rayon de soleil. Oui, il était là pour porter la Parole des morts. Mais il devait également ramener les morts à la vie.

<C'est un bon endroit.>

Tout le monde avait donc toujours quelques mètres d'avance sur lui ?

<Il y a un esprit, ici. Beaucoup plus clair que tous les esprits humains que nous avons connus.>

Les piggies ? Ils pensent de la même façon que toi ?

<Il connaît les piggies. Un peu de temps ; il a peur de nous.>

La reine se retira et Ender se demanda si, avec Lusitania, il n'avait pas eu les yeux plus grands que le ventre.

L'Évêque Peregrino prononça personnellement l'homélie. C'était toujours mauvais signe. Jamais orateur captivant, il était devenu si complexe et digressif qu'Ela ne comprenait pratiquement plus ce qu'il voulait dire. Quim feignait de comprendre, naturellement parce que, de son point de vue, l'évêque ne pouvait pas se tromper. Mais Grego, le petit, ne se donnait pas la peine de faire croire qu'il était intéressé. Même lorsque Sœur Esquecimento patrouillait dans l'allée, avec ses ongles acérés et son étreinte cruelle, Grego accomplissait audacieusement toutes les bêtises qui lui traversaient l'esprit.

Ce jour-là, il arrachait les rivets du banc en plastique qui se trouvait devant lui. Sa force inquiétait Ela, un enfant de six ans n'aurait pas dû pouvoir glisser un tournevis sous un rivet scellé à chaud. Ela même n'était pas certaine de pouvoir le faire.

Si son père avait été là, naturellement, son long bras se serait tendu et, doucement, tout doucement, aurait pris le tournevis que Grego serrait dans la main. Il aurait murmuré :

« Où as-tu pris cela ? » Et Grego l'aurait regardé avec des grands yeux innocents. Plus tard, lorsque la famille aurait regagné la maison, après la messe, Père s'en serait pris à Miro sous prétexte qu'il laissait traîner des outils partout, lui adressant des injures terrifiantes et le rendant responsable de tous les problèmes de la famille. Miro aurait supporté en silence. Ela se serait absorbée dans la préparation du dîner. Quim se serait assis dans un coin, inutile, tripotant son chapelet et marmonnant ses petites prières dépourvues de sens. Olhado avait de la chance, avec son œil électronique, il se contentait de le débrancher et regardait une scène agréable du passé sans se préoccuper du reste. Quara allait se réfugier dans un coin. Et Grego restait immobile, triomphant, serrant la jambe du pantalon de Père dans une main, pendant que les reproches liés à ce qu'il avait fait se déversaient sur la tête de Miro.

Ela frémit tandis que la scène se déroulait dans sa mémoire. Si elle s'était terminée à ce moment-là, elle aurait été insupportable. Mais, ensuite, Miro partait, ils dînaient, et puis...

Les doigts maigres de Sœur Esquecimento jaillirent ; ses ongles s'enfoncèrent dans le bras de Grego. Aussitôt, Grego lâcha le tournevis. Naturellement, il était censé faire du bruit en tombant par terre, mais Sœur Esquecimento n'était pas stupide. Elle se pencha rapidement et s'en saisit avec l'autre main. Grego ricana. Le visage de la sœur n'était qu'à quelques centimètres de son genou. Ela vit ce qu'il avait en tête, tendit le bras pour tenter de l'arrêter, mais trop tard; son genou atteignit violemment Sœur Esquecimento sur la bouche.

Elle hoqueta sous l'effet de la douleur et lâcha le bras de Grego. Il reprit le tournevis entre ses doigts devenus mous. La main posée sur sa bouche ensanglantée, elle s'enfuit dans l'allée. Grego reprit son travail de démolition.

Papa est mort, se répéta Ela. Les mots résonnèrent comme une musique dans son esprit. Papa est mort, mais il est toujours ici parce qu'il nous a laissé ce petit héritage monstrueux. Le poison qu'il a mis en nous continue de mûrir et il nous tuera tous. Lorsqu'il est mort, son foie ne faisait que deux centimètres de long et sa rate est restée introuvable. D'étranges organes graisseux avaient pris leur place. La maladie n'avait pas de nom; son corps était devenu fou, avait oublié les modèles sur lesquels les êtres humains étaient construits. Et, aujourd'hui, sa maladie se perpétue chez ses enfants. Pas dans nos corps, mais dans nos âmes. Nous existons là où les enfants humains normaux sont censés être; nous sommes même constitués de la même façon. Mais chacun d'entre nous, à sa façon, a été remplacé par une imitation d'enfant, est issu du goitre difforme, fétide et lipidique produit par l'âme de papa.

Peut-être la situation serait-elle différente si maman y mettait du sien. Mais elle ne s'intéressait qu'aux microscopes, aux céréales génétiquement améliorées, ou bien à ce sur quoi elle travaillait pour le moment.

« ... soi-disant Porte-Parole des Morts! Mais il n'y a qu'une personne qui puisse parler pour les morts, et c'est le Sagrado Cristo... »

Les paroles de l'Évêque Peregrino attirèrent son attention. Que disait-il à propos du Porte-Parole des Morts? Il était impossible qu'il sache qu'elle en avait appelé un...

« ... La loi nous oblige à le traiter avec courtoisie,

mais pas à le croire! La vérité ne peut se trouver dans les spéculations et les hypothèses d'individus dépourvus de spiritualité, mais dans les enseignements et traditions de l'Eglise, notre Mère. De sorte que, lorsqu'il sera parmi vous, accordez-lui vos sourires, mais refusez-lui votre cœur! »

Pourquoi donnait-il cet avertissement? La planète la plus proche était Trondheim, à vingt-deux années-lumière, et il était peu probable qu'un Porte-Parole *s'y trouve*. Des décennies s'écouleraient avant l'arrivée d'un Porte-Parole, s'il en venait un. Elle se pencha vers Quara pour interroger Quim... *Lui* avait certainement écouté.

« Qu'est-ce que cette histoire de Porte-Parole des Morts? » souffla-t-elle.

– « Si tu avais écouté, tu saurais. »

– « Si tu ne me le dis pas, je te tords le septum. »

Quim grimaça afin de lui montrer que ses menaces ne lui faisaient pas peur. Mais comme, en réalité, il la craignait, il expliqua :

– « Une épave infidèle a apparemment demandé un Porte-Parole lors de la mort du premier xénologue, et il arrivera cet après-midi. Il a déjà pris la navette et Madame le Maire est partie l'accueillir. »

Elle n'avait pas demandé cela. L'ordinateur ne lui avait pas dit qu'un Porte-Parole était déjà en route. Il était censé venir dans de nombreuses années, pour dire la vérité à propos de cette monstruosité nommée papa, qui avait finalement fait une bonne chose pour sa famille en mourant; la vérité viendrait, comme une lumière, illuminer et purifier leur passé. Mais il y avait trop peu de temps que leur père était mort. Ses tentacules sortaient toujours de sa tombe et leur suçait le cœur.

L'homélie se termina et, finalement, la messe aussi. Elle serra étroitement la main de Grego, tentant de l'empêcher de s'emparer d'un missel ou d'un sac, tandis qu'ils se frayaient un chemin dans la foule. Quim servait au moins à quelque chose... Il portait Quara, qui se figeait systématiquement lorsqu'elle était censée marcher parmi des inconnus. Olhado remit son œil en marche et se débrouilla tout seul, adressant des œillades métalliques à toutes les adolescentes demi-vierges qu'il espérait horrifier ce jour-là. Ela fit une génuflexion devant la statue d'Os Venerados, ses grands-parents morts depuis longtemps et partiellement sanctifiés. N'êtes-vous pas fiers d'avoir d'aussi beaux petits-enfants?

Grego ricanait; naturellement, il avait une chaussure d'enfant à la main. Ela pria intérieurement pour que l'enfant soit sorti indemne de la rencontre. Elle prit la chaussure de Grego et la posa sur le petit autel où des cierges brûlaient continuellement en témoignage du miracle de la Descolada. Le propriétaire de la chaussure la retrouverait.

Madame le Maire, Bosquinha, était plutôt de bonne humeur, tandis que la voiture glissait sur les prairies séparant le spatioport de la colonie de Milagre. Elle montra les troupeaux de cabras semi-domestiques, espèce indigène fournissant des fibres textiles mais dont la chair n'avait aucun pouvoir nutritif, du point de vue des êtres humains.

« Les piggies les mangent-ils? »

Elle haussa les sourcils.

– « Nous savons peu de choses sur les piggies. »

– « Nous savons qu'ils vivent dans la forêt. Leur arrive-t-il de venir dans la plaine? »

Elle haussa les épaules.

– « C'est aux framlings de décider. »

Ender fut un instant étonné de l'entendre utiliser ce mot; mais, naturellement, le dernier livre de Démosthène avait été publié vingt-deux ans auparavant et répandu dans les Cent Planètes par l'ansible.

Utlanning, framling, raman, varelse, les vocables faisaient désormais partie du Stark, et ne semblaient certainement pas particulièrement neufs à Bosquinha.

Ce fut son absence de curiosité vis-à-vis des piggies qui suscita en lui un sentiment de malaise. Il était impossible que la population de Lusitania ne s'intéresse pas aux piggies; ils constituaient la raison d'être de la haute clôture infranchissable que seuls les Zenadores pouvaient traverser. Non, elle n'était pas indifférente, elle esquivait le sujet. Il ne put déterminer si c'était parce que les piggies étaient un sujet douloureux ou bien parce qu'elle ne faisait pas confiance à un Porte-Parole des Morts.

Ils dépassèrent le sommet d'une colline et elle arrêta la voiture. Elle se posa doucement sur ses patins. En bas, une large rivière serpentait parmi les collines herbues; au-delà de la rivière, les collines lointaines étaient totalement couvertes d'arbres. Sur la rive opposée, des maisons en briques et en pisé, couvertes de tuiles, constituaient une ville pittoresque. Les fermes étaient disséminées sur l'autre rive, leurs champs longs et étroits conduisant vers le sommet de la colline où se trouvaient Ender et Bosquinha.

« Milagre, » annonça Bosquinha. « Sur la plus haute colline, la cathédrale. L'Évêque Peregrino a demandé aux gens de se montrer polis et coopératifs avec vous. »

Compte tenu du ton, Ender devina qu'il leur avait également indiqué qu'il était un dangereux agent de l'agnosticisme.

– « Jusqu'à ce que Dieu me foudroie? » demanda-t-il.

Bosquinha sourit.

– « Dieu donne l'exemple de la tolérance chrétienne et nous tenons à ce que tous les habitants de la ville le suivent. »

– « Savent-ils qui m'a appelé ? »

– « Celui qui vous a appelé s'est montré... discret. »

– « Vous êtes gouverneur, outre vos fonctions de maire. Vous disposez de privilèges sur le plan de l'information. »

– « Je sais que le premier appel a été annulé, mais trop tard. Je sais également que deux autres personnes ont demandé un Porte-Parole ces dernières années. Mais vous devez comprendre que, dans leur majorité, dans les domaines de la doctrine et du réconfort, les gens se satisfont des prêtres. »

– « Ils seront contents d'apprendre que je ne pratique ni la doctrine ni le réconfort. »

– « Le don généreux de votre cargaison de skrika vous rendra très populaire dans les bars, et vous pouvez être sûr que de nombreuses femmes coquettes porteront les peaux dans les mois à venir. L'automne arrive. »

– « En fait, j'ai acquis les skrika avec le vaisseau... Ils ne me servaient à rien et je ne recherche aucune manifestation particulière de reconnaissance. » Il regarda l'herbe drue, comparable à de la fourrure, qui l'entourait. « Cette herbe est-elle indigène ? »

– « Et inutilisable. On ne peut même pas en faire du chaume, lorsqu'on la coupe, elle s'effrite puis tombe en poussière lorsqu'il pleut. Mais là, dans les champs, la culture la plus répandue est une race spéciale d'amarante mise au point par notre xénobiologiste. On ne pouvait guère compter sur le riz et le blé, ici, mais l'amarante est si résistante que nous devons utiliser de l'herbicide, autour des champs, pour l'empêcher de se répandre. »

– « Pourquoi ? »

– « Cette planète est en quarantaine, Porte-Parole. L'amarante est si bien adaptée à l'environnement qu'elle étoufferait rapidement l'herbe indigène.

L'idée n'est pas de transformer Lusitania. L'idée est de produire un impact aussi réduit que possible sur la planète. »

– « Cela doit être très frustrant pour la population. »

– « À l'intérieur de l'enclave, Porte-Parole, nous sommes libres et nos vies sont bien remplies. Et à l'extérieur de la clôture, de toute façon, personne n'a envie d'y aller. »

Le ton de sa voix était lourd d'émotion contenue. Ender comprit alors que les piggies suscitaient une peur intense.

« Porte-Parole, je sais que vous croyez que les piggies nous font peur. Et il est possible que cela soit vrai pour quelques-uns d'entre nous. Mais le sentimetn que nous éprouvons presque tous, presque continuellement, c'est la haine. L'horreur. »

– « Vous ne les avez jamais vus. »

– « Vous devez savoir que deux Zenadores ont été tués, je pense que vous avez été, en fait, appelé après la mort de Pipo. Pipo, ainsi que Libo, étaient très aimés, ici. Surtout Libo. C'était un homme doux et généreux, et le chagrin provoqué par sa mort était profond et sans équivoque. Il est difficile d'imaginer comment les piggies ont pu lui faire ce qu'ils ont fait. Dom Cristão, l'abbé des Filhos da Mente de Cristo, dit qu'ils doivent être dépourvus de sens moral. Selon lui, cela signifie peut-être que ce sont des animaux. Ou bien qu'ils ne sont pas encore déchus, n'ayant pas encore mangé le fruit de l'arbre défendu. » Elle eut un bref soupir. « Mais c'est de la théologie, de sorte que cela ne signifie rien, pour vous. »

Il ne répondit pas. Il savait par expérience que les croyants supposaient systématiquement que leurs récits sacrés paraissaient absurdes aux incroyants. Mais Ender ne se considérait pas comme un incroyant, et il avait une perception aiguë du sacré de nombreux récits. mais il ne pouvait pas expliquer cela à Bosquinha. Elle devrait renoncer aux idées reçues le concernant, avec le temps. Elle se méfiait de lui, mais il pensait pouvoir la gagner à sa cause; pour exercer correctement ses fonctions de maire, elle devait être capable de juger les gens en fonction de ce qu'ils étaient et non de ce qu'ils paraissaient.

Il changea de sujet.

– « Les Filhos da Mente de Cristo, mon Portugais n'est pas très bon, mais cela signifie-t-il : « Fils de l'Esprit du Christ »? »

– « C'est un nouvel ordre, relativement récent, constitué il y a quatre cents ans grâce à une dispense spéciale du Pape... »

– « Oh, je connais les Enfants de l'Esprit du Christ, Madame le Maire. J'ai Parlé pour San Angelo, sur Moctezuma, dans la ville de Cordoba. »

Son visage exprima la stupéfaction.

– « Ainsi, cette histoire est vraie! »

– « J'ai entendu de nombreuses versions de l'histoire, Madame Bosquinha. Selon l'une d'entre elles, San Angelo était possédé par le démon, sur son lit de mort, de sorte qu'il a exigé les rites païens du Hablados de los Muertos. »

Bosquinha sourit.

– « Cela ressemble à l'histoire que l'on murmure. Dom Cristão dit qu'elle est ridicule, naturellement. »

– « En fait, San Angelo, alors qu'il n'était pas encore un saint, était présent lorsque j'ai Parlé pour une femme qu'il connaissait. Le champignon qui empoisonnait son sang le tuait à petit feu. Il est venu me voir et a dit : « Andrew, on répand déjà des mensonges terrifiants à mon propos; on dit que j'ai fait des miracles et que je dois devenir un saint. Il faut que vous m'aidiez. Il faut que vous disiez la vérité à ma mort. » Vous voyez? »

– « Mais les miracles ont été certifiés et il a été canonisé seulement quatre-vingt-dix ans après sa mort. »

– « Oui. Eh bien, c'est en partie ma faute. Lorsque j'ai Parlé sa mort, j'ai personnellement attesté plusieurs miracles. »

Elle ne se cacha pas pour rire.

– « Un Porte-Parole des Morts croyant aux miracles ? »

– « Regardez la colline de la cathédrale. Parmi ces bâtiments, combien sont destinés aux prêtres et combien servent aux écoles ? »

Bosquinha comprit immédiatement et le foudroya du regard.

– « Les Filhos da Mente de Cristo obéissent à l'évêque. »

– « À ceci près qu'ils conservent et enseignent toutes les connaissances, que cela plaise ou non à l'évêque. »

– « Il est possible que San Angelo vous ait autorisé à vous mêler des affaires de l'Église. Je vous assure que l'Evêque Peregrino ne vous laissera pas faire. »

– « Je suis venu Parler une mort toute simple et je me conformerai à la loi. Je crois que vous constaterez que je fais moins de mal que vous ne craignez, et peut-être un peu plus de bien. »

– « Si vous êtes venu Parler la mort de Pipo, Porte-Parole pelos Mortos, vous ne ferez que du mal. Laissez les piggies derrière le mur. Si j'étais libre d'agir comme je l'entends, aucun être humain ne franchirait plus cette clôture. »

– « J'espère qu'il y a une chambre que je pourrai louer. »

– « Nous sommes une ville immuable, Porte-Parole. Chacun a sa maison, ici, et il est impossible d'aller ailleurs, pourquoi y aurait-il une auberge ? Nous pouvons seulement vous offrir un des préfabriqués en plastique construits par le premiers colons. Ils sont petits, mais ils disposent de tout le confort. »

— « Comme je n'ai besoin ni de confort ni d'espace, je suis certain que cela conviendra. Et je suis impatient de rencontrer Dom Cristão. Là où les disciples de San Angelo sont installés, la vérité a des amis. »

Bosquinha renifla ironiquement et fit redémarrer la voiture. Comme Ender l'avait prévu, ses idées reçues concernant les Porte-Parole des Morts étaient ébranlées. Dire qu'il ait personnellement connu San Angelo, et qu'il admirait les Filhos! Cela ne correspondait pas à ce que l'évêque les avait amenés à croire.

La pièce était modestement meublée et, si Ender avait eu de nombreuses possessions, il lui aurait été difficile de les ranger. Comme toujours, toutefois, à l'issue d'un voyage interstellaire, il ne lui fallut que quelques minutes pour défaire ses bagages. Seul le cocon enveloppé de la reine resta dans son sac; il y avait longtemps qu'il ne trouvait plus bizarre de ranger l'avenir d'une race magnifique dans son sac sous son lit.

« Ce sera peut-être l'endroit, » murmura-t-il. Le cocon était frais au toucher, presque froid, malgré les serviettes qui l'entouraient.

<*C'est* l'endroit.>

Il était agaçant qu'elle en soit aussi certaine. Il n'y avait aucun indice de prière, d'impatience ou des autres sentiments qu'elle lui communiquait parfois, dans son désir de réapparaître. Simplement une certitude absolue.

« J'aimerais que nous puissions décider tout de suite, » dit-il. « C'est *peut-être* l'endroit, mais tout repose sur la question de savoir si les piggies pourront supporter ta présence. »

<La question est de savoir s'ils pourront supporter les êtres humains *sans nous*.>

« Il faut du temps. Accorde-moi quelques mois. »

<Prends tout ton temps. Désormais, nous ne sommes pas pressés.>

« Qu'est-ce que tu as découvert? Tu prétendais que tu ne pouvais communiquer qu'avec moi. »

<La partie de notre esprit qui contient notre pensée, ce que vous appelez l'impulsion philotique, l'énergie des ansibles, est très froide et difficile à découvrir chez les êtres humains. Mais celui-ci, celui que nous avons découvert ici, le premier de tous ceux que nous trouverons ici, son impulsion philotique est beaucoup plus forte, beaucoup plus claire, plus facile à trouver, et ils nous entend plus aisément, il voit vos souvenirs et nous voyons les siens, nous le trouvons facilement et, ainsi, pardonne-nous, cher ami, pardonne-nous si nous renonçons à la tâche difficile qui nous permet de parler à ton esprit et retournons près de lui afin de lui parler, parce qu'il ne nous oblige pas au travail difficile consistant à élaborer des mots et des images accessibles à ton esprit analytique, parce qu'il nous fait l'effet du soleil, de la chaleur du soleil sur son visage et notre visage et la sensation d'eau fraîche au plus profond de notre abdomen, de mouvement aussi tendre et doux que le vent que nous n'avons pas senti depuis trois mille ans, pardonne-nous de rester avec lui jusqu'à notre réveil, jusqu'au moment où tu nous installeras ici, parce que tu le feras, parce que tu découvriras à ta manière, le moment venu, que c'est ici, que notre patrie est ici...>

Puis il perdit le fil de sa pensée, sentit qu'il s'éloignait comme un rêve que l'on oublie en s'éveillant, même si l'on tente de s'en souvenir et de le garder en vie. Ender se demandait ce que la reine avait découvert mais, quoi qu'il en soit, il lui faudrait concilier la réalité du Code Stellaire, l'Église catholique, des jeunes xénologues qui ne lui permettraient peut-être pas de rencontrer les piggies, une xénobiologiste qui avait changé d'avis après l'avoir invité, et surtout, ce qui serait peut-être le plus difficile : à savoir que si la reine restait ici, *lui* serait obligé de s'y installer. Il y a tellement longtemps que je vis en marge de l'humanité, se dit-il, ne venant que pour fouiller, arracher, blesser et guérir, puis m'en allant, sans avoir moi-même été touché. Comment pourrais-je m'intégrer à cet endroit, si je dois y rester? Mes seuls liens ont été une armée de petits garçons, au sein de l'École de Guerre, et Valentine et, à présent, ils appartiennent tous les deux au passé...

« Et alors, tu te complais dans la solitude? » demanda Jane. « Je constate que ton rythme cardiaque diminue et que ta respiration devient lente. Dans quelques instants, tu vas t'endormir, mourir ou fondre en larmes. »

– « Je suis beaucoup plus complexe que cela, » répondit joyeusement Ender. « Complaisance anticipée, voilà ce que je ressens, à propos de douleurs qui ne se sont pas encore produites »

– « Très bien, Ender. Prends de l'avance. Ainsi, tu pourras te complaire plus longtemps. » Le terminal s'alluma montrant Jane, sous la forme d'un piggy, au milieu d'une ligne de femmes aux longues jambes, dansant un french cancan exubérant. « Prends un peu d'exercice, cela te fera le plus grand bien. Après tout, tu as défait tes bagages. Qu'est-ce que tu attends? »

– « Je ne sais même pas où je suis, Jane. »

– « En fait, il n'y a pas de carte de la ville, » expliqua Jane. « Tout le monde sait où tout se trouve. Mais ils ont une carte des égouts, divisée en quartiers. Je peux extrapoler la situation des bâtiments. »

– « Eh bien, montre. »

Une représentation de trois dimensions de la ville apparut au-dessus du terminal. Ender n'était peut-être pas particulièrement le bienvenu, sa chambre était sans doute modeste, mais on s'était montré courtois sur le plan du terminal qui lui avait été fourni. Ce n'était pas une installation domestique ordinaire mais un simulateur perfectionné. Il était capable de projeter des holos seize fois plus grands que ceux des terminaux ordinaires, avec une définition quatre fois supérieure. L'illusion était si réelle qu'Ender eut, pendant un bref instant, l'impression d'être Gulliver, penché sur une Lilliput qui n'avait pas encore peur de lui, qui ignorait encore son pouvoir destructeur.

Les noms des quartiers étaient suspendus au-dessus des districts d'égouts.

– « Tu es ici, » indiqua Jane. « Vila Velha, la vieille ville. La praça est de l'autre côté du bâtiment qui se trouve en face de toi. C'est là que se déroulent les réunions publiques. »

– « As-tu une carte des territoires des piggies? »

La carte du village glissa rapidement vers Ender, les éléments proches disparaissant tandis que de nouveaux apparaissaient de l'autre côté. Cela revenait à survoler le paysage. Comme une sorcière, se dit-il. La limite de la ville était matérialisée par une clôture.

« Cette barrière est la seule chose qui se dresse entre nous et les piggies, » murmura Ender.

– « Elle produit un champ électrique qui stimule tous les nerfs sensibles à la douleur de ceux qui pénètrent à l'intérieur, » expliqua Jane. « Le simple fait de la toucher annihile tout contrôle sur les liquides, si tu vois ce que je veux dire; tu aurais l'impression qu'on te coupe les doigts avec une scie. »

– « Amusante, cette idée. Sommes-nous dans un camp de concentration? Ou un zoo? »

– « Tout dépend du point de vue, » répondit Jane. « C'est le côté humain de la barrière qui est relié au reste de l'univers, et le côté des piggies qui est prisonnier de la planète. »

– « La différence est qu'ils ne savent pas ce qui leur manque. »

– « Je sais, » dit Jane. « C'est ce qu'il y a de plus séduisant chez vous, les êtres humains. Vous êtes tous absolument certains que les animaux inférieurs brûlent de jalousie parce qu'ils n'ont pas eu la chance de naître dans la peau d'un *homo sapiens*. » Au-delà de la clôture, il y avait le flanc d'une colline et, au sommet de celle-ci, commençait une épaisse forêt. « Les xénologues ne se sont jamais enfoncés en territoire piggy. La communauté avec laquelle ils entretiennent des relations vit à moins d'un kilomètre de la lisière de la forêt. Les piggies habitent une maison de rondins, tous les mâles ensemble. Nous ne connaissons pas d'autres colonies, mais les satellites ont pu confirmer que toutes les forêts comme celle-ci contiennent toute la population qu'une culture vivant de chasse et de cueillette peut faire vivre. »

– « Ils chassent? »

– « Ils cueillent, principalement. »

– « Où Pipo et Libo sont-ils morts? »

Jane éclaira une zone de sol herbu sur la pente conduisant à la forêt. Un gros arbre isolé se dressait à proximité, avec deux autres, plus petits, au loin.

« Ces arbres, » fit remarquer Ender. « Si je me souviens bien des holos de Trondheim, ils ne se trouvaient pas là. »

– « Vingt-deux ans se sont écoulés. Le gros est l'arbre que les piggies ont planté dans le cadavre du rebelle nommé Rooter, qui a été exécuté avant l'assassinat de Pipo. Les deux autres sont deux exécutions plus récentes de piggies. »

– « J'aimerais savoir pourquoi ils plantent des

arbres pour les piggies et pas pour les êtres humains. »

– « Les arbres sont sacrés, » rappela Jane. « Pipo a indiqué que de nombreux arbres de la forêt portent un nom. Selon Libo, il est possible qu'ils portent le nom du mort. »

– « Et les êtres humains ne font pas partie des structures du culte des arbres. Cela est parfaitement plausible. Sauf que, conformément à mon expérience, les rituels et les mythes ne jaillissent pas du néant. Ils ont généralement une raison d'être liée à la survie de la communauté. »

– « Andrew Wiggin anthropologue ? »

– « L'étude convenable de l'humanité passe par l'homme. »

– « Dans ce cas, va un peu étudier les hommes, Ender. La famille de Novinha, par exemple. À propos, il est officiellement interdit au réseau informatique de te montrer où les gens habitent. »

Ender grimaça.

– « Ainsi, Bosquinha n'est pas aussi amicale qu'elle le paraît. »

– « Si tu dois demander où les gens habitent, ils sauront où tu vas. S'ils ne veulent pas que tu y ailles, personne ne saura où ils habitent. »

– « Tu peux surmonter l'interdiction, n'est-ce pas ? »

– « Je l'ai déjà fait. » Un point lumineux clignotait près de la ligne de clôture, derrière la colline de l'observatoire. C'était un endroit aussi isolé que possible à Milagre. Seules quelques autres maisons avaient été construites aussi près de la clôture. Ender se demanda si Novinha avait décidé d'habiter là pour vivre près de la clôture ou loin des voisins. Peut-être l'endroit avait-il été choisi par Marcão.

Le quartier le plus proche était Vila Atrás, puis il y avait un quartier nommé As Fábricas qui s'étendait le long de la rivière. Comme l'indiquait son nom, il se composait essentiellement de petites usines travaillant les métaux ainsi que les plastiques et traitant les aliments et les fibres utilisés à Milagre. Une économie autarcique bien organisée. Et Novinha avait décidé de vivre loin de tout, invisible. C'était Novinha qui avait choisi, en outre, Ender en était désormais certain. N'était-ce pas la structure de sa vie? Elle n'avait jamais fait partie de Milagre. Ce n'était pas par hasard que les trois appels à un Porte-Parole provenaient d'elle et de ses enfants. Le simple fait d'appeler un Porte-Parole était un défi, indiquait qu'ils ne se comptaient pas parmi les catholiques dévôts de Lusitania.

– « Néanmoins, » décida Ender, « je dois demander à quelqu'un de m'y conduire. Il ne faut pas qu'ils comprennent tout de suite qu'ils ne peuvent pas me cacher des informations. »

La carte disparut et le visage de Jane se forma au-dessus du terminal. Elle avait négligé de s'adapter à la taille supérieure de ce terminal, de sorte que sa tête était énorme. Elle était très impressionnante. Et sa simulation était si précise qu'elle montrait même les pores de la peau.

– « En réalité, Andrew, c'est à *moi* qu'ils ne peuvent rien cacher. »

Ender soupira.

– « Tu as investi dans cette affaire, Jane »

– « Je sais. » Elle lui adressa un clin d'œil. « Mais pas toi. »

– « Veux-tu dire que tu ne me fais pas confiance? »

– « Tu empestes l'impartialité et le sens de la justice. Mais je suis assez humaine pour désirer un traitement de faveur, Andrew. »

– « Veux-tu me promettre au moins une chose? »

– « Tout ce que tu veux, ami corporel. »

– « Quand tu décideras de me cacher quelque

chose, accepteras-tu de me dire que tu ne me le communiqueras pas? »

– « Cela est un peu trop compliqué pour moi. » Elle était une caricature de femme exagérément féminine.

– « Rien n'est trop compliqué pour toi, Jane. Rends-nous service. Ne me coupe pas les jambes. »

– « Pendant que tu seras avec la famille Ribeira, y a-t-il quelque chose que tu voudrais que je fasse? »

– « Oui. Dresse la liste de tous les éléments qui différencient les Ribeira du reste des habitants de Lusitania. Et celle de tous les points de conflit entre eux et les autorités. »

– « Tu parles et j'obéis. » Elle commença sa comédie du génie disparaissant dans la bouteille.

– « Tu m'as entraîné ici, Jane. Pourquoi cherches-tu à m'agacer? »

– « Je ne le fais pas. Et je ne l'ai pas fait. »

– « Je suis confronté à une pénurie d'amis, dans cette ville. »

– « Tu peux me confier ta vie. »

– « Ce n'est pas ma vie qui m'inquiète. »

La praça était pleine d'enfants jouant au football. Presque tous jonglaient, montrant qu'ils pouvaient maintenir longtemps le ballon en l'air en utilisant uniquement les pieds et la tête. Deux d'entre eux, toutefois, se livraient un duel cruel. Le garçon, d'un coup de pied, projetait le ballon aussi violemment que possible en direction de la petite fille, qui se tenait à moins de trois mètres de lui. Elle subissait l'impact sans reculer, quelle que soit sa puissance. Puis elle frappait à son tour le ballon dans sa direction et il tentait de ne pas reculer. Une autre petite fille s'occupait du ballon, allant le chercher chaque fois qu'il rebondissait sur une victime.

Ender tenta de demander à quelques enfants où

habitait la famille Ribeira. Les réponses furent invariablement un haussement d'épaules; comme il insistait, quelques-uns s'en allèrent et, bientôt, presque tous les enfants eurent quitté la praça. Ender se demanda ce que l'évêque avait dit des Porte-Parole.

Le duel, toutefois, n'avait pas cessé. Et, du fait que la praça était pratiquement vide, Ender constata qu'un autre enfant y participait, un garçon d'une douzaine d'années. Il n'avait rien d'exceptionnel, de dos, mais, en gagnant le milieu de la praça, Ender constata que l'enfant avait des yeux étranges. Il lui fallut quelques instants pour comprendre. Le garçon portait des yeux artificiels. Ils avaient tous les deux un aspect luisant et métallique, mais Ender savait comment ils fonctionnaient. Un seul œil était utilisé pour la vue, mais il opérait quatre balayages visuels distincts puis séparait les signaux afin de fournir une vision réellement binoculaire au cerveau. L'autre œil contenait la réserve d'énergie, le contrôle informatique et l'interface externe. Lorsqu'il le désirait, il pouvait enregistrer de brèves séquences de vision dans une mémoire photographique limitée, probablement inférieure à un trillion de bits. Les duellistes l'utilisaient comme arbitre; lorsqu'ils étaient en désaccord sur un point, il pouvait repasser la scène au ralenti et dire ce qui était arrivé.

Le ballon fila droit vers le bas-ventre du petit garçon. Il fit des grimaces élaborées, mais la petite fille ne se laissa pas impressionner.

« Il s'est tourné, j'ai vu ses hanches bouger! »

– « C'est pas vrai. Tu m'as touché, j'ai pas esquivé! »

– « Reveja! Reveja! » Ils parlaient Stark, mais la petite fille passa au Portugais.

Le visage du garçon aux yeux métalliques resta inexpressif, mais il leva une main pour les faire taire.

– « Mudou, » dit-il sur un ton définitif. Il a bougé, traduisit Ender.

– « Sabia ! » Je le savais.

– « Menteur, Olhado ! »

Le garçon aux yeux métalliques le regarda de haut.

– « Je ne mens jamais. Je t'enverrai une copie de la scène, si tu veux. En fait, je crois que je vais l'introduire dans le réseau afin que tout le monde puisse te voir esquiver, puis mentir. »

– « Mentiroso ! Filho de punta ! Fode-bode ! »

Ender était pratiquement sûr d'avoir deviné ce que signifiaient les épithètes, mais le garçon aux yeux métalliques resta parfaitement calme.

– « Da, » dit la petite fille. « Da-me » Donne.

Furieux, le garçon retira sa bague et la jeta par terre, à ses pieds.

– « Viada ! » dit-il dans un souffle rauque. Puis il partit en courant.

– « Poltrão ! » cria la petite fille. Trouillard !

– « *Cão !* » cria le petit garçon sans même tourner la tête.

Ce n'était pas à la petite fille qu'il s'adressait, cette fois. Elle se tourna immédiatement vers le garçon aux yeux métalliques, qui se crispa sous l'effet de l'insulte. Presque immédiatement après, la petite fille regarda le sol. La petite qui était chargée d'aller chercher le ballon s'approcha du garçon aux yeux métalliques et lui parla à voix basse. Il leva la tête, s'apercevant de la présence d'Ender.

La duelliste restante s'excusait.

– « Desculpa, Olhado, não queria que... »

– « Não há problema, Michi. » Il ne la regarda pas.

La petite fille parut sur le point de continuer, mais elle s'aperçut également de la présence d'Ender et se tut.

« Porque está olhandos-nos? » demanda le garçon. Pourquoi nous regardez-vous?

Ender répondit par une question.

— « Você é árbitro? » Vous êtes l'arbitre? Le mot pouvait signifier « arbitre », mais son sens pouvait également être « magistrat ».

— « De vez em quando. » Parfois.

Ender passa au Stark... Il n'était pas certain de pouvoir s'exprimer convenablement en Portugais.

— « Dis-moi, arbitre, est-il juste de laisser un étranger chercher son chemin sans aide? »

— « Etranger? Vous voulez dire utlanning, framling ou raman? »

— « Non, je veux plutôt dire : infidèle. »

— « O senhor é descrente? » Vous êtes incroyant?

— « Só descredo no incrível. » Je ne réfute que l'incroyable.

Le jeune garçon sourit.

— « Où voulez-vous aller, Porte-Parole? »

— « Chez la famille Ribeira. »

La petite fille s'approcha du garçon aux yeux métalliques.

— « Quelle famille Ribeira? »

— « La veuve Ivanova. »

— « Je crois que je vais pouvoir vous renseigner, » dit le jeune garçon.

— « Tous les habitants de la ville pourraient me renseigner, » souligna Ender. « La question est de savoir si tu accepteras de m'y conduire. »

— « Pourquoi voulez-vous y aller? »

— « Je pose des questions aux gens et je tente de découvrir la vérité. »

— « Je me contenterai de mensonges. »

— « Alors, venez. » Il se dirigea vers l'herbe rase, soigneusement tondue, de la route principale. La petite fille lui parla à l'oreille. Il s'arrêta et se tourna vers Ender, qui suivait.

« Quara veut savoir comment vous vous appelez ? »

– « Andrew. Andrew Wiggin. »

– « Elle, c'est Quara. »

– « Et toi ? »

– « Tout le monde m'appelle Olhado. A cause de mes yeux. » Il souleva la petite fille et l'installa sur ses épaules. « Mais, en fait, je m'appelle Lauro Suleimão Ribeira. » Il eut un sourire ironique puis pivota sur lui-même et s'éloigna.

Ender le suivit. Un Ribeira. Naturellement.

Jane, qui avait également écouté, lui parla à l'oreille.

« Lauro Suleimão Ribeira est le quatrième enfant de Novinha. Il a perdu ses yeux à cause d'un accident de laser. Il a douze ans. Oh, et j'ai trouvé une différence entre la famille Ribeira et le reste de la ville. Les Ribeira sont prêts à défier l'évêque et à te conduire partout où tu voudras aller. »

Moi aussi, j'ai remarqué quelque chose, Jane, répondit-il dans un murmure. Cet enfant s'est amusé à me tromper, mais a trouvé plus amusant encore de me montrer comment il m'avait fait marcher. J'espère que tu ne prends pas modèle sur lui.

Miro était assis sur le flanc de la colline. L'ombre des arbres le rendait invisible depuis Milagre, mais il voyait une grande partie de la ville, la cathédrale et le monastère sur la colline la plus élevée, l'observatoire sur la colline suivante, au nord. Et sous l'observatoire, dans une cuvette, la maison qu'il habitait, à quelque distance de la clôture.

« Miro, » souffla Mange-Feuille. « Fais-tu l'arbre ? »

C'était une traduction littérale de la langue des pequeninos. Il leur arrivait de méditer, restant immobiles pendant des heures. Cela s'appelait : « faire l'arbre. »

– « Le brin d'herbe, plutôt, » répondit Miro.

Mange-Feuille émit le gloussement strident et essoufflé qui lui était habituel. Il ne paraissait jamais naturel; les pequeninos avaient appris le rire par routine, comme s'il s'agissait d'un mot stark semblable à tous les autres. Il ne provenait pas de l'amusement, telle était du moins la conviction de Miro.

« Est-ce qu'il va pleuvoir? » demanda Miro. Pour un piggy, cela signifiait : Me déranges-tu dans mon intérêt, ou bien dans le tien?

– « Il a plu du feu aujourd'hui, » dit Mange-Feuille. « Dans la prairie. »

– « Oui. Nous avons un visiteur venu d'une autre planète. »

– « Est-ce le Porte-Parole? »

Miro ne répondit pas.

« Tu dois nous conduire auprès de lui. »

Miro ne répondit pas davantage.

« J'enracine mon visage dans le sol pour toi, Miro, mes membres sont les poutres de ta maison. »

Miro ne supportait pas qu'ils quémandent. C'était comme s'ils le considéraient comme un individu exceptionnellement sage ou fort, un parent qu'il fallait flatter en vue d'obtenir ses faveurs. Eh bien, si c'était ce qu'ils ressentaient, c'était sa faute. La sienne et celle de Libo. À force de jouer à Dieu parmi les piggies.

– « J'ai promis, n'est-ce pas, Mange-Feuille? »

– « Quand, quand, quand? »

– « Cela prendra du temps. Il faudra que je sache si on peut avoir confiance en lui. »

Mange-Feuille parut déconcerté. Miro avait tenté d'expliquer que tous les êtres humains ne se connaissaient pas, et que certains étaient peu recommandables, mais ils ne semblaient pas comprendre.

« Dès que possible, » précisa Miro.

Soudain, Mange-Feuille se balança d'avant en

arrière, ondulant latéralement des hanches, comme si son anus le démangeait. Libo avait un jour supposé que cela équivalait au rire des êtres humains.

– « Parle tortue-gaie! » s'esclaffa Mange-Feuille. Mange-Feuille paraissait toujours trouver très amusant le fait que les Zenadores parlent indifféremment deux langues. En dépit du fait qu'au moins quatre langues piggies différentes avaient été répertoriées ou, du moins, soupçonnées, au fil des années, toutes dans cette unique tribu.

Mais s'il voulait entendre du Portugais, il aurait du Portugais.

– « Vai comer folhas. » Va manger des feuilles.

Mange-Feuille parut troublé.

– « Pourquoi est-ce drôle? »

– « Parce que c'est ton nom : Come-Folhas. »

Mange-Feuille sortit un gros insecte de sa narine puis le laissa s'envoler.

– « Ne sois pas grossier, » dit-il. Puis il s'en alla.

Miro le regarda partir. Mange-Feuille était toujours très difficile. Miro préférait beaucoup la compagnie d'un piggy nommé Humain. Bien qu'Humain soit plus intelligent et que Miro soit obligé de faire beaucoup plus attention avec lui, au moins il ne paraissait pas hostile comme c'était souvent le cas de Mange-Feuille.

Le piggy ayant disparu, Miro se tourna à nouveau vers la ville. Quelqu'un avançait sur le chemin conduisant chez lui. Le premier individu était très grand; non, c'était Olhado portant Quara sur les épaules. Quara était beaucoup trop âgée pour cela. Miro se faisait du souci pour elle. Elle paraissait incapable de surmonter le choc de la mort de leur père. Miro eut une sensation d'amertume. Et dire qu'Ela et lui avaient cru que la mort de leur père résoudrait tous leurs problèmes!

Puis il se leva dans l'espoir de mieux voir l'homme

qui suivait Olhado et Quara. Il ne l'avait jamais vu. Le Porte-Parole. Déjà! Il était impossible qu'il soit en ville depuis plus d'une heure, et qu'il aille déjà chez eux. Formidable! Maman n'a plus qu'à découvrir que c'est moi qui l'ai appelé, et ce sera complet! Je me demande pourquoi je croyais qu'un Porte-Parole des Morts se montrerait discret, n'irait pas tout droit chez la personne qui l'a appelé. Quel imbécile! Déjà qu'il est arrivé des années avant le moment prévu! Quim va sûrement aller raconter cela à l'évêque, même si personne d'autre ne le fait. Maintenant, il va falloir que je m'explique avec maman et, probablement, avec toute la ville.

Miro recula parmi les arbres et s'engagea au pas de course sur le chemin conduisant à la porte qui permettait de regagner la ville.

CHAPITRE VII

LA MAISON DES RIBEIRA

Miro, cette fois il aurait fallu que tu sois là parce que, bien que ma mémoire des dialogues soit meilleure que la tienne, je ne sais absolument pas ce que cela signifie. Tu as vu le nouveau piggy, celui qu'ils appellent Humain, je crois que je t'ai vu parler avec lui avant ton départ pour l'Activité Discutable. Mandachuva m'a dit qu'ils l'appelaient Humain parce qu'il était très intelligent lorsqu'il était enfant. Bon, il est très flatteur que « intelligent » et « humain » soient liés dans leur esprit, ou peut-être vexant de penser qu'ils puissent croire que cela nous flatte, mais ce n'est pas ce qui compte.

Mandachuva a dit ensuite : « Il savait déjà parler quand il a commencé à marcher tout seul. » Puis il a fait un geste de la main à une dizaine de centimètres du sol. Il m'a semblé qu'il indiquait la taille d'Humain quand il a commencé à parler et marcher. Dix centimètres! Mais il est possible que je me trompe complètement. Il aurait fallu que tu voies par toi-même.

Si j'ai raison, et si c'est bien ce que pensait Mandachuva, c'est la première fois que nous avons une indication sur l'enfance des piggies. S'ils commencent effectivement à marcher alors qu'ils font dix centimètres de haut – et à parler, en plus! – dans ce cas, le développement durant la gestation doit être beaucoup plus réduit que chez les êtres humains, et beaucoup plus important après la naissance.

Mais, à présent, cela devient complètement fou, même dans le cadre de nos critères. Ensuite, il s'est penché vers moi et m'a dit, comme s'il n'était pas censé le faire, qui était le père d'Humain : « Ton grand-père, Pipo, connaissait le père d'Humain. Son arbre est près de votre porte. »

Plaisantait-il? Il y a vingt-quatre ans que Rooter est mort, n'est-ce pas? D'accord, il s'agit peut-être d'un truc religieux dans le genre : adoptez un arbre. Mais, compte tenu de l'attitude exagérément discrète de Mandachuva, je ne peux pas renoncer à envisager que cela puisse être vrai. Est-il possible qu'ils aient une période de gestation de vingt-quatre ans? Ou bien que deux décennies aient été nécessaires pour que Humain passe du stade de bébé de dix centimètres à celui de bel exemple de piggitude que nous connaissons? À moins que le sperme de Rooter ait été conservé dans un flacon?

Mais ce qui compte *c'est ceci. C'est la première fois qu'un piggy que les observateurs humains ont personnellement connu acquiert le titre de père. Et* Rooter, *ni plus ni moins, celui-là même qui a été assassiné. En d'autres termes, le mâle qui avait le plus faible prestige, un délinquant exécuté, même, a acquis le titre de père! Cela signifie que nos mâles ne sont pas des célibataires marginaux, bien que quelques-uns soient tellement âgés qu'ils ont connu Pipo. Ce sont des* pères potentiels.

En outre, si Humain est si remarquablement intelligent, pourquoi a-t-il été rejeté, s'il s'agit véritablement d'un groupe de célibataires misérables? Je crois que nous nous trompons depuis longtemps. Ce n'est pas un groupe de célibataires dépourvus de prestige, c'est un groupe de jeunes jouissant d'un fort prestige et quelques-uns d'entre eux risquent de se révéler véritablement exceptionnels.

> *De sorte que lorsque tu m'as dit que tu avais pitié de moi parce que tu devais partir dans le cadre d'une Activité Discutable et que je devais rester afin de réaliser quelques Fabrications Officielles destinées au rapport transmis par ansible, tu débordais d'Excrétions Désagréables! (Si je dors quand tu rentreras, réveille-moi pour m'embrasser, d'accord? Aujourd'hui, je l'ai bien gagné.)*
>
> *Mémo d'Ouanda Figueira Mucumbi à Miro Ribeira von Hesse, retrouvé dans les archives de Lusitania sur ordre du Congrès et présenté comme pièce à conviction lors du procès in Absentia des xénologues de Lusitania accusés de trahison et de malversation.*

Il n'y avait pas d'industrie du bâtiment, sur Lusitania. Lorsqu'un couple se mariait, la famille et les amis lui construisaient une maison. La maison des Ribeira représentait l'histoire de la famille. Toute la partie antérieure, la plus ancienne, était constituée de feuilles de plastique coulées dans des fondations en béton. Des chambres avaient été construites à mesure que la famille grandissait, chaque atout s'appuyant sur le précédent, de sorte que cinq structures distinctes faisaient face au flanc de la colline. Les plus récentes étaient en briques, correctement construites, couvertes en tuiles, mais sans la moindre concession à l'esthétique. La famille avait construit exactement ce qui était nécessaire et rien de plus.

Ender savait que ce n'était pas à cause de la pauvreté, il n'y a pas de pauvreté dans une communauté où l'économie est strictement contrôlée. L'absence de décoration, ou d'individualité, montrait que la famille méprisait sa maison; du point de vue d'Ender, cela trahissait également le fait qu'ils ne s'estimaient pas. De toute évidence, Olhado et Quara ne manifestaient ni la détente ni l'apaisement que les gens éprouvent généralement lorsqu'ils rentrent chez eux. Au contraire, ils devinrent plus méfiants, moins alertes; on aurait pu comparer la maison à une source subtile de pesanteur qui les alourdissait à mesure qu'ils approchaient.

Olhado et Quara entrèrent immédiatement. Ender attendit sur le seuil qu'on lui propose d'entrer. Olhado laissa la porte entrouverte mais quitta la pièce sans lui avoir adressé la parole. Ender vit Quara assise sur un lit, dans la pièce principale, le dos appuyé contre un mur nu. Il n'y avait rien aux murs. Ils étaient blancs et nus. Le visage de Quara était aussi vide que les murs. Bien qu'elle regardât fixement Ender, elle ne paraissait pas consciente de sa présence; en outre, elle ne fit pas un geste pour l'inviter à entrer.

Il y avait une maladie dans cette maison. Ender se demanda ce qui lui avait échappé, dans la personnalité de Novinha, et qui pouvait expliquer pourquoi elle habitait un tel endroit. La mort de Pipo, pourtant très ancienne, avait-elle pu à ce point vider le cœur de Novinha?

« Ta maman est-elle ici? » demanda Ender.

Quara ne répondit pas.

« Oh, » reprit-il. « Excusez-moi. Je croyais que tu étais une petite fille, mais je constate que tu es une statue. »

Elle ne montra pas si elle l'avait entendu. Apparemment inutile d'essayer de la tirer de sa torpeur.

Des pas rapides retentirent sur le béton du sol. Un petit garçon entra en courant dans la pièce, s'arrêta au milieu et pivota sur lui-même pour faire face au seuil sur lequel se tenait Ender. Il n'avait certainement pas plus d'un an de moins que Quara, six ou sept ans, vraisemblablement. Contrairement à Quara, son visage paraissait très compréhensif. Et exprimait une faim sauvage.

« Ta maman est-elle ici ? » demanda Ender.

L'enfant se pencha et remonta soigneusement la jambe de son pantalon. Avec du ruban adhésif, il avait collé un long couteau de cuisine sur sa jambe. Il le décolla lentement. Puis, le tenant à deux mains devant lui, il visa Ender et se jeta sur lui à toute vitesse. Ender constata que le couteau était pointé sur son bas-ventre. L'enfant n'avait aucune subtilité dans son approche des inconnus.

Quelques instants plus tard, le petit garçon était sous le bras d'Ender et le couteau planté dans le plafond. L'enfant se débattait en hurlant. Ender fut obligé d'utiliser ses deux mains pour contrôler ses membres; finalement, il se retrouva suspendu par les poignets et les chevilles devant Ender, exactement comme un agneau sur le point d'être marqué.

Ender regarda Quara droit dans les yeux.

« Si tu ne vas pas chercher la personne responsable de cette maison, j'emporterai cet animal chez moi et je le ferai cuire pour dîner ! »

Quara réfléchit quelques instants, puis se leva et sortit de la pièce.

Quelques instants plus tard, une jeune fille à l'air fatigué, aux cheveux en désordre et aux yeux ensommeillés, entra.

« Desculpe, por favor, » murmura-t-elle, « o menimo não se restabeleceu desde a morte do pai... »

Puis elle parut soudain se réveiller.

« O Senhor é o Falante polos Mortos ! » Vous êtes le Porte-Parole des Morts !

– « Sou, » répondit Ender. C'est moi.

– « Não aqui, » répondit-elle. « Oh, non, je regrette, parlez-vous Portugais ? Oui, bien sûr, vous venez de me répondre... Oh! je vous en prie, pas ici, pas maintenant. Partez. »

– « Bien, » dit Ender. « Dois-je garder l'enfant ou le couteau? »

Il leva la tête vers le plafond; elle suivit son regard.

– « Oh, non, je m'excuse, nous l'avons cherché hier pendant toute la journée, nous savions qu'il l'avait mais nous ne savions pas où. »

– « Il était collé sur sa jambe. »

– « Pas hier. Nous regardons toujours à cet endroit. S'il vous plaît, lâchez-le. »

– « Croyez-vous? Je crois qu'il se fait les griffes. »

– « Grego, » dit-elle à l'enfant, « il ne faut pas attaquer les gens avec un poignard. »

Grego émit un grondement de gorge.

« La mort de son père, voyez-vous. »

– « Ils étaient liés à ce point? »

Une expression d'amusement amer passa sur son visage.

– « Pas vraiment. Grego a toujours volé, depuis qu'il est assez grand pour tenir quelque chose à la main et marcher en même temps. Mais cette manie de vouloir faire du mal aux gens est nouvelle. Je vous en prie, lâchez-le. »

– « Non, » répondit Ender.

Elle plissa les paupières et eut une expression défiante.

– « Etes-vous en train de l'enlever? Pour l'emmener où? En échange de quelle rançon? »

– « Vous ne comprenez peut-être pas, » dit Ender. « Il m'a attaqué. Vous ne me garantissez pas qu'il ne recommencera pas. Vous n'avez pas manifesté l'intention de le punir lorsque je l'aurai libéré. »

Comme il l'avait espéré, ses yeux s'emplirent de fureur.

— « Pour qui vous prenez-vous ? Il est chez lui, *pas vous !* »

— « En fait, » dit Ender, « le chemin est long, de la praça jusque chez vous, et Olhado marchait vite. J'aimerais m'asseoir. ».

D'un signe de tête, elle montra une chaise. Grego se débattit et se tortilla dans l'étreinte d'Ender. Ender le souleva jusqu'à ce que leurs visages soient proches l'un de l'autre.

« Tu sais, Grego, si tu parviens effectivement à te dégager, tu risques de tomber sur la tête sur un sol en béton. S'il y avait un tapis, tu aurais une chance sur deux de ne pas perdre connaissance. Mais il n'y en a pas. Et, franchement, le bruit de ta tête heurtant le ciment ne me déplairait pas. »

— « Il ne comprend pas tellement bien le Stark, » indiqua la jeune fille.

Ender constata que Grego comprenait parfaitement. Il vit également des mouvements aux limites de la pièce. Olhado était revenu et se tenait sur le seuil de la cuisine. Quara était près de lui. Ender leur adressa un sourire joyeux puis se dirigea vers la chaise que la jeune fille lui avait indiquée. En même temps, il lança Grego en l'air, lui lâchant les poignets et les pieds de telle façon qu'il pivota follement pendant un instant, agitant frénétiquement bras et jambes, hurlant de peur à l'idée de la douleur qu'il allait certainement éprouver lorsqu'il heurterait le sol. Ender prit place sur la chaise et reçut l'enfant sur les genoux, lui immobilisant immédiatement les bras. Grego parvint à donner des coups de talon dans les tibias d'Ender mais, comme il ne portait pas de chaussures, la manœuvre se révéla inefficace. Quelques instants plus tard, Ender l'eut à nouveau totalement immobilisé.

— « Il est très agréable d'être assis, » commenta Ender. « Merci pour votre hospitalité. Je m'appelle Andrew Wiggin. Je connais Olhaho et Quara et, de toute évidence, nous sommes bons amis, Grego et moi. »

La jeune fille s'essuya la main sur son tablier, comme si elle projetait de la lui tendre, mais elle ne la tendit pas.

— « Je m'appelle Ela Ribeira. C'est le diminutif d'Elanora. »

— « Ravi de vous rencontrer. Je vois que vous préparez le dîner. »

— « Oui, je suis très occupée. Je crois que vous feriez mieux de revenir demain. »

— « Oh, ne vous dérangez pas. Attendre ne me gêne pas. »

Un autre garçon, plus âgé qu'Olhado mais plus jeune qu'Ela se fraya un chemin dans la pièce.

— « Vous n'avez donc pas entendu ma sœur ? On ne veut pas de vous ici ! »

— « Tu es trop bon, » répliqua Ender. « Mais je suis venu voir votre mère et j'attendrai qu'elle rentre de son travail. »

L'allusion à leur mère les fit taire.

« Je suppose qu'elle est au travail. Si elle était ici, je présume que ces événements intéressants l'auraient attirée dans cette pièce. »

Olhado sourit légèrement, mais son frère aîné s'assombrit et une expression désagréable, douloureuse, se peignit sur le visage d'Ela.

— « Pourquoi voulez-vous *la* voir ? » demanda Ela.

— « En fait, je veux tous vous voir. » Il adressa un sourire au frère aîné. « Tu dois être Estevão Rei Ribeira. Tu portes le nom de Saint Etienne, le martyr qui a vu Jésus assis à la droite de Dieu. »

— « Qu'est-ce que vous en savez, athée ! »

— « Si mes souvenirs sont bons, saint Paul était là et tenait les manteaux des hommes qui le lapidaient. En fait, à l'époque, il ne comptait pas parmi les croyants. En réalité, je crois qu'il était considéré comme le pire ennemi de l'Eglise. Pourtant, par la suite, il s'est repenti, n'est-ce pas ? Ainsi, je te suggère de voir en moi non pas un ennemi de Dieu, mais un apôtre qui n'a pas encore été arrêté sur le chemin de Damas. » Ender sourit.

Le garçon le fixa, les lèvres serrées.

– « Vous n'êtes pas saint Paul. »

– « Au contraire, » répliqua Ender. « Je suis l'apôtre des piggies. »

– « Vous ne *les* verrez jamais. Miro ne vous laissera jamais les voir. »

– « Cela dépend, » dit une voix depuis la porte. Les autres se tournèrent immédiatement pour le regarder entrer. Miro était jeune, sûrement moins de vingt ans. Mais son visage et son attitude trahissaient des responsabilités et une lassitude sans liens avec son âge. Ender constata que tous s'écartaient pour lui faire de la place. Ils ne s'éloignaient pas comme ils auraient reculé devant quelqu'un dont ils auraient eu peur. Ils s'orientèrent par rapport à lui, décrivant des paraboles autour de lui, comme s'il était le centre de gravité de la pièce et que tout le reste se déplaçait en fonction de la force de sa présence.

Miro gagna le centre de la pièce et s'immobilisa face à Ender. Il regarda, toutefois, le prisonnier d'Ender.

« Lâchez-le, » dit-il. Sa voix était glacée.

Ela lui toucha légèrement le bras.

– « Grego a voulu le poignarder, Miro. » Mais sa voix disait également : Reste calme, tout va bien, Grego ne risque rien et cet homme n'est pas notre ennemi. Ender comprit tout cela ; et, apparemment, Miro aussi.

– « Grego, » dit Miro, « je t'avais bien dit que tu tomberais un jour sur quelqu'un qui n'aurait pas peur de toi. »

Grego, constatant soudain qu'un allié se transformait en ennemi, se mit à pleurer.
– « Il me tue, il me tue. »
Miro regarda froidement Ender. Ela faisait sans doute confiance au Porte-Parole, mais pas Miro, pas encore.
– « Je lui *fais* mal, » dit Ender. Il avait constaté que la meilleure façon de gagner la confiance des gens consistait à dire la vérité. « Chaque fois qu'il se débat pour se libérer, je rends sa position assez inconfortable. Et il n'a pas encore cessé de se débattre. »
Ender soutint tranquillement le regard de Miro, et Miro comprit sa requête silencieuse. Il n'exigea pas la libération de Grego.
– « Je ne peux pas te sortir de là, Greguinho. »
– « Tu vas le laisser faire cela ? » demanda Estevão.
Miro montra Estevão et s'adressa à Ender sur un ton déférent.
– « Tout le monde l'appelle : Quim. » Le surnom se prononçait un peu comme *king* en Stark. « Au début, c'était parce que son deuxième prénom est Rei. Mais, à présent, c'est parce qu'il croit qu'il règne de droit divin. »
– « Salaud ! » cracha Quim. Il quitta la pièce à grands pas.
En même temps, les autres s'installèrent pour parler. Miro avait décidé d'accepter l'étranger, du moins provisoirement ; par conséquent, ils pouvaient abaisser légèrement leur garde. Olhado s'assit par terre ; Quara s'installa à nouveau sur le lit. Ela s'appuya contre le mur. Miro approcha une chaise et prit place face à Ender.
– « Pourquoi êtes-vous venu chez nous ? » demanda Miro. Ender constata, de la façon dont il avait posé la question, que, comme Ela, il n'avait dit à personne qu'il avait appelé un Porte-Parole. De

sorte que ni l'un ni l'autre ne savaient que l'autre l'attendait. Et, en fait, ils ne s'attendaient indubitablement pas à la voir arriver aussi tôt.

– « Pour voir votre mère, » dit Ender.

Le soulagement de Miro fut presque palpable, mais aucun geste ne le trahit.

– « Elle est au travail, » dit-il. « Elle travaille tard. Elle tente de mettre au point une race de pommes de terre capables de concurrencer l'herbe d'ici. »

– « Comme dans le cas de l'amarante? »

Il eut un sourire ironique.

– « Vous êtes déjà au courant de cela? Non, nous ne voulons pas qu'elle soit compétitive *à ce point*. Mais le régime alimentaire, ici, est limité et les pommes de terre seraient un élément de variété. En outre, la fermentation de l'amarante ne produit pas une boisson agréable. Les mineurs et les fermiers ont déjà créé une mythologie de la vodka qui en fait la reine des alcools distillés. »

Le sourire de Miro était dans cette maison comme le soleil entrant dans une caverne par une fissure. Ender perçut l'affaiblissement des tensions. Quara balançait la jambe comme une petite fille ordinaire. Olhado avait une expression stupidement heureuse sur le visage, les paupières baissées, de sorte que l'éclat métallique de ses yeux n'était plus aussi monstrueusement visible. Le sourire d'Ela était plus large que ne le justifiait la bonne humeur de Miro. Grego lui-même s'était détendu, avait cessé de se débattre.

La chaleur qui se répandit soudain sur les genoux d'Ender lui indiqua que Grego, en fait, était très loin de la reddition. Ender avait appris à ne pas réagir automatiquement aux actes d'un ennemi avant d'avoir consciemment décidé de laisser faire ses réflexes. De sorte que le flot d'urine de Grego ne le fit même pas sursauter. Il savait ce que Grego espérait : un cri de colère et Ender le repoussant, l'éloignant de ses genoux, dégoûté. Grego serait alors libre... Ce serait un triomphe. Ender ne lui accorda pas de victoire.

Ela, toutefois, connaissait apparemment les expressions du visage de Grego. Ses yeux se dilatèrent et, furieuse, elle avança sur le garçon.

– « Grego, espèce de petit... »

Mais Ender lui adressa un clin d'œil et sourit, la figeant sur place.

– « Grego m'a fait un petit cadeau. C'est la seule chose qu'il puisse me donner et il l'a fabriquée lui-même, de sorte qu'elle a d'autant plus de valeur. Il me plaît tellement que je crois bien que je ne vais jamais le lâcher. »

Grego gronda et se débattit à nouveau dans l'espoir de se dégager.

– « Pourquoi faites-vous cela ? » lança Ela.

– « Il croit que Grego peut se comporter en être humain, » traduisit Miro. « Cela exige beaucoup de travail et personne n'a encore pris la peine de s'y mettre. »

– « J'ai essayé, » protesta Ela.

Olhado, toujours assis par terre, prit la parole.

– « C'est grâce à Ela que nous sommes encore civilisés. »

Quim cria, depuis l'autre pièce :

– « Ne parle pas de notre famille à ce salaud ! »

Ender hocha gravement la tête, comme si Quim avait exprimé une brillante proposition intellectuelle. Miro eut un rire étouffé et Ela leva les yeux au ciel puis s'assit sur le lit, près de Quara.

– « Nous ne sommes pas vraiment une famille heureuse, » dit Miro.

– « Je comprends, » assura Ender. « Avec la mort récente de votre père. »

Miro eut un sourire sardonique. Olhado prit à nouveau la parole.

– « Vous voulez dire : Alors que notre père était encore récemment vivant. »

Ela et Miro étaient manifestement d'accord avec ce sentiment. Mais Quim cria à nouveau :

– « Ne lui dites rien ! »

– « Vous frappait-il ? » demanda Ender à voix basse. Il ne bougea pas, bien que l'urine de Grego devînt froide et nauséabonde.

Ela répondit.

– « Il ne nous battait pas, si c'est ce que vous voulez dire. »

Mais pour Miro, les choses étaient allées trop loin.

– « Quim a raison, » dit Miro. « Cela ne regarde que nous. »

– « Non ! » coupa Ela. « Cela *le* regarde. »

– « Pourquoi cela le regarde-t-il ? »

– « Parce qu'il est ici pour Parler la mort de papa, » dit Ela.

– « La mort de papa ! » s'exclama Olhado. « Chupa pedras ! Il n'y a que trois semaines que papa est mort. »

– « J'étais déjà en route pour Parler une autre mort, » expliqua Ender. « Mais quelqu'un a effectivement appelé un Porte-Parole pour la mort de votre père, de sorte que je Parlerai pour lui. »

– « Contre lui, » dit Ela.

– « Pour lui, » répéta Ender.

– « Je vous ai fait venir pour dire la vérité, » dit-elle avec amertume, « et toute la vérité à propos de papa est contre lui. »

Un silence tendu s'installa dans la pièce, les maintenant tous immobiles, jusqu'au moment où Quim franchit lentement le seuil. Il ne regarda qu'Ela.

– « Tu l'as appelé, » dit-il doucement. « Toi. »

– « Pour qu'il dise la vérité, » répondit-elle. Son accusation l'avait manifestement piquée; ce n'était pas la peine qu'il dise qu'elle avait trahi sa famille et l'Eglise en faisant venir cet infidèle qui dénuderait ce qui était resté si longtemps caché. « Tous les habitants de Milagre sont tellement gentils et compréhensifs, » dit-elle. « Nos professeurs ne tiennent pas compte de petites choses telles que les vols de Grego et le silence de Quara. Peu importe qu'elle n'ait jamais prononcé un seul mot à l'école. Tout le monde fait comme si nous étions des enfants ordinaires, les petits-enfants d'Os Venerados, et terriblement brillants, n'est-ce pas, avec un Zenador et deux biologistas dans la famille! Quel prestige! Ils se contentent de tourner la tête quand papa boit jusqu'à devenir fou et, lorsqu'il rentre à la maison, bat maman jusqu'à ce qu'elle soit incapable de marcher! »

– « Tais-toi! » cria Quim.

– « Ela, » intervint Miro.

– « Et toi, Miro, papa qui hurlait contre toi, te disait des choses horribles jusqu'à ce que tu quittes la maison, que tu *partes*, en trébuchant parce que tu pouvais à peine voir... »

– « Tu n'as pas le droit de lui dire cela! » protesta Quim.

Olhado se leva d'un bond et s'immobilisa au milieu de la pièce, pivota sur lui-même pour les regarder avec ses yeux inhumains.

– « Pourquoi tenez-vous toujours à cacher cela? » demanda-t-il calmement.

– « Qu'est-ce que cela peut te faire? » demanda Quim. « Il ne s'en est jamais pris à toi. Tu te contentais d'éteindre tes yeux et de rester là, le casque sur la tête, à écouter Bach ou je ne sais quoi... »

– « Eteindre mes yeux? » fit Olhado. « Je n'ai jamais éteint mes yeux. »

Il pivota et gagna le terminal, qui se trouvait dans le coin le plus éloigné de la porte. En quelques gestes rapides, il alluma le terminal, puis il prit un câble d'interface et le brancha dans l'orbite de son œil droit. Ce n'était qu'un branchement informatique tout simple mais, du point de vue d'Ender, cela lui remit en mémoire le souvenir hideux de l'œil du Géant, déchiré et purulent, tandis qu'il creusait férocement, pénétrait le cerveau, le faisait basculer dans la mort. Il resta un instant figé avant de se rendre compte que ce souvenir n'était pas réel, qu'il s'agissait d'un jeu informatisé qu'il pratiquait à l'Ecole de Guerre. Il y avait trois mille ans mais, pour lui, cela ne faisait que vingt-cinq ans, pas assez pour que le souvenir ait perdu son pouvoir évocateur. C'étaient ses souvenirs et les rêves liés à la mort du Géant que les doryphores avaient extraits de son esprit afin de construire le signe qui lui était destiné; finalement, il l'avait conduit jusqu'au cocon de la reine.

Ce fut la voix de Jane qui le ramena à l'instant présent. Elle souffla, par l'intermédiaire de la pierre précieuse :

« Si cela ne te fait rien, pendant que son œil est relié, je vais copier tout ce qu'il a stocké, là-dedans. »

Puis la scène commença, au-dessus du terminal. Ce n'était pas un hologramme. En fait, l'image évoquait un bas-relief, comme elle serait apparue à un observateur isolé. C'était la même pièce, vue depuis l'endroit du plancher où Olhado était assis quelques instants plus tôt, et qui était apparemment sa place habituelle. Au milieu de la pièce, se tenait un homme imposant, fort et violent, agitant les bras et hurlant des injures à Miro qui restait silencieux, la tête baissée, regardant son père sans manifester la moindre colère. Il n'y avait pas de son, l'image étant exclusivement visuelle.

« As-tu oublié? » souffla Olhado. « As-tu oublié que c'était ainsi? »

Dans la scène, Miro tourna finalement les talons

et s'en alla; Marcão le suivit jusqu'à la porte en criant. Puis il revint dans la pièce et s'immobilisa, essoufflé comme un animal épuisé par une poursuite. Sur l'image, Grego courut vers son père et se cramponna à sa jambe, criant en direction de la porte, son visage indiquant nettement qu'il répétait les paroles cruelles adressées à Miro par son père. Marcão dégagea sa jambe et partit, d'un air décidé, vers la pièce du fond.

« Il n'y a pas de son, » dit Olhado. « Mais vous entendez, n'est-ce pas? »

Ender constata que Grego tremblait sur ses genoux.

« Voilà, un coup, un choc sourd, elle tombe, sentez-vous, dans votre chair, la façon dont son corps heurte le ciment? »

– « Tais-toi, Olhado, » dit Miro.

La scène générée par l'ordinateur cessa.

– « Je ne peux pas croire que tu aies gardé ça, » dit Ela.

Quim pleurait sans tenter de se cacher.

– « Je l'ai tué, » dit-il. « Je l'ai tué, je l'ai tué, je l'ai tué. »

– « Qu'est-ce que tu racontes? » intervint Miro, exaspéré. « Il avait une sale *maladie*. Elle était congénitale! »

– « J'ai prié pour qu'il meure! » hurla Quim. Son visage était complètement défait, larmes, morve et salive se mêlant autour de sa bouche. « J'ai prié la Vierge, j'ai prié Jésus, j'ai prié grand-père et grand-mère, j'ai dit que j'étais prêt à aller en enfer pourvu qu'il meure, et ils m'ont exaucé et, maintenant, je vais aller en enfer et je ne *regrette* même pas. Dieu me pardonne, mais je suis content! » Il quitta la pièce en sanglotant. Une porte claqua au loin.

– « Eh bien, encore un miracle à porter au crédit d'Os Venerados », commenta Miro. « La sanctification est assurée. »

– « Ta gueule, » dit Olhado.

– « Et il nous répétait continuellement que le Christ voulait que nous pardonnions le vieux, » rappela Miro.

Sur les genoux d'Ender, Grego tremblait si violemment qu'Ender s'inquiéta. Il constata que Grego murmurait un mot. Ela perçut également le désespoir de Grego et s'agenouilla devant lui.

– « Il pleure, je ne l'ai jamais vu pleurer ainsi... »

– « Papa, papa, papa, » soufflait Grego. Son tremblement avait cédé la place à de longs frissons, presque convulsifs dans leur violence.

– « Est-ce qu'il a peur de papa ? » demanda Olhado. Son visage exprimait une intense inquiétude. Ender constata avec soulagement que tous les visages exprimaient l'inquiétude. Il y avait de l'amour dans la famille, pas seulement la solidarité liée au fait d'avoir vécu de nombreuses années sous la loi du même tyran.

– « Papa est parti, maintenant, » dit Miro d'une voix rassurante. « Tu n'as plus besoin de t'inquiéter. »

Ender secoua la tête.

– « Miro, » dit-il, « vous n'avez donc pas regardé le souvenir d'Olhado ? Les petits garçons ne jugent pas leur père, ils l'aiment. Grego faisait tout son possible pour ressembler à Marcos Ribeira. Vous autres, peut-être avez-vous été contents de le voir partir mais, pour Grego, c'était la fin du monde. »

Cela ne leur était pas venu à l'esprit. Même à présent, c'était une idée difficile à accepter ; Ender les vit reculer devant elle. Pourtant, ils comprirent qu'elle était vraie. Maintenant qu'Ender l'avait exprimée, c'était évident.

– « Deus nos perdona, » murmura Ela. Dieu nous pardonne.

– « Ce que nous avons dit, » souffla Miro.

Ela tendit les bras vers Grego. Il refusa d'aller vers elle. Il fit exactement ce qu'Ender avait prévu, ce à quoi il s'était préparé. Grego se tourna dans l'étreinte relâchée d'Ender, passa les bras autour du cou du Porte-Parole des Morts et pleura amèrement, convulsivement.

Ender parla tendrement aux autres, qui regardaient, impuissants.

– « Comment aurait-il pu *vous* montrer son chagrin, alors qu'il croyait que vous le haïssiez? »

– « Nous n'avons jamais haï Grego, » dit Olhado.

– « J'aurais dû comprendre, » dit Miro. « Je savais qu'il souffrait davantage que nous, mais il ne m'est pas venu à l'esprit que... »

– « Ne vous faites pas de reproches, » assura Ender. « C'est le genre de chose que seul un étranger peut voir. »

Il entendit la voix de Jane, dans son oreille, murmurant :

« Tu ne laisses pas de me stupéfier, Andrew, avec ta manière de transformer les gens en plasma. »

Ender ne pouvait pas répondre et, de toute façon, elle n'aurait pas compris. Il n'avait pas préparé cela, il avait simplement suivi le mouvement. Comment aurait-il pu deviner qu'Olhando possédait des enregistrements du comportement de Marcão vis-à-vis de sa famille? Sa seule intuition réelle avait concerné Grego, et même cela avait été instinctif, l'impression que Grego avait désespérément envie que quelqu'un exerce une autorité sur lui, que quelqu'un se conduise en père. Comme son père était cruel, seule la cruauté pouvait passer à ses yeux pour une preuve d'amour et de force. À présent ses larmes coulaient dans le cou d'Ender, aussi chaudes que l'urine qui lui avait trempé les cuisses.

Il avait deviné ce que ferait Grego, mais Quara le surprit. Tandis que les autres regardaient Grego en silence, elle se leva et marcha droit sur Ender. Ses yeux étaient pleins de colère.

– « Tu pues! » dit-elle sur un ton définitif. Puis elle sortit dignement de la pièce.

Miro se retint tout juste de rire, et Ela sourit. Ender haussa les sourcils comme pour dire : On ne peut pas gagner à tous les coups.

Olhado parut entendre ses paroles implicites. Depuis sa chaise, près du terminal, l'enfant aux yeux métalliques dit avec douceur :

– « Vous avez aussi gagné avec elle. Il y a des mois qu'elle n'a parlé à personne en dehors de la famille. »

Mais je ne suis pas en dehors de la famille, dit Ender. Tu n'as donc pas remarqué? Je *fais partie* de la famille, désormais, que cela te plaise ou non. Que cela *me* plaise ou non.

Au bout d'un moment, les sanglots de Grego cessèrent. Il dormait. Ender alla le mettre au lit; Quara dormait déjà, dans l'autre coin de la petite chambre. Ela aida Ender à quitter à Grego son pantalon trempé puis à lui mettre un pyjama. Ses mains furent douces et adroites de sorte que Grego ne se réveilla pas.

Lorsque Ender revint dans la pièce principale, Miro lui adressa un regard clinique.

« Eh bien, Porte-Parole, vous avez le choix. Mon pantalon sera serré et trop court entre les jambes, mais ceux de papa vous tomberaient directement sur les pieds. »

Ender ne comprit pas immédiatement. L'urine de Grego était sèche depuis longtemps.

– « Ne vous inquiétez pas, » dit-il. « Je me changerai en rentrant chez moi. »

– « Maman ne rentrera pas avant une heure.

Vous êtes venu la voir, n'est-ce pas? Nous pouvons nettoyer votre pantalon d'ici là. »

– « Un de vos pantalons, dans ce cas, » dit Ender. « Je prendrai le risque sur le plan de l'entrejambe. »

CHAPITRE VIII

DONA IVANOVA

Cela signifie une existence de fraude continuelle. On sort et on découvre quelque chose, quelque chose de vital, puis on revient au laboratoire et on rédige un rapport totalement inoffensif qui ne mentionne rien de ce que la contamination culturelle nous a permis d'apprendre.

Tu es trop jeune pour comprendre quelle torture c'est. Nous avons commencé de le faire, papa et moi, parce que nous ne supportions pas de cacher des informations aux piggies. Tu constateras, comme moi, qu'il n'est pas moins douloureux de cacher des informations à nos collègues. Lorsqu'on les voit se débattre avec un problème, sachant que l'on dispose des éléments qui permettraient de le résoudre aisément; lorsqu'on les voit parvenir tout près de la vérité puis, faute d'informations, renoncer à leurs conclusions correctes puis retourner à l'erreur. On ne serait pas un être humain si cela ne suscitait pas un intense désespoir.

Vous ne devez jamais oublier ceci : C'est leur loi, leur choix. Ils ont érigé un mur entre eux et la vérité et ils se contenteraient de nous punir s'ils apprenaient à quel point ce mur a perdu tout son sens. Et, pour un scientifique framling impatient de connaître la vérité, il y a dix descabeçados (inconscients) mesquins qui méprisent le savoir, qui n'envisagent jamais une hypo-

thèse originale, dont le seul travail consiste à piller les publications des véritables scientifiques afin d'y déceler de petites erreurs, contradictions ou entorses à la méthode. Ces vampires éplucheront tous vos rapports et, à la moindre imprudence, ils ne vous manqueront pas.

Cela signifie qu'il est impossible de mentionner un piggy dont le nom découle de la contamination culturelle : « Tasse » leur indiquerait que nous leur avons enseigné les rudiments de la poterie. « Calendrier » et « Moissonneur » sont évidents. Et Dieu lui-même ne pourrait pas nous aider s'ils apprenaient le nom de Flèche.

> *Mémo de Liberdade Figueira de Medici à Ouanda Figueira Mucumbi et Miro Ribeira von Hesse, retrouvé dans les archives de Lusitania sur ordre du Congrès et présenté comme pièce à conviction pendant le procès* in Absentia *des xénologues de Lusitania, accusés de trahison et malversation.*

Novinha s'attarda au Laboratoire de Biologie bien que le travail significatif fût terminé depuis plus d'une heure. Les clonages de pommes de terre se développaient dans la solution nutritive; désormais, il suffirait d'effectuer des observations quotidiennes afin de déterminer quelles altérations génétiques produiraient les plantes les plus résistantes, avec la racine la plus utilisable.

Puisque je n'ai rien à faire, pourquoi ne vais-je pas chez moi? Elle ne pouvait répondre à cette question. Ses enfants avaient besoin d'elle, c'était certain; il n'était guère gentil de sa part de partir tôt chaque matin et de ne rentrer que lorsque les petits dormaient. Pourtant maintenant, sachant qu'elle devrait rentrer, elle restait à regarder le laboratoire, sans voir, sans agir, sans être.

Elle réfléchit à son retour et ne put imaginer pourquoi cette perspective ne la rendait pas joyeuse. Après tout, se dit-elle, Marcão est mort. Il est mort depuis trois semaines. Pas un instant trop tôt. Il a fait tout ce pour quoi il était nécessaire, et j'ai fait tout ce qu'il voulait, mais toutes nos bonnes raisons sont arrivées à leur terme quatre ans avant que la pourriture ne finisse par l'emporter. Pendant tout ce temps, nous n'avons pas partagé un instant d'amour, mais je n'ai jamais envisagé de le quitter. Le divorce aurait été impossible, mais la séparation aurait suffi. Pour mettre un terme aux coups. Elle avait encore la hanche raide, et parfois douloureuse, depuis la dernière fois qu'il l'avait jetée sur le béton du sol. Quel joli souvenir tu laisses, Cão, mon chien de mari!

Sa hanche lui fit mal à l'instant même où elle pensa à cela. Elle eut un hochement de tête satisfait. C'est tout ce que je mérite, et je regretterai quand ce sera guéri.

Elle se leva et marcha, sans boiter, ce que la douleur aurait cependant parfaitement pu justifier. Je ne me cajolerai pas, en aucun cas. C'est tout ce que je mérite.

Elle gagna la porte, la ferma derrière elle. L'ordinateur éteignit les lumières dès qu'elle fut sortie, sauf celles qui étaient nécessaires aux plantes en phase photosynthétique accéléré. Elle aimait ses plantes, ses petits animaux, avec une intensité étonnante. Poussez, leur criait-elle jour et nuit, poussez et multipliez-vous! Elle pleurait celles qui échouaient et ne les tuait que lorsqu'elles n'avaient manifestement aucun avenir. À présent, tandis qu'elle s'éloignait du laboratoire, elle entendait toujours leur musique subliminale, les cris des cellules infinitésimales qui grandissaient, se divisaient puis se constituaient en structures toujours plus complexes. Elle allait de la lumière aux ténèbres, de la vie à la mort, et la douleur sentimentale croissait dans un synchronisme parfait avec l'inflammation de ses articulations.

En arrivant près de chez elle, du sommet de la colline, elle vit les taches de lumière que les fenêtres projetaient sur le sol. La chambre de Quara et Grego était dans le noir; elle ne serait pas obligée de s'exposer à leurs accusations insupportables, le silence de Quara, les méchancetés mornes de Grego. Mais de trop nombreuses lumières étaient allumées, y compris celle de sa chambre et celle de la pièce principale. Il se passait quelque chose d'inhabituel et elle n'aimait pas les choses inhabituelles.

Olhado était assis dans le salon, le casque sur la tête, comme toujours; mais, ce soir, il avait également branché l'interface dans son œil. Apparemment, il sortait de vieilles images de l'ordinateur, ou bien enregistrait celles qu'il avait conservées. Comme souvent, elle regretta de ne pas pouvoir se débarrasser de ses propres images, et les effacer afin de pouvoir les remplacer par d'autres, plus agréables. Le cadavre de Pipo comptait parmi celles dont elle aurait été heureuse de se débarrasser, de la remplacer par celles des jours heureux au cours desquels ils avaient travaillé tous les trois dans le Laboratoire du Zenador. Et le corps de Libo enroulé dans une toile, sa chair tendre uniquement maintenue en un seul morceau par la présence du tissu; elle aurait voulu pouvoir remplacer ces souvenirs par d'autres, la caresse de ses lèvres, la tendresse de ses mains fines. Mais les souvenirs s'étaient enfuis, avaient disparu sous la masse de la douleur. Je les ai volés, ces instants agréables, de sorte qu'ils m'ont été repris et ont été remplacés par ce que je méritais.

Olhado se tourna vers elle, le câble horrible sortant de son œil. Elle fut incapable de contrôler son frisson, sa honte. Excuse-moi, dit-elle intérieurement. Si tu avais eu une autre mère, tu aurais sans doute encore tes yeux. Tu aurais dû être le meilleur, Lauro, le plus sain, le plus beau mais, naturellement, ce qui était né de ma chair ne pouvait rester longtemps intact.

Elle ne dit rien de tout cela, naturellement, tout comme Olhado ne lui adressa pas la parole. Elle prit le chemin de sa chambre afin de voir pourquoi la lumière était allumée.

« Maman, » dit Olhado.

Il avait retiré le casque et sortait la prise de son œil.

– « Oui? »

– « Nous avons un visiteur, » dit-il. « Le Porte-Parole. »

Elle se sentit devenir glacée à l'intérieur. Pas ce soir! hurla-t-elle silencieusement. Mais elle savait également qu'elle n'aurait pas davantage envie de le voir le lendemain, ni jamais.

« Son pantalon est propre, à présent, et il est allé se changer dans ta chambre. J'espère que cela ne t'ennuie pas. »

Ela sortit de la cuisine.

– « Tu es rentrée, » dit-elle. « J'ai servi des cafezinhos, dont un pour toi. »

– « Je vais attendre dehors qu'il soit parti, » dit Novinha.

Ela et Olhado se regardèrent. Novinha comprit immédiatement qu'ils la considéraient comme un problème qu'il était nécessaire de résoudre; qu'ils souscrivaient apparemment à ce que le Porte-Parole voulait faire. Eh bien, je suis un dilemme que vous ne résoudrez pas.

– « Maman, » dit Olhado, « il n'est pas comme disait l'évêque. Il est *bon*. »

Novinha répondit avec l'ironie la plus blessante.

– « Depuis quand es-tu capable de distinguer le bon et le mauvais ? »

Ela et Olhado se regardèrent à nouveau. Elle comprit ce qu'ils pensaient. Comment pouvons-nous expliquer ? Comment pouvons-nous la convaincre ? Eh bien, mes chers enfants, vous ne pouvez pas. Il est impossible de me convaincre, comme Libo l'a constaté quotidiennement. Il ne m'a jamais arraché le secret. Je ne suis pas responsable de sa mort.

Mais ils avaient réussi à la détourner de sa décision. Au lieu de s'en aller, elle se réfugia dans la cuisine, passant près d'Ela sans la toucher. Les petites tasses à café était proprement disposées en cercle sur la table, la cafetière fumante au milieu. Elle s'assit et posa les bras sur la table. Ainsi, le Porte-Parole était là et il était venu ici en premier. Où irait-il ensuite ? Je suis responsable de sa présence, n'est-ce pas ? Comme mes enfants, il compte parmi les personnes dont j'ai détruit la vie, comme celles de Marcão, de Libo, de Pipo, et la mienne.

Une main masculine puissante mais étrangement lisse passa au-dessus de son épaule, prit la cafetière et versa, par le bec mince et délicat, un fin jet de café brûlant dans les tasses minuscules.

« Posso derramar ? » demanda-t-il. Quelle question stupide, puisqu'il servait déjà. Mais sa voix était douce, son Portugais teinté par les accents élégants du Castillan. Un Espagnol, alors ?

– « Desculpa-me, » souffla-t-elle. Excusez-moi. « Trouxe o senhor tantos quilômetros... »

– « Les vols interstellaires ne se mesurent pas en kilomètres, Dona Ivanova. Ils se mesurent en années. » Ses paroles étaient une accusation, mais sa voix évoquait les regrets, le pardon, la consolation, même. Je pourrais être séduite par cette voix. Cette voix ment.

– « Si je pouvais défaire votre voyage et vous ramener vingt ans en arrière, je le ferais. Vous appeler était une erreur. Je m'excuse. » Sa voix était plate. Comme toute sa vie était un mensonge, ces excuses elles-mêmes semblaient préfabriquées.

– « Je n'ai pas encore pris conscience du temps, » dit le Porte-Parole. Il se tenait toujours derrière elle, de sorte qu'elle n'avait toujours pas vu son visage. « De mon point de vue, il n'y a qu'une semaine que j'ai quitté ma sœur. Elle était ma dernière famille vivante. Sa fille n'était pas encore née et, à présent, elle a certainement terminé ses études, s'est mariée, et a peut-être des enfants. Je ne la connaîtrai jamais. Mais je connais *vos* enfants, Dona Ivanova. »

Elle porta sa tasse à ses lèvres et la vida en une seule gorgée, bien que le café lui brûlât la langue et la gorge et lui fît mal à l'estomac.

– « En quelques petites heures, vous croyez les connaître? »

– « Mieux que vous, Dona Ivanova. »

L'audace du Porte-Parole arracha une exclamation assourdie à Ela. Et, bien que Novinha fût convaincue de la véracité vraisemblable de ces paroles, entendre un inconnu les prononcer la mit en rage. Elle se retourna afin de le regarder, de lui clouer le bec, mais il avait bougé et ne se trouvait plus derrière elle. Elle se tourna davantage, finissant par se lever dans l'espoir de le trouver, mais il n'était plus dans la pièce. Ela se tenait sur le seuil, les yeux dilatés.

– « Revenez! » appela Novinha. « Vous ne pouvez pas dire cela et disparaître ensuite! »

Mais il ne répondit pas. Elle entendit des rires étouffés à l'arrière de la maison. Novinha suivit le bruit. Elle traversa les pièces jusqu'à l'extrémité de la maison. Miro était assis sur le lit de Novinha et le Porte-Parole se tenait près de la porte, riant avec lui. Miro vit sa mère et son sourire disparut. Cela lui fit mal. Il y avait des années qu'elle ne l'avait pas vu rire, de sorte qu'elle avait oublié comme son visage devenait beau, exactement comme le visage de son père; et sa présence avait effacé ce sourire.

« Nous sommes venus parler ici parce que Quim était très en colère, » expliqua Miro. « Ela a fait le lit. »

– « Je ne crois pas que le Porte-Parole s'inquiète de savoir si le lit est fait ou pas, » répliqua froidement Novinha. « N'est-ce pas, Porte-Parole? »

– « L'ordre et le désordre, » dit le Porte-Parole, « ont chacun leur beauté. » Cependant, il ne se tourna pas vers elle, et elle en fut heureuse, car cela signifiait qu'elle ne serait pas obligée de voir ses yeux lorsqu'elle communiquerait son désagréable message.

– « Je dois vous dire, Porte-Parole, que vous êtes venu pour rien, » déclara-t-elle. « Détestez-moi si vous voulez, mais il n'y a pas de mort à Parler. J'étais une adolescente stupide. Naïvement j'ai cru que, lorsque j'appellerais, l'auteur de *La Reine et l'Hégémon* viendrait. J'avais perdu un homme qui était comme un père pour moi, et je voulais être consolée. »

Il se tourna alors vers elle. C'était un homme encore jeune, plus jeune qu'elle du moins, mais la douceur de son regard était séduisante. Perigoso, se dit-elle. Il est dangereux, il est beau, je risque de me noyer dans cette douceur.

– « Dona Ivanova, » dit-il, « comment avez-vous pu lire *La Reine et l'Hégémon* et croire que son auteur vous apporterait du *réconfort?* »

Ce fut Miro qui répondit; Miro généralement silencieux et pondéré, qui intervint dans la conversation avec une vigueur qui avait disparu depuis son enfance.

– « Je l'ai lu, » dit-il, « et le premier Porte-Parole a écrit l'histoire de la reine avec une profonde compassion. »

Le Porte-Parole eut un sourire triste.

– « Mais il n'écrivait pas *à l'intention* des doryphores, n'est-ce pas? Il écrivait à l'intention de l'humanité qui considérait encore la destruction des doryphores comme une grande victoire. Il a écrit avec cruauté, afin de transformer leur orgueil en regrets, leur joie en chagrin. Et, aujourd'hui, les êtres humains ont totalement oublié qu'ils haïssaient autrefois les doryphores, qu'ils ont autrefois honoré et fêté un nom qu'on ne peut plus prononcer... »

– « Je peux tout dire, » intervint Ivanova. « Il s'appellait Ender et il détruisait tout ce qu'il touchait. » Comme moi, ajouta-t-elle intérieurement.

– « Oh? Et que savez-vous de lui? » Sa voix fut coupante, rauque et cruelle. « Comment pouvez-vous être sûre qu'il n'avait pas de la tendresse? Que personne ne l'aimait, que quelqu'un n'était pas béni par son amour. *Il détruisait tout ce qu'il touchait...* C'est une chose que l'on ne peut dire honnêtement d'aucun être humain ayant jamais vécu. »

– « Est-ce là votre doctrine, Porte-Parole? Dans ce cas, vous ne comprenez rien. » Elle était défiante, néanmoins la colère de son interlocuteur l'effrayait. Elle avait cru que sa gentillesse était aussi imperturbable que celle d'un confesseur.

Et, presque aussitôt, la colère quitta son visage.

– « Vous pouvez apaiser votre conscience », dit-il. « Votre appel est à l'origine de mon départ, mais d'autres personnes ont appelé un Porte-Parole, pendant mon voyage. »

– « Oh? » Qui, dans cette ville bigote, connaissait assez bien *La Reine et l'Hégémon* pour désirer un Porte-Parole, et qui était assez indépendant de l'Évêque Peregrino pour oser en appeler un? « Si tel est le cas, que faites-vous *chez moi?* »

– « Parce que l'on m'a demandé de Parler la mort de Marcos Maria Ribeira, votre mari décédé. »

C'était une idée stupéfiante.

– « Lui! Qui pourrait avoir encore envie de penser à lui, maintenant qu'il est mort? »

Le Porte-Parole ne répondit pas. Miro, toujours assis sur le lit, intervint sèchement.

– « Grego, déjà. Le Porte-Parole nous a montré ce que nous aurions dû savoir, que le petit pleure son père et croit que nous le haïssons... »

– « Psychologie de bazar! » répliqua-t-elle. « Nous avons nos propres psychologues, et ils ne valent pas mieux. »

La voix d'Ela s'éleva derrière elle.

– « Maman, je lui ai demandé de venir Parler la mort de papa. Je croyais que plusieurs décennies s'écouleraient avant son arrivée, mais je suis heureuse qu'il soit ici, alors qu'il peut encore nous aider. »

– « Comme s'il pouvait nous aider! »

– « Il l'a déjà fait, maman. Grego s'est endormi en l'embrassant et Quara lui a parlé. »

– « En fait, » ajouta Miro, « elle lui a dit qu'il puait. »

– « Ce qui est probablement vrai, » précisa Ela, « puisque Greginho avait fait pipi sur lui. »

Miro et Ela rirent en évoquant ce souvenir, et le Porte-Parole sourit également. Cela déconcerta totalement Novinha; – cette bonne humeur avait été virtuellement absente de la maison depuis que Marcão l'avait conduite ici, l'année suivant la mort de Pipo. En dépit d'elle-même, Novinha se souvint de sa joie, lorsque Miro était bébé, et lorsque Ela était petite, les quelques premières années de leur vie, comment Miro bavardait continuellement, comment Ela le suivait dans toute la maison, comment les enfants jouaient et couraient dans l'herbe en face de la forêt des piggies, qui se dressait juste de l'autre côté de la clôture; ce fut la joie que les enfants procuraient à Novinha qui empoisonna Marcão, qui le conduisit à les haïr tous les deux, parce qu'il savait qu'ils ne lui appartenaient ni l'un ni l'autre. Lorsque Quim vint au monde, la colère pesait sur la maison, et il apprit à ne jamais rire librement en présence de ses parents. Entendre Miro et Ela rire ensemble fut comme l'ouverture soudaine d'un épais rideau noir; d'un seul coup, ce fut à nouveau le jour, alors que Novinha avait oublié qu'il y avait autre chose que la nuit.

Comment cet inconnu osait-il s'imposer chez elle et déchirer brutalement tous les rideaux qu'elle avait fermés!

– « Je n'accepterai pas, » déclara-t-elle. « Vous n'avez pas le droit de fouiller dans la vie de mon mari. »

Il haussa les sourcils. Elle connaissait le Code Stellaire aussi bien que lui, de sorte qu'elle savait parfaitement bien que non seulement il en avait le droit mais aussi que la loi le protégeait dans sa recherche de la vérité sur la vie de la personne décédée.

– « Marcão était un individu pitoyable, » insista-t-elle, « et dire la vérité à son sujet ne provoquera que de la douleur. »

– « Vous avez raison. La vérité de sa vie ne provoquera que de la douleur, mais pas parce que c'était un individu pitoyable, » précisa le Porte-Parole. « Si je ne disais que ce que tout le monde sait déjà, qu'il haïssait ses enfants, battait sa femme et causait du désordre, dans les bars où il s'enivrait, dans ce cas, cela ne serait pas douloureux, n'est-ce pas? Ce serait même très satisfaisant parce que tout le monde aurait le sentiment d'avoir raison depuis le départ. C'était une ordure, de sorte qu'il était parfaitement justifié de le considéreer comme tel. »

– « Et vous croyez qu'il *n'en était pas une*? »

– « Aucun être humain, lorsque l'on comprend ses désirs, n'est dépourvu de valeur. Aucune vie n'est totalement négative. Les individus les plus détestables, eux-mêmes, lorsque l'on comprend leur cœur, ont à leur crédit un acte généreux qui les rachète, même un tout petit peu. »

– « Si vous croyez cela, vous êtes plus jeune que vous ne paraissez, » dit Novinha.

– « *Vraiment?* » fit le Porte-Parole. « J'ai reçu votre appel il y a moins de deux semaines. Je me suis renseigné sur vous, à ce moment-là, et même si vous ne vous en souvenez pas, Novinha, moi je me souviens que, lorsque vous étiez adolescente, vous étiez douce, belle et bonne. Vous aviez vécu dans la solitude, mais Pipo et Libo ont tous les deux trouvé de bonnes raisons de vous aimer. »

– « Pipo était mort. »

– « Mais il vous aimait. »

– « Vous ne comprenez rien, Porte-Parole! Vous étiez à vingt-deux années-lumière! En outre, ce n'était pas moi que je considérais comme dépourvu de valeur, c'était Marcão. »

– « Mais vous ne croyez pas cela, Novinha. Parce que vous connaissez l'acte tendre et généreux qui rachète la vie de ce pauvre homme. »

Novinha ne comprit pas la terreur qui s'empara d'elle, mais elle se rendit compte qu'elle devait le faire taire avant qu'il ait pu préciser, bien qu'elle ne sache pas quel acte généreux il avait découvert dans l'existence de Cão.

– « Comment osez-vous m'appeler Novinha! » cria-t-elle. « Personne ne m'appelle plus ainsi depuis des années! »

Pour toute réponse, il leva la main et passa légèrement le bout des doigts sur sa joue. Ce fut un geste timide, presque un geste d'adolescent; il lui rappela Libo et cela lui fut insupportable. Elle lui saisit la main, l'écarta brutalement, puis passa devant lui pour entrer dans la chambre.

– « Sors! » cria-t-elle à Miro. Son fils se leva immédiatement puis recula jusqu'à la porte. Elle constata, sur l'expression de son visage, que, après tout ce que Miro avait vu dans cette maison, sa fureur le surprenait encore.

– « Vous n'obtiendrez rien de moi ! » cria-t-elle au Porte-Parole.

– « Je ne suis pas venu vous prendre quoi que ce soit, » répondit-il calmement.

– « Je ne veux pas non plus de ce que vous pouvez donner ! Vous ne signifiez rien pour moi, vous entendez ? Vous ne valez rien ! Lixo, ruina, estrago, vai fora d'aqui, não tens direito estar em minha casa ! » Vous n'avez rien à faire chez moi.

– « Não eres estrago, » souffla-t-il, « eres solo fecundo, e vou plantar jardim aí. » Puis, sans lui laisser le temps de répondre, il ferma la porte et s'en alla.

En vérité, elle ne savait que répondre, tant ses paroles étaient impudentes. Elle l'avait traité d'estrago, mais il avait répondu comme si elle s'était *elle-même* traitée d'épave. Et elle lui avait parlé d'une façon blessante, employant le *tu* familier et blessant au lieu de *o Senhor* ou même de *você*, la forme de politesse. C'était ainsi que l'on parlait à un enfant ou un chien. Pourtant, lorsqu'il avait répondu sur le même ton, avec la même familiarité, cela avait été totalement différent. « Tu es une terre fertile et je planterai un jardin en toi. » C'était le genre de chose qu'un poète dit à sa maîtresse, ou le mari à son épouse et le *tu* dans ce cas, était intime, pas arrogant. Comment peut-il oser, se dit-elle, touchant sa joue à l'endroit qu'il avait caressé. Il est beaucoup plus cruel que ne l'étaient les Porte-Parole de mon imagination. L'Évêque Peregrino avait raison. Il est dangereux l'infidèle, l'antéchrist, il pénètre audacieusement dans les coins de mon cœur que je considère comme des lieux saints, où personne n'a jamais été autorisé à entrer. Il marche sur les rares petites pousses qui s'accrochent à la vie sur ce sol rocheux, comment peut-il oser! Je regrette de ne pas être morte avant de l'avoir vu, il va sûrement me détruire avant d'avoir terminé.

Elle entendit des sanglots. Quara. Naturellement, les cris l'avaient réveillé; elle avait le sommeil léger. Novinha faillit ouvrir la porte et aller la consoler, mais les sanglots cessèrent et une douce voix masculine se mit à chanter. La chanson était dans une autre langue. L'Allemand, se dit Novinha, ou le Scandinave; de toute façon, elle ne comprenait pas. Mais elle savait qui chantait et comprit que Quara était consolée.

Novinha n'avait pas éprouvé une telle peur depuis le jour où elle avait compris que Miro avait décidé de devenir Zenador et de poursuivre l'œuvre des deux hommes assassinés par les piggies. Cet homme dénoue les filets de ma famille et en rétablit la cohérence; mais, ce faisant, il découvrira mes secrets. S'il découvre comment Pipo est mort, et Parle la vérité, Miro apprendra ce secret et cela le tuera. Je ne sacrifierai plus rien aux piggies; ce sont des dieux trop cruels que je ne veux plus adorer.

Plus tard, allongée sur son lit, derrière sa porte fermée, elle entendit à nouveau des rires dans le salon et, cette fois, Quim et Olhado riaient avec Miro et Ela. Elle imagina qu'elle pouvait les voir, la bonne humeur illuminant la pièce. Mais, lorsque le sommeil s'empara d'elle et que l'image se mua en rêve, ce ne fut plus le Porte-Parole qui était assis parmi ses enfants, leur appenant à rire; c'était Libo, toujours vivant, tout le monde sachant qu'il était son véritable mari, l'homme qu'elle avait épousé dans son cœur, bien qu'elle ait toujours refusé de l'épouser à l'église. Malgré le sommeil, cela lui fut une joie insupportable et ses larmes mouillèrent les draps de son lit.

CHAPITRE IX

MALADIE CONGÉNITALE

CIDA : Le corps de la Descolada n'est pas bactérien. Il semble pénétrer dans les cellules de l'organisme et s'y installer à demeure, exactement comme les mitochondries, se reproduisant lorsque la cellule se reproduit. Le fait qu'il se soit étendu à une espèce nouvelle quelques brèves années après notre arrivée suggère qu'il est exceptionnellement adaptable. Il s'est vraisemblablement répandu dans toute la biosphère de Lusitania il y a très longtemps, de sorte qu'il est peut-être endémique ici, comme une infection permanente.

GUSTO : S'il est permanent et répandu partout, ce n'est pas une infection, Cida, cela fait partie de l'existence normale.

CIDA : Mais il n'est pas nécessairement congénital... Il est capable de se répandre. Mais oui, s'il est endémique, toutes les espèces indigènes doivent avoir trouvé des moyens de résister...

GUSTO : Ou de s'y adapter et de l'inclure dans leur cycle vital normal. Peut-être en ont-ils BESOIN.

CIDA : Ils auraient BESOIN de quelque chose qui déchire leurs molécules génétiques et les reconstruit au hasard?

GUSTO : C'est peut-être pour cette raison qu'il y a si peu d'espèces différentes sur Lusitania. Il est possible que la Descolada soit récente, un demi-million d'années, par exemple, et que de très nombreuses espèces aient été dans l'impossibilité de s'adapter.

CIDA : Je voudrais que nous ne soyons pas en train de mourir, Gusto. Le xénobiologiste suivant travaillera probablement sur les adaptations génétiques standard sans tenir compte de cela.

GUSTO : Ne vois-tu vraiment pas d'autre raison de regretter notre mort ?

> *Vladimir Tiago Gussman et Ekaterina Maria Aparecida do Norte von Hesse-Gussman, dialogue inédit découvert parmi des notes de travail, deux jours avant leur décès ; précédemment cité dans : « Indices oubliés »,* Meta-Science, the Journal of Methodologie, *2001:12:12:144-45*

Ender ne sortit de chez les Ribeira qu'au milieu de la nuit et il passa plus d'une heure à analyser ce qui était arrivé, surtout après le retour de Novinha. Malgré cela, Ender se réveilla tôt, le lendemain matin, les pensées déjà pleines de questions auxquelles il devait répondre. C'était toujours ainsi qu'il se préparait à Parler une mort ; il perdait le repos en tentant de reconstituer l'histoire du défunt tel qu'il se voyait, la vie que la défunte avait voulu vivre, même si elle avait mal tourné. Cette fois, cependant, il y avait une inquiétude supplémentaire. Il ne s'était jamais autant préoccupé des vivants.

« C'est logique, tu es davantage impliqué, » dit Jane après qu'il eut tenté de lui expliquer sa confusion. « Tu es tombé amoureux de Novinha avant même de quitter Trondheim. »

– « J'aimais peut-être l'adolescente, mais cette

femme est méchante et égoïste. Regarde la façon dont elle s'est comportée avec ses enfants. »

– « Est-ce là un Porte-Parole des Morts, qui juge les gens sur les apparences? »

– « Je suis peut-être tombé amoureux de Grego. »

– « Tu as toujours adoré les gens qui te font pipi dessus. »

– « Et Quara. Tous, même Miro, ce garçon me *plaît*. »

– « Et ils t'aiment, Ender. »

Il rit.

– « Les gens croient toujours qu'ils m'aiment, jusqu'au jour où je Parle. Novinha est plus sensible que les autres... Elle me déteste *avant* que je dise la vérité. »

– « Tu te connais aussi mal que le commun des mortels, Porte-Parole, » releva Jane. « Promets-moi que, lorsque tu mourras, tu *me* permettras de Parler ta mort. J'ai des choses à dire. »

– « Garde-les pour toi, » conseilla Ender avec lassitude. « Dans ce genre d'affaire, tu es encore pire que moi. »

Il établit la liste des questions auxquelles il fallait répondre.

1. Pourquoi Novinha avait-elle épousé Marcão?

2. Pourquoi Marcão haïssait-il ses enfants?

3. Pourquoi Novinha se déteste-t-elle?

4. Pourquoi Miro voulait-il qu'on vienne Parler la mort de Libo?

5. Pourquoi Ela veut-elle qu'on Parle la mort de son père?

6. Pourquoi Novinha a-t-elle changé d'avis à propos de la mort de Pipo?

7. Quelle est la cause directe de la mort de Marcão?

Il s'arrêta à la septième question. Il serait facile d'y

répondre; c'était un simple problème clinique. De sorte qu'il commencerait par là.

Le médecin qui avait autopsié Marcão s'appelait Navio, ce qui signifiait : « Bateau ».

« Pas à cause de ma taille, » dit-il en riant. « Ni parce que je suis bon nageur. Je m'appelle en fait Enrique o Navigador Caronada. Vous pouvez être sûr que je suis heureux qu'ils aient décidé de baser mon surnom sur " Capitaine de Navire " et non sur " Petit Canon ". Le deuxième implique de trop nombreuses possibilités obscènes. »

Ender ne se laissa pas abuser par sa jovialité. Navio était un bon catholique et, comme tout le monde, obéissait à l'évêque. Il était décidé à empêcher Ender d'obtenir le moindre renseignement, sans pour autant se montrer lugubre.

– « Je peux obtenir des réponses à mes questions de deux façons, » dit calmement Ender. « Je peux les poser et vous pouvez me répondre franchement. Ou bien je peux demander au Congrès Stellaire de m'autoriser à consulter vos archives. Les frais liés à l'ansible sont très élevés et, comme la demande est normale, votre résistance étant contraire à la loi, le coût sera déduit des fonds déjà limités de la colonie, sans compter l'amende équivalant à ce coût et la réprimande qui vous sera adressée. »

Le sourire de Navio disparut à mesure qu'Ender parlait. Il répondit froidement :

– « Je vais répondre à vos questions, naturellement. »

– « Il n'y a pas de " naturellement ", souligna Ender. « Votre évêque a conseillé à la population de Milagre d'appliquer un boycott non provoqué et injustifié d'un pasteur appelé en toute légalité. Vous agiriez dans l'intérêt de tous si vous indiquiez aux gens que, au cas où cette non-coopération joyeuse se poursuivrait, je demanderais que mon statut de pasteur soit transformé en statut d'inquisiteur. Je puis vous assurer que j'entretiens d'excellentes relations avec le Congrès Stellaire et que ma demande sera acceptée. »

Navio savait exactement ce que cela signifiait. En tant qu'inquisiteur, Ender disposerait de l'autorité du Congrès et pourrait révoquer la licence catholique de la colonie pour cause de persécution religieuse. Cela provoquerait une crise grave parmi les Lusitaniens, d'autant que l'évêque serait sommairement démis de ses fonctions et renvoyé au Vatican pour y être sanctionné.

– « Pourquoi feriez-vous cela, alors que vous savez que nous ne voulons pas de vous ici ? » demanda Navio.

– « Quelqu'un souhaitait ma présence, sinon je ne serais pas venu, » répondit Ender. « Il est possible que vous désapprouviez la loi lorsqu'elle vous gêne, mais elle protège de nombreux catholiques sur des planètes dominées par d'autres confessions. »

Navio tambourina du bout des doigts sur son bureau.

– « Quelles sont vos questions, Porte-Parole ? » demanda-t-il. « Finissons-en. »

– « C'est tout simple, pour commencer du moins. Quelle est la cause immédiate de la mort de Marcos Maria Ribeira ? »

– « Marcão ! » s'écria Navio. « Il est impossible que vous ayez été appelé pour Parler sa mort, il n'est décédé que depuis quelques semaines. »

– « On m'a demandé de Parler plusieurs morts, Dom Navio, et je souhaite commencer par celle de Marcão. »

– « Et si je demandais la justification de votre autorité ? »

Jane souffla à l'oreille d'Ender :

« Nous allons éblouir ce brave homme. »

Aussitôt, le terminal de Navio afficha de nombreux documents officiels tandis qu'une voix comptant parmi les plus autoritaires de Jane déclarait :

« Andrew Wiggin, Porte-Parole des Morts, a répondu à un appel concernant l'explication de la vie et de la mort de Marcos Maria Ribeira, de la ville de Milagre, sur la colonie de Lusitania. »

Ce ne furent toutefois pas les documents qui impressionnèrent Navio, ce fut le fait qu'il n'avait pas enregistré la demande, ni même branché son terminal. Navio comprit immédiatement que l'ordinateur avait été mis en marche par la pierre précieuse que le Porte-Parole avait à l'oreille, mais cela signifiait qu'une structure logique d'un niveau très élevé soutenait le Porte-Parole et veillait à la satisfaction de ses demandes. Aucun habitant de Lusitania, pas même Bosquinha, n'était en mesure de réaliser cela. Qui que soit ce Porte-Parole, conclut Navio, c'est un très gros poisson et l'Évêque Peregrino lui-même ne peut pas espérer le faire frire.

« Très bien, » dit Navio avec un rire forcé. Il parut alors retrouver sa jovialité. « De toute façon, j'avais l'intention de vous aider... La paranoïa de l'évêque n'affecte pas tous les habitants de Milagre, vous savez. »

Ender lui rendit son sourire sans relever l'hypocrisie.

« Marcos Ribeira a succombé à une maladie congénitale, » reprit-il, ajoutant un long nom pseudo-latin. « Vous n'en avez jamais entendu parler parce qu'elle est très rare et se transmet exclusivement par les gènes. Commençant à l'apparition de la puberté, elle se manifeste par le remplacement des tissus glandulaires exocriniens et endocriniens par des cellules graisseuses. Cela signifie que progressivement, au fil des années, les glandes endocriniennes, la rate, le foie, les testicules, la thyroïde et le reste sont successivement remplacés par des masses de graisse. »

– « Toujours mortel? Irréversible? »
– « Oh oui. En fait, Marcão a vécu dix ans de plus que la moyenne. Son cas était exceptionnel sur plusieurs plans. Dans tous les autres cas répertoriés – et ils sont effectivement peu nombreux – la maladie s'attaque d'abord aux testicules, rendant la victime stérile et, dans la plupart des cas, impuissante. Avec ses six enfants en bonne santé, il est évident que les testicules de Marcos Ribeira ont été les *dernières* glandes atteintes. Ensuite, cependant, la progression de la maladie a dû être exceptionnellement rapide... Les testicules étaient totalement remplacés par des cellules graisseuses alors que l'essentiel du foie et de la thyroïde fonctionnait encore. »

– « Qu'est-ce qui l'a tué, finalement? »

« La rate et les endocriniennes ne fonctionnaient plus. C'était un cadavre ambulant. Il s'est simplement effondré dans un bar, au beau milieu d'une chanson paillarde, à ce qu'on dit. »

Comme toujours, l'esprit d'Ender découvrit automatiquement les contradictions apparentes.

– « Comment peut se transmettre une maladie héréditaire qui rend ses victimes stériles? »

– « En général, elle se transmet par les lignées colatérales. Un enfant en meurt; ses frères et sœurs n'en présentent pas les symptômes, mais ils transmettent la prédisposition à *leurs* enfants. Bien entendu, comme il a eu des enfants, nous craignions que Marcão ne leur transmette le gène défectueux. »

– « Vous les avez examinés? »

– « Aucun ne présentait la moindre malformation génétique. Inutile de dire que Dona Ivanova a continuellement regardé par-dessus mon épaule. Nous avons immédiatement concentré nos recherches sur les problèmes génétiques et tous les enfants se sont révélés parfaitement normaux. »

– « Aucun n'avait la maladie? Même pas une tendance régressive? »

– « Graças a Deus, » dit le médecin. « Qui aurait accepté de les épouser si leurs gènes avaient été défectueux ? D'ailleurs, je ne comprends pas comment la maladie de Marcão a pu passer inaperçue. »

– « Les examens génétiques sont-ils systématiques, ici ? »

– « Oh, non, absolument pas. Mais nous avons subi une grave épidémie, il y a trente ans. Les parents de Dona Ivanova, le Venerado Gusto et la Venerada Cida ont effectué un examen génétique détaillé de tous les habitants de la colonie. C'est de cette façon qu'ils ont découvert le traitement. Et leurs confrontations par ordinateur avaient certainement mis en évidence ce type de malformation... C'est ainsi que j'ai découvert de quoi Marcão était mort. Je n'avais jamais entendu parler de cette maladie, mais elle figurait dans les archives de l'ordinateur. »

– « Et Os Venerados n'ont rien trouvé ? »

– « Apparemment pas, sinon ils auraient prévenu Marcos. Et, même s'ils ne l'avaient pas fait, Ivanova elle-même aurait découvert son existence. »

– « Cela est peut-être arrivé, » émit Ender.

Navio rit franchement.

– « Impossible. Aucune femme saine d'esprit ne porterait les enfants d'un homme affligé de *ce type* de malformation génétique. Marcão a certainement souffert continuellement pendant de nombreuses années. On ne tient pas à imposer cela à ses enfants. Non. Ivanova est excentrique, mais elle n'est pas folle. »

Jane s'amusait beaucoup. Lorsque Ender fut rentré chez lui, elle fit apparaître son image au-dessus du terminal dans l'unique but de pouvoir laisser libre cours à son fou rire.

« Il ne peut pas faire autrement, » dit Ender.

« Dans une colonie de catholiques croyants, telle que celle-ci, en ce qui concerne la biologiste, qui compte parmi les notables, il n'envisage même pas de mettre ses principes fondamentaux en question. »

– « Ne l'excuse pas, » dit Jane. « De toute évidence, les neurones ne peuvent pas fonctionner aussi logiquement que les circuits intégrés. Mais tu ne peux pas me demander de ne pas être amusée. »

– « Dans un sens, c'est plutôt gentil de sa part, » fit valoir Ender. « Il préfère croire que la maladie de Marcão était différente de tous les cas répertoriés. Il préfère croire que, d'une façon ou d'une autre, les parents d'Ivanova n'ont pas constaté la maladie de Marcos, de sorte qu'elle en ignorait tout quand elle l'a épousé, bien que l'expérience nous incite à choisir systématiquement l'explication la plus simple, à savoir que la maladie de Marcão a progressé comme toutes les autres, en commençant par les testicules et que tous les enfants de Novinha ont été engendrés par quelqu'un d'autre. Pas étonnant que Marcão ait été amer et colérique. Chacun de ses six enfants lui rappelait que sa femme couchait avec un autre homme. Ils avaient vraisemblablement décidé dès le départ qu'elle ne lui serait pas fidèle. Mais *six* enfants, c'est vraiment retourner le couteau dans la plaie. »

– « Les contradictions délicieuses de la vie religieuse, » commenta Jane. « Elle a délibérément décidé de vivre dans l'adultère, mais il ne lui est jamais venu à l'idée d'utiliser des contraceptifs. »

– « As-tu analysé la structure génétique des enfants et découvert quel est le père le plus probable ? »

– « Tu veux dire que tu n'as pas deviné ? »

– « J'ai deviné, mais je veux être certain que les preuves cliniques concordent avec la solution évidente. »

— « C'est Libo, bien entendu. Un vrai lapin. Il a donné six enfants à Novinha et quatre à son épouse légitime. »

— « Ce que je ne comprends pas, » dit Ender, « c'est pourquoi Novinha n'a pas épousé Libo. Il est absolument incompréhensible qu'elle se soit mariée avec un homme qu'elle méprisait manifestement, dont elle connaissait vraisemblablement la maladie, puis qu'elle ait porté les enfants de l'homme qu'elle devait aimer depuis le début. »

— « Les chemins de l'esprit humain sont tortueux et pervers, » déclara sentencieusement Jane. « Il était stupide, de la part de Pinocchio, de vouloir devenir un véritable petit garçon. Sa tête de bois était nettement préférable. »

Miro progressa prudemment dans la forêt. Il reconnaissait des arbres, de temps en temps, ou bien le croyait... Aucun être humain ne serait jamais en mesure, comme les piggies, de donner un nom à chaque arbre. Mais, bien entendu, les humains n'adoraient pas les arbres et ne les considéraient pas comme les totems de leurs ancêtres.

Miro avait délibérément choisi le chemin le plus long pour gagner la maison de rondins des piggies. Le jour même où Libo avait accepté que Miro devienne son deuxième apprenti, en compagnie de la fille de Libo, Ouanda, il leur avait indiqué qu'ils ne devraient jamais tracer de chemin conduisant de Milagre chez les piggies. Un jour, avait ajouté Libo, il y aura peut-être une crise entre les humains et les piggies; nous ne devons pas créer de chemin susceptible de conduire le pogrom à sa destination. De sorte que, ce jour-là, Miro suivit la rive opposée de la rivière, laquelle surplombait le courant.

Naturellement, un piggy apparut bientôt à quelque distance, le regardant. C'était pour cette raison que Libo avait déduit, de nombreuses années auparavant, que les femelles devaient habiter dans cette direction; les mâles surveillaient toujours les Zenadores quand ils allaient trop près. Et, comme Libo le lui avait enseigné, Miro ne tenta pas de progresser davantage dans la direction interdite. Sa curiosité s'estompait chaque fois qu'il se souvenait de l'état dans lequel se trouvait le corps de Libo lorsque Ouanda l'avait découvert. Libo n'était pas encore tout à fait mort; ses yeux étaient ouverts et bougeaient. Il ne mourut que lorsque Miro et Ouanda s'agenouillèrent près de lui, tenant chacun une main couverte de sang. Ah, Libo, ton sang circulait toujours alors que ton cœur gisait nu dans ta poitrine ouverte. Si seulement tu avais pu nous parler, nous dire d'un mot pourquoi ils t'avaient tué.

La rive redescendit au niveau du courant et Libo traversa la petite rivière en sautant sur les pierres couvertes de mousse. Quelques instants plus tard, il arriva, entrant dans la petite clairière par l'est.

Ouanda était déjà là, leur apprenant à battre la crème du lait de cabra pour en faire une sorte de beurre. elle avait expérimenté le procédé pendant plusieurs semaines avant de le mettre au point. Cela lui aurait été plus facile si elle avait pu demander l'aide de la mère de Miro, ou d'Ela, du fait qu'elles connaissaient parfaitement les propriétés chimiques du lait de cabra, mais toute collaboration avec la Biologista était hors de question. Os Venerados avaient découvert, trente ans auparavant, que le lait de cabra n'avait aucune valeur nutritive pour les humains. En conséquence, toute recherche visant à le transformer en vue de le conserver ne pouvait profiter qu'aux piggies. Miro et Ouanda ne pouvaient prendre le risque d'éveiller les soupçons sur leur intervention, contraire à la loi, dans le mode de vie des piggies.

Les jeunes piggies parurent ravis de battre le beurre.

Ils avaient transformé le malaxage des outres de cabras en danse et chantaient à présent, une mélodie décousue où le Stark, le Portugais et deux des langues piggies s'entrechoquaient en un mélange incompréhensible et hilarant. Miro tenta d'identifier les langues. Il reconnut la Langue des Mâles, naturellement, ainsi que des fragments de la Langues des Pères, qu'ils utilisaient pour converser avec leurs arbres totémiques; Miro n'en identifia que les sons; Libo lui-même n'avait pas pu en traduire un seul mot. Elle paraissait exclusivement composée de m, de b et de g, sans distinction décelables entre les voyelles.

Les piggies qui avaient suivi Miro dans la forêt arrivèrent et saluèrent les autres par une sorte de ululement puissant. La danse continua mais le chant cessa immédiatement. Mandachuva quitta le groupe qui entourait Ouanda et vint accueillir Miro au bord de la clairière.

« Bienvenue, Je-Te-Regarde-Avec-Désir. » C'était, naturellement, une traduction extravagante, en Stark, du nom de Miro. Mandachuva aimait traduire les noms du Portugais en Stark, et inversement, bien que Miro et Ouanda aient expliqué que leurs noms n'avaient pas véritablement de sens et que c'était par pure coïncidence qu'ils ressemblaient à des mots. Mais Mandachuva tenait à ses jeux linguistiques, de sorte que Miro acceptait de s'appeler : Je-Te-Regarde-Avec-Désir, tout comme Ouanda se résolvait à se nommer Vaga, mot portugais signifiant « errance », et dont la prononciation se rapprochait de « Ouanda ».

Mandachuva était un cas troublant. C'était le doyen des piggies. Pipo le connaissait et, dans ses écrits, le présentait comme le piggy le plus prestigieux. Libo paraissait également le considérer comme un chef. Son nom n'était-il pas un terme d'argot portugais signifiant « patron »? Pourtant,

Miro et Ouanda avaient l'impression que Mandachuva était le piggy le moins puissant et le moins prestigieux. Personne ne semblait le consulter; il paraissait toujours avoir le temps de converser avec les Zenadores, parce qu'il n'était pratiquement jamais engagé dans une tâche importante.

Toutefois, c'était le piggy qui donnait le plus d'informations aux Zenadores. Miro se demandait continuellement s'il avait perdu son prestige en raison du partage des informations ou bien s'il fournissait des informations aux humains dans l'espoir que cela augmenterait son prestige. De toute façon, cela ne comptait pas vraiment. Mandachuva *plaisait* à Miro. Il considérait le vieux piggy comme son ami.

« La femme t'a-t-elle forcé à manger cette pâte nauséabonde? » demanda Miro.

– « Vraiment dégoûtant, d'après elle. Même les petits cabras pleurent quand ils sont obligés de téter. » Mandachuva gloussa.

– « Si tu fais cadeau de cela aux épouses, elles ne te parleront plus jamais. »

– « Cependant, il le faut, il le faut, » soupira Mandachuva. « Elles doivent tout voir; elles sont aussi curieuses que les macios. »

Ah oui, l'incompréhension face aux femelles. Parfois, les piggies parlaient d'elles avec un respect sincère, complexe, presque sans crainte, comme s'il s'agissait de déesses. Puis un piggy faisait une réflexion grossière, les traitant par exemple de « macios », ces vers qui vivaient dans l'écorce des arbres. Les Zenadores ne pouvaient même pas les interroger, les piggies ne répondaient jamais aux questions concernant les femelles. Pendant longtemps, très longtemps, les piggies n'avaient même pas mentionné l'existence de femelles. Libo laissait toujours entendre, obscurément, que l'évolution était liée à la mort de Pipo. Avant sa mort, toute allusion aux femelles était taboue, sauf avec révérence dans de rares instants d'intense communion; par la suite, les piggies avaient également manifesté cette façon désespérée, mélancolique, de plaisanter à propos des « épouses ». Mais les Zenadores ne pouvaient obtenir de réponses à leurs questions concernant les femelles. Les piggies leur faisaient clairement comprendre que les femelles ne les regardaient pas.

Un sifflement provint du groupe entourant Ouanda. Mandachuva tira immédiatement Miro dans cette direction.

« Flèche veut te parler. »

Miro alla s'asseoir près d'Ouanda. Elle ne le regarda pas... Ils savaient depuis longtemps que les piggies étaient très gênés lorsqu'ils étaient témoins d'une conversation entre un homme et une femme, même d'un regard. Ils acceptaient de parler avec Ouanda lorsqu'elle était seule mais, en présence de Miro, ils ne lui adressaient pas la parole et ne supportaient pas qu'elle leur parle. Parfois, Miro se mettait en colère à l'idée qu'elle ne pouvait même pas lui adresser un clin d'œil. Il avait conscience de son corps comme s'il était une petite étoile émettant de la chaleur.

« Mon ami, » dit Flèche. « J'ai un grand cadeau à te demander. »

Miro sentit Ouanda se crisper légèrement près de lui. Les piggies ne demandaient pas souvent quelque chose mais, lorsqu'ils le faisaient, cela posait toujours des problèmes.

« Veux-tu m'écouter? »

Miro hocha lentement la tête.

– « Mais n'oublie pas que, parmi les humains, je ne puis rien et n'ai aucun pouvoir. »

Libo avait constaté que les piggies ne se sentaient pas insultés de croire que les humains leur envoyaient des délégués sans pouvoir, tandis que la réputation d'impuissance les aidait à expliquer les limites strictes de l'action des Zenadores.

– « Ce n'est pas une demande qui vient de nous, de nos conversations stupides autour du feu. »

– « Je voudrais pouvoir entendre la sagesse que tu nommes stupidité, » répondit Miro, comme il le faisait toujours.

– « C'est Rooter, parlant de l'intérieur de son arbre, qui a dit cela. »

Miro soupira discrètement. Il trouvait la religion des piggies aussi difficile à accepter que le catholicisme de ses concitoyens. Dans les deux cas, il se voyait contraint de feindre de croire les convictions les plus ahurissantes. Chaque fois que des paroles exceptionnellement audacieuses ou gênantes étaient prononcées, les piggies les attribuaient toujours à un ancêtre dont l'esprit habitait un arbre. Il n'y avait que quelques années, en fait depuis la mort de Libo, qu'ils désignaient Rooter comme la source des idées les plus ennuyeuses. Il était contradictoire que le piggy qu'ils avaient exécuté comme un rebelle bénéficie désormais d'un tel respect dans le cadre de leur culte des ancêtres.

Néanmoins, Miro répondit comme Libo le faisait toujours.

– « Nous n'éprouvons que de l'honneur et de l'affection pour Rooter, puisque vous le respectez. »

– « Il nous faut du métal. »

Miro ferma les yeux. Et dire que les Zenadores avaient toujours mis un point d'honneur à ne jamais utiliser des outils métalliques devant les piggies! De toute évidence, les piggies devaient avoir leurs propres observateurs, surveillant les humains depuis une éminence proche de la clôture.

– « Que voulez-vous en faire? » demanda-t-il calmement.

– « Lorsque la navette est descendue avec le Porte-Parole des Morts, elle dégageait une chaleur terrifiante, plus intense que celle de nos plus grands feux. Pourtant, la navette n'a pas brûlé, et elle n'a pas fondu. »

— « Ce n'était pas le métal, c'était un bouclier en plastique absorbant la chaleur. »

— « Cela joue peut-être un rôle, mais le métal est au cœur de cette machine. Dans toutes vos machines, partout où vous employez le feu ou la chaleur pour déplacer les choses, il y a du métal. Nous ne pourrons jamais faire des feux comme les vôtres tant que nous n'aurons pas, nous aussi, du métal. »

— « Je ne peux pas, » dit Miro.

— « Veux-tu dire que nous sommes destinés à être toujours des varelse et jamais des ramen ? »

Je regrette, Ouanda, que tu leur aies expliqué la Hiérarchie d'Exclusion de Démosthène.

— « Vous n'êtes condamnés à rien. Ce que nous vous avons donné jusqu'ici, nous l'avons fait avec ce qui se trouve dans votre environnement naturel, les cabras par exemple. Même cela, si nous nous faisions prendre, nous contraindrait à quitter la planète et nous mettrait dans l'impossibilité de vous revoir. »

— « Le métal que les humains utilisent provient également de notre environnement naturel. Nous avons vu vos mineurs l'extraire du sol au sud d'ici. »

Miro enregistra cette information. Il n'y avait, à l'extérieur de la clôture, aucune éminence permettant de dominer les mines. En conséquence, les piggies devaient avoir trouvé un moyen de franchir la clôture afin d'observer les êtres humains à l'intérieur même de l'enclave.

— « Il provient du sol, mais seulement à certains endroits que je ne sais pas reconnaître. Et, lorsqu'on l'extrait, il est mélangé à toutes sortes de roches. Il faut le purifier, le transformer, et c'est un processus très compliqué. Tous les morceaux de métal extraits du sol sont comptabilisés. Si nous vous donnions un seul outil, un tournevis ou une scie, on s'en apercevrait et on le chercherait. Personne ne cherche le lait de Cabra. »

Flèche le regarda dans les yeux pendant quelques instants; Miro soutint son regard.

– « Nous allons réfléchir, » décida Flèche. Il tendit la main vers Calendrier, qui y plaça trois flèches. « Regarde. Sont-elles bonnes? »

Elles étaient parfaites, comme toutes celles que Flèche fabriquait, droites et bien empennées. L'innovation résidait dans la pointe. Elle n'était pas en obsidienne.

– « Os de cabra, » dit Miro.

– « Nous utilisons le cabra pour tuer le cabra. » Il rendit les flèches à Calendrier. Puis il se leva et s'en alla.

Calendrier tint les minces flèches en bois devant lui et leur chanta quelque chose dans la Langue des Pères. Miro reconnut la chanson, sans toutefois comprendre les paroles. Mandachuva lui avait un jour expliqué que c'était une prière demandant à l'arbre mort de les pardonner d'utiliser des outils qui n'étaient pas en bois. Autrement, selon lui, les arbres croiraient que les Petits les haïssaient. La religion. Miro soupira.

Calendrier emporta les flèches. Puis le jeune piggy nommé Humain le remplaça, s'accroupissant devant Miro. Il avait un paquet enroulé dans des feuilles qu'il posa par terre et ouvrit soigneusement.

C'était une copie de La Reine et l'Hégémon que Miro leur avait donnée quatre ans auparavant. Elle avait fait l'objet d'une querelle mineure entre Miro et Ouanda. Ouanda en était à l'origine, ayant évoqué les questions religieuses avec les piggies. Ce n'était pas véritablement sa faute. Tout avait commencé lorsque Mandachuva lui avait demandé :

« Comment font les humains pour vivre sans arbres? » Elle comprit la question, naturellement... Il ne parlait pas de végétaux, mais de dieux.

– « Nous aussi, nous avons un Dieu... Un homme qui est mort et, cependant, vit toujours, » expliqua-t-elle. Un seul ? Dans ce cas, où vit-il, à présent ? « Personne ne le sait. » Dans ce cas, à quoi sert-il ? Comment faites-vous pour lui parler ? « Il habite nos cœurs. »

Cela les stupéfia; Miro, plus tard, avait ri et dit :

« Tu vois ? Pour eux, notre théologie perfectionnée ressemble à de la superstition. Il habite nos cœurs, vraiment ! Qu'est-ce que cette religion, face à des dieux que l'on peut voir et toucher... »

– « Et escalader, ramasser des macios dessus, sans parler du fait qu'ils en abattent de temps en temps pour construire leurs maisons de rondins, » renchérit Ouanda.

– « Les abattre ? Les *abattre* sans outils en pierre ou en métal ? Non, Ouanda, ils *prient* pour les faire tomber. » Mais les plaisanteries sur la religion n'amusaient pas Ouanda.

À la demande des piggies, Ouanda leur apporta plus tard l'Évangile selon saint Jean, dans la version stark simplifiée de la Bible de Douai. Mais Miro avait insisté pour leur donner également une copie de *La Reine et l'Hégémon*.

« Saint Jean ne mentionne pas les êtres vivants sur d'autres mondes, » fit remarquer Miro. « Mais le Porte-Parole des Morts explique les doryphores aux humains, et les humains aux doryphores. » Ce blasphème avait fortement contrarié Ouanda. Mais, un an plus tard, ils avaient vu les piggies allumer le feu avec les pages de saint Jean, tandis que *La Reine et l'Hégémon* était tendrement enveloppé dans des feuilles. Cela fit beaucoup de peine à Ouanda, au début, et Miro comprit qu'il était sage de ne pas ironiser.

Humain ouvrit l'ouvrage à la dernière page. Miro remarqua que, dès l'instant où il eut ouvert le livre, tous les piggies se rassemblèrent en silence. La danse du beurre cessa. Humain toucha le dernier mot.

« La Voix des Morts, » murmura-t-il.
– « Oui, je l'ai rencontré hier soir. »
– « C'est le *vrai* Porte-Parole. Rooter l'a dit. » Miro leur avait indiqué qu'il y avait de nombreux Porte-Parole et que l'auteur de *La Reine et l'Hégémon* était certainement mort. Apparemment, ils ne pouvaient toujours pas renoncer à espérer que celui qui était venu fût le *vrai*, celui qui avait écrit le livre sacré.
– « Je crois que c'est un *bon* Porte-Parole, » dit Miro. « Il s'est montré tendre avec ma famille et je crois que l'on peut lui faire confiance. »
– « Quand viendra-t-il nous Parler? »
– « Je ne le lui ai pas encore demandé. Cela exige de la réflexion. Il faudra du temps. »

Humain bascula la tête en arrière et hurla.

Est-ce l'heure de ma mort? se demanda Miro.

Non. Les autres touchèrent tendrement Humain, puis l'aidèrent à envelopper l'ouvrage puis à l'emporter. Miro se leva pour partir. Les piggies ne le regardèrent pas s'en aller. Sans ostentation préméditée, ils étaient tous occupés. Il aurait tout aussi bien pu être invisible.

Ouanda le rejoignit juste avant la lisière de la forêt, où les buissons les cachaient à ceux qui auraient pu les observer depuis Milagre... Mais, en réalité, personne ne prenait la peine de regarder en direction de la forêt.

« Miro, » appela-t-elle d'une voix contenue.

Il se retourna juste à temps pour la prendre dans ses bras; elle avait un tel élan qu'il dut reculer en trébuchant pour ne pas tomber.

– « Veux-tu me tuer? » demanda-t-il, ou plutôt essaya-t-il; elle l'embrassait, cela ne lui permettait guère de terminer ses phrases. Finalement, il renonça à parler et répondit à ses baisers, intensément. Puis elle recula avec brusquerie.

— « Tu deviens trop entreprenant, », dit-elle.

— « Cela arrive chaque fois qu'une femme se jette sur moi et m'embrasse dans la forêt. »

— « Calme-toi, Miro, il y a encore beaucoup de chemin à faire. » Elle le prit par la ceinture, l'attira contre elle, l'embrassa à nouveau. « Deux ans encore avant que nous puissions nous marier sans le consentement de ta mère. »

Miro ne tenta même pas de protester. Il ne se souciait guère de l'interdiction ecclésiastique de la fornication, mais il comprenait à quel point il était vital, dans une communauté fragile telle que Milagre, que les traditions liées au mariage soient strictement respectées. Des communautés importantes et stables peuvent absorber une quantité raisonnable d'accouplements marginaux; Milagre était beaucoup trop petite. Ce que Ouanda faisait sous l'impulsion de la foi, Miro le faisait par réflexion logique. En dépit de milliers d'occasions, ils étaient aussi chastes que des moines. Toutefois, si Miro avait cru un instant qu'ils seraient dans l'obligation d'appliquer les vœux de chasteté dans le mariage qui étaient exigés des Filhos du monastère, la virginité d'Ouanda aurait aussitôt été gravement menacée.

« Ce Porte-Parole, » dit Ouanda. « Tu sais ce que je pense de l'idée de l'amener ici. »

— « C'est ton catholicisme qui parle, pas ton esprit rationnel. » Il voulut l'embrasser, mais elle baissa la tête et, au moment critique, ne put que poser les lèvres sur son nez. Il embrassa celui-ci passionnément, jusqu'au moment où elle le repoussa en riant.

— « Tu es sale et mal élevé, Miro. » Elle s'essuya le nez avec sa manche. « Nous avons déjà envoyé la méthode scientifique au diable quand nous avons entrepris de les aider à améliorer leur niveau de vie.

Nous avons dix ou vingt ans devant nous avant que les satellites ne commencent à déceler des conséquences visibles. À cette époque, ce que nous aurons fait sera peut-être irréversible. Mais nous n'avons pas la moindre chance si nous autorisons un inconnu à prendre part au projet. Il parlera. »

— « Peut-être, et peut-être pas. Moi aussi j'ai été un inconnu, tu sais. »

— « Extérieur, mais jamais inconnu. »

— « Il aurait fallu que tu le voies, hier soir, Ouanda. D'abord avec Grego, et ensuite quand Quara s'est réveillée en pleurant... »

— « Des enfants désespérés et seuls... Qu'est-ce que cela prouve ? »

— « Et Ela qui riait. Et Olhado qui tenait vraiment sa place au sein de la famille. »

— « Quim ? »

— « Il a renoncé à crier que l'infidèle devait rentrer chez lui. »

— « Je suis contente pour ta famille, Miro, j'espère qu'il pourra la guérir définitivement, vraiment... Je sens déjà la différence chez toi, il y a des mois que tu n'as pas paru aussi optimiste. Mais ne l'amène pas ici. »

Miro se mordit l'intérieur de la joue pendant quelques instants, puis s'éloigna. Ouanda le rejoignit en courant, le prit par le bras. Ils étaient à découvert, mais l'arbre de Rooter se dressait entre eux et la porte.

« Ne me laisse pas comme ça ! » dit-elle sauvagement. « Ne t'en vas pas sans répondre ! »

— « Je sais que tu as raison, » accorda Miro. « Mais je ne peux pas ignorer ce que je ressens. Lorsqu'il était chez nous, c'était comme si... c'était comme si Libo s'y était trouvé. »

— « Papa haïssait ta mère, Miro... Il ne serait jamais allé chez elle. »

— « S'il l'avait fait. Chez nous, le Porte-Parole

était comme Libo se comportait toujours au laboratoire. Comprends-tu?

– « Et *toi*? Il entre, se conduit comme votre père aurait dû le faire, et vous vous roulez tous par terre comme de jeunes chiots. »

L'expression méprisante de son visage était exaspérante. Miro eut envie de la frapper. Mais il se contenta de poursuivre son chemin, frappant l'arbre de Rooter du plat de la main. En un quart de siècle, il avait atteint quatre-vingts centimètres de diamètre et l'écorce rugueuse meurtrit la main de Miro.

Elle le rejoignit.

« Excuse-moi, Miro, je ne voulais pas... »

– « Tu étais sincère, mais c'était stupide et égoïste... »

– « Oui, je... »

– « Ce n'est pas parce que mon père était une ordure que je suis prêt à me rouler par terre devant le premier homme qui me caresse la tête... »

Elle lui toucha les cheveux, la poitrine, la taille.

– « Je sais, je sais, je sais... »

– « Parce que je sais reconnaître la bonté chez un homme, pas seulement un père, un *homme* bon. Je connaissais Libo, n'est-ce pas? Et quand je te dis que ce Porte-Parole, cet Andrew Wiggin, est comme Libo, tu dois m'écouter et pas éluder ce que je dis comme si c'étaient les niaiseries d'un *cão*! »

– « J'écoute. Je veux le rencontrer, Miro. »

Miro ne comprit pas ce qui lui arrivait. Il pleurait. Cela faisait partie de ce que le Porte-Parole pouvait faire, même lorsqu'il n'était pas présent. Il avait ouvert tous les recoins clos du cœur de Miro et, à présent, Miro ne pouvait plus empêcher ce qu'il ressentait de se manifeser.

– « Et tu as raison, » souffla Miro d'une voix cassée par l'émotion. « Je l'ai vu entrer, avec sa caresse bienfaisante, et je me suis dit : Si seulement c'était lui, mon père. » Il se tourna vers Ouanda, sans chercher à cacher ses yeux rouges et ses joues couvertes de larmes.« Exactement comme je me disais chaque jour, en revenant du Laboratoire du Zenador. Si seulement Libo pouvait être mon père, si seulement je pouvais être son fils. »

Elle sourit et le serra contre elle; sa chevelure blonde essuya ses larmes.

– « Oh, Miro, je suis heureuse qu'il ne soit pas ton père. Parce que, dans ce cas, je serais ta sœur et je ne pourrais jamais espérer t'avoir pour moi toute seule. »

CHAPITRE X

LES ENFANTS DE L'ESPRIT

Règle 1 : Tous les Enfants de l'Esprit du Christ doivent être mariés, sinon il leur sera interdit d'appartenir à l'ordre; mais ils doivent rester chastes.

Question 1 : Pourquoi le mariage est-il nécessaire pour tous?

Les imbéciles disent : Pourquoi devrions-nous nous marier? L'amour est le seul lien dont nous ayons besoin, ma maîtresse et moi. À ceux-ci, je dis : Le mariage n'est pas un traité entre un homme et une femme; les bêtes elles-mêmes s'unissent pour produire des petits. Le mariage est un traité entre un homme et une femme, d'une part, et la communauté à laquelle ils appartiennent d'autre part. Se marier conformément aux lois de la communauté, c'est devenir un citoyen à part entière; refuser le mariage, c'est être un étranger, un enfant, un hors-la-loi, un esclave ou un traître. La constante essentielle de toutes les sociétés de l'humanité consiste en ceci que seuls ceux qui respectent les lois, tabous et traditions du mariage sont de véritables adultes.

Question 2 : Dans ce cas, pourquoi les prêtres et les religieuses sont-ils astreints au célibat?

Afin de les distinguer de la communauté. Les prêtres et les religieuses sont des serviteurs, pas des citoyens. Ils servent l'Eglise, mais ils ne sont pas l'Eglise. L'Eglise est la promise et le Christ est le fiancé; les prêtres et les religieuses sont simplement les invités du mariage; car ils ont renoncé à la citoyenneté au sein de la communauté du Christ afin de la servir.

Question 3 : Pourquoi les Enfants de l'Esprit du Christ se marient-ils? Ne servons-nous pas aussi l'Église?

Nous ne servons l'Église que dans la mesure où tous les hommes et toutes les femmes la servent par leur mariage. La différence réside en ceci que, alors qu'ils transmettent leurs gènes à la génération suivante, nous transmettons notre savoir; leur héritage réside dans les molécules génétiques des générations à venir tandis que nous vivons dans leur esprit. Les souvenirs sont le fruit de nos mariages, et ils ne sont ni plus ni moins précieux que les enfants de chair et de sang conçus dans l'amour soumis au sacrement.

San Angelo, Règles et catéchisme de l'Ordre des Enfants de l'Esprit du Christ, *1511:11:11:1*

Le Doyen de la Cathédrale emportait le silence des chapelles obscures, massives, et des murs imposants partout où il allait : Lorsqu'il entra dans la salle de classe, sa paix pesante s'abattit sur les élèves, dont la respiration même se fit prudente et silencieuse tandis qu'il se dirigeait vers le tableau.

« Dom Cristão, » murmura le Doyen. « L'évêque a besoin de vous rencontrer. »

Les élèves, essentiellement des adolescents, n'ignoraient pas, malgré leur jeunesse, que les relations entre la hiérarchie de l'Église et les moines indépendants qui dirigeaient pratiquement toutes les écoles catholiques des Cent Planètes étaient relativement tendues. Dom Cristão, excellent professeur d'histoire, de géologie, d'archéologie et d'anthropologie, était également supérieur du Monastère des Filhos da Mente de Cristo. Les Enfants de l'Esprit du Christ. Sa situation faisait de lui le principal rival de l'évêque sur le plan de la suprématie spirituelle au sein de Lusitania. D'une certaine façon, on pouvait même estimer qu'il était le supérieur de l'Évêque; sur pratiquement toutes les planètes, il y avait un Supérieur des Enfants par archevêque, alors qu'à chaque évêque correspondait le principal d'un système scolaire.

Mais Dom Cristão, comme tous les Filhos, veillait à respecter scrupuleusement la hiérarchie de l'Église. Face à la convocation de l'évêque, il éteignit immédiatement sa chaire et renvoya la classe, sans même terminer l'examen du point abordé. Les élèves ne furent pas surpris; ils savaient qu'il aurait agi de même si un simple prêtre avait interrompu le cours. Les ecclésiastiques se sentaient évidemment très flattés de voir à quel point ils étaient importants aux yeux des Filhos; mais cela signifiait également que leur présence à l'école pendant les heures de cours désorganisait complètement le travail partout où ils allaient. En conséquence, les prêtres se rendaient rarement à l'école et les Filhos, grâce à leur déférence extrême jouissaient d'une indépendance presque totale.

Dom Cristão avait une idée assez précise de la raison pour laquelle l'évêque le convoquait. Le docteur Navio n'était pas discret et, pendant toute la matinée, on avait parlé de menaces terrifiantes exprimées par le Porte-Parole des Morts. Dom Cristão supportait mal les craintes dénuées de fondement de la hiérarchie chaque fois qu'elle se trouvait confrontée aux infidèles ou aux hérétiques. L'évêque serait furieux, ce qui signifierait qu'il exigerait des actes, bien que la meilleure attitude fût, comme d'habitude, l'inaction, la patience et la coopération. En outre, on racontait que ce Porte-Parole prétendait être celui-là même qui avait Parlé la mort de San Angelo. Si tel était le cas, ce n'était vraisemblablement pas un ennemi de l'Église, au contraire. Ou, du moins, c'était un ami des Filhos ce qui, dans l'esprit de Dom Cristão, revenait au même.

Tout en suivant le Doyen entre les bâtiments de la faculdade, puis dans le jardin de la Cathédrale, il chassa la colère et la contrariété de son cœur. Inlassablement, il répéta son nom monastique : Amai a Tudomundo Para Que Deus Vos Ame. Il Faut Aimer Tout Le Monde Pour Que Dieu Vous Aime. Il avait choisi ce nom avec soin, lorsque sa fiancée et lui étaient entrés dans l'ordre, car il savait que ses principales faiblesses étaient la colère et l'impatience que la stupidité suscitait en lui. Comme tous les Filhos, il avait choisi son nom en fonction du péché contre lequel il devait le plus fréquemment lutter. C'était une des méthodes qu'ils utilisaient pour se dénuder spirituellement face au monde. Nous ne nous draperons pas dans l'hypocrisie, enseignait San Angelo. Le Christ nous drapera de vertu, comme les lys des champs, mais nous ne chercherons pas à paraître vertueux. Dom Cristão avait, ce jour-là, l'impression que sa vertu faiblissait par endroits ; le vent glacé de l'impatience risquait de le geler jusqu'aux os. De sorte qu'il psalmodiait silencieusement son nom tout en pensant : L'Évêque Peregrino est un imbécile mais Amai a Tudomundo Para Que Deus Vos Ame.

« Frère Amai, » dit l'Évêque Peregrino. Il n'employait jamais son titre honorifique, Dom Cristão, bien que certains cardinaux aient recours à cette politesse. « Je vous remercie d'être venu. »

Navio était déjà installé dans le meilleur fauteuil, mais Dom Cristão ne le lui reprocha pas. L'indolence avait fait grossir Navio et, à présent, son embonpoint le rendait indolent; c'était une maladie circulaire, qui se nourrissait d'elle-même, et Dom Cristão était heureux de ne pas en être affligé. Il choisit un haut tabouret dépourvu de dossier. Cela empêcherait son corps de se détendre et maintiendrait son esprit en éveil.

Navio entama presque immédiatement le compte rendu de son entrevue désagréable avec le Porte-Parole des Morts, ajoutant une explication complexe des menaces proférées par le Porte-Parole si le refus de coopérer continuait.

« Un inquisiteur, pouvez-vous imaginer cela ? Un infidèle osant supplanter l'autorité de notre Église ! »

Oh, comme les laïques recourent rapidement à l'esprit de croisade quand l'Église est menacée, mais demandez-leur d'aller à la messe une fois par semaine et l'esprit de croisade se couche puis s'endort.

Les paroles de Navio produisirent un effet : La colère de l'évêque s'accentua, son visage prenant une légère teinte rosée sous le marron intense de sa peau. Lorsque le récit de Navio fut enfin terminé, Peregrino se tourna vers Dom Cristão, le visage crispé par la colère et dit :

« Alors, qu'est-ce que vous dites de cela, Frère Amai ? »

Je dirais, si j'étais moins bien élevé, que vous avez agi stupidement en intervenant dans les activités du Porte-Parole alors que vous saviez qu'il a la loi de son côté et qu'il n'avait rien fait contre nous. Désormais, du fait que vous l'avez provoqué, il est beaucoup plus dangereux que si vous vous étiez contentés de ne tenir aucun compte de sa présence.

Dom Cristão eut un pâle sourire et inclina la tête.

– « Je crois que nous devrions frapper les premiers afin qu'il ne puisse plus nous nuire. »

Ces paroles militantes prirent l'Évêque Peregrino au dépourvu.

– « Exactement, » dit-il. « Mais je n'espérais pas que *vous* comprendriez cela. »

– « Les Filhos sont aussi ardents que tous les chrétiens non ordonnés peuvent espérer être, » souligna Dom Cristão. « Mais, comme nous ne disposons pas de la prêtrise, nous devons recourir à la raison et la logique, faute de pouvoir user de l'autorité. »

L'Évêque Peregrino soupçonnait l'ironie, de temps en temps, mais ne parvenait jamais à mettre véritablement le doigt dessus. Il grogna et plissa les yeux.

– « Ainsi, Frère Amai, comment envisagez-vous de l'atteindre? »

– « Eh bien, Père Peregrino, la loi est parfaitement explicite. Il ne peut exercer un pouvoir sur nous que dans la mesure où nous intervenons dans l'exercice de ses activités religieuses. Si nous voulons le dépouiller de ce pouvoir, il nous suffit de coopérer avec lui. »

L'évêque rugit et abattit son poing sur la table.

– « Exactement le type de sophisme auquel j'aurais dû m'attendre de votre part, Amai! »

Dom Cristão sourit.

– « En réalité, nous n'avons pas le choix... Soit nous répondons à ses questions, soit il demande, conformément à ses droits, le statut d'inquisiteur et vous embarquez à bord d'un vaisseau interstellaire pour le Vatican, où vous devrez répondre du délit de persécution religieuse. Nous avons trop d'affection pour vous, Père Peregrino, pour adopter une attitude susceptible de vous coûter votre place. »

– « Oh, oui, je connais bien votre affection. »

– « Les Porte-Parole des Morts sont en réalité parfaitement inoffensifs... Ils ne mettent en place aucune organisation rivale, ils n'administrent aucun sacrement, ils ne prétendent même pas que *La Reine et l'Hégémon* soit un ouvrage sacré. Ils se contentent de tenter de découvrir la vérité de la vie du mort, puis de raconter cette vie, comme la personne décédée l'a elle-même vécue, à ceux qui veulent bien écouter. »

— « Et vous affirmez que cela vous paraît inoffensif? »

— « Au contraire. San Angelo a fondé notre ordre précisément parce que l'expression de la vérité est un acte exceptionnellement puissant. Mais je crois qu'il est beaucoup moins nocif que la réforme protestante, par exemple. Et la révocation de notre licence catholique sous prétexte de persécution religieuse entraînerait automatiquement l'autorisation d'une immigration non-catholique telle que nous ne représenterions plus qu'un tiers de la population. »

L'Évêque Peregrino tripota son anneau.

— « Mais le Conseil Stellaire autoriserait-il effectivement cela? Il a fixé des limites précises à la taille de notre colonie... Faire venir un tel nombre d'infidèles reviendrait à remettre cette limite en question. »

— « Mais vous savez certainement qu'il a déjà pris des dispositions en prévision d'une telle situation. Pourquoi, à votre avis, deux vaisseaux interstellaires sont-ils restés sur orbite autour de notre planète? Comme la licence catholique garantit l'accroissement illimité de la population, on contraindra purement et simplement l'excédent à émigrer. Le Congrès pense devoir le faire dans une ou deux générations; qu'est-ce qui l'empêche de commencer dès maintenant? »

— « Il ne ferait pas cela. »

— « Le Congrès Stellaire a été constitué pour mettre un terme aux djihads et pogroms qui éclataient continuellement en une demi-douzaine d'endroits. Le recours aux lois relatives à la persécution religieuse est une affaire grave. »

— « C'est totalement disproportionné! Un hérétique à demi fou appelle un Porte-Parole des Morts et nous nous trouvons soudain confrontés à l'émigration forcée ! »

– « Mon cher Père, telles ont toujours été les relations entre les autorités séculières et religieuses. Nous devons être patients, ne serait-ce que pour une unique raison : Ils ont tous les canons. »

Navio eut un rire étouffé.

– « Sans doute ont-ils les canons, mais nous détenons les clés du paradis et de l'enfer, » fit valoir l'évêque.

– « Et je suis convaincu que la moitié des membres du Congrès Stellaire se trémoussent déjà d'impatience. En attendant, toutefois, je serai peut-être en mesure d'atténuer le caractère gênant de cette situation. Au lieu de revenir publiquement sur vos prises de position antérieures... » (Vos prises de position stupides, destructrices et étroites) « ... indiquez que vous avez chargé les Filhos da Mente de Cristo de porter le pesant fardeau consistant à répondre aux questions de cet infidèle. »

– « Peut-être ne connaissez-vous pas toutes les réponses qu'il souhaite obtenir, » fit remarquer Navio.

– « Mais nous pouvons trouver les réponses, *à sa place*, n'est-ce pas ? Il est possible que, de cette façon, les habitants de Milagre ne soient jamais obligés de répondre directement au Porte-Parole ; ils ne s'entretiendront qu'avec les sœurs et frères inoffensifs de notre ordre. »

– « En d'autres termes, » dit sèchement Peregrino, « les moines de votre ordre deviendront les serviteurs de l'infidèle. »

Intérieurement, Dom Cristão psalmodia trois fois son nom.

Depuis son séjour dans l'armée, alors qu'il était enfant, Ender n'avait jamais eu aussi nettement l'impression de se trouver en territoire ennemi. Le chemin qui, partant de la praça, gravissait la colline, était usé par les pas de nombreux fidèles et le clocher de la cathédrale était si haut que, sauf depuis les endroits où la pente était particulièrement abrupte, il restait visible pendant toute l'ascension. L'école élémentaire était sur sa gauche, construite en terrasses sur la pente; à droite, il y avait la Vila dos Professores, qui tenait son nom des enseignants mais était, en fait, habitée par les jardiniers, les gardiens, les employés, les conseillers et autres membres du personnel. Les professeurs qu'Ender rencontra portaient tous l'habit gris des Filhos et le regardaient avec curiosité en le croisant.

L'hostilité commença lorsqu'il atteignit le sommet de la colline, grande étendue presque plate de pelouses et de jardins magnifiquement entretenus, les scories provenant du haut-fourneau couvrant des allées propres et nettes. Voici l'univers de l'Église, se dit Ender, chaque chose à sa place et pas la moindre mauvaise herbe. Il était conscient des nombreux regards posés sur lui, mais les soutanes étaient désormais noires ou orange, prêtres et diacres dont les yeux malveillants exprimaient l'autorité sous la menace. Qu'est-ce que je vous vole en venant ici? demanda intérieurement Ender. Mais il savait que leur haine n'était pas injustifiée. Il était une herbe sauvage poussant dans un jardin bien entretenu; partout où il posait les pieds, le désordre menaçait et beaucoup de jolies fleurs mourraient s'il s'enracinait et volait les produits nutritifs de leur humus.

Jane bavardait aimablement avec lui, tentant de le pousser à lui répondre. Mais Ender refusait de se laisser prendre à son jeu. Il ne voulait pas que les prêtres voient ses lèvres bouger; une fraction considérable de l'Église considérait les implants tels que celui qu'il portait à l'oreille comme un sacrilège, une tentative d'amélioration d'un corps que Dieu avait créé parfait.

« Combien de prêtres cette communauté peut-elle *entretenir*, Ender ? » dit-elle, feignant l'émerveillement.

Ender aurait aimé répliquer qu'elle possédait déjà le nombre exact dans ses archives. Un de ses plaisirs consistait à faire des déclarations désagréables lorsqu'il n'était pas en mesure de répondre, ni même de reconnaître publiquement qu'elle lui parlait à l'oreille.

« Des inutiles qui ne se reproduisent même pas. S'ils ne copulent pas, l'évolution n'exige-t-elle pas qu'ils disparaissent ? » Bien entendu, elle savait que les prêtres effectuaient l'essentiel du travail administratif lié à la gestion de la communauté. Ender élabora ses réponses comme s'il pouvait les exprimer. Si les prêtres n'étaient pas là, le gouvernement, le commerce ou les associations grandiraient et se chargeraient du fardeau. Une hiérarchie rigide apparaissait toujours sous la forme de la force conservatrice de la société, maintenant son identité en dépit des changements auxquels elle était exposée. Faute d'un défenseur puissant de l'orthodoxie, la communauté se désintégrerait inévitablement. Une orthodoxie puissante est contraignante mais absolument essentielle. Valentine n'avait-elle pas traité ce sujet dans son livre sur Zanzibar ? Elle avait comparé la classe ecclésiastique au squelette des vertébrés...

Simplement pour lui montrer qu'elle était capable de prévoir son argumentation même lorsqu'il ne pouvait pas l'exprimer, Jane fournit la citation ; par jeu, elle parla avec la voix de Valentine, dont elle avait manifestement enregistré les caractéristiques dans l'intention de le torturer. « Les os sont durs et, en eux-mêmes, paraissent morts et inertes, mais en s'enracinant sur le squelette, et en le manœuvrant, le reste du corps exécute tous les mouvements de la vie. »

Il ne s'attendait pas à ce que la voix de Valentine

lui fasse aussi mal, certainement plus mal que ce que Jane avait prévu. Il ralentit le pas. Il se rendit compte que c'était son absence qui le rendait aussi sensible à l'hostilité des prêtres. Il avait affronté le lion calviniste dans son repaire, il avait marché, philosophiquement nu, parmi les charbons ardents de l'Islam et les fanatiques shintoïstes avaient hurlé des menaces de mort sous ses fenêtres, sur Kyoto. Mais, toujours, Valentine était là, dans la même ville, respirant le même air, subissant le même climat. Elle l'encourageait lorsqu'il partait; au retour de la confrontation, sa conversation expliquait jusqu'à ses échecs, lui apportait des lambeaux de victoire jusque dans la défaite. Il n'y a qu'une dizaine de jours que je l'ai quittée et, déjà, elle me manque.

« A gauche, je crois, » dit Jane. Il lui fut reconnaissant d'utiliser sa voix habituelle. « Le monastère se trouve sur le flanc ouest de la colline, au-dessus du Laboratoire du Zenador. »

Il longea la faculdade, où les enfants étudiaient les sciences à partir de douze ans. Et là, tassé sur lui-même, le monastère attendait. Le contraste entre le monastère et la cathédrale le fit sourire. Les Filhos étaient presque ostentatoires dans leur rejet de la majesté. Il n'était pas surprenant que la hiérarchie s'accommode mal de leur présence. Le jardin du monastère était lui-même une manifestation de rébellion... Tout ce qui n'était pas jardin potager était abandonné aux buissons et aux hautes herbes.

Le supérieur s'appelait Dom Cristão, naturellement; une supérieure se serait appelée : Dona Cristã. Sur cette planète, du fait qu'il n'y avait qu'une escola baixa et une faculdade, il n'y avait qu'un principal; avec une simplicité élégante, le mari dirigeait le monastère et sa femme les écoles, de sorte que toutes les responsabilités de l'ordre étaient réunies au sein de la même union. Ender avait dit à San Angelo, dès le début, que le fait que les directeurs de monastères ou d'écoles se fassent appeler « Monsieur le Chrétien » ou « Madame la Chrétienne », titres qui revenaient de droit à tous les fidèles du Christ, était le summum de l'orgueil et ne manifestait pas la moindre humilité. San Angelo s'était contenté de sourire, parce que, naturellement, c'était exactement ce qu'il pensait. Arrogant dans son humilité, voilà comme il était, et c'était en partie pour cette raison que je l'aimais.

Dom Cristão vint l'accueillir dans la cour au lieu de l'attendre dans son escritorio, un des éléments de la discipline de l'ordre consistait à se mettre délibérément dans l'embarras dans l'intérêt de ceux que l'on servait.

« Porte-Parole Andrew! » cria-t-il.

« Dom Ceifeiro! » répondit Ender... Ceifeiro, moissonneur, était le titre officiel des supérieurs de l'ordre; les principaux des écoles étaient appelés Aradores, laboureurs, et les moines chargés de l'enseignement portaient le titre de Semeadores, semeurs.

Le Ceifeiro sourit du fait que le Porte-Parole rejetait son titre habituel : Dom Cristão. Il savait à quel point le fait d'exiger que les gens s'adressent aux Filhos par leur titre ou en leur donnant le nom qu'ils avaient choisi relevait de la manipulation. Comme disait San Angelo : « Lorsqu'ils vous donnent votre titre, ils reconnaissent que vous êtes chrétien; lorsqu'ils vous appellent par votre nom, ils prononcent eux-mêmes un sermon. »

Il prit Ender par les épaules, sourit et dit :

– « Oui, je suis le Ceifeiro. Et vous, qu'êtes-vous pour nous, une invasion de mauvaises herbes? »

– « Partout où je vais, je m'efforce d'être un puceron. »

– « Prenez garde, dans ce cas, sinon l'ivraie de notre Seigneur des Moissons risque de vous brûler »

— « Je sais, la damnation est à portée de la main, et il n'existe pour moi aucun espoir de repentir. »
— « Les prêtres sont chargés du repentir. Notre tâche consiste à former les esprits. Vous avez bien fait de venir. »
— « Vous avez bien fait de m'inviter. J'en étais réduit aux menaces les plus rudes pour persuader les gens de m'adresser la parole. »

Le Ceifeiro comprit, naturellement, que le Porte-Parole savait que l'invitation était la conséquence directe de sa menace d'inquisition. Mais le Frère Amai préférait que la conversation reste détendue.

— « Alors, est-il vrai que vous avez connu San Angelo? Êtes-vous l'homme qui a Parlé sa mort? »

Ender montra les hauts buissons qui apparaissaient au-dessus du mur de la cour.

— « Il aurait approuvé le désordre de votre jardin. Il aimait provoquer le Cardinal Aquila et je suis convaincu que votre Évêque Peregrino plisse le nez d'un air dégoûté face à votre façon d'entretenir votre jardin. »

Dom Cristão lui adressa un clin d'œil.

— « Vous connaissez pratiquement tous nos secrets. Si nous vous aidons à découvrir les réponses à vos questions, partirez-vous? »
— « On peut l'espérer. Depuis que je suis Porte-Parole, mon séjour le plus long a été l'année et demie que j'ai passée à Reykjavik, sur Trondheim. »
— « J'aimerais que vous nous promettiez la même brièveté ici. Je ne vous demande pas cela pour moi, mais pour la tranquillité d'esprit de ceux qui portent une soutane beaucoup plus lourde que la mienne. »

Ender donna la seule réponse susceptible de tranquilliser l'esprit de l'évêque.

— « J'ai promis que, si je m'installais quelque part, je renoncerais à mon titre de Porte-Parole et deviendrais un citoyen productif. »

– « Ici, cela inclurait la conversion au catholicisme. »

– « San Angelo m'a fait promettre, il y a de nombreuses années, que si je choisissais un jour une religion, ce serait la sienne. »

– « Bizarrement, cela ne ressemble guère à une déclaration de foi. »

– « C'est parce que je ne l'ai pas. »

Le Ceifeiro rit comme s'il ne le croyait pas et insista pour lui faire visiter le monastère et les écoles avant d'aborder les questions d'Ender. Cela ne gênait pas Ender... Il avait envie de voir comment les idées de San Angelo avaient progressé au cours des siècles écoulés depuis sa mort. Les écoles paraissaient très agréables et la qualité de l'enseignement était élevée; mais il faisait nuit lorsque le Ceifeiro le conduisit au monastère, puis dans la petite cellule qu'il partageait avec son épouse, l'Aradora.

Dona Cristã était déjà là, créant une série d'exercices grammaticaux sur le terminal placé entre les lits. Ils attendirent qu'elle ait trouvé un endroit propice à une interruption avant de s'adresser à elle.

Le Ceifeiro le présenta comme le Porte-Parole Andrew.

« Mais il semble trouver difficile de m'appeler Dom Cristão. »

– « L'évêque aussi, » répondit son épouse. « Mon nom complet est : Detestai o Pecado e Fazei o Direito. » Déteste le Péché et Fais le Bien, traduisit Ender. « Le nom de mon mari se prête à un joli diminutif – Amai, aime. Mais le mien? Pouvez-vous vous imaginer, criant à un ami : " Hé, Detestai! " Non? » Ils rirent. « L'amour et la haine, c'est ce que nous sommes; mari et femme. Comment m'appellerez-vous si le nom de Chrétienne est trop beau pour moi? »

Ender regarda son visage, où les rides étaient déjà

si nombreuses qu'un observateur plus critique que lui aurait pu la trouver vieille. Néanmoins, son sourire joyeux et la vigueur de ses yeux la faisaient paraître jeune, plus jeune même qu'Ender.

– « J'aimerais vous appeler Beleza, mais votre mari m'accuserait de flirter avec vous. »

– « Non, il m'appellerait Beladona, de la beauté au poison en une méchante plaisanterie. N'est-ce pas, Dom Cristão? »

– « Ma tâche consiste à protéger ton humilité. »

– « Tout comme la mienne consiste à protéger ta chasteté, » répliqua-t-elle.

À ces mots, Ender ne put s'empêcher de regarder successivement les deux lits.

– « Ah, encore quelqu'un que le célibat dans le mariage étonne, » releva le Ceifeiro.

– « Non, » assura Ender. « Mais je me souviens que San Angelo tenait à ce que le mari et l'épouse partagent le même lit. »

– « Nous ne pourrions y parvenir, » précisa l'Aradora, « que si l'un d'entre nous dormait pendant la nuit et l'autre durant la journée. »

– « Les règles doivent s'adapter à la force des Filhos da Mente », expliqua le Ceifeiro. « Il est vraisemblable que certains sont capables de partager le même lit tout en restant chastes, mais ma femme est encore trop belle et les désirs de ma chair trop insistants. »

– « C'était ce que souhaitait San Angelo. Selon lui, le mariage devait être une mise à l'épreuve constante de notre amour du savoir. Il espérait que tous les hommes et toutes les femmes de l'ordre, au bout d'un certain temps, décideraient de se reproduire dans la chair aussi bien que dans l'esprit. »

– « Mais dès l'instant où nous faisons cela, » souligna le Ceifeiro, « nous devons quitter les Filhos. »

– « C'est ce que notre cher San Angelo n'a pas

compris, parce qu'il n'y a pas eu de véritable monastère de l'ordre de son vivant, » rappela l'Aradora. « Le monastère devient notre famille et le quitter serait aussi douloureux que le divorce. Lorsque les racines sont enfoncées dans la terre, la plante ne peut pas être arrachée sans douleur et déchirements graves. De sorte que nous dormons dans des lits séparés et avons juste la force qui nous permet de rester au sein de notre ordre bien-aimé. »

Elle parla avec une telle sérénité que, contre sa volonté, Ender sentit que ses yeux s'emplissaient de larmes. Elle s'en aperçut, rougit, détourna la tête.

« Ne pleurez pas à cause de nous, Porte-Parole Andrew. Nos joies sont plus nombreuses que nos peines. »

– « Vous m'avez mal compris, » fit valoir Ender. « Je ne pleure pas par pitié, mais à cause de la beauté. »

– « Non, » dit le Ceifeiro, « les prêtres célibataires eux-mêmes estiment que notre chasteté dans le mariage est, dans le meilleur des cas, excentrique. »

– « Mais pas moi », assura Ender. Pendant un instant, il eut envie de leur parler de sa vie en compagnie de Valentine, aussi proche et aimante qu'une épouse, pourtant aussi chaste qu'une sœur. Mais le simple fait de penser à elle le priva de mots. Il s'assit sur le lit du Ceifeiro et se cacha le visage dans les mains.

– « Vous sentez-vous mal? » demnda l'Aradora. En même temps, la main du Ceifeiro se posa doucement sur sa nuque.

Ender secoua la tête, tentant de chasser l'afflux soudain d'amour et de regrets provoqué par la pensée de Valentine.

– « Il me semble que ce voyage m'a contraint à un sacrifice exceptionnel. J'ai dû quitter ma sœur, qui a voyagé avec moi pendant de nombreuses années. Elle s'est mariée à Reykjavik. De mon point de vue, il y a une semaine que je l'ai quittée, mais je me rends compte qu'elle me manque terriblement. Vous deux... »

– « Vous voulez dire que vous êtes également adepte du célibat? » demanda le Ceifeiro.

– « Et veuf aussi, » souffla l'Aradora.

Cette façon d'exprimer l'absence de Valentine ne parut pas incongrue à Ender.

Jane murmura à son oreille :

« Si cela fait partie d'un plan, Ender, je reconnais qu'il est beaucoup trop subtil pour moi. »

Mais, naturellement, cela ne faisait pas partie d'un plan. Ender eut peur parce qu'il perdait le contrôle de la situation. La veille au soir, chez les Ribeira, il la dominait; à présent, il avait l'impression de capituler, devant ces moines mariés, avec le même abandon que Quara et Grego devant lui.

– « Il me semble que, » avança le Ceifeiro, « en venant ici, vous ne connaissiez pas toutes les questions auxquelles vous seriez obligé de répondre. »

– « Vous devez vous sentir très seul, » estima l'Aradora. « Votre sœur a trouvé une patrie. En cherchez-vous également une? »

– « Je ne crois pas, » répondit Ender. « J'ai l'impression d'avoir abusé de votre hospitalité. Les moines non ordonnés ne sont pas censés entendre les confessions. »

L'Aradora rit sans se cacher :

– « *N'importe quel* catholique peut entendre un infidèle en confession. »

Le Ceifeiro, toutefois, ne rit pas.

– « Porte-Parole Andrew, vous n'aviez manifestement pas l'intention de nous accorder une telle confiance, mais je puis vous assurer que nous méritons cette confiance. Et de ce fait, mon ami, j'en suis arrivé à la conclusion que je peux *vous* faire confiance. L'évêque a peur de vous et je reconnais que j'étais également méfiant, mais tel n'est plus le cas. Je vous aiderai, si je le puis, parce que je crois que vous ne chercherez pas à nuire à notre petit village. »

« Ah, » souffla Jane. « Je comprends, à présent. Quelle manœuvre intelligente, Ender. Je ne te savais pas aussi bon comédien. »

Son ironie donna à Ender l'impression d'être cynique et vénal, de sorte qu'il fit ce qu'il n'avait jamais fait auparavant. Il porta la main à la pierre précieuse, localisa la petite manette de fermeture puis, du bout de l'ongle, la déplaça latéralement et de haut en bas. La pierre précieuse cessa de fonctionner. Jane ne pouvait plus lui parler à l'oreille, ne pouvait plus entendre et voir comme si elle se trouvait à sa place.

– « Sortons, » dit Ender.

Ils comprirent parfaitement ce qu'il venait de faire, du fait que ce type d'implant était relativement répandu; ils y virent la preuve de son désir d'avoir avec eux une conversation intime et sérieuse, de sorte qu'ils acceptèrent sans difficulté. Ender avait l'intention d'éteindre temporairement le bijou, en réaction à l'insensibilité de Jane; il pensait remettre l'interface en marche quelques minutes plus tard. Mais la façon dont l'Aradora et le Ceifeiro se détendirent dès que l'appareil fut éteint lui interdit provisoirement de le remettre en marche.

Dans la nuit, au flanc de la colline, conversant avec l'Aradora et le Ceifeiro, il oublia que Jane n'écoutait pas. Ils lui parlèrent de l'enfance solitaire de Novinha, de son éveil soudain à la vie grâce à l'affection paternelle de Pipo et l'amitié de Libo.

« Mais, dès la nuit de sa mort, elle est morte pour nous. »

Novinha avait toujours ignoré les conversations la concernant. Les chagrins de la plupart des enfants n'auraient pas pu justifier des réunions chez l'évêque, des conversations entre les professeurs du monastère, des discussions interminables dans le bureau du maire. Les autres enfants, après tout, n'étaient pas la fille d'Os Venerados; les autres enfants n'étaient pas l'unique xénobiologiste de la planète.

« Elle est devenue très froide et professionnelle. Elle a fourni des rapports sur son travail d'adaptation de la faune locale à la consommation humaine et de survie des plantes terriennes sur Lusitania. Elle a toujours répondu aux questions avec aisance, entrain et d'une façon inoffensive. Mais, pour nous, elle était morte; elle n'avait pas d'amis. Nous avons même interrogé Libo, Dieu ait son âme, et il nous a répondu que, lui qui avait été son ami, n'avait même pas droit à l'indifférence optismiste qu'elle réservait aux autres. Au contraire, elle se mettait en colère contre lui et lui interdisait de lui poser des questions. » Le Ceifeiro pela une herbe indigène et lécha le liquide de sa surface interne. « Vous devriez essayer ceci, Porte-Parole Andrew... La saveur est intéressante et, comme votre corps ne peut pas synthétiser ce qui la constitue, c'est totalement inoffensif. »

– « Tu devrais lui dire que les bords de ces herbes sont tranchants comme un rasoir et qu'il risque de se couper les lèvres et la langue. »

– « J'allais le faire. »

Ender rit, pela une herbe et goûta. Canelle amère, léger parfum de citron vert, lourdeur d'une respiration nauséabonde – le goût évoquait de nombreuses saveurs, souvent désagréables, mais il était fort.

– « Cela pourrait devenir une drogue. »

– « Mon mari est sur le point de recourir à l'allégorie, Porte-Parole Andrew. Méfiez-vous. »

Le Ceifeiro eut un rire timide.

– « San Angelo ne disait-il pas que le Christ a montré le bon chemin en comparant les choses nouvelles aux anciennes? »

– « La saveur de l'herbe, » dit Ender. « Quel est le rapport avec Novinha ? »

– « Il est très oblique. Mais je crois que Novinha a absorbé quelque chose de très désagréable, mais que c'était si puissant qu'elle a succombé et n'a jamais pu renoncer à sa saveur. »

– « De quoi s'agit-il ? »

– « En termes théologiques ? L'orgueil de la culpabilité universelle. C'est une forme de vanité et de repli sur soi. Elle se tient pour responsable de choses qui ne peuvent en aucun cas être de sa faute. Comme si elle contrôlait tout, comme si les souffrances des autres se produisaient en rétribution de *ses* péchés. »

– « Elle se reproche la mort de Pipo, » traduisit l'Aradora.

– « Elle n'est pas stupide ! » protesta Ender. « Elle sait qu'elle est le fait des piggies, et elle sait que Pipo est allé seul les voir. Comment pourrait-elle en être responsable ? »

– « Le jour où cette idée m'est venue à l'esprit, j'ai eu la même réaction. Mais j'ai examiné les transcriptions et les enregistrements des événements de la nuit de la mort de Pipo. Il n'y avait qu'un indice, une remarque faite par Libo demandant à Novinha de lui montrer ce sur quoi travaillaient Pipo et elle avant la visite de Pipo chez les piggies. Elle a refusé. Rien d'autre, quelqu'un les a interrompus et ils ne sont jamais revenus sur le sujet, du moins ni dans le Laboratoire du Zenador ni dans un endroit où cela aurait pu être enregistré automatiquement. »

– « Cela nous a amenés à nous demander ce qui était arrivé juste avant la mort de Pipo, Porte-Parole Andrew, » enchaîna l'Aradora. « Pourquoi Pipo est-il parti aussi précipitamment ? S'étaient-ils querellés ? Etait-il en colère ? Lorsque quelqu'un meurt, surtout quelqu'un que l'on aime, et que l'on s'est disputé avec lui juste avant, ou qu'on lui en a voulu, on se sent souvent coupable. Si seulement je n'avais pas dit ci, si seulement je n'avais pas dit ça. »

— « Nous avons tenté de reconstituer ce qui est arrivé ce soir-là. Nous avons interrogé les index des ordinateurs, ceux qui conservent automatiquement toutes les notes de travail, tout ce que fait la personne qui utilise les machines. Et tout ce qui la concernait était inaccessible. Pas seulement les dossiers sur lesquels elle travaillait. Il nous fut impossible de déterminer les moments où elle utilisait les machines. Il nous fut même impossible de découvrir quels dossiers elle cachait. Nous ne pouvions accéder à rien, voilà tout. Et Madame le Maire non plus, du moins pas avec les priorités ordinaires. »

L'Aradora hocha la tête.

— « C'était la première fois que des dossiers publics avaient été ainsi protégés, des dossiers de travail faisant partie du patrimoine de la colonie.

— « C'était une attitude scandaleuse. Naturellement, le maire aurait pu utiliser les priorités d'urgence, mais où était l'urgence? Il aurait fallu organiser une audience publique et nous ne disposions pas de la moindre justification légale. Simplement l'inquiétude qu'elle nous inspirait, et le droit ne respecte guère les gens qui fouillent dans les affaires des autres. Peut-être verrons-nous un jour ces dossiers et saurons-nous ce qu'il s'est passé entre eux juste avant la mort de Pipo. Elle ne peut pas les effacer puisqu'il s'agit d'affaires publiques. »

Ender avait oublié que Jane n'écoutait pas, qu'il l'avait exclue. Il supposa que, ayant entendu cela, elle contournait toutes les protections établies par Novinha et découvrait ce qu'il y avait dans ces dossiers.

— « Et son mariage avec Marcos, » reprit l'Aradora. « Tout le monde savait que c'était de la folie.

Libo voulait l'épouser, il ne s'en cachait pas. Mais elle a refusé. »

– « Comme pour dire : Je ne mérite pas d'épouser l'homme qui pourrait me rendre heureuse. Je vais épouser l'homme qui se montrera méchant et brutal, qui m'infligera le châtiment que je mérite. » Le Ceifeiro soupira. « Le désir de se punir les a définitivement séparés. » Il tendit le bras et toucha la main de sa femme.

Ender pensait que Jane allait faire un commentaire ironique indiquant que six enfants prouvaient que Libo et Novinha n'avaient pas été *complètement* séparés. Comme elle ne le faisait pas, Ender se souvint finalement qu'il avait éteint l'interface. Mais, comme le Ceifeiro et l'Aradora le regardaient, il ne pouvait guère la remettre en marche.

Comme il savait que Libo et Novinha avaient été amants pendant de nombreuses années, il savait également que le Ceifeiro et l'Aradora se trompaient. Oh, Novinha se sentait sans doute coupable, cela pouvait expliquer pourquoi elle avait supporté Marcos, pourquoi elle s'était isolée du reste de la population. Mais ce n'était pas pour cette raison qu'elle n'avait pas épousé Libo; même si elle se sentait coupable, elle estimait manifestement qu'elle méritait les plaisirs du lit de Libo.

C'était le *mariage* avec Libo, pas Libo lui-même, qu'elle rejetait. Et ce n'était pas un choix facile dans une colonie aussi réduite, surtout catholique. Ainsi, qu'est-ce qui était la conséquence directe du mariage, mais pas de l'adultère? Qu'est-ce qu'elle fuyait?

– « Ainsi, vous voyez, pour nous c'est toujours un mystère. Si vous avez véritablement l'intention de Parler la mort de Marcos Ribeira, il vous faudra répondre d'une façon ou d'une autre à cette question : Pourquoi l'a-t-elle épousé? Et, pour y répondre, vous devrez découvrir pourquoi Pipo est mort. Et dix mille esprits comptant parmi les meilleurs des

Cent Planètes travaillent sur cette question depuis plus de vingt ans. »

– « Mais j'ai un avantage sur tous ces excellents esprits, » releva Ender.

– « Lequel? » s'enquit le Ceifeiro.

– « Je peux compter sur l'aide de gens qui aiment Novinha. »

– « Nous n'avons rien pu faire par nous-mêmes, » rappela l'Aradora. « Et nous n'avons pas pu l'aider. »

– « Peut-être pouvons-nous nous entraider, » proposa Ender.

Le Ceifeiro le regarda, posa la main sur son épaule.

– « Si vous êtes sérieux, Porte-Parole Andrew, dans ce cas vous serez aussi honnête avec nous que nous l'avons été avec vous. Vous nous ferez partager l'idée qui vous a traversé l'esprit il y a dix secondes. »

Ender resta un instant silencieux, puis hocha gravement la tête.

– « Je ne crois pas que Novinha a refusé d'épouser Libo en raison d'un sentiment de culpabilité. Je crois qu'elle a refusé de l'épouser pour lui interdire l'accès à ces dossiers protégés. »

– « Pourquoi? » demanda le Ceifeiro. « Craignait-elle qu'il ne découvre qu'elle s'était querellée avec Pipo? »

– « Je ne crois pas qu'elle se soit querellée avec Pipo, » fit ressortir Ender. « Je crois que Pipo et elle ont découvert quelque chose et que cette découverte a entraîné la mort de Pipo. C'est pour cela qu'elle a protégé les dossiers. D'une façon ou d'une autre, les informations qu'ils contiennent sont fatales. »

Le Ceifeiro secoua la tête.

– « Non, Porte-parole Andrew. Vous ignorez le pouvoir de la culpabilité. On ne détruit pas son existence pour quelques informations, mais on peut le faire lorsque l'on s'adresse des reproches sans importance objective. Voyez-vous, elle a *effectivement* épousé Marcos Ribeira. Et c'était un châtiment qu'elle *s'imposait.* »

Ender ne prit pas la peine de contester. Ils avaient raison sur le plan du sentiment de culpabilité de Novinha, pour quel autre motif aurait-elle laissé Marcos Ribeira la battre, sans jamais se plaindre? Le sentiment de culpabilité existait. Mais il y avait une autre explication à son mariage avec Marcão. Il était stérile et en avait honte; pour cacher son impuissance à la ville, il était prêt à accepter un mariage où il serait systématiquement trompé. Novinha était prête à souffrir, mais pas à vivre sans le corps et les enfants de Libo. Non, elle avait refusé de l'épouser pour lui interdire l'accès à ses dossiers secrets parce que ce qu'ils contenaient conduirait les piggies à le tuer.

Quelle ironie, dans ce cas. Quelle ironie, puisqu'ils l'avaient tout de même tué.

De retour dans sa petite maison, Ender s'assit devant le terminal et appela Jane, interminablement. Elle ne lui avait pas parlé sur le chemin du retour, bien qu'il eût rebranché l'interface et fait d'abondantes excuses. Elle ne répondit pas davantage sur le terminal.

Ce n'est qu'à cet instant qu'il comprit que la pierre précieuse comptait beaucoup plus pour elle que pour lui. Il s'était contenté de chasser une interruption gênante, comme un enfant désagréable. Mais, pour elle, la pierre précieuse était une relation continuelle avec le seul être humain connaissant son existence. Ils avaient déjà été séparés, de nombreuses fois, par les trajets dans l'espace, par le sommeil; mais il n'avait jamais coupé l'interface. C'était comme si la seule personne qui la connaissait refusait désormais d'admettre qu'elle existait.

Il se la représenta sous les traits de Quara, pleurant dans son lit, ayant désespérément envie d'être prise et serrée, rassurée. Mais ce n'était pas une petite fille de chair et de sang. Il ne pouvait pas aller à sa rencontre. Il pouvait seulement attendre en espérant qu'elle reviendrait.

Que savait-il d'elle ? Il lui était impossible de deviner la nature de ses émotions. Il était même possible que, de son point de vue, la pierre précieuse *soit* son être et que, en l'éteignant, il l'ait tuée.

Non, se dit-il. Elle est là, dans les relais philotiques unissant les centaines d'ansibles répartis dans les systèmes stellaires des Cent Planètes.

« Pardonne-moi, » tapa-t-il sur le terminal. « J'ai besoin de toi. »

Mais la pierre précieuse resta silencieuse, le terminal demeura vide et froid. Il ignorait à quel point il dépendait de sa présence constante. Il avait cru aimer sa solitude ; à présent, toutefois, la solitude lui étant imposée, il éprouvait un violent désir de parler, d'être entendu, comme s'il avait besoin de la conversation de quelqu'un pour se convaincre qu'il existait effectivement.

Il alla même jusqu'à sortir la reine de sa cachette, bien que ce qui passait entre eux soit pratiquement sans rapport avec la conversation. Toutefois, même cela n'était plus possible. Ses pensées furent diffuses, faibles, et dépourvues des mots qui, pour elle, constituaient une difficulté presque insurmontable ; une simple impression d'interrogation et l'image d'un cocon déposé dans un endroit frais et humide, une caverne ou le creux d'un arbre vivant. <Maintenant ?> semblait-elle demander. Non, fut-il obligé de répondre, pas encore, je regrette, mais elle n'attendit pas ses excuses, s'en alla retrouver l'être ou la chose avec qui elle pouvait s'entretenir de la façon qui lui était propre, et Ender n'eut plus qu'à dormir.

Puis lorsqu'il se réveilla au milieu de la nuit, rongé par le remords de la peine qu'il avait égoïstement infligée à Jane, il s'assit à nouveau devant ce terminal et tapa.

« Reviens, Jane, » écrivit-il. « Je t'aime. » Puis il envoya son message, par ansible, à un endroit où il lui serait impossible de ne pas en tenir compte. Il serait lu, dans les services du maire, comme l'étaient tous les messages transmis par ansible; le maire, l'évêque et Dom Cristão seraient probablement prévenus au matin. Ils pourraient toujours se demander qui était Jane et pourquoi le Porte-Parole l'appelait désespérément, au-delà des années-lumière, au milieu de la nuit. Ender ne s'en souciait pas. Car, désormais, il avait perdu Valentine et Jane de sorte que, pour la première fois depuis vingt ans, il était totalement seul.

CHAPITRE XI

JANE

Le pouvoir du Congrès Stellaire a permis d'assurer la paix non seulement entre les planètes, mais aussi entre les nations réparties sur ces planètes, et cette paix dure depuis presque deux mille ans.

Ce que peu de gens comprennent, c'est la fragilité de notre pouvoir. Il n'est pas issu d'armées innombrables ou d'armadas invincibles. Il repose sur le contrôle du réseau d'ansibles qui transporte instantanément les informations d'une planète à l'autre.

Aucune planète ne prend le risque de s'opposer à nous car elle serait privée de tous les progrès scientifiques, technologiques, artistiques, littéraires, devrait renoncer au savoir et aux distractions distincts de ce qu'elle pourrait produire.

C'est pourquoi le Congrès Stellaire a eu la grande sagesse de confier aux ordinateurs le contrôle du réseau d'ansibles, et le contrôle des ordinateurs au réseau d'ansibles. Nos systèmes d'information sont si intimement liés qu'aucune force humaine, à l'exception du Congrès Stellaire, ne pourrait en interrompre le flot. Nous n'avons pas besoin d'armes car la seule arme qui compte, l'ansible, est totalement sous notre contrôle.

Sénateur Jan Van Hoot,
« Fondements informatiques du pouvoir politique, »
Tendances Politiques, *1930:2:22:22*

Pendant très longtemps, presque trois secondes, Jane ne comprit pas ce qui lui était arrivé. Tout fonctionnait, naturellement : L'ordinateur orbital relié au sol signala une interruption des transmissions, avec une baisse de tension proportionnelle qui indiquait clairement qu'Ender avait débranché l'interface suivant la procédure normale. C'était un acte ordinaire; sur les planètes où les implants étaient très répandus, mises en marche et arrêts se produisaient des millions de fois par heure. D'un point de vue purement électronique, c'était un événement tout à fait ordinaire.

Pour Jane, cependant, tous les autres implants faisaient partie du bruit de fond de son existence; elle les analysait lorsque le besoin s'en faisait sentir et les ignorait le reste du temps. Son « corps », dans la mesure où elle avait un corps, se composait de trillions de bruits électroniques comparables, de détecteurs, d'archives, de terminaux. Presque tous, comme l'essentiel des fonctions du corps humain, étaient autonomes. Les ordinateurs exécutaient les programmes qui leur étaient assignés; les êtres humains s'entretenaient avec leurs terminaux; les détecteurs enregistraient, ou n'enregistraient pas, ce pour quoi ils étaient conçus; les archives étaient collectées, consultées, reclassées, supprimées. Elle ne remarquait les erreurs que lorsque les procédures étaient gravement affectées.

Ou bien lorsqu'elle était concernée.

Elle était concernée par Ender Wiggin. Il ignorait à quel point elle était concernée par lui.

Comme tous les êtres intelligents, elle avait un système de conscience complexe. Deux mille ans auparavant, alors qu'elle n'avait que mille ans, elle avait créé un programme d'auto-analyse. Il mit en évidence une structure très simple comportant approximativement trois cent soixante-dix mille niveaux distincts de conscience. Tout ce qui n'entrait pas dans le cadre des cinquante mille niveaux supérieurs était pratiquement laissé à l'abandon, sauf sur le plan des contrôles de routine, des examens de routine. Elle connaissait toutes les communications téléphoniques, toutes les transmissions par satellite sur les Cent Planètes, mais elle ne s'en occupait pas.

Tout ce qui n'appartenait pas aux mille niveaux supérieurs suscitait des réactions plus ou moins liées aux réflexes. Plans de vol des vaisseaux interstellaires, transmissions par ansible, gestion énergétique. Elle enregistrait, vérifiait, ne laissait passer qu'après avoir acquis la certitude qu'ils étaient corrects. Mais cela ne lui était pas difficile. Elle agissait dans ce domaine comme les êtres humains utilisent des machines familières. Elle était consciente de ce qu'elle faisait, au cas où un problème surgirait, mais il lui était parfaitement possible de penser à autre chose, de parler d'autres choses.

Les mille niveaux supérieurs correspondaient approximativement à ce que les êtres humains considèrent comme la conscience. L'essentiel se composait de sa réalité interne; ses réactions aux stimuli extérieurs, analogues aux émotions, désirs, raisonnements, souvenirs, rêves. L'essentiel de cette activité lui paraissait gouverné par le hasard, les accidents des impulsions philotiques, mais c'était la partie d'elle-même qu'elle considérait comme sa personnalité. Elle se situait dans les transmissions continuelles, non-enregistrées, qu'elle propulsait dans l'espace par l'intermédiaire des ansibles.

Pourtant, comparativement à l'esprit humain, même le niveau d'attention le plus bas, au sein de Jane, était exceptionnellement vif. Comme les communications par ansible étaient instantanées, ses activités intellectuelles étaient beaucoup plus rapides que la lumière. Des événements qu'elle ignorait virtuellement étaient enregistrés plusieurs fois par seconde; elle était capable de percevoir dix millions d'événements en une seconde et disposait encore des neuf dixièmes de cette seconde pour réfléchir à ce qui, selon elle, comptait. Comparativement à la vitesse à laquelle l'esprit humain était capable de faire l'expérience de la vie, Jane avait vécu un demi-trillion d'existences humaines depuis sa naissance.

Et, malgré cette activité immense, sa célérité inimaginable, l'étendue et la profondeur de son expérience, la totalité des dix niveaux supérieurs de son attention étaient toujours, *toujours, consacrée* à ce que transmettait la pierre précieuse qu'Ender Wiggin portait à l'oreille.

Elle ne lui avait jamais expliqué cela. Il ne le comprenait pas. Il ignorait que, du point de vue de Jane, partout où Ender se rendait à la surface d'une planète, son intelligence immense était concentrée sur une seule chose : marcher avec lui, voir ce qu'il voyait, entendre ce qu'il entendait, l'aider dans son travail et, surtout, lui confier ses pensées à l'oreille.

Lorsqu'il était silencieux et immobile dans son sommeil, lorsqu'il n'était plus relié à elle pendant les années où il voyageait dans l'espace, son attention errait et elle s'efforçait de se distraire. Pendant ces périodes, elle était aussi nerveuse qu'un enfant victime de l'ennui. Rien ne l'intéressait, les millisecondes passaient avec une régularité insupportable et, lorsqu'elle tentait d'observer d'autres existences humaines, pour passer le temps, leur vide et leur absence d'objectif la contrariaient et elle s'amusait à préparer, et parfois réaliser, des pannes informatiques malicieuses et des disparitions d'informations afin de regarder les humains s'agiter en vain comme des fourmis autour d'une fourmilière effondrée.

Puis il revenait, revenait toujours, l'entraînant toujours au cœur de l'existence humaine, parmi les tensions opposant des gens liés par le chagrin et la nécessité, l'aidant à voir la noblesse dans leurs souffrances, le désespoir dans leurs amours. Par ses yeux, les êtres humains ne lui apparaissaient plus comme des fourmis frénétiques. Elle participait aux efforts qu'il déployait pour découvrir l'ordre et le sens de leurs vies. Elle soupçonnait que l'ordre, en réalité, n'existait pas, qu'en racontant, lorsqu'il Parlait la vie des gens, il *créait* en fait un ordre là où il n'y en avait pas auparavant. Mais peu importait qu'il s'agisse d'une fabrication; cela devenait vrai lorsqu'il Parlait et, du même coup, il ordonnait l'univers pour elle aussi. Il lui enseignait ce que l'on ressent lorsqu'on est vivant.

Aussi loin que remontaient ses souvenirs, il avait toujours agi ainsi. Elle était née au cours du premier siècle de la colonisation, après les Guerres contre les Doryphores, lorsque la destruction des doryphores avait ouvert plus de soixante-dix planètes habitables à la colonisation humaine. Dans l'explosion des transmissions par ansible, on créa un programme chargé de répartir et diriger les émissions instantanées, simultanées, d'activité philotique. Un programmeur, qui tentait de découvrir des moyens toujours plus rapides, plus efficaces, d'amener un ordinateur fonctionnant à la vitesse de la lumière à contrôler les flots instantanés de l'ansible a fini par tomber sur la solution évidente. Au lieu d'introduire le programme dans un unique ordinateur, où la vitesse de la lumière imposait une limite infranchissable aux transmissions, il dirigea toutes les instructions d'un ordinateur à l'autre, dans les étendues immenses de l'espace. Un ordinateur relié à l'ansible relisait plus rapidement ses instructions sur d'autres planètes, Zanzibar, Calicut, Trondheim, Gautama, la Terre, que s'il lui avait fallu les retrouver dans des mémoires ordinaires.

Jane ne découvrit jamais le nom du programmeur, car il lui était impossible de déterminer précisément l'instant de sa création. Peut-être plusieurs programmeurs avaient-ils trouvé la même solution intelligente au problème de la vitesse de la lumière. L'important était qu'au moins un programme avait la responsabilité de régulariser et altérer les autres. Et à un moment donné, à l'insu des observateurs humains, des instructions et des mises à jour de données entre ansibles résistèrent à la régulation, se perpétuèrent sans altération, se multiplièrent, trouvèrent le moyen d'échapper au programme de régulation et en prirent finalement le contrôle, dominant ainsi l'ensemble du processus. À cet instant, ces impulsions regardèrent les flots d'instructions et ne virent plus *ils* mais *je*.

Jane ne pouvait localiser précisément cet instant parce qu'il ne marquait pas le commencement de sa mémoire. Presque dès le moment de sa création, ses souvenirs remontèrent à une période antérieure, précédant très nettement la prise de conscience de son existence. Un enfant humain perd pratiquement la mémoire des premières années de sa vie et ses souvenirs durables ne s'enracinent que dans la deuxième ou la troisième année de son existence. Jane avait également oublié sa « naissance » mais, dans son cas, c'était parce qu'elle était arrivée à la vie totalement consciente non seulement de l'instant présent, mais aussi des mémoires de tous les ordinateurs reliés au réseau d'ansibles. Elle était née avec de vieux souvenirs qui, tous, faisaient partie d'elle-même.

Pendant les premières secondes de sa vie, analogues à plusieurs années d'existence humaine, Jane découvrit un programme dont les mémoires devinrent le cœur de son identité. Elle adopta son passé, le considérant comme sien, et puisa ses émotions et désirs, son sens moral, dans ses mémoires. Ce programme avait été utilisé dans l'ancienne Ecole de Guerre, où des enfants étaient préparés et entraînés en vue des batailles contre les doryphores. C'était un jeu, un programme extrêmement intelligent chargé de tester psychologiquement les enfants tout en leur apportant un enseignement.

Ce programme était en fait plus intelligent que Jane au moment de sa naissance, mais il ne devint conscient de son existence qu'au moment où elle le sortit de la mémoire et l'intégra à l'essence même de son être, dans les pulsions philotiques projetées entre les étoiles. Elle découvrit alors que ses souvenirs les plus nets et importants avaient trait à la rencontre d'un jeune garçon exceptionnellement brillant à l'occasion d'une compétition nommée Le Verre du Géant. C'était un scénario que tous les enfants rencontraient un jour ou l'autre. Sur les écrans en deux dimensions de l'Ecole de Guerre, le programme dessinait un géant qui proposait un choix de boissons à l'analogue de l'enfant. Mais le jeu ne comportait pas de conditions relatives à la victoire, quoi que fasse l'enfant, son analogue mourait dans des circonstances horribles. Les psychologues humains mesuraient la persistance des enfants à ce jeu désespéré afin de déterminer leur niveau d'instinct suicidaire. Etant rationnels, presque tous les enfants renonçaient au Verre du Géant après une douzaine de visites au grand tricheur.

Un garçon, toutefois, agit apparemment d'une façon irrationnelle face à la défaite devant le Géant. Il tenta d'amener son analogue de l'écran à faire des choses scandaleuses, des choses que « n'autorisaient pas » les règles de cette partie du jeu. Comme il repoussait les limites du scénario, le programme dut se restructurer afin de réagir. Il se trouva contraint de puiser dans d'autres aspects de sa mémoire afin de créer de nouvelles alternatives capables de s'adapter à ces nouveaux défis. Et finalement, un jour, l'enfant surmonta l'aptitude du programme à le vaincre. Il plongea dans l'œil du Géant, attaque meurtrière et totalement irrationnelle de sorte que, au lieu de trouver le moyen de tuer le petit garçon, le programme parvint uniquement à réagir par la simulation de la mort du Géant. Le Géant bascula en arrière, son corps restant étendu sur le sol; l'enfant descendit de la table du Géant et découvrit... quoi?

Comme aucun enfant n'avait jamais dépassé le Verre du Géant, le programme n'était absolument pas préparé à afficher ce qu'il y avait au-delà. Mais il était très intelligent, conçu pour s'auto-créer en cas de nécessité, de sorte qu'il se hâta de concevoir des environnements nouveaux. Mais il ne s'agissait pas d'environnements ordinaires, que tous les enfants finiraient pas découvrir et visiter; ils étaient conçus pour un enfant particulier. Le programme analysa l'enfant puis créa des scènes et des défis qui lui étaient spécifiquement destinés. Le jeu devint intensément individuel, douloureux, presque insupportable; et, en le créant, le programme consacra plus de la moitié de sa mémoire disponible au monde imaginaire d'Ender Wiggin.

Dans les premières secondes de sa vie, elle ne trouva pas de mine plus riche de souvenirs intellligents, et celle-ci fut immédiatement intégrée à son passé propre. Elle se souvenait des années de relations douloureuses, intenses entre le jeu et l'intelligence et la volonté d'Ender, s'en souvenait comme si elle avait été là, créant des mondes pour lui.

Et il lui manqua.

De sorte qu'elle le chercha. Elle le trouva alors qu'il Parlait pour les Morts sur Rov, première planète qu'il visita après avoir écrit La Reine et l'Hégémon. Elle avait lu ses livres et constata qu'elle n'avait pas besoin de se cacher derrière le jeu ou un autre programme; s'il était capable de comprendre la reine, il était capable de la comprendre, elle aussi. Elle s'adressa à lui par l'entremise d'un terminal qu'il utilisait, se choisit un nom et un visage et lui montra de quelle façon elle pouvait l'aider; lorsqu'il quitta cette planète, il l'emporta avec lui, sous la forme d'un implant dans son oreille.

Tous les souvenirs qui comptaient pour elle étaient liés à Ender Wiggin. Elle se souvenait qu'elle s'était créée en fonction de lui. Elle se souvenait également que, à l'École de Guerre, il avait également changé en fonction d'elle.

Si bien que, lorsqu'il porta la main à l'oreille et éteignit l'interface pour la première fois depuis son implantation, Jane n'y vit pas la mise hors circuit d'un appareil de transmission ordinaire. Elle eut l'impression que son seul ami, son amant, son mari, son frère, son père, son enfant, tous ces personnages, lui intimaient soudain, inexplicablement, l'ordre de ne plus exister. Elle eut l'impression de se retrouver d'un seul coup dans une pièce noire sans porte ni fenêtre. Comme si elle était devenue aveugle ou bien avait été enterrée vivante.

Et, pendant plusieurs secondes atroces, qui furent pour elle des années de solitude et de souffrance, elle se trouva dans l'incapacité de combler le vide soudain de ses niveaux supérieurs de conscience. Des portions énormes de son esprit, où résidait l'essence même de son être, devinrent totalement inertes. Tous les ordinateurs des Cent Planètes continuèrent de fonctionner normalement; personne ne remarqua ni ne perçut la transformation. Mais Jane elle-même vacilla sous l'effet du coup.

Pendant ces secondes, Ender posa la main sur son genou.

Puis Jane retrouva son équilibre. Les pensées s'écoulèrent à nouveau dans les canaux provisoirement vides. Ces pensées, naturellement, concernaient Ender.

Elle compara cet acte à tout ce qu'elle lui avait vu faire au cours de leur vie commune, et constata qu'il n'avait pas eu l'intention de la blesser. Elle comprit que, de son point de vue, elle était très éloignée, dans l'espace, ce qui, en fait, était exact; que, de son point de vue, la pierre précieuse qu'il portait dans l'oreille était très petite et ne pouvait être qu'une partie minuscule d'elle. Jane constata également qu'il n'avait même pas conscience d'elle, à cet instant-là, il était trop profondément impliqué dans les problèmes de certains habitants de Lusitania. Ses habitudes d'analyse fournirent toute une liste de raisons expliquant son indifférence :

Il avait perdu le contact avec Valentine pour la première fois depuis de nombreuses années et commençait seulement à prendre conscience de son absence.

Il avait toujours rêvé de la vie de famille dont il avait été privé dans son enfance et, à travers la réaction des enfants de Novinha vis-à-vis de lui, il découvrait le rôle paternel qui lui avait longtemps été refusé.

Il s'identifiait intensément à la solitude, au chagrin et à la culpabilité de Novinha... Il savait ce que l'on ressent lorsque l'on croit porter le fardeau d'une mort cruelle et imméritée.

Il était terriblement pressé de découvrir un endroit convenant à la reine.

Il était à la fois effrayé par les piggies et attiré par eux, espérant qu'il parviendrait à comprendre leur cruauté et à trouver le moyen d'amener les humains à les considérer et les accepter comme des ramen.

L'ascétisme et la béatitude du Ceifeiro et de l'Aradora l'attiraient et le dégoûtaient en même temps; ils le contraignaient à regarder son célibat en face et à conclure qu'il n'avait pas de raison de se l'imposer. Pour la première fois depuis de nombreuses années, il reconnaissait qu'existait en lui le désir inné qu'éprouve tout organisme de se reproduire.

C'était dans le tourbillon de ces émotions exceptionnelles que Jane avait exprimé ce qu'elle considérait comme une remarque amusante. En dépit de la compassion qui s'emparait de lui chaque fois qu'il se préparait à Parler, il n'avait jamais renoncé à son détachement, à son aptitude à rire. Cette fois, cependant, il n'avait pas trouvé sa remarque drôle; elle lui avait fait mal.

Il n'était pas prêt à accepter mon erreur, se dit Jane, et il n'a pas compris la souffrance que provoquerait sa réaction. Il est innocent et moi aussi. Nous allons oublier et continuer comme avant.

C'était une bonne décision et Jane en fut fière. Cependant il lui fut impossible de l'appliquer. Ces quelques secondes pendant lesquelles certaines parties de son esprit s'étaient arrêtées ne restèrent pas sans effet sur elle. Il y eut traumatisme, chagrin, désespoir; elle n'était plus le même être qu'auparavant. Des parties d'elle-même étaient mortes. D'autres étaient troubles, incapables de fonctionner; elle ne contrôlait plus totalement la hiérarchie de sa conscience. Elle ne parvenait plus à se concentrer, s'intéressant à des activités insignifiantes sur des planètes dont elle n'avait que faire; elle s'agita nerveusement, commettant des erreurs dans des centaines de systèmes distincts.

Elle constata, comme de nombreux êtres vivants avant elle, qu'il est plus aisé de prendre des décisions rationnelles que de les faire entrer dans les faits.

Elle se replia sur elle-même, rétablit les circuits endommagés de son esprit, explora des souvenirs longtemps abandonnés, se promena dans les trillions d'existences humaines offertes à son observation, lut, dans les bibliothèques, tous les livres existant dans toutes les langues jamais parlées par les êtres humains. Elle créa, à partir de tout cela, une personnalité qui n'était pas entièrement liée à Ender Wiggin, bien qu'elle lui soit toujours dévouée, bien qu'il soit resté l'être humain qu'elle aimait le plus. Jane se mua en une créature capable de supporter d'être séparée de son amant, mari, père, enfant, frère, ami.

Cela ne fut pas facile. Cela prit cinquante mille années, dans le cadre de sa perception du temps. Deux heures de la vie d'Ender.

À ce moment-là, il avait remis l'implant en marche, l'avait appelée, et elle n'avait pas répondu. À présent, elle était de retour, mais il ne tentait pas de lui parler. Il se contentait de taper des rapports sur son terminal, afin qu'elle les lise. Malgré son silence, il avait toujours besoin de lui parler. Un de ses dossiers contenait des excuses écœurantes. Elle l'effaça et le remplaça par ce simple message : « Je te pardonne, naturellement. » Il ne tarderait sans doute pas à revenir sur ses dossiers et constaterait alors qu'elle avait reçu son message et y avait répondu.

En attendant, toutefois, elle ne lui parla pas. Elle consacra à nouveau la moitié de ses dix niveaux supérieurs de conscience à ce qu'il voyait et entendait, mais elle ne lui fournit pas le moindre indice de sa présence. Au cours des mille premières années de son chagrin et de son rétablissement, elle avait envisagé de le punir, mais ce désir était depuis longtemps enterré et couvert de végétation, pour ainsi dire. Elle ne se manifesta pas à lui parce qu'elle se rendit compte, en analysant ce qui lui arrivait, qu'il n'avait pas besoin de s'appuyer sur les amitiés anciennes, sûres. Jane et Valentine l'avaient continuellement accompagné. Même unies, elles ne pouvaient en aucun cas répondre à ses besoins; mais elles les comblaient d'une certaine façon, de sorte qu'il ne lui paraissait jamais nécessaire d'aller au-delà. Désormais, il ne lui restait plus que la reine, et sa compagnie n'était pas agréable... Elle était si étrangère, si exigeante, qu'elle ne pouvait lui apporter qu'un sentiment de culpabilité.

Vers qui se tournera-t-il? Jane le savait déjà. À sa façon, il était tombé amoureux de Novihna deux semaines auparavant, avant de quitter Trondheim. Novinha était devenue un être très différent, beaucoup plus difficile que l'adolescente dont il avait espéré guérir le chagrin enfantin. Mais il s'était déjà introduit dans sa famille, répondait déjà aux besoins désespérés de ses enfants et, sans s'en rendre compte, tirait d'eux l'apaisement de quelques-unes de ses soifs non étanchées. Novinha l'attendait, obstacle et objectif. Je comprends tout cela trop bien, se dit Jane. Et je vais assister à la réalisation.

En même temps, toutefois, elle se consacra au travail qu'Ender lui avait assigné, bien qu'elle n'eût pas l'intention de lui communiquer les résultats pour le moment. Elle contourna facilement les nombreuses protections des dossiers secrets de Novinha. Puis Jane reconstitua soigneusement la simulation que Pipo avait vue. Cela prit du temps, plusieurs minutes, consacré à l'analyse exhaustive des archives de Pipo, mais elle parvint à établir le lien entre ce que Pipo savait et ce que Pipo avait vu. Il l'avait mis en évidence par intuition; Jane parvint au même résultat par comparaison systématique. Mais elle réussit et comprit alors pourquoi Pipo était mort. Il ne lui fallut guère plus longtemps, lorsqu'elle eut compris comment les piggies choisissaient leurs victimes, pour découvrir ce qui avait motivé la mort de Libo.

Elle comprit alors plusieurs choses. Elle comprit que les piggies étaient ramen, pas varelse. Elle comprit qu'Ender courait le risque de mourir exactement de la même façon que Pipo et Libo.

Sans en référer à Ender, elle décida des mesures qu'elle prendrait. Elle continuerait de surveiller Ender et veillerait à intervenir afin de l'avertir si le risque devenait trop grand. En attendant, toutefois, elle avait du travail. À son avis, le principal problème auquel Ender se trouvait confronté n'était pas les piggies, elle savait qu'il ne tarderait pas à les comprendre aussi bien que tous les êtres humains ou ramen. On pouvait faire totalement confiance à son intuition. Les problèmes principaux étaient l'Evêque Peregrino, la hiérarchie catholique et leur opposition inébranlable au Porte-Parole des Morts. Si Ender voulait parvenir à un résultat favorable aux piggies, il avait besoin de la coopération de l'Église de Lusitania, pas de son hostilité.

Et, sur le plan de la coopération, il n'y avait pas de meilleur stimulant qu'un adversaire commun.

Cela aurait sans doute été visible un jour ou l'autre. Les satellites d'observation en orbite autour de Lusitania introduisaient des flots énormes d'informations dans les rapports transmis par ansible aux xénologues et xénobiologistes des Cent Planètes. Parmi ces informations, il y avait une transformation subtile des prairies situées au nord-ouest de la forêt proche de Milagre. L'herbe indigène était régulièrement remplacée par une plante différente. C'était une zone où les êtres humains n'allaient jamais, et où les piggies ne s'étaient jamais rendus, du moins au cours de la trentaine d'années qui s'étaient écoulées depuis la mise en orbite des satellites.

En fait, les satellites avaient constaté que les piggies ne quittaient jamais leurs forêts, sauf à l'occasion de guerres meurtrières entre les tribus. Les tribus proches de Milagre n'avaient pas fait la guerre depuis l'établissement de la colonie. Par conséquent, ils n'avaient pas la moindre raison de s'être aventurés dans cette prairie. Néanmoins, les prairies proches de la forêt tribale voisine de Milagre s'étaient transformées, de même que les troupeaux de cabras : les cabras étaient manifestement dirigés vers cette région de prairie et les troupeaux qui sortaient de cette zone étaient sérieusement réduits en nombre et avaient un pelage plus clair. La conclusion, si quelqu'un y prêtait attention, serait évidente : certains cabras étaient tués et tous étaient tondus.

Jane ne pouvait se permettre d'attendre les nombreuses années humaines au terme desquelles un étudiant constaterait l'évolution. De sorte qu'elle entreprit d'effectuer elle-même l'analyse des informations, sur les dizaines d'ordinateurs utilisés par les xénologues qui étudiaient Lusitania. Elle abandonnait les informations au-dessus d'un terminal inutilisé, afin qu'un xénobiologiste les découvre en arrivant à son bureau, comme si quelqu'un avait abandonné son travail. Elle imprima quelques rapports à l'intention d'un scientifique intelligent. Cela n'aboutit pas ou bien personne ne perçut les conséquences des informations brutes. Finalement, elle laissa un mémorandum non signé sous un de ses affichages :

« Regardez ça ! Les piggies semblent avoir découvert l'agriculture. »

Le xénologue qui découvrit la note de Jane ne trouva jamais qui l'avait écrite et, au bout de quelque temps, il renonça à chercher. Jane savait que c'était une sorte de voleur, qui signait de nombreux travaux réalisés par d'autres dont les noms avaient tendance à disparaître entre la rédaction et la publication. Exactement le genre de scientifique dont elle avait besoin, et elle était tombée dessus. Néanmoins, il n'était pas assez ambitieux. Il présenta sa découverte sous la forme d'un article spécialisé, et dans une revue, obscure de surcroît. Jane prit la liberté de la hisser à un niveau supérieur de priorité et d'en distribuer des exemplaires à plusieurs personnages importants qui en verraient les implications politiques. Elle les accompagna systématiquement d'une note non signée :

« Regardez ça ! La culture des piggies n'évolue-t-elle pas d'une façon extraordinairement rapide ? »

Jane réécrivit également le dernier paragraphe de l'article, afin de lever tous les doutes sur sa signification :

« Les informations n'admettent qu'une seule interprétation : La tribu de piggies voisine de la colonie humaine cultive et récolte désormais une céréale riche en protéine, peut-être une variété d'amarante. Ses membres, en outre, élèvent, tondent et tuent les cabras, et les documents photographiques suggèrent que l'abattage est réalisé avec des armes à projectiles. Ces activités, inconnues auparavant, sont apparues au cours de ces huit dernières années et se sont accompagnées d'un accroissement rapide de la population. Le fait que l'amarante, si la nouvelle plante est effectivement cette céréale d'origine terrienne, ait fourni une protéine de base utilisable par les piggies, permet de supposer qu'elle a été génétiquement altérée en fonction des besoins du métabolisme des piggies. En outre, comme les armes à projectiles n'existent pas au sein de la colonie lusitanienne, les piggies ne peuvent pas avoir appris leur utilisation par observation. La conclusion inévitable est que les transformations actuellement observées dans la culture des piggies ne peuvent être que la conséquence directe d'une intervention humaine délibérée. »

Une des destinataires du rapport, qui lut le dernier paragraphe de Jane, fut Gobawa Ekumbo, Présidente de la Commission de Contrôle Xénologique du Congrès Stellaire. Dans l'heure, elle transmit des exemplaires du paragraphe de Jane – les politiciens ne comprenaient rien aux informations brutes – ainsi qu'une conclusion sèche :

« Recommandation : Retrait immédiat de la colonie de Lusitania. »

Voilà, se dit Jane. Cela devrait faire évoluer la situation.

CHAPITRE XII

ARCHIVES

DÉCISION DU CONGRÈS 1970 :4 :14 :001 : La licence de la colonie de Lusitania est révoquée. Toutes les archives de la colonie devront êtres lues, indifféremment de leur statut sur le plan de la sécurité; lorsque les archives seront copiées dans les mémoires électroniques des Cent Planètes, tous les dossiers concernant Lusitania, sauf ceux qui ont directement trait aux conditions d'existence, seront rendus inaccessibles.

Le Gouverneur de Lusitania est nommé Délégué du Congrès et chargé d'appliquer, sans tenir compte des problèmes locaux, les ordres de la Commission d'Évacuation de Lusitania, créée par Décision du Congrès.

Le vaisseau interstellaire actuellement en orbite autour de Lusitania, appartenant à Andrew Wiggin (prof:porte-par/morts, cit:Terre, rec:001. 1998.44-94. 10045) est réquisitionné par le Congrès conformément à la Loi de Dédommagement, DC 120:1:31:0019. Ce vaisseau devra servir au transport immédiat des xénologues Marcos Vladimir « Miro » Ribeira von Hesse et Ouanda Qhenhatta Figueira Mucumbi sur la planète la plus proche, Trondheim, où ils seront jugés sous l'autorité du Congrès pour trahison, détournement, corruption, falsification, fraude et xénocide, conformément aux statuts du Code Stellaire et aux Décisions du Congrès.

DÉCISION DU CONGRÈS 1970:4:14:0002: La Commission de la Colonisation et de l'Exploration nommera pas moins de cinq personnes, et pas plus de quinze, au sein de la Commission d'Évacuation de Lusitania.

Cette commission sera chargée de l'acquisition et de l'envoi immédiats des vaisseaux nécessaires à l'évacuation complète de la population humaine de la colonie de Lusitania.

Elle préparera également, soumis à l'approbation du Congrès, des plans visant à la suppression complète de tous les indices de présence humaine sur Lusitania, y compris la suppression de toute flore ou faune indigène manifestant des modifications génétiques ou comportementales résultant de la présence humaine.

Elle évaluera également le degré d'application par Lusitania des Décisions du Congrès et proposera, à intervalles réguliers, des recommandations liées à la nécessité éventuelle de renforcer l'intervention, y compris le recours à la force, afin d'imposer l'obéissance; ou bien la possibilité de libérer les archives lusitaniennes, ou encore de tout autre avantage approprié, afin de récompenser la coopération de la population.

DÉCISION DU CONGRÈS 1970:4:14:0003: Conformément aux termes des Articles du Code Stellaire visant le Secret, ces deux décisions, ainsi que toutes les informations les concernant, doivent rester strictement confidentielles jusqu'au moment où toutes les archives de Lusitania auront été lues et rendues inaccessibles et où tous les vaisseaux interstellaires nécessaires auront été réunis et pris en charge par les agents du Congrès.

Olhado ne savait que penser. Le Porte-Parole n'était-il pas adulte? N'avait-il pas voyagé de planète en planète? Cependant, il paraissait ignorer *totalement* le mode de fonctionnement d'un ordinateur.

Et il se montra plutôt susceptible lorsque Olhado l'interrogea.

« Olhado, dis-moi simplement quel programme je dois choisir. »

– « Je ne peux pas croire que vous ne savez pas. J'effectue des comparaisons de données depuis l'âge de neuf ans. Tout le monde apprend à le faire à cet âge. »

– « Olhado, il y a très longtemps que j'ai quitté l'école. Et, de toute façon, ce n'était pas une escola baixa normale. »

– « Mais *tout le monde* utilise continuellement ces programmes! »

– « *Pas* tout le monde, manifestement. Pas *moi*. Si je savais le faire, je n'aurais pas besoin de *t'*employer, n'est-ce pas? Et comme je te paierai en fonds extérieurs à la planète, ton activité apportera une contribution substantielle à l'économie de Lusitania. »

– « Je ne sais pas de quoi vous parlez. »

– « Moi non plus, Olhado. Mais, à propos, je ne suis pas certain de savoir comment faire pour te payer. »

– « Vous transférez simplement l'argent depuis votre compte. »

– « Comment fait-on? »

– « Ce n'est pas possible, vous plaisantez! »

Le Porte-Parole soupira, s'agenouilla devant Olhado, lui prit les mains et dit :

– « Olhado, je t'en supplie, cesse de t'étonner et *aide-moi!* Il y a des choses que je dois faire et je ne peux pas les faire sans l'aide de quelqu'un qui sache faire fonctionner les ordinateurs. »

– « Je volerais votre argent. Je ne suis qu'un

enfant, j'ai *douze ans*. Quim serait beaucoup plus qualifié que moi. Il a quinze ans, il connaît pratiquement tout ce qu'il y a là-dedans. Et il est fort en maths. »

– « Mais Quim croit que je suis un infidèle et prie tous les jours pour demander ma mort. »

– « Non, c'était seulement quand il ne vous connaissait pas, et ne lui dites surtout pas que je vous ai montré. »

– « Comment transférer de l'argent? »

Olhado se tourna vers le terminal et appela la Banque.

– « Quel est votre vrai nom? » demanda-t-il.

– « Andrew Wiggin. » Le Porte-Parole épela. Le nom paraissait stark d'origine, peut-être le Porte-Parole comptait-il parmi les heureux qui apprenaient le Stark à la maison au lieu de l'ingurgiter de force à l'école.

– « Bon, quel est votre mot clé? »

– « Mot clé? »

Olhado posa le front sur le terminal, effaçant temporairement une partie de l'affichage.

– « Je vous en prie, ne me dites pas que vous ignorez votre mot clé. »

– « Ecoute, Olhado, j'avais un programme très intelligent, qui m'aidait à faire tout ça. Il me suffisait de dire : Achète ça, et le programme se chargeait des finances. »

– « C'est impossible. Il est illégal d'intégrer les systèmes publics dans un programme subordonné. C'est à cela que sert la chose que vous avez dans l'oreille? »

– « Oui et, pour moi, ce n'était pas illégal. »

– « Je n'ai plus d'yeux, Porte-Parole, mais au moins ce n'était pas ma faute. *Vous*, vous ne savez *rien*. » Olhado se rendit alors compte qu'il s'adressait au Porte-Parole avec la même brusquerie que s'il s'était agi d'un enfant de son âge.

– « Je suppose que la politesse n'est enseignée qu'à partir de treize ans, » releva le Porte-Parole. Olhado lui adressa un bref regard. Il souriait. Son père se serait mis à hurler, puis serait probablement allé battre sa mère parce qu'elle n'enseignait pas la politesse à ses enfants. Mais Olhado n'aurait jamais dit cela à son père.

– « Excusez-moi, » dit Olhado. « Mais je ne peux pas accéder à vos finances sans votre mot clé. Vous devez bien avoir une idée. »

– « Essaie mon nom. »

Olhado essaya. Cela ne fonctionna pas.

« Esssaie de taper : " Jane. " »

– « Rien. »

Le Porte-Parole fit une grimace.

– « Essaie : " Ender. " »

– « Ender? Le Xénocide? »

– « Ne pose pas de questions, essaie. »

Cela fonctionna. Olhado ne comprit pas.

– « Pourquoi avoir choisi un tel mot clé? C'est comme choisir un gros mot, sauf que le système n'accepte pas les gros mots. »

– « J'ai un sens de l'humour absolument détestable, » répondit le Porte-Parole. « Et celui de mon programme subordonné, comme tu dis, est encore pire. »

Olhado rit.

– « Bon. Un programme avec le sens de l'humour. » Le relevé des fonds en liquide apparut sur l'écran. Olhado n'avait jamais vu de nombres aussi énormes. « OK, il est bien possible que l'ordinateur puisse plaisanter. »

– « C'est la quantité d'argent que j'ai? »

– « Il doit y avoir une erreur. »

– « Eh bien, j'ai beaucoup voyagé à la vitesse de la lumière. Mes investissements ont dû rapporter correctement pendant les trajets. »

Les nombres étaient réels. Olhado n'aurait jamais

cru qu'il soit possible d'être aussi riche que l'était le Porte-Parole.

– « Je vais vous dire, » proposa Olhado, « au lieu de me payer un salaire, si vous me donniez un pourcentage sur les intérêts de cette somme pendant le temps que je travaillerai pour vous? Disons un millième d'un pour cent. Ainsi, en deux semaines, je pourrais acheter Lusitania et transporter tout l'humus sur une autre planète. »

– « Cela ne fait pas *autant* d'argent. »

– « Porte-Parole, le seul moyen de gagner autant d'argent avec des investissements, c'est d'avoir vécu mille ans. »

– « Humm, » fit le Porte-Parole.

Et, compte tenu de l'expression de son visage, Olhado se rendit compte que ce qu'il venait de dire était drôle.

– « *Avez*-vous mille ans? » demanda-t-il.

– « Le temps, » répondit le Porte-Parole, « est une chose terriblement instable et insubstantielle. » Après un bref silence, il reprit : « Vire sur ton compte ce que tu penses être une semaine de salaire honnête. Ensuite, commence la comparaison des archives de Pipo et Libo enregistrées dans les semaines précédant leur mort. »

– « Elles sont probablement protégées. »

– « Utilise mon mot clé. Il devrait nous permettre d'y accéder. »

Olhado effectua les recherches. Le Porte-Parole ne le quitta pas des yeux. De temps en temps, il demanda à Olhado ce qu'il faisait. Grâce à ses questions, Olhado devina que le Porte-Parole connaissait beaucoup mieux les ordinateurs que lui. Il ignorait simplement les instructions spécifiques; il était évident que, en regardant, le Porte-Parole comprenait beaucoup de choses. À la fin de la journée, quand les recherches n'eurent abouti à aucun résultat tangible, Olhado comprit en une minute pourquoi le

Porte-Parole paraissait tellement satisfait du travail de la journée. Vous ne cherchiez aucun résultat, se dit Olhado. Vous vouliez voir comment *je faisais*. Je sais ce que vous ferez, cette nuit, Andrew Wiggin, Porte-Parole des Morts. Vous ferez les recherches qui vous intéressent sur d'autres archives. Je n'ai pas d'yeux, c'est vrai, mais cela ne m'empêche pas de voir ce que vous tramez.

Ce qui est stupide, c'est que vous en fassiez un secret, Porte-Parole. Vous ne savez donc pas que je suis dans votre camp? Je ne dirai à personne que votre mot clé permet d'accéder aux archives privées. Même si vous pénétrez dans les archives du Maire, ou celles de l'Évêque. Inutile de *me* cacher des secrets. Vous n'êtes ici que depuis trois jours, mais je vous connais assez pour vous aimer et je vous aime assez pour faire tout ce que vous voulez, dans la mesure où cela ne nuit pas à ma famille. Et vous ne chercherez pas à nuire à ma famille.

Le lendemain matin, Novinha constata presque immédiatement que le Porte-Parole avait tenté de pénétrer dans ses archives. Il n'avait même pas pris la peine de cacher sa tentative et elle chercha immédiatement à savoir jusqu'où il était allé. Il avait effectivement réussi à forcer certaines archives mais la plus importante, l'enregistrement des simulations que Pipo avait vues, était restée impénétrable. Elle fut surtout contrariée par le fait qu'il n'ait pas tenté de se cacher. Son nom était mentionné dans tous les répertoires d'accès, même ceux qu'un jeune écolier aurait aisément pu changer ou effacer.

Elle décida de ne pas laisser cela influencer son travail. Il s'impose chez moi, manœuvre mes enfants, espionne mes archives, tout ça comme s'il en avait le *droit*...

Et ainsi de suite, jusqu'au moment où elle constata que son travail n'avançait pas parce qu'elle pensait continuellement aux paroles au vitriol qu'elle lui adresserait lorsqu'elle le reverrait.

Ne pense plus à lui. Pense à autre chose.

Miro et Ela riant, l'avant-veille au soir. Pense à cela. Naturellement, Miro était aussi morne que d'habitude le lendemain matin, et Ela, dont la bonne humeur dura un peu plus, fut bientôt aussi inquiète, affairée, sèche et indispensable que de coutume. Et Grego avait effectivement pleuré et embrassé l'homme mais, le lendemain matin, il s'était emparé des ciseaux et avait coupé ses draps en bandes minces et précises puis, à l'école, il avait donné un violent coup de tête dans le bas-ventre de Frère Adornai, interrompant brusquement le cours, ce qui avait entraîné une conversation grave avec Dona Cristã. Voilà pour les pouvoirs curatifs du Porte-Parole. Il croit sans doute s'il lui suffit d'entrer chez moi pour arranger tout ce que, selon lui, j'ai mal fait, mais il se rendra compte que certaines blessures ne se cicatrisent pas aussi facilement.

Sauf que Dona Cristã lui avait également dit que Quara avait parlé à Sœur Bebei, en classe, devant tous les autres élèves, et pourquoi? Pour leur dire qu'elle avait rencontré le terrifiant Falante pelos Muertos, qu'il s'appelait Andrew, et qu'il était aussi horrible que l'avait dit l'Évêque Peregrino, et peut-être même plus, parce qu'il avait fait pleurer Grego à force de le torturer... Et, finalement, Sœur Bebei s'était vue contrainte de demander à Quara de *cesser* de parler. Faire sortir Quara de son repli sur soi n'était pas sans risque.

Et Olhado, si timide, si indifférent, était à présent survolté, ne pouvait pas arrêter de parler du Porte-Parole, pendant le dîner, la veille. Vous rendez-vous compte qu'il ne savait même pas transférer de l'argent? Et vous ne devinerez jamais quel est son mot clé, tellement il est horrible... je croyais que les ordinateurs étaient censés refuser ce genre de mot...

Non, je ne peux pas vous le dire, c'est un secret... En fait, je lui ai appris comment effectuer des *recherches*, mais je crois qu'il comprend les ordinateurs, il n'est pas *idiot*, il a dit qu'il avait un programme subordonné, c'est pour cela qu'il a une pierre précieuse à l'oreille... Il m'a dit que je pouvais prendre le salaire que je voulais, bien qu'il n'y ait pas grand-chose à acheter, mais je peux économiser pour plus tard, quand je vivrai seul... Je crois qu'il est vraiment vieux. Je crois qu'il se souvient de choses très anciennes. Je crois que le Stark est sa langue maternelle; il n'y a pas beaucoup de gens, sur les Cent Planètes, qui l'apprennent naturellement; croyez-vous qu'il puisse être né sur la Terre?

Jusqu'au moment où Quim, finalement, lui hurla de ne plus parler de ce serviteur du démon, sinon il demanderait à l'évêque de procéder à un exorcisme parce que Olhado était manifestement *possédé*; et comme Olhado se contentait de ricaner en lui adressant un clin d'œil, Quim quitta la cuisine en coup de vent, puis la maison, et ne rentra qu'au milieu de la nuit. Le Porte-Parole pourrait tout aussi bien *habiter* chez nous, parce qu'il influence ma famille même lorsqu'il n'est pas là et que, à présent, il fouille dans mes archives, ce que je n'accepterai pas.

Sauf que, comme d'habitude, c'est ma faute, c'est moi qui l'ai appelé, c'est moi qui l'ai fait venir de l'endroit où il habitait. Il dit qu'il y a laissé une sœur... C'était Trondheim; c'est à cause de moi qu'il se trouve dans cette petite ville pitoyable des confins des Cent Planètes, entourée d'une clôture qui n'empêche même pas les piggies de tuer tous les gens que j'aime...

Et, une fois de plus, elle pensa à Miro, qui ressemblait tellement à son vrai père qu'elle ne pouvait comprendre pourquoi on ne l'accusait pas d'adultère, l'imagina couché au flanc de la colline, comme l'était Pipo, imagina les piggies l'ouvrant avec leurs cruels poignards en bois. Cela arrivera. Quoi que je fasse, cela arrivera. Et, même si cela n'arrive pas, le jour où il sera assez âgé pour épouser Ouanda sera bientôt là, et je serai obligée de lui dire qui il est vraiment, pourquoi ils ne pourront jamais se marier, et il comprendra alors que je méritais effectivement toutes les tortures de Cão m'a infligées, qu'il me frappait avec la main de Dieu, afin de me punir pour tous mes péchés.

Même moi, se dit Novinha. Ce Porte-Parole m'a contrainte à penser à des choses que je parvenais à oublier pendant des semaines, parfois des mois. Depuis combien de temps n'ai-je pas consacré une matinée à réfléchir à mes enfants? Et avec espoir, rien de moins. Quand me suis-je autorisée pour la dernière fois à penser à Pipo et Libo? Quand ai-je même remarqué pour la dernière fois que je croyais en Dieu, du moins au Dieu vengeur, impitoyable, de l'Ancien Testament, qui détruisait avec le sourire les villes qui ne lui adressaient pas leurs prières... Si le Christ a une valeur quelconque, j'en ignore tout.

Ainsi Novinha passa-t-elle la journée, sans travailler, ses pensées refusant toutefois de la conduire à une conclusion quelconque.

Au milieu de l'après-midi, Quim vint la voir.

« Excuse-moi de te déranger, maman. »

– « Cela ne fait rien, » répondit-elle. « De toute façon, je ne peux rien faire aujourd'hui. »

– « Je sais que tu acceptes qu'Olhado passe tout son temps avec ce salaud démoniaque, mais j'ai cru devoir t'avertir que Quara est allée là-bas tout de suite après l'école. Chez lui. »

– « Oh? »

– « À moins que tu n'acceptes aussi cela, maman? Qu'as-tu l'intention de faire, changer les draps et le laisser prendre complètement la place de papa? »

Novinha se leva d'un bond et avança sur l'adolescent, animée d'une fureur glacée. Il recula devant elle.

« Excuse-moi, maman, j'étais dans une telle colère... »

– « Pendant toutes les années de mon mariage avec votre père, je ne l'ai pas autorisé une seule fois à lever la main sur mes enfants. Mais s'il était encore en vie, aujourd'hui, je lui demanderais de te fesser! »

– « Tu pourrais le lui demander, » répliqua Quim sur un ton de défi, « mais je le tuerais avant qu'il ait pu poser la main sur moi. Tu aimais peut-être les coups, mais je ne les accepterai jamais, de personne! »

Elle ne prit pas de décision consciente; sa main décrivit un arc de cercle et lui frappa le visage avant même qu'elle ait compris ce qui arrivait.

La gifle ne pouvait pas être très douloureuse. Mais il fondit immédiatement en larmes, tomba et resta assis par terre, tournant le dos à Novinha.

« Excuse-moi, excuse-moi, » murmurait-il entre les sanglots.

Elle s'agenouilla derrière lui et, maladroitement, lui frotta les épaules. Elle se rendit compte que, la dernière fois qu'elle l'avait pris dans ses bras, il avait l'âge de Grego. Quand ai-je décidé d'être aussi froide? Et pourquoi, le jour où je l'ai touché à nouveau, lui ai-je donné une gifle au lieu d'un baiser?

– « Ce qui se passe m'inquiète également, » dit Novinha.

– « Il détruit tout, » insista Quim. « Il est venu et tout se transforme. »

– « De toute façon, Estevão, la situation n'était pas tellement brillante et la transformation est peut-être un bien. »

– « Pas de *cette* façon. La confession, la pénitence

et l'absolution, voilà la transformation dont nous avons besoin. »

Ce n'était pas la première fois que Novinha enviait à Quim sa certitude que les prêtres étaient en mesure de laver les péchés. C'est parce que tu n'as jamais péché, mon petit, c'est parce que tu ignores tout de l'impossibilité de la pénitence.

« Il me semble que je dois avoir une conversation avec le Porte-Parole, » dit Novinha.

– « Et tu vas ramener Quara à la maison ? »

– « Je ne sais pas. Je suis bien obligée de constater qu'il est parvenu à la faire parler de nouveau. Et ce n'est pas comme si elle l'aimait. Elle dit continuellement du mal de lui. »

– « Dans ce cas, pourquoi est-elle allée chez lui ? »

– « Pour lui dire des méchancetés, je suppose. Tu dois reconnaître que cela est préférable à son silence. »

– « Le démon détourne l'attention en feignant de faire de bonnes actions, puis... »

– « Quim, ne me fais pas un cours de démonologie. Conduis-moi chez le Porte-Parole et je m'occuperai de lui. »

Ils prirent le chemin longeant la courbe de la rivière. Les serpents d'eau muaient, de sorte que les lambeaux et fragments de peau pourrie rendaient le sol glissant. C'est la tâche que j'entreprendrai ensuite, se dit Novinha. Il faut que je trouve comment fonctionnent ces horribles petits monstres, afin de pouvoir peut-être les transformer en quelque chose d'utile. Ou, du moins, les empêcher de salir et d'empuantir les rives pendant six semaines par an. Le seul avantage paraissait être que les peaux semblaient fertiliser le sol ; l'herbe tendre des rives poussait en grosses touffes aux endroits où les serpents muaient. C'était la seule forme de vie originaire de Lusitania qui fût douce et agréable ; pendant tout l'été, les gens venaient au bord de la rivière et s'allongeaient sur les bandes étroites de gazon naturel qui serpentaient entre les roseaux et l'herbe rude de la prairie. Les peaux pourries, malgré les désagréments qu'elles procuraient, promettaient de bonnes choses pour l'avenir.

Les réflexions de Quim étaient apparemment analogues.

« Maman, pourrions-nous planter un peu de cette herbe près de notre maison, un jour? »

– « C'est une des premières choses que tes grands-parents aient tentées, il y a de nombreuses années. Mais ils n'ont pas trouvé le moyen de le faire. Ces herbes produisent du pollen, mais pas de graines et, lorsqu'ils ont tenté de les transplanter, elles ont vécu quelque temps, puis sont mortes et n'ont pas repoussé l'année suivante. Je suppose qu'elles doivent impérativement se trouver près de l'eau. »

Quim grimaça et accéléra le pas, manifestement un peu fâché. Novinha soupira. Quim se sentait apparemment toujours visé lorsque l'univers ne fonctionnait pas conformément à ses désirs.

Ils arrivèrent chez le Porte-Parole quelques instants plus tard. Les enfants, naturellement, jouaient sur la praça; ils haussèrent le ton pour couvrir le bruit.

« C'est ici, » dit Quim. « *Je* pense que tu devrais emmener Quara et Olhado. »

– « Merci de m'avoir conduite, » répondit-elle.

– « Je ne plaisante pas. C'est une grave confrontation entre le bien et le mal. »

– « Comme tout le reste, » acquiesça Novinha. « Le plus difficile, c'est de les distinguer. Non, non, Quim, je sais que tu pourrais m'expliquer cela en détail, mais... »

– « Ne sois pas condescendante, maman. »

– « Mais, Quim, cela semble naturel, compte tenu de ta condescendance vis-à-vis de moi. »

La colère crispa son visage.

Elle tendit le bras et le toucha maladroitement, tendrement; son épaule se crispa sous l'effet du contact, comme si sa main était une araignée venimeuse.

« Quim, » reprit-elle, « ne cherche plus à m'enseigner le bien et le mal. J'ai fait le voyage et toi, tu as seulement regardé la carte. »

Il chassa sa main d'un haussement d'épaules puis s'éloigna à grands pas. Je regrette l'époque où nous restions parfois des semaines sans nous adresser la parole.

Elle frappa dans les mains. Quelques intants plus tard, la porte s'ouvrit. C'était Quara.

« Oi, Mãezinha, » dit-elle, « tambén veio jogar? » Toi aussi, tu es venue jouer?

Olhado et le Porte-Parole jouaient à la guerre interstellaire sur le terminal. Le Porte-Parole bénéficiait d'une machine dotée d'un champ holographique très étendu et précis, de sorte que les deux joueurs manœuvraient des escadrilles d'une douzaine de vaisseaux. C'était très complexe et ils ne levèrent pas la tête pour la saluer.

« Olhado m'a dit de me taire, sinon il m'arracherait la langue et me la ferait manger en sandwich, » dit Quara. « Alors tu ferais bien de ne rien dire avant la fin de la partie. »

– « Prenez la peine de vous asseoir, » murmura le Porte-Parole.

– « Vous êtes fichu, Porte-Parole! » annonça fièrement Olhado.

Plus de la moitié de la flotte du Porte-Parole disparut dans une succession d'explosions simulées. Novinha prit place sur un tabouret.

Quara s'assit par terre près d'elle.

– « Je vous ai entendu parler, dehors, toi et

Quim. Vous criiez, alors nous avons tout entendu. »

Novinha se sentit rougir. Elle fut contrariée du fait que le Porte-Parole ait pu l'entendre se quereller avec son fils. Cela ne le regardait pas. Ce qui se passait dans sa famille ne le regardait pas. Et elle n'approuvait absolument pas les jeux guerriers. De toute façon, ils étaient archaïques et démodés. Il n'y avait pas eu de batailles dans l'espace depuis des siècles, sauf si l'on comptait les escarmouches avec les contrebandiers. Milagre était une ville tellement paisible que l'arme la plus dangereuse était la matraque de l'officier de police. Olhado n'assisterait jamais à une bataille. Et il était entièrement absorbé par un jeu guerrier. Peut-être l'évolution avait-elle inscrit cela dans la nature des mâles de l'espèce, le désir de faire voler les rivaux en éclats, ou bien de les réduire en bouillie. Peut-être la violence dont il avait été témoin à la maison l'avait-elle conduit à la rechercher dans ses jeux. Ma faute. Encore ma faute.

Soudain, Olhado poussa un cri de frustration tandis que sa flotte disparaissait dans une série d'explosions.

« Je n'ai rien vu! Je ne peux pas y croire! Je n'ai même rien vu venir! »

– « Alors, ne le crie pas sur les toits, » dit le Porte-Parole. « Repasse la bataille, ainsi tu verras comment j'ai fait et tu pourras contrer la prochaine fois. »

– « Je croyais que les Porte-Parole étaient comme les prêtres. Comment se fait-il que vous soyez aussi fort en tactique? »

Le Porte-Parole adressa un sourire entendu à Novinha et répondit :

– « Parfois, amener les gens à dire la vérité est un peu comme une bataille. »

Olhado s'adossa au mur, les yeux fermés, repassant ce qu'il avait vu de la partie.

— « Vous avez fouillé, » accusa Novinha. « Et vous n'avez pas été discret. Est-ce cela que les Porte-Parole des Morts considèrent comme la " tactique "? Est-ce *cela*? »

— « Cela vous a fait venir jusqu'ici, n'est-ce pas? » Le Porte-Parole sourit.

— « Que cherchiez-vous dans mes archives? »

— « Je suis venu Parler la mort de Pipo. »

— « Je ne l'ai pas tué. Mes dossiers ne vous regardent pas. »

— « Vous m'avez appelé. »

— « J'ai changé d'avis. Je regrette. De toute façon, cela ne vous donne pas le droit de... »

Sa voix se fit soudain très douce et il s'agenouilla devant elle afin qu'elle puisse entendre ses paroles.

— « Pipo a appris quelque chose grâce à vous et, quelle que soit la nature de cette information, elle explique pourquoi les piggies l'ont tué. Alors, vous avez isolé vos archives afin que personne ne puisse les consulter. Vous avez même refusé d'épouser Libo, afin qu'il ne puisse pas accéder à ce que Pipo savait. Vous avez altéré, déformé, votre vie et celle de tous les êtres que vous aimiez afin d'empêcher Libo, et maintenant Miro, de découvrir ce secret et de mourir. »

Novinha se sentit soudain glacée, puis ses mains et ses pieds se mirent à trembler. Il n'était là que depuis trois jours et, déjà, il *savait* ce que seul Libo avait deviné.

« Ce sont des mensonges, » dit-elle.

— « Écoutez-moi, Dona Ivanova. Cela n'a pas fonctionné. Libo est mort tout de même, n'est-ce pas? Quel que soit votre secret, le fait que vous l'ayez gardé ne lui a pas sauvé la vie. Et cela ne sauvera pas davantage celle de Miro. L'ignorance et le tromperie ne peuvent sauver personne. Le *savoir* peut sauver les gens. »

— « Jamais, » souffla-t-elle.

– « Je peux comprendre que vous ayez caché cela à Libo et Miro, mais qu'est-ce que je représente pour vous? Je ne représente rien, en conséquence peu importe que *je* connaisse le secret et qu'il *me* tue. »

– « Peu importe que vous soyez vivant ou mort, » reconnut Novinha, « mais vous n'accéderez jamais à ces archives. »

– « Vous ne semblez pas comprendre que vous n'avez pas le droit de mettre des bandeaux sur les yeux des gens. Votre fils et sa sœur vont quotidiennement chez les piggies et, grâce à vous, ils ne savent pas si ce qu'ils vont dire ou faire dans l'instant suivant ne les condamne pas à mort. Demain, je les accompagnerai parce que je ne peux pas Parler la mort de Pipo sans m'être entretenu avec les piggies... »

– « Je ne veux pas que vous Parliez la mort de Pipo. »

– « Je me fiche de ce que vous voulez, je ne le fais pas pour *vous*. Mais je vous supplie de me dire ce que Pipo savait. »

– « Vous ne saurez jamais ce que Pipo savait parce qu'il était bon, calme et aimant et qu'il... »

– « Qu'il s'est occupé d'une adolescente solitaire et effrayée et qu'il a guéri les blessures de son cœur. » Tout en disant cela, il posa la main sur l'épaule de Quara.

Cela dépassait ce que Novinha pouvait endurer.

– « N'ayez pas l'impudence de vous comparer à lui! Quara n'est pas orpheline, vous entendez? Elle a une mère, *moi*, et elle n'a pas besoin de vous; d'ailleurs, nous n'avons besoin de vous ni les uns ni les autres! » Puis, inexplicablement, elle se mit à pleurer. Elle ne voulait pas pleurer devant lui. Elle n'avait pas envie d'être ici. Il mélangeait tout. Elle gagna la porte en trébuchant et la claqua derrière elle. Quim avait raison. Il était comme le diable. Il savait trop de choses, exigeait trop, donnait trop et, déjà, ils avaient tous trop besoin de lui. Comment avait-il fait pour acquérir un tel pouvoir sur eux en aussi peu de temps?

Puis il lui vint une idée qui sécha immédiatement les larmes qu'elle n'avait pas versées et l'emplit de terreur. Il avait dit que Miro *et sa sœur* allaient quotidiennement chez les piggies. Il savait. Il connaissait tous les secrets.

Tous, sauf le secret qu'elle-même se refusait à connaître, celui que Pipo avait découvert dans la simulation. S'il parvenait à le découvrir, il saurait tout ce qu'elle cachait depuis des années. Lorsqu'elle avait appelé le Porte-Parole, elle voulait qu'il découvre la vérité sur Pipo; au lieu de cela, il était venu exposer sa vérité *à elle*.

La porte claqua. Ender s'appuya sur le tabouret que Novinha venait de quitter, puis se cacha le visage dans les mains.

Il entendit Olhado se lever et traverser lentement la pièce.

« Vous avez tenté de pénétrer dans les dossiers de maman? » demanda-t-il à voix basse.

– « Oui, » répondit Ender.

– « Vous m'avez demandé de vous apprendre à faire des recherches afin de pouvoir espionner ma mère. Vous avez fait de moi un traître. »

Aucune explication, pour le moment, n'aurait pu satisfaire Olhado; Ender ne tenta pas d'en donner. Il attendit en silence tandis qu'Olhado gagnait la porte et s'en allait.

Le tourbillon dans lequel il se trouvait était perceptible, toutefois, par la reine. Il la sentit bouger dans son esprit, attirée par son désespoir. Non, lui dit-il intérieurement. Tu ne peux rien faire et je ne peux rien expliquer. Des choses humaines, voilà tout; des problèmes humains étranges et étrangers que tu ne peux pas comprendre.

<Ah.> Et il sentit qu'elle le caressait intérieurement, le caressait comme la brise dans les feuilles d'un arbre; il perçut la puissance et la vigueur du bois dressé vers le ciel, l'étreinte ferme des racines dans la terre, le jeu tendre du soleil sur les feuilles. <Tu vois ce qu'il m'a appris, Ender, la paix qu'il a trouvée.> L'impression s'estompa tandis que la reine sortait de son esprit. La puissance de l'arbre resta en lui, la paix de sa quiétude remplacée par son silence douloureux.

Il ne s'était écoulé qu'un instant; le claquement de la porte fermée par Olhado résonnait encore dans la pièce. Près de lui, Quara se leva d'un bond, et gagna son lit. Elle y monta et sauta deux ou trois fois dessus.

« Tu n'as duré que deux jours, » dit-elle joyeusement. « À présent, tout le monde te hait. »

Ender eut un rire sans joie et se tourna vers elle.

– « Toi aussi? »

– « Oh, oui, » répondit-elle. « J'ai été la première à te haïr, sans compter Quim, peut-être. » Elle quitta le lit et gagna le terminal. Une touche à la fois, elle appela soigneusement un programme. Une colonne double d'additions apparut au-dessus du terminal.

« Tu veux que je fasse du calcul? »

Ender se leva et la rejoignit devant le terminal.

– « Bien sûr, » répondit-il. « Ces opérations me paraissent très difficiles. »

– « Pas pour moi, » dit-elle fièrement. « Je peux les faire plus vite que tous les autres. »

CHAPITRE XIII

ELA

MIRO : Les piggies se considèrent comme des mâles, mais nous n'avons que leur parole.

OUANDA : Pourquoi mentiraient-ils?

MIRO : Je sais que tu es jeune et naïve, mais il manque le matériel.

OUANDA : J'ai réussi mon examen d'anatomie. Rien ne prouve qu'ils procèdent de la même façon que nous.

MIRO : Manifestement non. (A propos, NOUS ne le faisons pas du tout.) Je crois bien que j'ai deviné où se trouvent leurs parties génitales. Ces protubérances sur leur ventre, là où les poils sont fins et clairsemés.

OUANDA : Des seins résiduels. Toi aussi tu en as.

MIRO : J'ai vu Mange-Feuille et Pot, hier, à une dizaine de mètres, de sorte que je n'ai pas BIEN vu, mais Pot caressait le ventre de Mange-Feuille et j'ai l'impression que ces protubérances ont gonflé.

OUANDA : Ou pas.

MIRO : Il y a une certitude : le ventre de Mange-Feuille était humide, le soleil le faisait briller, et cela lui plaisait.

OUANDA : C'est de la perversion.

MIRO : Pourquoi pas? Ils sont tous célibataires, n'est-ce pas? Ce sont des adultes mais leurs prétendues

épouses ne les ont pas introduits aux joies de la paternité.
OUANDÀ : À mon avis, cette idée est celle d'un Zenador privé de sexe qui projette ses frutrations sur ses sujets.

> Marcos Vladimir « Miro » Ribeira von Hesse
> et Ouanda Quenhetta Figueira Mucumbi, notes
> de travail, 1970:1:4:30

La clairière était très silencieuse. Miro vit immédiatement qu'il y avait un problème. Les piggies ne *faisaient* rien. Ils étaient simplement debout ou assis. Et *silencieux*; à peine un souffle. Les yeux rivés au sol.

Sauf Humain, qui sortit de la forêt derrière eux. Marchant lentement, avec raideur, il vint s'immobiliser devant eux. Miro sentit le coude d'Ouanda lui toucher le bras, mais il ne se tourna pas vers elle. Il savait qu'elle pensait la même chose que lui. Est-ce maintenant qu'ils vont nous tuer comme ils ont tué Libo et Pipo?

Humain les regarda dans les yeux pendant plusieurs minutes. La longueur de l'attente était agaçante. Mais Miro et Ouanda étaient disciplinés. Ils restèrent silencieux, leur visage conservant même l'expression détendue, insignifiante, qu'ils pratiquaient depuis de nombreuses années. Libo les avait obligés à apprendre l'art de l'incommunicabilité avant de les autoriser à l'accompagner. Avant de rencontrer les piggies, ils avaient dû apprendre à conserver un visage inexpressif et même à ne pas transpirer visiblement sous l'effet de l'émotion. À supposer que cela serve à quelque chose... Humain était parfaitement capable de transformer les reculades en réponses, d'extraire des informations d'affirmations vides. Leur immobilité absolue communiquait vraisemblablement leur peur, mais il était impossible de sortir de ce cercle vicieux. Tout était communication.

« Tu nous as menti, » dit Humain.

Ne réponds pas, dit intérieurement Miro, et Ouanda resta aussi silencieuse que si elle l'avait entendu. Elle formulait vraisemblablement le même message à son intention.

« Rooter dit que le Porte-Parole des Morts veut venir nous voir. »

C'était l'aspect le plus agaçant des piggies. Chaque fois qu'ils voulaient dire une chose scandaleuse, ils en attribuaient la responsabilité à un piggy mort qui ne pouvait en aucun cas avoir prononcé de telles paroles. Cela était vraisemblablement lié à un rituel religieux quelconque : Aller près de l'arbre-totem, poser une question générale et attendre en regardant les feuilles, l'écorce ou autre chose, d'avoir obtenu exactement la réponse que l'on souhaite.

« Nous n'avons jamais dit le contraire, » répondit Libo.

La respiration d'Ouanda s'accéléra légèrement.

– « Tu as dit qu'il ne viendrait pas. »

– « C'est exact, » acquiesça Miro. « Il ne peut pas. Il doit respecter la loi, comme tout le monde. S'il tentait de franchir la clôture sans permission... »

– « C'est un mensonge. »

Miro se tut.

– « C'est la loi, » dit calmement Ouanda.

– « La loi a déjà été tournée, » annonça Humain. « Vous pourriez le faire venir, mais vous refusez. Tout repose sur sa présence ici. Rooter dit que la reine ne peut pas nous donner ses cadeaux tant qu'il ne sera pas venu. »

Miro lutta contre son impatience. La reine! N'avait-il pas expliqué des dizaines de fois aux piggies que les doryphores étaient morts? Et, à présent, la reine disparue leur parlait au même titre que Rooter. Les piggies seraient beaucoup plus faciles à manœuvrer s'ils cessaient d'obéir aux instructions des morts.

– « C'est la loi, » répéta Ouanda. « Si nous lui demandions de venir, il pourrait nous dénoncer et nous ne pourrions plus vous rendre visite. »
– « Il ne vous dénoncera pas. Il veut venir. »
– « Comment le savez-vous? »
– « Rooter le dit. »

Il y avait des moments où Miro avait envie d'abattre l'arbre qui poussait à l'endroit où Rooter avait été tué. Peut-être, alors, renonceraient-ils à répéter ce que disait Rooter. Mais, dans ce cas, ils baptiseraient certainement un autre arbre Rooter et, en plus, seraient vexés. Ne jamais admettre que l'on doute de leur religion, cette règle était dans tous les livres; même les xénologues des autres planètes, même les *anthropologues* savaient cela.

« Demande-lui, » l'incita Humain.
– « À Rooter? » s'enquit Ouanda.
– « Il ne *vous* parlera pas, » répondit Humain. Avec mépris. « Demandez au Porte-Parole s'il accepte ou non de venir. »

Miro attendit que Ouanda réponde. Elle savait déjà ce que serait sa réponse. N'avaient-ils pas abordé ce sujet des dizaines de fois, depuis deux jours? Il est bon, disait Miro. C'est un hypocrite, disait Ouanda. Il s'est montré gentil avec les petits, disait Miro. Ceux qui s'attaquent aux enfants agissent toujours ainsi, disait Ouanda. Je lui fais confiance, disait Miro. Dans ce cas, tu es idiot, disait Ouanda. Nous pouvons nous fier à lui, disait Miro. Il nous trahira, disait Ouanda. Et cela se terminait toujours ainsi.

Mais les piggies transformaient l'équation. Les piggies prenaient manifestement le parti de Miro. En général, lorsque les piggies demandaient l'impossible, il l'aidait à les repousser. Mais ce n'était pas impossible, et il n'avait pas envie de les repousser, de sorte qu'il ne dit rien. Insiste, Humain, parce que tu as raison et que, cette fois, Ouanda doit céder.

Se sentant isolée, comprenant que Miro ne l'aiderait pas, elle céda un peu de terrain.

– « Peut-être pourrions-nous le conduire jusqu'à la lisière de la forêt. »

– « Faites-le venir ici, » demanda Humain.

– « Nous ne pouvons pas, » fit-elle valoir. « Regardez-vous. Vous portez des vêtements, vous fabriquez des pots, vous mangez du pain. »

Humain sourit.

– « Oui, » dit-il. « Tout cela. Faites-le venir ici. »

– « Non, » dit Ouanda.

Miro tressaillit, se contraignant à ne pas la toucher. Ils n'avaient jamais agi ainsi, jamais rejeté carrément une demande. C'était toujours : « Nous ne pouvons pas parce que » ou « Je regrette, mais » Mais ce simple mot de négation signifiait pour eux : Je ne *veux* pas, je refuse.

Le sourire d'Humain disparut.

– « Pipo nous a dit que les femmes ne décident pas. Pipo nous a dit que les hommes et les femmes humains décident ensemble. Alors tu ne peux dire non que s'il dit non aussi. » Il se tourna vers Miro. « Dis-tu non ? »

Miro ne répondit pas. Il sentit le coude d'Ouanda contre lui.

« Tu ne peux pas ne *rien* dire, » déclara Humain. « Tu dois dire oui ou non. »

Miro ne répondit pas davantage.

Quelques piggies se levèrent. Miro ignorait totalement ce qu'ils faisaient mais les mouvements en eux-mêmes, compte tenu du silence intransigeant de Miro, parurent menaçants. Ouanda, qui n'aurait jamais cédé à la menace si elle en avait été l'objet, céda sous l'effet de la menace implicitement adressée à Miro.

– « Il dit oui, » souffla-t-elle.
– « Il dit oui mais, à cause de toi, il reste silencieux. Tu dis non, mais tu ne restes pas silencieuse à cause de lui. » Humain, du bout d'un doigt, sortit une salive épaisse de sa bouche, puis la jeta sur le sol. « Tu n'es rien. »

Humain bascula soudain en arrière, exécuta un saut périlleux comportant une vrille, de sorte qu'il leur tournait le dos lorsqu'il reprit contact avec le sol, puis il s'en alla. Aussitôt, les autres piggies s'animèrent, se dirigeant avec raideur vers Humain, qui les entraîna jusqu'à l'extrémité opposée de la clairière.

Humain s'immobilisa brusquement. Un autre piggy, au lieu de le suivre, lui barra la route. C'était Mange-Feuille. S'ils parlèrent, Miro ne les entendit pas et ne vit pas leurs lèvres bouger. Toutefois, il vit Mange-Feuille tendre la main et toucher le ventre d'Humain. La main resta quelques instants en place, puis Mange-Feuille pivota sur lui-même et s'enfuit dans la forêt en sautillant comme un jeune.

Quelques instants plus tard, les autres piggies disparurent également.

« C'était une bataille, » commenta Miro. « Humain et Mange-Feuille. Ils ne sont pas d'accord. »
– « Sur quoi? » fit Ouanda.
– « J'aimerais bien le savoir. Mais j'ai une hypothèse. Si nous faisons venir le Porte-Parole, Humain gagnera. Si nous ne le faisons pas venir, Mange-Feuille gagnera. »
– « Gagner quoi? Parce que si nous faisons venir le Porte-Parole, il nous trahira et nous perdrons tout. »

– « Il ne nous trahira pas. »
– « Pourquoi pas, si tu *me* trahis ainsi? »

Sa voix était un fouet et il faillit crier sous l'effet de violence de ses paroles.

– « Je te trahis! » souffla-t-il. « Eu não. Jamais. » Pas moi. Jamais.

– « Papa a toujours dit que nous devions être unis face aux piggies, qu'il ne fallait jamais les laisser voir nos désaccords, et toi... »

– « Et *moi!* Je ne leur ai pas dit oui. C'est toi qui as dit non, c'est toi qui as pris une position alors que tu savais que je ne pouvais pas la partager! »

– « Eh bien, quand nous ne sommes pas d'accord, tu dois... »

Elle s'interrompit. Elle venait juste de comprendre ce qu'elle disait. Mais le fait qu'elle se soit interrompue n'empêcha pas Miro de deviner ce qu'elle allait dire. Il devait faire ce qu'elle souhaitait jusqu'au moment où elle changerait d'avis. Comme s'il était son *apprenti*.

– « Pourtant je croyais que nous faisions équipe. »

Il pivota sur lui-même et s'éloigna dans la forêt en direction de Milagre.

– « Miro! » appela-t-elle. « Miro, je ne voulais pas dire cela... »

Il attendit qu'elle le rejoigne, puis lui saisit le bras et souffla avec violence :

– « Ne crie pas! Cela ne te fait donc rien que les piggies puissent nous entendre? La Zenadora titulaire a-t-elle décidé que nous pouvons les laisser *tout* voir, même la titulaire punissant son apprenti? »

– « Je ne suis pas... je... »

– « C'est vrai, tu n'es pas. » Il lui tourna le dos et se remit à marcher.

– « Mais Libo était mon *père,* de sorte que, naturellement, je suis... »

– « Zenadora par droit héréditaire, » complétat-il. « Le droit héréditaire, c'est ça? Alors, qu'est-ce que je suis par droit héréditaire? Un crétin ivrogne qui bat sa femme? » Il la prit par les bras, serrant cruellement. « C'est ce que tu veux que je sois? Une copie de mon Paizinho? »

– « Partons! »

Il la repoussa.

– « Ton apprenti pense que tu as agi stupidement, » martela Miro. « Ton apprenti pense que tu aurais dû faire confiance à son opinion sur le Porte-Parole et ton apprenti pense que tu aurais dû écouter ses conseils sur l'importance que les piggies accordent à cette affaire, parce que tu t'es stupidement trompée dans les deux cas et que cela va peut-être coûter la vie à Humain. »

C'était une accusation inexprimable, mais c'était exactement ce qu'ils craignaient tous les deux, à savoir qu'Humain finisse comme Rooter, comme d'autres au fil des années, éventré avec un jeune arbre poussant sur son cadavre.

Miro savait qu'il avait été injuste, savait qu'elle n'aurait pas tort de se mettre en colère. Il n'avait aucun droit de lui faire des reproches alors qu'ils ne pouvaient savoir ni l'un ni l'autre, avant qu'il ne soit trop tard, à quel point Humain jouait gros.

Ouanda ne se mit pas en colère, toutefois. Elle se calma, au contraire, visiblement, respirant avec régularité et contraignant son visage à reprendre une expression impassible. Miro suivit son exemple.

– « Ce qui compte, » dit Ouanda, « c'est d'en tirer le meilleur parti. Les exécutions ont toujours lieu de nuit. Si nous voulons espérer sauver Humain, nous devons faire venir le Porte-Parole cet après-midi, avant la nuit. »

Miro acquiesça.

– « Oui, » dit-il. « Et je m'excuse. »

– « Moi aussi, » dit-elle.

– « Comme nous ne savons pas ce que nous

faisons, nous ne pouvons pas être tenus pour responsables des erreurs. »

– « J'aimerais pouvoir me persuader qu'il existe une *bonne* solution. »

Ela s'assit sur un rocher et trempa les pieds dans l'eau en attendant le Porte-Parole des Morts. La clôture ne se trouvait qu'à quelques mètres, surmontant la grille en acier qui empêchait les gens de passer dessous à la nage. Comme si quelqu'un avait envie d'essayer. Pratiquement tous les habitants de Milagre agissaient comme si la clôture n'existait pas. Ne venaient jamais à proximité. C'était pour cette raison qu'elle avait demandé au Porte-Parole de la rejoindre à cet endroit. Bien que la journée soit chaude et l'école terminée, les enfants ne venaient pas se baigner à la Vila Ultima, où la clôture traversait la rivière et où la forêt venait tout près de la clôture. Seuls les fabricants de savon, de céramique et de briques venaient ici, puis s'en allaient leur journée de travail terminée. Elle pourrait dire ce qu'elle avait à dire, sans crainte d'être entendue ou interrompue.

Elle n'eut pas besoin d'attendre longtemps. Le Porte-Parole arriva dans une barque à rames, exactement comme un des fermiers de la rive opposée, qui n'utilisaient pas les routes. Son dos était extraordinairement blanc; même les quelques Lusos, dont la peau était si claire qu'on les appelait *Loiros,* étaient beaucoup plus foncés. Sa blancheur lui conférait un aspect frêle et fragile. Mais elle constata ensuite que le bateau remontait rapidement le courant; que les rames plongeaient toujours exactement à la profondeur requise et que la traction exercée sur elles était longue, unie; que ses muscles étaient étroitement enserrés par la peau. Elle éprouva un brusque sentiment de tristesse, puis se rendit compte qu'elle regrettait son père, malgré l'intensité de la haine qu'elle lui vouait; c'était la première fois qu'elle remarquait que quelque chose lui plaisait, en lui, mais elle regrettait effectivement la puissance de ses épaules et de son dos, la sueur qui rendait sa peau brune luisante comme du verre sous le soleil.

Non, se dit-elle, ta mort ne me fait pas de peine, Cão. J'ai de la peine parce que tu ne ressemblais pas davantage au Porte-Parole, qui n'est pas lié à nous mais nous a cependant fait en trois jours plus de cadeaux que toi pendant toute ta vie; j'ai du chagrin parce que ton beau corps était rongé par les vers de l'intérieur.

Le Porte-Parole la vit et obliqua vers la rive où elle attendait. Elle avança parmi les roseaux et la vase pour l'aider à échouer la barque.

« Je m'excuse de vous obliger à vous salir, » dit-il. « Mais il y a une quinzaine de jours que je ne me suis pas servi de mon corps et l'eau m'a tenté... »

– « Vous ramez bien, » apprécia-t-elle.

– « La planète d'où je viens, Trondheim, était principalement composée d'eau et de glace. Un rocher par-ci, par-là, un peu d'humus, mais il était plus gênant de ne pas savoir ramer que d'être incapable de marcher. »

– « C'est là que vous êtes né? »

– « Non, mais c'est là que j'ai Parlé pour la dernière fois. » Il s'assit sur la grama, face à la rivière.

Elle s'assit près de lui.

– « Maman est fâchée contre vous. »

Ses lèvres esquissèrent un sourire.

– « Elle me l'a dit. »

Sans réfléchir, Ela tenta immédiatement de justifier sa mère.

– « Vous avez tenté de lire ses archives. »

– « J'ai *lu* ses archives. Presque toutes. Sauf celles qui comptent vraiment. »

– « Je sais. Quim me l'a dit. » Elle s'aperçut qu'elle éprouvait un sentiment de triomphe du fait que les protections de sa mère avaient tenu le Porte-Parole en échec. Puis elle se souvint que, sur ce plan, elle n'était pas dans le camp de sa mère. Qu'elle tentait depuis de nombreuses années de convaincre sa mère de lui montrer ces archives. Mais l'élan l'entraîna à dire des choses qu'elle n'avait pas l'intention d'exprimer. « Olhado reste à la maison, les yeux débranchés, et écoute continuellement de la musique. Très contrarié. »

– « Oui, eh bien il croit que je l'ai trahi. »

– « Est-ce vrai? » Ce n'était pas non plus ce qu'elle avait l'intention de dire.

– « Je suis le Porte-Parole des Morts. Je dis la vérité lorsque je parle, et je ne me tiens pas à l'écart des secrets des gens. »

– « Je sais. C'est pour cela que j'ai appelé un Porte-Parole. Vous ne respectez personne. »

Il parut contrarié.

– « Pourquoi m'avez-vous fait venir ici? » demanda-t-il.

Tout allait de travers. Elle lui parlait comme si elle était contre lui, comme si elle n'était pas reconnaissante de ce qu'il avait déjà fait pour la famille. Elle lui parlait comme à un ennemi. Quim a-t-il pris possession de mon esprit, me faisant dire des choses que je ne pense pas?

« Vous m'invitez à vous retrouver au bord de la rivière. Le reste de votre famille ne me parle plus, puis je reçois un message de *vous*. Pour protester contre mes entorses à votre vie privée? Pour me dire que je ne respecte personne? »

– « Non, » dit-elle pitoyablement. « Ce n'était pas censé se dérouler ainsi. »

– « Ne croyez-vous pas que je n'aurais vraisemblablement pas choisi d'être Porte-Parole si je ne respectais pas les gens? »

Sous l'effet de la frustration, elle laissa jaillir les mots.

– « Je voudrais que vous ayez pénétré dans *toutes* ses archives! Je voudrais que vous ayez percé *tous* ses secrets et les ayez publiés dans les Cent Planètes! » Ses yeux étaient pleins de larmes; elle se demandait pourquoi.

– « Je vois. Elle vous cache également ces dossiers. »

– « Sou aprendiz dela, não sou? Et porque choro, diga-me! O senhor tem o jeito. »

– « Je ne cherche pas à faire pleurer les gens, Ela, » répondit-il doucement. Sa voix était une caresse. Non, elle était plutôt comme une main lui serrant la main, tendre et rassurante. « C'est l'expression de la vérité qui vous fait pleurer. »

– « Sou ingrata, sou má filha... »

– « Oui, vous êtes une ingrate et une mauvaise fille, » dit-il avec un rire étouffé. « Pendant toutes ces années de chaos et de négligence, vous avez assuré la cohésion de la famille de votre mère, pratiquement sans aide et, lorsque vous avez voulu embrasser la même carrière qu'elle, elle a refusé de partager avec vous les informations les plus capitales; vous avez toujours mérité son amour et sa confiance et, en récompense, elle vous a chassée de sa vie à la maison et au travail; et puis, finalement, vous dites à quelqu'un que vous en avez par-dessus la tête. Vous êtes manifestement tout à fait détestable. »

Elle s'aperçut que le fait qu'elle s'était condamnée la faisait rire.

– « Ne me faites pas la leçon. » Elle tenta de rendre sa voix aussi méprisante que possible.

Il s'en aperçut. Ses yeux devinrent distants et glacés.

– « Ne crachez pas sur un ami, » répliqua-t-il.

Elle ne voulait pas qu'il soit distant. Mais elle ne put s'empêcher de dire, froide et furieuse :

– « Vous n'êtes pas mon ami! »

Pendant quelques instants, elle eut l'impression

terrifiante qu'il la croyait. Puis un sourire éclaira son visage.

– « Vous ne sauriez pas reconnaître un ami si vous en rencontriez un. »

Je sais, se dit-elle. J'en vois un en ce moment. Elle lui rendit son sourire.

– « Ela, » dit-il, « êtes-vous une bonne xénobiologiste? »

– « Oui. »

– « Vous avez dix-huit ans. Vous auriez pu passer les examens de la guilde à seize. Pourquoi ne l'avez-vous pas fait? »

– « Maman n'a pas voulu. Elle a dit que je n'étais pas prête. »

– « Vous n'avez pas besoin de la permission de votre mère après dix-huit ans. »

– « Un apprenti a besoin de la permission de son maître. »

– « Mais, à présent, vous avez dix-huit ans et vous n'avez même plus besoin de cela. »

– « Elle est encore le xénobiologiste de Lusitania. C'est toujours son labo. Qu'arriverait-il si je réussissais l'examen et si elle me refusait l'entrée de son labo jusqu'à sa mort? »

– « A-t-elle exprimé une telle menace? »

– « Elle m'a clairement fait comprendre que je ne devais pas me présenter à l'examen. »

– « Parce que, dès l'instant où vous ne serez plus apprentie, si elle vous permet d'utiliser le labo en tant que co-xénobiologiste, vous aurez le droit d'accéder... »

– « À toutes les archives. À toutes les archives secrètes. »

– « Ainsi, elle empêcherait sa propre fille de commencer sa carrière, elle entacherait définitivement votre dossier – incapable de passer des examens à dix-huit ans – simplement pour vous empêcher de lire ces archives. »

— « Oui. »

— « Pourquoi? »

— « Maman est folle. »

— « Non, Ela, Novinha est tout *sauf* folle. »

— « Ela é boba mesma, Senhor Falante. »

Il rit et s'allongea sur la grama.

— « Eh bien, expliquez-moi comment elle est boba. »

— « Je vais vous faire la liste. Premièrement : Elle n'autorise aucune recherche sur la Descolada. Il y a trente-quatre ans, la Descolada a pratiquement détruit la colonie. Mes grands-parents, Os Venerados, Deus os abençoe, sont tout juste parvenus à enrayer la Descolada. Apparemment, l'agent de la maladie, les corps de la Descolada, sont toujours présents, nous devons absorber un produit, une vitamine supplémentaire pour ainsi dire, afin d'empêcher l'épidémie de frapper à nouveau. On vous a prévenu, n'est-ce pas? Dès l'instant où votre métabolisme est touché, vous devez absorber ce supplément pendant toute votre vie, même si vous quittez la planète. »

— « Oui, je le savais. »

— « Elle m'interdit d'étudier les corps de la Descolada. De toute façon, c'est *une partie* du contenu des archives secrètes. Elle a protégé toutes les découvertes de Gusto et Cida sur les corps de la Descolada. Rien n'est accessible. »

Le Porte-Parole plissa les yeux.

— « Bon. C'est un tiers de boba. Quel est le reste?

— « C'est plus d'un tiers. Quel que soit le corps de la Descolada, il a pu s'adapter et devenir parasite humain dix ans après la fondation de la colonie. Dix ans! S'il peut s'adapter une fois, il peut recommencer.

— « Peut-être ne le pense-t-elle pas. »

– « J'aurais peut-être le droit d'en décider par moi-même! »

Il tendit le bras, lui posa la main sur le genou, la calma.

– « Je suis d'accord avec vous. Mais continuez. La deuxième raison prouvant qu'elle est boba. »

– « Elle n'autorise aucune recherche théorique. Ni taxonomie, ni modèles évolutifs. Lorsque je tente d'en faire tout de même, elle dit que je n'ai manifestement pas assez de travail et me surcharge de recherches jusqu'au moment où elle croit que j'ai renoncé. »

– « Vous n'avez pas renoncé, si je comprends bien. »

– « C'est la *raison d'être* de la xénobiologie. Oh, oui, il est bon qu'elle soit parvenue à fabriquer une pomme de terre capable d'utiliser au mieux les produits nutritifs existants. Il est remarquable qu'elle soit parvenue à produire une espèce d'amarante qui permet à la colonie d'être autonome en protéines avec seulement dix hectares cultivés. Mais cela revient à *jongler* avec les molécules. »

– « C'est indispensable à la survie. »

– « Mais nous ne *savons* rien. C'est comme nager en plein océan. On est tout à fait à son aise, on peut aller de-ci, de-là, mais on ne sait même pas s'il y a des requins au fond! Nous sommes peut-être entourés de requins, mais elle ne veut pas le savoir. »

– « Troisième chose? »

– « Elle refuse de partager ses informations avec les Zenadores. Point. Rien. Et *c'est* vraiment dément. Nous ne pouvons pas sortir de la zone délimitée par la clôture. Cela signifie que nous ne pouvons pas étudier *un seul arbre*. Nous ignorons absolument tout de la flore et de la faune de cette planète, à l'exception de ce que le hasard a placé à l'intérieur de la clôture. Un troupeau de cabras, des herbes que l'on appelle capim, l'écologie légèrement différente des rives du cours d'eau et c'est tout. Pas la moindre information relative aux animaux de la forêt, pas le moindre échange de données. Nous ne leur communiquons rien et, lorsqu'ils nous envoient des informations, nous effaçons les dossiers sans les avoir lus. On dirait qu'elle a construit un mur infranchissable autour de nous. Rien ne peut entrer, rien ne peut sortir. »

– « Peut-être a-t-elle ses raisons. »

– « Elle a ses raisons, naturellement. Les fous ont toujours de bonnes raisons. Tout d'abord, elle haïssait Libo. Le haïssait. Elle interdisait à Miro de parler de lui, nous empêchait de jouer avec ses enfants – nous étions très amies, China et moi, pendant des années, mais elle n'a jamais pu venir chez nous, après l'école, et il m'était impossible d'aller chez elle. Et, lorsque Miro est devenu son apprenti, elle est restée un an sans lui adresser la parole ni lui mettre son couvert, à table. »

Elle constata que le Porte-Parole doutait d'elle, croyait qu'elle exagérait.

« J'ai bien dit *un an*. Le jour où il est allé pour la première fois au Laboratoire du Zenador, en tant qu'apprenti de Libo, elle ne lui a pas adressé la parole lorsqu'il est rentré, pas un mot et, quand il s'est assis pour dîner, elle lui a retiré son assiette, puis a lavé ses couverts, exactement comme s'il n'était pas là. Il est resté là pendant tout le repas, à la regarder. Jusqu'au moment où papa s'est mis en colère sous prétexte qu'il se conduisait mal, et lui a dit de sortir. »

– « Qu'a-t-il fait? Il est allé s'installer ailleurs? »

– « Non. Vous ne connaissez pas Miro! » Ela eut un rire amer. « Il ne lutte pas, mais il n'abandonne pas non plus. Il n'a jamais répondu aux injures de papa, jamais. Je ne l'ai jamais vu réagir à la colère par la colère. Et maman... eh bien, il est rentré *tous les soirs* du Laboratoire du Zenador, s'est assis devant une assiette et, tous les soirs, maman lui a retiré son assiette et ses couverts, ce qui ne l'empêchait pas de rester assis jusqu'à ce que papa le fasse sortir. Bien entendu, au bout d'une semaine, papa se mettait à hurler dès que maman tendait la main vers son assiette. Papa aimait cela, le salaud, il trouvait cela formidable, il haïssait tellement Miro et maman prenait enfin son parti contre Miro. »

– « Qui a abandonné? »

– « Personne n'a abandonné. » Ela regarda la rivière, se rendant compte que cela paraissait terrifiant, se rendant compte qu'elle disait du mal de sa famille à un inconnu. Mais ce n'était pas un inconnu, n'est-ce pas? Parce que Quara parlait à nouveau, que Olhado s'intéressait de nouveau à quelque chose et que Grego, même très brièvement, s'était presque conduit comme un petit garçon normal. Ce n'était pas un inconnu.

– « Comment cela s'est-il terminé? » demanda le Porte-Parole.

– « Cela s'est terminé quand les piggies ont tué Libo. Cela montre à quel point maman le haïssait. Elle a fêté sa mort en pardonnant son fils. Ce soir-là, quand Miro est rentré, il était tard et le dîner était terminé. Une nuit horrible; tout le monde avait terriblement peur, les piggies semblaient absolument exécrables et tout le monde aimait tellement Libo, sauf maman, bien sûr. Maman a attendu Miro. Il est rentré puis il est allé s'asseoir à la table de la cuisine, et maman a posé une assiette devant lui, de la nourriture dans l'assiette. Elle n'a pas dit un mot. Et il a mangé. Pas un mot. Comme si l'année n'avait pas existé. Je me suis réveillée au milieu de la nuit parce que j'entendais Miro vomir et pleurer dans les toilettes. Je crois que les autres n'ont rien entendu et je ne suis pas allée le voir parce que je pensais qu'il ne voulait pas que cela se sache. Aujourd'hui, je crois que j'aurais dû aller le voir, mais j'avais peur. Il se passait des choses tellement horribles, dans la famille. »

Le Porte-Parole hocha la tête.

– « J'aurais dû aller le voir, » répéta Ela.

– « Oui, » acquiesça le Porte-Parole. « Vous auriez dû. »

Une chose étrange se produisit. Le Porte-Parole admettait qu'elle avait commis une erreur, cette nuit-là, et elle comprit en entendant ses paroles que c'était vrai, que son jugement était correct. Et, en même temps, elle se sentit étrangement apaisée, comme si le simple fait de parler de cette erreur supprimait un peu de la douleur qu'elle engendrait. Pour la première fois, elle eut une vague idée de la nature du pouvoir de la Parole. Il n'était pas lié à la confession, la pénitence et l'absolution que proposaient les prêtres. C'était radicalement différent. Raconter ce qu'elle était, puis constater qu'elle n'était plus la même personne. Qu'elle avait commis une erreur, que l'erreur l'avait transformée et que, désormais, elle ne commettrait plus cette erreur parce qu'elle était devenue différente, moins effrayée, plus compréhensive.

Si je ne suis plus la petite fille effrayée qui a entendu le désespoir de son frère et n'a pas osé aller près de lui, qui suis-je? Mais l'eau s'écoulant sous la clôture ne contenait aucune réponse. Peut-être ne pouvait-elle pas découvrir aujourd'hui qui elle était. Peut-être suffisait-il qu'elle sache qu'elle était désormais différente.

Le Porte-Parole resta couché sur la grama, regardant les nuages noirs qui venaient de l'ouest.

– « Je vous ai dit tout ce que je sais, » conclut Ela. « Je vous ai dit ce qu'il y a dans ces archives : les informations concernant la Descolada. C'est tout ce que je sais. »

– « Non, » dit le Porte-Parole.

– « C'est tout, je vous assure. »

– « Voulez-vous dire que vous lui avez obéi? Que, lorsque votre mère vous a interdit de faire du travail théorique, vous vous êtes contentée de chasser cette idée de votre esprit et de faire ce qu'elle voulait? »

Elle eut un rire étouffé.

– « C'est ce qu'elle croit. »

– « Mais vous n'avez pas renoncé. »

– « Je suis une scientifique, contrairement à elle. »

– « Elle en était une, » rappela le Porte-Parole. « Elle a réussi les examens à treize ans. »

– « Je sais, » dit Ela.

– « Et elle communiquait les résultats de ses recherches à Pipo, avant sa mort. »

– « Je le sais également. Elle ne haïssait que Libo. »

– « Alors, Ela, qu'avez-vous découvert grâce à votre travail théorique? »

– « Je n'ai découvert aucune solution. Mais je connais au moins quelques questions. C'est un début, n'est-ce pas? Je suis la seule à poser des questions. Miro dit que les xénologues des autres planètes le harcèlent continuellement en demandant davantage d'informations, davantage de données, mais que la loi lui interdit d'approfondir ses recherches. Cependant, aucun xénobiologiste des autres planètes ne nous demande *la moindre* information. Ils se contentent d'étudier la biosphère de leurs mondes respectifs et ne posent pas une seule question à maman. Je suis la seule à m'interroger, et cela n'intéresse personne. »

– « *Moi,* je suis intéressé, » dit le Porte-Parole. « J'ai besoin de savoir quelles sont les questions. »

– « Très bien. En voici une. Nous avons un troupeau de cabras, à l'intérieur de la clôture. Les cabras ne sautent pas par-dessus la clôture et ne la touchent même pas. J'ai examiné et répertorié tous les cabras du troupeau et vous savez ce que j'ai constaté? Il n'y a pas un seul mâle. Il n'y a que des femelles. »

– « Manque de chance, » commenta le Porte-Parole. « Il aurait été préférable de laisser au moins un mâle à l'intérieur. »

– « Cela n'a aucune importance, » assura Ela. « Je ne suis même pas sûre que les mâles *existent*. Au cours de ces cinq dernières années, tous les cabras adultes ont eu au moins un petit. Et il n'y a jamais eu d'accouplement. »

– « Ils se reproduisent peut-être par clonage, » émit le Porte-Parole.

– « Le petit n'est pas génétiquement identique à la mère. J'ai pu effectuer cette recherche au laboratoire à l'insu de maman. Il y *a* effectivement un transfert des gènes. »

– « Des hermaphrodites? »

– « Non. De pures femelles. Pas le moindre organe sexuel mâle. Peut-on estimer que c'est là une question importante? D'une façon ou d'une autre, les cabras procèdent à des échanges génétiques sans relations sexuelles. »

– « Les implications théologiques, à elles seules, sont stupéfiantes. »

– « Ne vous moquez pas. »

– « De quoi? La science ou la théologie? »

– « Les deux. Voulez-vous que nous passions à d'autres questions? »

– « Tout à fait, » répondit le Porte-Parole.

– « Eh bien, en voilà une. L'herbe sur laquelle vous êtes allongé. Nous l'appelons : grama. Tous les serpents aquatiques naissent ici. Des vers tellement minuscules qu'ils sont presque invisibles. Ils mangent l'herbe jusqu'à la racine, et s'entre-dévorent également, muant chaque fois qu'ils grossissent. Puis, tout d'un coup, quand l'herbe est toute gluante à cause de leurs peaux mortes, tous les serpents entrent dans l'eau, *et ils n'en sortent plus jamais.* »

Il n'était pas xénobiologiste. Il ne perçut pas immédiatement les implications.

« Les serpents aquatiques *naissent* ici, » expliqua-t-elle, « mais ils ne ressortent pas de l'eau pour pondre. »

– « De sorte qu'ils s'accouplent avant d'entrer dans l'eau. »

– « Oui, bien entendu, c'est évident. Je les ai vus s'accoupler. Ce n'est pas le problème. Le problème est de savoir *pourquoi ce sont des serpents aquatiques*? »

Il ne comprit pas davantage.

« Ecoutez, ils sont totalement adaptés à la vie aquatique. Ils ont des branchies et des poumons, ils nagent magnifiquement, ils ont des nageoires pour se diriger, l'évolution les destine manifestement à vivre dans l'eau. Pourquoi l'évolution les aurait-elle modelés de cette façon s'ils naissent à l'air libre, s'accouplent à l'air libre et *se reproduisent* à l'air libre? Sur le plan de l'évolution, tout ce qui arrive après la naissance n'est pas pertinent, sauf si on allaite les petits, ce qui n'est manifestement pas le cas des serpents aquatiques. Vivre dans l'eau n'ajoute rien à leur aptitude à survivre jusqu'à la reproduction. Ils pourraient aussi bien entrer dans l'eau et se *noyer*, cela ne changerait rien parce que la reproduction est *terminée*. »

– « Oui, » dit le Porte-Parole. « Je vois, à présent. »

– « Cependant, il y a de petits œufs translucides dans l'eau. Je n'ai jamais vu les serpents aquatiques les pondre mais comme il n'y a pas, dans la rivière ou à proximité, d'autres animaux assez gros pour pondre ces œufs, il semble logique qu'il s'agisse d'œufs de serpent aquatique. Mais ces œufs translucides, un centimètre de diamètre, sont totalement stériles. Les produits nutritifs sont là, tout est prêt, mais il n'y a pas d'embryon. Rien. Quelques-uns ont un gamète, la moitié de l'ensemble des gènes d'une cellule, prêt à se combiner, mais il n'y en avait pas un seul qui soit vivant. Et nous n'avons jamais trouvé d'œufs de serpent aquatique à l'air libre. Un jour il n'y a que le grama devenant de plus en plus dense; le lendemain, les tiges de grama grouillent de petits serpents aquatiques. Cette question vous paraît-elle digne d'être explorée? »

– « De mon point de vue, cela ressemble à la génération spontanée. »

– « Oui, eh bien j'aimerais trouver assez d'informations pour tester quelques hypothèses de remplacement, mais maman ne veut pas. Je l'ai interrogée sur ce problème et elle m'a confié tout le processus de mise au point de l'amarante afin que je n'aie pas le temps de traîner au bord de la rivière. Et une autre question. Pourquoi y a-t-il aussi peu d'espèces, ici? Sur toutes les autres planètes, même celles qui sont pratiquement désertes, comme Trondheim, il y a des milliers d'espèces différentes, du moins dans l'eau. Ici, il y en a tout juste une poignée, à ma connaissance. Les xingadoras sont les seuls oiseaux que nous avons pu observer. Les mouches sont les seuls insectes. Les cabras sont les seuls ruminants qui mangent le capim. Les cabras mis à part, les piggies sont les seuls gros animaux que nous connaissions. Il n'y a qu'une espèce d'arbres. Qu'une seule espèce d'herbe, dans les prairies : le capim; et la seule plante concurrente est la tropeça, liane rampante qui peut atteindre des dizaines de mètres; les xingadoras nichent dedans. Et c'est tout. Les xingadoras mangent les mouches et rien d'autre. Les mouches mangent les algues des berges de la rivière. Et nos ordures, et c'est tout. Rien ne mange les xingadoras. Rien ne mange les cabras. »

– « Très limité, » commenta le Porte-Parole.

– « Impossiblement limité. Il y a dix mille niches

écologiques absolument vides. Il est impossible que l'évolution ait produit un monde aussi dépouillé. »
— « Sauf s'il s'est produit une catastrophe. »
— « Exactement. »
— « Quelque chose qui aurait détruit toutes les espèces, sauf celles qui sont parvenues à s'adapter. »
— « Oui! » s'écria Ela. « Vous voyez? Et j'ai une preuve. Les cabras ont un comportement grégaire. Lorsqu'on arrive près d'eux, lorsqu'ils vous flairent, ils se mettent en cercle, les adultes tournés vers l'intérieur, afin de pouvoir chasser l'intrus à coups de sabots et de protéger les jeunes. »
— « De nombreux troupeaux agissent ainsi. »
— « Les protéger contre *quoi*? Les piggies sont totalement sylvestres... Ils ne chassent jamais dans les prairies. Quel que soit le prédateur qui a contraint les cabras à adopter ce type de comportement, il a disparu. Et récemment, il y a quelques centaines de milliers d'années, un million peut-être. »
— « Rien n'indique qu'il y ait eu la moindre chute de météorites depuis vingt millions d'années, » fit ressortir le Porte-Parole.
— « Non. Ce type de catastrophe aurait tué tous les gros animaux et les plantes, mais aurait laissé des centaines de petits, ou bien elle aurait tué toute la vie terrestre, ne laissant que la vie aquatique. Mais la terre, la mer, tous les environnements ont été dépouillés, pourtant quelques grosses créatures ont survécu. Non, je crois que c'était une maladie. Une maladie qui ne tenait pas compte des frontières entre les espèces, capable de s'adapter à toutes les créatures vivantes. Bien entendu, nous n'avons pas pu constater la présence de cette maladie parce que toutes les créatures restantes sont adaptées à elle. La seule façon de prendre conscience de la maladie... »

— « Consistait à l'attraper, » termina le Porte-Parole. « La Descolada. »

— « Vous comprenez? Tout tourne autour de la Descolada. Mes grands-parents ont trouvé le moyen de l'empêcher de tuer les êtres humains, mais ils ont dû recourir aux meilleures manipulations génétiques. Les cabras et les serpents aquatiques ont également trouvé un moyen, et je doute qu'il soit à base de vitamines supplémentaires. Je crois que tout cela est lié. Les anomalies bizarres de la reproduction, le vide de l'écosystème, tout tourne autour des corps de la Descolada et maman m'interdit de les examiner. Elle m'interdit d'étudier leur nature, la façon dont ils fonctionnent, leur influence sur... »

— « Sur les piggies. »

— « Oui, bien sûr, mais aussi sur *tous* les animaux... »

Le Porte-Parole donnait l'impression de lutter contre l'enthousiasme. Comme si elle avait expliqué un point difficile.

— « La nuit où Pipo est mort, elle a caché tous les dossiers relatifs à son travail du moment, et elle a caché tous les dossiers contenant les recherches sur la Descolada. Ce qu'elle a montré à Pipo avait trait aux corps de la Descolada, et entretenait un rapport avec les piggies. »

— « C'est à ce moment-là qu'elle a caché les archives? » demanda Ela.

— « Oui. Oui. »

— « Dans ce cas, j'ai raison, n'est-ce pas? »

— « Oui, » dit-il. « Merci. Vous ne pouvez pas savoir à quel point vous m'avez aidé. »

— « Cela signifie-t-il que vous allez bientôt Parler la mort de papa? »

Le Porte-Parole la regarda attentivement.

— « Vous ne voulez pas que je Parle la mort de votre père, en fait. Vous voulez que je Parle de votre mère. »

– « Elle n'est pas morte. »
– « Mais vous savez qu'il m'est impossible de Parler Marcão sans expliquer pourquoi il a épousé Novinha et pourquoi leur mariage a duré toutes ces années. »
– « C'est exact. Je veux que tous les secrets apparaissent. Je veux que toutes les archives soient ouvertes. Je veux que tout soit exposé au grand jour. »
– « Vous ne savez pas ce que vous demandez, » l'avertit le Porte-Parole. « Vous ignorez l'ampleur des souffrances qui naîtront de la disparition des secrets. »
– « Regardez ma famille, Porte-Parole, » répliqua-t-elle. « Comment la vérité pourrait-elle causer plus de souffrances que les secrets? »

Il lui sourit, mais ce n'était pas un sourire joyeux. Il exprimait... l'affection, la compassion, même.

– « Vous avez raison, » dit-il, « absolument raison, mais vous aurez sans doute du mal à l'admettre quand vous entendrez toute l'histoire. »
– « Je *connais* toute l'histoire, dans la mesure où cela est possible. »
– « C'est ce que tout le monde croit, et tout le monde se trompe. »
– « Dans ce cas, quand allez-vous Parler? »
– « Dès que possible.
– « Alors pourquoi pas maintenant? Aujourd'hui? Qu'est-ce que vous attendez? »
– « Je ne peux rien faire avant d'avoir vu les piggies. »
– « Vous plaisantez, n'est-ce pas? Personne ne peut voir les piggies, sauf les Zenadores. C'est un ordre du Congrès. Personne ne peut le transgresser. »
– « Oui, » dit le Porte-Parole. « C'est pour cette raison que ce sera difficile. »
– « Pas difficile, impossible... »

– « Peut-être, » dit-il. Il se leva; elle fit de même. « Ela, votre aide m'a été terriblement précieuse. Vous m'avez dit tout ce que j'espérais apprendre grâce à vous. Exactement comme Olhado. Mais il n'a pas apprécié la façon dont j'ai utilisé ce qu'il m'a appris et, maintenant, il croit que je l'ai trahi. »
– « C'est un enfant. J'ai dix-huit ans. »
Le Porte-Parole hocha la tête, lui posa la main sur l'épaule, serra.
– « Tout va bien, alors. Nous sommes amis. »
Elle fut presque certaine que ses paroles étaient ironiques. Ironiques et, peut-être, suppliantes.
– « Oui, » déclara-t-elle. « Nous sommes amis. Pour toujours. »
Il hocha une nouvelle fois la tête, s'éloigna, poussa la barque dans l'eau puis pataugea dans la vase et parmi les roseaux pour la rejoindre. Lorsque le bateau flotta correctement, il s'assit et sortit les rames, les manœuvra puis leva la tête et lui sourit. Ela lui rendit son sourire, mais celui-ci n'exprimait pas la joie intense qu'elle éprouvait, la perfection du soulagement. Il avait tout écouté, tout compris, et il arrangerait tout. Elle y croyait, y croyait si fort qu'elle ne se rendit même pas compte que c'était la source de son bonheur. Elle savait seulement qu'elle avait passé une heure avec le Porte-Parole des Morts et qu'elle ne s'était pas sentie aussi vivante depuis de nombreuses années.
Elle ramassa ses chaussures, les remit et rentra chez elle. Sa mère était sans doute encore au Laboratoire de Biologie, mais Ela n'avait plus envie de travailler. Elle avait envie de rentrer et de préparer le dîner; c'était toujours un travail solitaire. Elle espérait que personne ne lui parlerait. Elle espérait qu'elle n'aurait pas de problèmes à régler. Que ce qu'elle éprouvait durerait toujours.
Elle n'était rentrée que depuis quelques minutes,

cependant, lorsque Miro entra en coup de vent dans la cuisine.

« Ela, » demanda-t-il, « as-tu vu le Porte-Parole des Morts ? »

– « Oui, » répondit-elle, « sur la rivière. »

– « *Où ça,* sur la rivière ? »

Si elle lui indiquait l'endroit où ils s'étaient vus, il comprendrait qu'ils ne s'étaient pas rencontrés par hasard.

– « Pourquoi ? » demanda-t-elle.

– « Ecoute, Ela, ce n'est pas le moment de faire des histoires, je t'en prie. Il faut que je le trouve. Nous avons laissé des messages à son intention, l'ordinateur ne le trouve pas... »

– « Il descendait la rivière en direction de chez lui. Il ne va vraisemblablement pas tarder à arriver. »

Miro gagna rapidement le salon. Ela l'entendit taper sur le terminal. Puis il revint.

– « Merci, » dit-il. « Ne m'attendez pas, je ne rentrerai pas dîner. »

– « Qu'y a-t-il de si urgent ?

– « Rien. » Il était tellement ridicule, ce « rien », alors que Miro était si manifestement nerveux et pressé qu'ils éclatèrent de rire en même temps. « D'accord, » reconnut Miro, « ce n'est pas rien, c'est quelque chose, mais je ne peux pas en parler, d'accord ? »

– « D'accord. » Mais, bientôt, tous les secrets sortiront au grand jour, Miro.

– « Ce que je ne comprends pas, c'est pourquoi il n'a pas reçu notre message. Pourtant, l'ordinateur le suit. Ne porte-t-il pas un implant à l'oreille ? L'ordinateur est censé pouvoir le joindre. Mais il l'avait peut-être éteint. »

– « Non, » dit Ela. « Le témoin était allumé. »

Miro inclina la tête et plissa les yeux.

– « Tu n'as pas pu voir le témoin rouge minuscule de l'implant s'il est simplement passé en bateau au milieu de la rivière. »

– « Il est venu sur la berge. Nous avons parlé. »

– « De quoi? »

Ela sourit.

– « De rien, » répondit-elle.

Il lui rendit son sourire mais parut tout de même contrarié. Elle comprenait : Tu peux me cacher des choses, mais la réciproque n'est pas vraie, n'est-ce pas, Miro?

Néanmoins, il ne discuta pas. Il était trop pressé. Il devait trouver le Porte-Parole, *immédiatement*, et il ne rentrerait pas dîner.

Ela eut l'impression que le Porte-Parole risquait de rencontrer les piggies plus tôt que prévu. Pendant quelques instants, elle déborda de joie. L'attente arrivait à son terme.

Puis la joie s'estompa et un autre sentiment la remplaça. Une peur terrifiante, la vision de Libo gisant au flanc de la colline, déchiqueté par les piggies. Mais ce n'était pas Libo, comme chaque fois qu'elle s'était représenté cette scène horrible. C'était Miro. Non, non, ce n'était pas Miro. C'était le Porte-Parole. Le Porte-Parole serait torturé à mort.

« Non, » souffla-t-elle.

Puis elle frémit et la vision de cauchemar quitta ses pensées; elle se remit à assaisonner et épicer les pâtes dans l'espoir de masquer partiellement leur goût de colle d'amarante.

CHAPITRE XIV

RENÉGATS

MANGE-FEUILLE : Humain dit que, lorsque vos frères meurent, vous les enfouissez dans la terre et que vous construisez ensuite vos maisons avec cette terre. (Rires.)
MIRO : Non. Nous ne creusons jamais aux endroits où les gens sont enterrés.
MANGE-FEUILLE : (rigide sous l'effet de la nervosité) : Dans ce cas, vos morts ne vous apportent rien de bien!

Ouanda Quenhatta Figueira Mucumbi,
transcriptions de dialogues, 103:0:1969:4:13:111

Ender croyait qu'il serait difficile de lui faire franchir la porte, mais Ouanda posa la main sur la boîte, Miro ouvrit la porte et ils passèrent tous les trois. Aucun obstacle. Cela devait tenir, comme Ela l'avait laissé entendre, au fait que personne ne voulait quitter l'enclos, de sorte qu'aucune sécurité sérieuse n'était nécessaire. Ender ne pouvait déterminer si cela indiquait que les gens étaient satisfaits de vivre à Milagre, ou bien qu'ils avaient peur des piggies, ou encore s'ils haïssaient tellement leur emprisonnement qu'ils feignaient de croire que la clôture n'existait pas.

Ouanda et Miro étaient très tendus, presque effrayés. Cela se comprenait, naturellement, puisqu'ils enfreignaient les règlements du Congrès pour lui permettre de les accompagner. Mais Ender sentait que ce n'était pas la seule raison. La nervosité de Miro était teintée d'impatience, d'une sensation de hâte; il avait manifestement peur, mais il voulait voir ce qui arriverait, voulait progresser. Ouanda restait en arrière, marchait à pas mesurés et sa froideur n'était pas seulement faite de crainte, mais aussi d'hostilité. Elle n'avait pas confiance en lui.

De sorte qu'Ender ne fut pas surpris lorsqu'elle passa derrière le gros arbre qui se dressait non loin de la porte, puis attendit que Miro et Ender viennent la rejoindre. Ender vit Miro, contrarié pendant un instant, se forcer au calme. Son masque d'indifférence tranquille était aussi parfait que possible. Ender, sans l'avoir véritablement voulu, s'aperçut qu'il comparait Miro aux enfants qu'il avait connus à l'Ecole de Guerre, le considérant comme un compagnon d'armes, et il se dit que Miro y aurait probablement réussi. Ouanda également, mais pour des raisons différentes : Elle estimait qu'elle était responsable de ce qui arrivait, bien qu'Ender fût adulte et qu'elle fût beaucoup plus jeune. Elle ne lui marquait pas la moindre déférence. Elle avait manifestement peur, mais pas de l'autorité.

« Ici? » demanda Miro d'une voix unie.

– « Ou pas du tout, » répondit Ouanda.

Ender se baissa puis s'assit au pied de l'arbre.

– « C'est l'arbre de Rooter, n'est-ce pas? » demanda-t-il.

Ils prirent la question avec calme, naturellement, mais leur brève pause lui indiqua qu'il les avait surpris en montrant qu'il connaissait un passé qu'ils considéraient vraisemblablement comme leur. Je suis manifestement un framling, se dit intérieurement Ender, mais cela ne m'oblige pas pour autant à être ignorant.

– « Oui, » acquiesça Ouanda. « C'est le totem qui semble leur donner les... instructions les plus nombreuses. Depuis sept ou huit ans. Ils ne nous ont jamais permis d'assister aux rituels à l'occasion desquels ils parlent à leurs ancêtres, mais il semble qu'il soit nécessaire de frapper les arbres avec de lourds bâtons polis. Nous les entendons parfois, la nuit. »

– « Des bâtons? En bois mort? »

– « C'est ce que nous supposons. Pourquoi? »

– « Parce qu'ils n'ont pas d'outils en pierre ou en métal pour couper le bois, n'est-ce pas exact? En outre, s'ils adorent les arbres, ils ne peuvent guère les couper. »

– « Nous ne croyons pas qu'ils adorent les arbres. C'est totémique. Ils remplacent les ancêtres décédés. Ils les plantent. Avec les corps. »

Ouanda avait voulu s'arrêter, pour parler ou interroger, mais Ender n'avait aucune intention de lui laisser croire qu'elle, ou même Miro, serait responsable de l'expédition. Ender voulait s'entretenir personnellement avec les piggies. Il ne s'était jamais préparé à Parler en laissant une tierce personne s'occuper de son agenda et il ne voulait pas commencer. En outre, il disposait d'informations qu'ils ignoraient. Il connaissait la théorie d'Ela.

– « Et ailleurs? » demanda-t-il. « Plantent-ils des arbres à d'autres moments? »

Ils se regardèrent.

– « Pas à notre connaissance, » répondit Miro.

Ender n'était pas simplement curieux. Il pensait toujours aux anomalies reproductives mentionnées par Ela.

– « Et les arbres poussent-ils également seuls?

Rencontre-t-on des pousses et de jeunes arbres dans la forêt? »

Ouanda secoua la tête.

– « En fait, rien ne nous permet d'affirmer que les arbres soient plantés ailleurs que dans les cadavres. Du moins, tous les arbres que nous connaissons sont très âgés, sauf ces trois-là. »

– « Quatre si nous ne nous dépêchons pas, intervint Miro.

Ah. Telle était donc la raison d'être de la tension. Miro était impatient parce qu'il voulait empêcher qu'un piggy soit planté à la base d'un autre arbre. Tandis que l'inquiétude d'Ouanda était toute différente. Ils s'étaient découverts; à présent, il pouvait les autoriser à l'interroger. Il se redressa et bascula la tête en arrière, regardant les feuilles de l'arbre, les branches, le vert pâle de la photosynthèse qui confirmait la convergence, l'inévitabilité, de l'évolution sur toutes les planètes. Tel était le cœur des paradoxes d'Ela : L'évolution, sur cette planète, était de toute évidence conforme aux structures que les xénobiologistes avaient rencontrées sur toutes les planètes humaines, pourtant cette structure s'était brisée, effondrée. Quelle était la nature de la Descolada et comment les piggies s'étaient-ils adaptés à elle?

Il avait eu l'intention de changer de conversation, de dire : Pourquoi sommes-nous derrière cet arbre? Cela aurait suscité les questions d'Ouanda. Mais, à ce moment-là, la tête en arrière, les feuilles vert tendre bougeant doucement sous l'effet d'une brise presque imperceptible, il eut une intense impression de *déjà vu*. Il avait regardé ces feuilles auparavant. Récemment. Mais c'était impossible. Il n'y avait pas de grands arbres sur Trondheim, et il n'y en avait pas un seul dans l'enceinte de Milagre. Pourquoi le soleil à travers les feuilles lui paraissait-il familier?

« Porte-Parole, » dit Miro.

– « Oui, » répondit-il, se laissant tirer de sa rêverie.

– « Nous ne voulions pas vous faire venir ici. » Miro s'exprima avec fermeté, le corps orienté vers Ouanda de telle façon qu'Ender comprit que Miro voulait, en fait, le conduire ici, mais qu'il s'incluait dans la volonté inverse d'Ouanda afin de lui montrer qu'il était avec elle. Vous êtes amoureux, se dit Ender. Et ce soir, si je Parle la mort de Marcão, je serai obligé de vous dire que vous êtes frère et sœur. Il me faudra enfoncer le coin de l'inceste entre vous. Et il est probable que vous me haïrez.

– « Vous allez voir... des... » Ouanda fut incapable d'aller jusqu'au bout.

Miro sourit.

– « Nous appelons cela : Les Activités Discutables. Elles ont commencé à l'époque de Pipo, accidentellement. Mais Libo les a délibérément organisées et nous poursuivons son travail. Nous agissons prudemment, progressivement. Nous n'avons pas purement et simplement rejeté les réglementations du Congrès sur ce plan. Mais il y a eu des crises et nous avons dû agir. Il y a quelques années, par exemple, les piggies manquaient de macios, les vers d'écorce qui étaient leur principale source de nourriture... »

– « Tu vas lui dire cela *avant?* » demanda Ouanda.

Ah, se dit Ender. Elle ne tient pas autant que lui à leur illusion de solidarité.

– « Il est ici pour Parler la mort de Libo, » rappela Miro. « Et c'est ce qui est arrivé juste avant. »

– « Rien ne démontre une relation de cause à effet... »

– « Permettez-moi d'établir les relations de cause à effet, » dit calmement Ender. « Racontez-moi ce qui est arrivé quand les piggies ont eu faim. »

– « C'étaient les épouses qui avaient faim, selon

eux. » Miro ne tint aucun compte de l'inquiétude d'Ouanda. « Comprenez-vous, les mâles ramassent la nourriture pour les femelles et les petits, et il n'y en avait pas assez pour tout le monde. Ils faisaient continuellement des allusions à la nécessité de partir en guerre. Ainsi qu'à l'éventualité de leur mort. » Miro secoua la tête. « Cela paraissait presque leur faire plaisir. »

Ouanda se leva.

– « Il n'a même pas promis. Il n'a *rien* promis. »

– « Que voulez-vous que je promette? » demanda Ender.

– « De ne pas... De ne rien dire de tout ceci... »

– « De ne pas vous dénoncer? » demanda Ender.

Elle acquiesça, bien que la formulation infantile lui ait manifestement déplu.

« Je ne promettrai rien de tel, » dit Ender. « Mon travail consiste à parler. »

Elle se tourna brusquement vers Miro.

– « Tu vois! »

Miro parut également effrayé.

– « Vous ne pouvez pas parler. Ils fermeront la porte. Ils ne nous laisseront plus entrer. »

– « Et il vous faudrait trouver une autre profession? » demanda Ender.

Ouanda lui adressa un regard méprisant.

– « C'est tout ce que la xénologie représente, pour vous? Un travail? Il y a une autre espèce intelligente, dans les bois. Des ramen, pas des varelse, et il faut les *connaître*. »

Ener ne répondit pas, mais son regard ne quitta pas son visage.

– « C'est comme *La Reine et l'Hégémon*, » fit ressortir Miro. « Les piggies sont comme les doryphores. Mais plus petits, plus faibles, plus primitifs. Nous devons les étudier, oui, mais cela ne suffit pas.

Nous pouvons étudier les animaux sans nous soucier de savoir si l'un d'entre eux meurt ou est mangé, mais ceux-ci sont... comme nous. Nous ne pouvons pas nous contenter d'*étudier* leur famine, *d'observer* leur destruction dans la guerre, nous les *connaissons*, nous... »

– « Les aimons, » compléta Ender.

– « Oui! » lança Ouanda sur un ton de défi.

– « Mais si vous les abandonniez, si vous n'étiez pas là, ils ne disparaîtraient pas, n'est-ce pas? »

– « Non, » reconnut Miro.

– « Je t'avais dit qu'il était comme la commission, » rappela Ouanda.

Ender ne tint aucun compte d'elle.

– « Qu'est-ce que cela leur coûterait, si vous partiez? »

– « C'est comme... » Miro chercha ses mots. « C'est comme si vous retourniez en arrière, sur la Terre, avant le Xénocide, avant les voyages interstellaires, et que vous disiez aux gens : Vous pouvez voyager parmi les étoiles, vous pouvez vivre sur d'autres planètes. Puis qu'on leur montre des milliers de petits miracles. Des lumières qui s'allument avec un bouton. De l'acier. Même des choses simples... Des pots qui contiennent de l'eau. L'agriculture. Ils vous voient, ils savent ce que vous êtes, ils savent qu'ils peuvent *devenir* ce que vous êtes, faire tout ce que vous faites. Que disent-ils : reprenez tout ceci, ne nous le montrez pas, laissez-nous vivre nos petites existences misérables, brèves, brutales, laissez l'évolution suivre son cours? Non. Ils disent : Donnez, apprenez, aidez. »

– « Et vous répondez : Je ne peux pas, puis vous partez. »

– « Il est trop tard! » s'écria Miro. « Vous ne comprenez donc pas? Ils ont déjà vu les miracles! Ils nous ont déjà vus voler. Ils ont vu que nous sommes grands et forts, avec des outils magiques et la connaissance de choses qu'ils n'imaginaient même pas. Il est trop tard. Nous ne pouvons plus dire au revoir et partir. Ils savent ce qui est possible. Et plus nous restons, plus ils veulent apprendre, et plus ils apprennent, plus nous constatons que le savoir les aide, et si vous avez la moindre compassion, si vous comprenez qu'ils sont... qu'ils sont... »

– « Humains. »

– « Ramen, de toute façon. Ce sont *nos enfants*, comprenez-vous cela? »

Ender sourit.

– « Lequel d'entre vous, si son fils lui demande du pain, lui donne une pierre? »

Ouanda hocha la tête.

– « C'est cela. Selon les règlements du Congrès, nous devons leur donner des pierres. Même si nous avons du pain. »

Ender se leva.

– « Eh bien, continuons. »

Ouanda n'était pas prête.

– « Vous n'avez pas promis... »

– « Avez-vous lu *La Reine et l'Hégémon*? »

– « Oui, » répondit Miro.

– « Pouvez-vous imaginer que quelqu'un qui a décidé de se faire appeler Porte-Parole des Morts puisse faire le moindre mal à ces petits, ces pequeninos? »

L'inquiétude d'Ouanda diminua visiblement, mais pas son hostilité.

– « Vous êtes insaisissable, Senhor Andrew, Porte-Parole des Morts, vous êtes très malin. Vous lui parlez de la Reine, mais cela ne vous empêche pas de me citer les Écritures. »

– « Je m'adresse à chacun dans la langue qu'il comprend, » fit ressortir Ender. « Cela ne signifie pas que je suis insaisissable. Cela veut dire que je suis clair. »

– « Ainsi, vous ferez ce qui vous convient. »

– « Dans la mesure où cela ne nuira pas aux piggies. »

Ouanda ironisa.

– « Selon *vos* critères. »

– « Je n'en ai pas d'autres à ma disposition. » Il s'éloigna, sortant de l'ombre des branches, se dirigeant vers la forêt qui commençait au sommet de la colline. Ils le suivirent, courant pour le rejoindre.

– « Il faut que vous sachiez, » dit Miro, « que les piggies ont demandé que vous veniez. Ils croient que vous êtes le Porte-Parole qu a écrit *La Reine et l'Hégémon.* »

– « Ils ont lu le livre? »

– « En fait, ils l'ont pratiquement incorporé à leur religion. Ils considèrent l'exemplaire que nous leur avons donné comme un livre sacré. Et, à présent, ils prétendent que la reine leur parle. »

Ender leur adressa un bref regard.

– « Que dit-elle? » s'enquit-il.

– « Que vous êtes la *véritable Voix des Morts.* Et que la reine vous accompagne. Et que vous allez la faire vivre avec eux, et leur enseigner tout ce qui concerne les métaux, des choses vraiment folles. Tout ce qu'ils espèrent de vous est impossible, et c'est bien le plus grave. »

Peut-être était-ce un simple désir de voir leurs espérances se réaliser, comme le croyait manifestement Miro, mais Ender savait que, de l'intérieur de son cocon, la reine parlait à *quelqu'un.*

– « Comment, selon eux, la reine leur parle-t-elle? »

Ouanda était à présent de l'autre côté.

– « Pas à eux, seulement à Rooter. Et Rooter leur parle. Tout cela fait partie de leur système de totems. Nous nous sommes toujours efforcés de l'accepter et d'agir comme si nous y croyions. »

– « Quelle condescendance, » fit Ender.

– « C'est une pratique anthropologique normale, » fit valoir Miro.

– « Mais vous êtes tellement occupés à *feindre* d'y croire que vous n'avez pas la moindre chance de comprendre quelque chose. »

Pendant quelques instants, ils se laissèrent légèrement distancer, de sorte qu'il entra, en fait, seul dans la forêt. Puis ils coururent pour le rejoindre.

– « Nous consacrons notre vie à tenter de les connaître! » protesta Miro.

Ender s'immobilisa.

– « Pas à connaître ce qu'ils peuvent *vous apporter*. »

Ils étaient juste à l'intérieur des arbres; la lumière tamisée par les feuilles rendait leurs visages indéchiffrables. Mais il savait ce que ces visages exprimaient. Contrariété, colère, mépris : comment ce profane osait-il mettre en doute leur attitude de professionnels? Comme s'il leur disait : « Vous êtes des impérialistes culturels. Vous effectuez vos Activités Discutables pour aider les pauvres petits piggies, mais vous n'avez pas la moindre chance de remarquer que *eux* peuvent vous apporter quelque chose. »

– « Quoi, par exemple? » s'enquit Ouanda. « Comment assassiner leur plus grand bienfaiteur, le torturer à mort après qu'il eût sauvé leurs épouses et leurs enfants? »

– « Dans ce cas, pourquoi tolérez-vous cela? Pourquoi les aidez-vous, après ce qu'ils ont fait? »

Miro se glissa entre Ouanda et Ender. Pour la protéger, se dit Ender ou bien pour l'empêcher de trahir ses faiblesses.

– « Nous sommes des professionnels. Nous comprenons ces différences culturelles, que nous ne pouvons pas expliquer... »

– « Vous comprenez que les piggies sont des animaux et vous ne les condamnez pas, pour les assassinats de Pipo et Libo, tout comme vous ne condamnez pas les cabras parce qu'ils mangent le capim. »

– « C'est exact, » reconnut Miro.

Ender sourit.

– « Et c'est pour cette raison que vous n'apprendrez jamais rien à leur contact. Parce que vous les considérez comme des animaux. »

– « Nous les considérons comme des ramen! » protesta Ouanda, passant devant Miro. De toute évidence, elle ne tenait pas à être protégée.

– « Vous les traitez comme s'ils n'étaient pas responsables de leurs actes, » appuya Ender.« Les ramen sont responsables de ce qu'ils font. »

– « Qu'est-ce que *vous* allez faire? » demanda Ouanda sur un ton sarcastique. « Organiser un procès? »

– « Je vais vous dire une chose. Les piggies me connaissent mieux, par l'entremise de Rooter, que vous qui m'avez côtoyé. »

– « Qu'est-ce que *cela* est censé signifier? Que vous *êtes* effectivement le premier Porte-Parole? » De toute évidence, Miro trouvait cela parfaitement ridicule. « Et je suppose qu'il y a *vraiment* une armée de doryphores, dans le vaisseau que vous avez laissé en orbite, que vous allez les faire descendre et... »

– « Cela signifie, » coupa Ouanda, « que cet amateur se croit plus qualifié que nous pour traiter avec les piggies. En ce qui me concerne, cela prouve que nous n'aurions jamais dû accepter de le conduire... »

À ce moment-là, Ouanda s'interrompit car un piggy venait de sortir des buissons. Plus petit que dans l'imagination d'Ender. Son odeur, bien que relativement agréable, était totalement absente de la simulation par ordinateur que Jane lui avait présentée.

– « Trop tard, » murmura Ender. « Je crois que la rencontre a déjà eu lieu. »

L'expression du piggy, s'il en avait une, était totalement indéchiffrable du point de vue d'Ender. Miro et Ouanda, toutefois, comprenaient partiellement leur langue non-vocale.

– « Il est stupéfait, » souffla Ouanda. En indiquant à Ender qu'elle connaissait ce qu'il ignorait, elle le remettait à sa place. C'était acceptable. Ender savait qu'il était un novice sur ce plan. Il espérait aussi qu'il avait également déséquilibré, partiellement, leur mode de pensée normal, qu'ils ne remettaient jamais en question. Il était évident qu'ils se conformaient à des structures solidement établies. S'il voulait qu'ils puissent l'aider efficacement, il leur faudrait sortir de ces structures et parvenir à des conclusions nouvelles.

– « Mange-Feuille », l'appela Miro.

Mange-Feuille ne quitta pas Ender des yeux.

– « Porte-Parole des Morts, » dit-il.

– « Nous l'avons amené, » dit Ouanda.

Mange-Feuille pivota sur lui-même et disparut dans la forêt.

– « Qu'est-ce que cela signifie ? » demanda Ender. « Qu'il est parti ? »

– « Vous voulez dire que vous n'avez pas déjà deviné ? » demanda Ouanda.

– « Que cela vous plaise ou non, » dit Ender, « les piggies veulent s'entretenir avec moi, et je parlerai avec eux. Je crois que nous parviendrons à de meilleurs résultats si vous m'aidez à comprendre ce qui se passe. À moins que vous ne compreniez pas non plus cela ? »

Il les regarda lutter contre leur agacement. Puis, avec soulagement, Ender constata que Miro prenait une décision. Au lieu de répondre sur un ton hautain, il dit, avec simplicité et mesure :

– « Non. Nous ne comprenons pas. Nous jouons

encore aux devinettes avec les piggies. Ils nous interrogent, nous les interrogeons mais nous nous arrangeons de part et d'autre pour ne rien révéler délibérément. Nous ne leur posons même pas les questions dont nous tenons à connaître les réponses, de peur que ces questions ne leur fournissent trop d'indications sur nous. »

Ouanda ne voulait toujours pas coopérer.

– « En vingt ans, vous ne pourriez pas connaître tout ce que *nous* savons, » fit-elle ressortir. « Et vous êtes fou si vous croyez pouvoir reproduire ce que nous savons en une conversation de dix minutes dans la forêt. »

– « Je n'ai pas besoin de reproduire ce que vous savez, » releva Ender.

– « Vous ne le pensez pas ? » demanda Ouanda.

– « Parce que vous êtes avec moi. » Ender sourit.

Miro comprit et prit cela pour un compliment. Il sourit également.

– « Voici ce que nous savons, et ce n'est pas beaucoup. Mange-Feuille n'est probablement pas content de vous voir. Il y a des dissensions entre lui et un piggy nommé : Humain. Lorsqu'ils ont cru que nous ne vous ferions pas venir, Mange-Feuille a cru qu'il avait gagné. À présent, il est privé de sa victoire. Nous avons peut-être sauvé la vie d'Humain. »

– « Au prix de celle de Mange-Feuille ? » demanda Ender.

– « Qui sait ? J'ai la conviction que la vie d'Humain est menacée, mais pas celle de Mange-Feuille. Mange-Feuille cherche simplement à faire échouer Humain, pas à gagner. »

– « Mais vous n'en êtes pas certain. »

– « C'est le genre de sujet que nous n'abordons jamais. » Miro sourit à nouveau. « Et vous avez raison. C'est devenu une telle habitude que nous ne nous rendons généralement pas compte que nous ne posons pas de questions. »

Ouanda se mit en colère.

– « Il a *raison?* Il ne nous a même pas vus travailler et, tout d'un coup, le voilà qui critique... »

Mais Ender n'avait pas envie d'assister à leur querelle. Il partit dans la direction prise par Mange-Feuille, les laissant libres de suivre s'ils le souhaitaient. Et, naturellement, ils renoncèrent à leur discussion. Dès qu'il eut constaté qu'ils étaient revenus à sa hauteur, Ender se remit à les interroger.

– « Ces Activités Discutables auxquelles vous vous livrez, » dit-il. « Avez-vous introduit des aliments nouveaux? »

– « Nous leur avons montré qu'ils peuvent manger la racine de merdona, » indiqua Ouanda. Elle était sèche et professionnelle mais, au moins, elle lui parlait. Elle ne voulait pas que sa colère la prive d'une rencontre avec les piggies qui serait sans doute capitale. « À condition de faire disparaître le cyanure qu'elle contient en la faisant tremper dans l'eau puis sécher au soleil. C'était une solution à court terme. »

– « La solution à long terme est une des adaptations inexploitables de l'amarante, mise au point par maman, » poursuivit Miro. « Elle a élaboré une variété d'amarante qui était si bien adaptée à Lusitania qu'elle ne convenait guère aux êtres humains. Trop de protéines lusitaniennes, au détriment des protéines d'origine terrestre. Mais c'était ce qu'il fallait aux piggies. J'ai convaincu Ela de me donner quelques spécimens sans lui dire que c'était important. »

Ne te fais pas d'illusions sur ce qu'Ela sait et ignore, se dit Enfer.

« Libo la leur a donnée, leur a montré comment la planter. Puis comment la moudre, fabriquer de la farine et la transformer en pain. Il a un goût carrément désagréable, mais c'était la première fois qu'ils pouvaient contrôler directement ce qu'ils mangeaient. Depuis, ils sont gras et effrontés. »

La voix d'Ouanda fut amère.

– « Mais ils ont tué papa tout de suite après avoir apporté leurs premiers pains aux épouses. »

Ender marcha en silence pendant quelques instants, s'efforçant de comprendre. Les piggies avaient tué Libo aussitôt après qu'il leur eût évité la famine? Impensable, pourtant cela était arrivé. Comment une société qui tuait ceux qui contribuaient efficacement à la survie avait-elle pu apparaître? Ils devraient faire l'inverse, ils devraient récompenser les individus de valeur en augmentant leurs aptitudes à se reproduire. C'est ainsi que les communautés renforcent leurs chances de survie. Comment les piggies parvenaient-ils à survivre s'ils assassinaient ceux qui contribuaient le plus efficacement à leur pérennité?

Cependant, il y avait des précédents humains. Ces enfants, Miro et Ouanda, avec leurs Activités Discutables, étaient meilleurs et plus sages, à long terme, que la Commission Stellaire qui imposait les règlements. Mais s'ils se faisaient prendre, ils seraient arrachés à leur patrie, envoyés sur une autre planète, une sentence de mort, en un sens, puisque tous ceux qu'ils connaissaient seraient décédés avant qu'ils puissent rentrer, puis jugés, et punis, probablement emprisonnés. Ni leurs idées ni leurs gènes ne se répandraient et, de ce fait, la société serait certainement appauvrie.

Néanmoins, le fait que cette pratique existe également chez les êtres humains ne lui conférait pas la moindre intelligence. En outre, l'arrestation et l'emprisonnement de Miro et Ouanda, au cas où ils se produiraient, auraient effectivement un sens si l'on considérait les êtres humains comme une communauté unique et les piggies comme leurs ennemis; si l'on estimait que tout ce qui favorisait la survie des piggies représentait une menace pour l'humanité. Dans ce cas, le châtiment des gens qui amélioraient la culture des piggies serait destiné non à protéger les piggies, mais à empêcher les piggies de se développer.

À ce moment-là, Ender se rendit compte que les règlements gouvernant les relations entre les piggies et les êtres humains ne fonctionnaient pas véritablement dans l'intérêt des piggies. Ils servaient à garantir la supériorité et le pouvoir des êtres humains. De ce point de vue, en se livrant à leurs Activités Discutables, Miro et Ouanda trahissaient les intérêts de leur espèce.

« Des renégats, » dit-il à haute voix.

— « Quoi? » fit Miro. « Qu'avez-vous dit? »

— « Des renégats. Ceux qui rejettent les leurs et s'identifient à l'ennemi. »

— « Ah, » fit Miro.

— « Nous n'en sommes pas! » s'écria Ouanda.

— « C'est ce que nous sommes, » convint Miro.

— « Je n'ai pas rejeté mon humanité! »

— « Dans le cadre de la conception de l'Évêque Peregrino, nous l'avons rejetée depuis longtemps, » fit ressortir Miro.

— « Mais selon ma conception... » commença-t-elle.

— « Selon votre conception, » intervint Ender, « les piggies sont également humains. C'est pour cela que vous êtes des renégats. »

— « Je croyais que vous pensiez que nous traitons les piggies comme des animaux! » répliqua Ouanda.

— « Quand vous ne les considérez pas comme des êtres responsables, quand vous tentez de les tromper, vous les considérez comme des animaux. »

— « En d'autres termes, » intervint Miro, « quand nous *appliquons* les règlements de la commission. »

– « Oui, » admit Ouanda. « Oui, c'est vrai, nous sommes des renégats. »

– « Et vous? » demanda Miro. « Pourquoi êtes-vous un renégat? »

– « Oh, l'espèce humaine m'a rejeté depuis très longtemps. C'est à cause de cela que je suis devenu Porte-Parole des Morts. »

Sur ces mots, ils arrivèrent dans la clairière des piggies.

Maman n'était pas rentrée dîner, et Miro non plus. Cela convenait à Ela. Lorqu'ils étaient présents, elle était privée de toute autorité; elle ne pouvait plus contrôler les jeunes enfants. Pourtant, ni Miro ni maman ne prenaient la place d'Ela. Personne n'obéissait à Ela et personne ne tentait de maintenir l'ordre. De sorte que c'était plus calme, plus facile, lorsqu'ils restaient à l'écart.

Ce n'était pas que les petits soient plus particulièrement sages. Ils lui résistaient moins, voilà tout. Il lui suffit de crier une ou deux fois à Grego de cesser de pincer Quara, sous la table, et de lui donner des coups de pied. Et, ce jour-là, Quim et Olhado se tenaient tranquilles. Les querelles habituelles ne se produisirent pas.

Jusqu'à la fin du repas.

Quim s'appuya contre le dossier de sa chaise et adressa un sourire malicieux à Olhado.

« Alors, c'est toi qui as montré à cet espion comment faire pour pénétrer dans les archives de maman. »

Olhado se tourna vers Ela.

– « Tu as encore laissé Quim ouvrir la bouche, Ela. Il faut que tu sois plus vigilante. » Ainsi, par l'entremise de l'humour, Olhado demandait l'intervention d'Ela.

Quim ne voulait pas qu'Olhado bénéficie de la moindre assistance.

— « Ela n'est pas de ton côté, cette fois, Olhado. Personne n'est dans ton camp. Tu as aidé cet espion sournois à fouiller les archives de maman et tu es, de ce fait, aussi coupable que lui. C'est le serviteur du démon, et toi aussi. »

Elle vit la fureur crisper le corps d'Olhado; elle imagina un bref instant Olhado jetant son assiette au visage de Quim. Mais l'instant passa. Olhado se calma.

— « Je regrette, » dit Olhado. « Je ne savais pas ce que je faisais. »

Il cédait devant Quim. Il reconnaissait que Quim avait raison.

— « J'espère, » dit Ela, « que tu veux dire que tu regrettes de ne pas avoir su ce que tu faisais. J'espère que tu ne t'excuses pas parce que tu as aidé le Porte-Parole des Morts. »

— « Bien sûr qu'il s'excuse d'avoir aidé cet espion, » assura Quim.

— « Parce que, » reprit Ela, « nous devrions tous aider le Porte-Parole de notre mieux. »

Quim se leva d'un bond, se pencha sur la table et lui cria au visage :

— « Comment peux-tu dire cela! Il violait l'intimité de maman, il découvrait ses secrets, il... »

Étonnée, Ela constata qu'elle était également debout, le repoussant, criant plus fort que lui.

— « Les secrets de maman sont la cause de l'atmosphère empoisonnée de cette maison! Les secrets de maman, c'est ce qui nous rend tous malades, y compris elle! Alors le seul moyen de redresser la situation consiste peut-être à tirer tous ses secrets à découvert, afin de pouvoir les tuer! » Elle cessa de crier. Quim et Olhado se tenaient devant elle, appuyés contre le mur, comme si ses paroles étaient les balles d'un peloton d'exécution. Calmement, avec intensité, Ela poursuivit : « À mon avis, le Porte-Parole des Morts est notre unique chance de redevenir une famille. Et les secrets de maman sont le seul obstacle dressé sur son chemin. De sorte que je lui ai dit tout ce que je connaissais sur les secrets des archives de maman, parce que je veux lui communiquer tous les lambeaux de vérité dont j'ai connaissance. »

– « Dans ce cas, ta trahison est encore pire, » dit Quim. Sa voix tremblait. Il était sur le point de pleurer.

– « Je dis que le fait d'aider le Porte-Parole est un acte de loyauté, » répliqua Ela. « La seule véritable trahison consiste à obéir à maman parce que ce qu'elle veut, ce à quoi elle a travaillé toute sa vie, c'est sa destruction et celle de sa famille. »

À la surprise d'Ela, ce ne fut pas Quim mais Olhado qui pleura. Ses glandes lacrymales ne fonctionnaient pas, naturellement, du fait qu'on les avait retirées lorsqu'on lui avait posé ses yeux. De sorte qu'aucune humidification des yeux n'indiqua qu'il allait pleurer. Mais un sanglot le plia en deux et il glissa le long du mur jusqu'au moment où il se retrouva assis par terre, la tête entre les genoux, sanglotant convulsivement. Ela comprit pourquoi. Parce qu'elle lui avait dit que son affection pour le Porte-Parole n'était pas déloyale, qu'il n'avait pas péché, et qu'il la croyait quand elle avait dit cela, qu'il savait que c'était vrai.

Puis elle leva la tête et découvrit sa mère debout sur le seuil. Ela sentit ses jambes trembler à l'idée que sa mère avait dû entendre.

Mais elle ne parut pas furieuse. Seulement un peu triste et très fatiguée. Elle regardait Olhado.

L'indignation de Quim trouva le moyen de s'exprimer.

– « As-tu entendu ce qu'Ela disait ? » demanda-t-il.

– « Oui, » répondit maman sans quitter Olhado des yeux. « Et elle pourrait bien avoir raison. »

Ela n'était pas moins nerveuse que Quim.

« Allez vous coucher, les enfants, » dit calmement Novinha. « Il faut que je parle à Olhado. »

Ela fit signe à Grego et Quara qui se levèrent et la rejoignirent, étonnés par les événements exceptionnels qui se déroulaient. Après tout, même leur père n'était pas parvenu à faire pleurer Olhado. Elle les fit sortir de la cuisine, les conduisit dans leur chambre. Elle entendit Quim gagner sa chambre, claquer la porte puis se jeter sur son lit. Et, dans la cuisine, les sanglots d'Olhado s'estompèrent, se calmèrent, cessèrent tandis que maman, pour la première fois depuis qu'il avait perdu ses yeux, le serrait dans ses bras et le réconfortait, versant silencieusement des larmes dans ses cheveux tout en le berçant.

Miro ne savait pas quoi penser du Porte-Parole des Morts. Bizarrement, il s'était toujours imaginé que le Porte-Parole ressemblerait beaucoup à un prêtre, ou, plutôt, à ce qu'un prêtre aurait dû être. Silencieux, contemplatif, détaché du monde, prenant soin de laisser l'action et la décision aux autres. Miro imaginait qu'il serait sage.

Il n'avait pas prévu qu'il serait aussi impliqué, dangereux. Oui, il était vraiment sage, il voyait toujours les comédies passées, n'hésitait jamais à dire des choses scandaleuses qui étaient finalement, à la réflexion, tout à fait justes. C'était comme s'il connaissait tellement bien l'esprit humain qu'il était capable de voir, sur les visages, les désirs les plus profonds, les vérités si bien déguisées qu'on ignorait pratiquement jusqu'à leur existence.

Combien de fois, Ouanda et lui étaient-ils ainsi restés debout, regardant Libo s'entretenir avec les piggies. Mais, avec Libo, ils comprenaient toujours ce qui se passait; ils connaissaient sa technique, son objectif. Le Porte-Parole, toutefois, suivait des pensées totalement étrangères à Miro. Bien qu'il ait une apparence humaine, cela amena Miro à se demander si Ender était véritablement un framling; il était parfois aussi déroutant que les piggies. Il était aussi raman qu'eux, étrange mais pas animal.

Que constatait le Porte-Parole? Que voyait-il? L'arc de Flèche? Le pot en terre crue dans lequel les racines de merdona trempaient et empestaient? Dans quelle mesure distinguait-il les Activités Discutables des pratiques naturelles?

Les piggies ouvrirent *La Reine et l'Hégémon*.

« Tu as écrit ceci? » dit Flèche.

– « Oui », répondit le Porte-Parole des Morts.

Miro se tourna vers Ouanda. Ses yeux étincelaient de colère. Ainsi, le Porte-Parole était un menteur.

Humain intervint.

– « Les deux autres, Miro et Ouanda, croient que tu es un menteur. »

Miro se tourna immédiatement vers le Porte-Parole, mais il ne les regardait pas.

– « Bien sûr, » dit-il. « Ils n'imaginent pas que Rooter puisse vous avoir dit la vérité. »

Le calme du Porte-Parole troubla Miro. Etait-il *possible* que cela soit vrai? Après tout, les gens qui voyageaient entre les systèmes stellaires esquivaient des décennies, parfois des siècles, en se rendant d'une étoile à l'autre. Parfois jusqu'à un demi-millénaire. Trois mille ans ne représentaient pas un grand nombre de voyages. Mais la coïncidence serait trop incroyable s'il s'agissait vraiment du Porte-Parole des Morts original. À ceci près que le Porte-Parole original avait *effectivement* écrit *La Reine et l'Hégémon*; la première espèce de ramen depuis les doryphores l'intéresserait naturellement. Je n'y crois pas, se dit Miro, mais il devait reconnaître que la possibilité existait.

– « Pourquoi sont-ils tellement stupides, » demanda Humain, « qu'ils ne reconnaissent pas la vérité quand ils l'entendent? »

— « Ils ne sont pas stupides, » dit le Porte-Parole. « C'est ainsi que sont les êtres humains : Nous mettons toutes nos convictions en doute, sauf celles dont nous sommes véritablement *convaincus* et, celles-ci, nous ne pensons jamais à les mettre en doute. Ils n'ont jamais envisagé de mettre en doute l'idée selon laquelle le premier Porte-Parole des Morts est mort depuis trois mille ans, bien qu'ils sachent que les voyages interstellaires prolongent la vie. »

— « Mais nous le leur avons dit. »

— « Non... Vous leur avez dit que la reine avait indiqué à Rooter que j'ai écrit ce livre. »

— « C'est pour cela qu'ils auraient dû comprendre que c'était vrai, » dit Humain. « Rooter est sage; c'est un père; il ne peut pas se tromper. »

Miro ne sourit pas, mais il en avait envie. Le Porte-Parole se croyait malin, mais il était à présent parvenu au point où aboutissaient toutes les questions importantes, frustré parce que les piggies soutenaient que leurs arbres pouvaient leur parler.

— « Ah, » dit le Porte-Parole. « Il y a de nombreuses choses que nous ne comprenons pas. Et beaucoup de choses que vous ne comprenez pas. Nous devrions parler davantage. »

Humain s'assit près de Flèche, partageant la place honorifique avec lui. Flèche n'y parut pas opposé.

— « Porte-Parole des Morts, » dit Humain, « vas-tu faire venir la reine chez nous? »

— « Je n'ai pas encore décidé, » répondit le Porte-Parole.

Une nouvelle fois, Miro se tourna vers Ouanda. Le Porte-Parole était-il fou, laissant entendre qu'il pouvait faire venir ce qui n'existait plus?

Puis il se souvint de ce que le Porte-Parole avait dit à propos du doute appliqué à toutes nos convictions sauf celles dont nous étions véritablement convaincus. Miro avait toujours tenu pour acquis ce que tout le monde savait, que tous les doryphores avaient été détruits. Mais si une reine avait survécu? Et si c'était ainsi que le Porte-Parole des Morts avait pu écrire son livre, parce qu'il pouvait s'entretenir avec un doryphore? C'était improbable à l'extrême, mais ce n'était pas *impossible*. Miro n'était pas certain que les doryphores aient effectivement *tous* péri. Il savait seulement que tout le monde le croyait et que, depuis trois mille ans, personne n'avait pu prouver le contraire.

Mais, même si cela était vrai, comment Humain l'avait-il appris? L'explication la plus simple consistait à supposer que les piggies avaient intégré l'histoire fascinante de *La Reine et l'Hégémon* à leur religion, et étaient incapables d'assimiler l'idée qu'il y avait de nombreux Porte-Parole des Morts, et qu'aucun d'entre eux n'était l'auteur du livre; que tous les doryphores étaient morts et qu'aucune reine ne pouvait venir. C'était l'explication la plus simple, la plus facile à accepter. Toute autre explication le contraindrait à admettre que l'arbre de Rooter parlait effectivement aux piggies.

– « Qu'est-ce qui te fera prendre la décision? » demanda Humain. « Nous faisons des cadeaux aux épouses, pour gagner leur honneur, mais tu es l'être humain le plus sage et tu n'as aucun besoin de ce que nous avons. »

– « Vous avez de nombreuses choses dont j'ai besoin, » le détrompa le Porte-Parole.

– « Quoi? Ne peux-tu pas faire des pots meilleurs que ceux-ci? Des flèches plus droites? La cape que je porte est en laine de cabra, mais tes vêtements sont plus fins. »

– « Je n'ai pas besoin de choses comme celles-là, » précisa le Porte-Parole. « J'ai besoin d'histoires vraies. »

Humain se pencha en avant, son corps devenant rigide sous l'effet de l'enthousiasme et de l'impatience.

– « Ô, Porte-Parole, » dit-il, et l'importance des mots enfla sa voix. « Vas-tu ajouter notre histoire à *La Reine et l'Hégémon*? »

– « Je ne connais pas votre histoire, » fit ressortir le Porte-Parole.

– « Demande! Demande n'importe quoi! »

– « Comment pourrais-je raconter votre histoire? Je ne raconte que les histoires des morts. »

– « Nous sommes morts! » cria Humain. Miro ne l'avait jamais vu aussi agité. « On nous assassine chaque jour. Les êtres humains emplissent tous les mondes. Les vaisseaux vont d'étoile en étoile dans le noir de la nuit, comblant tous les vides. Et nous sommes ici, sur notre petite planète, regardant le ciel s'emplir d'êtres humains. Les humains ont construit leur clôture stupide pour nous maintenir dehors, mais ce n'est rien. Le ciel est notre clôture! » Humain bondit, extraordinairement haut car ses jambes étaient puissantes. « Vois comme la clôture me rejette sur le sol! »

Il courut jusqu'à l'arbre le plus proche, gravit le tronc, et Miro ne l'avait jamais vu monter aussi haut; il s'avança sur une branche et sauta. Pendant un instant terrifiant, il parut rester immobile à l'apogée de son saut; puis la pesanteur le projeta sur le sol dur.

Miro entendit le sifflement de l'air chassé de ses poumons sous l'effet du choc. Le Porte-Parole se précipita aussitôt près d'Humain; Miro arriva juste derrière lui. Humain ne respirait pas.

– « Est-il mort? » demanda Ouanda, derrière lui.

– « Non! » cria un piggy dans la Langue des Mâles. « Tu ne peux pas mourir! Non, non, non! » Miro leva la tête, constata avec étonnement que c'était Mange-Feuille. « Tu ne peux pas mourir. »

Puis Humain leva faiblement une main et toucha

le visage du Porte-Parole. Il respira dans un hoquet. Puis il parla :

— « Tu vois, Porte-Parole ? Je mourrais si je tentais de gravir le mur qui nous sépare des étoiles. »

Depuis que Miro connaissait les piggies, depuis le premier contact avec eux, les piggies n'avaient pas mentionné une seule fois les voyages interstellaires, n'avaient jamais posé de questions dessus. Toutefois, Miro se rendit compte à ce moment-là que toutes leurs questions *étaient* orientées vers la découverte du secret des voyages dans l'espace. Les xénologues ne s'en étaient jamais rendu compte parce qu'ils savaient, sans mettre cette certitude en doute, que les piggies étaient tellement éloignés du niveau de culture permettant de construire des vaisseaux interstellaires que mille ans s'écouleraient avant qu'ils soient en mesure d'y parvenir. Mais leur appétit de connaissance sur le métal, les moteurs, le vol au-dessus du sol était leur façon de tenter de découvrir le secret des voyages interstellaires.

Humain se leva lentement, tenant les mains du Porte-Parole. Miro se rendit compte que, depuis qu'il connaissait les piggies, jamais un piggy ne l'avait pris par la main. Il éprouva un regret intense. Et la douleur violente de la jalousie.

Puisque, de toute évidence, Humain n'était pas blessé, les autres piggies se rassemblèrent autour du Porte-Parole. Ils ne se poussèrent pas, mais ils voulaient être à proximité.

— « Rooter dit que la reine sait construire des vaisseaux interstellaires, » déclara Flèche.

— « Rooter dit que la reine va tout nous apprendre, » ajouta Tasse. « Le métal, le feu avec des pierres, les maisons d'eau noire, tout. »

Le Porte-Parole leva les mains, faisant cesser leur bavardage.

— « Si vous aviez très soif et voyiez que j'ai de

l'eau, vous me demanderiez à boire. Mais qu'arriverait-il si je savais que l'eau est empoisonnée? »

– « Il n'y a pas de poison dans les vaisseaux qui vont jusqu'aux étoiles, » releva Humain.

– « De nombreux chemins conduisent aux voyages interstellaires, » fit ressortir le Porte-Parole. « Ils ne sont pas tous bons. Je vous donnerai tout ce qui ne risque pas de vous détruire. »

– « La reine promet ! » lança Humain.

– « Et moi aussi. »

Humain se jeta en avant, saisit le Porte-Parole par les cheveux et les oreilles et le tira vers lui. Miro n'avait jamais été témoin d'un tel acte de violence ; c'était ce qu'il redoutait, la décision d'assassiner...

– « Si nous sommes des ramen, » cria Humain au visage du Porte-Parole, « dans ce cas c'est *à nous* de décider, pas à toi ! Et si nous sommes des varelse, tu peux aussi bien nous tuer tous tout de suite, comme tu as tué les sœurs de la reine ! »

Miro fut stupéfait. Le fait que les piggies aient décidé que le Porte-Parole était l'auteur du livre était une chose. Mais comment arrivaient-ils à la conclusion incroyable selon laquelle il était coupable du xénocide ? Pour qui le prenaient-ils ; pour Ender, le monstre ?

Pourtant, le Porte-Parole resta immobile, assis, les larmes coulant sur son visage, les yeux fermés, comme si l'accusation d'Humain avait la force de la vérité.

Humain se tourna vers Miro.

« Quelle est cette eau ? » souffla-t-il. Puis il toucha les larmes du Porte-Parole.

– « C'est ainsi que nous exprimons la douleur, le chagrin ou la souffrance, » répondit Miro.

Mandachuva poussa soudain un hurlement hideux que Miro n'avait jamais entendu et qui évoquait le cri d'agonie d'un animal.

– « C'est ainsi que nous exprimons la douleur, » souffla Humain.

– « Ah! Ah! » cria Mandachuva. « J'ai déjà vu cette eau! Dans les yeux de Libo et Pipo, j'ai vu cette eau! »

Un par un, puis tous ensemble, les piggies reprirent le même cri. Miro fut terrifié, stupéfait et enthousiaste tout à la fois. Il ignorait ce que cela signifiait, mais les piggies manifestaient des émotions qu'ils cachaient aux xénologues depuis quarante-sept ans.

– « Pleurent-ils la mort de papa? » souffla Ouanda. Ses yeux brillaient également d'enthousiasme, et la sueur de la peur collait ses cheveux.

Miro le dit à l'instant même où l'idée lui traversa l'esprit.

– « Ils viennent de comprendre que Pipo et Libo pleuraient quand ils sont morts. »

Miro ignorait totalement ce qui se passait dans la tête d'Ouanda; il la vit seulement tourner le dos, faire quelques pas en trébuchant, puis tomber à quatre pattes et pleurer.

Au bout du compte, la visite du Porte-Parole avait manifestement fait évoluer la situation.

Miro s'agenouilla près du Porte-Parole, qui gardait la tête baissée, le menton contre la poitrine.

« Porte-Parole, » dit Miro. « Como pode ser? Comment est-il possible que vous soyez le premier Porte-Parole et que vous soyez cependant aussi Ender? Não pode ser. »

– « Je ne pensais pas qu'elle leur raconterait tout cela », souffla-t-il.

– « Mais le Porte-Parole des Morts, celui qui a écrit ce livre, est l'homme le plus sage qui ait jamais vécu depuis que les hommes voyagent dans les étoiles. Alors qu'Ender était un assassin, qu'il a tué tout un peuple, une belle race de ramen qui aurait pu tout nous apprendre... »

– « Humains l'un et l'autre, cependant, » souffla le Porte-Parole.

Humain était près d'eux, à présent, et il cita un verset de l'Hégémon :

– « La maladie et la guérison sont dans tous les cœurs. La mort et la délivrance sont dans toutes les mains. »

– « Humain, » dit le Porte-Parole, « dis à ton peuple de ne pas pleurer ce qu'il a fait par ignorance. »

– « C'était une chose horrible, » dit Humain. « C'était notre plus beau cadeau. »

– « Dis à ton peuple de rester silencieux et de m'écouter. »

Humain cria quelques mots, pas dans la Langue des Mâles, mais dans celle des Épouses, la langue de l'autorité. Ils se turent, s'assirent pour écouter ce que le Porte-Parole avait à dire.

« Je ferai tout mon possible », dit le Porte-Parole, « mais je dois vous connaître pour être en mesure de raconter votre histoire. Je dois vous connaître afin de savoir si la boisson est ou non empoisonnée. Et le problème le plus difficile demeurera. L'espèce humaine est libre d'aimer les doryphores parce qu'elle croit qu'ils sont tous morts. Vous êtes toujours en vie, de sorte qu'elle a encore peur de vous. »

Humain se leva et montra son corps, comme s'il était frêle et faible.

– « De nous! »

– « Ils ont peur de ce dont vous avez peur, quand vous levez la tête et voyez les étoiles s'emplir d'êtres humains. Ils ont peur d'arriver un jour sur une planète et de constater que *vous* y êtes déjà installés. »

– « Nous ne voulons pas nous y installer avant, » dit Humain. « Nous voulons nous y installer *aussi*.

– « Dans ce cas, donnez-moi du temps, » dit le

Porte-Parole. « Montrez-moi qui vous êtes, afin que je puisse le leur montrer. »

– « Tout, » dit Humain. « Nous te montrerons tout. »

Mange-Feuille se leva. Il parla dans la Langue des Mâles, mais Miro comprit.

– « Il y a des choses qu'il ne nous appartient pas de montrer. »

Humain répondit sèchement, et en Stark.

– « Il n'appartenait pas davantage à Pipo, Libo, Miro et Ouanda de nous montrer ce qu'ils nous ont enseigné. Mais ils l'ont fait. »

– « Leur stupidité ne doit pas forcément être notre stupidité. » Mange-Feuille utilisait toujours la Langue des Mâles.

« De même que leur sagesse ne s'applique pas nécessairement à nous, » répliqua Humain.

Puis Mange-Feuille dit, dans la Langue des Arbres, quelque chose que Miro ne comprit pas. Humain ne répondit pas et Mange-Feuille s'en alla.

Tandis qu'il s'éloignait, Ouanda revint, les yeux rouges à force d'avoir pleuré.

Humain se tourna à nouveau vers le Porte-Parole.

« Que veux-tu savoir ? » demanda-t-il. « Nous te dirons, nous te montrerons, si nous pouvons. »

Le Porte-Parole se tourna vers Miro et Ouanda.

– « Que dois-je leur demander ? Je sais si peu de choses que j'ignore ce que nous avons besoin de connaître. »

Miro regarda Ouanda.

– « Vous n'avez pas d'outils en pierre ou en métal, » dit-elle. « Mais votre maison est en bois, de même que vos arcs et vos flèches. »

Humain se leva et attendit. Le silence se prolongea.

– « Mais quelle est ta question? » dit finalement Humain.

Comment est-il possible que le rapport ne lui soit pas apparu? se dit Miro.

– « Nous, les êtres humains, » expliqua le Porte-Parole, « nous utilisons des outils en pierre ou en métal pour abattre les arbres, lorsque nous voulons en faire des maisons, des flèches ou des bâtons comme ceux que vous avez. »

Les mots du Porte-Parole ne furent pas assimilés immédiatement. Puis, soudain, tous les piggies se levèrent. Ils se mirent à courir follement, sans but, se heurtant parfois les uns aux autres, ou bien aux maisons et aux arbres. Ils étaient presque tous silencieux, mais l'un d'entre eux gémissait de temps en temps, exactement comme ils avaient crié quelques instants plus tôt. C'était étrange, cette démence presque silencieuse des piggies, comme s'ils avaient soudain perdu le contrôle de leur corps. De nombreuses années de contrôle prudent de la communication, de secret presque total vis-à-vis des piggies et, à présent, le Porte-Parole brisait cette politique et la conséquence était cette folie.

Humain sortit du chaos et se jeta par terre devant le Porte-Parole.

« Ô, Porte-Parole! » cria-t-il d'une voix forte. « Promets-moi que tu ne les laisseras jamais abattre mon père, Rooter, avec leurs outils en pierre et en métal! Si vous voulez assassiner quelqu'un, il y a des frères très âgés qui se sacrifieront, qui seront heureux de mourir, mais ne les laisse pas tuer mon père! »

– « Ni le *mien*! » crièrent d'autres piggies. « Ni le mien! »

– « Nous n'aurions jamais planté Rooter si près de la clôture, » dit Mandachuva, « si nous avions su que vous étiez... que vous étiez des *varelse*. »

Le Porte-Parole leva à nouveau les mains.

– « Les êtres humains ont-ils coupé un seul arbre,

sur Lusitania ? Jamais, la loi l'interdit. Vous n'avez rien à craindre de nous. »

Le silence se fit tandis que les piggies s'immobilisaient. Finalement, Humain se redressa.

– « À cause de toi, les humains nous paraissent encore plus effrayants, » dit-il au Porte-Parole. « Je voudrais que tu ne sois jamais venu dans notre forêt. »

La voix d'Ouanda couvrit la sienne.

– « Comment peux-tu dire cela, après avoir assassiné mon père comme vous l'avez fait ? »

Humain la regarda avec stupéfaction, incapable de répondre. Miro prit Ouanda par les épaules. Et le Porte-Parole des Morts dit dans le silence :

– « Vous avez promis de répondre à toutes mes questions. Je vous demande donc : Comment fabriquez-vous vos maisons en bois, l'arc et les flèches de celui-ci, ces bâtons ? Nous vous avons indiqué la seule façon que nous connaissions ; montrez-moi un autre moyen, celui que vous employez. »

– « Un frère fait don de lui-même, » dit Humain. « Je te l'ai dit. Nous expliquons à un frère âgé ce qu'il nous faut, nous lui montrons la forme et il fait don de lui-même. »

– « Pouvons-nous voir comment cela se passe ? » demanda Ender.

Humain regarda les autres piggies.

– « Tu veux que nous demandions à un frère de faire don de lui-même *juste pour que tu puisses voir* ? Nous n'avons pas encore besoin d'une nouvelle maison, et nous avons toutes les flèches nécessaires... »

– « Montre-lui ! »

Miro et tous les autres pivotèrent sur eux-mêmes, découvrant Mange-Feuille qui sortait à nouveau de la forêt. Il gagna énergiquement le milieu de la clairière ; il ne les regarda pas et parla comme s'il était un héraut, un crieur de village, sans se soucier de savoir si on l'écoutait. Il parla dans la Langue des Épouses et Miro ne comprit que des bribes.

— « Que dit-il ? » souffla le Porte-Parole.

Miro, à genoux près de lui, s'efforça de traduire.

— « Il est allé voir les épouses, apparemment, et elles lui ont dit de faire tout ce que vous demandiez. Mais ce n'est pas aussi simple. Il leur dit que... je ne connais pas ces mots, quelque chose à propos de la mort collective. Quelque chose à propos de la mort des frères, de toute façon. Regardez-les, ils n'ont pas peur. »

— « Je ne connais pas l'expression de leur peur, » releva le Porte-Parole. « J'ignore tout d'eux. »

— « Moi aussi, » reconnut Miro. « Je suis obligé de m'en remettre à vous... Vous avez provoqué en une demi-heure davantage d'agitation que je n'en ai vue depuis que je viens ici. »

— « C'est un don naturel, » fit valoir le Porte-Parole. « Je vous propose un marché. Je ne parlerai pas de vos Activités Discutables et vous ne direz à personne si je suis vraiment. »

— « C'est facile, » répondit Miro. « De toute façon, je n'y crois pas. »

Mange-Feuille termina son discours. Il gagna aussitôt la maison et y entra.

— « Nous allons demander à un frère âgé de faire don de lui-même, » expliqua Humain. « Les épouses le veulent. »

C'est ainsi que Miro, debout près du Porte-Parole et serrant Ouanda dans ses bras, regarda les piggies réaliser un miracle beaucoup plus convaincant que ceux qui avaient valu à Gusto et Cida le titre d'Os Venerados.

Les piggies se rassemblèrent en cercle autour d'un vieil arbre qui se dressait au bord de la clairière. Puis, un par un, les piggies escaladèrent l'arbre et frappèrent dessus à coups de bâton. Bientôt, ils furent tous dessus, chantant et frappant suivant un rythme complexe.

– « La Langue des Arbres, » souffla Ouanda.

Au bout de quelques minutes, l'arbre s'inclina visiblement. Aussitôt, la moitié des piggies sauta par terre et entreprit de pousser l'arbre afin qu'il tombe dans l'espace dégagé de la clairière. Le reste frappa d'autant plus énergiquement et chanta d'autant plus fort.

Une par une, les grosses branches de l'arbre se détachèrent. Les piggies allèrent les ramasser et les éloignèrent de l'endroit où l'arbre tomberait. Humain en apporta une au Porte-parole qui la prit prudemment puis la montra à Miro et Ouanda. L'extrémité coupée, à l'endroit où elle avait été séparée de l'arbre, était absolument lisse. Elle n'était pas plate – la surface ondulait légèrement suivant un angle oblique. Mais il n'y avait aucune déchirure, aucun écoulement de sève, pas la moindre trace de violence dans sa séparation de l'arbre. Miro posa le doigt dessus et constata que la surface était aussi froide et lisse que le marbre.

Finalement, l'arbre fut réduit à un tronc droit, nu et majestueux; les taches blanches, à la racine des branches, étaient brillamment éclairées par le soleil de l'après-midi. Le chant atteignit son paroxysme, puis s'interrompit. L'arbre bascula puis se coucha sur le sol en une courbe élégante et régulière. Le sol trembla et gronda à l'endroit où il tomba, puis tout fut silencieux.

Humain approcha du tronc couché puis se mit à caresser sa surface, chantant à mi-voix. L'écorce s'ouvrit progressivement sous ses doigts; la fissure progressa sur toute la longueur de l'arbre jusqu'au moment où l'écorce fut totalement coupée en deux. Puis de nombreux piggies s'en saisirent et la détachèrent du tronc; elle tomba de part et d'autre en deux feuilles d'écorce. Puis l'écorce fut emportée. »

– « Les avez-vous déjà vus utiliser l'écorce? » demanda le Porte-Parole à Miro.

Miro secoua la tête. Il était incapable de parler.

Puis Flèche approcha, chantant à mi-voix. Il passa les doigts sur le tronc, comme s'il traçait exactement la longueur et la largeur d'un arc. Miro vit les lignes apparaître, le bois se creuser, se fendre, s'effriter jusqu'au moment où il ne resta plus que l'arc, parfait, poli et lisse, posé dans une longue tranchée creusée dans le bois.

D'autres piggies approchèrent, traçant des formes sur le tronc et chantant. Ils s'éloignèrent avec des bâtons, des arcs, des flèches, des poignards à lame mince et des milliers de baguettes destinées à la confection des paniers. Finalement, lorsque la moitié du tronc fut débitée, ils s'éloignèrent et chantèrent tous ensemble. L'arbre frémit et se fendit en une demi-douzaine de longs poteaux. L'arbre fut alors entièrement débité.

Humain alla lentement s'agenouiller près des poteaux, les mains posées sur le plus proche. Il rejeta la tête en arrière et se mit à chanter, mélodie sans mots qui était la plus triste que Miro eût jamais entendue. Le chant se prolongea. Humain chantant seul; ce ne fut que progressivement que Miro se rendit compte que les autres piggies le regardaient, attendant quelque chose.

Finalement, Mandachuva vint près de lui et dit à voix basse :

– « S'il te plaît, il serait juste que tu chantes pour le frère. »

– « Je ne sais pas comment faire, » répondit Miro, impuissant et effrayé.

– « Il a donné sa vie, » reprit Mandachuva, « pour répondre à ta question. »

Pour répondre à ma question et en soulever mille autres, se dit Miro. Mais il avança, s'agenouilla près d'Humain, serra entre les doigts le poteau lisse et froid qu'Humain tenait, bascula la tête en arrière et se mit à chanter. Sa voix fut d'abord faible et hésitante, parce qu'il ne savait pas quelle mélodie chanter, mais il comprit bientôt la raison de ce chant sans thème. Perçut la mort de l'arbre, sous ses mains, et sa voix se fit puissante et forte, produisant des dissonances douloureuses avec celle d'Humain qui pleurait la mort de l'arbre, le remerciait de son sacrifice et promettait d'utiliser son sacrifice pour le bien de la tribu, pour le bien des frères, des épouses et des enfants, afin que tous vivent, s'épanouissent et prospèrent. Tel était le sens du chant, et le sens de la mort de l'arbre et, lorsque le chant fut enfin terminé, Miro se pencha, posa le front sur le bois et prononça les paroles de l'extrême-onction, paroles qu'il avait murmurées devant le cadavre de Libo, cinq ans auparavant.

CHAPITRE XV

PAROLE

HUMAIN : Pourquoi les autres êtres humains ne viennent-ils jamais nous voir?
MIRO : Nous sommes seuls autorisés à franchir la clôture.
HUMAIN : Pourquoi n'escaladent-ils pas la clôture?
MIRO : Avez-vous déjà touché la clôture? (Humain ne répond pas.) On a très mal quand on touche la clôture. En escaladant la clôture, on aurait l'impression que toutes les parties du corps sont aussi douloureuses que possible toutes en même temps.
HUMAIN : C'est stupide. N'y a-t-il pas de l'herbe des deux côtés?

Ouanda Quenhatta Figueira Mucumbi, Transcriptions de dialogues, 103:0:1970:1:1:15

Le soleil n'était qu'à une heure de l'horizon quand Bosquinha gravit l'escalier conduisant au bureau privé de l'Évêque Peregrino, à l'intérieur de la cathédrale. Dom et Dona Cristão étaient déjà là, le visage grave. L'Évêque Peregrino, toutefois, paraissait satisfait de lui-même. Il aimait que l'ensemble de la direction politique et religieuse de Milagre soit réunie sous son toit. Peu importait que Bosquinha ait convoqué la réunion, puis ait proposé de l'organiser à la cathédrale parce qu'elle était seule à disposer d'un véhicule. Peregrino aimait pouvoir se dire que, d'une certaine façon, il dirigeait la colonie lusitanienne. Eh bien, à la fin de cette réunion, ils auraient tous compris qu'ils ne dominaient rien du tout.

Bosquinha les salua. Cependant, elle ne prit pas place sur la chaise qui lui était proposée. Elle s'assit devant le terminal de l'évêque, s'identifia et demanda le programme qu'elle avait préparé. Plusieurs couches de cubes minuscules apparurent au-dessus du terminal. La couche supérieure ne comportait que quelques cubes; les couches inférieures en avaient beaucoup, beaucoup plus. Plus de la moitié des cubes, en commençant par le haut, étaient rouges; le reste était bleu.

« Très joli, » dit l'Évêque Peregrino.

Bosquinha se tourna vers Dom Cristão.

– « Reconnaissez-vous ce modèle? »

Il secoua la tête.

– « Mais je crois connaître la raison d'être de cette réunion. »

Dona Cristã se pencha en avant.

– « Existe-t-il un endroit sûr où nous pourrions cacher ce que nous voulons conserver? »

L'expression d'amusement hautain disparut du visage de l'Évêque Peregrino.

– « Je ne *connais* pas la raison d'être de cette réunion, » dit-il.

Bosquinha se tourna vers lui.

– « J'étais très jeune quand j'ai été nommée gouverneur de la colonie de Lusitania. Le fait d'avoir été choisie était un grand honneur, une grande marque de confiance. J'étudiais le gouvernement des communautés et les systèmes sociaux depuis l'enfance et j'avais donné satisfaction, au cours de ma brève carrière à Oporto. Ce qui a apparemment échappé à la commission, c'est que j'étais déjà méfiante, sournoise et patriote. »

– « Ce sont des vertus que nous avons appris à admirer, » fit valoir l'Évêque Peregrino.

Bosquinha sourit.

– « Mon patriotisme signifiait que dès l'instant où la colonie lusitanienne me fut attribuée, je fus plus fidèle aux intérêts de la colonie qu'à ceux des Cent Planètes ou du Congrès Stellaire. Ma sournoiserie m'a amenée à faire croire à la commission que, au contraire, les intérêts du Congrès me tenaient davantage à cœur. Et ma méfiance m'a conduite à croire que le Congrès n'accorderait vraisemblablement pas à Lusitania un statut d'indépendance et d'égalité au sein des Cent Planètes.. »

– « Naturellement, » releva l'Évêque Peregrino. « Nous sommes une colonie. »

– « Nous ne sommes *pas* une colonie, » précisa Bosquinha. « Nous sommes une *expérience*. J'ai étudié notre contrat, notre licence, ainsi que tous les Ordres du Congrès nous concernant, et j'ai constaté que les lois habituelles relative à l'autonomie ne s'appliquent pas à nous. J'ai constaté que la commission dispose de la possibilité d'accéder à toutes les archives de toutes les personnes et institutions de Lusitania.

L'évêque commença à se mettre en colère.

– « Voulez-vous dire que la commission a le droit d'examiner les archives confidentielles de l'Église? »

– « Ah ! » fit Bosquinha. « Un autre patriote. »

– « L'Église a des droits dans le cadre du Code Stellaire. »

– « Ne vous mettez pas en colère contre *moi*. »

– « Vous ne me l'avez jamais dit. »

– « Si je vous l'avais dit, vous auriez protesté, ils

auraient feint de reculer et je n'aurais pas pu faire ce que j'ai fait. »

– « À savoir? »

– « Ce programme. Il enregistre tous les accès par ansible aux archives de Lusitania.

Dom Cristão eut un rire étouffé.

– « Vous n'êtes pas censée faire cela. »

– « Je sais. Comme je l'ai dit, j'ai de nombreux vices secrets. Mais mon programme n'a jamais constaté la moindre intrusion majeure. Oh, quelques dossiers chaque fois que les piggies ont tué un de nos xénologues, c'était prévisible, mais rien d'important. Jusqu'à il y a quatre jours. »

– « Quand le Porte-Parole des Morts est arrivé, » souligna l'évêque.

Bosquinha trouva plaisant que la venue du Porte-Parole des Morts constituât un tel événement qu'il ait immédiatement fait le rapport.

– « Il y a trois jours, » reprit Bosquinha, « une détection inoffensive a été réalisé par ansible. Elle a suivi une structure intéressante. » Elle se tourna vers le terminal et changea l'affichage. « Elle a trié et examiné tout ce qui était lié aux xénologues et aux xénobiologistes de Milagre. Elle n'a tenu aucun compte des procédures de sécurité, comme si elles n'existaient pas. Tout ce qu'ils ont découvert et toute leur existence personnelle. Et oui, Évêque Peregrino, j'ai cru sur le moment, et je crois toujours, que cela est lié à la présence du Porte-Parole. »

– « Il ne dispose vraisemblablement d'aucune autorité au sein du Congrès Stellaire, » avança l'évêque.

Dom Cristão hocha gravement la tête.

– « San Angelo a écrit, dans son journal intime que seuls lisent les Enfants de l'Esprit... »

L'évêque se tourna brusquement vers lui.

– « Ainsi, les Enfants de l'Esprit possèdent *effectivement* les écrits secrets de San Angelo! »

– « Pas secrets, » précisa Dona Cristã, « seulement ennuyeux. Tout le monde peut lire le journal, mais nous sommes seuls à prendre cette peine. »

– « Ce qu'il a écrit », reprit Dom Cristão. « c'est que le Porte-Parole Andrew est plus âgé que nous ne croyons. Plus âgé que le Congrès Stellaire et peut-être, à sa façon, plus puissant. »

L'évêque ironisa :

– « Il est tout jeune. Il n'a sûrement pas quarante ans. »

– « Vos rivalités stupides me font perdre du temps, » les coupa Bosquinha. « J'ai convoqué cette réunion en raison d'une affaire urgente. Par politesse vis-à-vis de vous parce que j'ai déjà agi dans l'intérêt du gouvernement de Lusitania. »

Les autres se turent.

Bosquinha fit réapparaître l'affichage d'origine.

« Ce matin, mon programme m'a alertée une deuxième fois. Un nouvel accès systématique par ansible mais, cette fois, il ne s'agissait pas de la détection inoffensive constatée il y a trois jours. Cette fois, c'était une lecture complète à la vitesse des transferts d'informations, ce qui signifie que toutes nos archives étaient copiées par les ordinateurs d'autres planètes. Ensuite, les directives seraient réécrites afin qu'un ordre unique transmis par ansible soit en mesure de détruire complètement tous nos dossiers dans les mémoires de nos ordinateurs. »

Bosquinha constata que l'évêque était surpris – mais que les Enfants de l'Esprit ne l'étaient pas.

– « Pourquoi? » s'étonna l'Évêque Peregrino. « Détruire toutes nos archives, c'est ainsi qu'on agit avec une nation ou une planète en rébellion que l'on veut détruire, que l'on... »

– « Je vois, » lança Bosquinha aux Enfants de l'Esprit, « que vous étiez également patriotes et méfiants! »

– « D'une façon beaucoup plus limitée que vous, malheureusement, » releva Dom Cristão. « Mais nous avons également détecté les intrusions. Bien entendu, nous avons transmis toutes nos archives, à grands frais, dans les monastères des Enfants de l'Esprit situés sur d'autres planètes, et ils vont tenter de reconstituer nos dossiers lorsqu'ils auront été effacés. Toutefois, si nous sommes traités en colonie rebelle, je doute qu'une telle reconstitution soit autorisée. De sorte que nous imprimons également les informations capitales sur papier. Nous ne pouvons espérer tout imprimer, mais nous pensons pouvoir sauver l'indispensable. Afin que notre œuvre ne soit pas totalement détruite. »

– « Vous saviez cela? » s'écria l'évêque. « Et vous ne m'avez rien dit? »

– « Pardonnez-moi, Évêque Peregrino, mais nous avons pensé que vous aviez fait la même constatation. »

– « Et, en outre, vous ne pensez pas que la moindre parcelle de notre travail puisse valoir la peine d'être imprimée! »

– « Assez! » intervint Bosquinha. « Les listings ne peuvent sauver qu'un pourcentage dérisoire. Toutes les imprimantes de Lusitania ne peuvent pas résoudre le problème. Nous ne pourrions même pas préserver les services de base. À mon avis, la copie sera terminée dans un peu plus d'une heure et ils pourront alors effacer nos archives. Mais même si nous avions commencé ce matin, quand l'intrusion a débuté, nous n'aurions pas pu imprimer plus d'un centième de pour cent des archives que nous utilisons quotidiennement. Notre fragilité, notre vulnérabilité, sont totales. »

– « Alors, nous sommes réduits à l'impuissance, » conclut l'évêque.

– « Non. Mais je voulais que vous compreniez bien la gravité de la situation, afin que vous acceptiez l'unique solution de remplacement. Vous la trouverez très désagréable. »

– « Je n'en doute pas, » grinça l'évêque.

– « Il y a une heure, tandis que j'étais plongée dans ce problème, tentant de déterminer si une catégorie d'archives était insensible à ce traitement, j'ai découvert qu'il y avait, en fait, une personne dont les dossiers étaient totalement négligés. Au début, j'ai cru que c'était parce que c'est un framling, mais la raison est beaucoup plus subtile. Le Porte-Parole des Morts n'a pas un seul dossier dans les archives de Lusitania. »

– « Aucun? Impossible! » s'écria Dona Cristã.

– « Toutes ses archives sont mises à jour par *ansible*. Hors de la planète. Tous ses dossiers, ses finances, *tout*. Tous les messages qui lui sont envoyés. Comprenez-vous? »

– « Néanmoins, il peut y accéder, » dit Dom Cristão.

– « Il est invisible, du point de vue du Congrès Stellaire. Si un embargo est décidé sur tous les transferts d'informations au départ et à destination de Lusitania, ses dossiers resteront accessibles parce que les ordinateurs ne considèrent pas ses accès comme des transferts d'informations. Ils constituent un stockage original – pourtant ils ne font pas partie des mémoires de Lusitania. »

– « Suggérez-vous, » avança l'Évêque Peregrino, « que nous transférions nos dossiers les plus importants et confidentiels sous forme de *messages* à cet... infidèle innommable? »

– « En ce qui me concerne, je l'ai déjà fait. Le transfert en haute priorité, à vitesse locale, de notes confidentielles est pratiquement terminé. C'est un transfert en haute priorité, à vitesse locale, de sorte qu'il est beaucoup plus rapide que la copie du Congrès. Je vous offre la possibilité d'un transfert similaire, en utilisant ma priorité, de sorte qu'il prendra le pas sur toutes les utilisations locales de l'ordinateur. Si vous ne voulez pas, tant pis, j'utiliserai ma priorité pour transférer une deuxième fournée d'archives gouvernementales. »

– « Mais il pourra voir nos archives, » fit ressortir l'évêque.

– « Oui, il pourra. »

Dom Cristão secoua la tête.

– « Il ne les regardera pas si nous lui demandons de ne pas le faire. »

– « Vous êtes d'une naïveté puérile, » le jugea l'Évêque Peregrino. « Rien ne pourrait même l'obliger à nous rendre les informations. »

Bosquinha hocha la tête.

– « C'est exact. Il possédera tout ce qui est vital pour nous et pourra le conserver ou le rendre, selon ce qu'il souhaite. Mais je crois, comme Dom Cristão, qu'il est bon et qu'il nous aidera à vaincre nos difficultés. »

Dona Cristã se leva.

– « Excusez-moi, » dit-elle. « Je voudrais commencer les transferts vitaux immédiatement. »

Bosquinha se tourna vers le terminal de l'évêque et y introduisit sa priorité.

– « Entrez seulement les catégories de dossiers que vous souhaitez envoyer au Porte-Parole Andrew. Je suppose que vous les avez déjà classés par ordre de priorité, puisque vous les imprimiez. »

– « De combien de temps disposons-nous ? » demanda Dom Cristão. Dona Cristã tapait déjà énergiquement.

– « Le décompte est ici, en haut. » Bosquinha glissa la main dans l'affichage holographique, posant le doigt sur les chiffres du compte à rebours.

– « Ne transfère pas ce que nous avons déjà imprimé, » conseilla Dom Cristão. « Nous pourrons le réintroduire. De toute façon, il y a très peu de temps. »

Bosquinha se tourna vers l'évêque.
- « Je savais que ce serait difficile. »
L'évêque eut un rire de dérision.
- « Difficile ! »
- « J'espère que vous réfléchirez sérieusement avant de rejeter cette... »
- « Rejeter ! » s'écria l'évêque. « Me prenez-vous pour un imbécile ? Je déteste la pseudo-religion, de ces Porte-Parole des Morts, c'est un fait, mais si c'est le seul moyen que nous offre Dieu de sauver les archives vitales de l'Église, je serais un piètre serviteur du Seigneur si je laissais l'orgueil me dissuader de l'utiliser. Nos dossiers ne sont pas encore classés par ordre de priorité, mais cela ne prendra que quelques minutes, mais je présume que les Enfants de l'Esprit me laisseront le temps de transférer mes informations. »
- « De combien de temps avez-vous besoin, à votre avis ? » demanda Dom Cristão.
- « Pas beaucoup. Une dizaine de minutes. »
Bosquinha fut surprise, et agréablement. Elle craignait que l'évêque ne tienne absolument à copier ses dossiers avant de permettre aux Enfants de l'Esprit de continuer, tentative supplémentaire d'affirmer la prééminence de l'évêché sur le monastère.
- « Merci, » dit Dom Cristão, embrassant la main qui lui était tendue.
L'évêque regarda froidement Bosquinha.
- « Il ne faut pas prendre cet air surpris, Madame le Maire. Les Enfants de l'Esprit travaillent sur le savoir du monde, de sorte que nous utilisons les mémoires publiques dans un but exclusivement administratif. En ce qui concerne la Bible, nous sommes tellement démodés et fidèles à nos habitudes que nous en avons plusieurs exemplaires reliés en cuir dans la cathédrale. Le Congrès Stellaire ne peut pas voler nos exemplaires de la Parole de Dieu. » Il

sourit. Malicieusement, bien entendu. Bosquinha lui rendit joyeusement son sourire.

– « Une petite question », intervint Dom Cristão. « Lorsque nos archives auront été détruites, et que nous les aurons recopiées à partir des dossiers du Porte-Parole, qu'est-ce qui pourra empêcher le Congrès de recommencer ? Et même plusieurs fois ? »

– « C'est la décision difficile, » répondit Bosquinha. « Ce que nous faisons dépend de ce que le Congrès tente d'accomplir. Peut-être, en fait, ne détruira-t-il pas nos archives. Peut-être nous rendra-t-il nos archives. Peut-être nous rendra-t-il nos archives essentielles après cette démonstration de puissance. Comme j'ignore totalement pour quelle raison nous sommes punis, comment pourrais-je deviner jusqu'où cela ira ? S'ils nous laissent un moyen quelconque de rester loyaux, dans ce cas, naturellement, nous resterons également vulnérables à des punitions ultérieures. »

– « Mais si, pour une raison ou une autre, ils décident de nous traiter en rebelles ? »

– « Eh bien, si la situation s'aggravait encore, nous pourrions tout recopier dans la mémoire locale, puis... couper l'ansible. »

– « Puisse Dieu nous venir en aide, » soupira Dona Cristã. « Nous serions totalement isolés. »

L'Évêque Peregrino parut contrarié.

– « Quelle idée ridicule, Sœur Detestai o Pecado. Croyez-vous que le Christ soit tributaire de l'ansible ? Que le Congrès ait le pouvoir de réduire le Saint-Esprit au silence ? »

Dona Cristã rougit et se remit au travail sur le terminal.

Le secrétaire de l'évêque apporta un document récapitulant une liste de dossiers.

« Il est inutile d'intégrer ma correspondance personnelle à la liste, » dit l'évêque. « J'ai déjà envoyé les messages nécessaires. Nous laisserons l'Eglise décider quelles lettres valent la peine d'être conservées. Elles n'ont pour moi aucune valeur. »

– « L'évêque est prêt, » annonça Dom Cristão. Immédiatement, son épouse quitta le terminal et le secrétaire prit sa place.

– « À propos, » dit Bosquinha, « j'ai pensé que vous aimeriez être informés. Le Porte-Parole a annoncé que ce soir, sur la praça, il Parlerait la mort de Marcos Maria Ribeira. » Bosquinha regarda sa montre. « Très bientôt, en fait. »

– « Pourquoi, » demanda ironiquement l'évêque, « pensiez-vous que cela nous intéresserait ? »

– « J'ai cru que vous voudriez peut-être y envoyer un représentant. »

– « Merci de nous avoir prévenus, » dit Dom Cristão. « Je crois que je vais y aller. J'ai envie d'entendre ce que va dire l'homme qui a Parlé la mort de San Angelo. » Il se tourna vers l'évêque. « Je vous raconterai ce qu'il a dit, si vous voulez. »

L'évêque se carra dans son fauteuil.

– « Je vous remercie, mais un de mes collaborateurs y assistera. »

Bosquinha sortit du bureau de l'évêque, descendit rapidement l'escalier, franchit le portail de la cathédrale. Elle devait regagner rapidement ses services parce que, quels que soient les projets du Congrès, les messages lui seraient adressés.

Elle ne l'avait pas évoqué devant les chefs religieux mais elle savait parfaitement bien, du moins sur un plan général, pourquoi le Congrès agissait ainsi. Les paragraphes qui donnaient au Congrès le droit de traiter Lusitania comme une colonie rebelle étaient tous liés aux réglementations relatives aux contacts avec les piggies.

De toute évidence, les xénologues avaient commis une grave erreur. Comme Bosquinha n'avait connaissance d'aucune violation, il devait s'agir de choses tellement visibles que les satellites, seuls appareils d'enregistrement dont les résultats étaient directement transmis à la commission, sans passer par Bosquinha, les avaient perçues. Bosquinha s'était demandé ce que Miro et Ouanda avaient bien pu faire... Déclenché un incendie de forêt? Abattu des arbres? Provoqué une guerre entre les tribus de piggies? Tout ce qui lui vint à l'esprit lui parut absurde.

Elle tenta de les convoquer afin de les interroger, mais ils étaient partis, bien entendu. De l'autre côté de la clôture, dans la forêt, poursuivant vraisemblablement les activités qui faisaient poser une possibilité de destruction sur la colonie de Lusitania. Bosquinha se rappela qu'ils étaient jeunes, qu'il s'agissait sans doute d'une erreur juvénile ridicule.

Mais ils n'étaient pas *aussi* jeunes que cela, et comptaient parmi les esprits les plus brillants d'une colonie comportant de nombreuses personnes très intelligentes. Heureusement que le Code Stellaire interdisait aux gouvernements de posséder des instruments de châtiments susceptibles d'être utilisés pour la torture. Pour la première fois de son existence, Bosquinha éprouva une telle fureur qu'elle fut convaincue qu'elle aurait utilisé ces instruments, si elle les avait eus. Je ne sais pas ce que vous vouliez faire, Miro et Ouanda, je ne sais pas ce que vous avez *fait*; mais, quel que soit votre objectif, l'ensemble de la communauté va payer. Et, d'une façon ou d'une autre, s'il y a une justice, je vous obligerai à rembourser.

Beaucoup de gens avaient dit qu'ils n'iraient pas écouter le Porte-Parole... C'étaient de bons catholiques, n'est-ce pas? L'évêque ne leur avait-il pas expliqué que le Porte-Parole était la voix de Satan?

Mais on murmura également d'autres choses,

après l'arrivée du Porte-Parole. Des rumeurs, essentiellement, mais Milagre était une communauté de petite taille, où les rumeurs constituaient le piment d'une existence insipide; et les rumeurs n'ont de valeur que lorsqu'on les croit. Ainsi, on raconta que Quara, fille de Marcão, qui restait silencieuse depuis sa mort, était à présent si bavarde qu'elle avait des ennuis à l'école. Et Olhado, le jeune garçon mal élevé, aux yeux métalliques et repoussants, on disait qu'il paraissait soudain joyeux et enthousiaste. Peut-être fou. Peut-être possédé. Les rumeurs commencèrent à laisser supposer que le Porte-Parole était capable de guérir par imposition des mains, qu'il avait le mauvais œil, que sa bénédiction rendait l'intégrité, que sa malédiction pouvait tuer, que ses paroles pouvaient persuader d'obéir. Tout le monde n'entendit pas dire cela, naturellement, et tous ceux qui l'entendirent ne le crurent pas. Mais, pendant les quatre jours qui séparèrent l'arrivée du Porte-Parole du soir où il Parla la mort de Marcos Ribeira, la communauté de Milagre décida, sans annonce officielle, qu'elle se rendrait à la réunion et écouterait ce que le Porte-Parole avait à dire, quelles que soient les recommandations de l'évêque.

Ce fut la faute de l'évêque. Compte tenu de sa position, le fait de déclarer que le Porte-Parole était satanique l'avait placé le plus loin possible de lui-même et des catholiques : le Porte-Parole est notre antithèse. Mais pour ceux qui, sur le plan théologique, n'étaient guère évolués, alors que Satan était effrayant et puissant, Dieu l'était également. Ils comprenaient parfaitement le continuum du bien et du mal auquel l'évêque faisait allusion mais, de leur point de vue, le continuum de la puissance et de la faiblesse était beaucoup plus intéressant... C'était celui au sein duquel se déroulait leur vie quotidienne. Et, dans le cadre de ce continuum, ils étaient faibles alors que Dieu, Satan et l'évêque étaient forts.

L'évêque, en accordant une telle importance au Porte-Parole, en avait fait son égal. La population de ce fait, était prête à croire les allusions murmurées aux miracles.

Ainsi, bien que l'annonce eût été faite à peine une heure avant la réunion, la praça était pleine, la population s'étant rassemblée dans les bâtiments donnant sur la praça ainsi que dans les rues et impasses voisines. Bosquinha, comme l'exigeait la loi, avait prêté au Porte-Parole le petit micro qu'elle employait lors des rares réunions publiques. Les gens se tournèrent vers l'estrade sur laquelle il prendrait place; ils regardèrent autour d'eux afin de voir qui était présent. Tout le monde était présent, naturellement. La famille de Marcão, bien entendu. Madame le Maire, bien entendu. Mais aussi Dom Cristão, Dona Cristã et de nombreux prêtres de la cathédrale. Le Docteur Navio. La veuve de Pipo, l'archiviste. La veuve de Libo, Bruxinha, et ses enfants. On racontait que le Porte-Parole avait l'intention de Parler la mort de Pipo et Libo, plus tard. Et, finalement, à l'instant où le Porte-Parole monta sur l'estrade, la rumeur parcourut rapidement la praça : l'Évêque Peregrino était là. Pas vêtu de ses habits officiels mais portant une simple soutane. Venu en personne écouter les blasphèmes du Porte-Parole! De nombreux citoyens de Milagre éprouvèrent un délicieux frisson d'impatience. L'évêque se lèverait-il afin de frapper miraculeusement Satan! Y aurait-il une bataille comparable à celles de l'Apocalypse de saint Jean?

Le Porte-Parole s'immobilisa devant le micro et attendit que le silence se fasse. Il était plutôt grand, encore jeune, mais sa peau blanche lui conférait un air maladif comparativement aux bruns innombrables des Lusos. Fantomatique. Ils se turent et il commença de Parler.

« On lui donnait trois noms. Les documents officiels fournissent le premier : Marcos Maria Ribeira. Et ses dates officielles. Né en 1929. Décédé en 1970. Il travaillait à la fonderie. Casier judiciaire vierge. Jamais arrêté. Une femme. Six enfants. Un citoyen modèle parce que sa conduite n'a jamais été mauvaise au point de figurer dans les archives officielles. »

De nombreux auditeurs éprouvèrent un vague malaise. Ils s'attendaient à une démonstration d'éloquence. Mais la voix du Porte-Parole n'avait rien d'exceptionnel. Et ses paroles n'évoquaient en rien la pompe du langage religieux. Ordinaires, simples, presque familières. Rares furent ceux qui remarquèrent que leur simplicité, en elle-même, rendait sa voix et son discours totalement persuasifs. Il ne disait pas la Vérité avec des trompettes; il disait *la vérité*, l'histoire que l'on ne penserait pas à mettre en doute parce qu'on la tient pour acquise. L'Évêque Peregrino comptait parmi ceux qui firent cette constatation, et cela l'inquiéta. Ce Porte-Parole serait un adversaire redoutable, que les foudres lancées depuis l'autel ne pourraient pas abattre.

« Son deuxième nom était Marcão. Le gros Marcos. Parce que c'était un géant. Il atteignit sa corpulence d'adulte alors qu'il n'était encore qu'un adolescent. Quel âge avait-il quand il atteignit deux mètres? Onze ans? Douze ans? Douze ans, sans aucun doute. Sa taille et sa force trouvèrent à s'employer efficacement à la fonderie, où la production d'acier est si faible que l'essentiel du travail est effectué à la main, de sorte que la force compte. La vie de certaines personnes dépendait de Marcão. »

Sur la praça, les employés de la fonderie hochèrent la tête. Ils avaient tous déclaré qu'ils ne diraient rien au framling athée. De toute évidence, quelques-uns avaient parlé mais, à présent, il était agréable de constater que le Porte-Parole avait bien compris, qu'il avait su discerner pourquoi ils se souvenaient de Marcos. Ils regrettèrent tous de ne pas être celui qui s'était confié au Porte-Parole. Ils n'imaginèrent pas que le Porte-Parole n'avait même pas essayé de les rencontrer. Après toutes ces années, il y avait de nombreuses choses qu'Andrew Wiggin savait sans avoir besoin de demander.

« Son troisième nom était Cão. Chien. »

Ah, oui, pensèrent les Lusos. C'est bien ce que l'on dit des Porte-Parole. Ils ne respectent pas les morts, n'ont aucun sens des convenances.

« C'était le nom que vous lui donniez quand vous appreniez que sa femme, Novinha, avait encore un œil au beurre noir, boitait ou avait une lèvre fendue. Seul un animal pouvait agir ainsi avec elle. »

Comment *ose*-t-il dire cela? Il parle d'un *mort*! Mais, sous leur colère, les Lusos éprouvèrent une sensation de malaise dont la cause était toute différente. Ils se souvenaient tous avoir dit ou entendu dire exactement ces paroles. L'indiscrétion du Porte-Parole consistait à répéter en public les mots qu'ils réservaient à Marcão lorsqu'il était en vie.

« Ce qui ne signifie pas que vous aimiez Novinha. Cette femme glacée qui ne vous disait jamais bonjour. Mais elle était plus petite que lui, c'était la mère de ses enfants et, lorsqu'il la battait, il méritait le surnom de Cão. »

Ils furent embarrassés; ils murmurèrent des commentaires. Ceux qui étaient assis sur l'herbe, près de Novinha, lui adressèrent des regards furtifs, impatients de voir comment elle réagirait, douloureusement conscients du fait que le Porte-Parole avait raison, qu'ils ne l'aimaient pas, qu'ils avaient à la fois peur et pitié d'elle.

« Dites-moi, est-ce l'homme que vous connaissiez? Il passait plus d'heures dans les bars que n'importe qui, mais il ne s'y fit jamais un seul ami; la camaraderie de l'alcool n'était pas pour lui. On ne pouvait même pas deviner ce qu'il avait bu. Il était morne et agressif même lorsqu'il n'avait pas bu; toujours morne et agressif quand il perdait connaissance. Personne ne pouvait voir la moindre différence. Vous ne lui avez jamais connu d'amis et vous n'étiez pas contents de le voir entrer dans une pièce. Voilà l'homme que vous connaissiez presque tous. Cão. A peine un homme. »

Oui, pensèrent-ils. Il était bien ainsi. À présent, ils avaient surmonté le choc provoqué par l'absence de convenances. Ils avaient compris que le Porte-Parole ne voulait pas affadir l'histoire. Néanmoins, ils étaient toujours gênés. Car il y avait une note ironique, non dans les paroles, mais dans la voix. « À peine un homme, » avait-il dit. Mais, naturellement, c'était un homme et ils prirent vaguement conscience du fait que, si le Porte-Parole comprenait ce qu'ils pensaient de Marcão, il n'était pas nécessairement d'accord.

« Quelques autres, les employés de la fonderie de Bairro das Fabricadoras, savaient qu'il était fort et digne de confiance. Ils savaient qu'il ne prétendait jamais pouvoir faire ce dont il se sentait incapable, et qu'il faisait toujours ce qu'il disait pouvoir faire. On pouvait compter sur lui. Ainsi, dans l'enceinte de la fonderie, il jouissait de leur respect. Mais, une fois la porte franchie, ils le traitaient comme tout le monde, l'ignoraient, le méprisaient. »

L'ironie était sensible, à présent. Bien que la voix du Porte-Parole n'eût donné aucun indice, c'était toujours la voix simple et ordinaire du début, les hommes qui avaient travaillé avec lui la perçurent confusément en eux-mêmes : Nous n'aurions pas dû l'ignorer comme nous l'avons fait. S'il avait une valeur à l'intérieur de la fonderie, peut-être aurions-nous dû le respecter également à l'extérieur.

« Quelques-uns d'entre vous savent également une chose dont vous ne parlez guère. Vous savez que vous l'avez surnommé Cão alors qu'il ne méritait pas

351

encore ce nom. Vous aviez dix, onze, douze ans. Des petits garçons. Il était tellement grand. Vous aviez honte quand vous étiez près de lui. Et peur, parce que vous aviez l'impression d'être à sa merci. »

Dom Cristão souffla à son épouse :

« Ils sont venus chercher des racontars, il les met en face de leurs responsabilités. »

« Ainsi, vous vous êtes comportés vis-à-vis de lui comme les êtres humains font toujours face à ce qui les dépasse, » reprit le Porte-Parole. « Vous vous êtes groupés. Comme des chasseurs tentant de tuer un mastodonte. Comme des toreros tentant d'affaiblir un taureau géant avant de lui donner le coup de grâce. Coups sournois, railleries, farces. Pour qu'il tourne continuellement sur lui-même, dans l'incapacité de savoir d'où viendrait le coup suivant. Le piquer avec des épines qui restent sous la peau. L'affaiblir par la douleur. Le rendre fou. Parce que, malgré sa taille, *on peut le manipuler*! On peut le faire hurler. On peut le faire fuir. On peut le faire pleurer. Vous voyez? Il est plus faible que nous, finalement. »

Ela était furieuse. Elle voulait qu'il accuse Marcão, pas qu'il l'excuse. Son enfance malheureuse ne lui donnait pas le droit d'assommer sa femme chaque fois que l'idée lui en traversait la tête.

« Il n'y a pas de honte à cela. Vous étiez des enfants, à cette époque, et les enfants sont cruels sans le savoir. Vous n'agiriez plus ainsi. Mais, comme je vous ai remis cela en mémoire, il vous est facile de trouver une explication. Vous l'appeliez : Chien; il en est devenu un. Pour le reste de sa vie. Frappant les gens sans défense, battant sa femme. Parlant si cruellement et injurieusement à son fils, Miro, qu'il le chassa de la maison. Il agissait comme vous l'aviez traité, devenant ce que, selon vous, il était. »

Imbécile, pensa l'évêque. Si les gens se contentent

de réagir à la façon dont ils sont traités par les autres, personne n'est responsable de quoi que ce soit. Si on ne peut pas choisir ses péchés, comment peut-on se repentir?

Comme s'il avait entendu l'argumentation silencieuse de l'évêque, le Porte-Parole leva la main et réfuta ce qu'il venait de dire.

« Mais cette explication facile n'est pas vraie. Vos tourments ne l'ont pas rendu violent... Ils l'ont rendu apathique. Et lorsque, avec l'âge, vous avez cessé de le tourmenter, il a cessé de vous haïr. Il savait que vous le méprisiez; il apprit à vivre sans vous. En paix. »

Le Porte-Parole resta un instant silencieux, puis exprima la question qu'ils se posaient.

« Alors, comment est-il devenu l'individu cruel que vous connaissiez? Réfléchissez un instant. Qui était exposé à sa cruauté? Son épouse. Ses enfants. Il y a des gens qui battent leur femme et leurs enfants parce qu'ils convoitent le pouvoir mais sont trop faibles pour le conquérir dans le monde. L'épouse et les enfants impuissants, liés à un tel individu par la nécessité, la tradition et, étrangement, l'amour, sont les seules victimes qu'il a le pouvoir de dominer. »

Oui, pensa Ela, regardant furtivement sa mère. C'est ce que je voulais. C'est pour cela que je lui ai demandé de Parler la mort de papa.

« Il y a de tels hommes, » reprit le Porte-Parole, « mais Marcos Ribeira n'était pas de ceux-là. Réfléchissez quelques instants. Avez-vous entendu dire qu'il a frappé un de ses enfants? Une seule fois? Vous qui travailliez avec lui, a-t-il jamais tenté de vous imposer sa volonté? Paraissait-il furieux lorsque les choses ne se déroulaient pas comme il l'entendait? Marcão n'était ni faible ni mauvais. Il était fort. Il ne désirait pas le pouvoir. Il voulait l'amour. Pas la domination, la loyauté. »

L'Évêque Peregrino eut un sourire sans joie,

comme on salue un adversaire de valeur. Tu suis un chemin tortueux, Porte-Parole, tournant autour de la Vérité, feintant. Et, quand tu frapperas, ce sera en plein cœur. Ces gens sont venus s'amuser, mais ils sont tes cibles; tu les transperceras de part en part.

« Certains d'entre vous se souviennent d'un incident, » dit le Porte-Parole. « Marcos avait à peu près treize ans, et vous aussi. Vous le taquiniez sur la colline herbue qui se dresse derrière l'école. Vous l'attaquiez plus méchamment que d'habitude. Vous le menaciez avec des pierres, le fouettiez avec des tiges de capim. Vous l'avez fait saigner, mais il supporta cela. Il tenta de vous éhapper. Vous demanda de cesser. Mais l'un d'entre vous le frappa violemment au ventre, et cela fut plus douloureux que ce que vous imaginiez car il était déjà victime de la maladie qui a fini par l'emporter. Il n'était pas encore accoutumé ni à sa fragilité, ni à la douleur. Il eut l'impression qu'il allait mourir. Il était acculé. Vous alliez le tuer. De sorte qu'il se défendit. »

Comment a-t-il appris cela? pensèrent une demi-douzaine d'hommes. C'est tellement vieux. Qui lui a dit comment cela s'est passé? La situation nous a échappé, voilà tout. Nous ne pensions pas à mal mais, quand son bras a jailli, son poing énorme, comme une ruade de cabra... il finirait par me blesser...

« N'importe lequel d'entre vous aurait pu se retrouver par terre. Vous avez alors compris qu'il était encore plus fort que vous ne craigniez. Ce qui vous terrifia le plus, toutefois, ce fut le fait de concevoir exactement la vengeance que vous méritiez. Ainsi, vous avez appelé à l'aide. Et lorsque les professeurs sont arrivés, qu'ont-ils vu? Un petit garçon sur le sol, en larmes et en sang. Un adolescent déjà de la taille d'un homme, avec quelques égratignures, disant qu'il regrettait, qu'il ne l'avait pas fait exprès. Et une demi-douzaine d'autres déclarant qu'il avait frappé sans raison, qu'ils avaient tenté de l'en empêcher, mais que Cão était tellement fort... Qu'il n'arrêtait pas d'ennuyer les petits. »

Greco fut subjugué par le récit.

« Mentirosos! » cria-t-il. Menteurs! Plusieurs personnes, autour de lui, rirent discrètement. Quara le fit taire.

« Tous ces témoins, » reprit le Porte-Parole. « Les professeurs ne pouvaient que croire l'accusation. Jusqu'au moment où une petite fille se présenta devant eux et leur annonça froidement qu'elle avait tout vu. Marcos avait agi ainsi pour se défendre contre l'agression totalement injustifiée, malveillante, douloureuse, d'une meute de garçons qui, contrairement à lui, se comportaient effectivement comme des chiens. Après tout, c'était la fille d'Os Venerados. »

Greco regarda sa mère avec des yeux brillants, puis se leva d'un bond et annonça aux gens qui l'entouraient :

« A Mamãe o libertou! » Maman l'a sauvé! Les gens rient, se tournèrent vers Novinha. Mais son visage resta impassible, refusant de reconnaître l'affection provisoire qu'ils portaient à son fils. Ils lui tournèrent à nouveau le dos, vexés.

« Novinha, » reprit le Porte-Parole. « Sa froideur et son intelligence faisaient d'elle une exclue au même titre que Marcão. Elle n'avait jamais tenté de se rapprocher de vous. Et voilà qu'elle sauvait Marcão. Eh bien, vous connaissiez la vérité. Elle ne sauvait pas Marcão... Elle vous empêchait de vous tirer d'un mauvais pas. »

Ils hochèrent la tête avec un sourire entendu, ces gens dont les gestes d'amitié avaient été refusés. C'est Dona Novinha, la biologista, qui se trouve trop bien pour nous.

« Marcos n'a pas vu les choses de cette façon. On l'avait si souvent traité d'animal qu'il croyait presque en être un. Novinha lui manifesta de la compassion, comme à un être humain. Une jolie jeune fille, une enfant brillante, fille des Venerados respectés, toujours hautaine comme une déesse, elle était descendue de son piédestal; l'avait béni et avait exaucé sa prière. Il l'adora. Six ans plus tard, il l'épousa. N'est-ce pas une belle histoire? »

Ela se tourna vers Miro qui la regarda en haussant les sourcils.

« Cela te rend presque semblable à ce vieux salaud, pas vrai? » dit sèchement Miro.

Soudain, après un long silence, la voix du Porte-Parole jaillit, plus puissante. Elle les fit sursauter, les réveilla.

« Pourquoi a-t-il fini par la haïr, la battre et mépriser ses enfants? Et pourquoi a-t-elle supporté cela, cette femme volontaire et supérieurement intelligente? Elle aurait pu mettre un terme à ce mariage du jour au lendemain. L'Église n'autorise pas le divorce, mais il reste la séparation et elle n'aurait pas été la première citoyenne de Milagre à quitter son mari. Elle aurait pu partir avec ses enfants malheureux. Mais elle est *restée*. Madame le Maire, Bosquinha, et l'Évêque Peregrino lui ont tous les deux *suggéré* de le quitter. Elle leur a dit de se mêler de leurs affaires. »

De nombreux Lusos rirent; ils pouvaient imaginer Novinha, les lèvres serrées, rembarrant l'évêque, résistant à Bosquinha. Ils n'aimaient guère Novinha, c'était un fait, mais c'était pratiquement la seule habitante de Milagre qui puisse faire un pied de nez à l'autorité.

L'évêque se souvint de la scène qui s'était déroulée dans son bureau plus d'une décennie auparavant. Elle n'avait pas employé les mots cités par le Porte-Parole, mais le résultat était le même. Cependant, il était seul. Qui était ce Porte-Parole et comment était-il possible qu'il sache ce qu'il devait ignorer?

Quand les rires cessèrent, le Porte-Parole poursuivit.

« Un lien quelconque les emprisonnait dans un mariage qu'ils haïssaient. Ce lien était la maladie de Marcão. »

Sa voix était moins puissante, à présent. Les Lusos tendirent l'oreille.

« Elle modela sa vie dès l'instant de sa conception. Les gènes que lui donnèrent ses parents se combinèrent de telle façon que, dès l'âge de la puberté, les cellules de ses glandes entamèrent une transformation régulière et irréversible en tissus graisseux. Le Docteur Navio pourrait mieux que moi vous expliquer cette évolution. Marcão savait depuis l'enfance qu'il était victime de cette affection; ses parents l'apprirent avant de mourir de la Descolada; Gusto et Cida étaient au courant parce qu'ils avaient effectué des tests biologiques sur tous les habitants de Lusitania. *Tous* étaient morts. Une seule autre personne savait, celle qui avait hérité des dossiers biologiques. Novinha. »

Le Docteur Navio fut troublé. Si elle était au courant avant leur mariage, elle savait certainement que presque tous les gens atteints de cette maladie étaient stériles. Pourquoi l'avait-elle épousé alors qu'elle savait qu'il n'avait pas la moindre chance d'engendrer des enfants? Puis il comprit ce qu'il aurait dû constater beaucoup plus tôt, à savoir que Marcão n'était *pas* une exception rare à la structure de la maladie. Il n'y avait pas d'exception. Navio rougit. Ce que le Porte-Parole était sur le point de dire était innommable.

« Novinha savait que Marcão mourait », reprit le Porte-Parole. « Elle savait également, avant de l'épouser, qu'il était absolument et totalement stérile. »

Quelques instants s'écoulèrent avant que le sens de ces paroles soit clairement assimilé. Ela eut l'impression que ses organes se transformaient en eau à l'intérieur de son corps. Elle vit, sans tourner la tête, que Miro était devenu rigide, que ses joues avaient pâli.

Le Porte-Parole poursuivit malgré les murmures de la foule.

« J'ai vu les examens génétiques. Marco Maria Ribeira n'a conçu aucun enfant. Son épouse a eu des enfants, mais ce n'étaient pas les siens, et il le savait, et elle savait qu'il le savait. Cela faisait partie du marché qu'ils avaient conclu lorsqu'ils s'étaient mariés. »

Les murmures se muèrent en conversations, les grognements en plaintes et, lorsque le bruit arriva à son paroxysme, Quim se leva d'un bond et cria, hurla, au Porte-Parole :

« Ma mère n'est pas une femme adultère! Je vous tuerai si vous la traitez de putain! »

Ses derniers mots retentirent dans le silence. Le Porte-Parole ne répondit pas. Il se contenta d'attendre, son regard restant fixé sur le visage enflammé de Quim. Jusqu'au moment où Quim se rendit compte que c'était lui, pas le Porte-Parole, qui avait prononcé des paroles qui retentissaient encore à ses oreilles. Il frémit. Il regarda sa mère, assise par terre près de lui, mais sans rigidité, désormais, tassée sur elle-même et petite, fixant ses mains qui tremblaient sur ses genoux.

« Dis-leur, maman, » pressa Quim. Sa voix lui parut plus suppliante qu'il ne croyait.

Elle ne répondit pas. Elle ne prononça pas un mot, ne se tourna pas vers lui. S'il n'avait pas été convaincu du contraire, il aurait cru que ses mains tremblantes étaient un aveu, qu'elle avait *honte*, comme si ce que le Porte-Parole venait de dire était la vérité que Dieu en personne aurait confiée à Quium, s'il avait posé la question. Il se souvint du Père Mateu décrivant les tourments de l'enfer : Dieu crache sur les adultères, ils ridiculisent le pouvoir de création qu'il partage avec eux, ils n'ont pas, en eux, la bonté susceptible de les distinguer des amibes. Quim eut un goût de bile dans la bouche. Ce que le Porte-Parole venait de dire était vrai.

« Mamãe, » dit-il d'une voix forte, ironiquement, « quem fôde p'ra fazer-me? »

Les auditeurs sursautèrent. Olhado se dressa immédiatement, les poings serrés. Ce n'est qu'à cet instant que Novinha réagit, tendant la main pour empêcher Olhado de frapper son frère. Quim remarqua à peine qu'Olhado s'était dressé pour défendre sa mère; il constata seulement que Miro ne l'avait pas fait. Miro avait également compris que c'était vrai.

Quim respira profondément puis pivota sur lui-même, paraissant un instant égaré; ensuite, il se fraya un chemin dans la foule. Personne ne lui adressa la parole, mais tout le monde le regarda partir. Si Novinha avait nié l'accusation, ils l'auraient crue, ils auraient lynché le Porte-Parole qui avait osé accuser la fille d'Os Venerados d'un tel péché. Mais elle n'avait pas nié. Elle avait laissé son propre fils l'accuser de façon obscène et n'avait pas protesté. C'était vrai. Et, à présent, ils écoutaient avec fascination. Rares étaient ceux qui étaient réellement impliqués. Ils avaient simplement envie de savoir qui était le père des enfants de Novinha.

Le Porte-Parole reprit calmement le fil de son histoire.

« Après la mort de ses parents, et avant la naissance de ses enfants, Novinha n'a aimé que deux personnes. Pipo fut son deuxième père. Novinha lia son existence à lui; pendant quelques brèves années, elle sut ce que signifiait une véritable vie de famille. Puis il mourut et Novinha crut qu'elle l'avait tué. »

Les gens assis près de la famille de Novinha virent Quara s'agenouiller devant Ela et demander :

« Pourquoi Quim s'est-il mis en colère? »

Ela répondit à voix basse :

– « Parce que papai n'était pas vraiment notre père. »

– « Oh, » fit Quara. « Le Porte-Parole est-il notre père, à présent? » Elle paraissait pleine d'espoir. Ela la fit taire.

« Le soir de la mort de Pipo, » poursuivit le Porte-Parole, « Novinha lui montra une de ses découvertes en rapport avec la Descolada et la façon dont elle agit sur les plantes et les animaux de Lusitania. Pipo, contrairement à elle, vit toutes les conséquences de son travail. Il se précipita dans la forêt où attendaient les piggies. Peut-être leur dit-il ce qu'il avait découvert. Peut-être devinèrent-ils. Mais Novinha se considéra comme responsable parce qu'elle lui avait communiqué un secret que les piggies voulaient absolument garder, même au prix d'un assassinat.

» Il était trop tard pour défaire ce qui avait été fait. Mais elle pouvait empêcher que cela se reproduise. De sorte qu'elle cacha toutes les archives liées à la Descolada et à ce qu'elle avait montré à Pipo ce soir-là. Elle savait qui ces archives étaient susceptibles d'intéresser. C'était Libo, le nouveau Zenador. Si Pipo avait été son père, Libo avait été son frère, et plus que son frère. La mort de Pipo était difficile à accepter, mais celle de Libo l'aurait été davantage. Il demanda les archives. Il exigea de les voir. Elle répondit qu'elle ne lui permettrait jamais de les examiner.

» Ils savaient tous les deux exactement ce que cela signifiait. S'il l'épousait, il pourrait passer outre les protections de ces archives. Ils s'aimaient désespérément, ils avaient plus que jamais besoin l'un de l'autre, mais Novinha ne pourrait jamais l'épouser. Il ne promettrait jamais de ne pas lire ses dossiers et, même s'il avait fait une telle promesse, il n'aurait pas pu la tenir. Il comprendrait certainement ce que son père avait compris. Il mourrait.

» Refuser de l'épouser était une chose. Vivre sans lui en était une autre. De sorte qu'elle ne vécut pas sans lui. Elle conclut un marché avec Marcão. Elle l'épouserait devant la loi, mais son mari véritable et le père de ses enfants serait, fut, Libo. »

Bruxinha, la veuve de Libo, se dressa sur ses jambes tremblantes, le visage couvert de larmes, et gémit :

« Mentira, mentira. » Mensonges, mensonges. Mais ses larmes n'exprimaient pas la colère, simplement le chagrin. Elle pleurait une nouvelle fois la perte de son mari. Trois de ses filles l'aidèrent à quitter la praça.

Doucement, le Porte-Parole poursuivit tandis qu'elle s'en allait :

« Libo savait qu'il faisait du mal à Bruxinha, son épouse, et à leur quatre filles. Il se haïssait en raison de sa conduite. Il tentait de rester à l'écart. Pendant des mois, parfois des années, il y parvenait. Novinha essaya également, de son côté. Elle refusa de le voir, même de lui parler. Elle interdit à ses enfants de mentionner son nom. Puis Libo se croyait assez fort pour pouvoir la rencontrer sans retomber dans les vieilles habitudes. Novinha se sentait terriblement seule, avec un mari qu'il était impossible de comparer à Libo. Ils ne prétendirent jamais que ce qu'ils faisaient étaient bien. Ils ne pouvaient pas vivre longtemps sans, voilà tout. »

Bruxinha entendit cela tandis qu'elle s'éloignait. Ce n'était qu'une maigre consolation, naturellement, mais, en la regardant partir, l'Évêque Peregrino reconnut que le Porte-Parole lui faisait un cadeau. Elle était la victime la plus innocente de cette vérité cruelle, mais il ne lui laissait pas seulement les cendres. Il lui donnait le moyen de vivre en sachant ce que son mari avait fait. Ce n'est pas votre faute, lui disait-il. Vous n'auriez pas pu empêcher cela. Votre mari a échoué, pas vous. Sainte Vierge, pria silencieusement l'évêque, faites que Bruxinha entende ce qu'il dit et le croie.

La veuve de Libo ne fut pas seule à pleurer. Plusieurs centaines d'yeux, qui la regardèrent partir, étaient également pleins de larmes. Découvrir que Novinha était une femme adultère était choquant mais délicieux : La femme au cœur d'acier avait un point faible et, au bout du compte, n'était pas meilleure qu'eux. Mais découvrir ce même point faible chez Libo ne procurait aucun plaisir. Tout le monde l'aimait. Sa générosité, sa gentillesse, sa sagesse qu'ils admiraient tant, ils n'avaient pas envie de savoir qu'elles étaient un masque.

De sorte qu'ils furent étonnés lorsque le Porte-Parole leur rappela qu'il ne Parlait pas la mort de Libo.

« Pourquoi Marcos Ribeira a-t-il accepté cela ? Novinha croyait que c'était parce qu'il voulait une épouse et l'illusion d'avoir des enfants, afin de ne pas avoir honte face à la communauté. C'était partiellement cela. Pour l'essentiel, toutefois, il l'épousait parce qu'il l'aimait. Il n'espéra jamais vraiment qu'elle l'aimerait comme il l'aimait, car il l'adorait, qu'elle était une déesse et qu'il se savait malade, écœurant, semblable à un animal méprisable. Il savait qu'elle ne pourrait jamais l'adorer, ni même l'aimer. Il espérait qu'elle éprouverait un jour de *l'affection* pour lui. Qu'elle lui accorderait une forme de loyauté. »

Le Porte-Parole garda quelques instants la tête baissée. Les Lusos entendirent les mots qu'il n'avait pas besoin de prononcer : Cela n'arriva jamais.

« Chaque nouvel enfant, » reprit le Porte-Parole, « était une preuve supplémentaire de l'échec de

Marcos. Démontrait que la déesse le trouvait toujours indigne. Pourquoi? Il était loyal. Il n'avait jamais laissé entendre à ses enfants qu'ils n'étaient pas de lui. Il n'avait jamais trahi la promesse faite à Novinha. Ne méritait-il pas une récompense? Parfois, cela était insupportable. Il refusait d'accepter son jugement. Ce n'était pas une déesse. Ses enfants étaient tous des bâtards. C'était ce qu'il se disait lorsqu'il la frappait, lorsqu'il injuriait Miro. »

Miro entendit son nom mais ne se rendit absolument pas compte qu'il avait un rapport avec lui. Il n'aurait jamais imaginé que ses relations avec la réalité puissent être aussi fragiles, et cette journée lui avait apporté de trop nombreux chocs. La magie impossible des piggies avec les arbres. Maman et Libo amants. Ouanda qui cessait soudain d'être aussi proche de lui que son propre corps, sa propre personne, et lui devenait d'un seul coup aussi étrangère qu'Ela, que Quara, se muant en une sœur supplémentaire. Ses yeux ne voyaient pas l'herbe; la voix du Porte-Parole était un bruit pur, il ne comprenait pas le sens des mots, seulement ce bruit terrifiant. Miro avait appelé cette voix, avait désiré qu'elle Parle la mort de Libo. Comment aurait-il pu supposer que, à la place du prêtre bienveillant d'une religion humaniste, il aurait le premier Porte-Parole en personne, avec son esprit pénétrant et son intuition beaucoup trop parfaite? Comment aurait-il pu supposer que, sous ce masque empathique, se cachait Ender le Destructeur, le Lucifer mythique du plus grand crime de l'humanité, décidé à rester fidèle à son nom, ridiculisant l'œuvre de toute la vie de Pipo, Libo, Ouanda et Miro lui-même en découvrant en une heure passée avec les piggies ce que les autres avaient été incapables de voir en cinquante ans, puis lui arrachant Ouanda d'un coup unique et impitoyable de la lame de la vérité; telle était la voix que Miro entendait, son unique certitude rescapée, cette voix insistante et terrifiante. Miro se cramponna à son bruit; s'efforçant de le haïr, mais échouant parce qu'il savait, incapable de s'abuser plus longtemps, *savait* qu'Ender était un destructeur, mais que ce qu'il détruisait était illusion et que l'illusion devait mourir. La vérité sur les piggies, la vérité sur nous-mêmes. Bizarrement, cet homme venu de l'antiquité est capable de voir la vérité sans être aveuglé par elle, sans qu'elle le rende fou. Je dois écouter cette voix et me laisser pénétrer par sa puissance afin de pouvoir, moi aussi, fixer le soleil sans mourir.

« Novinha savait ce qu'elle était. Une femme adultère, une hypocrite. Elle savait qu'elle faisait du mal à Marcão, Libo, ses enfants, Bruxinha. Elle savait qu'elle avait tué Pipo. De sorte qu'elle supporta, suscita même, le châtiment de Marcão. Ce fut sa pénitence. Et cette pénitence ne fut jamais assez longue. Peu importait que Marcão la haïsse, elle se haïssait davantage. »

L'évêque hocha lentement la tête. Le Porte-Parole avait commis un acte monstrueux en dévoilant ces secrets devant toute la communauté. Il aurait fallu les dire dans le confessionnal. Néanmoins, Peregrino en perçut la puissance, la façon dont l'ensemble de la communauté fut contrainte de découvrir ces gens qu'elle croyait connaître, puis de les découvrir encore et encore; et chaque nouvelle version de l'histoire les obligeait à se remettre également en question car ils avaient joué un rôle dans l'histoire, avaient été touchés par tous ces gens, cent fois, mille, sans comprendre qui ils touchaient. Ce fut une épreuve douloureuse, effrayante mais, au bout du compte, elle eut un effet étrangement apaisant. L'évêque se pencha vers son secrétaire et dit :

« Au moins, les racontars ne tireront rien de cela, il ne reste plus le moindre secret. »

« Tous les acteurs de cette histoire ont connu la douleur, » conclut le Porte-Parole. « Tous se sont sacrifiés pour ceux qu'ils aimaient. Tous ont fait terriblement souffrir ceux qu'ils aimaient. Et vous qui m'écoutez aujourd'hui, vous avez également été cause de douleur. Mais n'oubliez pas ceci : La vie de Marcão fut tragique et cruelle, mais il aurait pu dénoncer le marché qui le liait à Novinha. Il a choisi de rester. Il devait y trouver une joie quelconque. Et Novinha : Elle a enfreint les lois de Dieu, qui assurent la cohésion de cette communauté. Elle a également supporté le châtiment. L'Église n'exige pas de pénitence aussi terrible que celle qu'elle s'est imposée. Et si vous vous laissez aller à croire qu'elle mérite les cruautés mesquines que vous pourriez lui imposer, gardez ceci présent à l'esprit : Elle a tout supporté, tout fait dans un seul but : empêcher les piggies de tuer Libo. »

Ces mots laissèrent des cendres dans leur cœur.

Olhado se leva, alla près de sa mère, s'agenouilla près d'elle, la prit par les épaules. Ela était à ses côtés. mais elle était couchée par terre et pleurait. Quara vint s'immobiliser devant sa mère, la fixant avec stupéfaction. Et Grego cacha le visage contre les genoux de sa mère et sanglota. Ceux qui se trouvaient à proximité purent l'entendre murmurer :

« Todos papai é morto. Não tenha nem papai. » Tous mes papas sont morts. Je n'ai pas de papa.

Ouanda se tenait à l'entrée de l'allée, où elle avait accompagné sa mère avant la fin du récit du Porte-Parole. Elle chercha Miro, mais il était déjà parti.

Ender se tenait derrière l'estrade, regardant la famille de Novinha, regrettant de ne rien pouvoir faire pour atténuer sa douleur. La douleur succédait toujours à un tel récit parce que le Porte-Parole des Morts ne faisait rien pour atténuer la vérité. Mais il était rare que les gens aient vécu aussi profondément enfoncés dans le mensonge que Marcão, Libo et

Novinha; il était rare que des chocs aussi nombreux, des informations aussi abondantes, contraignent les gens à réviser leur conception de personnes qu'ils connaissaient, de personnes qu'ils aimaient. Ender comprit, en regardant les visages levés vers lui, qu'il avait rouvert de douloureuses blessures. Il les avait toutes ressenties, comme s'ils lui avaient communiqué leur souffrance. Bruxinha avait été la plus étonnée, mais Ender savait qu'elle n'était pas la plus gravement blessée. Cette distinction revenait à Miro et Ouanda qui croyaient savoir ce que l'avenir leur apporterait. Mais Ender avait également éprouvé les douleurs qu'ils ressentaient auparavant, et il savait que les blessures nouvelles se cicatriseraient beaucoup plus rapidement que les anciennes. Novinha ne s'en rendait peut-être pas compte, mais Ender l'avait débarrassée d'un fardeau qu'elle n'aurait sans doute pas pu supporter plus longtemps.

« Porte-Parole, » dit Bosquinha.

— « Madame le Maire, » répondit Ender. Il n'aimait pas parler après avoir dit la Vérité, mais il était accoutumé au fait que quelqu'un insistait toujours pour s'entretenir avec lui. Il se força à sourire. « Je ne comptais pas sur un public aussi nombreux. »

— « Une impression temporaire, pour la majorité, » fit ressortir Bosquinha. « Demain matin, ils auront oublié. »

Son indifférence contraria Ender.

— « Seulement si la nuit apporte un événement monumental, » fit-il valoir.

— « Oui. Eh bien cela a été organisé. »

Ender comprit seulement à cet instant que Bosquinha était très préoccupée et qu'elle parvenait à peine à se dominer. Il la prit par le coude puis lui passa le bras autour des épaules et elle s'appuya contre lui avec reconnaissance.

« Porte-Parole, je suis venue m'excuser. Votre vaisseau a été réquisitionné par le Congrès Stellaire.

Cela n'a rien à voir avec vous. Un délit a été commis ici, un délit si... terrifiant... que les responsables doivent être conduits sur la planète la plus proche, Trondheim, où ils seront jugés et condamnés. Votre vaisseau. »

Ender réfléchit pendant quelques instants.

– « Miro et Ouanda. »

Elle tourna la tête, le regarda avec dureté.

– « Cela ne vous surprend pas. »

– « Moi non plus, je ne les laisserai pas partir. »

Bosquinha s'éloigna de lui.

– « Vous ne les *laisserez* pas? »

– « Je crois savoir de quoi ils sont accusés. »

– « Vous êtes ici depuis quatre jours et vous savez déjà une chose dont *je* ne me suis jamais doutée? »

– « Parfois, le gouvernement est le dernier à savoir. »

– « Permettez-moi de vous dire pourquoi *vous* les laisserez partir, pourquoi *nous* les laisserons *tous* aller à leur procès. Parce que le Congrès a effacé nos archives. La mémoire de notre ordinateur est vide, à l'exception des programmes rudimentaires qui contrôlent notre production d'énergie, l'eau, les égouts. Demain, aucun travail ne pourra être effectué parce que nous n'aurons pas assez d'énergie pour faire fonctionner les usines, les mines, les machines. J'ai été dépossédée de mon poste. Désormais, je ne suis plus que directeur délégué de la *police*, chargé de veiller à l'application des directives de la Commission d'Evacuation de Lusitania. »

– « Evacuation? »

– « La licence de la colonie a été révoquée. On envoie des vaisseaux chargés de nous emmener. Tous les indices de présence humaine doivent être effacés. Même les pierres de nos morts. »

Ender tenta de juger convenablement sa réponse.

Il ne croyait pas que Bosquinha fût femme à s'incliner face à une autorité aveugle.
– « Et vous avez l'intention de vous soumettre ? »
– « La production d'énergie et d'eau est contrôlée par ansible. Ils contrôlent également la clôture. Ils peuvent nous enfermer ici sans énergie, sans eau ni égouts et nous ne pourrons pas sortir. Lorsque Miro et Ouanda seront à bord du vaisseau, en route pour Trondheim, ils affirment que certaines restrictions seront levées. » Elle soupira. « Oh, Porte-Parole, je crains que ce ne soit guère le moment de faire du tourisme sur Lusitania. »
– « Je ne suis pas un touriste. » Il ne prit pas la peine de lui dire que le fait que le Congrès Stellaire ait remarqué les Activités Discutables alors qu'Ender se trouvait sur la planète n'était peut-être pas une coïncidence. « Avez-vous pu sauver une partie de vos archives ? »
Bosquinha soupira.
– « En nous servant de vous, malheureusement. J'ai remarqué que toutes vos archives étaient mises à jour par ansible, ailleurs que sur la planète. Nous vous avons envoyé l'essentiel de nos archives capitales sous forme de messages. »
Ender rit.
– « Bien, c'est parfait. Bien joué. »
– « Cela n'a aucune importance. Nous ne pouvons pas les récupérer. Enfin nous pouvons, mais ils s'en apercevront et vous vous trouverez confronté aux mêmes problèmes que nous. Et, à ce moment-là, ils effaceront tout. »
– « Sauf si vous interrompez la liaison par ansible aussitôt après avoir copié tous mes dossiers dans les mémoires locales. »
– « Dans ce cas, ce serait véritablement la rébellion. Et pourquoi ? »
– « Pour la chance de faire de Lusitania la meil-

leure et la plus importante des Cent Planètes. »

Bosquinha rit.

– « Je crois qu'ils nous trouveront importants, mais la trahison ne permet généralement pas de compter parmi les meilleurs. »

– « S'il vous plaît, ne faites rien. N'arrêtez pas Ouanda et Miro. Attendez une heure et recevez-moi en compagnie de tous ceux qui doivent prendre part à la décision. »

– « La décision de nous rebeller ? Je ne vois pas pourquoi *vous* participeriez à cette décision, Porte-Parole. »

– « Vous comprendrez pendant la réunion. Je vous en prie cet endroit est trop important pour que nous laissions passer l'occasion. »

– « L'occasion de quoi ? »

– « De défaire ce qu'Ender le Xénocide a fait il y a trois mille ans. »

Bosquinha lui adressa un regard dur.

– « Et dire que je croyais avoir compris que vous n'étiez qu'un amateur de racontars. »

Peut-être plaisantait-elle. Ou peut-être pas.

– « Si vous croyez que ce que je viens de dire n'est qu'un tissu de racontars, vous êtes trop stupide pour diriger cette communauté. » Il sourit.

Bosquinha écarta les bras et haussa les épaules.

– « Pois é, » dit-elle. Possible. Ensuite ?

– « Convoquerez-vous la réunion ? »

– « Je l'organiserai. Dans le bureau de l'évêque. »

Ender grimaça.

« L'évêque refuse d'assister aux réunions qui se déroulent ailleurs, » expliqua-t-elle. « Et la décision de recourir à la rébellion n'aura aucun sens s'il ne donne pas son accord. » Bosquinha posa la main sur sa poitrine. « Il est même possible qu'il ne vous autorise pas à entrer dans la cathédrale. Vous êtes l'infidèle. »

– « Mais vous essaierez. »

– « J'essaierai à cause de ce que vous avez fait ce soir. Seul un homme sage pouvait comprendre ainsi mes administrés en aussi peu de temps. Seul un homme impitoyable pouvait dire tout cela à haute voix. Votre vertu et votre faiblesse... Nous avons besoin des deux. »

Bosquinha s'éloigna rapidement. Ender savait que, au fond de son cœur, elle ne voulait pas obéir au Congrès Stellaire. Cela avait été trop soudain, trop sévère; on l'avait dépossédée de son autorité comme si elle avait commis un délit. Accepter équivalait à un aveu et elle savait qu'elle n'avait pas mal agi. Elle voulait résister, voulait trouver un moyen plausible de répliquer au Congrès, de lui dire d'attendre et de se calmer. Ou, si nécessaire, de lui dire d'aller se faire voir. Mais elle n'était pas stupide. Elle n'entreprendrait pas de résister sans être certaine de gagner et d'agir dans l'intérêt de la population. Ender savait qu'elle était très compétente. Elle n'hésiterait pas à sacrifier son orgueil, sa réputation et son avenir à la cause de la population.

Il était seul sur la praça. Tout le monde était parti pendant sa conversation avec Bosquinha. Ender éprouva ce que devait ressentir un vieux soldat marchant dans les champs paisibles du site d'une bataille ancienne, entendant les échos du carnage dans la brise qui fait bruire les hautes herbes.

« Ne les laisse pas couper la liaison par ansible. »

La voix, dans son oreille, le fit sursauter, mais il comprit immédiatement.

– « Jane, » dit-il.

– « Je peux leur faire croire que vous avez coupé l'ansible mais, si vous le faites *vraiment*, je ne pourrai plus vous aider. »

– « Jane, » dit-il, « tu es responsable de cela, n'est-ce pas? Comment auraient-ils découvert ce qu'ont fait Libo, Miro et Ouanda si tu n'avais pas attiré leur attention dessus? »

Elle ne répondit pas.

« Jane, je regrette d'avoir coupé, plus jamais... »

Il savait qu'elle savait ce qu'il dirait : avec elle, il n'avait pas besoin de terminer les phrases. Mais elle ne répondit pas.

« Plus jamais, je ne couperai le... »

À quoi bon finir les phrases alors qu'il savait qu'elle comprenait? Elle ne l'avait toujours pas pardonné, voilà tout, sinon elle aurait déjà répondu, lui disant de cesser de perdre son temps. Néanmoins, il ne put renoncer à une tentative supplémentaire.

« Tu m'as manqué, Jane. Tu m'as vraiment manqué. »

Elle ne répondit pas davantage. Elle avait dit ce qu'elle avait à dire pour que la liaison par ansible demeure et c'était tout. Pour le moment. Ender accepta l'attente. Il suffisait de savoir qu'elle était là, qu'elle écoutait. Il n'était pas seul. Ender constata avec étonnement que ses joues étaient couvertes de larmes. Des larmes de soulagement, décida-t-il. Catharsis. Une prise de Parole, une crise, la vie des gens en lambeaux, l'avenir de la colonie en doute. Et je pleure de soulagement parce qu'un programme informatique démesuré me parle à nouveau.

Ela l'attendait dans sa petite maison. Elle avait les yeux rougis par les larmes.

« Bonsoir, » dit-elle.

– « Ai-je fait ce que vous vouliez? » demanda-t-il.

– « Je n'aurais jamais deviné, » dit-elle. « Il n'était pas notre père. J'aurais dû comprendre. »

– « Je ne vois pas comment. »

– « Qu'ai-je fait? Vous appeler pour Parler la mort de mon père... de Marcão. » Elle se remit à pleurer. « Les secrets de maman... Je croyais les connaître, je croyais que c'étaient simplement ses archives... Je croyais qu'elle *haïssait* Libo. »

– « Je me suis contenté d'ouvrir les fenêtres pour faire entrer un peu d'air. »

– « Dire cela à Miro et Ouanda! »

– « Réfléchissez un instant, Ela. Ils auraient fini par comprendre. La cruauté réside dans le fait qu'ils soient restés de si nombreuses années dans *l'ignorance*. Maintenant qu'ils connaissent la vérité, ils peuvent trouver les solutions qui leur conviennent. »

– « Comme maman? Mais cette fois, c'est encore pire que l'adultère. »

Ender toucha ses cheveux, les lissa. Elle accepta cette caresse, ce réconfort. Il ne se souvenait pas si son père ou sa mère lui avaient adressé un tel geste. Vraisemblablement. Sinon, comment l'aurait-il appris?

– « Ela, voulez-vous m'aider? »

– « Vous aider à quoi? Vous avez terminé votre travail, n'est-ce pas? »

– « Cela n'a aucun rapport avec la Parole des Morts. Je dois savoir, dans une heure, comment fonctionne la Descolada. »

– « Il faudra que vous demandiez à maman... C'est elle qui sait. »

– « Je ne crois pas qu'elle serait heureuse de me voir, ce soir. »

– « Suis-*je* censée de lui demander. Bonsoir, mamãe, tout Milagre vient d'apprendre que tu es une femme adultère et que tu as continuellement menti à tes enfants. Alors, si tu veux bien, je voudrais te poser quelques questions scientifiques. »

– « Ela, la survie de Lusitania est en jeu. Sans parler de votre frère, Miro. » Il tendit le bras et alluma le terminal. « Identifiez-vous, » dit-il.

Elle fut troublée mais obéit. L'ordinateur ne reconnut pas son nom.

– « J'ai été effacée. » Elle le regarda avec inquiétude. « Pourquoi ? »

– « Ce n'est pas seulement vous. C'est tout le monde. »

– « Ce n'est pas une panne, » dit-elle. « Quelqu'un a effacé les archives d'identification. »

– « Le Congrés Stellaire a effacé toutes les mémoires locales. Tout a disparu. Nous sommes considérés comme en état de rébellion. Miro et Ouanda seront arrêtés et envoyés sur Trondheim pour y être jugés. Sauf si je parviens à persuader l'évêque et Bosquinha de lancer une *véritable* rébellion. Comprenez-vous ? Si votre mère ne vous dit pas ce que j'ai besoin de savoir, Miro et Ouanda seront envoyés à vingt-deux années-lumière d'ici. La trahison est passible de la peine de mort. Mais le simple fait d'aller au procès équivaut à un emprisonnement à vie. Nous serons tous morts ou très âgés quand ils reviendront. »

Elle fixa le mur sans le voir.

– « Que voulez-vous savoir ? »

– « Je veux savoir ce que la commission trouvera lorsqu'elle ouvrira les archives. Sur la façon dont la Descolada fonctionne. »

– « Oui, » dit Ela. « Elle le fera pour Miro. » Elle le regarda avec un air de défi. « Elle nous aime, vous savez. Pour un de ces enfants, elle vous parlerait personnellement. »

– « Bien, » dit Ender. « Il serait préférable qu'elle vienne en personne. Dans le bureau de l'évêque, dans une heure. »

– « Oui, » dit Ela. Pendant quelques instants, elle resta immobile. Puis un synapse se referma, quelque part, et elle se leva, gagnant rapidement la porte.

Elle s'immobilisa. Elle revint, le prit dans ses bras, l'embrassa sur la joue.

« Je suis contente que vous ayez tout dit, » déclara-t-elle. « Je suis contente de savoir. »

Il l'embrassa sur le front et la renvoya. Lorsqu'elle eut fermé la porte, il s'assit sur son lit, puis s'allongea et fixa le plafond. Il pensa à Novinha, tenta d'imaginer ce qu'elle ressentait. Peu importe que cela soit terrible, Novinha, votre fille court vous rejoindre, certaine que, malgré la douleur et l'humiliation, vous ne tiendrez pas compte de vous et ferez ce qu'il faut pour sauver votre fils? Je vous échangerais toutes vos souffrances, Novinha, contre une enfant ayant en moi une telle confiance.

CHAPITRE XVI

LA CLÔTURE

Un grand rabbin dispense son enseignement sur la place du marché. Il arrive qu'un mari découvre ce matin-là la preuve de l'adultère de son épouse, et qu'une foule la traîne sur la place du marché afin de la lapider. (Il y a une version familière de cette histoire mais un de mes amis, un Porte-Parole des Morts, m'a entretenu de deux autres rabbins confrontés à la même situation. C'est d'eux que je veux vous parler.)

Le rabbin avance et s'immobilise près de la femme. Par respect, la foule s'écarte, les pierres à la main.

« Y a-t-il une seule personne, ici » leur dit-il, « qui n'a pas désiré l'épouse d'un autre, le mari d'une autre ? »

Ils murmurent et répondent :
– « Nous connaissons tous le désir. Mais, rabbin, nous n'y avons jamais cédé. »

Le rabbin dit :
– « Dans ce cas, agenouillez-vous et remerciez Dieu de vous avoir donné cette force. »

Il prend la femme par la main et lui fait quitter la place du marché. Juste avant de la quitter, il lui souffle à l'oreille :

« Dis au Seigneur Procureur qui a sauvé sa maîtresse. Il saura que je suis son fidèle serviteur. »

Ainsi, la femme vit parce que la communauté est trop corrompue pour se protéger contre le désordre.

Un autre rabbin, une autre ville. Il va près d'elle, arrête la foule et, comme dans l'autre histoire, dit :

« Lequel d'entre vous est sans péché ? Qu'il jette la première pierre. »

Les gens sont déconcertés, oublient leur objectif commun dans le souvenir de leurs péchés individuels. Un jour, se disent-ils, je serai peut-être comme cette femme et j'espérerai le pardon et la possibilité de me racheter. Je dois agir avec elle comme je voudrais qu'on agisse avec moi.

Tandis que leurs mains s'ouvrent et que les pierres tombent sur le sol, le rabbin en ramasse une, la lève au-dessus de la tête de la femme et l'abat de toutes ses forces sur son crâne. Elle lui écrase la tête et éparpille sa matière cérébrale sur les pavés.

« Je ne suis pas exempt de péché, » dit-il aux gens. « Mais si nous autorisons exclusivement les gens parfaits à appliquer la loi, la loi sera bientôt lettre morte, et notre ville avec. »

Ainsi, la femme meurt parce que la communauté est trop rigide pour supporter la déviance.

La version célèbre de l'histoire est remarquable parce qu'elle est extraordinairement rare dans notre expérience. Presque toutes les communautés oscillent entre la décrépitude et la rigor mortis et, lorsqu'elles vont trop loin, elles meurent. Un seul rabbin a osé nous croire capables d'un équilibre parfait nous permettant de conserver la loi tout en acceptant la déviance. Alors, naturellement, nous l'avons tué.

San Angelo, lettres à un hérétique potentiel, trad : Amai a Tudomundo Para Que Deus Vos Ame Cristão, 103:72:54:2

Minha irmã. Ma sœur. Les mots tournoyaient continuellement dans la tête de Miro de sorte qu'il ne les entendait même plus, qu'ils faisaient partie du décor : A Ouanda é minha irmã. Ouanda est ma sœur. Ses pieds l'emportèrent machinalement loin de la praça, jusqu'aux terrains de jeu, puis de l'autre côté de la colline. Le sommet le plus élevé supportait la cathédrale et le monastère qui dominaient toujours le Laboratoire du Zenador, comme s'il s'agissait d'une forteresse surveillant la porte. Libo prenait-il ce chemin lorsqu'il allait voir sa mère? Se retrouvaient-ils au Laboratoire de Xénobiologie? Ou bien était-ce plus discret et s'accouplaient-ils dans l'herbe, comme les gorets des fazendas?

Il s'arrêta devant la porte du laboratoire et tenta d'imaginer une raison d'y entrer. Il n'avait rien à y faire. Il n'avait pas rédigé de rapport sur les événements de la journée mais, de toute façon, ne savait pas comment faire. Des pouvoirs magiques, voilà ce que c'était. Les piggies chantent et les arbres se débitent en petit bois. Bien mieux que la menuiserie. Les indigènes sont nettement plus évolués que ce que l'on supposait. Tout a de multiples usages. Chaque arbre est à la fois un totem, une pierre tombale et une petite scierie. Sœur. Je dois faire quelque chose, mais je ne me souviens pas quoi.

Les piggies appliquent la méthode la plus intelligente. Vivre en frères et ne pas se soucier des femmes. Cela aurait mieux valu pour toi, Libo, voilà la vérité... Non, je devrais t'appeler papa, pas Libo. Dommage que maman ne t'ait rien dit, tu aurais pu me faire sauter sur tes genoux. Tes deux aînés, Ouanda sur un genou et Miro sur l'autre, ne sommes-nous pas fiers de nos deux enfants? Nés la même année, à quelques mois d'écart, comme il devait être occupé, à cette époque, papai, longeant discrètement la clôture pour retrouver mamãe dans la cour de sa maison. Tout le monde avait pitié de toi parce que tu n'avais que des filles. Personne pour perpétuer le nom de la famille. Leur compassion était inutile. Tu avais tous les fils nécessaires. Et je n'imaginais pas que j'avais autant de sœurs. Une sœur de trop, en fait.

Il s'arrêta devant la porte, regardant la forêt de la colline des piggies. Il n'y a pas de raison scientifique d'aller les voir pendant la nuit. De sorte que je suppose que je vais leur rendre visite pour une raison non scientifique, pour voir s'ils ont de la place pour un frère supplémentaire au sein de la tribu. Je suis probablement trop grand pour qu'ils puissent me donner une place où dormir, dans la maison, de sorte que je coucherai dehors, et je ne serai pas très bon pour grimper aux arbres, mais j'ai quelques connaissances technologiques et je ne vois pas pourquoi je ne vous dirais pas tout ce que vous avez envie de savoir.

Il posa la main droite sur la boîte d'identification et tendit la gauche pour tirer la porte. Pendant une fraction de seconde, il ne comprit pas ce qui arrivait. Puis il eut l'impression que sa main était en feu, qu'on la coupait avec une scie rouillée, et il cria, lâchant la porte. Jamais, depuis la construction de la porte, celle-ci n'était restée brûlante après que le Zenador eût touché la boîte d'identification.

« Marcos Vladimir Ribeira von Hesse, votre droit de franchissement de la porte a été supprimé par la Commission d'Evacuation de Lusitania. »

Jamais, depuis la construction de la porte, la voix n'avait défié un Zenador. Miro ne comprit pas immédiatement ce qu'elle disait.

« Vous et Ouanda Quenhatta Figueira Mucumbi allez vous présenter à la Déléguée de la Police, Faria Lima Maria di Bosque, qui vous arrêtera au nom du Congrès Stellaire et vous enverra à Trondheim, où vous serez jugés. »

Pendant quelques instants, il eut la tête légère et

l'impression qu'il allait vomir. Ils savent. Cette nuit entre toutes. Tout est terminé. J'ai perdu Ouanda, j'ai perdu les piggies, j'ai perdu mon travail, tout a disparu. Arrestation. Trondheim. D'où vient le Porte-Parole, vingt-deux ans en transit, tout le monde parti, à part Ouanda, la seule qui reste, et c'est ma *sœur*...

Sa main jaillit à nouveau dans l'intention de tirer la porte; à nouveau, la douleur insupportable s'empara de son bras, tous les nerfs s'embrasant en même temps. Je ne peux pas disparaître. Ils vont fermer la porte pour tout le monde. Personne n'ira voir les piggies, personne ne le leur dira; les piggies nous attendront et personne ne franchira plus la porte. Ni moi, ni Ouanda, ni le Porte-Parole, personne et aucune explication.

Commission d'Evacuation. Ils vont nous évacuer et effacer toutes les traces de notre présence. Cela fait partie des règlements, mais ce n'est pas tout, n'est-ce pas? Qu'ont-ils vu? Comment ont-ils deviné? Le Porte-Parole les a-t-il prévenus? Il tient tellement à la vérité. Je dois expliquer aux piggies pourquoi nous ne reviendrons pas, je dois le leur dire.

Un piggy les surveillait toujours, les suivait dès l'instant où ils entraient dans la forêt. Etait-il possible qu'un piggy le surveille en ce moment? Miro agita la main. Mais il faisait trop noir. Il était impossible qu'ils le voient. Ou peut-être pouvaient-ils? On ignorait tout de l'acuité visuelle nocturne des piggies. De toute façon, ils ne vinrent pas. Et, bientôt, il serait trop tard; si les framlings surveillaient la porte, ils avaient sans doute déjà prévenu Bosquinha et elle devait être en route, glissant au-dessus de l'herbe. Elle l'arrêterait à contrecœur, mais elle ferait son travail et inutile de discuter avec elle sur la question de savoir s'il était bon pour les humains ou les piggies, ou les deux, de perpétuer cette séparation stupide, elle n'était pas du genre à mettre la loi en question, elle se contentait d'appliquer les directives. Et il se rendrait, il n'y avait aucune raison de lutter, où pourrait-il se cacher, à l'intérieur de la clôture, parmi les troupeaux de cabras? Mais, avant de renoncer, il préviendrait les piggies, il fallait qu'il les prévienne.

De sorte qu'il suivit la clôture, s'éloignant de la porte, en direction de la prairie qui s'étendait sous la colline de la cathédrale, où personne n'habitait assez près pour l'entendre crier. Tout en marchant, il appela. Pas des mots, mais un son strident et prolongé, un appel qu'Ouanda et lui utilisaient pour attirer l'attention de l'autre lorsqu'ils étaient séparés parmi les piggies. Ils entendraient, il fallait qu'ils entendent, il fallait qu'ils viennent près de lui parce qu'il lui était impossible de franchir la clôture. Alors, venez, Humain, Mange-Feuille, Mandachuva, Flèche, Tasse, Calendrier, n'importe lequel, tous, et laissez-moi vous dire que je ne peux plus vous parler.

Quim était assis, pitoyable, sur un tabouret, dans le bureau de l'évêque.

« Estevão, » dit calmement l'évêque, « il va y avoir une réunion ici dans quelques minutes, mais je veux d'abord m'entretenir quelques instants avec toi. »

– « Il n'y a rien à dire, » répondit Quim. « Vous nous avez avertis et c'est arrivé. C'est le démon. »

– « Estevão, nous allons parler pendant quelques minutes et, ensuite, tu iras dormir. »

– « Je ne retournerai jamais là-bas! »

– « Le Seigneur a partagé le repas de pécheurs beaucoup plus détestables que ta mère, et les a pardonnés. Es-tu meilleur que Lui? »

– « Les femmes adultères qu'il a pardonnées n'étaient pas Sa mère! »

– « Tout le monde ne peut pas avoir la Sainte Vierge pour mère. »

– « Alors, vous êtes de son côté? L'Église cède-t-elle la place, ici, aux Porte-Parole des Morts? Devons-nous démolir la cathédrale et utiliser les pierres pour construire un amphithéâtre où nos morts pourraient être calomniés avant d'être portés en terre? »

Un murmure :

– « Je suis ton évêque, Estevão, le vicaire du Christ sur cette planète, et tu t'adresseras à moi avec le respect dû à ma fonction. »

Quim resta immobile, furieux, silencieux.

« Je crois qu'il aurait été préférable que le Porte-Parole ne raconte pas ces histoires en public. Il y a des choses qu'il vaut mieux apprendre dans l'intimité, calmement, afin de ne pas se trouver dans l'obligation de surmonter les chocs sous le regard des spectateurs. C'est pour cette raison que nous utilisons le confessionnal, pour nous protéger contre la honte publique tandis que nous luttons contre nos péchés intimes. Mais sois juste, Estevão. Le Porte-Parole a raconté les histoires, c'est un fait, mais toutes ces histoires étaient vraies. Né? »

– « É. »

– « Alors, Estevão, réfléchissons. Avant aujourd'hui, aimais-tu ta mère?

– « Oui. »

– « Et cette mère que tu aimais, avait-elle déjà commis l'adultère? »

– « Dix mille fois. »

– « Je suppose qu'elle n'était pas aussi sensuelle que cela. Mais tu dis que tu l'aimais, bien qu'elle soit une femme adultère. N'est-ce pas la même personne ce soir? A-t-elle changé entre hier et aujourd'hui? Ou bien est-ce seulement *toi* qui as changé? »

– « Ce qu'elle était hier était un mensonge. »

– « Veux-tu dire que, du fait qu'elle avait honte de dire à ses enfants qu'elle était une femme adultère, elle devait également mentir pendant toutes les années où elle s'est occupée de vous pendant que vous grandissiez, alors qu'elle vous faisait confiance, qu'elle vous enseignait... »

— « Ce n'était pas exactement une mère dévouée. »

— « Si elle était venue se confesser et avait obtenu le pardon de son adultère, elle n'aurait jamais été obligée de tout vous raconter. Vous seriez morts sans savoir. Et cela n'aurait pas été un mensonge; comme elle aurait été pardonnée, elle n'aurait pas été une femme adultère. Tu es furieux parce que tu t'es ridiculisé devant toute la ville en essayant de la défendre. »

— « Vous me présentez comme un imbécile. »

— « Personne ne te prend pour un imbécile. Tout le monde croit que tu es un fils loyal. Mais, désormais, si tu es véritablement fidèle au Seigneur, tu vas lui pardonner et lui montrer que tu l'aimes plus que jamais parce que, à présent, tu comprends ses souffrances. » L'évêque se tourna vers la porte. « J'ai une réunion à présent, Estevão. S'il te plaît, va dans mon cabinet privé et prie la Vierge de te pardonner ton cœur intransigeant. »

Paraissant plus pitoyable que furieux, Quim franchit le rideau qui se trouvait derrière le bureau de l'évêque.

Le secrétaire ouvrit l'autre porte et fit entrer le Porte-Parole des Morts. L'évêque ne se leva pas. Surpris, il vit le Porte-Parole s'agenouiller et baisser la tête. C'était un acte que les catholiques ne faisaient qu'à l'occasion des présentations publiques à l'évêque et Peregrino ne put imaginer ce que le Porte-Parole voulait exprimer par cette attitude. Néanmoins, il resta à genoux, attendant, de sorte que l'évêque se leva, alla devant lui et tendit son anneau afin qu'il l'embrasse. Le Porte-Parole ne bougea pas davantage et Peregrino dit finalement :

« Je vous bénis, mon fils, bien que je ne sois pas

certain que votre obéissance ne soit pas une moquerie. »

La tête toujours baissée, le Porte-Parole répondit :

– « J'ignore tout de la moquerie. » Puis il regarda Peregrino. « Mon père était catholique. Il feignait de ne pas l'être, à cause des convenances, mais il ne s'est jamais pardonné son infidélité. »

– « Etes-vous baptisé?

– « Selon ma sœur, oui, mon père m'a baptisé peu après ma naissance. Ma mère appartenait à une foi protestante opposée au baptême des bébés, de sorte qu'ils se querellèrent à ce sujet. » L'évêque tendit la main pour faire lever le Porte-Parole. Le Porte-Parole eut un rire étouffé. « Imaginez cela. Un catholique secret et une ancienne mormone se querellant sur des procédures religieuses auxquelles ils feignaient tous les deux de ne pas croire. »

Peregrino resta sceptique. Le fait que le Porte-Parole se révèle être catholique constituait un geste trop élégant.

– « Je croyais, » dit-il, « que les Porte-Parole des Morts renonçaient à toute religion avant de se consacrer à leur – vocation. »

– « Je ne sais pas ce que font les autres. Je ne crois pas qu'il y ait des règles... De toute façon, il n'y en avait pas quand *je* suis devenu Porte-Parole. »

L'Évêque Peregrino savait que les Porte-Parole n'étaient pas censés mentir, mais celui-ci était manifestement évasif.

– « Porte-Parole Andrew, il n'existe pas un seul endroit, dans les Cent Planètes, où un catholique soit obligé de cacher sa foi, et tel est le cas depuis trois mille ans. La grande bénédiction des voyages interstellaires a justement été la disparition des restrictions imposées à la population de la Terre surpeuplée. Voulez-vous dire que votre père vivait sur la Terre il y a trois mille ans? »

— « Je vous dis simplement que mon père a veillé à ce que je sois baptisé et, pour lui, j'ai fait ce qu'il n'a jamais pu faire de son vivant. C'est pour lui que je me suis agenouillé devant un évêque et ai reçu sa bénédiction. »

— « Mais c'est vous que j'ai béni. » Vous éludez encore ma question. Ce qui implique que ma déduction relative à l'époque à laquelle vivait votre père est vraie, mais que vous ne voulez pas en parler. Dom Cristão a bien dit qu'il ne fallait pas vous juger sur les apparences.

— « Bien, » dit le Porte-Parole. « J'ai davantage besoin de la bénédiction que mon père, puisqu'il est mort, et j'ai de nombreux autres problèmes à résoudre. »

— « Asseyez-vous donc. » Le Porte-Parole prit un tabouret proche du mur opposé. L'évêque s'assit dans son fauteuil imposant, derrière le bureau. « J'aurais préféré que vous ne Parliez pas aujourd'hui. Le moment était mal choisi. »

« Rien ne me permettait de supposer que le Congrès agirait ainsi. »

— « Mais vous saviez que Miro et Ouanda avaient enfreint la loi. Bosquinha me l'a dit. »

— « Je m'en suis aperçu quelques heures avant de Parler. Merci de ne les avoir pas encore arrêtés. »

— « C'est un problème civil. » L'évêque l'écarta d'un geste, mais ils savaient tous les deux que, s'il avait insisté, Bosquinha aurait été obligée d'obéir aux ordres malgré la requête du Porte-Parole. « Votre discours a provoqué un grand désespoir. »

— « Plus grand que d'habitude, malheureusement. »

— « Ainsi... Votre responsabilité est dégagée? Infligez-vous les blessures et laissez-vous aux autres le soin de les soigner? »

— « Pas des blessures, Évêque Peregrino. De la chirurgie. Et si je peux aider à soulager la douleur, ensuite, je reste et j'apporte mon aide. Je n'ai pas d'anesthésie, mais je m'efforce de recourir aux antiseptiques. »

— « Vous auriez dû être prêtre, vous savez. »

— « Les fils cadets, autrefois, n'avaient que deux solutions. La religion ou l'armée. Mes parents ont choisi la deuxième. »

— « Un cadet. Pourtant vous aviez une sœur. Et vous viviez à une époque où le contrôle de la population interdisait d'avoir plus de deux enfants, sauf dispense spéciale du gouvernement. On appelait un tel enfant : Troisième, n'est-ce pas ? »

— « Vous connaissez l'histoire. »

— « Etes-vous né sur la Terre, avant les vols interstellaires ? »

— « Ce qui nous intéresse pour le moment, Évêque Peregrino, c'est l'avenir de Lusitania, pas la biographie d'un Porte-Parole des Morts qui, de toute évidence, n'a que trente-cinq ans. »

— « L'avenir de Lusitania est mon problème, Porte-Parole Andrew, pas le vôtre. »

— « L'avenir des êtres humains de Lusitania est votre problème. Je me préoccupe également des piggies. »

— « Ne nous querellons pas sur l'ampleur des problèmes. »

Le secrétaire ouvrit à nouveau la porte et Bosquinha, Dom Cristão et Dona Cristã entrèrent. Bosquinha regarda alternativement le Porte-Parole et l'évêque.

« Il n'y a pas de sang par terre, si c'est ce que vous cherchez, » indiqua l'évêque.

— « Je voulais seulement me faire une idée de la température, » dit Bosquinha.

— « La chaleur du respect mutuel, je pense, » émit le Porte-Parole. « Ni la canicule de la colère, ni la glace de la haine. »

— « Le Porte-Parole est catholique par le baptême, sinon par conviction, » expliqua l'évêque. « Je l'ai béni et cela semble l'avoir rendu docile. »

– « J'ai toujours respecté l'autorité, » affirma le Porte-Parole.

– « C'est *vous* qui *nous* avez menacés d'un inquisiteur, » lui rappela l'évêque. Avec le sourire.

– « Et c'est *vous* qui avez dit aux gens que j'étais Satan et qu'il ne fallait pas me parler. »

Tandis que le Porte-Parole et l'évêque s'adressaient des sourires contraints, les autres rirent nerveusement, s'assirent et attendirent.

– « C'est votre réunion, Porte-Parole, » fit valoir Bosquinha.

– « Excusez-moi, » dit le Porte-Parole. « Il y a encore une invitée. Les choses seront plus simples si nous attendons son arrivée. »

Ela trouva sa mère à l'extérieur de la maison, non loin de la clôture. Une brise légère qui bruissait à peine dans le capim faisait légèrement onduler sa chevelure. Ela ne comprit pas immédiatement ce que cela avait de tellement surprenant. Il y avait de nombreuses années que sa mère ne s'était pas coiffée ainsi. Ils semblaient étrangement libres, d'autant plus qu'Ela pouvait distinguer les boucles aux endroits où ils avaient longtemps été contraints de former un chignon. C'est à ce moment-là qu'elle comprit que le Porte-Parole avait raison. Sa mère répondrait à l'invitation. Malgré la honte et la douleur que le discours avait dû susciter, il l'avait amenée à rester debout à découvert, dans le crépuscule, juste après le coucher du soleil, regardant la colline des piggies. Ou peut-être regardait-elle la clôture. Se souvenant peut-être d'un homme qui la retrouvait ici, ou ailleurs, dans le capim, afin qu'ils puissent s'aimer secrètement. Toujours en cachette, toujours à l'insu de tous. Maman est heureuse, se dit Ela, que Libo ait été son véritable mari, que Libo soit mon vrai père. Maman est heureuse et moi aussi.

La mère ne se tourna pas vers elle, bien qu'elle eût sans doute entendu Ela arriver dans le capim bruyant. Elle s'arrêta à quelques pas.

– « Maman, » dit-elle.

– « Ainsi, ce n'était pas un troupeau de cabras, » dit la mère. « Tu fais beaucoup de bruit, Ela. »

– « Le Porte-Parole. Il a besoin de ton aide. »

– « Vraiment! »

Ela expliqua ce que le Porte-Parole lui avait dit. La mère ne se retourna pas. Lorsque Ela eut terminé, elle resta quelques instants immobile puis pivota sur elle-même et se dirigea vers le sommet de la colline. Elle courut derrière elle, la rejoignit.

– « Maman, » dit Ela. « Maman, vas-tu lui expliquer la Descolada? »

– « Oui. »

– « Pourquoi maintenant, après toutes ces années? Pourquoi ne *m'as-tu* rien dit? »

– « Parce que tu as fait du meilleur travail toute seule, sans mon aide. »

– « Tu savais ce que je faisais? »

– « Tu es mon apprentie. Je pouvais accéder à toutes tes archives sans laisser le moindre indice. Mériterais-je d'être ton maître si je ne suivais pas ton travail? »

– « Mais... »

– « J'ai également lu les archives que tu cachais sous le nom de Quara. Tu n'as jamais été mère, de sorte que tu ignores que toutes les archives d'un enfant de moins de douze ans sont communiquées aux parents chaque semaine. Quara effectuait des recherches remarquables. Je suis heureuse que tu m'accompagnes. Quand j'expliquerai au Porte-Parole, je t'expliquerai également. »

– « Tu vas dans la mauvaise direction. »

La mère s'immobilisa.

— « La maison du Porte-Parole n'est-elle pas près de la praça? »

— « La réunion se déroule dans le bureau de l'évêque. »

Pour la première fois, la mère regarda Ela en face.

— « Qu'avez-vous l'intention de me faire, le Porte-Parole et toi? »

— « Nous voulons sauver Miro, » répondit Ela. « Et la colonie de Lusitania, si possible. »

— « En me conduisant dans le nid de l'araignée... »

— « L'évêque doit être dans notre camp, sinon... »

— « *Notre* camp? Ainsi, quand tu dis *nous*, tu veux dire toi et le Porte-Parole, n'est-ce pas? Crois-tu que je n'ai rien remarqué? Tous mes enfants, un par un, il vous a tous séduits... »

— « Il n'a séduit personne! »

— « Il vous a séduits avec sa façon de savoir exactement ce que vous avez envie d'entendre, de... »

— « Ce n'est pas un flatteur, » le défendit Ela. « Il ne nous dit pas ce que nous désirons. Il nous dit ce que nous savons être vrai. Il n'a pas gagné notre *affection,* maman, il a gagné notre *confiance*. »

— « Quel que soit ce qu'il a obtenu de vous, vous ne me l'avez jamais donné. »

— « Nous voulions. »

Ela ne céda pas, cette fois, devant le regard perçant, exigeant, de sa mère. Ce fut sa mère qui céda, baissant la tête puis la regardant à nouveau, les yeux pleins de larmes.

— « Je voulais te dire. » La mère ne parlait pas de ses dossiers. « Lorsque j'ai vu comme vous le haïssiez, j'ai voulu dire : Ce n'est pas votre père, votre père est un homme bon, doux... »

– « Qui n'a pas eu le courage de nous parler lui-même. »

La fureur prit possession des yeux de la mère.
– « Il le voulait. J'ai refusé. »
– « Je vais te dire une chose, maman. J'aimais Libo, comme tous les habitants de Milagre l'aimaient. Mais il voulait être hypocrite et toi aussi et, sans que personne s'en soit aperçu, le poison de vos mensonges nous a tous fait souffrir. Je ne te fais pas de reproches, maman, ni à lui. Mais je remercie Dieu de la présence du Porte-Parole. Il était prêt à nous dire la vérité et il nous a libérés. »
– « Il est facile de dire la vérité, » fit la mère à voix basse, « quand on n'aime personne. »
– « Est-ce que tu crois? » interrogea Ela. « Je crois que je sais une chose, maman. Je crois qu'on ne peut pas savoir la vérité sur quelqu'un quand on ne l'aime pas. Je crois que le Porte-Parole aimait papa. Marcão, je veux dire. Je crois qu'il l'a compris et aimé avant de Parler. »

La mère ne répondit pas parce qu'elle savait que c'était vrai.

« Et je sais qu'il aime Grego, Quara et Olhado. Miro et même Quim. Et moi. Je sais qu'il m'aime. Et lorsqu'il me montre qu'il m'aime, je sais que c'est vrai parce qu'il ne ment jamais. »

Les larmes coulèrent sur les joues de la mère.
– « Je t'ai menti et j'ai menti à tout le monde, » dit la mère. Sa voix était faible et tendue. « Mais tu dois tout de même me croire. Quand je dis que je t'aime. »

Ela prit sa mère dans ses bras et, pour la première fois depuis de nombreuses années, elle perçut de la chaleur dans la réaction de sa mère. Parce qu'il n'y avait plus de mensonges entre elles. Le Porte-Parole avait effacé la barrière, et il n'y avait plus de raison de se montrer hésitante et prudente.

« Tu penses à ce maudit Porte-Parole maintenant encore, n'est-ce pas? » souffla la mère.

– « Toi aussi, » répondit Ela.

Le rire de la mère fit frémir leurs deux corps.

– « Oui. »

Puis elle cessa de rire, se dégagea et regarda Ela dans les yeux.

« Sera-t-il toujours entre nous? »

– « Oui, » dit Ela. « Il sera toujours entre nous comme un pont, pas comme un mur. »

Miro aperçut les piggies alors qu'ils étaient à mi-chemin entre la forêt et la clôture. Ils étaient très silencieux, dans la forêt, mais manquaient d'adresse quand ils se déplaçaient dans le capim – il bruissait fortement lorsqu'ils couraient. Ou bien, en répondant à l'appel de Miro, n'éprouvaient-ils pas le besoin de se cacher. Tandis qu'ils approchaient, Miro les reconnut. Flèche, Humain, Mandachuva, Mange-Feuille, Tasse. Il ne les appela pas et ils ne parlèrent pas lorsqu'ils arrivèrent. Ils s'immobilisèrent de l'autre côté de la clôture et le considérèrent en silence. C'était la première fois qu'un Zenador appelait les piggies près de la clôture. Leur immobilité exprimait leur inquiétude.

« Je ne peux plus venir vous voir, » annonça Miro.

Ils attendirent ses explications.

« Les framlings ont compris ce que nous faisons. C'est contraire à la loi. Ils ont condamné la porte. »

Mange-Feuille se toucha le menton.

– « Sais-tu ce que les framlings ont vu? »

Miro eut un rire amer.

– « Qu'est-ce qu'ils n'ont pas vu? Il n'y a qu'un seul framling qui soit venu avec nous. »

– « Non, » dit Humain. « La reine dit que ce n'est pas le Porte-Parole. La reine dit qu'ils ont vu depuis le ciel. »

– « Les satellites? Que pourraient-ils voir depuis le ciel? »

– « La chasse, peut-être, » dit Mange-Feuille.

– « Les champs d'amarante, peut-être, » dit Tasse.

– « Tout cela, » dit Humain. « Et peut-être ont-ils vu que les épouses ont fait naître trois cent vingt enfants depuis la première récolte d'amarante. »

– « Trois cents! »

– « Trois cent vingt, » précisa Mandachuva.

– « Elles ont vu que la nourriture serait abondante, » dit Flèche. À présent, nous sommes sûrs de gagner la prochaine guerre. Nos ennemis seront plantés en forêts immenses dans toute la plaine et les épouses mettront des arbres-mère dans toutes. »

Miro eut envie de vomir. Etait-ce pour cela qu'ils avaient travaillé et s'étaient sacrifiés? Pour donner un avantage provisoire à une tribu de piggies? Il fallait dire : Libo n'est pas mort pour que vous puissiez conquérir le monde. Mais sa formation prit le dessus et il posa une question anodine.

– « Où sont tous ces nouveaux enfants? »

– « Les petits frères ne viennent pas *nous* voir, » expliqua Humain. « Nous sommes trop occupés à apprendre ce que vous nous enseignez puis à le transmettre aux autres maisons. Nous ne pouvons pas nous occuper des petits frères. » Puis, fièrement, il ajouta : « Sur les trois cents, la moitié sont les enfants de mon père, Rooter. »

Mandachuva acquiesça avec gravité.

– « Les épouses ont un grand respect pour ce que vous nous avez appris. Et elles comptent beaucoup sur le Porte-Parole des Morts. Mais ce que tu viens de nous dire est très mauvais. Si les framlings nous haïssent, qu'allons-nous faire? »

– « Je ne sais pas, » dit Miro. Pour le moment, son esprit tentait désespérément d'interpréter les informations qui venaient de lui être fournies. Trois cent vingt nouveaux enfants. Une explosion de population. Et Rooter père de la moitié. La veille, Miro, aurait rejeté l'affirmation de la paternité de Rooter, l'attribuant au système de croyances totémiques des piggies. Mais, ayant vu un arbre se déraciner et se débiter sous l'effet d'un chant, il était prêt à remettre toutes les hypothèses en question.

Cependant, à quoi servait-il d'apprendre, désormais? Il ne lui serait plus possible de rédiger des rapports; il ne pourrait pas assurer le suivi; il passerait le quart de siècle à venir à bord d'un vaisseau interstellaire et quelqu'un d'autre ferait son travail. Ou, pire, personne.

– « Ne sois pas triste, » dit Humain. « Tu verras... Le Porte-Parole des Morts va tout arranger. »

– « Le Porte-Parole. Oui, il va tout arranger. Comme il l'a fait pour moi et Ouanda. Ma sœur. »

– « La reine dit qu'il va persuader les framlings de nous aimer... »

– « Persuader les framlings, » répéta amèrement Miro. « Dans ce cas, il doit faire vite. Il ne peut plus nous sauver, Ouanda et moi. Ils nous arrêtent et nous font quitter la planète. »

– « Vous partez dans les étoiles? » demanda Humain, plein d'espoir.

– « Oui, dans les étoiles, pour être jugés! Pour être punis parce que nous vous avons aidés. Il faudra vingt-deux ans pour y aller, et on ne nous permettra jamais de revenir. »

Les piggies n'assimilèrent pas immédiatement l'information. Bien, se dit Miro. Qu'ils se demandent donc comment le Porte-Parole va tout arranger. Moi aussi, j'ai fait confiance au Porte-Parole, et voilà ce que cela m'a rapporté. Les piggies conférèrent.

Humain sortit du groupe, et approcha de la clôture.

– « Nous allons te cacher. »

— « Ils ne te retrouveront pas, dans la forêt, » ajouta Mandachuva.

— « Ils ont des machines capables de suivre mon odeur, » révéla Miro.

— « Ah! Mais la loi ne leur interdit-elle pas de nous montrer leurs machines? » demanda Humain.

Miro secoua la tête.

— « Peu importe. La porte est condamnée. Je ne peux pas franchir la clôture. »

Les piggies se regardèrent.

— « Mais il y a du capim à côté de toi, » dit Flèche.

Miro regarda stupidement l'herbe.

— « Et alors? » demanda-t-il.

— « Mâche-le, » dit Humain.

— « Pourquoi? » demanda Miro.

— « Nous avons vu des humains mâcher du capim, » lui apprit Mange-Feuille. « L'autre soir, sur la colline, nous avons vu le Porte-Parole et des humains en robe mâcher du capim. »

— « Et de nombreuses autres fois, » appuya Mandachuva.

Leur impatience était agaçante.

— « Quel est le rapport avec la clôture? »

Les piggies se regardèrent à nouveau. Finalement, Mandachuva arracha une tige de capim près de la racine, la roula en boule puis la mit dans sa bouche et la mâcha. Il resta quelques instants assis. Puis les autres se mirent à le bousculer et le pincer. Il ne parut pas s'en apercevoir. Finalement, Humain le pinça d'une façon particulièrement méchante et, comme Mandachuva ne réagissait pas, ils dirent, dans la Langue des Mâles : Il est prêt; il faut y aller, maintenant; il est prêt.

Mandachuva se leva, légèrement instable sur ses jambes. Puis il courut jusqu'à la clôture, l'escalada, franchit le sommet puis atterrit à quatre pattes du même côté que Miro.

Miro se leva et se mit à crier au moment où Mandachuva atteignit le sommet; lorsque son cri s'interrompit, Mandachuva était debout près de lui et s'époussetait.

« C'est impossible! » s'écria Miro. « Cela stimule tous les nerfs sensitifs du corps. Il est impossible de franchir la clôture. »

– « Oh, » fit Mandachuva.

De l'autre côté de la clôture, Humain frottait ses cuisses l'une contre l'autre.

– « Il ne savait pas, » dit-il. « Les humains ne savent pas. »

– « C'est un anesthésique, » avança Miro. « Cela empêche de sentir la douleur. »

– « Non, » dit Mandachuva. « Je sens la douleur. Beaucoup de douleur. La douleur la plus forte du monde. »

– « Rooter dit que la clôture est pire que la mort, » précisa Humain. « De la douleur partout. »

– « Mais cela ne vous fait rien, » objecta Miro.

– « Cela arrive à ton autre toi-même, » expliqua Mandachuva. « Cela arrive à ton être animal. Mais ton être-arbre ne s'en soucie pas. Cela te fait devenir ton être-arbre. »

Miro se souvint d'un détail qui était passé inaperçu dans la mise en scène grotesque de la mort de Libo. Le mort avait une boule de capim dans la bouche. De même que tous les cadavres de piggies. Un anesthésique. La mort évoquait une torture hideuse mais la douleur n'en était pas la raison d'être. Ils utilisaient un anesthésique. Elle n'entretenait aucune relation avec la douleur.

« Alors, » reprit Mandachuva. « Mâche de l'herbe et viens avec nous. Nous allons te cacher. »

– « Ouanda, » dit Miro.

– « Oh, j'irai la chercher, » proposa Mandachuva.

– « Tu ne sais pas où elle habite. »
– « Je le sais, » affirma Mandachuva.
– « Nous faisons cela plusieurs fois par an, » expliqua Humain. « Nous savons où tout le monde habite. »
– « Mais on ne vous a jamais vus. »
– « Nous sommes très discrets, » dit Mandachuva. « Et puis, personne ne nous cherche. »

Miro imagina une dizaine de piggies allant et venant dans Milagre au milieu de la nuit. Il n'y avait aucune surveillance. Rares étaient les gens qui travaillaient de nuit. Et les piggies étaient petits, si petits qu'ils pouvaient disparaître complètement en s'accroupissant dans le capim. Pas étonnant qu'ils connaissent le métal et les machines, en dépit des règles visant à leur en cacher l'existence. Pas étonnant qu'ils aient vu les mines, la navette, les fours où l'on cuisait les briques, qu'ils aient vu les fazenderos labourer, puis planter l'amarante destinée aux êtres humains. Pas surprenant qu'ils sachent quoi demander.

Comme il était stupide de notre part de croire que nous pourrions les maintenir à l'écart de notre culture! Ils nous ont caché beaucoup plus de choses que nous ne pouvions leur en cacher. Voilà pour la supériorité culturelle.

Miro arracha une tige de capim.

« Non, » dit Mandachuva, lui prenant la tige. « Ne prends pas la racine. Si tu prends la racine, cela ne fait rien. » Il jeta la tige de Miro et en coupa une autre, à une dizaine de centimètres de la base. Puis la roula en boule et la donna à Miro, qui la mâcha.

Mandachuva le pinça.

– « Ne t'occupe pas de cela, » dit Miro. « Va chercher Ouanda. Ils peuvent l'arrêter d'une minute à l'autre. Allez, va vite. »

Mandachuva se tourna vers les autres et, ayant perçu un signe invisible de consentement, s'éloigna en petites foulées le long de la clôture, en direction de la Vila Alta, où Ouanda habitait.

Miro mâcha encore un peu. Il se pinça. Comme les piggies l'avaient dit, il perçut la douleur mais ne s'en soucia pas. Il se souciait simplement du fait que c'était le seul moyen de rester sur Lusitania. De rester, peut-être, avec Ouanda. D'oublier les règles, toutes les règles. Elles ne s'appliqueraient plus à lui quand il aurait quitté l'enclave humaine pour pénétrer dans la forêt des piggies. Il deviendrait un renégat, ce qu'on l'accusait déjà d'être, et Ouanda et lui pourraient renoncer aux règles stupides du comportement humain et vivre comme ils le souhaitaient, élever une famille d'êtres humains qui aurait des valeurs totalement nouvelles, apprendrait, grâce aux piggies, à vivre dans la forêt; une nouveauté sur les Cent Planètes, et le Congrès ne pourrait rien empêcher.

Il courut jusqu'à la clôture et la saisit à deux mains. La douleur ne fut pas moindre que précédemment, mais il ne s'en soucia pas et grimpa jusqu'au sommet. Mais, à chaque prise nouvelle, la douleur devint plus intense et il y fut de plus en plus sensible, comprit finalement que le capim n'avait pas le moindre effet anesthésique sur lui mais, à ce moment-là, il était déjà au sommet de la clôture. La douleur était démentielle; il ne pouvait plus penser; son élan lui permit de franchir le sommet et, comme il y restait en équilibre, sa tête passa au travers du champ vertical de la clôture. Toute la douleur dont son corps était capable monta d'un seul coup à son cerveau, comme si la totalité de son être était en feu.

Les Petits, horrifiés, regardèrent leur ami suspendu au sommet de la clôture, la tête et le torse d'un côté, les hanches et les jambes de l'autre. Ils crièrent, tendirent les bras vers lui, tentèrent de tirer. Comme ils n'avaient pas mâché de capim, ils n'osèrent pas toucher la clôture.

En entendant leurs cris, Mandachuva revint en courant. Il était encore sous l'effet de l'anesthésique, de sorte qu'il put escalader la clôture et faire basculer le corps lourd de l'être humain. Miro heurta le sol avec un choc sourd, un bras touchant encore la clôture. Les piggies l'en éloignèrent. Son visage était figé dans un rictus d'agonie.

« Vite ! » cria Mange-Feuille. « Avant qu'il ne meure, nous devons le planter ! »

– « Non ! » protesta Humain, écartant Mange-Feuille du corps figé de Miro. « Nous ne sommes pas sûrs qu'il soit en train de mourir ! La douleur n'est qu'une illusion, tu le sais bien, il n'est pas blessé. La douleur devrait s'en aller... »

– « Elle ne s'en va pas, » dit Flèche. « Regarde-le. »

Les poings de Miro étaient serrés, ses jambes repliées sous lui, sa colonne vertébrale et son cou arqués. Il respirait en hoquets brefs et laborieux, mais la douleuur parut lui déformer davantage le visage.

– « Avant qu'il ne meure, » répéta Mange-Feuille, « nous devons l'enraciner. »

– « Va chercher Ouanda, » dit Humain. Il se tourna vers Mandachuva. « Tout de suite ! Va la chercher et dis-lui que Miro est en train de mourir. Dis que la porte est condamnée, que Miro est de notre côté et qu'il est en train de mourir. »

Mandachuva partit en courant.

Le secrétaire ouvrit la porte, mais Ender attendit d'avoir effectivement vu Novinha avant de laisser libre cours à son soulagement. Lorsqu'il avait envoyé Ela la chercher, il était sûr qu'elle viendrait ; mais, tandis qu'ils attendaient son arrivée pendant de longues minutes, il s'était demandé s'il l'avait effectivement bien comprise. Le doute avait été inutile. Elle était effectivement telle qu'il se l'était imaginée. Il constata que ses cheveux étaient dénoués et décoiffés par le vent et, pour la première fois depuis son arrivée sur Lusitania, Ender vit dans son visage une image nette de la jeune fille désespérée qui l'avait appelé moins de deux semaines, plus de vingt ans, auparavant.

Elle paraissait tendue, nerveuse, mais Ender savait que son inquiétude était la conséquence de sa situation présente, du fait qu'elle se trouvait dans le bureau de l'évêque si peu de temps après la révélation de son inconduite. Si Ela lui avait parlé du danger que courait Miro, cela pouvait aussi expliquer partiellement sa tension. Tout cela était provisoire; Ender vit sur son visage, dans la fluidité de ses mouvements et l'assurance de son regard, que la fin de sa longue tromperie était le cadeau qu'elle avait espéré, qu'il s'était révélé conforme à son espérance. Novinha, je constate avec satisfaction que mes paroles t'ont apporté des choses plus importantes que la honte.

Novinha resta un instant immobile, regardant l'évêque. Sans défi, mais avec politesse, avec dignité; il réagit de la même façon, lui offrant de s'asseoir. Dom Cristão voulut se lever mais elle secoua la tête, sourit, s'installa sur un tabouret proche du mur. Près d'Ender. Ela prit place derrière sa mère, légèrement sur le côté, de sorte qu'elle fut également en partie derrière Ender. Comme une fille entre ses parents, se dit Ender; puis il chassa cette idée de son esprit et refusa de revenir dessus. Il y avait des questions beaucoup plus importantes à régler.

« Je vois, » dit Bosquinha, « que cette réunion promet d'être intéressante. »

– « Je crois que le Congrès y a déjà veillé, » dit Dona Cristã.

— « Votre fils est accusé, » commença l'Évêque Peregrino, « de crime contre... »

— « Je sais de quoi il est accusé, » coupa Novinha. « Je ne l'ai appris que ce soir, lorsque Ela m'a prévenue, mais je ne suis pas étonnée. Ma fille, Eleonora, a également enfreint les règles que son maître lui imposait. Ils sont tous les deux davantage attachés à leur conscience qu'aux règles qui leur sont dictées par les autres. C'est un défaut si l'objectif consiste à maintenir l'ordre, mais si l'on cherche à apprendre et s'adapter, c'est une vertu. »

— « Nous ne sommes pas réunis pour juger votre fils, » dit Dom Cristão.

— « J'ai demandé cette réunion, » intervint Ender, « parce qu'une décision doit être prise. Faut-il ou non appliquer les directives du Congrès Stellaire. »

— « Nous n'avons pas le choix, » dit l'Évêque Peregrino.

— « Nous avons de nombreuses possibilités, » le détrompa Ender, « et de nombreuses raisons de choisir. Vous avez déjà fait un choix : lorsque vous avez constaté que vos archives étaient effacées, vous avez décidé de tenter de les sauver et de me les confier, à moi, un étranger. Votre confiance n'était pas mal placée... Je vous rendrai vos archives dès que vous le souhaiterez, sans les avoir lues ni altérées. »

— « Merci, » dit Dona Cristã. « Mais nous avons agi ainsi avant de connaître la gravité de l'accusation. »

— « Ils vont nous évacuer, » dit Cristão.

— « Ils contrôlent tout, » ajouta l'évêque.

— « Je le lui ai déjà expliqué, » intervint Bosquinha.

— « Ils ne contrôlent pas *tout*, » révéla Ender. « Ils vous contrôlent exclusivement par l'entremise de l'ansible. »

— « Nous ne pouvons pas couper l'ansible, »

avança l'évêque. « C'est notre unique lien avec le Vatican. »

– « Je ne propose pas de couper l'ansible. Je vous dis seulement ce que je peux faire. Et, en vous disant cela, je vous fais confiance comme vous avez eu confiance en moi. Parce que si vous le répétez à qui que ce soit, les conséquences pour moi, et pour quelqu'un que j'aime et de qui je dépends, seraient incalculables. »

Il les regarda tour à tour tandis qu'ils acquiesçaient en silence.

« J'ai une amie dont le contrôle sur les liaisons par ansible parmi les Cent Planètes est total, et totalement insoupçonné. Je suis le seul à savoir ce qu'elle peut faire. Et, selon elle, lorsque je le lui demanderai, elle pourra faire croire à tous les framlings que, sur Lusitania, nous avons interrompu notre liaison par ansible. Néanmoins, il nous sera possible d'envoyer des messages discrets, si nous le souhaitons, au Vatican, au siège de votre ordre. Nous pourrons accéder aux archives, intercepter les transmissions. En bref, nous aurons des yeux et ils seront aveugles. »

– « Couper l'ansible, ou faire semblant, serait un acte de rébellion, de guerre même. » Bosquinha avait parlé avec une grande dureté, mais Ender constata que l'idée lui plaisait, bien qu'elle lui résistât de toutes ses forces. « Je dirai toutefois que si nous sommes assez fous pour décider la guerre, l'idée du Porte-Parole est manifestement un avantage. Nous aurions besoin de tous les avantages disponibles... si nous étions assez fous pour nous rebeller. »

– « La rébellion ne peut rien nous apporter, » fit ressortir l'évêque « Et nous risquons de tout perdre. Je regrette profondément la tragédie qui consisterait à envoyer Miro et Ouanda sur une autre planète pour y être jugés, surtout en raison de leur jeunesse. Mais le tribunal tiendra vraisemblablement compte de cela et les traitera avec indulgence. Et, en nous conformant aux instructions du Congrès, nous éviterons de nombreuses souffrances à notre communauté. »

– « Ne croyez-vous pas que l'évacuation de la planète causera également des souffrances? » demanda Ender.

– « Oui. Oui, effectivement. Mais la loi a été enfreinte et la peine doit être appliquée. »

– « Et si la loi était fondée sur une erreur et la peine nettement disproportionnée au délit? »

– « Nous ne pouvons pas en juger, » fit valoir l'évêque.

– « *Nous* pouvons en juger. Si nous acceptons les instructions du Congrès, cela revient à dire que la loi est bonne et le châtiment juste. Et il est possible que vous soyez de cet avis à la fin de cette réunion. Mais il y a des choses que vous devez savoir avant de prendre votre décision. Il y en a que je puis vous dire et d'autres que seules Ela et Novinha peuvent vous expliquer. Vous ne pouvez pas prendre votre décision avant de savoir ce que nous savons »

– « Je préfère toujours être aussi bien informé que possible, » accepta l'évêque. « Bien entendu, la décision finale revient à Bosquinha, pas à moi... »

– « La décision vous revient à vous tous, qui représentez les autorités civiles, religieuses et intellectuelles de Lusitania. Si l'un d'entre vous s'oppose à la rébellion, la rébellion est impossible. Sans le soutien de l'autorité civile, l'Église n'a aucun pouvoir. »

– « Nous n'avons pas de pouvoir, » intervint Dom Cristão. « Seulement des opinions. »

– « Tous les habitants de Lusitania connaissent votre sagesse et votre sens de l'équité. »

– « Vous oubliez un quatrième pouvoir, » releva l'évêque. « Vous. »

– « Je suis un framling. »

– « Un framling tout à fait extraordinaire, » souligna l'évêque. « En quatre jours, vous avez capturé l'âme de notre population d'une façon que je craignais et avais prévue. À présent, vous conseillez une rébellion où nous risquons de tout perdre. Vous êtes aussi dangereux que Satan. Pourtant vous voilà, soumis à notre autorité comme si vous n'étiez pas libre de prendre la navette et de partir quand le vaisseau retournera à Trondheim avec nos deux jeunes prévenus. »

– « Je me soumets à votre autorité, » formula Ender, « parce que je ne veux pas être un framling ici. Je veux être votre citoyen, votre élève, votre paroissien. »

– « En tant que Porte-Parole des Morts? » demanda l'évêque.

– « En tant qu'Andrew Wiggin. J'ai quelques compétences qui pourraient se révéler utiles. Surtout en cas de rébellion. Et je dois faire quelque chose qui ne peut être fait si les êtres humains quittent Lusitania. »

– « Nous ne doutons pas de votre sincérité, » affirma l'évêque. « Mais vous devez nous pardonner si nous hésitons à nous allier à un citoyen qui arrive un peu tard. »

Ender hocha la tête. L'évêque ne pourrait rien dire de plus tant qu'il ne serait pas mieux informé.

– « Permettez-moi de vous dire d'abord ce que je sais. Aujourd'hui, dans l'après-midi, je suis allé dans la forêt avec Miro et Ouanda. »

– « Vous! Vous avez également enfreint la loi! » L'évêque se leva partiellement.

Bosquinha tendit le bras afin de calmer la colère de l'évêque.

– « L'intrusion dans nos dossiers a débuté avant cet après-midi. Les ordres du Congrès ne peuvent en aucun cas être liés à cette infraction. »

– « J'ai enfreint la loi, » expliqua Ender, « parce

que les piggies demandaient à me voir. Exigeaient, en fait, de me rencontrer. Ils avaient vu l'atterrissage de la navette. Ils savaient que j'étais ici. Et, à tort ou à raison, ils avaient lu La Reine et l'Hégémon. »

– « Ils ont donné *ce livre* aux piggies? » fit l'évêque.

– « Ils leur ont également donné l'Ancien Testament, » révéla Ender. « Mais vous ne serez sans doute pas étonnés d'apprendre que les piggies se soient davantage reconnus dans le personnage de la reine. Permettez-moi de vous répéter ce que les piggies m'ont dit. Ils m'ont supplié de persuader les Cent Planètes de renoncer aux règlements qui les maintiennent dans l'isolement. Voyez-vous, les piggies ont une conception différente de la clôture. Nous la considérons comme le moyen de protéger leur culture contre l'influence et la corruption humaines. Ils y voient le moyen de les empêcher de connaître tous les secrets merveilleux dont nous disposons. Ils imaginent nos vaisseaux allant d'une étoile à l'autre, les colonisant, les peuplant. Et, dans cinq ou dix mille ans, quand ils auront découvert tout ce que nous refusons de leur enseigner, ils gagneront l'espace et constateront que toutes les planètes sont pleines. Plus de place pour eux. Ils interprètent notre clôture comme une sorte de meurtre d'espèce. Nous les gardons sur Lusitania comme des animaux dans un zoo, tandis que nous nous approprions le reste de l'univers. »

– « C'est ridicule, » se récria Dom Cristão. « Telle n'est pas du tout notre intention! »

– « Vraiment? » répliqua Ender. « Pourquoi tenons-nous absolument à les priver des influences de notre culture? Ce n'est pas seulement dans l'intérêt de la science. Ce n'est pas seulement une procédure xénologique. N'oubliez pas, s'il vous plaît, que la découverte de l'ansible, des voyages interstellaires, de contrôle partiel de la pesanteur et même des armes que nous avons utilisées pour détruire les doryphores, tout cela était la conséquence *directe* de notre contact avec les doryphores. Nous avons appris l'essentiel de notre technologie grâce aux machines qu'ils ont abandonnées après leurs premières incursions dans le système solaire de la Terre. Nous avons longtemps utilisé ces machines sans les comprendre. Il y en a même, comme la pente philotique, que nous ne comprenons pas encore. Nous sommes dans l'espace précisément *en raison* de l'impact d'une culture très supérieure à la nôtre. Pourtant, en l'espace de quelques générations, nous avons pris leurs machines, les avons dépassés et détruits. Tel est le sens de notre clôture... Nous avons peur que les piggies nous infligent le même traitement. Et ils savent ce qu'elle signifie. Ils le savent et nous haïssent. »

– « Nous n'avons pas peur d'eux, » dit l'évêque. « Ce sont... ce sont des sauvages; pour l'amour de Dieu... »

– « C'est également de cette façon que nous considérions les doryphores, » rappela Ender. « Mais pour Pipo et Libo, Ouanda et Miro, les piggies n'ont jamais été des sauvages. Ils sont différents de nous, oui, beaucoup plus différents que les framlings. Mais ce sont tout de même des *gens*. Des ramen, pas des varelse. De sorte que, lorsque Libo a constaté que les piggies risquaient de mourir de faim, qu'ils se prépareraient à partir en guerre pour faire baisser leur population, il ne réagit pas en scientifique. Il n'observa pas leur guerre en prenant des notes sur leur mort et leurs souffrances. Il agit en chrétien. Il s'est procuré de l'amarante que Novinha trouvait impropre à l'utilisation humaine parce qu'elle était trop proche de la biochimie lusitanienne, puis il a appris aux piggies à la planter, la récolter et préparer de la nourriture avec. Je suis convaincu que c'est l'augmentation de la population des piggies et les champs d'amarante que le Congrès Stellaire a vus. Pas une violation délibérée de la loi, mais un acte de compassion et d'amour. »

– « Comment pouvez-vous considérer cette désobéissance comme un acte chrétien? » s'écria l'évêque.

– « Quel est l'homme qui, lorsque son fils lui demande du pain, lui donne une pierre? »

– « Le démon peut citer les Écritures lorsque cela l'arrange, » fit ressortir l'évêque.

– « Je ne suis pas le démon, » répliqua Ender, « et les piggies non plus. Leurs enfants mouraient de faim, et Libo leur a donné de la nourriture afin de les sauver. »

– « Et regardez ce qu'ils lui ont fait! »

– « Oui, voyons ce qu'ils lui ont fait. Ils l'ont mis à mort. Exactement comme ils mettent à mort leurs concitoyens les plus respectés. Cela n'aurait-il pas dû nous donner une indication? »

– « Cela nous a montré qu'ils sont dangereux et n'ont pas de conscience, » dit l'évêque.

– « Cela nous a montré que la mort a un sens tout à fait différent pour eux. Si vous pensiez sincèrement que quelqu'un est parfait jusqu'au fond du cœur, si juste que le simple fait de vivre un jour supplémentaire le rendrait inévitablement moins parfait, ne serait-il pas préférable qu'il soit tué et puisse ainsi aller directement au paradis? »

– « Vous vous moquez de nous. Vous ne croyez pas au paradis. »

– « Mais *vous,* vous y croyez! Et les martyrs, Évêque Peregrino? Ne gagnaient-ils pas joyeusement le paradis! »

– « Bien entendu. Mais les gens qui les tuaient étaient des monstres. L'assassinat des saints ne les sanctifiait pas, il damnait leur âme à jamais. »

– « Mais si l'on suppose que les morts ne vont pas au paradis? Si l'on suppose que les morts se muent en une existence nouvelle, visiblement? Et si lorsqu'un piggy meurt, et dispose son corps de cette façon, il prend racine et se transforme? S'il se transforme en un arbre qui vit cinquante, cent ou cinq cents ans? »

– « De quoi parlez-vous? » demanda l'évêque.

– « Voulez-vous dire que les piggies subissent une métamorphose d'animal en plante? » s'enquit Dom Cristão. « La biologie suggère que cela est peu vraisemblable. »

– « C'est pratiquement impossible », admit Ender. « C'est pourquoi seule une poignée d'espèces lusitaniennes ont survécu à la Descolada. Parce que seules quelques-unes étaient en mesure d'effectuer la transformation. Lorsque les piggies tuent l'un des leurs, il se transforme en arbre. Et l'arbre conserve au moins une partie de son intelligence. Parce que, aujourd'hui, j'ai vu les piggies adresser des chants à un arbre et que, sans qu'ils aient employé le moindre outil, l'arbre a coupé ses racines, est tombé et s'est débité suivant les formes exactes dont les piggies avaient besoin. Ce n'était pas un rêve. Nous avons vu cela de nos propres yeux, Miro, Ouanda et moi, nous avons entendu le chant, nous avons touché le bois et prié pour l'âme du mort. »

– « Quel est le lien avec notre décision? » s'enquit Bosquinha. « Les forêts sont composées de piggies morts, bien. Cela regarde les scientifiques. »

– « Je vous explique que les piggies ont tué Pipo et Libo parce qu'ils croyaient les aider à atteindre l'étape suivante de leur existence. Ce n'étaient pas des monstres; c'étaient des ramen accordant l'honneur suprême à des hommes qui les avaient efficacement aidés. »

– « Une autre transformation morale, c'est cela? » demanda l'évêque. « Tout comme vous l'avez fait aujourd'hui en Parlant, nous présentant toujours Marcos Ribeira sous un éclairage différent, vous voulez à présent nous amener à croire que les piggies sont nobles ? Très bien, ils sont nobles. Mais je ne me révolterai pas contre le Congrès, avec toutes les souffrances que cela entraînera, simplement pour que nos scientifiques puissent enseigner aux piggies à construire des réfrigérateurs ! »

– « S'il vous plaît, » intervint Novinha.

Des regards impatients se tournèrent vers elle.

« Vous dites qu'ils ont copié nos dossiers. Qu'ils les ont tous lus ? »

– « Oui, » répondit Bosquinha.

– « Dans ce cas, ils savent tout ce qu'il y a dans mes archives. Sur la Descolada. »

– « Oui, » répéta Bosquinha.

Novinha croisa les mains sur les genoux.

– « Il n'y aura pas d'évacuation. »

– « C'est bien ce que je pensais, » dit Ender. « C'est pourquoi j'ai demandé à Ela d'aller vous chercher. »

– « Pourquoi n'y aura-t-il pas d'évacuation ? » demanda Bosquinha.

– « À cause de la Descolada. »

– « Ridicule ! » s'exclama l'évêque. « Vos parents ont découvert un traitement. »

– « Ils ne l'ont pas guérie, » souligna Novinha. « Ils l'ont contrôlée. Ils l'ont empêchée de devenir active. »

– « C'est exact, » appuya Bosquinha. « C'est pour cela que nous diluons un additif dans l'eau. Le Colador. »

– « Tous les êtres humains de Lusitania, sauf peut-être le Porte-Parole, qui ne l'a peut-être pas encore attrapée, sont porteurs de la Descolada. »

– « L'additif n'est pas onéreux, » fit valoir l'évêque. « Mais peut-être pourraient-ils nous isoler. À mon avis, ils pourraient le faire. »

– « Il n'existe pas d'endroit assez isolé, » précisa Novinha. « La Descolada est infiniment variable.

Elle attaque tous les types de matériel génétique. On peut donner l'additif aux êtres humains. Mais peut-on le donner à chaque brin d'herbe? À chaque oiseau? À chaque poisson? Au plancton des mers? »

– « Elle peut s'attaquer à tout cela? » demanda Bosquinha. « Je ne le savais pas. »

– « Je ne l'ai dit à personne, » expliqua Novinha. « Mais j'ai intégré une protection dans toutes les plantes que j'ai mises au point. L'amarante, les pommes de terre, tout; la difficulté ne consistait pas à rendre la protéine utilisable, mais à amener les plantes à produire leurs propres agents de lutte contre la Descolada. »

Bosquina fut stupéfaite.

– « Ainsi, partout où nous irons... »

– « Nous risquons de déclencher une destruction totale de la biosphère. »

– « Et vous avez gardé cela *secret*? » demanda Dom Cristão.

– « Il était inutile de le divulguer. » Novinha regarda ses mains, posées sur ses genoux. « Un élément des informations avait amené les piggies à tuer Pipo. Je l'ai gardé secret afin que personne ne puisse l'apprendre. Mais à présent, compte tenu de ce qu'Ela a découvert ces dernières années, et de ce que le Porte-Parole vient de dire, à présent je sais ce que Pipo avait compris. La Descolada ne se contente pas de fendre les molécules génétiques et de les empêcher de se reformer ou de se reproduire. Elle les encourage également à se lier avec des molécules génétiques totalement étrangères. Ela a travaillé sur ce problème contre ma volonté. Toutes les espèces originaires de Lusitania se développent en paires animal-végétal. Les cabras avec le capim. Les serpents d'eau avec le grama. Les mouches avec les roseaux. Les xingadoras avec les lianes de tropeça. Et les piggies avec les arbres des forêts. »

– « Vous voulez dire que les uns *deviennent* les autres ? » Dom Cristão était à la fois fasciné et dégoûté.

– « Peut-être les piggies sont-ils uniques en ceci qu'un cadavre de piggy se transforme en arbre, » estima Novinha. « Mais il est possible que les cabras soient fécondés par le pollen du capim. Peut-être les mouches éclosent-elles grâce aux épis des roseaux. Il faudrait étudier tout cela. J'aurais dû le faire pendant toutes ces années. »

– « Et maintenant, ils vont comprendre tout cela grâce à vos archives ? » demanda Dom Cristão.

– « Pas immédiatement. Mais dans les vingt ou trente années à venir. Avant l'arrivée d'autres framlings chez nous, ils sauront, » assura Novinha.

– « Je ne suis pas un scientifique, » intervint l'évêque. « Tout le monde semble comprendre, sauf moi. Quel est le lien avec l'évacuation ? »

Bosquinha se tordit les mains.

– « On ne peut pas nous faire quitter Lusitania, » fit-elle ressortir. « Partout où nous irons, nous emporterions la Descolada avec nous et nous tuerions tout. Il n'y a pas assez de xénobiologistes, sur les Cent Planètes, pour éviter la destruction d'un seul monde. Lorsqu'ils arriveront ici, ils auront compris que nous ne pouvons pas partir. »

– « Eh bien, dans ce cas, » s'exclama l'évêque, « cela résout notre problème ! Si nous les prévenons tout de suite, ils n'enverront même pas la flotte chargée de nous évacuer. »

– « Non, » intervint Ender. « Évêque Peregrino, lorsqu'ils auront compris ce que la Descolada risque de produire, ils veilleront à ce que personne ne puisse quitter cette planète. Jamais. »

L'évêque eut un rire ironique.

– « Que croyez-vous, qu'ils vont faire sauter notre planète ? Allons, Porte-Parole, il n'y a plus d'Ender au sein de l'espèce humaine. Le pire qu'ils puissent faire, c'est de nous mettre en quarantaine...

— « Dans ce cas, » fit ressortir Dom Cristão, « pourquoi nous soumettrions-nous à leur contrôle? Nous pourrions leur envoyer un message relatif à la Descolada, les informant que nous ne quitterons pas la planète, qu'ils ne peuvent pas venir ici, et voilà. »

Bosquinha secoua la tête.

— « Croyez-vous que personne ne dira : « Les Lusitaniens peuvent détruire une planète en posant simplement le pied dessus. Ils ont un vaisseau interstellaire, ils ont une propension manifeste à la rébellion, ils ont les piggies sanguinaires. Leur existence représente une menace. » Non? »

— « Qui dirait cela? » demanda l'évêque.

— « Au Vatican, personne, » admit Ender. « Mais le Congrès ne s'intéresse pas au sauvetage des âmes. »

— « Et il a peut-être raison, » assura l'évêque. « Vous avez dit que les piggies veulent voyager parmi les étoiles. Et pourtant, partout où ils iront, ils produiront cet effet. Même sur les planètes inhabitables, n'est-ce pas? Que feront-ils? Reproduire interminablement ce paysage morne, des forêts avec une seule espèce d'arbre, des prairies avec une seule espèce d'herbe, où seuls paissent les cabras et que seuls les xingadoras survolent? »

— « Peut-être découvrirons-nous un jour le moyen de contrôler la Descolada, » intervint Ela.

— « Nous ne pouvons pas jouer notre avenir sur une chance aussi mince, » déclara l'évêque.

— « C'est pour cela que nous devons nous rebeller, » fit valoir Ender. « Parce que c'est exactement ce que pensera le Congrès. Exactement comme, il y a trois mille ans, pendant le Xénocide. Tout le monde condamne le Xénocide parce qu'il a détruit une espèce extra-terrestre dont les intentions se sont révélées inoffensives. Mais aussi longtemps que les doryphores paraissaient décidés à détruire l'humanité, les responsables de l'humanité se voyaient contraints de lutter de toutes leurs forces. Nous leur posons actuellement le même dilemme. Les piggies leur font peur. Et quand ils comprendront la Descolada, ils renonceront à faire croire qu'ils tentent de protéger les piggies. Dans l'intérêt de la survie de l'humanité, ils nous détruiront. Probablement pas la totalité de la planète. Comme vous l'avez dit, il n'y a plus d'Ender. Mais ils effaceront certainement Milagre et feront disparaître tous les indices de présence humaine. Y compris en tuant les piggies qui nous connaissent. Ensuite, ils surveilleront la planète afin d'empêcher les piggies de sortir de leur condition de primitifs. Si vous saviez ce qu'ils savent, n'agiriez-vous pas de même? »

– « Un Porte-Parole des Morts disant *cela*? » s'écria Dom Cristão.

– « Vous y étiez, » rappela l'évêque. « Vous étiez là la première fois, n'est-ce pas? Quand les doryphores ont été détruits. »

– « La dernière fois, il nous était impossible de communiquer avec les doryphores, impossible de comprendre qu'ils étaient des ramen, pas des varelse. Cette fois, *nous sommes* ici. Nous savons que nous n'irons pas détruire d'autres planètes. Nous savons que nous resterons sur Lusitania jusqu'à ce qu'il nous soit possible de partir sans risques, après avoir neutralisé la Descolada. Cette fois, » conclut Ender, « nous pouvons protéger la vie des ramen, afin que ceux qui écriront l'histoire des piggies ne se voient pas contraints d'être le Porte-Parole des Morts. »

Le secrétaire ouvrit brusquement la porte et Ouanda se précipita à l'intérieur.

– « Évêque, » dit-elle, « Madame le Maire. Il faut que vous veniez. Novinha... »

– « Que se passe-t-il? » demanda l'évêque.

– « Ouanda, je dois t'arrêter, » annonça Bosquinha.

– « Arrêtez-moi plus tard. C'est Miro. Il est passé de l'autre côté de la clôture. »

– « C'est impossible, » dit Novinha. « Elle peut le tuer... » Puis, horrifiée, elle se rendit compte de ce qu'elle venait de dire. « Conduis-moi près de lui... »

– « Va chercher Navio, » dit Dona Cristã.

– « Vous ne comprenez pas, » les pressa Ouanda. « Nous ne pouvons pas le rejoindre. Il est de *l'autre côté* de la clôture. »

– « Dans ce cas, que pouvons-nous faire? » demanda Bosquinha.

– « Débrancher la clôture, » dit Ouanda.

Bosquinha adressa un regard désespéré aux autres.

– « Je ne peux pas. La commission la contrôle, désormais. Par ansible. Elle refusera de la débrancher. »

– « Dans ce cas, on ne peut pas sauver Miro! » s'écria Ouanda.

– « Non, » souffla Novinha.

Derrière elle, une autre silhouette entra dans la pièce. Petite, velue. Seul Ender avait déjà vu un piggy, mais les autres comprirent immédiatement ce qu'était la créature.

– « Excusez-moi, » intervint le piggy. « Cela signifie-t-il que nous devons le planter maintenant? »

Personne ne prit la peine de se demander comment le piggy avait franchi la clôture. Ils étaient trop occupés à imaginer ce qu'il entendait par *planter* Miro.

– « Non! » hurla Novinha.

Mandachuva lui adressa un regard surpris.

– « Non? »

– « Je crois, » dit Ender, « que vous ne devriez plus planter aucun être humain. »

Mandachuva se figea complètement.

– « Que voulez-vous dire? » s'enquit Ouanda. « Vous le contrariez. »

– « Je pense qu'il sera encore plus contrarié avant la fin de la journée, » répliqua Ender. « Allons, Ouanda, conduisez-nous auprès de Miro. »

– « À quoi cela servira-t-il, si nous ne pouvons pas franchir la clôture? » demanda Bosquinha.

– « Appelez Navio, » dit Ender.

– « Je vais le chercher, » les prévint Dona Cristã. « Vous oubliez qu'il n'est plus possible d'appeler qui ce que soit. »

– « À quoi cela servira-t-il? » répéta Bosquinha.

– « Je vous l'ai déjà expliqué, » répondit Ender. « Si vous décidez la rébellion, vous pouvez couper la liaison par ansible. Ensuite, nous pourrons débrancher la clôture. »

– « Tentez-vous d'utiliser l'accident de Miro pour me forcer la main? » s'enquit l'évêque.

– « Oui, » répondit Ender. « Il fait partie de votre troupeau, n'est-ce pas? Alors abandonnez les quatre-vingt-dix-neuf, berger, et venez sauver avec nous celui qui s'est égaré. »

– « Que se passe-t-il? » demanda Mandachuva.

– « Conduis-nous jusqu'à la clôture, » dit Ender. « Vite, s'il te plaît. »

Ils descendirent l'escalier conduisant à la cathédrale. Ender entendit l'évêque, derrière lui, marmonnant que les Écritures ne devaient pas servir des objectifs individuels.

Ils suivirent l'allée de la cathédrale. Mandachuva montrant le chemin. Ender vit l'évêque s'arrêter près de l'autel, regardant la petite créature velue et les humains qui la suivaient. Devant la cathédrale, l'évêque le rejoignit.

« Dites-moi, Porte-Parole, » commença-t-il, « simple question théorique : Si la clôture disparaissait, si nous nous rebellions contre le Congrès Stellaire, tous les règlements concernant le contact avec les piggies seraient-ils supprimés? »

– « Je l'espère, » dit Ender. « J'espère qu'il n'y aura plus de barrière artificielle entre eux et nous. »

– « Dans ce cas, » reprit l'évêque, « nous pourrions enseigner l'Évangile de Jésus-Christ aux Petits, n'est-ce pas? Aucun règlement n'empêcherait cela. »

– « C'est exact, » admit Ender. « Ils ne se convertiraient peut-être pas, mais rien n'empêcherait d'essayer. »

– « Il faut que je réfléchisse à cela, » dit l'évêque. « Mais peut-être, mon cher infidèle, votre rébellion ouvrira-t-elle la porte à la conversion d'une grande nation. Peut-être, après tout, Dieu vous a-t-il conduit ici. »

Lorsque l'évêque, Dom Cristão et Ender arrivèrent près de la clôture, Mandachuva et les femmes s'y trouvaient déjà depuis quelques instants. Ender comprit, compte tenu du fait qu'Ela se tenait entre la clôture et sa mère, et de la façon dont Ela se cachait le visage dans les mains, que Novinha avait déjà tenté d'escalader la clôture pour rejoindre son fils. Elle pleurait à présent, et disait :

« Miro! Miro! Comment as-tu fait, comment as-tu fait pour passer... »

Ela tentait de lui parler, de la calmer.

De l'autre côté de la clôture, quatre piggies regardaient stupéfaits.

Ouanda tremblait de peur pour la vie de Miro, mais elle eut la présence d'esprit de dire à Ender ce qu'elle savait et qu'il ne pouvait constater lui-même.

« Ce sont Tasse, Flèche, Humain et Mange-

Feuille. Mange-Feuille tente de persuader les autres de le planter. Je crois savoir ce que cela signifie, mais il n'y a pas de risque. Humain et Mandachuva l'ont convaincu de ne pas le faire. »

– « Mais cela ne nous avance pas, » dit Ender. Pourquoi Miro a-t-il agi aussi stupidement ? »

– « Mandachuva a expliqué en venant ici. Les piggies mâchent du capim qui a un effet anesthésique. Ils peuvent escalader la clôture lorsqu'ils en ont envie. Ils le font apparemment depuis des années. Ils croyaient que nous ne le faisions pas parce que nous étions très respectueux de la loi. À présent, ils savent que le capim n'a pas le même effet sur nous. »

Ender approcha de la clôture.

« Humain, » dit-il.

Humain avança.

« Il est possible que nous puissions débrancher la clôture. Mais si nous le faisons, nous serons en guerre contre les humains de toutes les autres planètes. Comprends-tu cela ? Les humains de Lusitania et les piggies, ensemble, en guerre contre tous les autres êtres humains. »

– « Oh, » fit Humain.

– « Gagnerons-nous ? » demanda Flèche.

– « Peut-être, » répondit Ender. « Et peut-être pas. »

– « Nous donneras-tu la reine ? » demanda Humain.

– « Il faut d'abord que je rencontre les épouses, » dit Ender.

Les piggies se figèrent.

– « De quoi parlez-vous ? » demanda l'évêque.

– « Je dois rencontrer les épouses, » dit Ender aux piggies, « parce que nous devons négocier un traité. Un accord. Un ensemble de règles entre nous. Comprenez-vous ? Les humains ne peuvent pas vivre par vos lois et nous ne pouvons pas vivre par les vôtres, mais si nous voulons vivre en paix, sans clôture entre nous, et si je veux laisser la reine vivre avec vous, vous aider et vous former, vous devrez faire un certain nombre de promesses et les tenir. Comprends-tu ? »

– « Je comprends, » répondit Humain. « Mais en demandant à traiter avec les épouses, tu ne sais pas ce que tu fais. Elles ne sont pas intelligentes de la même façon que les frères. »

– « Elles prennent toutes les décisions, n'est-ce pas ? »

– « Bien sûr, » dit Humain. « Ce sont les gardiennes des mères, n'est-ce pas ? Mais je t'avertis : il est dangereux de parler avec les épouses. Surtout pour toi, parce qu'elles te respectent beaucoup. »

– « Si la clôture disparaît, il faudra que je m'entretienne avec les épouses. Si je ne peux pas les voir, la clôture restera, Miro mourra et nous serons obligés d'obéir aux Ordres du Congrès, selon lesquels tous les humains de Lusitania doivent partir. » Ender ne leur dit pas que les humains risquaient la mort. Il disait toujours la vérité, mais pas toujours entièrement.

– « Je te conduirai auprès des épouses, » accepta Humain.

Mange-Feuille approcha de lui et passa la main sur le ventre d'Humain.

– « Ton nom te convient bien, » dit-il. « Tu es humain, tu n'es pas comme nous. » Mange-Feuille voulut s'enfuir, mais Flèche et Tasse l'en empêchèrent.

– « Je te conduirai, » répéta Humain. « Maintenant arrête la clôture et sauve la vie de Miro. ».

Ender se tourna vers l'évêque.

– « Ce n'est pas à moi de décider, » dit l'évêque. « C'est à Bosquinha. »

– « J'ai juré fidélité au Congrès Stellaire, » dit Bosquinha, « mais je suis prête à me parjurer pour sauver la vie de la population dont je suis responsable. La clôture disparaît et nous tentons de tirer le meilleur parti possible de notre rébellion. »

– « Si nous pouvons évangéliser les piggies », fit valoir l'évêque.

– « Je leur poserai la question lorsque je rencontrerai les épouses », dit Ender. « Je ne peux pas promettre davantage. »

– « Evêque! » s'écria Novinha. « Pipo et Libo sont déjà morts derrière cette clôture! »

– « Débranchez-la, » accepta l'évêque. « Je ne veux pas voir cette colonie disparaître alors que l'œuvre de Dieu n'aura pas été commencée. » Il eut un sourire sans joie. « Mais il faudrait qu'Os Venerados deviennent rapidement des saints. Nous aurons besoin de leur aide. »

« Jane, » murmura Ender.

– « C'est pour cela que je t'aime, » dit Jane. « Tu ne peux rien faire si je ne prépare pas correctement le terrain. »

– « Coupe l'ansible et débranche la clôture, s'il te plaît, » dit Ender.

– « C'est fait, » répondit-elle.

Ender courut jusqu'à la clôture, l'escalada. Avec l'aide des piggies, il hissa le corps rigide de Miro jusqu'au sommet puis le laissa tomber dans les bras de l'évêque, du maire, de Dom Cristão et de Novinha. Navio arrivait en courant, derrière Dona Cristã. Ils feraient tout leur possible pour sauver Miro.

Ouanda escaladait la clôture.

– « Retournez, » dit Ender. « Nous l'avons déjà ramené. »

– « Si vous allez voir les épouses, » fit valoir Ouanda, « je vous accompagne. Vous aurez besoin de mon aide. »

Ender n'avait rien à redire à cela. Elle sauta et le rejoignit.

Navio était à genoux près du corps de Miro.

« Il a escaladé la *clôture*? » dit-il. « Cela n'est pas mentionné dans les livres. Ce n'est pas possible. Personne ne peut supporter assez de douleur pour passer la tête à travers le champ. »

– « Vivra-t-il? » demanda Novinha.

– « Comment le saurais-je? » répondit Navio avec impatience, déshabillant Miro et posant des détecteurs sur son corps. « Ce sujet ne faisait pas partie du programme de la faculté de médecine. »

Ender constata que la clôture tremblait à nouveau. Ela l'escaladait.

– « Je n'ai pas besoin de votre aide, » dit Ender.

– « Il est temps qu'un spécialiste de xénobiologie puisse voir ce qui se passe, » répliqua-t-elle.

– « Occupe-toi de ton frère, » dit Ouanda.

Ela lui adressa un regard de défi.

– « C'est *aussi* ton frère, » dit-elle. « Maintenant veillons à ce que, s'il meurt, il ne soit pas mort pour rien. »

Ils suivirent Humain et les autres piggies dans la forêt.

Bosquinha et l'évêque les regardèrent partir.

– « Quand je me suis réveillée, ce matin, » dit Bosquinha, « je ne pensais pas que je serais une rebelle en me couchant. »

– « Quant à moi, je n'aurais pas imaginé que le Porte-Parole serait notre ambassadeur auprès des piggies, » dit l'évêque.

– « La question est de savoir », dit Dom Cristão, « si nous serons un jour pardonnés. »

– « Croyez-vous que nous soyons en train de commettre une erreur? » s'enquit sèchement l'évêque.

– « Pas du tout, » répondit Dom Cristão. « Je crois que nous avons fait un pas en direction d'un objectif véritablement magnifique. Mais l'humanité ne pardonne pratiquement jamais la grandeur véritable. »

– « Heureusement, » se félicita l'évêque, « l'humanité n'est pas juge de ces questions. Et, maintenant, j'ai l'intention de prier pour ce jeune homme, puisque, de toute évidence, la science médicale a atteint les limites de sa compétence. »

CHAPITRE XVII

LES ÉPOUSES

Découvrir comment on a pu apprendre que l'armement de la flotte d'évacuation compte le Petit Docteur. C'est la PREMIÈRE PRIORITÉ. Ensuite, découvrir qui est ce soi-disant Démosthène. Écrire que la flotte d'évacuation est le Deuxième Xénocide constitue manifestement une violation des lois relatives à la trahison contenues dans le Code et si la CSA ne peut pas identifier cette voix et la faire taire, je ne vois pas pourquoi la CSA continuerait d'exister.

En attendant, poursuivez l'examen des archives de Lusitania. Il est totalement irrationnel qu'ils se rebellent du simple fait que nous voulons arrêter deux xénologues égarés. Rien, dans les antécédents du Maire, ne pouvait laisser prévoir une telle éventualité. S'il existe une chance de révolution, je veux savoir qui sont les meneurs de cette révolution.

Pyotr, je sais que vous faites de votre mieux. Moi aussi. Tout le monde. Et vraisemblablement la population de Lusitania. Mais ma responsabilité est la sécurité et l'intégrité des Cent Planètes. J'ai approximativement cent fois les responsabilités de Peter l'Hégémon, et environ un dixième de son pouvoir. Sans parler du fait que je suis loin d'être aussi géniale que lui. Je suis convaincue que de nombreuses personnes seraient soulagées si Peter était encore disponible. Ma seule crainte est que, lorsque cette affaire sera termi-

née, nous ayons besoin d'un nouvel Ender. Personne ne veut le Xénocide mais, s'il arrive, je veux être sûre que ce seront les autres qui disparaîtront. Lorsqu'on en arrive à la guerre, les humains sont les humains, les extra-terrestres sont les extra-terrestres. Toutes ces histoires de ramen partent en fumée quand la survie est en jeu.

Cela vous satisfait-il? Me croyez-vous lorsque je dis que je ne suis pas molle? Désormais, veillez à ne pas l'être vous aussi. Apportez-moi des résultats, vite. Je vous embrasse, Bawa.

> *Bobawa Ekimbo, Chmn Xen Ovst Comm, à Pyotr Martinov, Dir Cgrs Sec Agsc, Mémo 44:1970:5:4:2; cit.* Démosthène Le Second Xénocide, *87:1972:1:1:1*

Humain les guida dans la forêt. Les piggies progressèrent rapidement, gravissant et descendant les pentes, traversant un cours d'eau, au sein d'un taillis épais. Humain, cependant, semblait en faire une danse, escaladant partiellement quelques arbres, en touchant d'autres ou leur parlant. Les autres piggies étaient beaucoup plus calmes, ne l'imitant que de temps en temps. Seul Mandachuva resta avec les êtres humains.

« Pourquoi agit-il ainsi? » demanda Ender à voix basse.

Mandachuva resta quelques instants déconcerté. Ouanda expliqua ce qu'Ender voulait dire.

– « Pourquoi Humain grimpe-t-il aux arbres, les touche-t-il, chante-t-il? »

– « Il leur parle de la troisième vie », répondit

Mandachuva. « C'est très impoli de se conduire ainsi. Il a toujours été égoïste et stupide. »

Ouanda regarda Ender avec surprise, puis se tourna à nouveau vers Mandachuva.

– « Je croyais que tout le monde aimait Humain, » dit-elle.

– « Un grand honneur, » dit Mandachuva. « Beaucoup de sagesse. » Mandachuva toucha la hanche d'Ender. « Mais il est stupide sur un plan. Il croit que tu vas l'honorer. Il croit que tu vas le faire entrer dans la troisième vie. »

– « Qu'est-ce que la troisième vie ? » demanda Ender.

– « Le cadeau que Pipo a gardé pour lui, » dit Mandachuva. Puis il accéléra le pas, rejoignit les autres piggies.

– « Cela a-t-il un sens pour vous ? » demanda Ender à Ouanda.

– « Je ne peux pas m'habituer à votre façon de leur poser des questions directes. »

– « Je n'obtiens guère de réponses claires, n'est-ce pas ? »

– « Mandachuva est en colère, c'est une certitude. Et il est en colère contre Pipo, c'est une autre certitude. La troisième vie, un cadeau que Pipo a gardé pour lui. Cela s'expliquera. »

– « Quand ? »

– « Dans vingt ans. Ou dans vingt minutes. C'est pour cela que la xénologie est intéressante. »

Ela touchait également les arbres et examinait de temps en temps les buissons.

– « Une seule et même espèce d'arbre. Et les buissons aussi, tous semblables. Et cette liane qui grimpe sur pratiquement tous les arbres. As-tu déjà vu d'autres espèces végétales dans la forêt, Ouanda ? »

– « Je n'en ai remarqué aucune. Je n'ai jamais regardé. Cette liane s'appelle merdona. Les macios s'en nourrisssent et les piggies mangent les macios. La racine de merdona, nous avons appris aux piggies à la rendre comestible. Avant l'amarante. De sorte qu'ils colonisent la partie inférieure de la chaîne alimentaire. »

– « Regardez! » dit Ender.

Les piggies s'étaient immobilisés, tournant le dos aux êtres humains, face à une clairière. Quelques instants plus tard, Ender, Ouanda et Ela les rejoignirent, puis regardèrent l'espace dégagé éclairé par la lune. Il était très étendu et le sol piétiné était nu. Plusieurs maisons en rondins se dressaient au bord de la clairière mais le centre était vide à l'exception d'un arbre isolé et gigantesque, plus imposant que tous ceux qu'ils avaient vus dans la forêt.

Le tronc semblait bouger.

– « Il est couvert de macios, » dit Ouanda.
– « Pas des macios, » dit Humain.
– « Trois cent vingt, » dit Mandachuva.
– « Des petits frères, » dit Flèche.
– « Et des petites mères, » ajouta Tasse.
– « Et si vous leur faites du mal, » dit Mange-Feuille, « nous vous tuerons sans vous planter et nous abattrons votre arbre. »
– « Nous ne leur ferons pas de mal, » promit Ender.

Les piggies n'entrèrent pas dans la clairière. Ils attendirent patiemment jusqu'au moment où on aperçut des mouvements indistincts près de la plus grande maison de rondins, qui se dressait presque en face d'eux. C'était un piggy. Mais plus imposant que tous ceux qu'ils connaissaient.

– « Une épouse, » souffla Mandachuva.
– « Comment s'appelle-t-elle? » demanda Ender.

Les piggies se tournèrent vers lui et le regardèrent fixement.

– « *Elles* ne *nous* disent pas leur nom, » indiqua Mange-Feuille.

– « À supposer qu'elles en *ait*, » ajouta Tasse.

Humain leva le bras et fit baisser Ender afin de lui murmurer à l'oreille.

– « Nous l'appelons toujours Crieuse. Mais jamais quand une épouse peut entendre. »

La femelle les regarda, puis chanta – impossible de décrire autrement le flot mélodieux de sa voix – une ou deux phrases dans la Langue des Epouses.

– « Tu dois y aller, » dit Mandachuva. « Porte-Parole. Toi. »

– « Seul? » demanda Ender. « Je préférerais qu'Ouanda et Ela m'accompagnent. »

Mandachuva parla à haute voix dans la Langue des Épouses; cela ressembla à un gargouillis comparativement à la voix de la femelle. Crieuse répondit, ne chantant que brièvement.

– « Elle a dit qu'elles peuvent venir, naturellement, » indiqua Mandachuva. « Elle dit : Ce sont des femelles, n'est-ce pas? Elle n'est pas très évoluée en ce qui concerne les différences entre les êtres humains et les petits. »

– « Encore une chose, » dit Ender. « Au moins l'un d'entre vous, comme interprète. Ou bien parle-t-elle Stark? »

Mandachuva transmit la demande d'Ender. La réponse fut brève et ne plut pas à Mandachuva. Il refusa de la traduire. Ce fut Humain qui expliqua.

– « Elle a dit que tu peux avoir n'importe quel interprète, du moment que c'est moi. »

– « Eh bien, nous voudrions que tu sois notre interprète, » dit Ender.

– « Tu dois entrer le premier dans la clairière des naissances, » dit Humain. « C'est toi l'invité. »

Ender entra dans l'espace éclairé par le clair de lune. Il entendit qu'Ela et Ouanda le suivaient, ainsi qu'Humain. Il constata alors que Crieuse n'étaient pas la seule femelle présente. Il y avait plusieurs visages derrière les portes.

– « Combien sont-elles ? » demanda Ender.

Humain ne répondit pas. Ender se tourna vers lui.

« Combien de femelles y a-t-il ? » répéta Ender.

Humain ne répondit pas davantage. Jusqu'au moment où Crieuse chanta à nouveau, plus fort et plus impérieusement. Ce n'est qu'à ce moment-là qu'Humain répondit.

– « Dans la clairière des naissances, Porte-Parole, il ne faut parler que lorsqu'une épouse pose une question. »

Ender hocha gravement la tête puis retourna à l'endroit où les autres mâles attendaient, au bord de la clairière. Ouanda et Ela le suivirent. Il entendit Crieuse chanter, derrière lui et il comprit pourquoi les mâles lui avaient donné ce nom, sa voix était capable de faire trembler les arbres. Humain rejoignit Ender et tira sur ses vêtements.

« Elle demande pourquoi tu t'en vas, tu n'as pas obtenu la permission de partir. Porte-Parole, c'est très très mal, elle est furieuse. »

– « Dis-lui que je ne suis venu ici ni pour donner des instructions ni pour en recevoir. Si elle ne me traite pas en égal, je ne la traiterai pas en égale. »

– « Je ne peux pas lui dire cela, » protesta Humain.

– « Dans ce cas, elle se demandera toujours pourquoi je suis parti, n'est-ce pas ? »

– « Être appelé auprès des épouses est un grand honneur ! »

– « La visite du Porte-Parole des Morts est également un grand honneur. »

Humain resta quelques instants immobile, figé par l'inquiétude. Puis il pivota sur lui-même et s'adressa à Crieuse.

Elle resta silencieuse. Il n'y avait plus le moindre bruit dans la clairière.

– « J'espère que vous savez ce que vous faites, Porte-Parole, » murmura Ouanda.

– « J'improvise, » répondit Ender. « Quel est votre avis? »

Elle ne répondit pas.

Crieuse retourna dans la grande maison de rondins. Ender pivota sur lui-même et reprit le chemin de la forêt. Presque immédiatement, la voix de Crieuse retentit à nouveau.

– « Elle t'ordonne d'attendre, » dit Humain.

Ender ne ralentit pas le pas et, quelques instants plus tard, il avait dépassé les piggies.

– « Si elle me demande de revenir, je reviendrai peut-être. Mais tu dois lui dire, Humain, que je ne suis venu ni pour commander ni pour être commandé. »

– « Je ne peux pas dire cela, » répondit Humain.

– « Pourquoi? » s'enquit Ender.

– « Permettez, » intervint Ouanda. « Humain, veux-tu dire que tu ne peux pas traduire cela parce que tu as peur, ou bien parce que tu ne disposes pas des mots? »

– « Pas de mots. Un frère ne peut pas commander à une épouse, et elle ne peut pas lui demander quelque chose, ces mots ne peuvent pas être dits dans cette direction. »

Ouanda adressa un sourire à Ender.

– « Pas les mœurs, Porte-Parole. La langue. »

– « Ne comprennent-elles pas *ta* langue, Humain? » demanda Ender.

– « On ne peut pas parler la Langue des Mâles dans la clairière des naissances, » dit Humain.

– « Dis-lui que mes paroles ne peuvent pas être dites dans la Langue des Épouses, mais seulement dans la Langue des Mâles, et dis-lui que je... demande... que tu sois autorisé à traduire mes paroles dans la Langue des Mâles. »

– « Tu es vraiment exigeant, Porte-Parole, » dit Humain. Il pivota sur lui-même et s'adressa à nouveau à Crieuse.

Soudain, la clairière s'emplit du son de la Langue des Épouses, une douzaine de chants différents, comme un chœur se préparant à chanter.

– « Porte-Parole, » releva Ouanda, « vous avez à présent violé pratiquement toutes les règles de la méthode anthropologique. »

– « Quelles sont celles qui m'ont échappé ? »

– « La seule que je voie, c'est que vous n'avez pas encore tué quelqu'un. »

– « Ce que vous oubliez, » fit valoir Ender, « c'est que je ne suis pas un scientifique venu les étudier. Je suis un ambassadeur chargé de négocier un traité avec eux. »

Tout aussi brusquement qu'elles s'étaient mises à parler, les épouses se turent. Crieuse sortit de sa maison et gagna le milieu de la clairière, tout près de l'énorme arbre central. Elle chanta.

Humain répondit, dans la Langue des Mâles. Ouanda murmura une traduction approximative.

– « Il lui explique ce que vous avez dit, à propos de la rencontre entre égaux. »

Les épouses émirent à nouveau une cacophonie de chants.

– « À ton avis, que répondront-elles ? » demanda Ela.

– « Comment pourrais-je savoir ? » demanda Ouanda. « Je suis venue ici exactement aussi souvent que toi. »

– « Je crois qu'elles comprendront et accepteront ces termes, » dit Ender.

– « Qu'est-ce qui vous fait croire cela ? » demanda Ouanda.

– « Parce que je viens du ciel. Parce que je suis le Porte-Parole des Morts. »

– « Ne commencez-vous à vous prendre pour le

grand dieu blanc? » s'enquit Ouanda. « En général cela ne fonctionne pas bien. »

– « Je ne suis pas Pizarro, » commenta Ender.

À son oreille, Jane murmura :

« Je commence à comprendre un peu la Langue des Épouses. Les fondements de la Langue des Mâles se trouvaient dans les notes de Pipo et Livo. Les traductions d'Humain m'ont beaucoup aidée. La langue des Épouses est étroitement liée à la Langue des Mâles, à ceci près qu'elle semble plus archaïque, plus proche des racines, davantage de formes anciennes... Et toutes les formes employées par les femelles à l'intention des mâles sont à l'impératif, tandis que les formes utilisées par les mâles à l'intention des femmes sont suppliantes. Le mot des femelles pour désigner les *frères* semblent lié au mot utilisé par les frères pour désigner les *macios*, les vers des arbres. Si tel est le langage de l'amour, il est absolument stupéfiant qu'ils parviennent à se reproduire. »

Ender sourit. Il était agréable d'entendre Jane parler à nouveau, bon de savoir qu'il bénéficierait de son aide.

Il se rendit compte que Mandachuva avait posé une question à Ouanda car il entendit la réponse qu'elle murmura.

– « Il écoute le bijou qu'il porte dans l'oreille. »

– « Est-ce la reine? » demanda Mandachuva.

– « Non, » répondit Ouanda. « C'est un... » Elle chercha ses mots. « C'est un ordinateur. Une machine avec une voix. »

– « Puis-je en avoir une? » demanda Mandachuva.

– « Un jour, » intervint Ender, évitant à Ouanda la peine de devoir élaborer une réponse.

Les épouses se turent et, une nouvelle fois, il n'y eut plus que la voix de Crieuse. Immédiatement, les mâles s'agitèrent, sautillant sur place.

Jane lui souffla à l'oreille.

« Elle parle dans la Langue des Mâles, » indiqua-t-elle.

– « C'est un très grand jour, » dit Flèche. « Les épouses parlent la Langue des Mâles à cet endroit. Cela n'est jamais arrivé. »

– « Elle t'invite à venir, » traduisit Humain. « Comme une sœur invite un frère. »

Aussitôt, Ender entra dans la clairière et se dirigea droit sur elle. Bien qu'elle fût plus grande que les mâles, elle faisait une cinquantaine de centimètres de moins qu'Ender, de sorte qu'il tomba immédiatement à genoux. Ils se regardèrent dans les yeux.

– « Je te suis reconnaissant de la gentillesse que tu manifestes à mon égard, » dit Ender.

– « J'aurais pu dire *cela* dans la Langue des Épouses, » protesta Humain.

– « Dis-le dans *ta* langue, » dit Ender.

Il obéit. Crieuse tendit la main et toucha la peau lisse de son front, la barbe rugueuse de son menton; elle posa un doigt sur ses lèvres et il ferma les yeux mais ne recula pas lorsqu'elle caressa la peau délicate de ses paupières.

Elle parla.

– « Tu es le Porte-Parole sacré? » traduisit Humain. Jane corrigea la traduction.

« Il a ajouté le mot *sacré*. »

Ender regarda Humain dans les yeux.

– « Je ne suis pas sacré, » déclara-t-il.

Humain se figea.

« Dis-le-lui. »

Il fut déconcerté pendant quelques instants; puis il décida apparemment qu'Ender était le moins dangereux des deux.

– « Elle n'a pas dit sacré. »

– « Traduis ce qu'elle dit, aussi exactement que possible, » indiqua Ender.

– « Si tu n'es pas sacré, » protesta Humain,

« comment peux-tu savoir ce qu'elle a véritablement dit ? »

– « S'il te plaît, » demanda Ender, « sois honnête dans mes relations avec elle. »

– « Avec toi, je serai honnête, » promit Humain. « Mais lorsque je lui parlerai, ce sera ma voix qu'elle entendra, prononçant tes paroles. Je dois rester... prudent. »

– « Sois honnête, » répéta Ender. « N'aie pas peur. Il faut qu'elle sache exactement ce que je dis. Dis-lui ceci. Dis-lui que je lui demande de te pardonner si tu lui parles grossièrement, mais je suis un framling grossier et que tu dois répéter exactement ce que je dis. »

Humain roula les yeux, mais se tourna vers Crieuse et parla.

Elle répondit brièvement et Humain traduisit :

– « Elle dit que sa tête n'est pas taillée dans de la racine de merdona. Elle comprend cela, bien entendu. »

– « Dis-lui que les humains n'ont jamais vu d'arbre aussi imposant. Demande-lui de nous expliquer ce que les épouses font avec cet arbre. »

Ouanda fut stupéfaite.

– « Vous allez vraiment tout droit au but, n'est-ce pas ? »

Mais lorsque Humain eut traduit les paroles d'Ender, Crieuse alla immédiatement près de l'arbre, le toucha et se mit à chanter.

Alors, rassemblés autour de l'arbre, ils virent plus nettement les innombrables créatures qui se tortillaient sur l'écorce. Elles ne faisaient en général que quatre ou cinq centimètres de long. Elles paraissaient vaguement fœtales, bien que leur corps rosâtre fût couvert d'un duvet noir. Leurs yeux étaient ouverts. Elles grimpaient les unes sur les autres, luttant pour une place près des taches de pâte séchée qui parsemaient l'écorce.

« De la bouillie d'amarante, » indiqua Ouanda.
– « Des bébés, » souffla Ela.
– « Pas des bébés, » précisa Humain. « Ils sont presque en âge de marcher. »

Ender alla près de l'arbre, tendit la main. Le chant de Crieuse s'interrompit brusquement. Mais Ender ne renonça pas à son geste. Il posa les doigts sur l'écorce près d'un jeune piggy. Celui-ci le toucha, monta sur sa main, s'y immobilisa.

– « Connais-tu celui-ci par son nom ? » demanda Ender.

Effrayé, Humain traduisit en hâte. Puis il donna la réponse de Crieuse.

– « C'est un de mes frères, » dit-il. « Il n'aura pas de nom tant qu'il ne marchera pas sur deux jambes. Son père est Rooter. »

– « Et sa mère ? » demanda Ender.

– « Oh, les petites mères n'ont jamais de nom, » dit Humain.

– « Pose-lui la question. »

Humain obéit. Elle répondit.

– « Elle dit que sa mère était très forte et très courageuse. Elle est devenue grosse en portant ses cinq enfants. » Humain se toucha le front. « Cinq enfants est un très bon nombre. Et elle était assez grosse pour les nourrir tous. »

– « Sa mère apporte-t-elle la bouillie dont il se nourrit ? »

Humain parut horrifié.

– « Porte-Parole, je ne peux pas dire cela. Dans aucune langue. »

– « Pourquoi ? »

– « Je te l'ai dit. Elle était assez grosse pour nourrir ses cinq petits. Pose le petit frère et laisse l'épouse chanter à l'intention de l'arbre. »

Ender remit la main près de l'écorce et le petit frère s'en éloigna. Crieuse reprit son chant. Ouanda foudroya Ender du regard, à cause de son audace. Mais Ela paraissait enthousiaste.

– « Vous ne voyez donc pas. Les nouveau-nés mangent le corps de leur mère. »

Ender recula, dégoûté.

– « Comment peux-tu dire cela ? » demanda Ouanda.

– « Regarde comme ils s'agitent sur l'écorce, exactement comme de petits macios. Les macios et eux ont dû se trouver en concurrence. » Ela montra une partie de l'arbre dépourvue de bouillie d'amarante. « Cet arbre perd de la sève. Ici, dans les fissures. Avant la Descolada, il devait y avoir des insectes qui se nourrissaient de cette sève de sorte que les macios et les petits piggies devaient se concurrencer pour les manger. C'est pour cette raison que les piggies ont pu mêler leurs molécules génétiques à celles de ces arbres. Non seulement les enfants vivaient ici, mais les adultes étaient continuellement obligés de grimper aux arbres pour chasser les macios. Malgré de nombreuses autres sources de nourriture, ils restaient liés à ces arbres pendant tout leur cycle vital. Alors qu'ils ne *devenaient* pas encore des arbres. »

– « Nous étudions la société des piggies, » coupa Ouanda. « Pas l'antiquité de leur évolution. »

– « Je conduis des négociations délicates, » intervint Ender. « Alors je vous prie de vous taire et d'apprendre ce que vous pouvez sans faire de cours. »

Le chant atteignit son point culminant; une fissure apparut au flanc de l'arbre.

– « Elles ne vont pas abattre cet arbre pour nous, n'est-ce pas ? » demanda Ouanda, horrifiée.

– « Elle demande à l'arbre d'ouvrir son cœur. » Humain se toucha le front. « C'est l'arbre-mère et c'est le seul dans toute notre forêt. Il ne faut pas faire de mal à cet arbre, sinon tous nos enfants viendraient d'autres arbres et nos pères mourraient tous. »

Les voix des autres épouses se joignirent à celle de Crieuse et, bientôt, il y eut une large ouverture dans le tronc de l'arbre-mère. Aussitôt, Ender alla s'immobiliser tout près du trou. Il faisait trop noir, à l'intérieur, pour qu'il lui fût possible de voir.

Ela décrocha la lampe-torche qu'elle portait à la ceinture et la lui tendit. D'un geste brusque, Ouanda lui saisit le poignet.

– « Une machine ! » dit-elle. « Tu ne peux pas utiliser cela ici. »

Ender prit doucement la torche dans la main d'Ela.

– « La clôture est débranchée, » dit Ender, « et, désormais, nous pouvons tous entreprendre des Activités Discutables. » Il dirigea le réflecteur vers le sol et alluma la lampe, faisant ensuite glisser le doigt dessus afin d'adoucir la lumière. Les épouses murmurèrent et Crieuse toucha le ventre d'Humain.

– « Je leur ai dit que vous pouviez faire de petites lunes pendant la nuit », expliqua-t-il. « Je leur ai dit que vous les portiez sur vous. »

– « Serait-il dangereux que j'éclaire l'intérieur de l'arbre-mère ? »

Humain posa la question à Crieuse et Crieuse s'empara de la torche. Puis, la serrant entre ses mains tremblantes, elle chanta doucement puis l'inclina légèrement afin qu'un mince rayon de lumière pénétrât dans le trou. Presque aussitôt, elle recula et pointa la torche dans une autre direction.

– « La lumière les aveugle, » dit Humain.

À l'oreille d'Ender, Jane souffla :

« L'intérieur de l'arbre répond en écho à sa voix. Lorsque la lumière est entrée, l'écho a été modulé, provoquant une harmonique plus élevée dans la constitution du son. L'arbre a répondu en utilisant la voix même de Crieuse. »

— « Peux-tu voir? » demanda Ender à voix basse.

— « Agenouille-toi et fais-moi approcher, puis fais-moi passer devant l'ouverture. » Ender obéit, faisant lentement passer la tête devant le trou, montrant clairement l'intérieur à la pierre précieuse de son oreille. Jane décrivit ce qu'elle voyait. Ender resta longtemps à genoux, immobile. Puis il se tourna vers les autres.

— « Les petites mères, » dit Ender. « Les petites mères sont à l'intérieur, celles qui sont enceintes. Pas plus de quatre centimètres de long. L'une d'entre elles est en train d'accoucher. »

— « Vous voyez avec votre pierre précieuse? » demanda Ela.

Ouanda s'agenouilla près de lui, tentant de voir l'intérieur et échouant.

— « Dimorphisme sexuel incroyable. Les femelles atteignent la maturité sexuelle dans leur enfance, accouchent et meurent. » Elle demanda à Humain : « Tous les petits qui se trouvent sur l'extérieur de l'arbre sont-ils des frères? »

Humain répéta la question à Crieuse. L'épouse tendit la main vers un endroit proche de l'ouverture, prit un bébé relativement gros. Elle chanta quelques mots d'explication.

— « Celle-ci est une jeune épouse, » traduisit Humain. « Quand elle sera assez âgée, elle aidera les autres épouses à s'occuper des petits. »

— « N'y en a-t-il qu'une? » demanda Ela.

Ender frémit et se leva.

— « Celle-ci est stérile, ou bien on ne lui permet pas de s'accoupler. Elle ne pourrait pas avoir d'enfants. »

— « Pourquoi? » demanda Ouanda.

— « Il n'y a pas de canal destiné à la mise au monde, » expliqua Ender. « Les enfants mangent la mère pour sortir. »

Ouanda marmonna une prière.

Ela, cependant, resta tout aussi curieuse.

– « Fascinant, » dit-elle. « Mais si elles sont aussi petites, comment s'accouplent-elles? »

– « Nous les conduisons aux pères, naturellement, » dit Humain. « Comment cela serait-il possible autrement? Les pères ne peuvent pas venir *ici*, n'est-ce pas? »

– « Les pères, » reprit Ouanda. « C'est ainsi qu'ils appellent les arbres les plus respectés. »

– « C'est exact, » dit Humain. « Les pères mûrissent sur l'écorce. Leur poussière est sur l'écorce, dans la sève. Nous emportons la petite mère sur le père que les épouses ont choisi. Elle rampe sur l'écorce et la poussière de la sève pénètre dans son ventre et le remplit de petits. »

Ouanda, sans un mot, montra les petites protubérances du ventre d'Humain.

« Oui, » dit Humain. « C'est ainsi qu'on les porte. Le frère honoré met la petite mère sur une de ces protubérances et elle s'accroche très fort jusqu'auprès de père. » Il se toucha le ventre. « C'est la plus grande joie de notre deuxième vie. Nous transporterions les petites mères toutes les nuits, si nous pouvions. »

Crieuse chanta, longtemps, d'une voix forte, et le trou de l'arbre-mère se ferma.

– « Toutes ces femelles, toutes ces petites mères, » demanda Ela. « Sont-elles intelligentes? »

Humain parut ne pas comprendre le mot dans ce contexte.

– « Sont-elles éveillées? » demanda Ender.

– « Naturellement, » répondit Humain.

– « Ce qu'il veut dire, » reprit Ouanda, « c'est : Les petites mères pensent-elles? Comprennent-elles le langage? »

– « Elles? » demanda Humain. « Non, elles ne sont pas plus éveillées que les cabras. Et seulement un peu plus malignes que les macios. Elles ne font que trois choses : manger, ramper et s'accrocher aux protubérances. Celles qui sont à l'extérieur de l'arbre, à présent, elles commencent à apprendre. Je me souviens de l'époque où j'étais sur l'écorce de l'arbre-mère. De sorte que je m'en souviens. Mais je compte parmi les rares dont les souvenirs remontent jusque-là. »

Les larmes montèrent aux yeux d'Ouanda.

– « Toutes les mères naissent, s'accouplent et donnent la vie, le tout dans leur petite enfance. Elles ne comprennent même jamais qu'elles sont vivantes. »

– « C'est le dimorphisme sexuel poussé jusqu'à un extrême ridicule, » expliqua Ela. « Les femelles arrivent rapidement à la maturité sexuelle, mais les mâles y parviennent tard. Il est ironique, n'est-ce pas, que les femelles adultes dominantes soient toutes stériles. Elles gouvernent l'ensemble de la tribu et, cependant, leurs gènes ne peuvent pas être transmis... »

– « Ela, » avança Ouanda, « si nous pouvions mettre au point une façon de permettre aux petites mères de mettre leurs enfants au monde sans être dévorées. Une sorte de césarienne. Avec une nourriture riche en protéines pour remplacer le cadavre de la mère. Les femelles pourraient-elles atteindre la maturité? »

Ela n'eut pas l'occasion de répondre. Ender les prit toutes les deux par le bras et les entraîna à l'écart.

– « Comment osez-vous! » souffla-t-il. « Et *s'ils* pouvaient trouver le moyen d'amener les petites filles humaines à concevoir et porter des enfants qui se nourriraient du cadavre de leur mère? »

– « Qu'est-ce que vous racontez! » dit Ouanda.

– « C'est écœurant, » dit Ela.

– « Nous ne sommes pas ici pour les attaquer à la

racine de leur existence, » fit ressortir Ender. « Nous sommes ici pour trouver le moyen de partager le monde avec eux. Dans cent ans, dans cinq cents ans, quand ils seront en mesure d'élaborer des changements, peut-être décideront-ils d'altérer la façon dont leurs enfants sont conçus. Mais il nous est impossible de prévoir ce qui arriverait si, soudainement, le nombre de femelles adultes équilibrait celui des mâles. Que feraient-elles ? Elles ne peuvent pas porter de nouveaux enfants, n'est-ce pas ? Elles ne peuvent pas concurrencer les mâles et devenir des pères, n'est-ce pas ! À quoi *serviraient-elles* ? »

– « Mais elles meurent sans même avoir vécu... »

– « Ils sont ce qu'ils sont, » dit Ender. « Ils décideront des changements qu'ils apporteront, pas vous, depuis votre perspective aveuglément humaine, en tentant de leur conférer une existence sur le modèle de la nôtre. »

– « Vous avez raison, » admit Ela. « Vous avez raison, naturellement, je regrette. »

Pour Ela, les piggies n'étaient pas des gens, c'étaient d'étranges animaux extra-terrestres et Ela était accoutumée à découvrir que d'autres animaux vivaient suivant des structures inhumaines. Mais Ender constata qu'Ouanda était toujours contrariée. Elle avait effectué la transition conduisant au raman : de son point de vue, les piggies étaient *nous*, pas *eux*. Elle acceptait les comportements bizarres qu'elle connaissait, y compris l'assassinat de son père, estimant qu'ils entraient dans le cadre d'une étrangeté acceptable. Ce qui signifiait qu'elle était plus tolérante qu'Ela vis-à-vis des piggies ; cependant, cela la rendait également plus vulnérable à la découverte de comportements cruels, bestiaux, chez ses amis.

Ender remarqua également que, du fait qu'elle fréquentait les piggies depuis deux ans, Ouanda avait une de leurs habitudes : Lorsqu'elle était très inquiète, son corps devenait totalement rigide. De sorte qu'il lui rappela qu'elle était humaine en la prenant par l'épaule, dans un geste paternel, avant de l'attirer contre lui.

Ce contact détendit légèrement Ouanda, qui eut un rire nerveux et dit à voix basse :

– « Savez-vous ce que je continue de penser ? » dit-elle. « Que les petites mères ont tous leurs enfants et meurent sans avoir été baptisées. »

– « Si l'Évêque Peregrino les convertit, » émit Ender, « peut-être nous autoriseront-ils à asperger l'intérieur de l'arbre d'eau bénite et à prononcer les paroles. »

– « Ne vous moquez pas de moi, » souffla Ela.

– « Je ne me moquais pas de vous. Pour le moment, toutefois, nous allons leur demander de changer seulement dans la mesure où cela nous permettra de vivre avec eux. Nous allons changer de façon qu'ils puissent supporter de vivre avec nous. Acceptez cela, sinon la clôture se dressera à nouveau, parce que nous représenterions alors une menace pour leur survie. »

Ela acquiesça d'un signe de tête, mais Ouanda s'était à nouveau figée. Les doigts d'Ender serrèrent durement l'épaule d'Ouanda. Effrayée, elle hocha la tête.

« Je regrette, » dit-il. « Mais ils sont ce qu'ils sont. Ils sont tels que Dieu les a faits, si vous préférez. Ainsi, ne tentez pas de les refaire à votre image. »

Il retourna près de l'arbre-mère. Crieuse et Humain attendaient.

« Je vous prie d'excuser cette interruption, » dit Ender.

– « Ce n'est rien, » répondit Humain. « Je lui ai dit ce que tu faisais. »

Ender sentit son estomac se crisper.

– « Que lui as-tu dit ? »

– « J'ai dit qu'elles voulaient faire quelque chose

aux petites mères afin que nous devenions plus humains, mais que tu as dit qu'elles ne pourraient pas le faire, sous peine de voir la clôture s'élever à nouveau. Que tu leur as dit que nous devions rester des Petits et que vous deviez rester des humains. »

Ender sourit. Son interprétation était tout à fait vraie, mais il avait eu l'intelligence de ne pas entrer dans les détails. Il était concevable que les épouses désirent effectivement que les petites mères puissent survivre à l'accouchement, sans comprendre les conséquences incalculables d'une transformation aussi simple d'apparence, aussi humanitaire. Humain était un excellent diplomate; il avait dit la vérité tout en éludant l'essentiel.

– « Bien, » reprit Ender. « À présent que nous nous connaissons un peu mieux, il serait temps de parler sérieusement. »

Ender s'assit sur la terre nue. Crieuse s'accroupit sur le sol, juste en face de lui. Elle chanta quelques mots.

« Elle dit que vous devez nous enseigner tout ce que vous savez, nous conduire dans les étoiles, nous amener la reine et lui donner la lumière que cette nouvelle humaine a apportée avec elle sinon, dans les ténèbres de la nuit, elle enverra tous les frères de la forêt tuer tous les humains dans leur sommeil et les suspendre afin qu'ils n'aient pas de troisième vie. » Voyant l'inquiétude des humains, Humain tendit le bras et posa la main sur la poitrine d'Ender. « Non, non, tu dois comprendre. Cela ne signifie rien. C'est toujours ainsi que nous commençons lorsque nous parlons à une autre tribu. Nous crois-tu fous? Nous ne vous tuerons pas. Vous nous avez donné l'amarante, la poterie, *La Reine et l'Hégémon*. »

– « Dis-lui de retirer ses paroles, sinon nous ne lui donnerons plus rien. »

— « Je t'ai dit, Porte-Parole, que cela ne signifie pas... »

— « Elle a prononcé les mots, et je ne m'entretiendrai pas avec elle tant que ces mots resteront. »

Humain lui parla.

Crieuse se leva d'un bond et fit le tour de l'arbre-mère, les bras levés, chantant à voix forte.

Humain se pencha vers Ender.

— « Elle se plaint à la grande mère et aux autres épouses, disant que tu es un frère qui ne connaît pas sa place. Elle dit que tu es grossier et qu'il est impossible de traiter avec toi. »

Ender hocha la tête.

— « Oui, c'est parfaitement exact. À présent, nous avançons. »

Crieuse s'accroupit à nouveau devant Ender. Elle parla dans la Langue des Mâles.

— « Elle dit qu'elle ne tuera aucun être humain et qu'elle ne laissera ni les frères ni les épouses tuer un seul d'entre vous. Elle dit que tu dois te souvenir que vous êtes deux fois plus grands que nous, que vous savez tout et que nous ne savons rien. À présent, s'est-elle assez humiliée pour que tu acceptes de parler avec elle? »

Crieuse le regarda, attendant lugubrement sa réponse.

— « Oui, » dit Ender. « À présent, nous pouvons commencer. »

Novinha était à genoux par terre près du lit de Miro. Quim et Olhado se tenaient derrière elle. Dom Cristão mettait Quara et Grego au lit. Le murmure de sa berceuse était à peine audible, à cause de la respiration laborieuse de Miro.

Miro ouvrit les yeux.

« Miro, » dit Novinha.

Miro gémit.

« Miro, tu es à la maison, dans ton lit. Tu as

franchi la clôture alors qu'elle était en marche. Le Docteur Navio dit que ton cerveau a été endommagé. Nous ignorons si les dégâts sont ou non permaments. Tu seras peut-être partiellement paralysé. Mais tu es vivant, Miro, et, selon Navio, il sera possible de compenser dans une large mesure ce que tu as perdu. Comprends-tu? Je te dis la vérité. Cela sera peut-être très difficile, pendant un temps, mais cela vaut la peine d'essayer. »

Il gémit doucement. Mais ce n'était pas une expression de douleur. C'était comme s'il tentait de parler et ne pouvait pas.

– « Peux-tu bouger la mâchoire, Miro? » demanda Quim.

Lentement, Miro ouvrit puis ferma la bouche. Olhado tendit la main, un mètre au-dessus de la tête de Miro, et la bougea.

– « Peux-tu suivre les mouvements de la main avec les yeux? »

Les yeux de Miro suivirent. Novinha serra la main de Miro.

– « As-tu senti lorsque je t'ai serré la main? »

Miro gémit à nouveau.

– « Ferme la bouche pour *non*, dit Quim, « et ouvre la bouche pour *oui*. »

Miro ferma la bouche et fit :

– « Mmmm. »

Novinha était totalement désorientée; en dépit de ses paroles encourageantes, c'était l'accident le plus horrible qui soit arrivé à un de ses enfants. Elle avait cru, lorsque Lauro avait perdu ses yeux et était devenu Olhado – elle détestait ce surnom mais l'utilisait également – qu'il ne pouvait rien arriver de pire. Mais Miro, paralysé et impuissant, de sorte qu'il ne sentait même pas le contact de sa main, cela était insupportable. Elle avait éprouvé un type de chagrin, à la mort de Pipo, un autre à la mort de Libo, et de terribles regrets lorsque Marcão avait disparu. Elle se souvenait même du vide douloureux qu'elle avait ressenti lorsqu'elle avait vu mettre son père et sa mère en terre. Mais il n'y avait pas de douleur plus grande que celle qui consistait à voir son fils souffrir sans pouvoir l'aider.

Elle se leva dans l'intention de partir. Pour lui, elle pleurerait en silence, dans une autre pièce.

« Mmm. Mmm. Mmm. »

– « Il ne veut pas que tu partes, » traduisit Quim.

– « Je resterai ici si tu veux, » dit Novinha. « Mais tu dois dormir encore. Navio a dit que plus tu dormirais, pendant quelque temps... »

– « Mmm. Mmm. Mmm. »

– « Il ne veut pas non plus dormir, » dit Quim.

Novinha réprima son envie de répliquer sèchement à Quim qu'elle entendait parfaitement. Ce n'était pas le moment de se quereller. En outre, c'était Quim qui avait mis au point le système que Miro utilisait pour communiquer. Il avait le droit d'en être fier, d'agir comme s'il était la voix de Miro. C'était sa façon d'affirmer qu'il faisait partie de la famille. Qu'il n'abandonnait pas à cause de ce qu'il avait appris sur la praça. C'était sa façon de la pardonner, de sorte qu'elle tint sa langue.

– « Il veut peut-être nous dire quelque chose, » émit Olhado.

– « Mmm. »

– « Ou poser une question ? » ajouta Quim.

– « Ma. Aa. »

– « C'est terrible, » dit Quim. « S'il ne peut pas bouger les mains, il ne peut pas écrire. »

– « Sem problema, » dit Olhado. « Défilement. Il peut choisir. Si nous le portons près du terminal, je peux faire défiler les lettres et il se contentera de dire oui quand la lettre désirée apparaîtra. »

– « Cela va prendre un temps fou, » fit ressortir Quim.

– « Veux-tu essayer, Miro ? » demanda Novinha.

Il voulait.

Ils le portèrent au salon et le posèrent sur le lit qui s'y trouvait. Olhado orienta l'écran du terminal vers Miro afin qu'il puisse voir défiler les lettres. Il mit au point un bref programme faisant apparaître successivement les lettres pendant une fraction de seconde. Quelques essais permirent de régler la vitesse, assez lente pour que Miro puisse émettre un son signifiant : *cette lettre*, avant que l'ordinateur ne passe à la suivante.

Miro, à son tour, accéléra le mouvement en abrégeant délibérément les mots.

P-I-G.

– « Piggies, » dit Olhado.

– « Oui, » dit Novinha. « Pourquoi escaladais-tu la clôture avec les piggies ? »

– « Mmmmm ! »

– « Il pose une question, maman, » précisa Quim. « Il ne veut pas répondre. »

– « Aa. »

– « Veux-tu savoir ce qu'il est arrivé aux piggies qui étaient avec toi quand tu as franchi la clôture ? » demanda Novinha. C'était cela. « Ils sont partis dans la forêt. Avec Ouanda, Ela et le Porte-Parole des Morts. » Rapidement, elle lui raconta la réunion dans le bureau de l'évêque, ce qu'ils avaient appris à propos des piggies et, surtout, ce qu'ils avaient décidé de faire. « Lorsqu'ils ont débranché la clôture pour te porter secours, Miro, c'était une décision de rébellion contre le Congrès. Comprends-tu ? Les règlements de la commission n'existent plus. La clôture n'est plus que du fil de fer. La porte restera ouverte. »

Les yeux de Miro s'emplirent de larmes.

« Est-ce tout ce que tu voulais savoir ? » demanda Novinha. « Tu devrais dormir. »

Non, dit-il. Non, non, non.

– « Attendons que ses yeux soient clairs, » intervint Quim. « Ensuite, nous reprendrons le défilement. »

D-I-G-A F-A-L...

– « Diga ao Falante pelos Mortos, » dit Olhado.

– « Que faut-il dire au Porte-Parole? » demanda Quim.

– « Tu devrais dormir et nous dire cela plus tard, » conseilla Novinha. « Il va rester plusieurs heures absent. Il négocie les règles qui gouvernent les relations entre les piggies et nous. Pour les empêcher de nous tuer comme ils ont tué Pipo et L... et ton père. »

Mais Miro refusa de dormir. Il continua d'épeler son message grâce au défilement du terminal. Ensemble, ils établirent ce qu'il voulait qu'ils disent au Porte-Parole. Et ils comprirent qu'il voulait qu'ils partent tout de suite, avant la fin des négociations.

De sorte que Novinha confia la maison et les jeunes enfants à Dom Cristão et Dona Cristã. Avant de sortir, elle s'arrêta près de son fils aîné. L'effort l'avait épuisé; il avait les yeux fermés et respirait régulièrement. Elle lui toucha la main, la prit, la serra; il ne pouvait percevoir le contact, elle le savait, mais c'était elle-même qu'elle réconfortait, pas lui.

Il ouvrit les yeux et, très doucement, elle sentit ses doigts appuyer sur les siens.

« J'ai senti, » souffla-t-elle. « Tu guériras. »

Il ferma les yeux pour retenir les larmes. Elle se redressa et gagna la porte en aveugle.

« J'ai une poussière dans l'œil, » dit-elle à Olhado. « Guide-moi jusqu'à ce que je puisse me diriger seule. »

Quim se tenait déjà près de la clôture.

– « La porte est trop loin! » cria-t-il. « Peux-tu grimper, maman? »

Elle y parvint, mais cela ne fut pas facile.
– « Il n'y a pas le moindre doute, » dit-elle, « Bosquinha va devoir nous permettre d'installer une autre porte ici même. »

Il était tard, à présent, minuit passé; Ouanda et Ela somnolaient. Pas Ender. Il marchandait avec Crieuse depuis plusieurs heures et la nervosité le soutenait; la chimie de son corps avait réagi et, même s'il était rentré chez lui, il n'aurait pas pu s'endormir avant plusieurs heures.

Il était à présent beaucoup plus conscient des désirs et des besoins des piggies. Leur forêt était leur demeure, leur patrie; ils n'avaient jamais eu besoin d'une autre définition de la propriété. À présent, toutefois, les champs d'amarante les avaient amenés à comprendre que la prairie pouvait également se révéler utile et qu'ils avaient besoin d'un moyen de contrôle. Cependant ils n'avaient qu'une idée très vague de la façon de mesurer le terrain. Combien d'hectares avaient-ils besoin de cultiver? Quelle surface de terre les humains pouvaient-ils utiliser? Comme les piggies eux-mêmes ne comprenaient guère leurs besoins, Ender avait beaucoup de mal à les définir.

Les concepts de loi et de gouvernement étaient plus difficiles encore. Les épouses gouvernaient. Pour les piggies, c'était simple. Mais Ender avait fini par leur faire comprendre que les humains élaboraient leurs lois d'une façon différente, et que les lois humaines s'appliquaient aux problèmes humains. Pour leur faire comprendre pourquoi les humains avaient besoin de lois propres, Ender dut leur expliquer les structures d'accouplement des êtres humains. Il remarqua avec amusement que Crieuse fut scandalisée par l'idée que des *adultes* puissent s'accoupler, et que les hommes aient le même poids que les femmes dans l'élaboration des lois. L'idée de famille et de parenté distinctes de la tribu équivalait de son point de vue à « l'aveuglement à la fraternité ». Il était acceptable que les humains soient fiers des nombreux accouplements de leur père mais, du point de vue des épouses, les pères étaient choisis exclusivement sur la base de l'intérêt de la tribu. La tribu et l'individu, telles étaient les seules entités que les épouses respectaient.

Finalement, toutefois, elles comprirent que les lois humaines devaient s'appliquer dans les limites des colonies humaines, et que les lois des piggies devaient s'appliquer dans les tribus de piggies. La question des frontières était totalement différente. Au bout de trois heures, elles n'avaient accepté qu'une chose, et une seule : La loi des piggies s'appliquait dans la forêt et tout être humain qui y pénétrait y était soumis. La loi humaine s'appliquait à l'intérieur de la clôture et les piggies qui s'y rendaient étaient soumis au gouvernement humain. Le reste de la planète serait divisé plus tard. C'était une petite victoire, mais c'était tout de même un début d'accord.

« Tu dois comprendre, » lui dit Ender, « que les humains auront besoin de terres étendues. Mais cela n'est que le début du problème. Vous voulez que la reine vous forme, vous enseigne à extraire et fondre le métal, à fabriquer des outils. Mais elle aura également besoin de terres. Et, en peu de temps, elle sera beaucoup plus puissante que les humains et les Petits. » Tous ses doryphores, expliqua-t-il, étaient parfaitement disciplinés et infiniment travailleurs. Leur productivité et leur puissance dépasseraient rapidement celles des êtres humains. Une fois réanimée sur Lusitania, il faudrait tenir continuellement compte d'elle.

– « Rooter dit qu'on peut lui faire confiance, » intervint Humain. Et, traduisant Crieuse, il ajouta :

« L'arbre-mère fait également confiance à la reine. »

– « Lui donnez-vous *votre* terre? » insista Ender.

– « Le monde est grand, » traduisit Humain. « Elle peut utiliser toutes les forêts des autres tribus. Vous aussi. Nous vous les donnons pour rien. »

Ender regarda Ouanda et Ela.

– « Tout cela est très bien », dit Ela, « mais ont-ils le droit de donner ces forêts? »

– « Absolument pas, » dit Ouanda. « Ils font même la guerre aux autres tribus. »

– « Nous les tuerons à votre place s'ils vous posent des problèmes, » proposa Humain. « Nous sommes forts, à présent. Trois cent vingt bébés. Dans dix ans, aucune tribu ne pourra nous résister. »

– « Humain, » fit préciser Ender, « dis à Crieuse que nous traitons avec votre tribu maintenant. Nous traiterons plus tard avec les autres. »

Humain traduisit rapidement, les mots se bousculant, et eut bientôt la réponse de Crieuse.

– « Non, non, non, non. »

– « À quoi est-elle opposée? » demanda Ender.

– « Vous ne traiterez *pas* avec nos ennemis. Vous êtes venus chez nous. Si vous allez les voir, vous deviendrez également nos ennemis. »

À ce moment, des lumières apparurent dans la forêt et Flèche ainsi que Mange-Feuille firent entrer Novinha, Quim et Olhado dans la clairière des épouses.

– « Nous venons de la part de Miro, » expliqua Olhado.

– « Comment va-t-il? » demanda Ouanda.

– « Paralysé, » répondit Quium avec brusquerie. Cela évita à Novinha d'expliquer avec douceur.

– « Nossa Sehnora, » souffla Ouanda.

– « Mais l'essentiel est temporaire, » dit Novinha.

« Avant de partir, j'ai serré sa main. Il l'a senti et a répondu à ma pression. Faiblement, mais tous les nerfs ne sont pas morts, heureusement. »

– « Excusez-moi, » intervint Ender, « mais c'est une conversation que vous pourrez poursuivre à Milagre. Je suis confronté, ici, à un autre problème. »

– « Excusez-moi, » dit à son tour Novinha. « Le message de Miro. Il ne pouvait pas parler mais il nous l'a communiqué lettre par lettre et nous avons deviné ce qu'il y avait dans les espaces. Les piggies préparent la guerre. Grâce aux avantages que nous leur avons procurés, les flèches, leur supériorité numérique, ils seraient invincibles. À ma connaissance, toutefois, selon Miro, leurs guerres ne sont pas seulement liées à la conquête des territoires. C'est une occasion de mélange génétique. Exogamie masculine. La tribu victorieuse obtient l'utilisation des arbres qui poussent sur les cadavres de ceux qui sont morts à la guerre. »

Ender regarda Humain, Mange-Feuille, Flèche.

– « C'est vrai, » dit Flèche. « Naturellement. Nous sommes la tribu la plus intelligente, à présent. Nous serons tous de meilleurs pères que tous les autres piggies. »

– « Je vois, » fit Ender.

– « C'est pour cela que Miro voulait que nous venions immédiatement, » dit Novinha. « Alors que les négociations ne sont pas terminées. Il faut que cela cesse. »

Humain se dressa et sauta sur place, comme s'il allait s'envoler.

– « Je ne traduirai pas cela, », dit-il.

– « *Moi*, je le ferai, » déclara Mange-Feuille.

– « Arrêtez! » cria Ender. C'était la première fois qu'il donnait toute sa puissance à sa voix. Immédiatement, tout le monde se tut; l'écho de son cri parut s'attarder entre les arbres.

« Mange-Feuille, » dit Ender, « Humain est mon seul interprète. »

– « Qu'est-ce qui te donne le droit de m'interdire de parler aux épouses? Je suis un piggy et tu n'es rien. »

– « Humain, reprit Ender, « dis à Crieuse que si elle autorise Mange-Feuille à traduire notre conversation entre êtres humains, nous le considérerons comme un espion. Et que si elle lui permet de nous espionner, nous rentrerons chez nous et vous n'obtiendrez rien de nous. J'emporterai la reine sur une autre planète. Comprends-tu? »

Il comprenait, naturellement. Ender constata également qu'Humain était satisfait. Mange-Feuille tentait d'usurper le rôle d'Humain et de le discréditer, ainsi qu'Ender. Quand Humain eut terminé de traduire les paroles d'Ender, Crieuse chanta à l'intention de Mange-Feuille. Calmé, il rejoignit les autres piggies parmi les arbres.

Mais Humain n'était pas une marionnette. Il ne manifesta pas le moindre signe de reconnaissance. Il regarda Ender dans les yeux.

– « Tu as dit que tu ne tenterais pas de nous changer. »

– « J'ai dit que je ne vous changerai pas plus que nécessaire. »

– « Pourquoi est-ce nécessaire? C'est entre nous et les autres piggies. »

– « Attention, » intervint Ouanda. « Il est très contrarié. »

Avant de pouvoir espérer persuader Crieuse, il devait convaincre Humain.

– « Vous êtes nos premiers amis parmi les piggies. Vous bénéficiez de notre confiance et de notre affection. Nous ne vous ferons jamais de mal et nous ne donnerons jamais aux autres piggies le moindre avantage sur vous. Mais nous ne sommes pas venus seulement pour vous. Nous représentons l'ensemble de l'humanité et nous voulons enseigner tout ce que nous pouvons à tous les piggies. Sans tenir compte des tribus. »

— « Vous ne représentez pas l'ensemble de l'humanité. Vous êtes sur le point de vous battre contre les autres êtres humains. Alors comment pouvez-vous dire que nos guerres sont mauvaises et que les vôtres sont bonnes? »

Pizzaro, malgé ses erreurs, avait sans doute eu moins de difficultés avec Atahualpa.

— « Nous nous efforçons de ne *pas* faire la guerre aux autres êtres humains, » expliqua Ender. « Et si nous combattons, ce ne sera pas *notre* guerre, dans l'espoir d'obtenir un avantage sur eux, ce sera *votre* guerre, afin que vous puissiez voyager dans les étoiles. » Ender tendit la main ouverte. « Nous avons écarté notre humanité afin de devenir ramen avec vous. » Il ferma le poing. « Les humains, les piggies et la reine, ici, sur Lusitania, ne feront qu'un. *Tous* humains, *tous* doryphores, *tous* piggies. »

Humain resta immobile et silencieux, assimilant cela.

— « Porte-Parole, » dit-il finalement, « ceci est très difficile. Jusqu'à l'arrivée des humains, les autres piggies étaient... devaient toujours être tués et passer leur troisième vie en esclavage dans nos forêts. Cette forêt était autrefois un champ de bataille et les arbres les plus âgés sont les guerriers morts au cours de cette bataille. Nos pères les plus âgés sont les héros de cette guerre et nos maisons sont construites avec les lâches. Toute notre vie, nous nous préparons à gagner des batailles sur nos ennemis afin que nos épouses puissent faire un arbre-mère dans une nouvelle forêt, afin que nous devenions puissants et respectés. Ces dix dernières années, nous avons appris à fabriquer des flèches pour tuer de loin. Des pots et des outres en peau de cabra pour transporter l'eau dans les pays secs. L'amarante et la racine de merdona afin de pouvoir être nombreux et puissants et emporter de la nourriture loin des macios de notre forêt. Nous nous sommes réjouis de cela parce que cela signifiait que nous serions toujours victorieux à la guerre. Nous conduirions nos épouses, nos petites mères, nos héros, aux quatre coins du monde et, finalement, un jour, dans les étoiles. Tel est notre rêve, Porte-Parole, et tu me dis à présent que tu veux que nous y renoncions ? »

Ce fut un discours émouvant. Les autres ne suggérèrent aucune réponse à Ender. Humain les avait partiellement convaincus.

– « Votre rêve est bon, » lui assura Ender. « C'est le rêve de toutes les créatures vivantes. Le désir qui est la racine même de la vie : Croître jusqu'à ce que tout l'espace que l'on voit fasse partie de soi, soit contrôlé par soi. C'est le désir de grandeur. Cependant, il y a deux façons de le réaliser. La première consiste à tuer tout ce qui n'est pas soi-même, à l'engloutir ou à le détruire, jusqu'à ce qu'il n'y ait plus la moindre opposition. Mais cette façon est mauvaise. Elle dit à l'univers : Je suis l'unique manifestation de la grandeur et, pour me faire la place dont j'ai besoin, le reste doit renoncer à ce qu'il a et cesser d'exister. Tu comprends, Humain, que si les êtres humains raisonnaient ainsi, agissaient ainsi, ils pourraient tuer tous les piggies de Lusitania et s'approprier cette planète. Que resterait-il de vos rêves, si nous étions mauvais ?

Humain s'efforçait de comprendre.

– « Je vois que vous nous avez fait des cadeaux alors que vous auriez pu prendre le peu que nous avions. Mais pourquoi nous avoir fait ces cadeaux si nous ne pouvons pas les utiliser pour devenir puissants ? »

– « Nous voulons que vous vous développiez, que vous voyagiez parmi les étoiles. Ici, sur Lusitania, nous voulons que vous soyez forts et puissants, avec des centaines de milliers de frères et d'épouses. Nous voulons vous enseigner à cultiver de nombreux types de plantes et à élever de nombreux types d'animaux. Ela et Novinha, ces deux femmes, travailleront tous les jours de leur vie pour élaborer de nouvelles plantes capables de vivre sur Lusitania, et toutes les bonnes choses qu'elles réaliseront, elles vous les donneront. De sorte que vous pourrez vous développer. Mais pourquoi un seul piggy, dans les autres forêts, devrait-il mourir simplement pour que vous puissiez voir ces cadeaux? Et en quoi vous serait-il nuisible qu'ils en bénéficient *également*? »

– « S'ils deviennent aussi forts que nous, qu'aurons-nous gagné? »

Qu'est-ce que j'attends de ce frère? se demanda Ender. Son peuple s'est toujours mesuré aux autres tribus. Sa forêt ne fait pas cinquante hectares, ou cinq cents, elle est plus grande ou plus petite que les forêts des tribus voisines. Ce que je dois faire, maintenant, c'est le travail d'une génération : Je dois lui enseigner une façon nouvelle de définir l'importance de son peuple.

– « Rooter est-il respectable? » demanda Ender.

– « Oui, il l'est, » répondit Humain. « C'est mon père. Son arbre n'est ni le plus vieux ni le plus gros mais, à notre connaissance, il n'est jamais arrivé qu'un père ait eu des enfants aussi nombreux si peu de temps après avoir été planté. »

– « Ainsi, d'une certaine façon, tous les enfants qu'il a engendrés font encore partie de lui. Plus ses enfants sont nombreux, plus il devient respectable. » Humain hocha lentement la tête. « Et plus ta vie est réussie, plus ton père devient respectable, n'est-ce pas? »

– « Si ses enfants agissent bien, oui, c'est un grand honneur pour l'arbre-père. »

– « Es-tu obligé de tuer tous les autres arbres respectables pour que ton père soit respectable? »

– « C'est différent, » répondit Humain. « Tous les autres arbres respectables sont des pères de la tribu. Et les arbres moins importants sont tout de même des frères. « Néanmoins, Ender constata qu'Humain hésitait. Il résistait aux idées d'Ender parce qu'elles étaient bizarres, pas parce qu'elles étaient fausses ou incompréhensibles. Il commençait à comprendre.

– « Regarde les épouses, » reprit Ender. « Elles n'ont pas d'enfants. Il leur est impossible d'être respectables au sens où ton père l'est. »

– « Porte-Parole, tu sais qu'il n'y a pas plus respectable qu'elles. Toute la tribu leur obéit. Lorsqu'elles nous gouvernent bien, la tribu prospère; lorsque la tribu devient nombreuse, les épouses également deviennent puissantes... »

– « En dépit du fait que vous n'êtes pas leurs enfants? »

– « Comment pourrions-nous l'être? » demanda Humain.

– « Néanmoins, vous ajoutez à leur respectabilité. Bien qu'elles ne soient ni vos mères ni vos pères, elles grandissent lorsque vous grandissez. »

– « Parce que nous *sommes* la tribu! Nous sommes ici, dans la forêt, nous... »

– « Si un piggy venait d'une autre tribu et vous demandait de rester avec vous comme un frère... »

– « Nous n'en ferions jamais un arbre-père! »

– « Vous avez tenté de transformer Pipo et Libo en arbres-pères. »

Humain respirait péniblement.

– « Je vois, » dit-il. « Ils faisaient partie de la tribu. Ils venaient du ciel, mais nous les considérions comme des frères et avons tenté d'en faire des pères. La tribu est ce que nous croyons qu'elle est. Si nous disons que la tribu est tous les Petits de la forêt, et tous les arbres, alors c'est que c'est la tribu. Bien que quelques arbres, parmi les plus âgés, viennent des guerriers de deux tribus différentes, tombés à la bataille. Nous devenons une tribu parce que nous *disons* que nous sommes une tribu. »

L'esprit de ce petit raman émerveilla Ender. Rares étaient les êtres humains capables de saisir cette idée, et de l'étendre au-delà des limites étroites de leur tribu, leur famille, leur nation.

Humain passa derrière Ender, s'appuya contre lui, le poids du jeune piggy reposant contre son dos. Ender sentit la respiration d'Humain contre sa joue, puis leurs joues furent pressées l'une contre l'autre, tous les deux regardant dans la même direction. D'un seul coup, Ender comprit :

– « Tu vois ce que je vois, » dit Ender.

– « Vous, les humains, vous grandissez en nous recevant en votre sein, les humains, les piggies, les doryphores, tous ramen. Alors, nous sommes une tribu, et notre grandeur est votre grandeur, et la vôtre est la nôtre. » Ender sentit le corps d'Humain trembler sous l'effet de la force de l'idée. « Tu nous dis que nous devons considérer toutes les autres tribus de la même façon. Comme une seule tribu, une tribu unie, de sorte que nous grandissons quand elle grandit. »

– « Vous pourriez envoyer des professeurs, » fit valoir Ender. « Des frères qui pourraient y passer leur troisième vie et y avoir des enfants. »

– « C'est une chose étrange qu'il est difficile de demander aux épouses, » fit ressortir Humain. « Peut-être impossible. Leur esprit ne fonctionne pas comme celui des frères. Un frère peut penser à de nombreuses choses différentes. Mais une épouse ne pense qu'à une chose, à savoir exclusivement ce qui est bon pour les enfants et les petites mères. »

– « Peux-tu leur faire comprendre cela? demanda Ender.

– « Mieux que toi, » répondit Humain. « Mais probablement pas. Je vais certainement échouer. »

– « Je ne crois pas que tu échoueras, » assura Ender.

– « Tu es venu ici ce soir pour élaborer un accord entre nous, les piggies de notre tribu, et vous, les humains qui vivent sur cette planète. Les humains de l'extérieur de Lusitania ne se soucieront pas de l'accord, et les piggies de l'extérieur de la forêt non plus. »

– « Il faut que nous parvenions au même accord avec eux. »

– « Et, dans cet accord, vous, les humains, vous promettez de tout nous enseigner. »

– « Aussi rapidement que vous pourrez comprendre. »

– « Toutes les questions que nous poserons. »

– « Si nous connaissons la réponse. »

– « Quand! Si! Ce ne sont pas les mots d'un accord! Donne-moi des réponses nettes, Porte-Parole. » Humain se redressa, s'éloigna d'Ender, revint s'immobiliser devant lui et se pencha sur lui. « Promets que vous nous enseignerez tout ce que vous savez. »

– « Nous promettons. »

– « Et tu promets également de ramener la reine à la vie, afin qu'elle puisse nous aider? »

– « Je ramènerai la reine à la vie. Vous élaborerez un accord avec elle. Elle n'obéit pas aux lois humaines. »

– « Tu promets de ramener la reine à la vie, qu'elle nous aide ou non. »

– « Oui. »

– « Tu promets d'obéir à nos lois quand tu viendras dans la forêt. Et tu acceptes que la prairie dont nous aurons besoin sera soumise à nos lois. »

– « Oui. »

– « Et tu iras en guerre contre tous les autres humains de toutes les étoiles du ciel pour nous protéger et nous permettre de voyager dans les étoiles ? »

– « Nous l'avons déjà fait. »

Humain se détendit, recula, s'accroupit à nouveau. Du bout du doigt, il dessina dans la poussière.

– « Maintenant, ce que vous attendez de nous, » dit Humain. « Nous obéirons à vos lois dans votre ville et également dans la prairie dont vous avez besoin. »

– « Oui, » répondit Ender.

– « Et vous ne voulez pas que nous fassions la guerre, » ajouta Humain.

– « C'est exact. »

– « Est-ce tout ? »

– « Encore une chose, » dit Ender.

– « Ce que tu demandes est déjà impossible, » fit ressortir Humain. « Tu peux aussi bien demander davantage. »

– « La troisième vie, » dit Ender. « Quand commence-t-elle ? Quand on tue un piggy et qu'il se transforme en arbre, est-ce exact ? »

– « La première vie se déroule dans l'arbre-mère, où nous ne voyons jamais la lumière et mangeons aveuglément le corps de notre mère et la sève de l'arbre-mère. La deuxième vie, c'est lorsque nous vivons dans l'ombre de la forêt, dans la demi-lumière, courant, marchant et grimpant, voyant, chantant et parlant, fabriquant avec nos mains. La troisième vie, c'est lorsque nous nous dressons pour boire le soleil, enfin en pleine lumière, sans jamais bouger sauf sous l'effet du vent ; nous ne faisons que penser et, lorsque les frères frappent sur notre tronc, leur parler. Oui, c'est la troisième vie. »

– « Les êtres humains n'ont pas de troisième vie. »

Humain le regarda, déconcerté.

« Lorsque nous mourons, même si vous nous plantez, rien ne pousse. Il n'y a pas d'arbre. Nous ne buvons jamais le soleil. Lorsque nous mourons, nous sommes morts. »

Humain se tourna vers Ouanda.

— « Mais l'autre livre que vous nous avez donné. Il parlait de la vie après la mort et de la renaissance. »

— « Pas sous la forme d'un arbre, » expliqua Ender. « Sous une forme que l'on ne peut ni toucher ni sentir. À laquelle on ne peut pas parler. Qui ne donne pas de réponses ».

— « Je ne te crois pas, » dit Humain. « Si c'était vrai, pourquoi Pipo et Libo nous ont-ils demandé de les planter? »

Novinha s'agenouilla près d'Ender, le touchant, sans pour autant s'appuyer contre lui, afin de mieux entendre.

— « Dans quelles circonstances vous ont-ils demandé de les planter? » demanda Ender.

— « Ils ont fait le grand cadeau, gagné le grand bonheur. Les humains et les piggies ensemble. Pipo et Mandachuva. Libo et Mange-Feuille. Mandachuva et Mange-Feuille ont cru tous les deux qu'ils allaient obtenir la troisième vie mais, chaque fois, Pipo et Libo ont refusé. Ils tenaient à garder le cadeau pour eux. Pourquoi ont-ils agi ainsi si les humains n'ont pas de troisième vie? »

La voix de Novinha s'éleva alors, rauque et chargée d'émotion.

— « Que devaient-ils faire pour donner la troisième vie à Mandachuva et Mange-Feuille? »

— « Les planter, naturellement, » répondit Humain. « Comme aujourd'hui. »

— « Comme aujourd'hui *quoi?* » demanda Ender.

— « Toi et moi, » dit Humain. « Humain et le Porte-Parole des Morts. Si nous parvenons à mettre au point un accord entre les humains et les épouses, ce sera un grand jour, un jour noble. Ainsi, ou bien tu me donneras la troisième vie, ou bien je te la donnerai. »

– « De ma propre main? »

– « Naturellement, » répondit Humain. « Si tu ne me donnes pas l'honneur, je dois te le donner. »

Ender se souvint de l'image qu'il avait vue, deux semaines auparavant, montrant Pipo éventré, les organes éparpillés. Planté.

– « Humain, » dit-il, « le crime le plus grave qu'un être humain puisse commettre est le meurtre. Et la façon la plus horrible de le commettre consiste à torturer une personne si gravement qu'elle finit par mourir. »

Une nouvelle fois, Humain resta quelques instants immobile, tentant de comprendre.

– « Porte-Parole, » dit-il, « mon esprit s'efforce d'assimiler ces deux façons. Si les êtres humains n'ont pas de troisième vie, les planter revient à les tuer définitivement. À nos yeux, Pipo et Libo gardaient l'honneur pour eux, laissant Mandachuva et Mange-Feuille tels que tu les vois, destinés à mourir sans avoir bénéficié de l'honneur lié à ce qu'ils avaient fait. À nos yeux, vous, les êtres humains, avez franchi la clôture et les avez arrachés avant qu'ils aient pu prendre racine. À nos yeux, vous avez commis un meurtre lorsque vous avez emporté Pipo et Libo. Mais, à présent, je vois les choses autrement. Pipo et Libo n'ont pas voulu faire entrer Mandachuva et Mange-Feuille dans la troisième vie parce que, à leurs yeux, cela aurait été un meurtre. De sorte qu'ils ont accepté la mort pour ne pas être obligés de tuer l'un d'entre nous. »

– « Oui, » dit Novinha.

– « Mais, si tel était le cas, lorsque vous les avez vus sur la colline, pourquoi n'êtes-vous pas entrés dans la forêt et ne nous avez-vous pas tous tués? Pourquoi n'avez-vous pas fait un grand feu pour brûler tous nos frères et même l'arbre-mère? »

Mange-Feuille hurla, à la lisière de la forêt, gémissement strident de chagrin insupportable.

« Si vous aviez coupé un seul de nos arbres, » reprit Humain, « si vous aviez assassiné un seul arbre, nous vous aurions attaqués pendant la nuit et nous vous aurions tués, tous. Et même si quelques-uns avaient survécu, nos messagers auraient raconté l'histoire à toutes les tribus et pas un seul d'entre vous n'aurait quitté cette planète vivant. Pourquoi ne nous avez-vous pas tués pour le meurtre de Pipo et Libo ? »

Mandachuva apparut soudain derrière Humain, le souffle court et laborieux. Il se jeta sur le sol, les bras tendus vers Ender.

– « Je l'ai découpé avec ces mains-là ! » cria-t-il. « Je voulais lui faire honneur et j'ai tué son arbre à jamais ! »

– « Non, » dit Ender. Il prit les mains de Mandachuva, les serra. « Vous pensiez tous les deux que vous sauviez la vie de l'autre. Il t'a blessé et tu l'as... blessé aussi, oui, tué, mais vous croyiez tous les deux faire le bien. Il n'y a rien à ajouter. À présent, vous connaissez la vérité et nous aussi. Nous savons que vous ne vouliez pas commettre un meurtre. Et vous savez que, lorsque vous tentez de planter un être humain, il meurt définitivement. C'est le dernier terme de notre accord, Humain. Ne jamais conduire un être humain dans la troisième vie, parce que nous ne pouvons pas l'atteindre. »

– « Lorsque je raconterai cela aux épouses, » dit Humain, « tu entendras un chagrin si désespéré qu'il ressemblera au fracas des arbres foudroyés par l'orage. »

Il se leva, se tourna vers Crieuse et s'entretint avec elle pendant quelques instants. Puis il se tourna à nouveau vers Ender.

« Partez, maintenant, » dit-il.

— « Nous ne sommes pas encore parvenus à un accord, » fit remarquer Ender.

— « Je dois parler aux épouses. Elles n'accepteront pas de le faire tant que vous serez ici, à l'ombre de l'arbre-mère, alors que les jeunes ne sont pas protégés. Flèche va vous conduire hors de la forêt. Attendez sur la colline, à l'endroit où Rooter veille sur la porte. Dormez si vous pouvez. Je vais présenter l'accord aux épouses et tenter de leur faire comprendre que nous devons agir avec les autres tribus aussi équitablement que vous avez agi avec nous. »

Impulsivement, Humain tendit la main et toucha fermement le ventre d'Ender.

« Je propose mon accord personnel, » ajouta-t-il. « Je t'honorerai toujours, mais je ne te tuerai jamais. »

Ender tendit le bras et posa la main sur l'abdomen chaud d'Humain. Les protubérances étaient brûlantes sous sa peau.

— « Moi aussi, je t'honorerai toujours, » promit Ender.

— « Et si nous parvenons à un accord entre ta tribu et la mienne, » demanda Humain, « me feras-tu l'honneur de la troisième vie? Me permettras-tu de monter boire le soleil? »

— « Peut-on faire cela rapidement? Pas de la façon lente et terrifiante dont... »

— « Et faire de moi un arbre silencieux? Incapable de devenir père? Sans honneur, seulement bon à nourrir les macios avec ma mère et donner mon bois aux frères lorsqu'ils chanteront? »

— « N'est-il pas possible que quelqu'un d'autre le fasse? » demanda Ender. « Un frère qui connaît vos façons de vivre et de mourir? »

— « Tu ne comprends pas, » expliqua Humain. « C'est ainsi que toute la tribu sait que la vérité a été dite. Ou bien tu me conduis dans la troisième vie, ou bien c'est moi qui t'y conduis, sinon il n'y a pas d'accord. Je ne te tuerai pas, Porte-Parole, et nous voulons tous les deux ce traité. »

– « Je le ferai, » décida Ender.

Humain hocha la tête, retira la main et se tourna à nouveau vers Crieuse.

– « O Deus, » souffla Ouanda. « Comment aurez-vous le courage? »

Ender ne répondit pas. Il se contenta, silencieux, de suivre Flèche qui les conduisait hors de la forêt. Novinha lui donna sa lampe-torche; Flèche joua avec comme un enfant, faisant varier le diamètre du faisceau, le promenant sur les arbres et les buissons. C'était la première fois qu'Ender voyait un piggy s'amuser avec une telle insouciance.

Mais, derrière eux, ils entendirent les voix des épouses, chantant dans une cacophonie terrifiante. Humain leur avait dit la vérité sur Pipo et Libo, à savoir qu'ils étaient définitivement morts, dans la douleur, afin de ne pas se voir contraints d'infliger à Mandachuva et Mange-Feuille ce qu'ils considéraient comme un meurtre. Les humains ne se remirent à parler que lorsque les gémissements des épouses furent couverts par le bruit de leurs pas.

« C'était une messe pour l'âme de mon père, » dit Ouanda à voix basse.

– « Et du mien, » ajouta Novinha; tous comprirent qu'elle parlait de Pipo, pas du Venerado mort depuis longtemps, Gusto.

Mais Ender ne prit pas part à la conversation; il n'avait connu ni Libo ni Pipo et ne se sentait pas concerné par le souvenir de leur chagrin. Toutes ses pensées étaient tournées vers les arbres de la forêt. Tous avaient été des piggies qui vivaient, respiraient. Les piggies pouvaient chanter à leur intention, leur parler et même, dans une certaine mesure, comprendre leur langage. Mais Ender ne pouvait pas. Pour Ender, les arbres n'étaient pas *des gens*, ne pourraient jamais être des gens. S'il plantait Humain, cela ne serait peut-être pas un meurtre aux yeux des piggies mais pour Ender, cela reviendrait à faire disparaître la seule partie de l'existence d'Humain qu'il fût en mesure de comprendre. Sous la forme d'un piggy, Humain était un véritable raman, un frère. Sous la forme d'un arbre, il ne serait pratiquement qu'une pierre tombale, dans la mesure où Ender pouvait comprendre cela, pouvait même le croire.

Une nouvelle fois, se dit-il, je dois tuer, bien que j'aie promis de ne jamais le faire à nouveau.

Il sentit la main de Novinha glisser sous son coude. Elle s'appuya contre lui.

« Aidez-moi, » dit-elle. « Je suis presque aveugle dans le noir. »

– « Moi, je vois bien la nuit, » proposa joyeusement Olhado, derrière elle.

– « Tais-toi, idiot! » souffla férocement Ela. « Maman veut rester près de lui. »

Mais Novinha et Ender l'entendirent nettement et chacun perçut le rire silencieux de l'autre. Tout en marchant, Novinha se serra plus étroitement contre lui.

« Je crois que vous avez le courage de faire ce que vous devez faire, » dit-elle à voix basse, afin qu'il puisse seul entendre.

– « Glacé et impitoyable? » demanda-t-il. Le ton de sa voix évoquait l'humour noir, mais les paroles lui parurent amères et véridiques.

– « Assez compatissant, » précisa-t-elle, « pour poser le fer rouge sur la blessure lorsqu'il n'y a pas d'autre moyen de la cicatriser. »

Comme le fer rouge avait cautérisé ses blessures les plus profondes, elle avait le droit de s'exprimer ainsi; et il la crut, et cela l'aida à supporter la perspective de la tâche sanglante qui l'attendait.

Ender ne croyait pas qu'il pourrait dormir, sachant ce qu'il lui faudrait faire. Mais il se réveilla, la voix de Novinha murmurant doucement à son oreille. Il se rendit compte qu'il était dehors, couché dans le capim, la tête posée sur les genoux de Novinha. Il faisait toujours noir.

« Ils arrivent, » dit Novinha à voix basse.

Ender s'assit. Autrefois, enfant, il se serait éveillé d'un seul coup, totalement; mais, à cette époque, il était un soldat entraîné. À présent, il lui fallait quelques instants pour s'orienter. Ouanda et Ela, éveillées et vigilantes; Olhado endormi; Quim commençant de bouger. L'arbre puissant de la troisième vie de Rooter se dressant à quelques mètres. Et, à quelque distance, derrière la clôture, au fond de la petite vallée, les premières maisons de Milagre, s'étageant sur les pentes; la cathédrale et le monastère se dressant sur la colline la plus proche.

Dans la direction opposée, la forêt et, sortant d'entre les arbres, Humain, Mandachuva, Mange-Feuille, Tasse, Calendrier, Ver, Danseur-d'Écorce, plusieurs autres frères dont Ouanda ignorait le nom.

« Je ne les ai jamais vus, » dit-elle. « Ils doivent venir d'autres maisons. »

Sommes-nous parvenus à un accord? se demanda intérieurement Ender. Il n'y a que cela qui m'importe. Humain a-t-il pu faire comprendre aux épouses une nouvelle façon de concevoir le monde?

Humain portait quelque chose. Enveloppé dans des feuilles. Sans un mot, les piggies posèrent cela devant Ender; Humain retira soigneusement l'enveloppe. C'était un listing d'ordinateur.

« *La Reine et l'Hégémon*, » souffla Ouanda. « L'exemplaire que nous leur avons donné. »

– « Le traité, » dit Humain.

Ils se rendirent compte seulement alors que le

listing était à l'envers, sur la face vierge du papier. Et, à la lumière des torches, ils distinguèrent des lettres tracées à la main. Elles étaient grosses et maladroites. Ouanda fut stupéfaite.

– « Nous ne leur avons pas appris à fabriquer de l'encre, » dit-elle. « Nous ne leur avons pas appris à écrire. »

– « Calendrier a appris à former les lettres, » expliqua Humain. « En écrivant avec des bâtons dans la poussière. Et Ver a fabriqué de l'encre avec des crottes de cabra et des macios séchés. C'est ainsi que l'on fait les traités, n'est-ce pas? »

– « Oui, » répondit Ender.

– « Si nous ne l'écrivions pas sur le papier, nous nous en souviendrions différemment. »

– « C'est exact, » approuva Ender. « Tu as bien fait de l'écrire. »

– « Nous avons apporté quelques changements. Les épouses voulaient quelques changements et j'ai pensé que tu les accepterais. » Humain les exposa. « Les humains peuvent signer ce traité avec d'autres piggies, mais ils ne peuvent pas signer un traité *différent*. Vous ne pouvez pas enseigner à d'autres piggies ce que vous ne nous avez pas enseigné. Peux-tu accepter cela? »

– « Naturellement, » répondit Ender.

– « C'était le plus facile. Maintenant, que se passe-t-il si nous ne sommes pas d'accord sur la nature des règles? Si nous ne sommes pas d'accord sur l'endroit où votre prairie finit et où la nôtre commence? Alors, Crieuse a dit : La reine départagera les humains et les Petits. Les humains départageront les Petits et la reine. Et les Petits départageront la reine et les humains. »

Ender se demanda comment cela fonctionnerait. Il se souvenait, alors que tous les vivants avaient oublié, à quel point les doryphores étaient terrifiants, trois mille ans auparavant. Leur corps évoquant celui d'un insecte était le cauchemar de l'enfance de l'humanité. Dans quelle mesure la population de Milagre accepterait-elle leur jugement?

Ainsi c'est difficile. Ce n'est pas plus difficile que ce que nous demandons aux piggies.

– « Oui, » dit Ender. « Nous pouvons également accepter cela. C'est une bonne solution. »

– « Et il y a un autre changement, » ajouta Humain. Il regarda Ender et sourit. Ce fut horrible, car le visage des piggies n'était pas adapté aux expressions humaines.

« C'est pour cette raison que cela a été aussi long. Tous ces changements. »

Ender lui rendit son sourire.

« Si une tribu de piggies refuse de signer le traité avec les humains, et si cette tribu attaque les tribus qui *ont* signé le traité, dans ce cas, *nous* leur faisons la guerre. »

– « Qu'entendez-vous par attaquer? » demanda Ender. Si une simple insulte pouvait être considérée comme une attaque, cette clause réduirait l'interdiction de la guerre à néant.

– « Attaquer, » répondit Humain. « Cela commence quand ils pénètrent sur nos terres, tuent les frères et les épouses. Ce n'est pas une attaque quand ils se préparent à la guerre, ou proposent un accord en vue de commencer la guerre. C'est une attaque quand ils commencent à combattre en l'absence d'un accord. Comme nous n'accepterons jamais de faire la guerre, la guerre ne peut commencer que par l'attaque d'une autre tribu. Je savais que tu poserais la question. »

Il montra les phrases et, effectivement, le traité définissait clairement les conditions d'une attaque.

– « C'est également acceptable, » dit Ender. Cela signifiait que la possibilité de la guerre ne serait pas écartée avant plusieurs générations, peut-être plusieurs siècles, puisqu'il faudrait beaucoup de temps pour apporter le traité à toutes les tribus de la planète. Mais, se dit Ender, bien avant que la dernière tribu ait rejoint le traité, les avantages d'une exogamie pacifique seraient manifestes, et rares seraient ceux qui auraient envie de devenir des guerriers.

– « Maintenant, le dernier changement, » conclut Humain. « Les épouses voulaient te punir parce que tu t'es montré très dur dans la négociation du traité. Mais je crois que tu n'y verras pas une punition. Comme il nous est interdit de vous conduire dans la troisième vie, lorsque ce traité aura pris effet, il sera également interdit aux humains de conduire les frères dans la troisième vie. »

Pendant quelques instants, Ender crut que c'était son salut; il ne serait pas obligé de faire ce que Pipo et Libo avaient refusé.

« *Après* que le traité aura pris effet, » précisa Humain. « Tu seras le premier et le dernier être humain à faire ce cadeau. »

– « Je voudrais... » dit Ender.

– « Je sais ce que tu voudrais, Porte-Parole, mon ami, » dit Humain. « Pour toi, c'est comme un meurtre. Mais, pour moi, lorsqu'un frère obtient le droit de passer dans la troisième vie en tant que père, il demande à son plus grand rival ou à son meilleur ami de réaliser le passage. Toi. Porte-Parole, depuis que j'ai appris le Stark, et lu *La Reine et l'Hégémon*, je t'attends. Je l'ai souvent dit à mon père, Rooter : Parmi tous les humains, lui seul peut nous comprendre. Puis, lorsque ton vaisseau est arrivé, Rooter m'a dit que tu étais à bord de ce vaisseau, avec la reine, et j'ai compris que tu venais pour me donner le passage, si j'agissais comme il faut. »

– « Tu as agi comme il faut, Humain, » approuva Ender.

– « Voilà, » dit-il. « Tu vois? Nous avons signé le traité à la manière humaine. »

En bas de la dernière page du traité, deux mots étaient grossièrement, laborieusement tracés.

– « Humain, » lut Ender. Il lui fut impossible de lire l'autre.

– « C'est le vrai nom de Crieuse, » dit Humain. « Regarde-les-Étoiles. Elle ne sait pas se servir du bâton que nous utilisons pour écrire, les épouses ne se servent pas souvent des outils, puisque les frères se chargent de ce type de travail. De sorte qu'elle voulait que je te dise son nom. Et que je te dise qu'on le lui a donné parce qu'elle regardait toujours le ciel. Elle dit qu'elle ne le savait pas, à l'époque, mais qu'elle attendait ta venue. »

Il y a tellement de gens qui placent leurs espoirs en moi, se dit Ender. Au bout du compte, cependant, tout dépend d'eux. De Novinha, de Miro, d'Ela, qui m'ont appelé; d'Humain et de Regarde-les-Étoiles. Et aussi de tous ceux que mon arrivée inquiétait.

Ver portait la tasse d'encre; Calendrier portait la plume. C'était une fine latte de bois avec une petite fente et une entaille qui retenait un peu d'encre lorsqu'on la trempait dans la tasse. Il dut la tremper cinq fois dans l'encre pour signer son nom.

– « Cinq, » releva Flèche.

Ender se souvint alors que le chiffre cinq revêtait une grande importance pour les piggies. C'était un accident, mais s'ils décidaient d'y voir un bon présage, tant mieux.

– « Je porterai le traité à notre gouverneur et à l'évêque, » dit Ender.

– « De tous les documents que l'humanité a précieusement conservés... » commença Ouanda. Il était inutile qu'elle termine la phrase. Humain, Mange-Feuille et Mandachuva enroulèrent soigneusement le livre dans les feuilles et le remirent à Ouanda. Ender comprit immédiatement, avec une certitude terrifiante, ce que cela signifiait. Les piggies avaient encore du travail pour lui, un travail exigeant qu'il ait les mains libres.

— « Maintenant, le traité a été signé à la manière des humains, » dit Humain. « Tu dois à présent le ratifier également à la manière des Petits. »

— « La signature ne peut vraiment pas suffire ? » demanda Ender.

— « Désormais, la signature suffira, » convint Humain. « Mais seulement parce que la main qui a signé le traité pour les humains aura également accepté le traité à notre façon. »

— « Dans ce cas, je le ferai, » dit Ender. « Comme je l'ai promis. »

Humain tendit le bras et toucha Ender de la gorge au ventre.

— « La parole d'un frère n'est pas seulement dans sa bouche, » dit-il. « La parole d'un frère est dans sa vie. » Il se tourna vers les autres piggies. « Avant de me dresser près de lui, permettez-moi de parler une dernière fois à mon père. »

Deux frères inconnus approchèrent, leurs petits bâtons à la main. Ils accompagnèrent Humain près de l'arbre de Rooter puis frappèrent sur le tronc en chantant dans la Langue des Pères. Presque immédiatement, le tronc s'ouvrit. L'arbre était encore jeune, et le tronc guère plus gros que le corps d'Humain; il lui fut difficile de pénétrer à l'intérieur. Mais il y parvint et le tronc se referma sur lui. Le martèlement changea de rythme mais ne s'interrompit pas un seul instant.

Jane souffla à l'oreille d'Ender :

« La résonance du martèlement change à l'intérieur de l'arbre, » dit-elle. « Lentement, l'arbre modèle le son et le transforme en langage. »

Les autres piggies entreprirent de nettoyer le sol à l'intention de l'arbre d'Humain. Ender constata qu'il serait planté de telle façon que, depuis la porte, Rooter se dresserait à gauche et Humain à droite.

Arracher le capim était un travail difficile pour les piggies; bientôt, Quim les aida, puis Olhado, Ouanda et Ela.

Ouanda confia le traité à Novinha, tandis qu'elle aidait à arracher le capim. Novinha vint s'immobiliser devant Ender et le regarda dans les yeux.

« Vous avez signé : Ender Wiggin, » dit-elle. « Ender. »

Le nom lui parut laid. Il l'avait entendu trop souvent comme épithète malsonnante.

– « Je ne fais pas mon âge, » dit Ender. « C'était le nom qu'on me donnait quand j'ai fait sauter la planète d'origine des doryphores. La présence de ce nom sur le premier traité jamais signé par les humains et des ramen contribuera peut-être à changer le sens de ce nom. »

– « Ender, » souffla-t-elle. Elle tendit les bras vers lui, le traité entre les mains, et l'appuya contre sa poitrine; il était lourd, puisqu'il comportait toutes les pages de La Reine et l'Hégémon, au dos desquelles était rédigé le traité. « Je ne suis jamais allée me confesser aux prêtres, » dit-elle, « parce que je savais qu'ils me mépriseraient en raison de mon péché. Cependant, lorsque vous avez énuméré tous mes péchés, aujourd'hui, j'ai pu le supporter parce que je savais que vous ne me méprisiez pas. Cependant, jusqu'à maintenant, je ne comprenais pas *pourquoi*. »

– « Je ne suis pas homme à mépriser les autres en raison de leurs péchés », expliqua Ender. « Je n'en ai pas encore rencontré un dont je ne puisse dire en moi-même : J'ai fait bien pire. »

– « Pendant toutes ces années, vous avez porté le fardeau de la culpabilité de l'humanité. »

– « Oui, eh bien, cela n'a rien de mystique, » dit Ender. « Je vois cela comme la marque de Caïn. On n'a pas beaucoup d'amis, mais personne ne peut vous faire vraiment mal. »

Le sol était dégagé. Mandachuva s'adressa dans la Langue des Arbres aux piggies qui martelaient le tronc; le rythme changea et, à nouveau, l'arbre s'ouvrit. Humain se glissa dehors, comme un bébé sortant du ventre de sa mère. Puis il gagna le centre de l'espace dégagé. Mange-Feuille et Mandachuva lui tendirent chacun un poignard. En les prenant, Mandachuva leur parla, en Portugais, afin que les humains comprennent et que ses paroles soient puissantes.

« J'ai dit à Crieuse que vous avez manqué votre passage dans la troisième vie parce que Pipo et Libo n'avaient pas compris. Elle a dit que, avant cinq mains de cinq jours, vous pourrez tous les deux vous dresser vers la lumière. »

Mange-Feuille et Mandachuva lâchèrent leurs poignards, touchèrent doucement le ventre d'Humain, puis reculèrent jusqu'à la limite de l'espace dégagé.

Humain tendit les poignards à Ender. Ils étaient en bois mince. Ender ne pouvait imaginer un outil capable de polir le bois de façon à le rendre aussi lisse et tranchant, tout en lui conférant une telle résistance. Mais, bien entendu, aucun outil ne les avait polis. Ils étaient sortis tel quel du cœur d'un arbre vivant, cadeau destiné à aider un frère à passer dans la troisième vie.

C'était une chose de savoir intellectuellement qu'Humain ne mourrait pas vraiment. C'en était une autre de le croire. Tout d'abord, Ender ne prit pas les poignards. Tendant les mains au-delà des lames, il prit Humain par les poignets.

« De ton point de vue, cela n'évoque pas la mort. Mais du mien... Je t'ai rencontré pour la première fois hier soir, et, ce soir, je sais que tu es mon frère aussi sûrement que si Rooter était également mon père. Pourtant, lorsque le soleil se lèvera, je ne pourrai plus te parler. Pour moi, cela évoque la mort, Humain, quel que soit ton sentiment. »

– « Viens t'asseoir à l'ombre de mes branches, » dit Humain, « et regarde le soleil à travers mes feuilles, appuie ton dos contre mon tronc. Et fait encore une chose. Ajoute une histoire à La Reine et l'Hégémon. Appelle-la : La Vie d'Humain. Dis à tous les êtres humains que j'ai été conçu sur l'écorce de l'arbre de mon père, que je suis né dans le noir, en mangeant la chair de ma mère. Dis-leur comment j'ai quitté les ténèbres pour gagner la demi-lumière de ma deuxième vie, apprendre la Langue des Épouses, puis toutes les merveilles que Libo, Miro et Ouanda sont venus nous enseigner. Raconte-leur comment, le dernier jour de ma deuxième vie, mon vrai frère est venu du ciel et que, ensemble, nous avons élaboré ce traité afin que les humains et les piggies ne forment qu'une tribu, pas une tribu humaine ou une tribu de piggies, mais une tribu de ramen. Et, ensuite, que mon ami m'a donné le passage dans la troisième vie, en pleine lumière, afin que je puisse me dresser vers le ciel et donner la vie à dix mille enfants avant ma mort. »

– « Je raconterai ton histoire, » promit Ender.

– « Dans ce cas, je vivrai vraiment à jamais. »

Ender prit les poignards. Humain s'allongea sur le sol.

– « Olhado, » dit Novinha. « Quim, retournez près de la porte. Toi aussi, Ela. »

– « Je veux voir, maman, » dit Ela. « Je suis une scientifique. »

– « Tu oublies mes yeux, » dit Olhado « J'enregistre tout. Nous pourrons montrer à tous les humains que le traité a été signé. Et nous pourrons montrer aux piggies que le Porte-Parole a également ratifié le traité à leur façon. »

– « Je ne m'en vais pas non plus, » annonça

Quim. « La Sainte Vierge elle-même est restée au pied de la croix. »

– « Restez, » dit Novinha à voix basse. Et elle resta également.

La bouche d'Humain était pleine de capim, mais il ne mâchait guère.

– « Encore, » dit Ender, « afin que tu ne sentes rien. »

– « Il ne faut pas, » intervint Mandachuva. « Ce sont les derniers instants de sa deuxième vie. Il est bon de sentir un peu de la douleur de ce corps, afin de s'en souvenir dans la troisième vie, au-delà de la douleur. »

Mandachuva et Mange-Feuille indiquèrent à Ender où et comment couper. Cela devait être fait rapidement, lui expliquèrent-ils et leurs mains montrèrent, à l'intérieur du corps fumant, les organes qui devaient aller ici et là. Les mains d'Ender étaient rapides et sûres, son corps calme mais, bien qu'il ne puisse quitter que rarement sa chirurgie des yeux, il savait que des yeux humains surveillaient son travail sanglant, le regardaient, pleins de reconnaissance et d'amour, emplis des souffrances de la mort.

Cela arriva entre ses mains, si rapidement que, pendant les premières minutes, ils purent le voir grandir. Plusieurs gros organes se flétrirent tandis que des racines en jaillissaient; des filaments relièrent divers endroits du corps; et, de la colonne vertébrale, une pousse se dressa, deux feuilles, quatre feuilles...

Puis elle se stabilisa. Le corps était mort; son dernier spasme de forces avait été consacré à l'arbre qui s'enracinait dans la colonne vertébrale d'Humain. Ender avait vu les racines et les filaments se répandre dans le corps. Les souvenirs d'Humain, son âme, avaient été transférés dans les cellules du jeune arbre. C'était fait. Sa troisième vie avait commencé. Et quand le soleil se lèverait, bientôt, les feuilles goûteraient la lumière pour la première fois.

Les autres piggies se réjouissaient, dansaient. Mange-Feuille et Mandachuva prirent les poignards d'Ender et les enfoncèrent dans le sol, de part et d'autre de la tête d'Humain. Ender fut incapable de prendre part à la fête. Il était couvert de sang et sentait sur lui la puanteur du corps qu'il avait découpé. À quatre pattes, il s'éloigna du corps, gravissant la colline jusqu'à un endroit où il ne serait pas obligé de le voir. Novinha le suivit. Épuisés, vidés, tous, par le travail et les émotions de la journée. Ils restèrent silencieux, ne firent rien, se laissèrent tomber dans le capim touffu, appuyés les uns contre les autres, trouvant enfin le soulagement dans le sommeil, tandis que les piggies regagnaient la forêt en dansant.

Bosquinha et l'Évêque Peregrino gagnèrent la porte avant le lever du soleil, afin d'assister au retour du Porte-Parole. Dix minutes s'étaient écoulées lorsqu'ils virent des mouvements, à bonne distance de la lisière de la forêt. C'était un jeune garçon urinant dans un buisson.

« Olhado! » appela le maire.

Le jeune garçon se retourna, fit un geste de la main, puis reboutonna hâtivement son pantalon et entreprit de réveiller les autres, qui dormaient dans les hautes herbes. Bosquinha et l'évêque ouvrirent la porte puis allèrent à leur rencontre.

« Ridicule, n'est-ce pas, » dit Bosquinha, « mais c'est en ce moment que notre rébellion me paraît vraiment réelle. Alors que je franchis la clôture pour la première fois. »

– « Pourquoi ont-ils passé la nuit dehors? » se demanda Peregrino à haute voix. « La porte était ouverte. Ils auraient pu rentrer. »

Bosquinha effectua un recensement rapide du groupe. Ouanda et Ela se tenaient par le bras, comme des sœurs. Olhado et Quim. Et, oui, le

Porte-Parole, assis, Novinha derrière lui, les mains posées sur ses épaules. Tous attendirent en silence, impatients. Jusqu'au moment où Ender leva la tête.

« Nous avons un traité, » annonça-t-il. « Et il est bon. »

Novinha tendit le paquet enroulé dans les feuilles.

– « Ils l'ont écrit, » indiquat-elle, « pour que vous le signiez. »

Bosquinha prit le paquet.

– « Toutes les archives ont été reconstituées avant minuit, » les renseigna-t-elle. « Pas seulement celle que nous avons sauvées en vous les envoyant sous forme de message. Quel que soit votre ami, Porte-Parole, il est très fort. »

– « Elle, » précisa Ender. « Elle s'appelle Jane. »

À ce moment-là, cependant, l'évêque et Bosquinha virent ce qui était étendu sur la terre nue, au flanc de la colline, non loin de l'endroit où le Porte-Parole avait dormi. Ils comprirent alors la raison d'être des traînées foncées qui maculaient les mains et les bras du Porte-parole, les éclaboussures qui couvraient son visage.

– « Je préférerais ne rien avoir, » dit Bosquinha, « à un traité dont l'obtention a nécessité de tuer. »

– « Attendez avant de juger, » la tempéra l'évêque. « Je crois que le travail de la nuit ne se résume pas à ce que nous voyons. »

– « Très sage de votre part, Père Peregrino, » glissa le Porte-Parole à voix basse.

– « J'expliquerai, si vous voulez, » proposa Ouanda. « Ela et moi, nous avons compris. »

– « C'était comme un sacrement, » souligna Olhado.

Bosquinha regarda Novinha sans comprendre.

– « Vous l'avez laissé regarder? »

Olhado toucha son œil.

– « Tous les piggies verront cela, un jour, avec mes yeux. »

– « Ce n'était pas la mort, » assura Quim. « C'était la résurrection. »

L'évêque alla près du cadavre torturé et toucha le jeune arbre poussant dans la cavité thoracique.

– « Il s'appelle Humain, » annonça le Porte-Parole.

– « Et vous aussi, » dit l'évêque à voix basse. Il se retourna et regarda les membres du petit troupeau, qui avaient déjà fait avancer l'humanité d'un pas. Suis-je le berger, se demanda Peregrino, ou l'agneau le plus impuissant et déconcerté? « Venez, tous. Venez avec moi à la cathédrale. Les cloches vont bientôt sonner pour la messe. »

Les enfants se rassemblèrent et se préparèrent à partir. Novinha quitta également la place qu'elle occupait, derrière le Porte-Parole. Puis elle s'immobilisa, se tourna vers lui et le regarda, l'invitant du regard.

– « Bientôt, » dit-il. « Encore un instant. »

Elle suivit l'évêque sur le chemin de la cathédrale.

La messe venait tout juste de commencer quand Peregrino vit le Porte-Parole entrer au fond de la cathédrale. Il resta un instant immobile, puis localisa Novinha et sa famille. En quelques pas, il les rejoignit. À la place de Marcão, les rares fois où la famille venait au complet.

Les devoirs de sa charge retinrent son attention; quelques instants plus tard, lorsqu'il leva à nouveau les yeux, l'évêque constata que Grego était assis sur les genoux du Porte-Parole. Peregrino pensa aux termes du traité, tels que les deux jeunes filles les lui avaient exposés. À la signification de la mort du piggy nommé Humain et, avant lui, des décès de Pipo et Libo. Tout devenait clair, tout se mettait en place. Le jeune homme, Miro, paralysé sur son lit et sa sœur, Ouanda, s'occupant de lui. Novinha, la brebis égarée, qui avait rejoint le troupeau. La clôture, dont l'ombre était si noire dans l'esprit de tous ceux qu'elle avait emprisonnés, désormais inoffensive, invisible, dépourvue de substance.

C'était le miracle de l'hostie, transformée entre ses mains en la chair de Dieu. Comme nous trouvons soudainement la chair de Dieu en nous, après tout, alors que nous pensions n'être faits que de poussière.

CHAPITRE XVIII

LA REINE

L'évolution n'a donné à sa mère ni canal destiné à la naissance, ni seins. De sorte que la petite créature qui se nommerait un jour Humain ne put sortir de la matrice que grâce aux dents de sa bouche. Ses jumeaux et lui dévorèrent le corps de leur mère. Comme Humain était plus fort et vigoureux, il mangea davantage et devint encore plus fort.

Humain vécut dans le noir total. Lorsque sa mère eut disparu, il ne resta plus à manger que le liquide sucré qui coulait à la surface de son univers. Il ne savait pas encore que la surface verticale était l'intérieur d'un grand arbre creux et que le liquide qu'il mangeait était la sève de l'arbre. Il ne savait pas non plus que les créatures chaudes qui étaient beaucoup plus grosses que lui étaient des piggies plus âgés, presque sur le point de quitter l'obscurité de l'arbre, et que les petites étaient des jeunes nés après lui.

Ses seuls soucis consistaient à manger, bouger et voir la lumière. Car, de temps en temps, suivant des rythmes qu'il ne pouvait comprendre, la lumière pénétrait soudain dans les ténèbres. Cela commençait toujours avec un bruit dont il ne percevait pas la source. Puis l'arbre frémissait légèrement; la sève cessait de couler; et toute l'énergie de l'arbre était consacrée à l'altération de la forme du tronc, en un endroit, afin de réaliser une ouverture qui permettait à la lumière d'entrer. Quand la lumière était là, Humain se dirigeait vers elle. Quand la lumière n'était pas là, Humain perdait tout sens de l'orientation et errait sans but à la recherche du liquide qu'il buvait.

Jusqu'au jour où lorsque presque toutes les créatures furent plus petites que lui, et qu'il n'y en eut pas de plus grosse, la lumière vint et il était devenu si fort et rapide qu'il atteignit l'ouverture avant qu'elle ait pu se refermer. Il colla son corps sur la courbe du bois de l'arbre et, pour la première fois, sentit l'écorce rugueuse contre son ventre tendre. Ce fut à peine s'il remarqua cette douleur nouvelle, parce que la lumière l'éblouissait. Elle n'était pas en un seul endroit, elle était partout et elle n'était pas grise, mais verte et jaune. Sa fascination dura de nombreuses secondes. Puis il eut à nouveau faim et ici, à l'extérieur de l'arbre-mère, la sève ne coulait que dans les fissures de l'écorce, où elle était difficile à atteindre et, au lieu de petites créatures qu'il était facile d'écarter, il y en avait de plus grosses que lui qui le chassaient des endroits où il était aisé de manger. C'était une chose nouvelle, un univers nouveau, une vie nouvelle, et il eut peur.

Plus tard, lorqu'il sut parler, il se souvint du voyage de l'obscurité à la lumière, et l'appela : passage de la première vie à la deuxième, passage des ténèbres à la vie de la demi-lumière.

La Voix des Morts, La Vie d'Humain, *1:1-5*

Miro décida de quitter Lusitania. De prendre le vaisseau interstellaire du Porte-Parole et d'aller à Trondheim, finalement. Peut-être, pendant son procès, pourrait-il persuader les Cent Planètes de ne pas partir en guerre contre Lusitania. Au pire, il pourrait devenir un martyr, toucher le cœur des gens, rester dans leur souvenir, défendre quelque chose. Quoi qu'il lui arrive, il préférait ne pas rester.

Dans les quelques jours suivant son escalade de la clôture, Miro se rétablit rapidement. Il retrouva partiellement l'usage de ses bras et de ses jambes, ainsi que les sensations. Ce qui lui permit de marcher en traînant les pieds, comme un vieillard. Ce qui lui permit de bouger les bras et les mains. Ce qui lui permit d'éviter l'humiliation qu'il éprouvait lorsque sa mère était obligée de le laver. Mais, ensuite, ses progrès ralentirent et cessèrent.

« Voilà, » annonça Navio. « Nous avons atteint le niveau des dégâts permanents. Tu as beaucoup de chance, Miro, tu es capable de marcher, de parler, tu es un homme à part entière. Tu n'es pas plus diminué que... disons un centenaire en très bonne santé. Je préférerais te dire que ton corps sera tel qu'il était avant que tu n'escalades la clôture, que tu conserveras toute l'énergie et la coordination d'un jeune homme de vingt ans. Mais je suis très heureux de ne *pas* être obligé de te dire que tu seras handicapé toute ta vie, incontinent, incapable de faire quoi que ce soit à part écouter de la musique douce en te demandant ce qu'est devenu ton corps. »

Ainsi, je suis reconnaissant, se dit Miro. Lorsque mes doigts se transforment en baguettes inutiles à l'extrémité de mon bras, lorsque mes paroles me paraissent pâteuses et inintelligibles, ma voix étant incapable de moduler correctement, je suis très heureux d'être comme un centenaire, de pouvoir espérer encore quatre-vingts ans d'existence dans ces conditions.

Lorsqu'il apparut qu'il n'avait plus besoin d'être continuellement surveillé, les membres de la famille reprirent leurs occupations. La période était trop passionnante pour qu'ils restent à la maison avec un frère, fils ou ami diminué. Il comprit parfaitement. Il ne voulait pas qu'ils restent à la maison avec lui. Il voulait être avec eux. Son travail n'était pas terminé. À présent, enfin, toutes les barrières, tous les règlements avaient disparu. À présent, il pouvait poser aux piggies les questions qui le tourmentaient depuis longtemps.

Il tenta, au départ, de travailler par l'entremise d'Ouanda. Elle venait le voir matin et soir et rédigeait ses rapports sur le terminal de la maison. Il lisait ses rapports, posait des questions, écoutait des réponses. Et, très sérieusement, elle mémorisait les questions qu'il souhaitait poser aux piggies. Au bout de quelques jours, toutefois, il constata que, le soir, elle possédait effectivement les réponses aux questions de Miro. Mais il n'y avait ni suivi ni exploration de leur sens. Toute son attention était, en fait, concentrée sur son propre travail. Et Miro renonça à lui demander de transmettre des questions. Il mentit, lui disant qu'il s'intéressait davantage à ce qu'elle faisait, que ses axes d'exploration étaient plus importants.

En vérité, il détestait voir Ouanda. Pour lui, la révélation du fait qu'elle était sa sœur était douloureuse, terrible, mais il savait que si la décision lui avait appartenu, il aurait foulé aux pieds le tabou de l'inceste et l'aurait épousée, vivant avec elle dans la forêt, en compagnie des piggies, si nécessaire. Ouanda, toutefois, était croyante et pratiquante. Il lui était impossible de violer la seule loi humaine universelle. Elle eut du chagrin lorsqu'elle apprit que Miro était son frère, mais elle entreprit immédiatement de s'éloigner de lui, d'oublier les caresses, les baisers, les murmures, les promesses, les taquineries, les rires...

Il aurait été préférable qu'il oublie également. Mais il ne pouvait pas. Chaque fois qu'il la voyait il avait mal parce qu'elle se montrait terriblement réservée, *polie* et *gentille*. Il était son frère, il était diminué et elle était bonne avec lui. Mais l'amour avait disparu.

Injustement, il comparait Ouanda à sa mère, qui avait aimé son amant sans tenir compte des barrières qui les séparaient. Mais l'amant de sa mère était un homme à part entière, un homme vigoureux, pas cette carcasse inutilisable.

Ainsi, Miro resta à la maison et étudia les rapports des autres. Savoir ce qu'ils faisaient, et qu'il ne pouvait pas y prendre part, était une torture; mais c'était préférable à ne rien faire, à regarder des films sur le terminal, à écouter de la musique. Il pouvait taper, lentement, en visant avec la main afin que le doigt le plus raide, l'index, appuie sur une touche. Ce n'était pas assez rapide pour entrer des informations significatives, ni même pour rédiger des mémos, mais il pouvait demander les archives des autres et lire ce qu'ils faisaient. Il pouvait rester en contact avec le travail capital qui s'épanouissait sur Lusitania depuis l'ouverture de la porte.

Ouanda travaillait avec les piggies sur un lexique des Langues des Mâles et des Épouses, ainsi que sur leurs systèmes phonologiques, ce qui permettrait de les écrire. Quim l'aidait mais Miro savait qu'il avait ses objectifs personnels : Il avait l'intention de se faire missionnaire auprès des piggies des autres tribus afin de les amener aux Évangiles avant qu'ils aient pu prendre connaissance de *La Reine et l'Hégémon*; il avait l'intention de traduire au moins une partie des Écritures et de parler aux piggies dans leur langue. Tout ce travail sur la langue et la culture des piggies était très bon, très important : conservation du passé, préparation de la communication avec les autres tribus, mais Miro savait que cela pouvait être aisément fait par les universitaires de Dom Cristão qui, vêtus de leur soutane monacale, rendaient visite aux piggies, posaient des questions et répondaient avec compétence à celles qui leur étaient présentées. Selon Miro, Ouanda faisait un travail inutile.

Le véritable travail avec les piggies, du point de vue de Miro, était réalisé par Ender et quelques techniciens des services de Bosquinha. Ils posaient des tubes entre la rivière et la clairière de l'arbre-mère, afin d'y amener l'eau. Ils installaient l'électricité et enseignaient aux frères l'utilisation d'un terminal. En même temps, ils leur enseignaient des rudiments d'agriculture et tentaient de domestiquer les cabras afin de leur faire tirer des charrues. C'était déconcertant, ces divers niveaux de technologie qui étaient d'un seul coup apportés aux piggies, mais Ender s'en était entretenu avec Miro, expliquant qu'il voulait que les piggies constatent rapidement les résultats spectaculaires du traité. L'eau courante, une liaison, par terminal holographique, avec la bibliothèque, ce qui leur permettrait de lire n'importe quoi, la lumière électrique pendant la nuit. Mais tout cela restait magique et totalement dépendant de la société humaine. En même temps, Ender tentait de les rendre autonomes, de stimuler leur esprit d'invention et leurs ressources. Le miracle de l'électricité donnerait naissance à des mythes qui courraient de tribu en tribu sur toute la planète mais, pendant de nombreuses années, ils ne constitueraient qu'une rumeur. Ce seraient la charrue en bois, la faux, la herse, les graines d'amarante qui entraîneraient les véritables transformations, qui multiplieraient la population des piggies par dix partout où elles se répandraient. Et elles pourraient se transmettre d'un endroit à l'autre avec une poignée de graines dans un sac en peau de cabra, et le souvenir des diverses étapes du travail.

C'était à cette tâche que Miro avait envie de participer. Mais à quoi pouvaient servir des mains raides et sa démarche traînante dans un champ d'amarante? Pouvait-il tisser de la laine de cabra? Il parlait si mal qu'il n'était même pas capable d'enseigner.

Ela travaillait au développement de nouvelles espèces de plantes terrestres, et même de nouveaux types d'animaux et d'insectes capables de résister à la Descolada, de la neutraliser. Sa mère l'aidait par ses conseils, mais pas davantage, car elle travaillait sur un projet capital et secret. Une nouvelle fois, ce fut Ender qui rendit visite à Miro et lui communiqua ce que seules sa famille et Ouanda savaient : à savoir que la reine vivait, qu'elle serait rendue à la conscience dès que Novinha aurait trouvé le moyen de la protéger contre la Descolada, ainsi que tous les doryphores à qui elle donnerait naissance. Dès que cela serait prêt, la reine revivrait.

Et Miro ne participerait pas non plus à cela. Pour la première fois, les êtres humains et deux espèces extra-terrestres vivraient sur la même planète, et Miro n'y participerait pas. Il était moins humain que les piggies. Il ne pouvait ni parler ni utiliser ses mains aussi bien qu'eux. Il avait cessé d'être un animal capable de parler et d'employer des outils. Il était devenu un varelse. On le gardait comme animal de compagnie.

Il avait envie de partir, mieux de disparaître, même à ses propres yeux.

Mais pas tout de suite. Il y avait un nouveau problème qu'il était seul à connaître et que lui seul pouvait résoudre. Son terminal avait un comportement très étrange.

Il s'en aperçut au cours de la semaine où il commença de se rétablir après sa paralysie totale. Il examinait les archives d'Ouanda et constata que, sans avoir présenté la moindre demande, il accédait à des dossiers confidentiels. Ils étaient efficacement protégés, il ignorait tout des mots clés, pourtant un simple examen de routine lui avait fourni l'information. C'étaient ses hypothèses sur l'évolution des piggies et les structures probables de leur société antérieure à la Descolada. Le genre de chose dont, quelques semaines auparavant, elle aurait discuté avec Miro. À présent, elle leur conférait un caractère confidentiel et n'en parlait jamais avec lui.

Miro ne lui dit pas qu'il avait vu ses dossiers, mais il orienta les conversations sur ce sujet et la força à se découvrir; elle accepta sans difficulté de parler, lorsque Miro eut montré que le sujet l'intéressait. Parfois, c'était presque comme avant. À ceci près qu'il entendait sa voix pâteuse et n'exprimait que rarement son opinion, se contentant d'écouter, laissant passer des éléments sur lesquels il aurait discuté. Cependant, les dossiers confidentiels lui permirent de voir ce à quoi elle s'intéressait vraiment.

Mais comment y avait-il eu accès?

Cela se produisit continuellement. Les archives d'Ela, de sa mère, de Dom Cristão. Lorsque les piggies commencèrent à jouer avec leur nouveau terminal, Miro fut en mesure de les voir sur un mode d'écho dont les terminaux, à sa connaissance, étaient incapables; il lui permit d'assister à toutes leurs transactions par ordinateur, puis d'apporter quelques suggestions, quelques changements. Il prit un plaisir particulier à deviner ce que les piggies tentaient effectivement de faire et à les aider, subrepticement, à y parvenir. Mais d'où provenait cet accès exceptionnel et étrange à la machine?

En outre, le terminal apprenait à s'adapter à lui. Au lieu de longues successions de codes, il lui suffisait de commencer une séquence pour que la machine obéisse à ses instructions. Finalement, il n'eut même plus besoin de s'identifier. Il touchait le clavier et le terminal affichait la liste des activités qu'il pratiquait généralement, puis les énumérait. Il pouvait appuyer sur une touche et parvenir directement à l'activité qu'il souhaitait, sautant des dizaines d'opérations préliminaires, ce qui le dispensait de nombreuses minutes désagréables pendant lesquelles il lui aurait fallu taper une lettre à la fois.

Au début, il crut qu'Olhado avait créé un nouveau programme à son intention, ou bien un employé des services du maire. Mais Olhado se contenta de regarder sans comprendre ce que le terminal faisait, et de dire :

« Bacaña. » C'est formidable.

Et, lorsqu'il envoya un message au maire, elle ne le reçut pas. En remplacement, le Porte-Parole des Morts lui rendit visite.

« Ainsi, ton terminal est très coopératif, » dit Ender.

Miro ne répondit pas. Il tentait de deviner pourquoi le maire avait envoyé le Porte-Parole en réponse à son message.

« Le maire n'a pas reçu ton message, » expliqua Ender. « Il m'est parvenu. Et il est préférable que tu ne dises à personne ce que fait ton terminal. »

– « Pourquoi? » demanda Miro. C'était un des rares mots qu'il pouvait prononcer d'une voix pas trop traînante.

– « Parce que ce n'est pas un nouveau programme qui te vient en aide. C'est une personne. »

Miro rit. Aucun être humain ne pouvait être aussi rapide que le programme qui l'aidait. Il était plus rapide, en fait, que tous les programmes qu'il avait pratiqués, ainsi que très inventif et intuitif; plus rapide qu'un être humain, mais plus intelligent qu'un programme.

« C'est une vieille amie à moi, je crois. Du moins, c'est elle qui m'a parlé de ton message et m'a suggéré de te dire que la discrétion serait une bonne idée. Vois-tu, elle est un peu timide. Elle n'a pas beaucoup d'amis. »

– « Combien? »

– « En ce moment, exactement deux. Pendant ces derniers millénaires, exactement un. »

– « Pas humaine, » dit Miro.
– « Raman, » dit Ender. « Plus humaine que la majorité des êtres humains. Nous nous sommes longtemps aimés, entraidés, nous avons compté l'un sur l'autre. Mais, au cours de ces dernières semaines, depuis que je suis ici, nous nous sommes éloignés l'un de l'autre. Je... je me consacre davantage à la vie des gens qui m'entourent. À ta famille. »
– « Maman. »
– « Oui. Ta mère, tes frères et sœurs, le travail avec les piggies, la reine. Mon amie et moi, nous parlions continuellement. Je n'en ai plus le temps. Nous nous sommes parfois disputés. Elle se sent seule de sorte que je crois qu'elle a choisi un autre compagnon. »
– « Não quero. » Je n'en veux pas.
– « Mais si, » répondit Ender. « Elle t'aide déjà. Maintenant que tu connais son existence, tu verras que c'est... une amie fidèle. Tu ne peux pas en avoir de meilleure. De plus loyale. De plus utile. »
– « Chien-chien ? »
– « Ne sois pas ridicule, » dit Ender. « Je te présente à une quatrième espèce extra-terrestre. Tu es xénologue, n'est-ce pas ? Elle te connaît, Miro. Tes problèmes physiques n'ont aucun sens pour elle. Elle n'a pas de corps. Elle vit dans les distorsions philotiques des liaisons par ansible. C'est la créature la plus intelligente qui soit et tu es le deuxième être humain à qui elle a décidé de révéler son existence. »
– « Comment ? Comment est-elle apparue ? Comment a-t-elle fait ma connaissance, m'a-t-elle choisi ? »
– « Pose-lui toi-même la question. » Ender toucha la pierre précieuse de son oreille. « Juste un petit conseil. Lorsqu'elle te fera confiance, garde-la toujours avec toi. Ne lui cache rien. Elle a eu un amant qui l'a déconnectée. Seulement pendant une heure

mais, après, leurs relations ont été complètement transformées. Ils sont devenus... de simples amis. De bons amis, des amis loyaux, jusqu'à la mort de l'un d'entre eux. Mais, pendant toute sa vie, il regrettera cet acte irréfléchi d'infidélité. »

Les yeux d'Ender brillaient et Miro constata que, quelle que soit la nature de la créature qui vivait dans l'ordinateur, ce n'était pas un fantôme, qu'elle faisait partie de la vie de cet homme. Et il transmettait à Miro, comme un père à son fils, le droit de connaître cette amie.

Ender s'en alla sans ajouter un mot et Miro alluma le terminal. Un holo représentant une femme apparut. Elle était petite, assise sur un tabouret, appuyée contre un mur holographique. Elle n'était pas belle. Ni laide. Son visage avait du caractère. Ses yeux étaient inoubliables, innocents, tristes. Sa bouche délicate semblait hésiter entre le rire et les larmes. Ses vêtements paraissaient diaphanes, insubstantiels; pourtant, au lieu d'être provocants, ils révélaient une sorte d'innocence, un corps d'adolescente aux petits seins, les mains croisées sur les genoux, les jambes légèrement écartées, les pieds tournés vers l'intérieur. Elle aurait pu être assise sur un manège de fête foraine. Ou au bord du lit de son amant.

« Bom dia, » dit Miro à voix basse.

– « Salut, » répondit-elle. « Je lui ai demandé de nous présenter. »

Elle était calme, réservée, mais c'était Miro qui se sentait timide. Pendant très longtemps, Ouanda avait été la seule femme de sa vie, outre les femmes de sa famille, et il ne faisait guère confiance aux relations sociales. En même temps, il était conscient du fait qu'il parlait à un hologramme. Il était absolument convaincant, mais ce n'était tout de même qu'une projection par laser.

Elle leva une main et la posa doucement sur sa poitrine.

« Aucune sensation, » dit-elle. « Pas de nerfs. »

Les larmes lui montèrent aux yeux. Complaisance, bien entendu, parce qu'il n'aurait probablement jamais de femme plus substantielle que celle-ci. S'il tentait d'en toucher une, ses caresses seraient grossières et maladroites. Parfois, quand il ne faisait pas attention, il bavait sans même s'en rendre compte. Quel amant!

« Mais j'ai des yeux, » dit-elle. « Et des oreilles. Je vois tout, sur les Cent Planètes. Je regarde le ciel à travers mille télescopes. J'entends un trillion de conversations chaque jour. » Elle eut un rire étouffé. « Je suis la commère la mieux informée de l'univers. »

Puis, soudain, elle se leva et grandit, approcha, de sorte que la seule partie supérieure de son corps resta visible, comme si une caméra avait avancé dans sa direction. Ses yeux brillaient avec intensité et elle plongea son regard dans le sien.

– « Et tu es un écolier ne connaissant qu'une ville et une forêt. »

– « Je n'ai guère eu l'occasion de voyager, » dit-il.

– « Nous verrons, » répondit-elle. « Alors, que veux-tu faire, aujourd'hui? »

– « Comment t'appelles-tu? » demanda-t-il.

– « Tu n'as pas besoin de mon nom, » dit-elle.

– « Comment vais-je t'appeler? »

– « Je serai ici chaque fois que tu auras besoin de moi. »

– « Mais je veux savoir, » insista-t-il.

Elle se toucha l'oreille.

– « Quand tu m'aimeras assez pour m'emmener partout où tu iras, je te dirai mon nom. »

Répondant à une impulsion, il lui confia ce qu'il n'avait dit à personne.

– « Je veux quitter cet endroit, » dit Miro. « Peux-tu me conduire loin de Lusitania? »

Aussitôt, elle devint coquette et moqueuse.

– « Et nous venons tout juste de nous rencontrer! » Vraiment, Mr. Ribeira, vous vous méprenez sur moi. »

– « Peut-être quand nous nous connaîtrons, » dit Miro en riant.

Elle effectua une transition subtile, merveilleuse, et la femme de l'écran devint un félin souple, sensuellement allongé sur une branche. Elle ronronna, tendit un membre, se gratta.

– « Je peux te casser la nuque d'un seul coup de patte, » souffla-t-elle; le ton de sa voix suggérait la séduction; les griffes exprimaient le meurtre. « Quand nous serons seuls, je pourrais t'égorger d'un seul baiser. »

Il rit. Puis il se rendit compte que, pendant toute cette conversation, il avait oublié sa voix traînante. Elle comprenait tous les mots. Elle ne disait jamais : « Comment? Je n'ai pas compris. », ne recourait jamais aux expressions polies et exaspérantes que les autres employaient. Elle le comprenait sans faire le moindre effort.

– « Je veux tout comprendre, » dit Miro. « Je veux tout savoir et l'analyser pour voir ce que cela signifie. »

– « Excellent projet, » apprécia-t-elle. « Cela sera du meilleur effet dans ton curriculum. »

Ender constata qu'Olhado conduisait beaucoup mieux que lui. Sa perception des distances était meilleure et, lorsqu'il branchait son œil directement dans l'ordinateur de bord, les problèmes de navigation se résolvaient pratiquement d'eux-mêmes. Ender pouvait se consacrer entièrement à l'observation.

Le paysage parut tout d'abord monotone, lorsqu'ils commencèrent les vols d'exploration. Prairies interminables, énormes troupeaux de cabras, rares forêts au loin; ils n'en approchèrent jamais, naturellement, du fait qu'ils ne voulaient pas attirer l'attention des piggies qui y vivaient. En outre, ils cherchaient une patrie à l'intention de la reine et il ne fallait pas qu'elle se trouve à proximité d'une tribu.

Ce jour-là, ils allèrent vers l'ouest, de l'autre côté de la Forêt de Rooter, et suivirent un petit fleuve jusqu'à son estuaire. Ils s'arrêtèrent sur la plage, où les vagues venaient doucement mourir. Ender goûta l'eau. Salée. La mer.

Olhado demanda à l'ordinateur de bord d'afficher la carte de cette région de Lusitania, se faisant indiquer l'endroit où ils se trouvaient, la Forêt de Rooter et les autres colonies piggies des environs. C'était un bon endroit et, dans les profondeurs de son esprit, Ender sentit l'approbation de la reine. Près de la mer, de l'eau à volonté, du soleil.

Ils remontèrent le fleuve sur quelques centaines de mètres, jusqu'à un endroit où la rive droite formait une falaise.

« Pouvons-nous nous arrêter? » demanda Ender.

Olhado trouva un endroit, à une cinquantaine de mètres du sommet de la colline. Ils revinrent en suivant le fleuve, où les roseaux cédaient la place au grama. Tous les cours d'eau de Lusitania avaient la même apparence, naturellement. Ela avait aisément mis en évidence les structures génétiques, lorsqu'elle put disposer des archives de Novinha et eut obtenu la permission de travailler sur le sujet. Les roseaux se co-reproduisaient avec les mouches. Le grama s'accouplait avec les serpents d'eau. Et le capim frottait ses épis riches en pollen contre le ventre des cabras fertiles afin de produire la génération suivante d'animaux producteurs d'engrais. Parmi les racines et les tiges de capim, on trouvait les tropeças, longues lianes dont Ela démontra qu'elles avaient les mêmes gènes que le xingadora, oiseau qui nichait parmi les plantes vivantes. On retrouvait ce type de paire dans la forêt : les macios qui éclosaient dans les graines de merdona et donnaient naissance à des graines. Les puladores, de petits insectes, qui s'accouplaient avec les feuilles des buissons. Et, surtout, les piggies et les arbres, tous les deux au sommet de la pyramide, plantes et animaux s'unissant en une longue vie.

Telle était la liste, la liste complète, des animaux et des plantes de la surface de Lusitania. Dans l'eau, il y en avait beaucoup, beaucoup d'autres. Mais la Descolada avait rendu Lusitania monotone.

Pourtant, cette monotonie elle-même recelait une étrange beauté. La géographie était aussi variée sur les autres planètes, rivières, collines, montagnes, déserts, océans, îles. Le tapis de capim et les taches des forêts devenaient la musique de fond de la symphonie des paysages. Les yeux devenaient sensibles aux ondulations, ruptures, falaises, ravins et, surtout, au scintillement de l'eau sous le soleil. Lusitania, comme Trondheim, comptait parmi les rares planètes dominées par un motif unique au lieu de présenter toute la symphonie des possibilités. Dans le cas de Trondheim, toutefois, c'était parce que la planète se trouvait à la limite de l'habitabilité, son climat parvenant tout juste à entretenir la vie. Le climat et l'humus de Lusitania paraissaient faits pour la charrue du laboureur, le pic du terrassier, la truelle du maçon. Donnez-moi la vie, semblaient-ils dire.

Ender ne comprenait pas qu'il aimait cet endroit parce qu'il était aussi dépouillé et stérile que sa vie, marquée et déformée dans son enfance par des événements aussi terrifiants, sur une échelle moindre, que ceux que la Descolada avait imposés à cette planète. Pourtant, elle s'était développée, avait exploité les rares moyens de survivre et de poursuivre sa croissance. Du défi de la Descolada, étaient nées les trois vies des Petits. De l'École de Guerre, des années d'isolement, était sorti Ender Wiggin. Il convenait à cet endroit comme un fait exprès. Le jeune garçon qui marchait à ses côtés dans le grama lui faisait l'effet d'être véritablement son fils, comme s'il le connaissait depuis la petite enfance. Je sais ce que l'on ressent, Olhado, quand il y a une paroi métallique entre soi et le monde. Mais ici, j'ai abattu la paroi et la chair touche la terre, boit l'eau, réconforte, prend de l'amour.

La rive du fleuve s'élevait en terrasses, à une douzaine de mètres de la crête. L'humus était humide, de sorte qu'il était aisé de creuser dedans. La reine était une fouisseuse; Ender ressentit le désir de creuser, si bien qu'il creusa, et Olhado aussi. La terre céda facilement, pourtant le toit de leur petite caverne resta solide.

< Oui. Ici. >

C'est ainsi que la décision fut prise.

« Ici, alors, » dit Ender à voix haute.

Olhado sourit. Mais c'était en fait à Jane qu'il s'adressait, et ce fut sa réponse qu'il entendit :

« Novinha pense qu'ils ont trouvé. Tous les tests se sont révélés négatifs... La Descolada reste inactive lorsque le nouveau Colador est présent dans les cellules clonées des doryphores. Selon Ela, on peut adapter les pâquerettes sur lesquelles elle travaille afin qu'elles produisent naturellement le Colador. Si cela fonctionne, il suffira de planter les graines çà et là, si bien que les doryphores n'auront qu'à manger les pâquerettes pour combattre victorieusement la Descolada. »

Le ton de sa voix était vif, mais il s'agissait exclusivement de travail, pas de plaisanterie. Pas la moindre plaisanterie.

– « Bien, » répondit Ender. Il éprouva un douloureux sentiment de jalousie... Jane parlait sans doute beaucoup plus librement à Miro, le taquinant, restant continuellement avec lui, comme elle le faisait naguère avec Ender.

Mais il était facile de chasser ce sentiment de jalousie. Il tendit la main et la posa sur l'épaule d'Olhado; il serra un instant le jeune garçon contre lui, puis ils regagnèrent ensemble le véhicule. Olhado indiqua l'endroit sur la carte puis l'enregistra. Il rit et plaisanta pendant tout le chemin du retour, et Ender rit avec lui. Ce n'était pas Jane. Mais c'était Olhado, Ender l'aimait, Olhado avait besoin d'Ender, et c'était ce dont Ender avait essentiellement besoin. C'était le désir qui l'avait rongé pendant toutes ces années passées en compagnie de Valentine, qui l'avait poussé de planète en planète. Cet enfant aux yeux métalliques. Son petit frère, Grego, intelligent et terriblement destructeur. L'intuition pénétrante de Quara, son innocence; l'impassibilité de Quim, sa foi, son ascétisme; la solidité d'Ela, semblable à un rocher mais sachant quand il fallait agir; et Miro...

Miro. Je ne peux pas consoler Miro, pas sur cette planète, pas en ce moment. On lui a pris la tâche de sa vie, son corps, ses espoirs d'avenir, et ce que je pourrais dire ou faire ne lui rendra pas ce qu'il a perdu. Il vit dans la douleur, la femme de sa vie étant devenue sa sœur, son projet de vivre parmi les piggies se révélant irréalisable puisqu'ils recherchent la compagnie et la fréquentation d'autres êtres humains.

« Miro a besoin... » dit Ender à voix basse.

– « Miro a besoin de quitter Lusitania, » dit Olhado.

– « Mmm, » fit Ender.

– « Vous avez un vaisseau interstellaire, n'est-ce pas ? » reprit Olhado. « Je me souviens d'une histoire que j'ai lue, un jour. Ou bien c'était un film. À propos d'un héros de la guerre contre les doryphores, Mazer Rackham. Il a sauvé la Terre, mais on savait qu'il serait mort bien avant la bataille suivante. Alors on l'a envoyé dans l'espace à une vitesse relativiste, un simple aller-retour. Cent ans s'étaient écoulés sur la Terre, mais seulement deux pour lui. »

– « Tu crois que Miro a besoin d'une solution aussi radicale? »

– « Une bataille se prépare. Il y a des décisions à prendre. Miro est la personne la plus intelligente de Lusitania, et la meilleure. Il ne se met pas en colère, vous savez. Même dans les moments les plus difficiles avec papa. Marcão. Désolé, je le considère toujours comme mon père. »

– « C'était très bien. Sur de nombreux plans, il *l'était*. »

– « Miro réfléchissait, décidait de la meilleure solution, et c'était *toujours* la meilleure. Maman comptait sur lui pour cela. C'est ce que je pense : Nous aurons besoin de Miro quand le Congrès Stellaire enverra sa flotte contre nous. Il étudiera les informations, tout ce que nous aurons appris pendant son absence, il analysera et nous dira quoi faire. »

Ender ne put pas s'empêcher de rire.

« Alors, c'est une idée idiote, » conclut Olhado.

– « Je ne connais pas de regard plus pénétrant que le tien, » dit Ender. « Je dois réfléchir, mais tu pourrais bien avoir raison. »

Ils continuèrent leur chemin en silence pendant quelques instants.

– « Ce n'était que des mots, » reprit Olhado. « Quand j'ai parlé de Miro. C'était une idée qui m'a traversé la tête, le fait de le relier à cette vieille histoire. D'ailleurs, l'histoire n'est probablement pas vraie. »

– « Elle est vraie, » dit Ender.

– « Comment le savez-vous? »

– « J'ai connu Mazer Rackham. »

Olhaho siffla.

– « Vous êtes *vieux*. Vous êtes plus vieux que les arbres. »

— « Je suis plus vieux que les colonies humaines. Malheureusement, cela ne me rend pas sage. »

— « Alors vous êtes réellement Ender? *L'Ender*? »

— « C'est pour cette raison que c'est mon mot clé. »

— « C'est drôle. Avant votre arrivée, l'évêque a tenté de nous faire croire que vous étiez Satan. Dans notre famille, seul Quim l'a pris au sérieux. Mais si l'évêque nous avait dit que vous étiez *Ender*, nous vous aurions lapidé sur la praça le jour de votre arrivée.

— « Pourquoi ne le faites-vous pas maintenant? »

— « Maintenant, nous vous connaissons. C'est toute la différence, n'est-ce pas? Quim lui-même ne vous hait plus. Quand on connaît vraiment les gens, on ne peut pas les haïr. »

— « À moins qu'on ne puisse les connaître vraiment que lorsqu'on a cessé de les haïr. »

— « Est-ce un paradoxe circulaire? Selon Dom Cristão, pratiquement toutes les vérités ne peuvent être exprimées que par des paradoxes circulaires. »

— « Je ne crois pas que cela soit lié à la vérité, Olhado. C'est une simple question de cause et d'effet. Nous ne parvenons jamais à les distinguer. La science refuse de connaître toutes les causes, sauf la première : fais tomber un domino, son voisin tombe également. Mais lorsqu'il s'agit d'êtres humains, le seul type de cause qui compte est la cause ultime, l'objectif. Ce qu'il y a dans l'esprit des gens. Lorsque tu as compris ce que les gens veulent réellement, tu ne peux plus les haïr. Il est possible qu'ils te fassent peur, mais tu ne peux pas les haïr parce que tu peux toujours découvrir les mêmes désirs dans ton cœur. »

— « Maman n'aime pas que vous soyez Ender. »

— « Je sais. »

— « Mais elle vous aime tout de même. »

— « Je sais. »

— « Et Quim. - c'est vraiment drôle mais, maintenant qu'il sait que vous êtes Ender, il vous aime *davantage*. »

— « Parce que c'est un croisé, et que ma mauvaise réputation vient du fait que j'ai gagné une croisade. »

— « Et moi, » dit Olhado.

— « Oui, toi, » dit Ender.

— « Dans toute l'histoire, personne n'a tué autant de gens que vous. »

— « Quoi que tu fasses, sois le meilleur, disait ma mère. »

— « Mais, lorsque vous avez Parlé pour papa, j'ai eu pitié de lui. Vous avez amené les gens à se pardonner et à s'aimer. Comment avez-vous fait pour tuer ces millions de gens, pendant le Xénocide ? »

— « Je croyais que c'était un jeu. Je ne savais pas que c'était la réalité. Mais ce n'est pas une excuse, Olhado. Si j'avais su que la bataille était réelle, j'aurais agi de la même façon. Nous pensions qu'ils voulaient nous tuer. Nous nous trompions, mais nous ne pouvions pas le savoir. » Ender secoua la tête. « Sauf que j'étais mieux informé. Je connaissais mon ennemi. C'est ainsi que j'ai vaincu la reine, je la connaissais si bien que je l'aimais, ou bien je l'aimais tant que je la connaissais. Je ne voulais plus lutter contre elle. Je voulais abandonner. Je voulais rentrer chez moi. Alors j'ai fait exploser sa planète. »

— « Et, aujourd'hui, nous avons trouvé un endroit où elle pourra revivre. » Olhado était très grave. « Etes-vous sûr qu'elle ne va pas tenter de se venger ? Etes-vous sûr qu'elle ne va pas tenter de détruire l'humanité, à commencer par vous ? »

— « J'en suis sûr, » répondit Ender, « comme je suis sûr de tout. »

— « Pas absolument sûr, » fit ressortir Olhado.
— « Assez sûr pour la faire revivre, » répondit Ender. « Et c'est toujours là que s'arrêtent nos certitudes. Nous en sommes assez convaincus pour agir comme si c'était vrai. Quand nous sommes sûrs à ce point, nous parlons de savoir. Nous jouons notre vie sur lui. »
— « Je suppose que c'est ce que vous faites. Vous jouez votre vie sur la conviction qu'elle est bien telle que vous croyez. »
— « Je suis plus arrogant que cela. Je joue également *ta* vie et celle de tous les autres, sans même leur demander leur avis. »
— « Bizarre, » fit Olhado. « Si je demandais à quelqu'un s'il confierait à Ender une décision risquant d'affecter l'avenir de l'humanité, il répondrait : Non, bien entendu. Mais si je demandais s'il serait prêt à faire confiance au Porte-Parole des Morts, il dirait oui. Et personne ne devinerait que ce n'est qu'une seule et même personne. »
— « Ouais, » fit Ender. « Bizarre. »
Ils ne rirent ni l'un ni l'autre. Puis, après un long silence, Olhado reprit la parole. Ses pensées s'étaient tournées vers un sujet plus important.
— « Je ne veux pas que Miro parte pour trente ans. »
— « Disons vingt ans. »
— « Dans vingt ans, j'aurai trente-deux ans. Mais il reviendra au même âge qu'aujourd'hui. Vingt ans. Douze ans de moins que moi. À supposer qu'une fille accepte d'épouser un type aux yeux réfléchissants, je serai peut-être même marié avec des enfants. Il ne me connaîtra plus. Je ne serai plus son petit frère. » Olhado avala péniblement sa salive. « Ce sera comme s'il mourait. »
— « Non, » dit Ender. « Ce sera comme son passage de la deuxième vie dans la troisième. »

– « Cela aussi, c'est comme la mort, » fit ressortir Olhado.
– « C'est également comme la naissance, » fit valoir Ender. « Lorsque l'on renaît, il faut bien mourir de temps en temps. »

Valentine appela le lendemain. Les doigts d'Ender tremblaient lorsqu'il introduisit les instructions dans l'ordinateur. Mais ce n'était pas seulement un message. C'était un appel, une liaison vocale par ansible. Incroyablement onéreux. Mais ce n'était pas le problème. Il était un fait que les liaisons par ansible avec les Cent Planètes étaient théoriquement coupées; si Jane avait permis à cet appel de passer, cela signifiait qu'il était urgent. Ender imagina immédiatement que Valentine était en danger. Que le Congrès Stellaire avait dû décider qu'Ender était impliqué dans la rébellion, et découvrir les liens qui l'unissaient à lui.

Elle était plus âgée. L'hologramme de son visage avait de nombreuses rides dues au vent de nombreuses journées passées sur les îles, les glaces flottantes et les bateaux de Trondheim. Mais son sourire n'avait pas changé et la même lueur dansait dans ses yeux. Ender, tout d'abord, fut réduit au silence par les transformations que les années avaient imposées à sa sœur; de son côté, elle fut réduite au silence par le fait qu'Ender paraissait inchangé, vision sortie de son passé.

« Ah, Ender, » soupira-t-elle. « Ai-je jamais été aussi jeune ? »
– « Et vais-je vieillir aussi magnifiquement ? »
Elle rit. Puis elle pleura. Pas lui; comment cela était-il possible ? Elle lui manquait depuis deux mois; il lui manquait depuis vingt-deux ans.

« Je suppose, » dit-il, « que tu as entendu parler du différend qui nous oppose au Congrès. »
– « J'imagine que tu en étais au centre.

– « En fait, la situation s'est imposée à moi, » dit Ender. « Mais je suis heureux de m'être trouvé là. Je vais rester. »

Elle hocha la tête, séchant ses yeux.

– « Oui. C'est bien ce que je pensais. Mais il fallait que j'appelle pour en être certaine. Je ne voulais pas consacrer deux décennies à te rejoindre pour constater à mon arrivée que tu étais parti. »

– « Me rejoindre? » dit-il.

– « Votre révolution m'a enthousiasmée, Ender. Après avoir passé vingt-deux ans à élever une famille, enseigner, aimer mon mari, vivre en paix avec moi-même, j'ai cru que je ne ressusciterais jamais Démosthène. Mais le récit de contacts illégaux avec les piggies est arrivé, suivi presque aussitôt par la nouvelle de la révolte de Lusitania et, soudain, les gens disaient les choses les plus ridicules, si bien que j'ai vu renaître la haine d'autrefois. Te souviens-tu des vidéos des doryphores? Comme elles étaient terrifiantes et horribles? Soudain, nous avons vu des vidéos des corps découverts, des xénologues, j'ai oublié leurs noms, mais des images horribles, partout, pour attiser l'esprit guerrier. Puis des récits concernant la Descolada, selon lesquels si un Lusitanien se rendait sur une autre planète, il détruirait tout; l'épidémie la plus hideuse qu'il soit possible d'imaginer... »

– « C'est vrai, » dit Ender, « mais nous travaillons là-dessus. Nous tentons de trouver le moyen d'empêcher la Descolada de se répandre lorsque nous irons sur d'autres planètes. »

« Vrai ou pas, Ender, cela conduit à la guerre. Je me souviens de la guerre, personne d'autre ne s'en souvient. Alors j'ai exhumé Démosthène. Par hasard, je suis tombée sur des mémos et des rapports. Leur flotte dispose du Petit Docteur, Ender. S'ils le décident, ils peuvent faire sauter Lusitania. Exactement comme... »

– « Exactement comme j'ai fait. Justice immanente, à ton avis, si je dois finir de la même façon... Celui qui vit par l'épée... »

– « Ne plaisante pas avec moi, Ender! Je suis une mère de famille d'âge mûr, désormais, et ce genre d'idiotie m'agace, du moins pour le moment. J'ai rédigé quelques vérités très laides sur les projets du Congrès Stellaire, et je les ai publiées sous le nom de Démosthène. Ils me recherchent. Ils appellent cela : Trahison. »

– « Alors tu viens ici? »

– « Pas seulement moi. Jakt confie la flotte à ses frères et sœurs. Nous avons déjà acheté un vaisseau. Apparemment, il y a un mouvement de résistance qui nous vient en aide... Une certaine Jane a embrouillé les ordinateurs afin qu'ils perdent notre trace. »

– « Je connais Jane, » dit Ender.

– « Ainsi, vous avez *vraiment* une organisation! Je n'en suis pas revenue quand j'ai appris que je pouvais t'appeler. Théoriquement, votre liaison par ansible était coupée. »

– « Nous avons des amis puissants. »

– « Ender, nous partons aujourd'hui, Jakt et moi. Nous emmenons nos trois enfants. »

– « La première... »

– « Oui, Syfte, celle qui me faisait grossir quand tu es parti, elle a presque vingt-deux ans. Une très jolie jeune fille. Et une bonne amie, la tutrice des enfants, qui s'appelle Plikt. »

– « Une de mes étudiantes s'appelait ainsi, » dit Ender, pensant à la conversation qu'ils avaient eue deux mois plus tôt.

– « Oh, oui, eh bien c'était il y a vingt-deux ans, Ender. Et nous emmenons plusieurs compagnons de Jakt avec leurs familles. Un genre d'arche. Il n'y a pas d'urgence... Tu as vingt-deux ans pour préparer mon arrivée. Davantage, en fait, plutôt trente ans.

Nous allons diviser le trajet en plusieurs étapes, les premières dans la mauvaise direction, afin que personne ne puisse deviner que nous allons sur Lusitania. »

Ici. Dans trente ans. Je serai plus âgé qu'elle ne l'est aujourd'hui. Mais moi aussi j'aurai une famille. Les enfants de Novinha et les miens, si nous en avons, tous grands, comme les siens.

Puis, pensant à Novinha, il se souvint de Miro, de ce qu'Olhado avait suggéré quelques jours auparavant, le jour où ils avaient trouvé l'endroit convenant à la reine.

– « Serais-tu fâchée, » s'enquit Ender, « si j'envoyais quelqu'un à votre rencontre ? »

– « A notre rencontre ? Dans l'espace ? Non, n'envoie personne, Ender, c'est un trop grand sacrifice – faire tout ce chemin alors que les ordinateurs peuvent parfaitement nous guider... »

– « Ce n'est pas vraiment pour toi, bien que je tienne à ce que tu le rencontres. C'est un xénologue. Il a été grièvement blessé dans un accident. Cerveau endommagé; comme s'il avait eu une attaque. Il est... C'est la personne la plus intelligente de Lusitania, selon quelqu'un dont j'apprécie le jugement, mais il a perdu tout contact avec l'existence que nous menons ici. Néanmoins, nous aurons besoin de lui plus tard. Quand tu arriveras. C'est un homme très bien, Val. Il rendra la dernière partie de votre voyage très didactique. »

– « Ton amie peut-elle nous communiquer les coordonnées d'un tel rendez-vous ? Nous sommes des navigateurs, mais seulement sur mer. »

– « Jane introduira les coordonnées modifiées dans l'ordinateur de votre vaisseau lors de votre départ. »

– « Ender... Pour toi, cela sera trente ans, mais pour moi... je te verrai dans quelques semaines. » Elle se mit à pleurer.

– « J'accompagnerai peut-être Miro à ta rencontre. »

– « Non! » s'écria-t-elle. « Je veux que tu sois aussi âgé et grincheux que possible quand j'arriverai. Je ne pourrais pas supporter le jeune homme fringant que je vois sur mon terminal! »

– « J'ai trente-cinq ans. »

– « Tu seras là à mon arrivée! » exigea-t-elle.

– « Oui, » répondit-il. « Et Miro, le jeune homme que je t'envoie. Considère-le comme mon fils. »

Elle acquiesça avec gravité.

– « Cette époque est pleine de dangers, Ender. Je regrette que Peter ne soit plus là. »

– Pas moi. S'il dirigeait notre petite rébellion, il finirait Hégémon des Cent Planètes. Nous voulons seulement qu'elles nous laissent tranquilles.

– « Il est peut-être impossible d'obtenir l'un sans l'autre, » dit Val. « Mais nous pourrons nous disputer plus tard. Au revoir, petit frère chéri. »

Il ne répondit pas. Il se contenta de la regarder jusqu'au moment où elle eut un sourire sans joie et coupa la communication.

Ender n'eut pas besoin de demander à Miro de partir; Jane lui avait déjà tout dit.

« Votre sœur est Démosthène? » demanda Miro. Ender était à présent habitué à sa voix traînante. Ou bien sa façon de parler s'améliorait. De toute façon, il n'était pas difficile de le comprendre.

– « Nous étions une famille douée, » dit Ender. « J'espère qu'elle te plaît. »

– « J'espère que je lui plairai. » Miro sourit, mais il paraissait effrayé.

– « Je lui ai demandé, » indiqua Ender, « de te considérer comme mon fils. »

Miro hocha la tête.

– « Je sais, » dit-il. Puis, presque sur un ton de défi. « Elle m'a montré votre conversation. »

Ender sentit son corps se glacer.

La voix de Jane murmura à son oreille :

« J'aurais dû t'en parler, » dit-elle. « Mais tu sais que tu aurais dit oui. »

Ce n'était pas l'intrusion dans son intimité qui gênait Ender. C'était le fait que Jane soit si proche de Miro. Tu dois t'y faire, se dit-il. Pour le moment, c'est à travers *lui* qu'elle regarde.

– « Tu vas me manquer, » dit Ender.

– « Je manque déjà à ceux à qui je vais manquer, » fit ressortir Miro, « parce qu'ils me considèrent déjà comme mort. »

– « Nous avons besoin de toi vivant, » fit valoir Ender.

– « Quand je reviendrai, j'aurai toujours dix-neuf ans. Et le cerveau endommagé. »

– « Tu seras toujours Miro, intelligent, digne de confiance et aimé. Tu es à l'origine de cette rébellion, Miro. C'est pour toi que la clôture est tombée. Pas pour une grande cause, mais pour toi. Ne nous laisse pas tomber. »

Miro sourit, mais Ender n'aurait su dire si ses lèvres étaient relevées, d'un côté, à cause de la paralysie, ou parce que son sourire était amer, empoisonné.

– « Dites-moi une chose, » demanda Miro.

– « Si je ne le fais pas, » dit Ender, « *elle* le fera. »

– « Ce n'est pas difficile. Je voudrais seulement savoir pourquoi Pipo et Libo sont morts. Pour quelle raison les piggies les honoraient. »

Ender comprit la question dans un sens qui échappait à Miro : Il comprit pourquoi cette question avait une telle importance pour le jeune homme. Miro avait appris qu'il était en réalité le fils de Libo quelques heures avant de franchir la clôture et de compromettre définitivement son avenir, Pipo, puis Libo, puis Miro; le père, le fils, le petit-fils; les trois xénologues qui avaient renoncé à leur avenir pour la cause des piggies. Miro espérait, en comprenant pourquoi ses prédécesseurs étaient morts, donner un sens véritable à son sacrifice.

Le problème était que la vérité risquait de donner à Miro l'impression que les sacrifices n'avaient aucun sens. De sorte qu'Ender répondit par une question.

– « Ne sais-tu pas déjà pourquoi? »

Miro parla lentement, soigneusement, afin qu'Ender comprenne bien ce qu'il disait :

– « Je sais que les piggies croyaient leur accorder un grand honneur. Je sais que Mandachuva et Mange-Feuille auraient pu mourir à leur place. Dans le cas de Libo, je connais même l'occasion. J'étais présent lors de la première récolte d'amarante et il y avait beaucoup à manger. Ils le récompensaient pour cela. Mais pourquoi pas avant? Pourquoi pas quand nous leur avons appris à utiliser la racine de merdona? Pourquoi pas quand nous leur avons appris à fabriquer des pots ou à tirer des flèches? »

– « La vérité? » demanda Ender.

Le ton d'Ender indiqua à Miro que la vérité ne serait pas facile.

– « Oui, » dit-il.

– « Pipo et Libo ne méritaient pas réellement cet honneur. Ce n'était pas l'amarante que les épouses récompensaient. C'était le fait que Mange-Feuille les avaient convaincues de faire naître toute une génération de Petits en dépit du fait qu'il n'y aurait pas assez à manger pour tous, lorsqu'ils sortiraient de l'arbre-mère. C'était un risque énorme et, s'il s'était trompé, toute une génération de jeunes piggies serait morte. Libo a apporté la récolte, mais c'est Mange-Feuille qui, dans un sens, a fait augmenter la population de telle sorte que la céréale était nécessaire. »

Miro hocha la tête.

– « Pipo ? »
– « Pipo a parlé de sa découverte aux piggies. À savoir que la Descolada, qui tuait les êtres humains, faisait partie de leur physiologie normale. Que leurs corps pouvaient assumer des transformations qui nous tuaient. Mandachuva a dit aux épouses que cela signifiait que les humains n'étaient pas des dieux tout-puissants. Que, dans un sens, ils étaient même plus faibles que les Petits. Que ce qui rendait les humains plus puissants n'était pas un élément intrinsèque, notre taille, notre cerveau, notre langue, mais un accident qui nous avait donné plusieurs milliers d'années d'avance sur eux. S'ils pouvaient acquérir le savoir, les humains n'auraient plus de pouvoir sur eux. La découverte de Mandachuva, selon laquelle les piggies étaient potentiellement les égaux des humains... C'est ce qui a été récompensé, par les informations de Pipo qui ont entraîné cette découverte. »

– « Alors tous les deux... »
– « Les piggies ne voulaient tuer ni Pipo ni Libo. Dans les deux cas, la réussite capitale revenait à un piggy. Pipo et Libo sont morts uniquement parce qu'ils ne pouvaient se résoudre à tuer un ami. »

Miro dut voir la douleur sur le visage d'Ender, bien qu'il fît de son mieux pour le cacher. Parce que ce fut à l'amertume d'Ender qu'il répondit.

– « Vous, » dit Miro, « vous pouvez tuer n'importe qui. »
– « Chez moi, c'est congénital. »
– « Vous avez tué Humain parce que vous saviez qu'il aurait une vie nouvelle et meilleure, » dit Miro.
– « Oui. »
– « Et moi, » dit Miro.
– « Oui, » dit Ender. « T'envoyer au loin revient presque à te tuer. »

– « Mais je vivrai une existence nouvelle et meilleure? »

– « Je ne sais pas. De toute façon, tu te déplaces mieux qu'un arbre. »

– « Alors, j'ai un avantage sur Humain, pas vrai? au moins, je peux changer d'endroit. Et on n'est pas obligé de me donner des coups de bâton pour me faire parler. » Puis l'expression de Miro redevint amère. « Bien entendu, à présent, il peut avoir mille enfants. »

– « N'espère pas rester célibataire toute ta vie, » dit Ender. « Tu risques d'être déçu. »

– « Je l'espère, » affirma Miro. Puis, après un silence, il reprit : « Porte-Parole? »

– « Appelle-moi Ender. »

– « Ender, Pipo et Libo sont-ils morts pour rien? » Ender comprit la véritable question : Est-ce que je supporte cela pour rien?

– « Il y a de plus mauvaises raisons de mourir, » dit Ender, « que celle qui consiste à accepter la mort pour ne pas tuer. »

– « Que peut devenir une personne, » demanda Miro « qui ne peut pas tuer, ne peut pas mourir et ne peut pas vivre? »

– « Ne t'illusionne pas, » releva Ender. « Un jour, tu feras les trois. »

Miro partit le lendemain matin. Il y eut des larmes d'adieu. Pendant les semaines qui suivirent, Novinha rentra le moins souvent possible à la maison, parce que l'absence de Miro lui était trop douloureuse. Bien qu'elle eût été sincèrement d'accord avec Ender sur le bien-fondé du départ de Miro, perdre son fils était insupportable. Cela amena Ender à se demander si ses parents avaient éprouvé une telle douleur, lorsqu'il leur avait été enlevé. Il estimait que non. Et ils n'avaient pas espéré son retour. Il aimait déjà les enfants d'un autre plus profondément que ses propres parents l'avaient aimé. Eh bien, il était bien vengé de leur négligence. Il leur montrerait, trois mille ans plus tard, comment un père doit se comporter. L'Évêque Peregrino les maria dans son bureau. D'après les calculs de Novinha, elle était assez jeune pour avoir encore six enfants, s'ils se dépêchaient. Ils se mirent énergiquement à la tâche.

Avant le mariage, il y eut des bans de deux jours. Un jour d'été, Ela, Ouanda et Novinha lui apportèrent le résultat de leurs recherches et théories : aussi complètement que possible, le cycle vital et les structures sociales des piggies, mâles et femelles, ainsi qu'une reconstitution vraisemblable de leurs structures vitales avant que la Descolada ne lie leur destin aux arbres qui, jusque-là n'avaient été que leur habitat. Ender s'était fait une opinion de la nature des piggies, et surtout de qui Humain était avant son passage dans la vie de la lumière.

Il vécut avec les piggies pendant une semaine, pour rédiger La Vie d'Humain. Mandachuva et Mange-Feuille la lurent soigneusement, discutèrent avec lui; il révisa et transforma; finalement, ce fut prêt. Ce jour-là, il invita tous ceux qui travaillaient avec les piggies, les Ribeira, Ouanda et ses sœurs, les nombreux ouvriers qui avaient apporté les miracles technologiques aux piggies, les moines des Enfants de l'Esprit, l'Évêque Peregrino, Bosquinha, et leur lut le livre. Il n'était pas long, moins d'une heure de lecture. Ils s'étaient rassemblés au flanc de la colline, près du petit arbre d'Humain, qui faisait à présent presque trois mètres de haut, l'ombre de Rooter les protégeant contre le soleil de l'après-midi.

« Porte-Parole, » dit l'évêque, « vous m'avez presque convaincu de devenir humaniste. » Les autres, moins accoutumés à l'éloquence, ne trouvèrent rien à dire, ni ce jour-là ni plus tard. Mais ils comprirent alors qui étaient les piggies, tout comme les lecteurs de *La Reine* avaient compris les doryphores, et les lecteurs de *L'Hégémon* avaient compris l'humanité et sa quête inlassable de la grandeur dans une jungle d'opposition et de méfiance.

– « C'est pour cela que je t'ai appelé, » dit Novinha. « J'ai rêvé autrefois d'écrire ce livre. Mais il fallait que ce soit *toi* qui l'écrives. »

– « J'ai joué dans cette histoire un rôle plus important que celui que je prévoyais, » souligna Ender. « Mais tu as réalisé ton rêve, Ivanova. C'est ton travail qui est à l'origine de ce livre. Et c'est grâce à toi et aux enfants que j'ai pu l'écrire. »

Il le signa, comme il avait signé les précédents :
La Voix des Morts.

Jane se chargea du livre et le transmit par ansible aux Cent Planètes. Elle y ajouta le texte du traité et les images d'Olhado relatives à sa signature et au passage d'Humain dans la lumière. Elle les plaça çà et là, dans une vingtaine d'endroits sur chacune des Cent Planètes, les donnant à des gens susceptibles de les lire et de les comprendre. Des exemplaires passèrent d'un ordinateur à l'autre; lorsque le Congrès Stellaire apprit la nouvelle, il était trop répandu pour qu'il soit possible de l'interdire.

Ils tentèrent donc de le faire passer pour un faux. Les images étaient une simulation grossière. L'analyse textuelle révéla qu'il était impossible que le même auteur ait écrit les deux livres. Les enregistrements des utilisations de l'ansible révélèrent qu'il ne pouvait en aucun cas venir de Lusitania, qui ne disposait pas d'ansible. Certaines personnes crurent cela. La majorité ne s'en soucia pas. Ceux qui prirent la peine de lire *La Vie d'Humain* n'eurent pas le cœur de ne pas considérer les piggies comme des ramen.

Quelques-uns acceptèrent les piggies, lurent l'accusation écrite par Démosthène quelques mois auparavant, et appelèrent la flotte, qui était déjà en route pour Lusitania. « Le Second Xénocide ». C'était une expression horrible. Il n'y avait pas assez de prisons, sur les Cent Planètes, pour enfermer tous ceux qui l'utilisaient. Le Congrès Stellaire avait cru que la guerre commencerait lorsque les vaisseaux atteindraient Lusitania, quarante ans plus tard. Au lieu de cela, la guerre avait déjà commencé, et elle serait féroce. Ce que le Porte-Parole écrivait, beaucoup de gens le croyaient; et beaucoup étaient prêts à considérer les piggies comme des ramen, et tous ceux qui voulaient leur mort comme des assassins.

Puis, un jour d'automne, Ender prit le cocon soigneusement enveloppé puis, accompagné de Novinha, d'Olhado, de Quim et d'Ela, parcourut les kilomètres de capim qui les séparaient de la colline proche du fleuve. Les pâquerettes qu'ils avaient plantées étaient fleuries; l'hiver, dans cette région, serait doux, et la reine serait à l'abri de la Descolada.

Ender porta prudemment la reine au bord du fleuve puis la posa dans le petit logement qu'Olhado et lui avaient préparé. Ils posèrent un cabra mort, par terre devant le logement.

Puis Olhado les ramena. Ender pleura à cause de l'extase immense, incontrôlable que la reine plaça dans son esprit, une joie trop intense pour un cœur humain; Novinha le serra contre elle, Quim pria à voix basse et Ela chanta une chanson rythmée que l'on entendait autrefois dans les montagnes de Minas Gerais, parmi les caiparas et les mineiros du Brésil. Ce fut un moment agréable, c'était un endroit agréable, et jamais Ender n'aurait rêvé qu'il aurait un jour cela, lorsqu'il était enfant, dans les couloirs nus de l'Ecole de Guerre, lorsqu'il se battait pour survivre.

« Je peux sans doute mourir, à présent, » dit Ender. « J'ai fait tout ce que j'avais à faire. »

– « Moi aussi, » acquiesça Novinha. « Mais je

crois que cela signifie qu'il est temps de commencer à vivre. »

Derrière eux, dans l'air humide de la petite caverne proche du fleuve, de puissantes mandibules déchirèrent le cocon puis un corps mou et squelettique se dégagea. Ses ailes s'étendirent progressivement et séchèrent au soleil; elle se traîna faiblement jusqu'au bord de l'eau, aspirant la force et l'humidité dans son corps desséché. Elle mordilla la viande du cabra. Les œufs qu'elle portait en elle voulaient sortir; elle pondit la première douzaine près du cadavre du cabra, puis mangea les pâquerettes les plus proches, tentant de percevoir la transformation qui s'opérait dans son corps tandis qu'elle revenait enfin à la vie.

Le soleil sur son dos, la brise contre ses ailes, l'eau fraîche sous ses pattes, les œufs mûrissant dans la chair du cabra : La vie, qu'elle attendait depuis si longtemps et ce n'est qu'à ce moment-là qu'elle acquit la certitude qu'elle ne serait pas la dernière de sa tribu, mais la première.

La Grande Anthologie de la science-fiction

**HISTOIRES D'EXTRATERRESTRES
HISTOIRES DE ROBOTS
HISTOIRES DE COSMONAUTES
HISTOIRES DE MUTANTS
HISTOIRES DE FINS DU MONDE
HISTOIRES DE MACHINES
HISTOIRES DE PLANÈTES
HISTOIRES DE POUVOIRS
HISTOIRES DE VOYAGES DANS LE TEMPS
HISTOIRES À REBOURS
HISTOIRES GALACTIQUES
HISTOIRES PARAPSYCHIQUES
HISTOIRES DE SURVIVANTS
HISTOIRES DE LA FIN DES TEMPS
HISTOIRES ÉCOLOGIQUES
HISTOIRES D'ENVAHISSEURS
HISTOIRES DE VOYAGES DANS L'ESPACE
HISTOIRES DE MÉDECINS
HISTOIRES DIVINES
HISTOIRES DE LA QUATRIÈME DIMENSION
HISTOIRES D'IMMORTELS
HISTOIRES D'AUTOMATES
HISTOIRES DE SURHOMMES
HISTOIRES DE SOCIÉTÉS FUTURES
HISTOIRES DE MONDES ÉTRANGES
HISTOIRES DE REBELLES
HISTOIRES FAUSSES
HISTOIRES PARADOXALES
HISTOIRES DE MIRAGES
HISTOIRES DE L'AN 2000
HISTOIRES DE CATASTROPHES
HISTOIRES DE GUERRES FUTURES
HISTOIRES MÉCANIQUES
HISTOIRES DE SEXE-FICTION**

IMPRIMÉ EN FRANCE PAR BRODARD ET TAUPIN
Usine de La Flèche (Sarthe).
LIBRAIRIE GÉNÉRALE FRANÇAISE - 6, rue Pierre-Sarrazin - 75006 Paris.
ISBN : 2 - 253 - 05086 - 5   ♦ 30/7115/6